둠의 창조자들

제국을 만들고 대중 문화를 변화시킨 두 남자

데이비드 쿠쉬너 지음
이효은 번역

DOOM 둠의 창조자들

제국을 만들고 대중 문화를 변화시킨 두 남자

2022년 12월 31일 초판 1쇄 발행
| 저   자 | 데이비드 쿠쉬너
| 번   역 | 이효은
| 협   력 | 조기현, 오영욱
| 디 자 인 | 디자인 글로
| 편   집 | 백선, 엄다인
| 발 행 인 | 홍승범
| 발   행 | 스타비즈(제375-2019-00002호)
          주소 [16282] 경기도 수원시 장안구 조원로112번길 2
          팩스 050-8094-4116
          메일 biz@starbeez.kr

정가 28,000원

ISBN 979-11-91355-98-7(03840)

둠의 창조자들

두 사람이 제국을 세우고 대중문화를 바꿔놓은 이야기

데이비드 쿠쉬너 *David Kushner*

Contents

INTRODUCTION
두 명의 존

두 게임이 있었다. 하나는 인생 속 게임이었고, 다른 하나는 게임 속 인생이었다. 두 세계는 자연히 부딪혔고, 두 명의 존 또한 그러했다.

2000년 4월 어느 오후[1], 댈러스 시내 깊숙한 곳에서 10만 달러의 상금이 걸린 컴퓨터 게임〈퀘이크 3 아레나Quake III Arena〉토너먼트가 열렸다. 미디어계의 NFL미국 축구 연맹이 되고 싶어 하는 사이버 스포츠 프로 리그Cyberathlete Professional League라는 조직이 개최한 대회였는데, 참가자가 각자 컴퓨터를 가지고 오는 BYOCBring Your Own Computer 형식으로 열렸다. 네트워크로 연결된 컴퓨터 수백 대가 하얏트 호텔 지하에서 72시간 동안 쉬지 않고 돌아갔다. 커다란 비디오 스크린은 진행 중인 경기를 중계했고, 로켓이 화면을 가로질러 날아다녔다. 시가를 씹는 우주 해병대, 가슴 풍만한 여전사와 피투성이 미친 광대들이 플라즈마 건과 로켓 런처를 들고 서로를 사냥했다. 목표는 간단했다. 많이 죽이면 이긴다.

토너먼트에 참석하러 오는 여정부터가 하드코어였다. 게이머 천 명 이상이 멀리 플로리다나, 심지어 핀란드에서부터 모니터와 키보

---

1) 나(저자)는 이 자리에 참석해 카맥과 로메로의 만남을 포함해 본문에서 설명한 일들을 직접 목격했다.

드, 마우스를 들고 장거리 여행을 했다. 그리고는 게임을 하다가 컴퓨터 앞에서 까무러치거나 테이블 아래로 기어들어가 피자 박스를 베고 잠들었다. 어떤 커플은 직접 만든 퀘이크 파자마를 갓난아기에게 입혀 자랑스럽게 안고 왔다. 어떤 두 선수는 퀘이크의 발톱 로고 모양으로 깎은 머리로 퍼레이드를 했고, 그 여자 친구들은 면도기를 들고 컨벤션 홀을 돌아다니며 원하는 사람의 머리를 똑같이 만들어 주었다.

이런 열정은 〈퀘이크Quake〉나 〈둠Doom〉같은 매우 폭력적인 게임의 본고장인 댈러스에서는 그다지 드문 일이 아니었다. 〈퀘이크〉와 〈둠〉은 1인칭 시점에서 이루어지는 페인트볼 서바이벌 같은 게임으로, 1인칭 슈팅 게임First-Person Shooter, FPS이라는 장르를 개척했다. 108억 달러 규모로 성장한 게임 산업에서도 베스트셀러에 속하는 이 두 게임 시리즈는 미국인들이 영화보다 비디오 게임에 더 많은 돈을 소비하게 만드는 데 상당한 역할을 했다[2]. 컴퓨터 진화를 주도했고, 3D 그래픽을 더욱 발전시켰으며, 온라인 게임과 온라인 커뮤니티의 표준을 구축했다. 사회정치적으로도 새로운 논란에 불을 지펴 몇몇 국가에서는 금지되기까지 했고, 미국에서는 두 명의 게임 팬이 저지른 1999년 콜럼바인 고등학교 총기 난사의 원인이 되었다는 비난을 받았다.

결과적으로 〈둠〉과 〈퀘이크〉는 독특한 무법자 커뮤니티를 형성했는데, 이것은 능력 있고 추진력 있는 젊은 게이머들에게 첨단 기술의 메카가 되었다. 〈둠〉과 〈퀘이크〉의 공동개발자이자 두 존Two Johns으로 알려진 존 카맥과 존 로메로는 그 세계에서 가장 능력 있고 추진력 있는 게이머였다.

새로운 세대에게 카맥과 로메로는 아메리칸 드림의 대명사였다.

---

[2] 미국영화협회에 따른 2001년 미국 영화관 입장권 판매액은 84억 달러인 반면, 시장조사 기관 NPD 그룹이 집계한 미국인들이 비디오 게임에 지출하는 돈은 108억 달러에 달했다.

두 사람은 개인적인 열정을 거대한 사업, 새로운 형태의 예술, 문화적 현상으로 발전시키면서 자수성가한 인물이었다. 두 존은 포춘지 선정 500대 기업 경영진과 컴퓨터 해커들 양 쪽에게 존경받는 다시 없는 안티 히어로였고, 비디오 게임계의 존 레논과 존 맥카트니로 불렸다. (본인들은 아마 메탈리카에 비유되는 편을 더 좋아했을 것 같지만 말이다.) 두 명의 존은 어린 시절의 불우한 가정에서 탈출해 역사상 가장 영향력 있는 게임을 만들었고, 바로 그 게임 때문에 갈라섰다. 이제 몇 분 뒤, 몇 년 전에 갈라선 두 존이 팬들 앞에서 다시 재회하게 될 것이었다.

카맥과 로메로는 각자 자신의 최신 프로젝트를 추종자들 앞에서 이야기하기로 했다. 카맥은 로메로와 함께 설립한 회사인 이드 소프트웨어에서 만든 〈퀘이크 3 아레나〉를, 로메로는 자신이 새로 설립한 유망 스타트업 이온 스톰에서 오랫동안 개발한 대작〈다이카타나 Daikatana〉를 발표할 것이었다. 〈퀘이크 3 아레나〉와 〈다이카타나〉에는 카맥과 로메로를 두 존이라는 환상의 짝꿍으로 만들었던, 그리고 지금은 돌이킬 수 없는 라이벌로 만든 극명한 차이점이 구현되었다. 두 존의 관계는 인간관계 연금술에 대한 연구 같았다.

29세의 카맥은 수도승 분위기의 박애주의적인 프로그래머로, 취미로 고출력 로켓을 만들었다. (그는 빌 게이츠가 인정한 몇 안 되는 천재이기도 하다.) 카맥은 컴퓨터 코드처럼 우아한 규율이 있는 게임과 인생을 갈망했다. 32세의 로메로는 나쁜 소년 이미지로 업계의 록스타가 된 자신만만한 게임 기획자였다. 로메로는 꿈을 실현하기 위해서는 명예를 비롯해 뭐든 걸 수 있는 사람이었다. 카맥은 로메로와 결별한 직후, "로메로는 제국을 원했고, 나는 그저 좋은 프로그램을 만들고 싶었다"고 짧게 회고한 바 있다[3].

드디어 두 존이 대회장에 도착할 시간이 되자, 게이머들은 스크린

3) 카맥은 1997년 1월 8일 크리스 스펜서(Chris Spencer)와의 e메일 인터뷰에서 이렇게 말했다. 이 인터뷰는 onenet.quake 뉴스그룹에 포스팅되었다.

위의 전투에서, 전 동업자 간의 현실 대결로 관심을 돌렸다. 카맥과 로메로는 한창 같이 일할 때 같이 샀던 페라리를 하얏트 호텔 밖 주차장에 간발의 차이로 나란히 주차했다. 카맥은 군중 사이를 빠른 걸음으로 지나쳤다. 밝은 금발을 짧게 깎은 카맥은 네모난 안경을 쓰고, 큰 눈과 다리가 달린 털북숭이가 그려진 티셔츠를 입고 있었다. 로메로는 명사수 게이머이자 플레이보이 모델인 여자 친구 스티비 케이스와 함께 느긋하게 걸어 들어갔다. 로메로는 딱 붙는 블랙진과 그에 어울리는 셔츠를 입고, 악명 높은 검은 머리카락을 허리까지 늘어뜨렸다. 복도에서 서로를 지나치면서 두 존은 의무적으로 고개를 끄덕이고는 각자의 자리로 향했다.

게임을 시작할 시간이었다.

몸의 창조자들

두 사람이 제국을 세우고 대중문화를 바꿔놓은 이야기

록스타

The Rock Star

●

1장

●

록스타

11살의 존 로메로가 흙 묻은 자전거에 올라탔다. 또 사고를 치러 가는 길이다. 두꺼운 안경을 쓴 말라깽이 소년 로메로는 자전거를 타고 캘리포니아 록클린Rocklin의 평범한 집들을 지나쳐, 라운드테이블 피자 가게로 향했다. 1979년 여름의 그 날, 로메로는 거기 가면 안 된다는 걸 알고 있었지만 어쩔 수 없었다. 그 곳엔 게임이 있었으니까.

〈아스테로이드Asteroids〉, 로메로의 말에 따르면 "지구상에서 가장 멋진 게임"이었다. 세모 모양 우주선을 향해 소행성이 날아오고 죠스스타일의 음악이 긴장감을 더하는 가운데 조작 버튼을 누르는 건 정말 신나는 일이었다. 덤 덤 덤 덤 덤 덤. 로메로는 다른 아이들이 연예인을 따라하는 것처럼 〈아스테로이드〉게임 사운드를 따라했다. 이렇게 재미있는 일은 어떤 위험도 감수할 만한 가치가 있었다. 혜성의 충돌이나, 신문구독료 훔치기, 새아버지의 분노 같은 것들 말이다. 어떤 고통을 당하든 로메로는 언제나 게임 속으로 탈출할 수 있다.

그 당시 로메로가 감당해야 했던 고통은 훈육을 가장한 매질이었다. 전직 훈련 하사관인 새아버지 존 슈네만은 로메로를 아케이드에 가지 못하게 했다. 아케이드에는 오락이 있으며 오락은 비행청소년을 만들고, 비행청소년은 학교와 인생에서 실패한다는 것이 그의 논리였다. 새아버지는 로메로를 꾸짖을 때마다 로메로의 어머니가 남편이 떠난 이후 5년 동안 로메로와 남동생 랄프를 부양하기 위해 얼마나 고생해왔는지 반복해서 얘기하곤 했다. 슈네만은 세계 전역에 추락한 스파이 비행선에서 기밀 정보가 담긴 블랙박스를 회수하는 일급비밀업무를 맡아 스트레스를 많이 받고 있었다. 그리고 바로 며칠 전 로메오에게, "너, 내가 경고한 거 잊지 마라"고도 했다.

로메로는 새아버지의 경고에 확실히 신경을 썼다. 나름대로는 말이다. 보통은 시내 티모시 피자집에서 게임을 하곤 했는데, 이번에는 친구들과 함께 가까운 라운드테이블 피자로 갔던 것이다. 최고 점수 화면에는 여전히 알폰소 존 로메로의 머릿글자 AJR이 기록되어 있었다. 근방의 모든 〈아스테로이드〉 게임기가 다 마찬가지였다. 1위 뿐이 아니라, 상위 10위가 모두 로메로였다. "야, 이거 봐봐." 로메로가 25센트를 넣고 게임을 시작하며 말했다.

하지만 즐거움은 오래 가지 못했다. 첫 판이 끝나갈 무렵, 묵직한 손이 어깨를 움켜쥐었다. 로메로는 친구가 게임을 망치려고 장난하는 줄 알고, "아, 뭐야?" 라고 했다. 그리고 다음 순간 그는 게임기에 얼굴이 처박혔다.

새아버지는 로메로를 끌고 친구들 앞을 지나 트럭으로 갔고, 로메로의 산악용 자전거를 차에 실었다. 로메로가 자전거를 잘 숨겨놓지 않았던 탓에, 새아버지가 퇴근하다가 몰래 게임을 하는 로메로를 발견했던 것이었다. "너 이번에는 진짜 혼날 줄 알아." 슈네만은 로메로를 끌고 집으로 갔다. 로메로의 어머니와 잠깐 들른 할머니가 부엌에 있었다. 새아버지가 말했다. "조니가 또 오락실에 갔어. 너 그게 어떤 건지 알아? 너네 엄마한테 엿먹으라고 하는 거나 똑같아."

로메로는 입술이 다 붓고 눈이 시커멓게 멍들 때까지 새아버지에게 맞고, 2주 동안 외출 금지를 당했다. 그러나 바로 다음날 로메로는 또 몰래 오락실에 갔다.

로메로는 회복력이 좋은 아이로 태어났다고, 그의 어머니 지니는 말한다. 로메로는 1967년 10월 28일, 예정보다 6주 일찍 2.04kg로 태어났다. 로메로의 부모님은 오랫동안 힘들게 살아오다가 아이가 태어나기 불과 몇 달 전에 결혼을 했다. 유머 감각 있고 성격 좋은 지니는 십대 시절 애리조나주 투손에서 알폰소 안토니오를 만났다. 알폰소는 멕시코계 이민 1세대로, 공군기지에서 에어컨과 난방 시스템을 수리하는 정비사였다. 알폰소와 지니는 결혼 후 1948년형 크라이슬러에 타고 콜로라도로 향했다. 수중에는 단돈 300달러 뿐이었지만 비교적 관용적인 콜로라도에 가면 인종이 다른 자기들 부부 관계도 더 좋아지리라는 기대가 있었다.

콜로라도에서 상황이 좋아졌음에도 두 사람은 로메로가 태어난 후 투손으로 돌아왔다. 알폰소가 구리 광산에 취업했기 때문이다. 구리 광산 일은 힘들었고 보수가 좋지 않았다. 어쩌다 집에 올 때면 알폰소는 거의 항상 술에 취해 있었다. 곧 둘째 랄프가 태어났다. 존 로메로는 바비큐를 하고 말을 타면서 좋은 시절을 보냈다. 한 번은 알폰소가 밤 10시에 술에 취해 쿵쾅거리며 들어와 로메로를 깨웠다. "이리 와, 우리 캠핑 가자." 그래서 그들은 차를 타고 사구와로 선인장 언덕에 가, 별빛 아래에서 밤을 보냈다. 어느 날 오후 알폰소는 장을 보러 간다며 나갔는데, 그 후 2년 동안 로메로는 아버지를 보지 못했다.

그 사이 로메로의 어머니 지니는 재혼을 했다. 새아버지가 된 존 슈네만은 지니보다 14살이 많았고, 로메로에게 친구가 되어주려 했다. 어느날 오후 슈네만은 여섯 살 로메로가 부엌 식탁에 앉아 람보르기니 스포츠카를 그리는 모습을 보았다. 그림이 무척 훌륭해서 슈네만은 아이가 사진에 대고 따라 그렸다고 생각했다. 그래서 시험삼아 테이블 위에 핫휠 미니카를 올려두고 로메로가 그리는 모습을 지켜봤다. 이번 그림 역시 완벽했다. 슈네만은 조니에게 커서 무엇이

되고 싶냐고 물었다. 여섯 살 로메로는 "부유한 독신남"이 되고 싶다고 말했다.

한동안은 참 좋은 관계였다. 로메로가 아케이드 게임을 무척 좋아하는 걸 알게 된 새아버지는 로메로를 데리고 지역 대회에 갔다. 로메로는 모든 대회에서 우승했다. 로메로는 〈팩맨Pac-Man〉게임을 무척 잘해서 눈을 감고도 크고 노란 팩맨 캐릭터가 과일과 동그라미가 있는 미로를 지나게 할 수 있었다. 그러나 슈네만은 곧 로메로의 취미가 집착에 가깝게 변해감을 알아차렸다.

그 시작은 1979년 어느 여름날, 로메로의 동생 랄프와 친구 하나가 대문으로 뛰어들어 왔을 때였다. 그들은 시에라 대학까지 자전거를 타고 갔다가, 뭔가 발견했다고 말했다. "거기 게임이 있어! 돈 안내도 되는 게임이야!" 대학생들이 호의로 아이들에게 게임을 하게 해준 것이었다. 낯설고 커다란 컴퓨터에 있는 게임이었다.

로메로는 자전거를 타고, 그들과 함께 대학 컴퓨터실로 달려갔다. 아이들이 컴퓨터실에서 어울리는 데에는 아무 문제가 없었다. 당시에는 그리 드문 일도 아니었다. 컴퓨터 모임은 나이로 차별하지 않았다. 모두 괴짜여서 서로 말이 통했다. 그리고 컴퓨터실의 열쇠를 학생들이 관리하는 경우가 많았기 때문에, 애들은 가라고 할 교수도 없었다. 로메로는 그때까지 그런 광경을 본 적이 없었다. 에어컨에서 시원한 바람이 흘러나오고 학생들이 컴퓨터 단말기 주변을 서성였다. 모두들 단말기 화면에 텍스트만 나오는 게임을 하고 있었다. "당신은 작은 벽돌 건물 앞, 길 끝에 서 있다. 주변은 모두 숲이다. 작은 도랑이 건물에서 흘러나와 수로를 따라 내려간다. 저 멀리에 빛나는 하얀 탑이 보인다."

〈콜로설 케이브 어드벤처Colossal Cave Adventure〉라는 당시 가장 인기 있는 게임이었다. 로메로는 그 게임이 왜 인기 있는지 바로 알아챘다. 그 게임은〈던전 앤 드래곤Dungeons and Dragons〉의 컴퓨터 버전이었다. 흔히 D&D로 알려진 〈던전 앤 드래곤〉은 종이와 연필로 하는 롤플레잉 게임으로, 플레이어는 소설 『반지의 제왕』 같은 상상의 모험 속 인물이 된다. 어른들은 D&D를 괴짜들의 현실 도피 정도로 가볍게 무시하는 경우가 많다. 하지만 로메로 같은 소년을 이해하려면 이 게임을 이해해야 한다. 로메로는 열성적인 D&D 플레이어였다.

〈던전 앤 드래곤〉은 1972년 게리 가이객스와 데이브 아네슨이라는 두 친구가 20대 초반에 만든 게임이다. 입소문과 논란 덕분에 특히 대학 캠퍼스에 암암리에 퍼져 나갔다. 미시건 주립 대학에서 제임스 댈러스 에그버트 3세라는 이름의 한 학생이 실종되었을 때, 〈던전 앤 드래곤〉을 재연하러 건물 지하의 공동구에 들어갔다고 보도되면서[4] 이 게임은 도시 전설이 되었다. 이 사건에서 영감을 얻어 톰 행크스 주연의 영화 『미로Mazes and Monsters』가 만들어지기도 했다. D&D는 이후 소설, 게임, 티셔츠, 규칙서 등의 연간 판매액이 2,500만 달러[5]에 달하는 국제 산업으로 성장한다.

D&D의 매력은 원초적이었다. 가이객스는 "던전 앤 드래곤 게임에서는 보통 사람이 영광스러운 부름을 받고, 영웅이 되며 변화를 겪는다"고 말했다. "특히 어린이는 보통 현실에서는 아무런 권력이 없다. 누가 부르던 대답해야 하고, 자기 인생을 스스로 어쩌지 못한다. 그러나 이 게임 속에서는 어린이도 엄청난 힘을 가지고, 모든 것에 영향을 미칠 수 있다." D&D에는 전통적인 승리가 없다. 오히려 양방향 소설에 더 가깝다. 모험을 창조하고 이끌어가는 던전 마스터한 사람과 2~3명 이상의 플레이어가 게임에 참가한다. 필요한 것은

---

4) 윌리엄 디어가 쓴 서적 '던전 마스터: 제임스 댈러스 에그버트 3세의 실종'에서 (호튼 미플린 출판, 1984년).

5) 출처 : 개리 가이객스 인터뷰에서

D&D 룰북[6], 특수 다면 주사위 몇 개, 그리고 연필과 종이 뿐이다. 게임을 시작하면서 플레이어는 드워프, 엘프, 노움, 인간까지 여러 종족 중에서 자신의 캐릭터를 선택하고, 발전시킨다.

던전 마스터는 괴물, 마법, 등장인물들에 대한 묘사가 들어 있는 D&D 룰북을 펼쳐 테이블에 모인 플레이어들에게 상황 설정을 들려준다. 예컨대 강가에 있는 안개에 둘러싸인 성, 멀리서 들리는 괴물의 울음소리 같은 것들 말이다. "당신은 어느 쪽으로 가시겠습니까?" 플레이어가 울음소리를 따라가기로 선택했다면, 던전 마스터는 플레이어가 대면할 오우거나 키메라 같은 괴물을 고른다. 이야기는 던전 마스터가 주사위를 굴려 나온 결과에 따라 달라진다. 아무리 엉뚱한 상상이라도, 주사위에서 무작위로 나오는 결과가 운명을 지배한다. 컴퓨터 프로그래머가 D&D를 좋아하는 것이나, 이들이 처음 만든 게임 중 하나인 〈콜로설 케이브 어드벤처〉가 D&D에서 영향을 받은 것이나 그다지 놀랍지 않다.

〈콜로설 케이브 어드벤처〉는 전투를 하면서 마법 동굴 속에 있는 보물을 되찾는 게임이다. 로메로는 "북"이나 "남"처럼 방향을 타이핑하거나, "때린다", "공격한다" 같은 명령어를 입력하면서 자신이 주인공인 소설 속을 탐험할 수 있었다. 자신이 할 행동을 선택하여 깊은 숲 속으로 들어가다 보면, 컴퓨터실의 벽이 나무가 되고 에어컨 바람이 강이 되어 흘렀다. 그것은 또 다른 세상이었다. 상상에 흠뻑 빠진 로메로에게는, 그것이 현실이었다.

더욱 인상 깊은 점은, 그가 '창조할 수 있는' 대체 현실이었다는 점이었다. 70년대부터 전자 게임 산업은 〈아스테로이드〉 같은 오락실 아케이드 게임과 아타리 2600 같은 가정용 콘솔이 지배했다. 이들 플랫폼을 위한 소프트웨어를 개발하려면 값비싼 개발 시스템과 기

---

6) 플레이어 핸드북: 어드밴스드 던전&드래곤(워싱턴주 랜턴 소재 TSR 출판, 1995년)

업 지원이 필요했다. 하지만 컴퓨터 게임은 달랐다. 접근이 수월했다. 컴퓨터 게임은 자체적인 도구와 접근 경로-포털-를 가지고 있었다. 그리고 열쇠를 가진 사람도 권위주의적 괴물이 아니라, '친구'였다. 로메로는 어렸지만, 게임을 만드는 과정에선 자신도 동료라고 느꼈다. 스스로 '오즈의 마법사'가 될 수 있었다

매주 토요일 아침 7시 30분이면 로메로는 자전거를 타고 시에라 대학으로 갔다. 대학생들이 로메로의 재능에 매료되어, 냉장고 크기의 휴렛 팩커드 메인프레임 컴퓨터에 프로그래밍하는 법을 가르쳐 주었다. 휴렛 팩커드 메인프레임은 50년대에 개발된 컴퓨터 산업 초기의 거대 모델로, 일련의 구멍이 뚫린 천공 카드를 넣어 프로그램해야 하는 일체형 컴퓨터였다. 1960년대에는 컴퓨터와 펀치카드 둘 다 생산하던 IBM이 70억 달러 이상의 매출[7]을 기록하면서 시장을 점령했다. 70년대에는 메인 프레임과 작은 사촌격인 미니컴퓨터가 기업, 관공서, 대학에 스며들었다. 그러나 아직 일반 가정에는 컴퓨터가 보급되지는 않았다.

이런 이유로 로메로 같은 신진 컴퓨터 마니아들은 컴퓨터에 직접 접근할 수 있는 대학 컴퓨터실을 찾아다녔다. 교수들이 퇴근한 늦은 밤, 학생들이 탐색하고, 게임하고, 해킹하기 위해 모였다. 컴퓨터는 자기 만족과 환상을 성취할 수 있는 혁명적인 도구처럼 느껴졌다. 프로그래머들은 수업도 데이트도 목욕도 건너뛰었다. 그리고 컴퓨터에 대한 지식을 얻자마자, 게임을 만들었다.

컴퓨터 게임이 처음 만들어진 것은 1958년이었는데, 게임 같은 건 절대 안 만들 법한 미국 정부 산하의 원자력 연구소에서였다. 브룩헤이븐 국립 연구소Brookhaven Nation Laboratory의 계측 부서장인 윌리 히긴보텀은 지역 농민을 대상으로 시설 홍보 투어를 계획하고 있었

---

7) 출처: 마틴 캠벨 켈리, 윌리엄 애스프레이의 저서 "컴퓨터: 정보 기계의 역사" 중 131~153 페이지에서 (뉴욕 베이직 북스 출판, 1996년).

는데, 원자력 연구 시설에 대해 우려하는 이들을 설득할 뭔가가 필요했다. 그래서 동료들에게 도움을 받아 컴퓨터와 작고 둥근 오실로스코프 스크린을 이용한 초보적인 테니스 시뮬레이션을 프로그래밍했다. 〈2인용 테니스Tennis For Two〉라는 이름의 이 게임은 하얀 점 같은 공이 작은 하얀 선 위에서 앞뒤로 휙휙 움직이는 게 전부였다. 게임을 본 군중들은 열광했고, 게임은 그 뒤 해체되어 치워졌다.

3년 후인 1961년에[8] 스티브 "슬러그" 러셀Steve "Slug" Russell과 매사추세츠 공과 대학MIT 학생들이 최초의 미니 컴퓨터인 PDP-1에서 〈스페이스워!SpaceWar!〉라는 게임을 만들었다. 두 플레이어가 블랙홀 주변을 떠다니면서 서로 상대방의 로켓 우주선을 쏘는 게임이었다. 10년 후[9], 보스턴에서 윌 크라우더Will Crowther라는 프로그래머이자 아마추어 동굴 탐험가가 텍스트 기반의 동굴 탐험 시뮬레이션을 만들었다. 스탠퍼드 대학의 돈 우즈Don Woods라는 해커가 그 게임을 보고, 크라우더에게 연락해 판타지 요소를 추가하여 게임을 수정해도 괜찮을지 물었다. 그 결과가 바로 게임〈콜로설 케이브 어드벤처〉이다. 이때부터 텍스트 어드벤처가 대유행하기 시작해 미국 전역의 컴퓨터실에서 학생들과 해커들이 게임을 플레이하고 수정하기 시작했다. 텍스트 어드벤처 게임들은 보통 〈던전 앤 드래곤〉이나 [스타트렉]에 기반해 만들어졌다.

로메로는 80년대에 4세대 게임 해커로 성장했다. 1세대 해커는 50년대와 60년대에 MIT에서 미니컴퓨터로 연구한 학생들이고, 2세대는 실리콘 밸리와 스탠퍼드 대학에서 이를 이어받은 이들이고, 3세대는 80년대 초반에 태동한 게임회사들이다. 로메로가 여기에 속

8) 출처: 스티븐 레비 저, "해커스: 컴퓨터 혁명의 영웅들" 중 50~69페이지에서 (뉴욕, 밴텀 더블데이 델 출판, 1984년)

9) 출처: 스티븐 레비 저, "해커스: 컴퓨터 혁명의 영웅들" 중 페이지 140~141에서.

하려면 성직자들, 즉 게임 개발자의 프로그래밍 언어[10]를 배우기만 하면 되었다. 바로 HP-BASIC이라는 프로그래밍 언어였다. 그는 빠르고 집요한 학생이어서, 대답해주는 사람이 곤란할 정도로 까다로운 질문을 쏟아내었다.

로메로의 부모님은 아들의 새로운 열정에 별로 감동하지 않았다. 문제는 성적이었다. 로메로의 성적이 A, B에서 C, D로 곤두박질했다. 로메로는 총명했지만 쉽게 산만해지곤 했는데, 부모님은 게임과 컴퓨터를 너무 많이 하는 탓이라고 생각했다. 그 당시는 아케이드 게임이 연간 50억 달러의 수익을 내고[11], 심지어 가정용 게임 연간 수익도 10억 달러에 달하던 비디오 게임의 황금기였음에도 불구하고, 로메로의 새아버지는 게임 개발이 제대로 된 직업이라고 생각하지 않았다. 새아버지는 종종 말했다. "너 게임 만드는 걸로는 한 푼도 못 벌 거다. 비즈니스 응용 프로그램 같은 거, 사람들한테 정말 필요한 걸 만들어야 해."

새아버지와의 싸움이 격화될수록, 로메로의 상상력도 격렬해졌다. 그는 정신적, 육체적 폭력의 여파를 그림을 통해 떨쳐내기 시작했다. 로메로는 수년간 E.C. 코믹스의 B급 공포 영화 시리즈, 잡지 『매드 MAD』의 신랄한 사회적 풍자, 『스파이더맨Spider-Man』과 『판타스틱 포 Fantastic Four』등 영웅 모험담 만화책을 보면서 자랐다. 그리고 11살에는 스스로 만화를 그렸다. 로메로가 그린 만화 중 하나[12]에서 츄이라는 개가 주인과 함께 공놀이를 하러 간다. 주인이 츄이 눈을 향해 세게 공을 던져서, 츄이는 머리가 깨어지고 초록색 뇌가 흘러나온다. 로메로는 그 아래에 "끝"이라고 휘갈겨 쓰고는, "가엾은 늙은 츄이"라는 비문을 덧붙였다.

10) 출처: 스티븐 레비 저, "해커스: 컴퓨터 혁명의 영웅들" 중 19페이지에서.

11) 출처: Time(타임)지 1982년 1월 18일호, 페이지 51 "사람들이 하는 게임들" 기사.

12) 존 로메로 개인 소장품 중애서.

로메로는 학교 미술 숙제로 손수 만든 만화책 〈위어드Weird〉[13]를 제출했다. 한 대목에서 "고문 방법 10가지"를 묘사하는 삽화를 그렸는데, '몸 구석구석을 바늘로 찌른 다음… 며칠 후 그 사람이 거대한 상처 딱지로 변하는 것을 지켜본다', '의자에 묶어놓고 발을 태운다' 등의 내용이 있었다. "베이비시터를 화나게 하는 법"이라는 다른 대목에서는, '날카로운 단검을 꺼내 자신을 찌르는 척한다', '전기 코드를 귀에 꽂고 라디오인 척 한다'는 코멘트가 들어 있는 삽화를 그렸다. 교사는 그 숙제에 "끔찍하게 역겹다. 이런 식으로 할 필요는 없다고 생각한다."라는 의견을 적어 돌려주었다. 로메로는 미술 과목에서 B+를 받았다. 하지만 로메로는 컴퓨터 코딩에 가장 열심이었다.

시에라 대학에 처음 다녀온 지 단 몇 주 만에, 로메로는 첫 컴퓨터 게임을 프로그래밍했다. 텍스트 어드벤처였다. 메인프레임 컴퓨터는 데이터를 저장할 수 없었기 때문에, 왁스를 입힌 종이 카드에 일일이 구멍을 뚫어서 프로그래밍을 해야 했다. 카드는 각각 코드 한 줄을 나타냈고, 게임 하나를 만들려면 보통 수천 줄이 필요했다. 매일 학교가 끝나면, 로메로는 카드 더미를 고무줄로 자전거 뒤에 묶고 집으로 향했다. 다음번에 컴퓨터실에 가면, 그 카드들을 다시 컴퓨터에 넣어 게임을 작동시켜야 했다. 어느 날 대학에서 집으로 돌아가는 길에 자전거가 돌부리에 걸렸다. 천공 카드 이백 장이 하늘을 날아 젖은 땅바닥에 흩어졌다. 로메로는 이제 다음 단계로 넘어가야겠다고 결심했다.

로메로는 곧 그의 다음 관심사를 찾아냈다. 애플Ⅱ 컴퓨터였다. 애플은 1976년 캘리포니아 기술자들의 동호회 모임인 '홈브루 컴퓨터

---

13) 존 로메로 개인 소장품 중에서.

클럽'에서 소개된 이래 인디 해커들의 사랑을 받아왔다[14]. 가정에 들일 수 있는 첫 컴퓨터인 애플은 게임을 만들고 플레이하기에 이상적이었다. 두 스티브[15]로 알려진 애플의 공동창업자 스티브 잡스와 스티븐 워즈니악의 이력 덕분이었다.

불교와 철학에 심취해 있던 잡스는, 70년대 중반 대학을 중퇴하고 아타리Atari라는 스타트업 비디오 게임 회사에 첫 취직을 했다. 아타리는 놀런 부슈널Nolan Bushnell이 만든 전설적인 회사로, 1972년〈퐁 Pong〉이라는 테니스 비슷한 게임을 만들어 오락실을 강타했다. 〈퐁〉은 플레이어가 스크린 양쪽 끝에 있는 하얗고 가느다란 라켓을 조정해 점을 앞뒤로 치는 게임이었다. 놀런 부슈널은 첫 번째 아케이드 게임 〈컴퓨터 스페이스Computer Space〉를 만들기 위해 〈스페이스 워!〉를 해킹하기도 했는데[16], 잡스는 이런 자신감과 대담함을 공유하고자 했다. 그러나 잡스에게는 어린 시절 친구인 워즈니악과 함께 실현할 더 큰 계획이 있었다. 워즈니악, 줄여서 워즈는 몇 시간이나 비디오 게임을 할 수 있는 수학 영재였다.

워즈는 프로그래밍 천재인 만큼 장난꾸러기였다[17]. 워즈는 샌프란시스코 베이 에어리어에서 농담전화 번호Dial-a-joke를 만들어 운영하는 걸로 유명했다. 워즈는 유머와 수학을 접목할 완벽한 장소를 컴퓨터에서 발견하고, 플레이어가 패배하면 스크린에 "오 제기랄"이라는 메시지가 반짝거리는 게임을 만들기도 했다. 잡스는 아타리의 새로

---

14) 출처: 폴 프라이버거Paul Freiberger와 마이클 스웨인 Michael Swaine 공저, "계곡의 불꽃: 퍼스널 컴퓨터의 탄생=Fire in the Valley: The Making of the Personal Computer"의 118페이지에서 (뉴욕 맥그로힐 2000년 출판)

15) 출처: 폴 프라이버거와 마이클 스웨인 공저, "계곡의 불꽃: 퍼스널 컴퓨터의 탄생"의 253~263페이지에서

16) 출처: 스티븐L. 켄트 저, "첫번째 분기The First Quarter" 중 25~28페이지 (BWD 프레

17) 출처: 폴 프라이버거와 마이클 스웨인 공저, "계곡의 불꽃: 퍼스널 컴퓨터의 탄생"의 261~263페이지에서.

운 게임 〈브레이크아웃Breakout〉을 기획하기 위해 워즈를 영입했다. 잡스의 기업가적 비전과 워즈의 독창적인 프로그래밍이 만나 두 사람의 회사, 애플을 탄생시켰다. 1976년에 만든 첫 번째 애플 컴퓨터는 홈브루 회원들을 위한 시제품이었고, 가격도 악마적으로 666.66달러로 책정했다. 그러나 그 다음 해에 만들어진 애플II는[18]. 키보드, 베이직 BASIC 호환성, 그리고 무엇보다도 컬러 그래픽을 지원하는 일반 소비자용 제품이었다 하드 드라이브는 없었으나 게임 콘트롤러 두 개가 딸려있었다. 게임을 위해 '만들어진' 것이었다.

로메로는 시에라 대학에서 처음으로 이 스타일리시한 디자인의 베이지색 애플II 컴퓨터를 보았다. 기존 메임 프레임 컴퓨터의 그래픽은 기껏해야 하얀 블록과 선뿐인 반면에, 애플II 모니터는 고해상도 컬러 도트가 터질 듯 가득했다. 로메로는 컴퓨터실을 뛰어다니며 이 새로운 마법 상자로 뭘 할 수 있는지 모두 알아내려 했다. 시에라 대학에 가면 로메로는 항상 점점 다양해지는 애플II 게임을 했다.

애플II 게임들은 대부분 〈아스테로이드〉와 〈스페이스 인베이더 Space Invaders〉 같은 오락실 히트 게임의 아류작이었다. 그러나 진정한 혁신의 징후가 보이는 게임도 있었는데, 〈울티마 Ultima〉가 그 한 예였다. 로드 브리티쉬Lord British라고도 알려진 리처드 개리엇Richard Garriott은 텍사스에 사는 우주비행사의 아들로, 중세 영어를 써서 그래픽 롤플레잉 시리즈 〈울티마〉를 만들어 엄청나게 성공을 거뒀다. 플레이어는〈던전 앤 드래곤〉에서처럼 마법사나 엘프로 자기 캐릭터를 선택하고, 용과 싸우면서 캐릭터를 구축한다. 그래픽은 조잡했다. 색색의 네모난 사각형으로 풍경을 표현했는데, 초록색은 나무, 갈색은 산이었다. 플레이어 캐릭터는 얼룩덜룩한 막대 모양이었고, 괴물을 공격하는 모습은 나오지 않았다. 그냥 드래곤에게 걸어간 다음,

---

18) 출처: 출처: 폴 프라이버거와 마이클 스웨인 공저, "계곡의 불꽃: 퍼스널 컴퓨터의 탄생"의 267페이지에서.

결과를 설명하는 텍스트가 나올 때까지 기다려야 했다. 그러나 게이머들은 게임이 '암시하는' 세계를 위해 조잡함을 눈감아주었다. 그 세계에는 소설적이고 참여적인 경험이 있었다.

〈울티마〉역시 이들 신세대 해커의 잠재적 기업가 정신을 보여준다. 개리엇은 80년대 초반에 진취적으로 명성을 쌓았다. 개리엇도 다른 애플Ⅱ 프로그래머처럼 플로피 디스크에 게임을 담아 투명한 지퍼백에 밀봉해서 지역 컴퓨터 상점에 배포했다. 북부 캘리포니아에 사는 젊은 부부 켄과 로베르타 윌리엄스Ken and Roberta Williams도[19] 지퍼백 배급 방식의 선구자 중 하나였는데, 집에서 만든 그래픽 롤플레잉 게임으로 연 1,000만 달러 매출의 회사, 시에라 온라인Sierra On-Line을 만들어냈다. 시에라 온라인은 야외 온천욕을 할 수 있는 히피 디지털 지식층의 안식처였다. 키 205cm, 몸무게 145kg의 전설 사일러스 워너Silas Warner[20]는 뮤즈 소프트웨어Muse Software를 공동 설립해서 로메로가 가장 좋아하는 게임인〈캐슬 울펜슈타인Castle Wolfenstein〉을 출시했다. 어두운 긴장감이 넘치는 게임으로, 플레이어는 막대 모양의 캐릭터를 움직여 일련의 미로를 통과하면서 나치 독일군과 전투를 벌이다가, 마지막에는 히틀러와 만나게 된다.

로메로가 게임에 너무 많은 시간을 소비하자 새아버지는 집에 컴퓨터를 사서 로메로를 잘 지켜볼 수 있게 하는 것이 가족을 위해 최선이라 판단한다. 애플Ⅱ가 집에 도착한 날, 슈네만은 문 앞에 서 있는 아내를 발견했다. "화내지 않겠다고 약속해," 지니가 간청했다. 거실에는 비어있는 애플Ⅱ 상자가 있었다. "조니가 벌써 다 조립했어." 지니가 조심스레 말했다. 좋지 않은 삐빅 소리가 몇 번 들려왔다. 슈네만은 격분하여 쿵쾅거리며 복도를 걸어가 문을 열었다. 망가

19) 출처: 스티븐 레비 저, "해커스: 컴퓨터 혁명의 영웅들" 중 280~302페이지에서.
20) Personal homepage, http://pwp.value.net/penomee/silas. html

진 플라스틱과 전선들이 쌓여 있으리라 생각했으나, 그가 본 것은 잘 작동하는 컴퓨터 앞에 앉아 타이핑하고 있는 로메로였다. 새아버지는 잠시 조용히 서 있다가 들어가서 로메로가 소개하는 게임 몇 가지를 보았다.

1982년 크리스마스에 로메로는 『애플 그래픽스 아케이드 튜토리얼Apple Graphics Arcade Tutorial』과 더 빠르고 난해한 코드인 어셈블리 언어를 설명하는 『어셈블리 라인스Assembly Lines』라는 책 두 권을 받고 싶어 했다. 새아버지 슈네만이 영국 공군기지로 전근을 가게 되어 가족들 모두 영국 중부 캠브리지셔의 작은 마을 알콘베리로 가게 되었는데, 이 책들이 로메로의 생명줄이 되었다. 로메로는 더욱 숙련된 어셈블리 언어를 활용해서 게임을 만들었다. 자신만의 패키지를 만들어 직접 그림도 그렸다. 이렇게 직접 만든 게임을 학교에서 판매하면서, 로메로의 실력과 기술이 알려지며 유명해졌다.

러시아 공중전 모의 훈련을 담당하는 장교가 로메로에게 아르바이트할 생각이 있는지 물었을 때, 로메로의 새아버지는 뭔가 대단한 일이 벌어지고 있다는 걸 알았다. 바로 다음날, 그 장교는 로메로를 큰 컴퓨터로 가득 찬 추운 방으로 데려갔다. 기밀지도, 문서, 기계 등은 로메로가 보지 못하도록 검은 천에 덮여 있었다. 그는 메인프레임에서 미니컴퓨터로 프로그램을 번역하는 데 도움이 필요하다고 했다. 모니터에는 조잡하게 그려진 비행 시뮬레이션이 떠 있었다. 로메로가 말했다. "문제없어요. 나는 게임에 대해서는 다 알아요."

로메로는 새 시대를 맞을 준비가 되어 있었다. 컴퓨터는 이제 문화적인 아이콘이었다. 『타임』지조차 1982년 '올해의 인물'이 있어야할 표지에 '올해의 기계'[21]로 컴퓨터를 게재했다. 컴퓨터 게임은 텔레비전과 연결되는 시스템 "콘솔"로 만들어진 비디오 게임이 급격하게

---

21) 출처: 타임(Time)지 1982년 1월 3일호 기사 "올해의 기계"에서.

몰락하면서 더욱 매력적이 되어가고 있었다. 게임과 하드웨어가 과잉 공급되던 1983년 아타리에서만 5억 3,600만 달러의 손실이 발생했다[22]. 그동안 가정용 컴퓨터는 점점 속도가 빨라졌다. 코모도어는 VIC-20와 코모도어64 컴퓨터로 애플의 매출을 10억 달러 이상 넘어섰다[23]. 그리고 이들 컴퓨터에는 게임이 필요했다.

초기 시장에서 애플II로 작업하는 어린이가 게임을 유통시키는 방법은 두 가지가 있었다. 하나는 시에라나 일렉트로닉 아츠Electronic Arts 같은 대형 유통업체인데, 로메로가 접근하기는 상당히 어려웠다. 다른 하나는 애호가들을 위한 잡지로 비교적 접근하기 쉬웠다. 이들 잡지는 비용을 절감하기 위해 개인 개발자에게 투고 받은 게임 코드를 지면에 수록했다. 구독자들은 잡지에 실린 코드를 컴퓨터에 열심히 타이핑해서 게임을 했다.

로메로는 영국에 있는 동안 시간이 날 때마다 애플 컴퓨터 앞에 앉아 게임을 만들어 출판용으로 보냈다. 결과적으로 성적은 떨어져 새아버지를 화나게 했다. 새아버지와 사이가 다시 나빠지고 예전 감정 싸움이 되살아 나면서, 로메로는 새로운 만화책 "멜빈"의 영감을 얻었다[24]. 내용은 항상 같았다. 멜빈이라는 소년은 아버지가 하지 말라는 일을 하고, 그 결과 끔찍하게 괴롭힘을 당한다. 금지를 남발하는 멜빈의 아버지는 로메로의 새아버지처럼 대머리에 선글라스를 썼다. 한 이야기에서 멜빈은 설거지를 하겠다고 하고는 컴퓨터 게임을 하러 사라진다. 이를 알게 된 아버지는 멜빈이 잘 때까지 기다렸다가 방으로 달려가 "이 새끼야!"라고 소리치며 멜빈의 얼굴이 피투성이가 되고 눈알이 튀어나올 때까지 때린다. 이 폭력적인 만화에서 해

---

22) 출처: 스티븐L. 켄트 저, "첫번째 분기The First Quarter" 중 198페이지 (BWD 프레스

23) 스티븐L. 켄트 저, "첫번째 분기The First Quarter" 중 214페이지 (BWD 프레스 2000
   년 출판)

24) 출처: 존 로메로의 개인 소장품 중에서.

방감을 얻는 건 로메로만이 아니었다. 학교 친구들은 멜빈이 불운을 맞이하는 방법에 아이디어를 보냈다. 로메로는 친구들이 준 아이디어를 모두 그리면서, 기회가 될 때마다 지저분한 피를 최대한 과장해 그렸다. 아이들은 로메로를 동경했다.

친구들의 관심은 로메로를 변화시켰다. 로메로는 주다스 프리스트, 메탈리카, 머틀리 크루 같은 헤비메탈을 들었다. 그는 여섯명이 넘는 소녀들과 데이트를 했다. 로메로는 가장 마음에 들어한 소녀와 곧 사귀게 되었다. 인기 많고 지적이며 활달한 소녀로, 존경받는 장교의 딸이었다. 여자 친구는 로메로에게 버튼다운 셔츠를 사도록 하고, 좋은 청바지를 입고 콘택트렌즈를 하게 했다. 몇 년 동안이나 아버지와 새아버지에게 맞고 자란 끝에, 로메로는 마침내 인정을 받고 있었다.

16살이 된 로메로는 게임으로 성공하기를 갈망했다. 8개월이나 거절당하다가, 1984년 3월 5일 애플 매거진 『인사이더』에서 좋은 소식이 왔다[25]. 한 편집자가 마르디 그라에서 갓 돌아왔다면서, 로메로의 〈스카우트 서치Scout Search〉코드를 출판하기로 했다는 편지였다. 〈스카우트 서치〉는 플레이어(한 점)가 회색 곰(또 다른 점)의 공격을 받기 전에 스카우트(많은 점들)를 모두 모아야 하는 저해상도 미로 게임이다. 멋져 보이지는 않았지만, 재미있는 게임이었다. 로메로는 100달러를 받게 되었다. 그 잡지는 로메로가 보낸 다른 게임들에 대해서도 관심을 보였다. 편집자는 "여독이 풀리는 대로 살펴보겠다"고 썼다.

로메로는 모든 노력을 쏟아 게임을 더 많이 만들었다. 게임아트와 프로그래밍을 모두 혼자 했다. 30분이면 게임 하나를 프로그래밍할 수 있었다. 그리고 이름을 짓는 규칙까지 만들었다. 모든 게임

25) 출처: 존 로메로의 개인 소장품 중에서.

제목을 〈에일리언 어택Alien Attack〉이나 〈케이번 크루세이더Cavern Crusader〉같이 첫 글자가 같은 두 개의 단어로 짓는 것이었다. 그는 점점 더 자신만만해졌다. 한 번은 어떤 잡지에 편지를 썼다. "내가 이 달의 프로그래밍 대회에서 우승하면, (나는 우승할 거예요. 내 프로그램은 끝내 주니까.) 500달러짜리 상품 대신 그냥 500달러를 받을 수 있나요? 연간 상금 1,000달러(이것도 내가 받을 겁니다.)를 수여하는 방식처럼요."[26] 모든 편지에 서명은 '존 로메로, 에이스 프로그래머'라고 적었다. 로메로는 바랐던 대로 우승 상금으로 현금을 받았다.

이런 성공에 힘을 얻은 로메로는 유타에 살고 있는 친아버지에게 연락하고 싶어졌다. 자신이 이룬 것을 아버지에게 말하고 싶었기에 자기 회사 '캐피톨 아이디어스 소프트웨어'의 공식 편지지를 만들어 편지를 썼다. 모든 콘테스트와 출판물에 대해 이야기하며 로메로는 이렇게 썼다. "저 4년 반 동안 컴퓨터를 배웠어요[27]. 제 프로그래밍 실력은 지금 또 혁명적으로 변하고 있어요." 이번에는 편지 끝에 "존 로메로, 에이스 프로그래머, 콘테스트 우승자, 미래의 부자"라고

서명했다. 그는 이미 자신의 길에 들어섰으며, 그것을 '느낄' 수 있었다. 하지만, 크게 성공하려면 영국을 떠나 미국으로 가야만 했다.

로메로의 바람은 1986년에 이루어졌다. 가족과 함께 캘리포니아로 돌아가게 된 것이다. 로메로는 시에라 대학에 등록했고, 고등학교 3학년을 마치기 전부터 수업을 듣기 시작했다. 로메로의 게임은 계속 유통되었다. 그가 만든 게임은 거의 모두 컴퓨터 잡지에 실렸다. 로메로가 만든 게임들이 잡지의 표지를 장식했다. 그리고, 로메로는 버거킹 아르바이트를 하다가 사랑에 빠졌다.

어느 날 버거킹을 찾은 켈리 미첼이 계산대 뒤에 있던 로메로의 시

---

26) 출처: 존 로메로의 개인 소장품 중에서.
27) 출처: 존 로메로의 개인 소장품 중에서.

선을 잡아끌었다. 둘은 데이트하기 시작했다. 켈리는 중상류층의 몰몬 교도 집안의 딸이었다. 무엇보다 그녀는 마을 언덕 높은 곳에 있는 멋진 집에 살았다. 로메로는 다른 여자들과도 사귀었었지만, 켈리는 비교할 수 없을 만큼 재미있었다. 비록 게임에는 아무 관심도 없었지만 말이다. 19살 로메로에게는 가족을 시작할 기회 같았다. 그가 단 한 번도 진정으로 가져본 적이 없는 가족을 말이다. 로메로는 켈리에게 청혼했고, 두 사람은 1987년에 결혼했다.

로메로는 이제 꿈꿔왔던 일을 할 때라고 결심했다. 그는 이미 게임을 10개나 발표했다. 고등학교는 곧 졸업할 예정이었고 부양할 가족이 있으니 직장이 필요했다. 그리고 1987년 9월 15일, 기회가 찾아왔다. 애플페스트라는 애플 컴퓨터 마니아들의 행사에서였다. 로메로는 컴퓨터 잡지에서 이 행사에 대해 읽고, '모두'가 거기에 온다는 걸 알았다. 대형 게임 유통사인 오리진Origin, 시에라뿐 아니라 그의 게임을 유통해 돈을 벌게 해주는 『업타임Uptime』, 『니블Nibble』, 『인사이더Incider』같은 잡지도 모두 참가할 것이다. 로메로가 샌프란시스코 컨벤션 센터에 도착했을 때, 해커와 게이머들이 모니터, 프린터, 디스크를 안으로 끌고 들어가고 있었다. 로메로가 만든 게임이 표지를 장식한 『니블』 잡지가 한 테이블 가득 쌓여있었다. 플로피 디스크로 출간되는 컴퓨터 잡지 『업타임』 부스에는 로메로의 다른 게임들이 화면에 나오고 있었다. '오 예, 잘 될 거 같다', 고 로메로는 생각했다.

로메로는 『업타임』 부스에서 자기 게임을 사준 편집자 제이 윌버를 만났다. 제이는 T.G.I. 프라이데이에서 바텐더로 일하기도 했던 건장한 27살의 청년으로, 공기로 꽉 차서 빵빵한 어린이 얼굴에 털이 뒤덮인 것처럼 보였다. 제이는 로메로를 좋아했다. 로메로는 배우기는 쉽지만 완전히 숙달하기는 어려워야 한다는 위대한 게임의 마법같은 공식을 알고 있는, 불손하지만 믿을 만한 프로그래머였다. 제이는 로메로에게 일자리를 제안했다. 로메로는 생각해 보겠다고 답변했는데 그냥 허세를 부린 거였다.

『업타임』과의 미팅으로 흥분한 채로, 로메로는 오리진 부스로 향했다. "울티마V: 10월 31일 공개"라는 배너가 걸려 있었다. '오 맙소사, 다음 〈울티마〉다!' 로메로는 컴퓨터 앞에 앉아 재빨리 디스크를 꺼냈다. 오리진 마케팅팀의 한 여자가 말했다. "지금 뭐하는 거죠? 우리 컴퓨터에서 게임을 가져가려는 거죠! 그러시면 안 돼요!"

로메로는 키를 몇 번 두드렸다. "이거 좀 보세요!" 화면에 미로 추격전이 나타났다. 로메로가 그래픽 해상도를 두 배로 높이는 복잡한 프로그램을 사용해서 만든 게임이었는데, 화면이 훨씬 더 화려하고 선명해 보였다. 더블-레스DOUBLE-RES 그래픽이라고도 불리는 이 기술은 고급 프로그래밍 기법으로 여겨지고 있었다. 그런데 이 삐쩍 마른 어린이가 화면 속〈울티마〉보다도 훨씬 좋아 보이는 게임을 자랑하고 있는 것이었다. 그 여인은 딱 한 가지만 물었다. "여기 취직하지 않을래요?"

두 달이 지난 1987년 11월, 로메로는 차를 몰고 미국을 횡단하고 있었다. 뉴햄프셔에 있는 오리진 오피스에 첫 출근하기 위해서였다. 열정은 넘쳤지만 돈이 없어서, 잔고도 없는 계좌 앞으로 수표를 써서 고속도로 톨게이트비를 내야 했다. 임신한 아내 켈리가 이 자동차 여행을 함께 했다. 첫 아이가 2월에 태어날 예정이었다. 켈리는 눈 속을 뚫고 가는 여정을 달가워하지 않았지만 로메로가 매력적이고 열정적인 태도로 설득해서 함께 길을 나섰다. 로메로는 에이스 프로그래머이자 부자인 삶이 곧 시작될 거라고 약속했다.

그러나 로메로는 그 약속을 지키지 못했다. 로메로는 오리진에서 빠르게 성공했지만, 회사를 떠나 창업하는 상사를 따라나서는 도박을 했다. 잘못된 선택이었다. 새로 만든 회사는 필요한 만큼 사업을 일으켜 세우지 못했다. 얼마 지나지 않아 로메로는 실직하고 말았다.

그는 21살 나이에, 아내와 갓난아기 마이클, 그리고 곧 태어날 아기까지 있었다. 켈리는 지치기 시작했다. 로메로의 허풍은 답이 없어 보였고, 켈리는 둘째를 낳으러 부모님이 있는 캘리포니아로 돌아갔다. 로메로는 아내에게 전화해서 직업도, 집도, 아무것도 남지 않았다고 말해야만 했다. 친구네 집 소파에서 잠을 청하면서 말이다.

하지만 로메로는 그냥 누워 죽을 수 없었다. 그에게는 쫓아야 할 꿈이 있고, 사랑하는 가족이 있었다. 자신은 한 번도 가져본 적 없는 부류의 아버지가 될 수 있었다. 아이들에게 게임을 하게 해줄 뿐 아니라 직접 '플레이'하는 아버지 말이다. 로메로는 제이 윌버에게 전화해 『업타임』에 일자리가 있는지 물어보았다. 제이는 루이지애나 슈리브포트에 있는 경쟁사 소프트디스크Softdisk에 합류하기 위해 업타임을 떠난다고 말했다. 제이는 아마 로메로도 소프트디스크에 취업할 수 있을 거라고 제안했다. 로메로는 주저하지 않았다. 물론, 슈리브포트에 갈 것이다. 행운이 거기에 있다. 게임이 거기에 있다. 그리고 열렬한 게임광들도 있기를 로메로는 바랐다.

꿈의 창조자들

두 사람이 제국을 세우고 대중문화를 바꿔놓은 이야기

로켓 과학자

The Rocket Scientist

2장

로켓 과학자

존 카맥은 말이 늦게 트여서 부모를 걱정시켰다. 그러나 1971년 어느 날, 15개월이 된 카맥이 샤워타월을 들고 아장아장 거실로 들어와서는 한 단어도 아닌 완벽한 문장으로 말했다. "샤워타월 여기 있어요, 아빠." 마치 의미 있는 말을 할 수 있을 때까지 입을 열고 싶지 않았던 것 같았다. 카맥의 아버지 스탠은 아내에게 말했다. "잉가, 어쩌면 우리 애는 조금 특별한지도 모르겠어."

카맥 집안은 대대로 독학에 능했다. 존 카맥과 이름이 같은 할아버지는 전기 기술자였는데, 초등학교 2학년까지밖에 다니지 못했지만 아내에게 글을 읽고 쓰는 법을 배웠다. 카맥의 할머니는 가정 주부였고 엘레멘터리 스쿨 8학년까지 학교를 다녔다. 두 사람의 아들 스탠은 켄터키 동부 가장 가난한 지역에서 자랐는데, 열심히 공부해 장학금을 받고 대학에 갔다. 스탠은 공학과 수학도 뛰어났지만 결국 방송 저널리즘을 공부했고, 가족 중 처음으로 대학을 졸업했다. 잉가는 화학자와 물리치료사의 딸로 태어났다. 부모님의 영향으로 과학에 관심이 많아 핵의학을 공부하는 한편, 미생물학 박사 학위에도 도전했다. 잉가와 스탠은 매력적인 캠퍼스 커플이었고, 두 사람의 학구열은 첫 아들 카맥에게 이어졌다.

1970년 8월 20일 태어난 존 D 카맥(또는 애칭으로 존디)은 부모님이 노력으로 맺은 결실 속에서 성장했다. 스탠이 미주리주 캔자스 시티 3대 텔레비전 방송국의 야간 뉴스 앵커가 되고 나서, 카맥 가족은 상류층이 사는 교외 지역으로 이사했다. 거기서 남동생 피터가 태어났다. 카맥은 그 지역에서 가장 좋은 학교인 노트르담 가톨릭 초등학교에 다녔다. 카맥은 작고, 깡마른 데다 헝클어진 금발머리에 돌이 되기 전부터 커다란 안경을 썼는데, 학교에 들어가자마자 빠르게 두각을 나타냈다. 겨우 7살이었던 2학년 때[28] 모든 표준화시험에서 만점에 가까운 점수를 받아 9학년 수준의 이해도를 기록했다. 카맥에게는 독특한 언어장애가 있었는데, 마치 컴퓨터가 정보를 처리할 때처럼 문장 끝에 로봇같은 허밍을 붙이곤 했다. "12 곱하기 12는 144…음음음…"

가정에서는 부모님처럼 엄청난 책벌레로 자랐다. 카맥은 톨킨의 『반지의 제왕』같은 판타지 소설을 가장 좋아했다. 그는 만화책을 수십 권씩 읽었고, 공상 과학 영화를 보고, 〈던전 앤 드래곤〉 게임을 할 때 가장 즐거워했다. 카맥은 D&D게임을 하는 것보다 창조하는 쪽에 더 관심이 있었고, 던전 마스터 역할에 마음이 끌렸다. 그는 D&D 게임을 통해 자신이 독특하고 대단한 발명가임을 증명했다. 던전 마스터들은 대부분 규칙서에 정확하게 도표화된 세계관에 의존했지만, 카맥은 그 구조를 버리고 자신만의 정교한 세계관을 고안했다. 학교에 다녀오면 모눈종이를 한 무더기씩 들고 방으로 사라져서는, 자신의 게임 세상을 차트로 구현하곤 했다. 이때가 3학년이었다.

카맥은 성실했지만 그에게도 도망치고 싶은 것이 있었다. 글짓기 숙제로 인생의 가장 큰 어려움 다섯 가지[29]에 대해 쓰면서 부모님의

---

28) 출처: 존 카맥의 어머니 잉가 카맥의 개인 소장품 중 학교 성적표에 따르면.

29) 잉가 카맥 개인 소장품에서.

기대가 지나치게 높다는 점을 두 번이나 꼽았다. 규칙을 중시하는 어머니와 카맥은 사이가 좋지 않았다. 한 번은 글짓기 숙제에 어머니와 마찰이 있었던 하루에 대해 쓰기도 했다. 카맥이 가산점을 주는 추가 숙제를 하지 않겠다고 하자[30], 어머니는 만화책을 몽땅 벽장에 넣고 못 꺼내게 자물쇠를 채웠다. 자물쇠를 따지 못하자, 카맥은 경첩을 떼어내 벽장을 열었다.

카맥은 학교에서도 점점 더 엇나갔다. 학교 조직과 교리를 싫어했다. 카맥은 종교를 비이성적이라고 생각했다. 매주 수요 미사 후에 반 친구들의 믿음에 이의를 제기하기 시작했는데, 그와 토론하다 울어버리는 아이도 있었다. 카맥이 자신의 분석력을 훈련할 더 생산적인 방법을 찾게 된 것은 어느 날 한 교사가 애플II를 들여왔을 때였다. 카맥은 컴퓨터를 처음 만져봤지만, 컴퓨터가 자기 몸의 일부처럼 여겨졌다. 컴퓨터는 수학의 언어로 말했고. 그의 명령에 응답했다. 컴퓨터 게임을 몇 개 보자, 카맥은 컴퓨터가 세상을 담고 있음을 깨달았다.

이 시점까지 카맥은 오락실 게임에 빠져 있었다. 일대에서 제일 잘하는 플레이어는 아니었지만, 〈스페이스 인베이더〉, 〈아스테로이드〉, 〈배틀존Battlezone〉의 빠른 액션과 즉각적인 복수를 좋아했다. 배틀존은 1인칭 게임이라는 점에서 독특했다. 액션을 머리 위나 옆에서 내려다보는 게 아니라, 탱크 안에서 밖을 보면서 액션을 했다. 그래픽은 조잡했지만, 기하학적인 초록색 선이 모여 3차원처럼 보이는 착시를 일으켰다. 〈배틀존〉은 워낙 흡입력이 강해서 미국 정부도 관심을 갖고 군사 훈련용 맞춤 버전을 요청할 정도였다[31]. 카맥은 머지않아 자신만의 맞춤 게임을 만들고 싶어졌다. 컴퓨터만 있다면 가능

---

30) 위와 동일하게 잉가 카맥 개인 소장품에서.

31) 출처: 허만 저 "피닉스"의 51페이지에서.

한 일이었다.

카맥이 5학년 때, 어머니 차를 타고 근처 라디오섹Radio Shack에 가서 TRS-80 컴퓨터 강의를 들었다. 그리고는 프로그래밍 책을 학교로 가져가, 필요한 것들을 모두 혼자 공부하기 시작했다. 백과사전에 나온 컴퓨터 항목은 수십 번 읽었다. 성적이 오르자, 카맥은 선생님께 자신을 더 많은 것을 배울 수 있는 6학년으로 보내는 게 논리적으로 옳다는 취지의 편지[32]를 쓴다. 이듬해, 카맥은 이 지역에서 처음으로 컴퓨터실을 갖춘 쇼니 미션 이스트Shawnee Mission East 공립 학교 영재 프로그램으로 전학하게 된다.

카맥은 이 학교에서 만난 다른 영재들과 애플II에 대한 열정을 나눌 수 있었다. 그들은 BASIC 프로그램을 독학했다. 게임을 했고, 머지않아 게임을 해킹했다. 카맥은 〈울티마〉에서 캐릭터가 위치한 코드를 일단 알아낸 다음, 자기 캐릭터에 더 많은 능력을 주도록 다시 프로그램했다. 그는 아무것도 없는 상태에서 무언가를 창조할 수 있는 이 능력을 무척 좋아했다. 프로그래머로서 그는 누구에게도 의지할 필요가 없었다. 정해진 규칙의 논리적인 진행에 따라 코드를 짜기만 하면, 작동했다. 모든 것이 이치에 맞았다.

이치에 맞지 않는 건 부모님뿐이었다. 카맥이 12살 때, 부모님이 갑자기 이혼을 했다. 양육 방식의 차이에 따른 갈등이 너무 커졌다. 잉가는 이혼에 따른 여파가 카맥에게 충격을 주었다고 느꼈다. 카맥은 학교에서 조금씩 자신에 대해 알아가고 있었는데, 갑자기 학교에서 끌려나오고 남동생과도 떨어져 지내게 되었다. 형제는 매년 교대로 학교를 바꾸면서 부모 사이를 오갔다. 카맥은 아버지와 떨어져 있는 것을 싫어했다. 설상가상으로, 어머니와 살 때는 카맥이 스스로 살림을 꾸려야 했다.

---

32) 출처: 잉가 카맥 개인 소장품.

카맥은 점점 컴퓨터에 관심이 많아졌지만, 잉가는 게임을 전혀 이해하지 못했다. 잉가는 컴퓨터에 관심이 있는 아이라면, 〈울티마〉게임이나 하고 앉아있을 게 아니라 학교에서 열심히 공부하고 좋은 성적을 받아서 매사추세츠 공과대학교MIT에 진학해야 한다고 생각했다. IBM에 취업할 수 있게 말이다. 잉가는 아들을 사랑했기에 자신이 최선이라 생각하는 길을 아들이 따라주기를 원했다. 하지만 그건 카맥이 원하는 게 아니었다. 카맥이 원한 건 자기 세계를 구현할 수 있는 자신만의 컴퓨터뿐이었다. 카맥은 점점 고집이 세어졌다. 잉가는 전에는 말 잘 듣던 아들이 왜 그렇게 통제불능에 우울한 성격이되었는지 알아보려고 심리상담소에 데려갔다.

잉가가 새로운 연인을 찾아 시애틀로 이사하기로 결정하면서, 카맥은 그 답답한 상황에서 빠져나올 수 있었다. 스탠이 10대가 된 두 아들을 데려가 새 아내와, 아내가 데려온 두 아이와 함께 살기로 했다. 여섯 식구가 된 것이다. 스탠은 여전히 뉴스 앵커로 활약하며 수입도 괜찮았지만, 갑자기 식구가 두 배로 늘어나자 이전 생활수준을 유지하기가 힘들어졌다. 그래서 그는 노동자들이 많이 사는 레이타운이라는 동네로 이사하는 모험을 감행했다. 시 경계 안쪽 8,000 제곱미터 대지에 지어진 오래된 농가주택으로 말이다. 카맥은 하룻밤 사이에 낯선 집에 낯선 가족과 살면서, 영재 프로그램도 컴퓨터도 없는 낯선 학교에 다니게 되었다. 그는 무척 외로웠다. 그러던 어느날, 그는 외롭지 않다는 것을 깨달았다.

『해커스: 컴퓨터 혁명의 영웅들(한국 제목: 해커, 광기의 랩소디)』이라는 책은 큰 발견이었다. 카맥은 해커에 대해 들은 적이 있었다. 1982년 제프 브리지스가 출연한 [트론]이라는 디즈니 영화는 비디오 게임 세계 안으로 자신을 해킹한 게임 디자이너에 대한 이야기였다. 1983년 영화 [워게임War Games, 한국제목: 위험한 게임][33]에서는 매튜 브로데릭이 연기한 젊은 게이머가 정부 컴퓨터 시스템으로 해킹해 들어가 세계 멸망을 일으킬 뻔했다. 하지만 그 책은 달랐다. 허구가 아닌 실제 있었던 이야기였다. 1984년 스티븐 레비가 쓴 그 책은, "우리가 사는 세상을 바꾼 기린아"들의 숨겨진 역사와 문화를 다뤘다. 1950-60년대 MIT에서 메인프레임을 실험하던 이들부터, 70년대 실리콘밸리의 홈브루 컴퓨터 클럽 시대, 그리고 나아가 80년대 게임 스타트업을 관통하며 25년 동안 부상한 무법자 컴퓨터 애호가들을 추적했다.

사실, 이들은 무법자나 괴짜라는 고정관념에 딱 들어맞지는 않았다. 이들은 각계각층에서 흘러들어와 진화했다. 빌 게이츠는 하버드를 중퇴하고 초창기 알테어 개인 컴퓨터용 첫 베이직 프로그래밍 코드를 썼고, 세계에서 가장 강력한 소프트웨어 회사를 세웠다. 슬러그 러셀, 켄과 로베르타 윌리엄스, 리처드 "울티마" 개리엇 같은 게임 제작자들, 그리고 게임에 대한 열정으로 애플II를 만들어낸 두 스티브인 잡스와 워즈니악. 그들 모두가 해커였다.

레비는 서문에 이렇게 썼다. "어떤 이들은 해커라는 용어를 조롱하는 말로 쓰기도 한다.[34] 머리는 좋지만 사회에 적응하지 못하는 사람이나, 지저분하고 '비표준적인' 컴퓨터 코드를 쓰는 '비전문적인' 프로그래머라는 의미도 담고 있다. 하지만 나는 다르게 생각한다. 볼품 없는 외모에 가려졌지만 해커들은 승부사, 선지자, 모험가, 예술가였으며, 컴퓨터가 왜 진정 혁명적인 도구인지 가장 정확하게 이해한 사람들이었다"

해커 윤리는 선언문의 형태였다. 어느 날 밤 그 책을 다 읽은 카맥은 '나도 해커가 되어야겠어!'라고 생각했다. 카맥은 기린아였다. 그

---

33) 잉가 카맥 개인 소장품.

34) 스티븐 레비 저, "해커스: 컴퓨터 혁명의 영웅들" 중 6~7페이지에서.

러나 그는 학교에서도 가정에서도 아무 것도 찾지 못하고, 좋은 컴퓨터나 해커 문화를 전혀 접하지 못한 채로 소외되어 있었다. 카맥은 곧 자기 분노에 공감하는 이들을 찾아냈다.

카맥이 좋아했던 레이타운 아이들은 전에 살던 캔자스시티의 아이들과 달랐다. 더 신랄하고 반항적이었다. 카맥은 게임과 컴퓨터에 대한 열정을 공유하는 친구들과 무척 친해졌다. 친구들과 함께 감춰진 세계를 탐험했다. 전자 게시판 시스템 BBSbullentin board system에서 형성된 온라인 커뮤니티라는 미지의 세계를 말이다. 인터넷으로 알려진 국제 컴퓨터 네트워크는 70년대부터 존재했지만, 그것은 여전히 대부분 국토 방위 분야 과학자와 대학 연구자들의 영역이었다. 이와 대조적으로 BBS는 카맥 같은 사람들을 위한 컴퓨터 아지트였다.

BBS 시스템은 1978년경 시작되었다.[35] 와드 크리스텐슨과 랜디 수스라는 해커 두 명이 전화선을 통해 마이크로 컴퓨터 간에 정보를 전송하는 최초의 소프트웨어를 만들었고, 그 결과 사람들이 서로 컴퓨터를 호출하고 정보를 교환할 수 있었다. 이 시스템에서 최초의 온라인 커뮤니티가 탄생한 것은 80년대였다. 기술과 의지를 가진 사람들이 소프트웨어를 교환할 수 있었고, 포럼에 문자 메시지를 게시하여 '대화'를 나눌 수 있었다. 누구든 충분한 사양의 컴퓨터 시스템과 전화선과 모뎀만 있으면 BBS를 시작할 수 있었다. BBS는 기숙사 방, 아파트, 컴퓨터 실험실에서 시작해 전 세계로 퍼져나갔다. The WELL로 알려진 샌프란시스코의 전지구 전자 연결 The Whole Earth 'Lectronic Link나[36] 매사추세츠의 소프트웨어 크리에이션Software Creations 등은 해커, 공짜 사용자Deadhead, 게이머들의 온상이 되었다.

35) 출처: 폴 프라이버거와 마이클 스웨인 공저, "계곡의 불꽃: 퍼스널 컴퓨터의 탄생"의 142페이지에서.

36) 출처: The WELL, www.thewell.com; 하워드 라인골드 저 "가상 커뮤니티: 전자 프론티어에서의 홈스테딩"의 17~37페이지에서. (뉴욕 소재 하퍼 콜린스 출판, 1993년)

카맥이 BBS에 가는 것은 게임 때문만이 아니었다. BBS에서는 가장 짜릿하고 불법적인 해커 문화를 연구할 수 있었다. 장거리 전화 서비스를 공짜로 거는 전화 해킹phone phreaking을 배우고, MUD에 대해 배웠다. MUD는 여러 플레이어가 D&D 타입 캐릭터를 연기할 수 있는 문자 기반 역할 놀이 게임으로 멀티 유저 던전Multi-User Dungeon의 줄임말이다. 그리고 카맥은 폭탄에 대해서 배웠다.

카맥에게 폭탄은 스릴있는 놀잇감이기보다는 화학 공학이었다. 멋지게 과학자 놀이를 하고, 덤으로 물건이 터지게 하는 일이다. 얼마 지나지 않아, 카맥과 친구들은 온라인에서 찾은 제조법을 실행에 옮겼다. 성냥개비 머리를 잘라 질산암모늄과 섞어, 질산칼륨과 설탕으로 연막탄을 만든 것이다. 고등학교 과학 수업에 나오는 재료로 유연하고 강력한 폭발물인 테르밋을 만들어 냈다. 그걸로 방과 후에 다리 밑에서 콘크리트 벽돌을 터뜨리곤 했다. 어느 날 그들은 폭탄을 더 실용적으로 사용하기로 결정했다. 바로 컴퓨터를 얻기 위해서였다.

어느 늦은 밤, 카맥과 친구들은 몰래 학교 근처에 애플II 컴퓨터가 있는 곳으로 갔다. 카맥은 테르밋 페이스트로 유리를 녹이는 방법을 읽은 적이 있었는데, 바셀린 같은 접착제류가 필요했다. 카맥이 혼합물을 만들어 창문 유리를 녹였고, 그렇게 만든 구멍으로 기어 들어갈 수 있었다. 그런데 뚱뚱한 친구 하나가 구멍에 끼어서, 대신 창문을 열고 들어갔다. 창문이 열리자 소리 없이 경보가 울렸고, 순식간에 경찰이 들이닥쳤다.

14살인 카맥은 형량 결정을 위해 정신 감정을 받으러 갔다. 어깨에 큼직한 칩을 달고 방에 들어갔다. 인터뷰 결과는 별로 좋지 않았다. 카맥은 나중에 평가 내용을 들었다. "다리가 달려 걸어다니는 두뇌처럼 행동한다. 다른 사람에 대한 공감이 없다." 인터뷰를 하던 사람이 연필을 빙빙 돌리며 물었다. "만약 안 잡혔으면, 이런 짓을 또 했을 것 같니?"

카맥이 정직하게 대답했다. "만약 잡히지 않았다면, 네, 또 했을 겁니다."

그 정신과 의사는 나중에 카맥과 우연히 만났을 때 말했다 "있지, 또 범죄를 저지르겠다고 말하는 건 현명하지 못한 일이야."

"'만약 잡히지 않았다면'이라고 했잖아요, 빌어먹을!" 카맥이 대답했다.

카맥은 1년간 그 지역 작은 소년원에 보내지는 처벌을 받았다. 소년원에 있는 아이들은 대부분 마약 때문에 간 거였다. 카맥은 애플Ⅱ 때문에 소년원에 갔다.

카맥이 친어머니와 살던 시절에 꽉 짜인 생활이 답답하다고 느꼈다면, 그건 소년원에서의 삶과 비교하면 아무것도 아니었다. 식사, 샤워, 취미생활, 수면 무엇이든 정해진 시간에 해야 했다. 잡다한 일을 할 때마다 좋은 태도 점수를 받았다. 카맥은 매일 아침 다른 아이들과 함께 밴에 실려 가서 예전 학교에서 수업을 들었다. 수업 후에는 다시 밴을 타고 소년원으로 돌아가야 했다.

카맥은 완고하고, 냉소적이며, 해킹에 크나큰 열의를 보였다. 부모님은 카맥에게 애플Ⅱ를 사주기로 했다. (하지만 카맥이 그 돈으로 소년원에서 만난 친구에게서 애플Ⅱ를 샀다는 건 몰랐다.) 카맥은 자기가 그래픽 프로그래밍을 가장 좋아한다는 걸 알게 됐다. 이진 코드로 무언가를 만들어 내면 화면에 나타나 살아 움직였다. 카맥은 그래픽 프로그래밍에서 다른 프로그램이 주지 못하는 피드백과 즉각적인 만족감을 얻을 수 있었다.

카맥은 3-D 그래픽에 대해서 읽고 와이어프레임 버전으로 MTV 로고를 만들어, 화면에서 회전하게 했다. 그는 그래픽 세계를 제대로 탐험하려면 게임을 만들어야 한다는 사실을 알고 있었다. 카맥은 영감을 얻기 위해 뮤즈를 기다려야 한다는 걸 믿지 않았다. 다른 사람의 아이디어를 이용하는 것이 훨씬 효율적이라고 생각했다. 카맥의 첫 번째 게임인 〈쉐도우포지Shadowforge〉는 많은 면에서 〈울티마〉와 비슷했다. 하지만 캐릭터가 기본 방향으로만 공격하는 일반적인 방식과 달리 임의의 방향으로 공격하게 하는 등 몇 가지 창의적인 프로그래밍 트릭을 선보였다. 카맥이 처음 판매한 게임도〈쉐도우포지〉였다. 나이트 아울 프로덕션Nite Owl Production이라는 회사에서 1,000달러에 사 주었다. 나이트 아울은 카메라 배터리 제조가 주 수입원인 노부부가 운영하는 유통사였다. 카맥은 그 돈으로 애플에서 나온 더 좋은 컴퓨터인 애플II GS를 샀다.

카맥은 건강한 정신을 유지하기 위해 몸을 단련했다. 역기를 들고, 유도 연습을 하고, 레슬링을 하기 시작했다. 어느날 학교가 끝난 뒤, 한 깡패가 동네 아이를 괴롭히려다가 카맥의 유도 실력에 희생양이 되었다. 카맥이 머리를 써서 맞설 때도 있었다. 지구과학 프로젝트에서 카맥과 파트너가 된 한 깡패가 카맥한테 혼자 다 하라고 시켰다. 카맥은 그러겠다고 했다. 그리고 둘 다 F를 받았다. 깡패는 물었다. "어떻게 F를 받을 수가 있어? 네가 이 근방에서 제일 똑똑하잖아!" 카맥은 그 프로젝트에서 일부러 낙제를 했다. 그 멍청이가 이기게 두느니, 자기 점수를 희생한 것이다.

점점 더 거만해지는 태도 때문에 카맥은 집에서 잘 지내지 못했다. 새어머니는 채식주의자이며 신비주의적 믿음을 가지고 있어서, 젊은 실용주의자인 카맥을 성나게 했다. 새어머니와 카맥 사이가 더욱 안 좋아지자, 아버지는 아파트를 하나 빌려 카맥과 남동생 피터가 고등학교를 마칠 때까지 살게 했다. 이사한 첫날 카맥은 애플II 코드를 꽂고, 잡지의 새 하드 드라이브 광고를 벽에 붙인 다음 일을 시작했다. 그에게는 만들 게임이 있었다.

1987년 어느 밤에 카맥은 궁극의 게임을 보았다. 새로운 텔레비전 시리즈 [스타 트렉: 더 넥스트 제너레이션] 첫 회[37]에서 선장이 홀로덱을 방문하는 장면이었다. 홀로덱은 선원들에게 휴식과 즐거움을 주기 위해 주변 환경을 시뮬레이션하여 만드는 미래적인 장치다. 선장은 홀로덱에 들어가 열대의 낙원을 만끽한다. 카맥은 강한 흥미를 느꼈다. 이것이 바로 가상세계였다. 그걸 실현할 기술을 찾는 게 문제일 뿐이었다.

그 동안 카맥에게는 게임 말고도 자신이 해야 할 일이 있기도 했다. 고등학교를 졸업한 카맥은 신탁 예금을 찾을 자격이 되었다. 아버지가 몇 년 전에 열여덟 살이 되면 쓸 수 있도록 맡겨둔 것이었다. 그런데 카맥이 돈을 찾으러 갔을 때는 어머니가 이미 시애틀에 있는 자기 계좌로 돈을 모두 이체한 뒤였다. 잉가는 아들이 컴퓨터 게임을 만드는 바보 같은 일에 그 돈을 쓰게 할 마음이 전혀 없었다. 잉가의 철학은 굳건했다. 컴퓨터로 뭘 하고 싶으면, 대학에 가라. 이왕이면 MIT에 가서 학위를 따고 IBM같은 좋은 회사에 취직해라.

카맥은 독설을 퍼붓는 편지를 보냈다. "엄마가 뭔데 아직도 나한테 이래라 저래라 하는 거예요!"[38] 그러나 어머니는 카맥이 재무관리는 커녕 아직 통장 잔고도 맞추지 못한다고 우기면서 꿈쩍도 하지 않았다. 카맥이 스스로 등록금을 마련해 대학에 등록하고, 어머니가 만족할 만한 성적을 얻으면 돈을 돌려주겠다는 말이었다.

1988년 가을, 18세 카맥은 마지못해 캔자스 대학에 등록하고 시간표를 컴퓨터 수업으로 꽉 채웠다. 끔찍한 시간이었다. 카맥은 다른 학생들과 어울리지 못했고, 맥주 파티나 동아리 모임에도 관심이 없었다. 교과서를 암기하는 방식으로 진행되는 수업은 더 괴로웠다. 도전할 것도, 창의력을 발휘할 일도 없었다. 시험은 지루할 뿐 아니라

---

37) 미국 드라마 "스타 트렉: 더 넥스트 제너레이션" 중 '파포인트에서의 조우' 에피소드의 내용. 1987년 9월 28일 방영분.
38) 출처: 잉가 카맥의 개인 소장품 중에서.

모욕적이었다. "왜 우리에게 그냥 프로젝트를 주고 수행하게 하지 않습니까?" 카맥은 한 시험지 뒷면에 그렇게 휘갈겨 썼다. "나는 어떤 프로젝트든 다 해낼 수 있습니다!" 그는 2학기를 버티다가 중퇴했다.

어머니에겐 원통한 일이었으나, 카맥은 피자 가게에서 아르바이트를 하며 두 번째 게임 〈레이스Wraith〉[39]의 개발에 몰두했다. 애플Ⅱ GS에는 하드 드라이브가 없었기 때문에 플로피 디스크를 끊임없이 넣고 빼는 피곤한 과정을 거쳐야 데이터를 저장할 수 있었다. 카맥은 열심히 스토리를 써서 게임의 "어바웃" 파일에 담았다.

레이스(유령)

"악마의 죽음"

> 아라시아 섬은 오랫동안 평화로웠다. 타롯에 있는 메티리아 신전 수호자인 당신의 임무도 별일 없이 단순했다. 그런데 최근 들어 상황이 달라졌다. 진정한 신 메티리아를 따르는 사람들의 신실한 믿음이 알 수 없는 영향으로 흔들리기 시작했다.
>
> 불멸의 존재가 자기를 섬기는 자들에게 권력을 줄 거라 속삭이면서, 섬 전체가 타락하기 시작했다. 왕국의 영주들이 하나 둘씩 그에게 빠져들었고, 이제 괴물들이 그 땅을 배회하고 있다. 타롯의 신전은 진실한 신앙의 마지막 보루이며, 당신이 아라시아를 구원할 마지막 희망일지도 모른다.
>
> 어젯밤 당신이 힘과 인도를 구하며 기도할 때, 여신 메티리아가 환영 속에 나타나 당신에게 레이스를 파괴할 임무를 부여했다. 여신은 앞으로 닥칠 위험에 대하여 엄숙하게 경고하며 말했다. 레이스가 지배하는 지옥에 가는 유일한 방법은 레이스의 가장 강력한 세속적인 추종자들이 근거로 삼은 스타파이어 성 어딘가 있는 차원 간 게이트를 통과하는 것이다.
>
> 스타파이어 성은 타롯에서 가까운 거리지만, 섬 북동쪽에 끔찍한 암초가 있어 일반적인 방식으로는 접근이 어렵다. 당신이 아는 것은 괴물이 그 성에서 나와 본토에 나타났다는 것뿐이다. 기억하라, 비록 레이스의 힘에 넘어간 사람들이 많지만, 여전히 탐욕이 그들의 마음을 지배하기에 금만 충분히 준다면 당신의 여정을 도울지도 모른다. 환영이 사라져갈 때, 메티리아가 미소지으며 말했다. "두려워 마라, 용감한 자여. 나의 축복이 너와 함께 있다."

당신은 임무를 수행할 준비를 시작했지만, 마을 사람들조차도 당신을 돕기를 꺼려하는 것 같다. 마을 사람들은 장비와 마법을 주문하

---

39) 레이스: 1990년 나이트 아울 프로덕션 발매.

려면 금이 필요하다고 주장했다. 당신에게는 금이 없다. 금은 레이스의 하인들이 가지고 있다.

카맥은 이 게임 역시 〈쉐도우포지〉유통사인 나이트 아울에 보냈고, 나이트 아울은 덥석 사들였다. 그래픽은 대부분의 게임처럼 뭉툭한 스틱 피규어가 나오는 수준으로 별로였지만, 다른 게임에 비해 규모가 커서 더 오랜 시간 플레이할 수 있었다. 〈레이스〉는 〈쉐도우포지〉처럼 많이 팔리지 않았지만 카맥은 이전 게임의 2배인 2,000달러를 벌었다. 카맥은 자신의 또다른 취미인 갈색 MGB를 개조하는 데에 그 돈을 썼다.

풍족하지는 않았지만, 카맥은 프리랜서 생활방식을 즐겼다. 시간에 구애받지 않았다. 원하는 만큼 밤에 깨어있을 수 있었고, 가장 좋은 건 아무에게도 대답하지 않아도 된다는 것이었다. 그는 평생동안 그저 컴퓨터 프로그래밍을 하고, 차를 고치고, D&D 게임을 할 수 있으면 행복할 거였다. 그가 해야 할 일은 게임을 더 많이 만드는 것뿐이었다. 얼마 지나지 않아 카맥은 컴퓨터 잡지 뒤에 실린 리스트에서 또 다른 구매자를 찾았다. 루이지애나 주 슈리브포트에 위치한 소프트디스크라는 작은 회사였다. 소프트디스크는 카맥이 처음 보낸 게임을 사들인 후, 즉시 더 많은 게임을 사고 싶어 했다. 카맥이 처음 보낸 게임은 그물 너머로 공이 오르내리는 움직임이 인상적인 테니스 게임이었다. 이미 약삭빠른 사업가가 된 카맥은 《울티마》시리즈에서 영감을 얻어, 게임 하나가 아닌 3부작을 팔겠다고 제안했다. 수입을 세 배로 늘릴 수 있는데 안 할 이유가 없었다. 소프트디스크는 이 제안을 받아들여, 《다크 디자인 Dark Designs》이라는 3부작 롤플레잉 게임을 제작하기로 계약했다.

카맥은 또 다른 수입원을 알게 됐다. 그가 만든 애플 II 게임을 IBM PC라 불리는 새로운 종류의 컴퓨터에서 할 수 있게 이식Converting하는 것이었다. 카맥은 IBM 시스템에 대해 거의 아무것도 몰랐지만,

프로그래밍에 대한 새로운 도전을 거절할 사람이 아니었다. 그래서 카맥은 차를 타고 컴퓨터 매장에 가서 PC를 빌려왔다. 한 달도 되지 않아, 카맥은 〈다크 디자인〉애플II 버전 뿐 아니라, PC용으로 변환, 다른 말로 '포팅porting'한 버전도 소프트디스크에 보냈다. 밤늦게까지 일하는 동안 카맥은 자신만의 프로세스를 정립해서, 게임을 하나 만들고 세 가지 버전으로 변환할 수 있었다. 애플 버전, 애플II GS버전, IBM-PC버전. 소프트디스크는 이 세 가지를 모두 다 샀다.

새로운 게임이 나올 때마다 소프트디스크는 카맥에게 한 번 면접 보러 오라고 간청했다. '완전 새로운 프로그래밍 언어를 남들보다 두 배는 빠르게, 그것도 독학으로 깨치는 이 기린아는 대체 누구인가?' 카맥은 처음에는 제안을 거절했다. 왜 회사에 취직해서 인생을 망치느냐는 생각이었다. 그러나 소프트디스크의 끈기에 결국 손을 들었다. 마침 MGB에 새 부품을 장착한 참이었고 긴 드라이브를 할 핑계가 필요했다. 혼자 지내온 세월이 긴 탓에, 카맥은 배울만한 사람을 만나리라고 기대하지 않았다.

꿈의 창조자들

두 사람이 제국을 세우고 대중문화를 바꿔놓은 이야기

위험한 데이브 해적판

Dangerous Dave in Copyright Infringement

3장

위험한 데이브 해적판

루이지애나주 슈리브포트는 게이머들이 나타나기 훨씬 전부터 시뮬레이션 기술로 유명했다. 남북전쟁 중이던 1864년[40], 포트 턴불 Fort Turnbull 요새를 지키던 남부 연합군은 숯덩이가 된 나무 밑동을 마치 대포처럼 마차에 올려놓아 침략자들을 속였다. 북부군은 대포로 보이는 물체를 발견하고 공포에 질려 도망갔다. 현장을 시찰하러 온 남부연합군 장군이 요새 사령관에게 "단순한 눈속임humbug"이었다고 말한 데서 유래해, 이 요새 이름이 포트 험버그가 되었다.

그로부터 127년 뒤, 이 마을에 새로운 가상 무기가 등장했다. 소프트디스크의 컴퓨터 게임 안에 말이다. 소프트디스크를 이끄는 사람은 루이지애나 주립대학교LSU 슈리브포트 캠퍼스에서 수학 교수로 있었던 알 베코비우스였다. 알은 겨우 40대였는데, 머리가 많이 벗겨졌고 남은 머리카락은 마치 정전기 공에 손을 대었다 뗀 것처럼 쭈뼛 서있었다. 항상 눈에 띄지 않는 타이와 스웨터를 입고 다녔지만, 70년대 대학 컴퓨터실에 드나들던 학생과 교수들이 대개 그렇듯 괴짜 같은 구석이 있었다. 해커 윤리가 MIT로부터 실리콘 밸리까지

40) 출처: 존 앤드류 프라임 저, "슈리브포트의 내란 방비"에서. http://www.shreve.
net/~htmlrime/lagenweb/htm.

널리 퍼지고 있던 시기였다. 학교 전산 부서장이었던 알은 소명의식과 열정을 가지고 처음부터 적극적이었다. 알은 키가 크지도 뚱뚱하지도 않았지만, 아이들은 애정을 담아 그를 빅 알이라고 불렀다.

알은 떠오르는 시대 정신에 고무되어 1981년, LSU의 또다른 수학자 짐 맨햄과 함께 사업계획을 세웠다. 바로 컴퓨터 소프트웨어 구독 클럽이었다. 구독자는 소정의 구독료를 내고 금전출납부 프로그램에서 혼자 하는 카드놀이까지 다양한 응용 프로그램과 오락 프로그램이 가득 든 디스크를 매달 받을 수 있었다. 알과 동업자가 보기에는 컴퓨터 애호가라는 틈새시장을 노리는 확실한 사업이었다.

당시 대형 소프트웨어 유통사는 대부분 개인 소비자를 등한시하고, 소매상을 통해 진출하는 데에 초점을 맞추었다. 컴퓨터 애호가들은 온라인 컴퓨터 게시판 서비스인 BBS에 모여들었지만, 초기 모뎀은 아직 너무 느려서 유통 수단이 되지 못했다. 월간 디스크는 흩어져 있는 개인에게 상품을 유통하는 완벽한 방법처럼 보였다. 또한 다른 배포 수단이 없는 젊은 프로그래머에게는 개발한 프로그램을 노출하는 좋은 수단이기도 했다. 독립 레코드 회사에서 편집 앨범에 무명 밴드를 넣는 방식과 비슷했다.

소프트디스크는 1981년에 첫 번째 디스크를 애플2 용으로 출시했다. 사업은 순항했고, 곧 애플과 코모도어 컴퓨터용 프로그램까지 서비스를 확장했다. 1986년에는 IBM PC와 IBM 호환기종[41]용 구독 디스크를 출시했다. IBM 호환기종이란 IBM PC와 똑같은 운영체제를 실행할 수 있는 컴퓨터였다. 개인용 컴퓨터의 가격이 드디어 적당한 수준으로 떨어지고 있었다. 그리고 그 결과, "뉴비"라고도 불리는 새로운 컴퓨터 사용자들의 세상이 활짝 열렸다. 1987년에는 소프트디스크에 매월 9.95달러를 내고 디스크를 받는 구독자가 10만 명에 이

---

41) 출처: 폴 프라이버거와 마이클 스웨인 공저, "계곡의 불꽃: 퍼스널 컴퓨터의 탄생"의 349 페이지에서.

르렀다. 알은 슈리브포트 올해의 사업가로 뽑혔다.

호황은 시련을 가져왔다. 알은 직원 120명의 1,200만 달러짜리 회사를 경영하는 일이 버거웠다. 경쟁사도 생겨났는데 뉴햄프셔에 있는 업타임이라는 회사도 그 중 하나였다. 1989년 겨울, 알은 게임 컨벤션에서 만난 적 있는 『업타임』 편집자 제이 윌버에게 전화를 걸어 도움을 청했다. 제이는 뉴햄프셔의 추위도 지겨운데다 업타임에서 제대로 인정 못 받는다고 느끼고 있던 터라, 소프트디스크의 애플 II 부서를 맡기로 했다. 그리고는 구직중인 게임 프로그래머 두 사람을 안다고 언급했는데, 바로 존 로메로와 전 업타임 프로그래머인 레인 로스였다.

알은 무척 기뻤다. 그 전에도 디스크에 가끔 게임을 수록하긴 했지만, 이 기회에 성장하는 PC 엔터테인먼트 시장에 본격적으로 진입할 수 있겠다는 느낌이 왔다. 알은 시에라 온라인, 브로더번드, 오리진 같은 성공적인 회사들이 게임 시장에서 좋은 성과를 내고 있다는 걸 알고 있었다. 게임 시장에서 소프트디스크가 한 자리 크게 차지하지 못할 이유는 없었다. 알은 제이에게 그 게이머들도 데려오라고 말했다.

로메로의 상황은 최악이었다. 낙담의 연속이었다. 뉴햄프셔의 겨울은 엄혹했고, 꿈에 그리던 직장이던 오리진을 그만두면서까지 따라나선 직장 상사의 스타트업은 실패했다. 아내와 아이들은 미 대륙 반대편에서 그에게 다시 행운과 기회가 오기를 기다리고 있었다. 일찌감치 가정을 이루는 데 성공했지만, 로메로의 가족은 다시 진창으로 미끄러지고 있었다. 로메로는 남부에서 시작할 새로운 생활로 상황이 호전되기를 기대했다.

1989년 여름, 뉴햄프셔에서 슈리브포트로 향하는 여정이 바로 그 해결책이었다. 가는 길에 그는 동료 게이머인 레인 로스, 제이 윌버와 친해졌다. 로메로와 한 달 동안 함께 살기도 했던 레인은 로메로와 마음이 아주 잘 맞았다. 레인은 로메로보다 5살 많았는데, 로메로와 성장환경이 비슷했다. 로메로가 태어난 곳에서 그리 멀지 않은 콜로라도에서 헤비메탈, 언더그라운드 만화, 컴퓨터 게임을 즐기면서 자랐다. 머리를 길게 길러 반다나를 쓰고 다니던 레인은 느긋한 성격으로 로메로와 완벽하게 잘 어울렸다. 로메로 같은 큰 에너지와 야망은 없었지만, 애플II 프로그래밍의 미묘하고 교묘하고 짜릿한 면을 무척 좋아했다. 그리고 로메로처럼 게임을 만들고 싶어 했다. 심지어 둘은 뉴햄프셔를 벗어나기도 전에 각자 만든 1인 기업을 합치기로 결정했다. 로메로가 세운 '캐피톨 아이디어스'와 레인이 세운 '블루마운틴 마이크로'가 합병하여 '아이디어스 프롬 더 딥'이 되었다.

제이 윌버도 역시 애플II 마니아였지만 성향이 달랐다. 스스로도 프로그래머에 별로 맞지 않는다고 인정했다. 그러나 로메로는 제이가 가진 두 가지 중요한 자질을 존중했는데, 바로 애플II 코드에 대한 진정한 이해와 게임에 대한 강렬한 열정이었다. 제이는 로메로보다 7살 많은 30살이었고, 로드아일랜드에서 보험 사정인 아버지와 상품권 영업사원인 어머니 사이에서 자랐다. 고등학교 시절에는 키는 크지만 운동은 잘 못하는 학생이었다. 대신 기계를 다루는 데에 재능이 있어 〈아스테로이드〉를 잘 했고, 오토바이를 분해하기도 했다. 제이는 20대 초반 오토바이 사고로 받은 보험금을 자신의 첫 애플II를 사는 데 썼다.

그러나 제이는 오래지 않아 자신이 코드를 짜는 외로운 생활방식에 안 맞는 성향이라는 걸 깨달았다. 제이는 잡담을 나누며 즐거운 시간을 보내는 세상에 훨씬 적합한 사람이었고, 동네 패밀리 레스토랑 T.G.I. 프라이데이에서 바텐더로 일하며 두각을 나타냈다. 스타바텐더가 되었을 뿐 아니라, 톰 크루즈가 바텐더 영화 [칵테일]에 출연할 때 칵테일 제조법을 가르치는 데 뽑히기도 했다. 능란한 사교술덕에 매장 관리자로 승진하기도 했다. 이후 업타임에서는 관리자 역량과 게임 애호가의 자질을 함께 발휘할 수 있었다. 제이는 이제 소프트디스크에서 훨씬 높이 날아오를 준비가 되어 있었다.

슈리브포트에 도착할 즈음에는 레인, 로메로, 제이는 마치 오래된 친구 같았다. 가는 길에 디즈니월드에서 며칠 놀다 가기도 했다. 그러나 슈리브포트에 도착해 차를 세웠을 때, 세 사람은 미래에 대해 전혀 감지할 수가 없었다. 그런 의미에서 목적지에 도착하긴 했는지도 알 수가 없었다. 텍사스에서 침 뱉으면 닿을 거리인 루이지애나주 북서쪽 구석에 위치한 슈리브포트는 1989년에 상황이 좋지 않았다. 오일 붐이 꺼지면서 지역 경제는 축소되고 침체되었다. 공기는 습기로 걸쭉했는데, 무성한 늪지대 탓에 더 답답했다. 도심에는 황폐한 벽돌 건물 그늘에서 더위를 피하려는 노숙자들이 우글거렸다. 그런 건물 중 하나에 소프트디스크 사무실이 있었다.

소프트디스크는 다운타운에 있는 건물 두 채를 사용했다.[42] 행정 사무실은 아스팔트가 덮인 주차장 아래에 지어진 건물이었고, 문 바로 옆으로 내리막 도로가 지나갔다. 마치 개미 농장에서 일하는 것 같았다. 알은 로메로 일행이 사무실에 도착하자마자 눈을 반짝이며 문을 박차고 들어왔다. 그리고는 회사가 얼마나 빨리 성장하고 있는지, 그들의 도움이 얼마나 간절히 필요한지를 털어놓았다. 로메로와 레인은 자기들이 〈아스테로이드〉를 본 떠 만든 게임 〈자파 로이드 Zappa Roids〉를 보여주었다. 알은 그들의 프로그래밍 기술뿐 아니라 젊은 열정에도 감명받았다.

로메로는 처음부터 분명하게 야심을 밝혔다. 자기는 유틸리티 프로그램을 만드는 데는 전혀 관심이 없으며, 대형 상업 게임만을 만들고 싶다고 했다. 알에게도 괜찮은 일이었다. 알은 게임계에 입문하게 되어 얼마나 신나는지 설명했다. 로메로와 레인 두 사람으로 스페셜 프로젝트 부서를 새로 만들어, 게임만 만들게 해주기로 했다. 알은

---

42) 내(저자)가 2000년 11월에 가 보았다.

방을 나가면서 로메로의 등을 두드리며 말했다. "말이 난 김에 말인데, 혹시 아파트 빌리려거든 나한테 말해. 시내에 아파트가 몇 채 있어. 내가 임대 사업도 하거든."

로메로, 레인, 제이는 소프트디스크 사업부서 사무실을 나와서 프로그래머와 소위 재능있는 인재들이 일하는 건물로 갔다. 소프트웨어 회사치고는 그리 재미있어 보이지 않았다. 개발부서는 보험중개인 사무실이 입주한 건물에 있었는데, 프로그래머들은 각자 개별 사무실의 밝은 형광등 아래에서 조용히 일했다. 음악도, 흥청대는 파티도, 게임하는 사람도 없었다. 소프드디스크에서는 프로그램을 매달 몇 개씩 출시해야 했기 때문에 마치 압력솥 안에 들어있는 듯한 생활이었다.

로메로가 자신을 소개하자 프로그래머들은 빅 알이 집을 빌려준다 했느냐고 물었다. 로메로가 그렇다고 하자 다들 껄껄 웃었다. "그거 빌리지 마." 그 중 한 남자가 말했다. 자기도 막 고용되었을 때 알의 제안을 받아들였는데, 우범지대에 다 쓰러져가는 판잣집 같은 불결한 아파트였다고 했다. 소파에 누우면 마룻바닥의 흙더미에서 긴 지렁이가 머리를 쳐드는 게 보였다고도 했다.

그러나 그 무엇도 로메로를 실망시킬 수 없었다. 그는 다시 궤도에 올랐다. 태양이 빛나고 있었다. 게임을 만드는 직장을 얻었다. 이 새로운 환경에서라면 아내 켈리와 아장아장 걷는 두 꼬맹이 마이클과 스티븐도 행복할 것이다. 이제 새롭게 시작할 수 있을 것이다. 로메로는 켈리에게 전화해서 짐을 꾸리라고 했다. 슈리브포트로 이사할 것이다.

로메로와 레인은 스페셜 프로젝트 부서에서 꿈꿔왔던 대로 게임 제작을 하며 첫 주를 보냈다. 로메로에게는 다른 안건도 있었다. 애플Ⅱ에서 벗어나 PC 프로그래머로 전향하는 것이었다. 알에게도 일찌감치 애플Ⅱ가 사양길에 접어든 것 같다는 견해를 밝혔다. IBM

PC 호환기종이 성장하면서 더욱 그랬다. 새로운 IBM 소프트웨어 표준을 애플이 받아들이지 않으면서[43], 개인용 컴퓨터로 애플을 선택하는 사람의 수가 급격히 감소하고 있었다. 로메로는 자기가 타이밍을 놓친 것 같다는 말은 알에게 하지 않았다. 애플II에 너무 빠져있던 탓에 시장 변화에 1년 가량 뒤쳐져 있다는 생각이 들었다. 미래에 부자이자 에이스 프로그래머가 되려면 더 늦기 전에 PC를 완전히 익혀야만 했다.

"앞으로는 한 기종으로만 계속 프로그램을 만들 수 없어요. 제가 PC를 잘 모르지만 금방 배울 수 있단 걸 알아주셨으면 합니다." 로메로가 알에게 말했다.

알이 말했다. "난 좋아. 하고 싶은 대로 하게."

로메로는 당시 인기 있던 새 프로그래밍 언어 C를 배우고 싶었다. 그러나 부서 내 다른 프로그래머들이 C언어를 모르기 때문에 안 된다는 말을 들었다. 다른 사람들의 기술이 부족해서 발목이 잡힌 느낌이었다. 결국 로메로는 〈자파 로이드〉 최종작업을 하면서, PC 프로그래밍 언어 파스칼과 8086 어셈블리를 할 수 있는 만큼 공부했다. 로메로는 곧 예전에 자기가 만든 애플II 게임 〈피라미드 오브 이집트 Pyramids of Egypt〉를 PC로 변환할 수 있는 수준이 되었다. 그리고 한 달도 지나지 않아 소프트디스크의 PC용 소프트웨어 상품인 빅 블루 디스크에 작품을 실을 수 있었다.

문제는 빅 블루 디스크에 실린 로메로의 작품이 '너무' 잘 돌아갔다는 것이었다. 혹사당해서 지쳐있던 PC부서는 점점 로메로의 기술에 심하게 의존하기 시작했다. 로메로가 소프트디스크에 온 지 한 달이 지날 무렵에는 게임 작업보다 다른 사람이 만든 PC 프로그램을 다시 작성하는데 더 많은 시간을 할애하고 있었다. 스페셜 프로젝트

---

43) 출처: 폴 프라이버거와 마이클 스웨인 공저, "계곡의 불꽃: 퍼스널 컴퓨터의 탄생"의 357~365페이지에서.

부서는 로메로가 미처 알아차리기도 전에 망가져 있었다.

알은 로메로가 PC 디스크에 실릴 유틸리티 프로그램 작업을 하길 바랐다. 레인은 로메로와 함께 부서를 옮길 수도 있었지만, 애플 II 부서에 계속 머물렀다. 로메로는 이를 두고 레인이 미래 비전을 공유하지 않는 첫 번째 징조라고 생각했다. 레인은 애플이 아닌 PC게임이 가져다줄 기회를 감지하지 못하고 있었다. 로메로는 아직은 PC를 더 배우고 싶었기 때문에 당분간 PC 유틸리티팀에 합류하는 데 동의했다. 하지만 알에게 적당한 때가 되면 게임을 만들고 싶다고 말해두었다.

그런데 그 때가 결코 오지 않을 것처럼 느껴지기 시작했다. 로메로는 점점 불만이 쌓였다. PC 유틸리티 프로그램에 거의 1년을 소비했다. 예전에 만들어 둔 애플 II 게임들을 PC용으로 변환하면서 PC 기술을 갈고 닦았다. 그러나 여전히 PC에는 비즈니스 응용 프로그램밖에 없다고 여겨졌다. 무엇보다 PC는 아주 작은 양철 스피커로 끽끽거리는 소리만 낼 수 있었고, 화면에 표현할 수 있는 색상도 얼마 없었다. 로메로가 풀타임으로 게임제작을 할 계제가 아니었다.

설상가상으로 가정도 위태로웠다. 로메로는 돈을 아끼기 위해 아내와 아이들을 데리고 루이지애나주 호튼 근처, 레인과 제이가 사는 집으로 이사했다. 긴장감이 감돌았다. 아이들은 이리저리 뛰어다녔고, 아내 켈리는 회사에만 붙어있는 로메로와 만날 사람도 없는 갑갑한 생활에 짜증이 늘었다. 로메로는 아내를 달래보려 했지만, 켈리는 소파에 앉아 울기만 했다. 켈리는 로메로에게 게임보다 중요한 건 없다는 생각에 희망을 잃기 시작했다.

직장 분위기도 여전히 별로 좋지 않았다. 소프트디스크 직원들은 로메로가 처음 봤을 때보다 더욱 지쳐있었다. 알은 계속 성장하는 큰 사업을 경영하는데 고통을 느끼고 있었고, 질서를 유지하려고 단속을 강화했다. 로메로와 레인은 컴퓨터 화면에 반사되는 불빛이 싫어서 사무실 형광등을 껐다가 질책을 받았다. 또 로메로는 음악을 너무 크게 틀었다는 이유로 야단을 맞고, 마지못해 헤드폰을 썼다.

직원들도 신경에 거슬렸다. 아무도 의욕이 없었다. 기술지원 직원 하나는 기면증이 있어서 근무 중에 계속 잠이 들었는데, 심지어 문의을 받다가도 잠들어버렸다. 로메로는 그 사람을 깨우려고 사무실에서 헤비메탈 음악을 크게 트는 버릇이 생겼다. 그리고 애플II 부서 책임자인 마운틴맨이 있었다. 그는 한 때 휴렛 팩커드에 다니던 점잖은 엔지니어였는데 어느 날 신경쇠약으로 산에 들어가서 1년을 보냈다. 그 후 수염을 덥수룩하게 기르고, 찢어진 데님 재킷을 입고 돌아와서는 소프트디스크의 애플II 부서를 맡았다. 로메로가 보기에 마운틴맨의 선불교 같은 철학은 부서 성장에 별로 도움이 되지 않았다.

로메로는 알에게 맞섰다. "저한테 대형 상업용 게임을 만들게 될 거라고 말씀하셨지만, 지금 제가 하는 일은 PC 부서를 지원하는 일 뿐 입니다. 상황이 바뀌지 않으면 루카스아츠LucasArts로 이직하겠습니다." 로메로는 [스타워즈] 감독인 조지 루카스가 새로 만든 게임 회사를 언급했다. 빅 알은 그 이야기가 마음에 들지 않았다. 로메로는 가장 소중한 직원 중 한 명이었다. 알은 로메로의 집중력을 대단하게 생각했다. 점검 차 사무실에 들를 때마다 로메로가 커다란 네모 안경을 쓴 채 컴퓨터 모니터에 머리를 처박고 몇 시간 동안 쉬지 않고 일하는 모습을 보았다. 알은 로메로에게 소프트디스크에 남아달라고 말했다.

로메로는 지난 1년간 PC게임을 연구했지만, 모두 수준 이하라고 말했다. PC가 아직 애플만큼 성능이 좋지 않은 탓에 게임도 재미없었다. 그래픽은 형편없고, 화면도 작고 정적이어서 애플II 게임만큼 정교한 요소가 하나도 없었다. 지금이 바로 시장을 공략할 적기였다. 알은 그 말에 동의하며 게임 디스크 구독 사업을 시작하자고 했다. 월간으로 말이다.

"매 월요? 안 돼요, 한 달은 시간이 너무 부족해요." 로메로가 말했다.

"글쎄, 우리 구독자들은 이미 월간 디스크에 익숙해져 있어. 격월로는 할 수 있을지 모르지만 그것도 별로 안 좋아할 걸?"

"격월이라면 할 수 있을 것 같아요. 그리 넉넉한 시간은 아니지만, 뭔가 괜찮은 걸 만들 수 있겠죠. 하지만 그러려면 팀이 필요합니다. 미술 담당 한 명, 프로그래머 몇 명. 그리고 관리자 한 명도요. 왜냐면 저는 그냥 앉아서 관리만 하고 싶지 않아요. 프로그래밍을 하고 싶습니다."

알은 로메로에게 미술담당자를 따로 가질 수는 없다고 말했다. 미술 부서에서 일하는 누군가에게 일을 맡겨야 했다. 하지만 관리자와 프로그래머는 게임 부서로 데려갈 수 있었다. 로메로가 적당한 사람을 찾기만 하면 말이다.

로메로는 애플II 부서로 달려가 레인과 제이에게 좋은 소식을 전했다. "친구들, 우리 ★나게 신나는 게임 만들자!" 레인은 이제 PC를 위한 소프트디스크의 격월 게임 디스크 잡지, 『게이머스 엣지Gamer's Edge』의 에디터가 되기로 했다. 남은 일은 새로운 프로그래머를 구하는 일뿐이었다. PC에 대해 잘 알면서도 레인과 로메로와 잘 어울릴 누군가를 말이다. 제이가 엄청난 프로그래머를 한 명 알고 있다고 말했다. 대단한 게임을 만들어낼 뿐 아니라, 애플II에서 PC로 변환하는 법도 알고 있다고 했다. 로메로는 그가 자신과 무척 공통점이 많다는 사실에 깊은 인상을 받았다. 하지만, 문제가 하나 있다고 제이가 말했다. 그 기린아 카맥은 프리랜서로 일하는 걸 좋아해서 이미 세 번이나 입사 제안을 거절했다는 것이었다. 로메로가 제이에게 한 번만 더 시도해 보자고 부탁했다. 제이는 그다지 긍정적이진 않았지만 그러기로 했다. 그리고는 존 카맥에게 전화해서 마지막으로 한 번 더 제안했다.

카맥은 갈색 MGB를 타고 소프트디스크에 오긴 했지만, 취직할 생각은 전혀 없었다. 그러나 한편으론 상황이 어려워지고 있긴 했다. 카맥은 프리랜서 생활을 즐겼지만, 집세 내기도 어려웠고 식료품을 사기 위해 제이 같은 편집자에게 보수를 재촉해야 할 때가 많았다. 어느 정도 안정은 나쁘지 않겠지만, 자신의 노력과 이상을 타협해가면서까지 취직하고 싶지는 않았다. 카맥의 마음을 움직이려면 뭔가 의미심장한 것이 필요할 터였다.

카맥을 만난 알은 혼란스러웠다. 얘가 그렇게 많이 이야기하던 기린이라고? 찢어진 청바지에 너덜너덜한 티셔츠를 입은 열아홉 살짜리가? 근육은 좀 있지만 아직 사춘기도 안 온 애 같은데. 그러나 카맥은 자신감이 넘치는 태도로 배짱을 튕겼다. 알이 『게이머스 엣지』에 관해 간략히 설명하자, 카맥은 빡빡한 데드라인은 아무 문제가 아니라는 듯 무시했다. 그는 소프트디스크가 내는 게임도 포함해서, 예외 없이 당시 나오고 있던 게임들에 대해 잔인하다 싶을 정도 솔직하게 혹평했다. 알은 로메로와 레인이 간절히 기다리고 있는 다른 건물로 카맥을 안내했다. 카맥은 가는 길에 홈브루 컴퓨터 클럽에서 성장한 해커들을 위한 잡지인 《닥터 돕스 저널Dr. Dobb's Journals》이 쌓여 있는 모습에 깊은 인상을 받았다. 하지만 카맥에게 가장 강한 인상을 준 것은, 마치 실제로 맞은 것 같이 충격적이었던 레인과 로메로와의 만남이었다.

세 프로그래머는 만나자마자 대화에 빠져들어, 애플Ⅱ 시리즈의 고해상도 그래픽에 도전하는 기술적 어려움부터 8086 어셈블리 언어의 미세한 부분까지 등등, 여러 관점에서 게임 프로그래밍 전반에 대한 토론에 몰입했다. 컴퓨터뿐 아니라 다른 관심사인 〈던전 앤 드래곤〉, 〈아스테로이드〉, 〈반지의 제왕〉등에 대해서 쉬지 않고 이야기를 나눴다. 카맥은 어린 시절 원하는 컴퓨터를 절대 가질 수 없었던 사정을 이야기했다. 로메로는 "이런, 나 같으면 다 사줬을 텐데!" 라고 말했다.

카맥은 지적으로, 특히 프로그래밍 분야에서 자신과 맞먹는 사람을 만날 거라 기대하지 않았다. 그런데, 이 두 사람은 그저 대화를 나눌 수 있는 수준이 아니라 실제로 카맥보다 더 많이 알고 있었다. 그저 잘하는 정도가 아니라, 자신보다 낫다고 카맥은 생각했다. 로메로는 프로그래밍 지식뿐 아니라 예술성, 기획력 등 다방면에서 뛰어나 영감을 주었다. 카맥은 거만했지만 자신을 가르칠 능력이 있는 사람에게라면 자존심 세우지 않았다. 오히려 주의 깊게 듣고 끈질기게 파고드는 타입이었다. 카맥은 소프트디스크에 취직하기로 했다.

게이머스 엣지 팀이 일을 시작하기 전에 반드시 필요한 기계가 하나 있었다. 바로 냉장고였다. 컴퓨터 게임을 만들려면 꽤 많은 양의 피자, 탄산음료와 정크푸드가 필요했고, 그러므로 가까이에 보관할 장소가 있어야 했다. 로메로, 카맥, 레인은 각자 180달러씩 내어 중고 냉장고를 사서, 회사 건물 뒤 쪽 작은 방에 차릴 새 사무실에서 쓰기로 했다.

그러나 냉장고를 운반할 때 다른 직원들의 질투어린 차가운 시선이 느껴졌다. 일주일 내내 그들은 전자 레인지, 대형 휴대용 카세트 라디오, 닌텐도 게임기 등을 게이머스 엣지 사무실로 옮겨온 터였다. 망할 로메로가 비디오 게임까지 가져왔다! 로메로는 이건 연구용이야, 라고 말했지만, 타부서 직원들은 믿어주지 않았다. 최악은 게이머들이 쓸 반짝반짝한 새 386 PC를 들여올 때였다. 당시로서는 세상에서 가장 빠른 컴퓨터였다. 다른 직원들은 모두 그 1/4정도 성능밖에 되지 않는 컴퓨터로 일하고 있었다.

모든 준비를 마친 게이머스 엣지 팀은 전자레인지 코드를 꽂아 피자를 데웠다. 그런데 바로 그 순간, 사무실 전기가 나가버렸다. 다른 직원들에게 이것은 충분히 들고 일어날 근거로 보여서, 그들은 바로 빅 알에게 항의하러 갔다. 알은 급히 소요를 진정시키며 게이머스 엣지 팀이 그냥 놀고먹는 게 아니라, 회사를 구할 일을 할 거라고 인내심 있게 설명했다. '그래, 걔네가 우리 회사를 구할 거야.' 알은 지난 몇 년간의 호황이 끝나가고 있다고 말했다. 소프트디스크는 그동안 망해가는 애플Ⅱ 라인의 소프트웨어 개발에 엄청난 자원을 쏟아 부었었다. 알은 그무렵 단 하루 동안에 25명을 정리 해고해야만 했다.

알은 게이머스 엣지 프로젝트에 대해 한탄하는 직원들에게 말했다. "이봐, 불평하지 마. 만약 이 녀석들이 홈런을 치면 우리 모두 이득을 보는 거야. 잘 될 거야. 걱정하지 마." 사실 빅 알 자신도 걱정이 되었다. 게이머스 엣지 사무실로 찾아가 문을 열었더니, 그 안은 칠흑같이 어둡고 컴퓨터 모니터만 빛나고 있었다. 알이 형광등 스위치를 눌렀지만, 불은 켜지지 않았다.

"아, 우리가 전구를 뺐어요. 짜증나서." 로메로가 말했다.

"형광등 때문에 눈이 피곤해요." 레인이 눈을 가늘게 뜨고 설명했다.

알이 위를 보았다. 전구 소켓에서 전선이 빠져나와 있었다. 확실히 이 팀은 집에 있는 것마냥 편안히 지내고 있었다. 사무실에는 전자레인지, 냉장고와 정크푸드가 있었으며, 카세트 라디오에서 메탈리카가 울리고 있었고 벽에 걸린 헤어 메탈 밴드 워런트Warrant의 포스터에 다트가 꽂혀 있었다. 카맥, 레인, 로메로는 각자의 사치스러운 컴퓨터 앞에 앉아있었다. 알이 말했다. "이봐, 첫 번째 디스크에 두 달이나 쓸 수는 없어. 4주 내에 출시해야 해. 거기에 구독을 유도할 게임을 두 개 만들어 넣어 줘."

"한 달!" 그들은 비명을 질렀다. 원래 마감기한이었던 두 달도 빠듯했다. 사전 준비도 없이 게임을 만들어낼 방법은 없었다. 로메로와 카맥의 장기를 활용해 이미 있는 애플Ⅱ 게임을 PC용으로 변환해야 했다. 그들에게는 로메로가 만든 애플Ⅱ 게임 〈위험한 데이브〉와 카맥이 만든 〈카타콤Catacomb〉이 있었다. 로메로가 처음 〈위험한 데이브〉를 만든 건 1988년으로 『업타운』에 보내기 위해서였다. 꽤 단순한 어드벤처 게임으로, 보라색 바디 수트를 입고 녹색 모자를 쓴 남자가 주인공이었다. 목표는 미로 속을 달리고 점프하며 죽지 않고 보물을 모으는 것이었다. 이는 유명한 닌텐도의 아케이드 게임 〈동키콩Donkey Kong〉과 비슷한 형태였고, 로메로도 높이 평가했다.

〈카타콤〉은 카맥이 일찍이 〈쉐도우포지〉와 〈레이스〉에서 개척한 롤플레잉 세계관에 따라 만든 신작이었는데, 〈건틀릿Gauntlet〉의 영향을 훨씬 더 강하게 받았다. 〈건틀릿〉은 캐릭터들이 미로를 뛰어다니면서 몬스터를 사냥하고 마법을 쓰는 유명한 아케이드 액션 게임으로, 액션이 더해진 〈던전 앤 드래곤〉 같았다. 이 또한 두 존이 교감하는 중요한 포인트였다. 빠른 액션 아케이드 게임에 대한 동경, 그런 게임을 흠모하며 모방하고자 하는 욕구, 그리고 가장 중요하게는 능력에 대한 엄청난 자신감이었다. 음악의 볼륨을 높이고 그들은 할 일에 집중했다.

로메로는 그 때의 경험을 '크런치 모드Crunch mode', 또는 '죽음의 스케줄'이라며 쓴 웃음으로 언급했다. 수면 부족과 카페인 중독, 시끄러운 음악 속에서 프로그래밍 작업에 몰두해 자학적인 기쁨을 느끼는 시기였다. 카맥과 로메로는 순수한 스포츠 정신으로 누가 더 빨리 게임을 변환하는지 간단한 시합을 했다. 에이스 프로그래머가 기린아의 놀라운 속도를 알아채는 데는 얼마 걸리지 않았다. 카맥이 무척 쉽게 앞서 나갔기 때문이다. 모든 일이 무척 즐거웠다. 로메로는 새로운 친구이자 동료인 카맥에 대한 감탄으로 가슴이 벅찼다. 그들은 밤마다 늦게까지 코딩을 했다.

로메로가 크런치 모드 상태에서도 자유롭게 일에만 전념할 수 있었던 건 쓰라린 이유 때문이었다. 그는 이혼을 맞이하게 되었던 것이다. 22살에 미래의 부자가 되려는 것은, 남편과 아버지 역할을 하지 않더라도 크게 도전적이고 충분히 힘들었다. 아내는 게임에 대한 로메로의 열정을 이해하지 못했고, 점점 더 우울해했다. 아내는 가족이 다 함께 저녁식사를 하고, 주말에는 같이 교회에 가거나 바비큐를 하고 싶어 했다. 로메로에게는 그런 일들이 점점 더 힘들게 느껴졌다.

한동안은 로메로도 가정과 회사를 병행하기 위해 노력했다. 다른 직원들을 남겨두고 일찍 퇴근하기도 했다. 하지만 항상 부족했다. 사실 로메로는 자기가 가족을 위해 헌신할 수 있는 사람인지 확신할 수 없었다. 한편으로는 어린 시절 경험하지 못했던 진정한 가족을 원하면서도, 때때로 자기가 그런 좋은 아버지와 남편으로 프로그램되어 있지 않다고 느꼈다. 로메로 부부는 서로 갈라서는 게 모두를 위해 최선이라고 합의했다. 하지만 켈리는 이혼 만을 원한 것이 아니라, 친정 가족들과 더 가깝게 살기 위해 캘리포니아로 가고 싶어했다. 로메로는 큰 충격을 받았지만, 자기에게 아이들을 돌볼 능력이 없다는 걸 알았다. 대신 그는 멀리 떨어져 있어도 아빠 노릇을 할 수 있다고 스스로를 설득했다. 로메로와 두 아들이 주를 몇 개나 사이에 두고 떨어져 있더라도, 로메로와 아버지 사이보다는 가까울 것이었다.

로메로는 가정사에 연연하지 않고 게이머스 엣지 일에 더욱 몰두했다. 게임을 변환하면서 카맥과 로메로는 서로의 장단점을 보완하며 가장 잘 협력할 수 있는 방법을 터득했다. 카맥은 '엔진'이라고 부르는 게임의 핵심요소를 프로그래밍하는 데에 가장 관심이 있었다. 엔진은 컴퓨터 화면에 그래픽을 디스플레이하는 방법을 지시하는 중요한 부분이었다. 로메로는 게임 제작 도구 소프트웨어를 만드는 것과 게임 기획을 좋아했다. 게임 제작 도구는 캐릭터와 환경을 만들어 낼 때 사용하는 팔레트 같은 용도로 "맵"을 만들 수도 있었다. 게임 기획은 게임 플레이가 어떻게 펼쳐질지, 어떤 액션이 사용될지, 무엇으로 재미를 줄 것인지 등을 설계하는 일이었다. 음과 양 같은 조화였다. 카맥이 프로그래밍에 특별한 재능이 있는 반면, 로메로는 미술, 음향, 디자인에 다재다능했다. 카맥도 어릴 때 게임을 했지만, 로메로만큼 게임을 많이 한 사람은 없었다. 궁극의 프로그래머와 궁극의 게이머로서 둘은 완벽한 합을 이뤘다.

그러나 레인은 그들과 전혀 어울리지 못했다. 레인은 여전히 게이머스 엣지 프로젝트의 편집자였지만 팀에서 점점 멀어지고 있었다. 로메로와 달리 레인은 PC에 별로 관심이 없었다. 로메로는 오랜 친구가 이제는 일을 할 수 없음을 알게 되었다. 그리고 로메로는 레인과 빨리 친구가 되고 싶던 만큼이나 빠르게 그와 멀어졌다. 로메로가 보기에 레인은 가혹한 죽음의 스케줄을 감당하지 못했다. 로메로는 팀의 수익성에 방해가 되는 장애물은 원치 않았으며 카맥만 있으면 충분했다. 어느 날 레인이 방을 나갔을 때 로메로가 의자를 빙글 돌리면서 카맥에게 말했다. "쟤 팀에서 내보내자."

그와 동시에 카맥과 로메로가 영입하고 싶어하는 사람이 있었다. 톰 홀이었는데, 로메로가 특히 그를 원했다. 톰은 로메로가 소프트디스크에 오기 전부터 애플Ⅱ 부서에서 근무했던 프로그래머로, 스물다섯 살이었다. 로메로가 생각하기에 톰은 재미있지만 무척 괴팍한 사람이었다. 키가 크고 재치도 있던 톰은, 어처구니없이 가속화된 머리 속에서 쏟아져 나오는 창조적인 생각 만이 앞서가는 일종의 폭주 상태였다. 톰의 사무실은 낙서와 일정을 알리는 노란 포스트잇 메모로 뒤덮여 있었다. 컴퓨터 화면에 "스퀴시와 어메이징 블랍마이스터의 모험"과 같은 우스꽝스러운 메시지를 매일 다르게 띄우곤 했다. 로메로가 그 옆을 지나치려 하면, 톰은 눈썹을 치켜 올리며 외계인 같은 소리를 내고는 아무 일 없다는 듯 업무를 계속하곤 했다. 그리고 무엇보다, 톰은 게임을 무척 좋아했다.

톰은 위스콘신에서 나고 자랐는데, 로메로나 카맥과는 달리 힘들이지 않고 게임 세계에 입문했다. 아버지는 엔지니어였고 어머니는 톰이 "밀워키의 에르마 봄벡Erma Bombeck"이라고 부르는 언론인이었는데 두 사람은 막내아들 톰이 원하면 뭐든 지원해주었다. 아타리 2600 홈 게임 시스템과 머지않아 출시된 애플Ⅱ까지 모두 다.

톰은 매력적으로 특이한 아이였다. 미식축구팀 그린 베이 패커스의 노란 헬멧을 쓰고 빨간 컨버스 운동화를 신고 집 안을 돌아다녔으며, 학교에서는 갈색 종이 가방에 자기가 그린 그림과 8미리 필름을 담아 애착이불처럼 가지고 다녔다. 심지어 수업 시간에도 책상 옆에 두었다. 고등학교에 가서야 종이 가방을 졸업하고 책가방을 멨다. 톰은 [스타워즈] 영화를 33번이나 볼 정도로 열렬한 팬이었고, 독특한 스포츠에 열광해서 프리스비 골프 대회에서 위스콘신주 챔피언이 되기도 했다. 종이접기와 도미노 쌓기, 부모님 집 주변에 정교한 미로 짓기도 좋아했다. 다른 어린이들이 팝스타와 운동선수를 동경할 때, 톰의 우상은 세계 도미노 챔피언 밥 스페카였다.

톰에게 애플II는 폭주할 수 있는 무한한 세계였다. 카맥이나 로메로처럼 톰도 최선을 다해 게임 만들기를 혼자 공부했고, 위스콘신 대학 컴퓨터 공학과에 입학할 때까지 거의 100여 개의 게임을 만들었다. 톰이 만든 게임은 대부분 〈동키 콩〉 같은 오락실 인기 게임을 모방한 것이었다. 카맥이나 로메로와는 달리 톰은 학교생활을 즐겼다. 언어에서 물리학, 인류학에 걸쳐 학제적 연구에 몰두했다. 톰은 컴퓨터 게임이 이런 학문들을 통합할 수 있는 독특한 매체라고 믿었다. 톰은 게임 안에서 외계인이 쓰는 언어를 고안할 수 있었으며, 현실 물리를 프로그래밍할 수 있었고, 등장인물을 창조하고, 이야기를 쓸 수 있었다.

학교 주변에서 봉사활동을 시작하면서 톰은 학습 장애 어린이들을 위한 게임을 만들게 되었다. 톰은 어린이들이 자신이 만든 게임을 즐기는 모습과, 자신이 창조한 세계로 탈출할 때 아이들의 표정을 보면서 무척 기뻤다. 톰은 그저 자기만족을 위해서가 아니라, 이용자들을 위해 게임을 만들었다. 게임이 정당한 예술 취급은 커녕 정당한 표현 형태로도 거의 인정받지 못하던 시절이었지만, 톰은 게임이 영화나 소설처럼 절묘한 커뮤니케이션 형태라고 확신했다.

대학을 졸업한 뒤 톰은 꿈이 꺾이는 것을 느꼈다. 게임회사로 보낸 이력서에 회신이 오지 않자 톰도 다른 졸업생들처럼 꿈을 포기하고 평범한 직장에 지원했다. 정장을 입고 면접에 갈 때마다 면접관은 똑같은 질문을 하곤 했다. "이게 정말 당신이 하고 싶은 일인가요?" 톰은 마음의 소리에 귀를 기울여 아니라고 대답하고 말았다. 그리고 얼마 뒤, 톰은 소프트디스크에 취직했다.

로메로가 온 건 톰이 입사하고 1년도 더 지난 후였는데, 톰은 로메로를 보는 순간 마음에 들었다. 로메로는 톰이 최근에 만든 게임 〈레전드 오브 스타 엑스Legend of the Star Axe〉를 무척 좋아했다. 톰이 가장 좋아하는 책인 『은하수를 여행하는 히치하이커를 위한 안내서』에서 영향을 받은 것이 분명했는데, 영국의 SF 작가 더글라스 애덤스가 쓴 이 책은 "몬티 파이선Monty Python: 영국의 6인조 코메디 팀이 스타워즈를 만나다" 같은 부류의 오락물이었다. 톰이 만든 게임에는 우주를 누비는 57년형 쉐보레라던가, 블레 같은 특이한 캐릭터들이 나왔다. 블레는 커다란 눈알 두 개처럼 생긴 괴물인데 이리저리 돌아다니며 "블레! 블레!" 하고 소리를 내어 겁을 주려했다.

로메로가 카맥과 프로그래머로 친해진 것처럼, 로메로와 톰은 코미디언으로 친해졌다. 두 사람은 항상 톰이 만든 외계인 언어로 삐삑거리며 정교한 대화를 주고받았다. 또 둘 다 블랙 코미디를 애정했다. 톰이 만약 "네 살점은 양의 사향 냄새 나는 구멍에나 넣어라" 라는 투로 시작하면, 로메로는 "네 살은 염소 배를 갈라 꺼낸 뜨듯한 창자로 묶어주지"라고 맞장구 쳤다. 둘은 역겨운 농담에도 결코 당황하는 법이 없었다.

카맥과 로메로가 〈카타콤〉과 〈위험한 데이브〉를 작업하는 동안 톰이 자주 들러 도움을 주었다. 레인을 내보낸 뒤 로메로는 톰을 『게이머스 엣지』의 새 편집장으로 영입하기로 결정했다. 톰도 카맥이나 로메로처럼 게임 작업에만 열중하고 싶었다. 게다가 그 역시 애플II의 시대가 얼마 남지 않았다는 걸 인지하고 있었다. PC용 게임이 미래였고, 그건 톰의 미래였다. 그러나 알 베코비우스는 어떤 것도 받아들여주지 않았다. 톰은 이미 애플Ⅱ 디스크의 에디터를 맡고 있었기에 그 팀에 계속 있어야 했다.

실망스러웠지만 로메로와 카맥은 톰이 없어도 당분간은 업무를 감당할 수 있다는 걸 알고 있었다. 간절하게 필요한 건 아티스트였다. 그때까지는 게임 프로그래머가 게임 아트도 직접 했다. 그러나 더욱 야심찬 게임을 만들려고 했던 로메로와 카맥은 게임 아트에 집중할 인재를 원했다. 자신들의 프로그래밍과 기획 실력에 견줄만한 실력이 있는 사람으로. 로메로 자신도 그동안 애플Ⅱ 게임을 만들며 미술 작업을 모두 직접 했던 대단한 아티스트였지만, 다른 누군가에게 게임 아트를 맡길 준비가 되어있었다. 로메로가 눈여겨보고 있는 건 에이드리안 카맥이라는 21살의 인턴이었다.

에이드리안 카맥과 존 카맥은 우연히 성이 같은 것 뿐, 친척은 아니었다. 에이드리안은 검은 머리카락을 길게 길러 허리까지 늘어뜨리고 있었는데, 융통성 없는 아트 팀에서 도착한 순간부터 눈에 띄는 존재였다. 로메로는 아트 팀이 다른 부서들만큼이나 느려 터졌다고 한탄했다. 아트 팀 사람들은 게이머가 아니었고, 게임에 대해 생각조차 하지 않았다. 그 팀에서 하는 일은 금전출납부 프로그램에 들어갈 자잘한 그래픽을 잔뜩 찍어내고, 시간이 되면 퇴근 카드를 찍는 게 다였다. 에이드리안은 번뜩이는 창의성 뿐 아니라 멋진 헤비메탈 티셔츠도 잔뜩가지고 있었다.

로메로는 몰랐지만 사실 에이드리안은 게임을 그리 즐기지 않았다. 게임 때문에 미술을 하게 되었지만 그 무렵엔 이미 게임을 그만두었다. 에이드리안은 슈리브포트에서 자랐는데, 친구들과 오후에 아케이드에 가서 〈팩맨〉과 〈아스테로이드〉를 하던 시절이 있었다. 그는 오락기 겉면의 그림을 무척 좋아해서 수업시간에 공책에다가 몰리 하쳇의 앨범 커버와 함께 게임 일러스트를 따라 그리기 시작했다. 사춘기가 된 에이드리안은 그림의 세계로 점점 깊이 빠져들어 비디오 게임마저 과거에 남겨두었다. 그에게는 또 다른 마음의 짐이 있었다.

에이드리안이 열세 살 때 지역 식품 회사에 소시지를 납품하는 일을 하던 아버지가 심장마비로 갑자기 숨졌다. 원래도 조용하고 예민했던 에이드리안은 혼자만의 세계로 더욱 깊이 빠져들었다. 대출 담당 직원인 어머니와 두 여동생이 상황을 극복하려 애쓰는 동안 에이드리안은 그림을 그리면서 더 많은 시간을 보냈다. 전갈을 애완동물로 키우는 십대 소년답게 주로 어두운 아이디어와 주제에 매달리곤 했다. 대학에 다닐 때는 예술적 영감이 암울한 현실로 바뀌었다.

에이드리안은 학비를 벌기 위해 지역 병원의 의료 커뮤니케이션 부서에서 아르바이트를 했는데, 응급실에서 찍은 환자 사진을 복사하는 일을 맡았다. 가장 생생한 죽음과 질병의 이미지였다. 욕창으로 살점이 떨어져 나가 뼈가 드러난 사진도, 총에 맞아 팔다리가 떨어져 나간 사진도 있었다. 한 번은 어떤 농부가 나무 울타리에 사타구니가 꿰뚫린 채로 실려 왔다. 에이드리안은 이런 수위 높은 페티시즘적인 사진들을 친구들과 주고받기에 이르렀다.

에이드리안의 예술 작품은 더 어두워졌지만, 더 노련해지기도 했다. 대학에서 에이드리안에게 미술을 가르치던 레모인스 바탄이 그의 재능을 알아차렸다. 에이드리안은 별로 힘들이지 않으면서도 세밀한 부분을 정확하게 묘사했다. 레모인스가 에이드리안에게 무슨 일을 하고 싶으냐고 묻자, 에이드리안은 순수 예술을 하고 싶지만 그동안은 경력을 쌓을 곳을 찾고 있다고 답했다. 레모인스는 에이드리안이 일을 시작할 만한 회사를 떠올렸다. 바로 소프트디스크였다.

에이드리안은 소프트디스크에서 컴퓨터 소프트웨어에 필요한 미술 작업을 할 직원을 구한다는 소식에 별로 흥미를 느끼지 못했다. 키보드와 프린터보다는 연필과 종이를 좋아했기 때문이다. 하지만 소프트디스크 인턴십 보수가 병원보다 좋았기 때문에 인턴으로 들어가기로 했다. 그리고는 어느 날 자기 팀장이 젊은 프로그래머 두 명과 시끄럽게 말씨름 하는 걸 볼 때까지 지루한 작업에 괴로워하고 있었다. 다른 아트 부서 직원이 에이드리안에게 가서 물었다. "무슨 일인지 아시죠?"

에이드리안이 조용히 대답했다. "아니오, 전혀 모르는데요."

"저 사람들 당신 얘기를 하는 중이예요."

"이런 젠장, 난 끝장이야."

에이드리안은 뭔가 일이 잘못되어 자신이 해고당할 거라고 생각했다. 두 젊은 프로그래머가 대화를 끝내고 다가와서는 게이머스 엣지에서 같이 일하게 된 카맥과 로메로라고 자신들을 소개했다,

다음 『게이머스 엣지』 디스크에는 게임을 하나만 수록하기로 했다. 알이 동의했고, 로메로와 카맥이 추구하는 대로 대형 상업 게임을 두 달에 하나씩만 만들도록 허락했다. 완전히 새로운 게임 하나를 두 달 안에 만드는 건 상당히 어려운 일이었다. 그러나 카맥이 게임 엔진을 만들고 로메로는 소프트웨어 툴과 게임 기획을, 에이드리안은 게임 아트를, 레인은 관리와 잡다한 코딩을 맡으며 각자 역할이 자리를 잡자, 해낼 수 있는 일처럼 느껴졌다.

다음 게임에 대한 아이디어는 카맥에게서 나왔다. 카맥은 스크린 범위를 넘어서 움직이는 듯한 착시를 만들어내는 혁신적인 프로그래밍을 실험하고 있었다. 스크롤이라고 불리는 이 기법 역시 오락실 게임을 모델로 했다. 처음에는 오락실 게임에서도 고정된 화면에서 모든 동작이 일어났다. 〈퐁〉에서는 플레이어가 공을 치는 막대기가 화면 안에서만 움직였다. 〈팩맨〉에서는 주인공이 좁고 사방이 막힌 미로 속 좁은 길 안에서 움직이며 점 모양의 먹이를 먹었다. 〈스페이스 인베이더〉에서 플레이어는 화면 아래쪽에 있는 우주선을 조종하여 하강하는 외계인 우주선을 쏘아 맞췄다. 플레이어나 적이 상자 밖에

서 진행해오는 느낌으로 폭넓은 이동 같은 건 전혀 없었다.

1980년 윌리엄스 일렉트로닉스가 〈디펜더Defender〉[44]를 출시하면서 모든 것이 바뀌었다. 〈디펜더〉는 화면에 표시되는 범위를 넘어서 영사기처럼 화면이 움직이게 되는, 화면을 '스크롤' 시킨다는 아이디어를 대중화한 첫 번째 아케이드 게임이었다. SF 슈팅 게임이었는데, 플레이어는 행성 표면 상공에서 수평으로 움직이는 우주선을 조종해 외계인을 쏘고 사람들을 구출했다. 스크린 상의 작은 지도가 전체 범위를 나타냈다. 그대로 확장하면 화면 세 개 반 크기였다. 다른 오락실 게임과 비교하면 디펜더는 훨씬 더 광활한 가상공간에서 살아 숨쉬는 느낌이었다. 〈디펜더〉의 성공은 경이로웠다. 〈스페이스 인베이더〉만큼이나 오락실을 채웠고, 〈팩맨〉을 제치고 올해의 게임이 되었다. 뒤따라 출시된 스크롤이 도입된 게임은 셀 수 없이 많았다. 1989년 무렵 스크롤 기능은 요즘말로 "IT"같은 각광받는 기술적 화두였고, 닌텐도 패미콤 게임인 〈슈퍼 마리오 브러더스 3〉가 사상 최고의 성공을 하는 데에도 연료처럼 중요한 역할을 했다.

그러나 1990년 9월 이 시점에 PC용 스크롤 게임을 만드는 법은 아직 아무도 몰랐다. 대신 액션이 스크린보다 크게 느껴지도록 변변치 않은 속임수를 쓰곤 했다. 플레이어가 스크린 오른쪽 끝에 도달하면 화면이 오른쪽에 몰린 상태에서 단번에 제자리로 가는 투박한 방식이었다. 당시 PC가 닌텐도 같은 가정용 콘솔이나 애플II, 오락실 기계와 비교해 처리속도가 느린 탓도 있었다. 카맥은 〈디펜더〉나 〈슈퍼 마리오〉 같은 매끄러운 스크롤 효과를 만들어낼 방법을 찾기로 했다.

다음 『게이머스 엣지』는 그 방향으로 한 걸음 나아갈 것이다. 동료들과 다음 게임에 대해 의논하는 자리에서 카맥은 화면에서 액션을

44) 출처: 스티븐L. 켄트 저, "첫번째 분기The First Quarter"의 118페이지 중에서.

아래로 스크롤 할 수 있는 기술을 시연했다. 정교한 스크롤 게임과는 다르게, 마치 러닝머신처럼 고안된 기술이었다. 즉, 그래픽이 설정된 경로를 따라 일정하게 스크린 아래로 내려가는 방식이었다. 플레이어가 일부러 위로 올라간다는 느낌은 없었다. 연극무대에서 배우 뒤에 선 배경을 회전시켜 배우가 이동하는 장면을 표현하는 방식과 비슷했다.

PC용으로 나온 게임은 있는 대로 다 해 본 박식한 게이머인 로메로도 이런 건 한 번도 본 적이 없었다. 최초가 될 기회였다. 그들은 그 게임을 〈슬로댁스Slordax〉라고 부르기로 했다. 오락실 히트 게임 〈스페이스 인베이더〉과 〈갤러그Galaga〉에서 영향을 받은 본격 우주선 쏘기 게임이 될 것이었다. 이제 4주 안에 게임을 완성해야 했다.

〈슬로댁스〉 작업 시작부터 팀원들은 손발이 척척 맞았다. 카맥이 그래픽 엔진을 쉬지 않고 코딩하는 동안 로메로는 실제 게임 캐릭터와 섹션을 만들 프로그래밍 툴을 개발했다. 카맥이 혁신적인 코드를 설계한다면, 로메로는 플레이어의 마음을 사로잡는 게임 플레이를 기획했다. 심지어 톰 홀은 게임 캐릭터들과 배경을 만들려고 게이머스 엣지 사무실에 몰래 들어가기도 했다. 한편 에이드리안은 조용히 화면에다 소행성과 우주선을 스케치했다. 로메로는 이 인턴 사원에게 재능이 있다는 걸 바로 알아챘다.

에이드리안은 아직 컴퓨터에 익숙하지 않았지만 스크린 팔레트 시스템을 금세 익혔다. 당시 게임 그래픽은 무척 제한적이어서 컴퓨터 아트는 점묘법이나 다름없었다. 컴퓨터 그래픽 어댑터CGA에서는 4가지 색을 사용하는 게 고작이었고, 새로 나온 인핸스드 그래픽 어댑터EGA에서는 16색을 사용할 수 있었다. 그래도 예술가에게는 너무 제한적인 환경이었다. 에이드리안이 마음대로 쓸 수 있는 색상은 몇 가지에 불과했다. 심지어 색을 섞을 수도 없었고, 가진 색상만으로 게임 세상에 생명을 불어넣어야 했다. 업계 용어로 '푸싱 픽셀

pushing pixels'이라는 작업인데, 에이드리안은 푸싱 픽셀을 확실히 쉽게 해내고 있었다.

에이드리안은 눈에 띄지 않는 걸 좋아해서 거의 숨어 있다시피 했다. 같이 일하는 게이머들을 어떻게 대해야 할지 몰랐기 때문이기도 했다. 카맥은 툭툭 끊어 말하면서 말끝에다 이상한 음흠흠 소리를 붙이는 게 꼭 로봇 같았다. 하루 종일 아무 말도 하지 않고 앉아 놀라운 작업을 해냈다. 로메로는 그냥 기괴했다. 내장을 꺼내고 시체를 자르는 역겨운 농담을 하는가 하면 기분 나쁜 멜빈 만화를 아직도 그리고 있었다. 그렇지만 에이드리안은 로메로가 꽤나 재미있다고 생각했다.

톰 홀은 또 다른 부류였다. 에이드리안이 톰을 처음으로 만났을 때 톰은 큰 플라스틱 칼을 들고, 파란 타이즈와 흰색 속옷 상의에 망토를 두르고 사무실 안으로 뛰어 들어왔다. 톰은 그 자리에 서서 눈썹을 치켜 올리며 이상한 외계인 소리를 냈는데, 로메로가 미칠 것 같은 웃음소리로 화답했다. 그건 톰의 할로윈 의상이었다. 톰은 예전처럼 툴 제작과 게임디자인을 도우러 가끔 들렀다. 에이드리안은 톰이 오래 머물지 않는 게 감사했다.

그러나 어느 날, 톰은 에이드리안과 로메로 그리고 다른 소프트디스크 직원들이 모두 퇴근한 후에도 밤늦게까지 남아있었다. 남아있는 사람은 톰과 카맥 뿐이었다. 〈슬로댁스〉는 멋지게 마무리했고, 카맥은 다른 작업을 하고 있었다. 카맥은 야행성이어서 새벽까지 사무실에 남아 있곤 했다. 고독과 고요함을 좋아했고, 작업에 더 깊이 몰입할 기회를 좋아했다. 카맥은 언제나 하고 싶던 바로 그 일, 게임 프로그래밍을 하고 있었다. 미래에 대한 아무 걱정도 없이, 언제나처럼 그 순간에 행복했다. 이렇게 게임 작업을 하면서 먹고 살기에 충분한 돈을 벌 수 있다면, 카맥은 만족했다. 카맥이 입사 첫 날 동료들에게 말했듯이 창고에 가둬놔도 컴퓨터와 피자 그리고 다이어트 콜라만 좀 넣어주면 행복할 터였다.

그날 밤 늦게 톰이 게이머스 엣지에 와 자리에 와 앉자, 카맥은 블럭이나 그래픽 타일을 움직이게 하는 방법을 어떻게 알아냈는지 보여주었다. 화면은 수천 개의 픽셀로 구성되어 있고 픽셀 한 덩어리가 타일 한 장을 이룬다. 게임을 만들 때 아티스트는 우선 픽셀을 사용해 타일을 디자인하고, 그 타일을 배열해 전체 배경을 만든다. 부엌 바닥에 타일을 까는 방식과 비슷하다. 카맥이 만든 애니메이션 트릭으로 타일 위에도 약간 움직이는 그래픽을 넣을 수 있었다. "그리고, 나는 캐릭터가 타일 위로 점프하면 어떤 일이 일어나게 만들 수 있어." 카맥이 설명했다.

"그게 쉬울까?" 톰이 물었다.

"물론. 음음음." 카맥이 말했다. 그냥 플레이어가 움직이는 타일을 쳤을 때 어떤 액션이 일어날 지를 정해서 게임 안에 프로그램하기만 하면 되었다. 이거 굉장한데? 톰은 이해했다. 〈슈퍼 마리오브라더스 3〉 같은 게임은 모두 움직이는 타일로 구성되어 있어서, 플레이어가 깜빡이는 타일 위로 점프하면 금화가 비처럼 쏟아져 내린다. 흥미로웠다. 그런데 그게 다가 아니었다.

카맥이 키보드 버튼을 몇 개 눌러 자기가 만든 걸 하나 더 보여주었다. 바로 횡스크롤이었다. 〈디펜더〉와 〈마리오〉로 유명해진 횡스크롤은 캐릭터가 스크린의 어느 한 쪽 끝으로 이동할 때 마치 게임 세상이 계속되는 것처럼 보이게 하는 효과였다. 카맥은 며칠 밤을 새며 실험하여 마침내 PC에서 구현할 방법을 알아냈다. 카맥은 언제나처럼 자신만의 독특한 방식으로 문제에 접근했다. 영악하고 손쉬운 방법으로 바로 가는 사람들이 너무 많은데, 그건 말도 안 된다고 카맥은 생각했다. 그는 먼저 정석으로 접근해 그래픽이 화면을 가로질러 매끄럽게 펼쳐지는 프로그램을 작성하려 했다. 이 시도는 효과가 없었는데, 누구나 알다시피 PC는 너무 느리기 때문이었다. 그래서 그는 다음 단계인 최적화를 시도했다. 이미지가 더 빨리 그려지도록 컴퓨터의 메모리를 최대한 활용할 수 있는 방법이 존재할까? 몇 번 시도하고는 방법이 없다는 것을 알았다.

마침내 카맥은 생각했다. 좋아, 내가 원하는 게 뭐지? 내가 원하는 건 플레이어 캐릭터가 땅을 가로질러 뛰어갈 때 화면이 부드럽게 움직이게 하는 거야.

예전에 만들었던 게임 〈카타콤〉을 생각했다. 〈카타콤〉에서 캐릭터가 던전 끝을 향해 뛰어가면 화면이 한 덩어리씩 큼직하게 움직이는 효과를 만든 적이 있다. 타일 베이스 스크롤이라고 불리는 흔한 트릭으로 타일 한 세트를 덩어리째 한 번에 움직이는 거였다. 지금은 캐릭터가 머리카락 한 올만큼 움직이는 듯 훨씬 더 교묘한 효과를 만들어내려는 것이었다. 문제는 미세한 움직임 하나를 표현하려면 컴퓨터가 스크린 전체를 다시 그리느라 너무 많은 시간과 에너지를 소비한다는 점이었다. 그 때 사고의 도약이 찾아왔다.

전부 다시 그리는 게 아니라 실제로 바뀌는 부분만 다시 그리는 방법을 찾아보면 어떨까? 라고 카맥은 생각했다. 그러면 스크롤 효과도 훨씬 빠르게 나타날 것이다. 넓고 파란 하늘 아래에서 캐릭터가 오른쪽으로 뛰어가고 있는 화면을 상상했다. 캐릭터가 달려가는 동안 머리 위에 있던 하얗고 폭신한 구름은 결국 화면에서 벗어날 것이다. 컴퓨터는 매우 조잡한 방식으로 이 효과를 표현했다. 왼쪽 위부터 시작해 오른쪽 아래까지 한 번에 한 픽셀씩 전체 화면의 작은 파란 픽셀을 다시 뿌렸다. 달라진 건 하늘에 있는 하얗고 폭신한 구름이 하나뿐이어도 모두 다시 그리는 식이었다. 컴퓨터는 쉬운 방법이 있어도 스스로 알아내지 못하고 고된 길을 택한다. 그래서 카맥은 컴퓨터가 효율적으로 작업을 수행하도록 속이는 차선책을 택했다. 컴퓨터를 기만하는 코드를 몇 가지 쓴 것이다. 예를 들면 왼쪽에서 일곱 번째 타일이 사실은 화면에서는 첫 번째 타일이라고 속이는 식이다. 이렇게 하면 컴퓨터가 카맥이 원하는 위치에서 그림을 그리기 시작한다. 구름이 있는 데까지 수많은 작고 파란 픽셀을 뿜어내는 대신 구름부터 그리기 시작할 수 있었다. 카맥은 한 번 더 손질해서 플레이어가 매끄러운 움직임 효과를 확실히 느끼게 했다. 화면 오른쪽 끝 바깥에 파란 타일 하나를 추가로 그리게 하고, 플레이어가 그 방향으로 움직일 때를 대비해 메모리에 저장해두었다. 그 타일은 컴퓨터 메모리에 있기 때문에 다시 그릴 필요 없이 화면에 나타났다. 카맥은 이 방식을 "어댑티브 타일 리프레시adaptive tile refresh"라고 불렀다.

톰은 단번에 이해했다. 쉽게 말하면 이거였다. 〈슈퍼 마리오 브라더스 3〉를 PC에서 할 수 있다! 그 어디에서도, 그 누구도 〈슈퍼 마리오 브라더스 3〉를 PC용으로 만들지 못했다. 그런데 바로 여기에서, 바로 지금, 그게 가능해졌다. 제일 좋아하는 비디오 게임을 가져다 함께 해킹해서 컴퓨터에서 작동하게 만들 수 있었다. 특히 닌텐도가 자체 플랫폼인 닌텐도 게임기를 고집하고 있다는 점을 생각하면 이건 거의 혁명적인 일이라고 톰은 생각했다. 음반을 테이프로 녹음하듯 닌텐도 게임을 PC로 복사할 방법은 전혀 없었다. 하지만 이제 타일 하나하나, 깜빡임 하나하나를 복제할 수 있다. 궁극의 해킹이었다.

톰이 말했다. "그거 하자! 오늘 밤에 〈슈퍼 마리오〉 첫 판 만들자!"

톰은 게이머스 엣지 사무실에 있는 TV에 닌텐도를 연결해 〈슈퍼 마리오〉 게임을 시작했다. 그리고 PC에서 사용하던 타일 편집기를 열었다. 톰은 명작을 모사하는 화가처럼 닌텐도의 정지 버튼을 눌러가면서 〈슈퍼 마리오〉 첫 번째 레벨에 있는 금화와 폭신한 흰 구름 등을 모두 PC에 다시 그렸다. 다르게 한 것은 캐릭터뿐이었다. 마리오를 다시 만드는 대신 이미 있는 〈위험한 데이브〉의 그래픽을 사용했다. 그동안 카맥은 횡스크롤 코드를 최적화하고, 톰이 게임을 플레이했다 멈췄다 하면서 큰 소리로 불러주는 기능을 구현했다. 두 사람은 다이어트 콜라를 수십 캔 마시면서 첫 번째 레벨을 완성했다. 새벽 5시 30분, 카맥과 톰은 만든 레벨을 디스크에 저장해 로메로의 책상에 올려 두고 집으로 자러 갔다.

로메로는 다음 날 아침 10시에 출근해서 자기 키보드 위에 놓인 플로피 디스크를 발견했는데, 그 위에는 딸랑 "DAVE2 쳐 봐"라고 쓰인 포스트잇이 붙어있었다. 톰의 글씨였다. 로메로는 디스크를 PC에 넣고, 파일 위치에 DAVE2를 타이핑했다. 화면이 검게 변했다가 글자가 나타났다.

위험한 데이브
"해적판"

제목 한 쪽 옆에는 빨간 야구모자와 초록색 티셔츠를 입은 위험한 데이브가 있었다. 다른 쪽에는 초라해 보이는 판사가 하얀 가발을 쓰고 판사봉을 휘두르고 있었다. 로메로가 다음을 보려고 스페이스 바를 누르자 〈슈퍼 마리오브라더스 3〉의 친숙한 배경이 나타났다. 옅은 푸른색 하늘, 하얗고 폭신한 구름, 무성한 녹색 수풀, 작은 물음표가 옆으로 움직이는 타일들 그리고 스크린 아래에는 위험한 데이브 캐릭터가 출발 준비를 하고 서 있었다. 로메로가 화살표키를 누르자 데이브가 바닥을 따라 움직였다. 로메로는 데이브가 화면을 가로지르며 부드럽게 움직이는 모습을 보는 순간 넋을 잃었다.

숨을 쉴 수 없을 지경이었다. 로메로는 키보드 위에 손가락을 올린 채 풍경을 따라 데이브를 앞뒤로 움직이면서 뭐가 잘못됐는지 보려고 했다. 이게 현실이 아닌가? 카맥이 망할 닌텐도랑 완전 똑같이 만드는 방법을 알아냈다고? 카맥이 정말 온 세계 게이머들이 바라던 대로 콘솔 게임 마리오를 PC에서 플레이하게 만든 거야? 닌텐도는 마리오의 강세에 힘입어 연간 10억 달러 이상의 수익을 내면서 도요타

자동차를 꺾고 일본 최고의 회사가 되어 있었다[45]. 일본의 가난한 시골 소년이었던 미야모토 시게루는 마리오 시리즈 제작자로 월트 디즈니에 버금가는 게임 산업을 일구었다. 〈슈퍼 마리오 브라더스 3〉은 1,700만 장이 팔렸는데, 이는 마이클 잭슨 수준의 가수만 할 수 있던 플래티넘 레코드를 17장 판매한 수량이었다.

로메로는 자신의 미래와 동료들의 미래가 밝은 빛깔 꿈 속에서 공간을 좌우로 가로질러 스크롤링하며 자기 앞으로 쏟아져 내리는 걸 보았다. PC는 인기있고 유망했으며 하루가 다르게 더 많은 가정에 보급되고 있다. PC는 얼마 안 있어 사치품이 아닌 필수품이 될 터이다. PC를 친근한 생활의 일부로 만드는 데에 모두가 살만큼 인기가 있는 킬러 소프트, 히트 게임 만한 것이 있을까. 이런 히트작이 있으면 사람들은 닌텐도를 살 필요조차 없이 PC에만 투자하면 된다. 그리고 로메로는 여기, 슈리브포트에 있는 형편없는 작은 사무실에 앉아 PC용 첫 대형 리그 게임을 만들 수 있는 기술을 보고 있었다. 그는 미래에 부유한 유명 인사들이 될 자신들의 운명을 보았다. 너무도 인상적이어서 로메로는 움직이지도, 자리에서 일어나지도 못했다. 마약에 취한 듯 도취되었다. 몇 시간 후 카맥이 다시 사무실로 돌아온 후에야 로메로는 말할 에너지를 끌어을 수 있었다. 친구이자, 천재적인 동업자, 게이머들의 천국에서 짝지어진 단짝에게 할 말은 하나였다.

"바로 이거야. 끝내준다!"

---

45) 출처: 데이비드 셰프 저 "게임 오버: 계속하려면 스타트 버튼을 누르시오" 중 3페이지에서.(게임프레스 출판, 1999년)

꿈의 창조자들

두 사람이 제국을 세우고 대중문화를 바꿔놓은 이야기

피자 머니

Pizza Money

4장

피자 머니

두 존 내면의 인간 엔진에서 제일 먼저 드러난 명백한 차이점은 시간을 처리하는 방식이었다. 카맥과 로메로를 완벽하게 상호보완적으로 만들면서 동시에 돌이킬 수 없는 갈등을 야기하는 차이점이었다.

카맥은 지금 이 순간을 마주했다. 카맥을 지배하는 힘은 집중력이었다. 카맥의 시간은 약속된 미래나 감상적인 과거가 아닌 현재 상태, 거미줄처럼 얽힌 문제와 해결책 그리고 상상력과 코드에 존재했다. 그는 과거로부터의 어떤 것도 간직하지 않았다. 사진도, 기록도, 게임도, 컴퓨터 디스크도, 심지어 자기가 처음 만든 게임 〈쉐도우포지〉와 〈레이스〉도 간직하지 않았다. 학창 시절을 떠올릴 졸업앨범도, 초기 작품이 실린 잡지도 없었다. 지금 현재 필요한 물건만 가지고 있었다. 카맥의 침실에는 램프, 베개, 담요, 책 한 더미만 있었다. 매트리스도 없었다. 카맥이 집에서 가져온 것은 새엄마 가족이 선물한 미치라는 이름을 가진 성격 나쁜 오줌싸개 고양이뿐이었다.

반면 로메로는 과거, 현재, 미래 모든 순간에 몰입해 있었다. 그는 현재만큼 지나간 시간과 다가올 시간 모두에 열정을 가진 기회균등주의자였다. 로메로는 꿈을 꾸고 또 추구했다. 과거의 물건을 모두 보관하고 지금 순간의 역동성에 몰입하면서 미래 계획을 도표로 작성했다. 모든 날짜, 모든 이름, 모든 게임을 기억했다. 과거를 보존하려고 편지, 잡지, 디스크, 버거킹 급여 명세서, 사진, 게임, 영수증을 보관했다. 현재를 즐기기 위해 더 웃긴 표정을 짓고, 더 재미있는 이야기를 하고, 더 나은 농담을 하려고 했다. 그러면서도 로메로는 부산스럽지 않고 집중하는 법을 알았다. 로메로가 켜져서 작동하고 있을 때에는 모든 것과 모든 이들을 사랑했다. 하지만 꺼져서 작동을 멈췄을 때에는 차갑고 거리감이 느껴지고 무뚝뚝했다. 톰 홀이 그런 태도에 별명을 붙였다. 컴퓨터에서 정보를 나타내는 비트는 켜지거나 꺼지는 두 가지 상태만 있다. 톰은 로메로의 변덕스러운 기분 변화를 비트 플립이라고 불렀다.

1990년 9월 20일, 그 운명적인 아침에 로메로의 비트는 확실히 켜져 있었다. 그 날짜는 로메로의 기억에 영원히 각인될 것이고 카맥은 곧 잊을 터였으나, 두 사람 모두에게 똑같이 중요한 날이었다. 카맥은 PC게임에 스크롤을 적용할 방법이라는 눈앞에 닥친 도전과제를 해결하기 위해 무섭도록 집중했다. 로메로는 카맥의 해결책인 위험한 데이브 해적판을 사용해 앞으로 벌어질 일을 상상했다. 카맥 덕분에 로메로는 구체적인 미래를 상상할 수 있었다. 그리고 그 미래가 소프트디스크와는 관계가 없다는 것이 분명해졌다.

카맥을 만나고 나서 로메로는 흥분을 억누를 수 없었다. 사무실을 바쁘게 돌아다니며 다른 동료들을 데려와서 그 게임을 보라고 했다. 몇몇 직원이 데모플레이를 볼 때 로메로가 말했다. "와, 진짜 대단해. 이것 좀 봐. 이게 세상에서 제일 끝내주는 게 아니면 뭐겠어?"

그 중 한 명이 무기력하게 대답했다. "오, 그거 꽤 깔끔하네."

로메로가 대답했다. "꽤 깔끔해? 이것 봐. 이건 세상에 다시없이 끝내주는 거야. 모르겠어?"

"뭐든 상관없어." 그들은 어깨를 으쓱하며 말하고는 각자 자리로 돌아갔다.

"빌어먹을 멍청이들!" 로메로가 소리쳤다. 게이머스 엣지 팀원들이 모두 도착했을 때 로메로는 폭발 직전이었다. 톰, 제이, 에이드리안은 다 함께 게이머스 엣지 사무실에서 로메로가 데모게임을 시험 플레이하는 걸 재미있어 하며 지켜보고 있었다. 로메로가 말했다. "오, 맙소사. 이건 정말 세상에 다시없이 끝내줘. 진짜 빌어먹게 멋져! 우린 이거 해야 해. 우리 회사를 차려서 여기서 나가야 돼. 왜냐면 소프트디스크는 이걸로 아무것도 안 할 테니까! 아무도 진가를 알아보지 못할 거야. 우리가 직접 해야 해. 이건 이 회사에게는 너무 큰 낭비야."

제이는 문가에 서서 문틀을 매달리듯이 꼭 붙잡고 "어이, 진정해" 하고 웃으며 말했다. 그는 전에도 로메로의 경솔함을 본 적이 있다. 과장에 가까운 열정이었다. 로메로는 팩맨에서 이겨도 이렇게 흥분하는 인간 느낌표였다.

로메로가 딱 멈추고 두 손을 위로 들었다. 그리고 진지하게 말했다. "이봐, 나 완전 진심이야."

제이가 안으로 들어가 등 뒤로 문을 닫았다. 로메로는 그렇게 주장하는 이유를 설명했다. 첫째, 이것은 강력한 16 컬러 게임인데, 소프트디스크는 가장 기본 사양PC를 가진 구독자에 맞추어 4컬러 게임에만 관심이 있다. 둘째, 근본적으로 PC 용 닌텐도 스타일의 게임이다. 전 세계에서 가장 많이 팔린 콘솔 게임 〈마리오〉와 거의 흡사하니 반드시 잘 팔릴 것이다. 사람들은 모두 PC를 사고 있고 자연히 모두가 재미있는 비디오 게임을 갖고 싶어할 것이기 때문이다. 완벽하다.

그들은 이미 이상적인 팀이었다. 그래픽 전문가이자 전속 기린아 카맥. 다재다능한 프로그래머이자 회사의 치어리더 로메로. 아티스트이자 어둠의 몽상가 에이드리안. 게임 기획자이며 만화책 초현실주의자 톰. 로메로는 여전히 레인이 못마땅했으나, 기꺼이 한 번 더 참여할 기회를 주었다. 어쨌든 핵심 멤버들은 결속력이 강했다. 카맥의 요지부동한 성격이 로메로의 야단스러운 열정과 조화를 이루었고, 에이드리안의 죽음과 폭력을 좋아하는 취향과 톰의 만화적 코미디 취향이 양극단에서 서로 보완했다. 그들에게 필요한 건 재정관리, 장부 정리, 팀 관리 등 사업적인 측면을 맡아줄 사람이었다. 모두 제이를 바라보았다. 로메로가 제이에게 말했다. "형, 형도 같이 해야지."

제이는 바텐더처럼 활짝 미소지으며 동의했다. 제이가 말했다. "난 이렇게 해야 한다고 생각해. 이걸 닌텐도로 가져가는 거야. 지금!" 〈슈퍼 마리오브라더스 3〉를 PC로 변환하는 계약을 할 수만 있다면 당장 사업을 시작할 수 있었다. 그것도 굉장한 사업을 말이다. 그들은 주말동안 마리오 캐릭터와 레벨 몇 개를 더해 완벽한 데모를 만들고, 제이가 닌텐도에 보내기로 했다.

딱 한가지 문제가 있었는데, 그 문제가 좀 컸다. 이 게임으로 은밀한 부업을 하려면 소프트디스크 몰래 해야 했다. 즉, 사무실에서 작업을 할 수 없다는 뜻이었다. 그렇다면 집에서 해야 했는데, 집에는 작업할 컴퓨터가 없다는 게 문제였다. 다섯 사람은 게이머스 엣지 사무실에 조용히 앉아 스크린을 가로질러 끊임없이 뛰어다니는 위험한 데이브를 보며 깊이 생각했다.

카맥과 로메로 둘 다 어린 시절에 컴퓨터가 없었다. 그랬기에 컴퓨터를 구할 방법을 궁리한 건 이번이 처음은 아니었다.

차들이 소프트디스크 사무실 앞으로 후진해서 트렁크를 열고 기다렸다. 금요일 밤 늦은 시간이었다. 직원들은 모두 가족과 텔레비전이 있는 집으로 퇴근한 지 오래였다. 토요일과 일요일에는 아무도 사무실에서 컴퓨터를 사용하지 않으므로, 자신들이 쓰는 편이 낫다고 게이머들은 생각했다. 컴퓨터를 훔치는 게 아니라, 빌리는 거였다.

소프트디스크의 컴퓨터를 자기들 차에 실은 다음, 로메로, 제이, 카맥, 톰, 레인은 도심을 벗어났다. 낡아빠진 건물들을 지나 고속도로를 타고 낮은 나무와 늪지대가 보일 때까지 달렸다. 밤낚시꾼들이

다리에 나란히 서서 보라빛 어두운 안개 속에 낚싯대를 드리우고 있었다. 다섯 사람은 그 다리를 지나 슈리브포트의 중심 유흥가와 주요 상수원 크로스 레이크 경계에 위치한 사우스 레이크쇼어 드라이브로 향했다.

카맥, 레인, 제이와 제이슨 블로코비악이라는 소프트디스크 애플 II 부서의 프로그래머가 얼마 전에 부러운 사고를 하나 쳤다. 이 호숫가에 방 네 개짜리 집이 임대로 나온 걸 발견하고 빌린 것이다. 제이가 싸구려 보트를 사서 그 집에 정박해 두고, 수상스키나 니 보드를 하러 갈 때 자주 쓰곤 했다. 수영장도 있는 넓은 뒷마당에는 바비큐장도 있어서 요리를 좋아하는 제이가 [고인돌 가족 플린스톤]에 나올 듯한 갈비살을 굽곤 했다. 전망 좋은 창이 많이 있는 집으로, 커다란 거실과 깊은 자쿠지 욕조가 있는 큰 욕실도 있었다. 제이가 냉장고에다 맥주통도 설치해 두었다. 게임을 만들기에 완벽한 장소였다.

그 주말에 게이머들은 〈슈퍼 마리오〉 데모를 만들면서 그 집을 아주 잘 활용했다. 카맥이 밤새 〈던전 앤 드래곤〉을 할 때 쓰던 넓은 테이블 위에 소프트디스크에서 가져온 컴퓨터 두 대를 연결했다. 그리고 로메로와 카맥이 앉아 함께 프로그래밍을 했다. 톰이 그래픽 작업을 모두 했고, 레인은 작은 거북이를 애니메이션으로 만들었다. 〈슈퍼 마리오브라더스 3〉 게임 플레이 전체를 이미 비디오테이프에 녹화해 두었다. 톰은 VCR의 일시 정지버튼을 눌러가며 계속 왔다갔다 하면서 모든 요소를 다 녹화했다.

그들은 72시간 동안 크런치 모드 상태에 들어갔다. 아무도 잠을 자지 않았다. 엄청난 양의 카페인 음료를 마셨다. 피자를 계속 배달시켰다. 제이는 그릴에다 버거와 핫도그를 대량으로 구워냈는데 먹지 못하고 버려지는 것도 많았다. 그들은 〈슈퍼 마리오브라더스〉를 똑같이 베껴냈다. 마리오의 뒤뚱거리는 걸음걸이, 마리오가 움직이는 타일들을 치는 방식, 동전 내보내기, 거북이 위로 뛰어오르고 등

딱지를 치는 방식, 구름, 뻐끔플라워, 파이프, 부드러운 스크롤... 작업이 끝나갈 무렵에는 세계적 베스트셀러 〈슈퍼 마리오 브라더스〉와 정말 똑같은 게임이 만들어졌다. 유일하게 눈에 띄는 차이점은 제목 화면이었다. 닌텐도 저작권 아래에 제작자를 알리기 위해 로메로와 레인의 회사 이름 아이디어스 프롬 더 딥Ideas from the Deep을 빌려 적었다.

게임이 완성되자 제이는 자신들이 누구인지, 닌텐도가 〈슈퍼 마리오〉 PC버전 라이센스를 최초로 허가해주기를 얼마나 바라는지 설명하는 편지를 써서 같이 넣었다. 그들은 상자를 테이프로 봉하고 닌텐도로 보냈다. 기대가 컸다. 몇 주 뒤에 짧고 다정한 회신이 왔다.

"멋진 작품입니다. 하지만 닌텐도는 PC 시장을 개척하는 데 관심이 없습니다."

닌텐도는 콘솔 게임에서 세계 리더인 걸로 만족하고 있었다. 모두 실망했다. 레이크 하우스에서 쉬지 않고 프로그래밍하며 좋은 예감이 있었기에 더욱 그랬다. 그러나 절대 끝이 아니었다. 그들이 이룬 성취에 감사할 누군가가 분명히 있을 것이다. 로메로는 그럴 사람을 알고 있었다.

얼마 전 로메로는 소프트디스크에서 일하는 중에 첫 번째 팬레터를 받았다. 정성스럽게 타이핑한 편지였다. "친애하는 존, 당신이 만든 게임이 마음에 들었어요.[46] 그냥 그게 훌륭한 게임이고, 당신이 재능이 무척 많은 것 같다고 말해주고 싶었어요. 〈그레이티스트 피라미드The Greatest Pyramid〉라는 게임을 해본 적 있나요? 상당히 비슷해서 그 게임도 당신이 만들었는지 궁금했어요. 아니면 그 게임에서 영감을 얻은 건지요? 원하시면 복사본을 보내드릴 수 있어요. 그리고, 당신이 만든 게임에서 받은 최고 점수는 몇 점인가요? 프로그

---

46) 출처: 존 로메로 개인 소장 물품 중에서.

래밍을 오래 해왔나요? 어떤 언어를 사용하나요? 나도 게임을 만들고 싶은데 어떤 조언이라도 해주시면 도움이 될 것 같아요. 열렬한 팬으로부터 감사를 전합니다. 진심으로, 바이런 뮬러"

수집광인 로메로는 그 편지를 즉시 벽에 테이프로 붙이고 카맥, 톰, 레인, 에이드리안에게 자랑했다. 몇 주 후 또 다른 팬레터를 받았다. 이번에는 조금은 다급해 보이는 손글씨 편지였다. "친애하는 존에게, 나는 당신의 게임(피라미드 오브 이집트)을 무척 좋아합니다.[47] 몇 주 전에 '빅 블루 디스크'에 실렸던 다른 피라미드 게임보다 훨씬 좋아요. 어젯밤 새벽 2시까지 해서 다 깼어요. 엄청 재밌었어요. 최고 몇 점까지 내 봤나요? 다음 레벨로 자동으로 가게 해주는 비밀 수단이 있나요? 혹시 다른 비슷한 게임을 알고 있나요? 저에게 수신자부담으로 전화하시거나... 편지해 주세요. 엄청난 감사를 전하며, 스콧 멀리에. 추신. 게임에서 사소한 버그(등록되지 않은 기능?)를 찾은 것 같아요.

와! 또다른 팬이야! 로메로가 활짝 웃었다. 그는 이 편지를 다른 팬레터 옆에 붙이고 또 카맥과 에이드리안에게 자랑했다. 둘은 별 관심없이 눈동자만 굴렸다. 얼마 뒤 로메로는 PC게임 매거진을 휘리릭 넘겨보다가 스콧 밀러라는 29세 프로그래머에 대한 짧은 기사[48]를 접하게 되었다. 스콧은 직접 만든 게임을 유통시켜 큰 성공을 거두었다. 로메로는 호기심에 기사 하단에 있는 스콧의 주소를 읽었다. 75043 텍사스 주 갈런드 시 메이플라워 드라이브 4206

로메로는 얼어붙었다. 텍사스 주 갈런드, 텍사스 주 갈런드, 갈런드? 내가 텍사스 주 갈런드 메이플라워 드라이브의 누구를 알았을까? 로메로는 잡지를 내려놓고, 벽을 올려다보았다. 팬레터들! 그때까지 모아 놓은 팬레터가 몇 장 있었는데, 모두 다른 이름으로 서명

---

47) 출처: 존 로메로 개인 소장 물품 중에서.

48) 출처: 존 로메로 개인 소장 물품 중에서, 잡지 PC게임 매거진의 1990년도 기사 "심층취재(into the depth)"의 스크랩 사진 복사에서. 잡지 월호수와 페이지 번호는 누락됨.

되어 있었지만 놀랍게도 모두 같은 주소에서 왔다. 갈런드 시 메이플라워 드라이브.

로메로는 화가 났다. 친구들한테 소위 팬들을 자랑했는데, 사실 어떤 미친 놈 하나였다니. 스콧 밀러는 자신을 누구라고 생각하는 걸까? 로메로는 분노에 휩싸인 채 키보드를 두들겨 편지를 써 내려갔다. "스콧. 선생님, 당신은 정신적으로 심각한 문제가 있군요...[49] 내게 연락하려고 별난 이름을 1,500만 개나 쓰다니 대체 무슨 짓입니까? 바이런 뮬리어, 브라이언 앨런, 바이런 뮬러? 대체 몇 살입니까? 15살? 로메로는 씩씩거리며 몇 페이지나 쓴 다음, 그 편지를 책상 위에 둔 채 퇴근했다. 다음 날 차분해져서 돌아온 로메로는 편지를 한 장 더 썼다.

"친애하는 밀러 씨,[50] 보내주신 편지에 답장하는 데 상당히 시간이 걸렸습니다. 당신이 이전에도 서너 번을 모두 다른 이름으로 편지를 보냈다는 사실을 알고 화가 났고, 영문을 알 수 없었기 때문입니다. 제가 먼저 쓴 답장은 정말 심각했기 때문에 더 일찍 보낼 수 없었습니다. 제가 얼마나 화가 났는지 아시도록 어쨌든 같이 보냅니다. 이 편지를 쓰는 이유는 먼저 쓴 답장을 누그러뜨리고 귀하의 수많은 접근에 다소 흥미가 있다고 말씀드리기 위해서입니다." 그는 두 편지를 함께 봉인해서 한 번에 갈런드로 보냈다.

며칠 후, 로메로의 집 전화가 울렸다. 스콧 밀러였다. 로메로는 가짜 팬레터를 보낸 일로 그를 비난했지만, 스콧은 다른 생각을 하고 있었다. "그 편지 얘긴 집어치우세요. 내가 당신하고 연락할 유일한 방법은 이런 꼼수 말고는 없어서 그렇게 할 수밖에 없었다고요." 스콧이 숨도 쉬지 않고 말했다.

---

49) 출처: 존 로메로의 개인 소장 물품 중에서.
50) 출처: 위와 같이 존 로메로의 개인 소장 물품 중에서.

당시 게임 회사들은 프로그래머 인력에 대해 극도로 경쟁을 벌이며 비밀스럽게 굴었다. 로메로가 어린 게이머였던 시절에는 리처드 개리엇이나 켄과 로베르타 윌리엄스의 이름이 게임 광고 제일 위에 적혀있었고, 상자에도 큰 글자로 이름을 박아 광고했다. 90년대 초반에 이르러서는 시대가 달라졌다. 게임 회사들은 인재 유출에 골머리를 앓았다. 예방차원에서 아무도 직원에게 접근하지 못하도록 전화를 감시하는 게임 회사들이 많았다. 전화의 민감성을 잘 알고 있는 스콧은 대신 로메로가 자신에게 직접 연락하도록 유인하는 쪽을 택했다. 원래 의도와는 다르지만 아이러니하게도 효과가 있었다. 스콧은 로메로를 화나게 할 생각은 전혀 없었지만, 지금 로메로의 관심을 얻었으니 그런 건 아무래도 상관없었다.

스콧이 간절하게 말을 이어갔다. "우리 얘기 좀 해요. 당신이 만든 〈피라미드 오브 이집트〉를 봤어요. 진짜 멋지더군요. 그 게임을 몇 레벨 더 만들 수 있을까요? 돈을 엄청나게 벌 수 있을 겁니다."

"그게 무슨 말입니까?"

"만드신 게임을 셰어웨어로 유통하고 싶은데요." 스콧이 말했다.

셰어웨어. 로메로에게 익숙한 개념이었다. 이를 설명하려면 『PC월드』의 초대 편집장 앤드류 플뤼겔만이라는 사람으로 거슬러 올라가야 한다. 플뤼겔만은 1980년에 PC토크라는 프로그램을 만들었는데, 온라인에 공개해 올리면서 프로그램이 마음에 들면 자기한테 약간의 사례금을 보내달라는 짧은 글을 적었다. 그는 곧 사람들이 보낸 수표를 세어줄 직원을 고용해야 했다. 플뤼겔만은 이 방식을 "셰어웨어", "경제학의 실험"이라고 불렀다. 80년대에 다른 해커들이 애플이나 PC, 또는 다른 컴퓨터용 프로그램을 만들면서 그 개념을 이어받았다. 써보고 마음에 들면 돈을 내세요. 돈을 지불한 고객은 기술적인 지원과 업데이트를 받을 수 있었다.

셰어웨어 전문가 협회The Association of Shareware Professionals는 셰

어웨어 산업의 규모를 연간 1,000만 달러에서 2,000만 달러 사이로 추정했다. 대부분 국내에서 판매되는데, 돈을 내고 셰어웨어 타이틀을 등록하는 고객은 10퍼센트뿐으로 추정되었다. 1988년 잡지 『포브스Forbes』는 이러한 트렌드에 경탄하며 "셰어웨어가 사업을 시작하는 매우 건전한 방법으로 들리지 않는다면, 다시 생각해보세요."라고 썼다.[51] 셰어웨어가 값비싼 광고에 의존하는 대신, 입 소문word of mouth 또는 한 관계자가 말한 대로 "디스크 소문word of disk"에 의존한다는 포브스의 주장이었다. 마이크로소프트의 최고 프로그래머인 로버트 월리스는 'PC-라이트'라는 셰어웨어 프로그램으로 수백만 달러 회사를 만들었다. 물론 대부분의 작가는 십만 달러만 넘겨도 기뻐했고, 대개는 일 년 수입이 2,500달러 이하였다. 일 년에 타이틀 천 개를 팔면 대단한 성공이었다. 셰어웨어는 여전히 급진적인 아이디어여서 금전출납부 프로그램이나 워드 프로세스 같은 유틸리티 프로그램만 셰어웨어로 유통됐다. 게임이 셰어웨어로 발매된 적은 한 번도 없었다. 스콧은 무슨 생각인 걸까?

대화를 나누면서 로메로는 스콧이 무엇을 해왔는지 정확히 알겠다는 확신이 들었다. 스콧도 로메로와 마찬가지로 평생 게이머였다. 나사 임원의 아들로 자란 스콧은 짧은 검은 머리에 보수적인 외모를 가진 사내였다. 갈런드에서 고등학교를 다니던 시절에 낮에는 컴퓨터실에서 방과 후에는 오락실에서 시간을 보냈으며, 『슛아웃 잽 더 비디오 게임Shootout: Zap the Video Games=총력전: 비디오 게임 깨기』이라는, 〈팩맨〉부터 〈미사일 커맨드Missile Command〉까지 1982년의 인기 게임들을 공략하는 상세한 게임 공략 가이드 북을 썼었다. 머지않아 스콧은 숙명적으로 스스로 게임을 만들기 시작했다.

게임을 배포할 때가 되자 스콧은 오랫동안 집요하게 셰어웨어 시

---

51) 출처: 포브스 1988년 11월 28일자 227페이지의 앤드류 프루겔만의 기사 "Try It, You're Like It" 중에서.

장을 관찰했다. 유통업자나 소매업자들을 상대하지 않고 스스로 전부 운영할 수 있다는 사실이 마음에 들었다. 그래서 관행에 따라 텍스트 기반 게임 두 개를 통째로 올려놓고 현금이 굴러 들어오기를 기다렸다. 그러나 돈은 한 푼도 들어오지 않았다. 스콧은 게이머들이 유틸리티 셰어웨어를 사는 소비자들과는 전혀 다른 유형일 수 있다는 것을 깨달았다. 게이머들은 그저 공짜로 할 수 있는 게임을 하려는 경향이 있었다. 스콧은 약간 조사를 했는데, 셰어웨어로 게임을 출시했던 다른 프로그래머들도 대부분 실패했고 자신만 혼자 손해본 것이 아니었음을 깨달았다. 사람들이 나름 정직할지는 모르지만, 대체로 구매에 게을렀던 것도 사실이었다. 구매를 장려하기 위해 구매 특전 등이 필요했던 것이다.

아이디어가 하나 떠올랐다. '게임을 다 주는 대신 1단계만 무료로 주고 나머지는 직접 구매하게 하면 어떨까?' 아무도 시도해 본 적은 없지만 안 될 이유도 없었다. 마침 스콧이 만들던 게임은 이 계획에 완벽히 들어맞았다. 짧은 에피소드 또는 레벨로 나뉘어 있었기 때문이다. 그래서 단순히 레벨 15개쯤을 공개한 다음, 그에게 수표를 보내면 나머지 30 레벨을 보내줄 거라고 말할 수 있었다.

1986년, 스콧은 컴퓨터 컨설팅 회사에서 일하면서 자신의 첫 번째 게임인 〈킹덤 오브 크로즈Kingdom of Kroz〉를 셰어웨어로 셀프 유통했다. 인디아나 존스 스타일의 어드벤쳐 게임이었는데, BBS와 셰어웨어 카탈로그를 통해 초반 레벨을 이용할 수 있게 했다. 광고나 마케팅도 하지 않았고, 저렴한 플로피 디스크와 지퍼백 외에는 실질적으로 다른 경비가 들지 않았다. 지출할 비용이 없었기에 스콧은 게임 가격을 대부분의 소매 게임보다 훨씬 싸게 책정할 수 있었다. 30-40달러가 아닌 15-20달러로 말이다. 스콧은 수입 1달러 당 90센트를 챙겼다. 로메로에게 접촉을 시도할 때에는 순전히 입 소문 만으로 15만 달러를 벌어들인 상황이었다.

　사업이 너무 잘 되어서 본업을 그만두고 셰어웨어 게임 유통사인 어포지를 창업했다고 스콧이 설명했다. 그리고 유통할 다른 게임을 찾는 중이었다. 스콧은 로메로가 완벽한 셰어웨어 게임을 만들고 있는데 그 사실을 자각하지 못한다고 말했다. 이상적인 셰어웨어 게임에는 몇 가지 요소가 필요했다. 레벨이 구분된 짧은 액션 타이틀이어야 했다. 셰어웨어 게임은 BBS를 통해 유통되기 때문에 사람들이 모뎀을 통해 다운로드 받을 수 있도록 용량이 작아야만 했다. 시에라 온라인에서 유통하는 게임들처럼 그래픽이 강한 대형 게임은 BBS 기반으로 유통하기에는 지나치게 컸다. 게임 용량은 작아야 하지만 빠르고 재밌어야 하며, 플레이어가 더 사고 싶게 끌어당기는 뭔가 흥분되는 아케이드 스타일 게임이어야 한다. 로메로가 〈피라미드 오브 이집트〉를 주면, 스콧이 모든 마케팅과 주문 처리를 담당하겠다고 했다. 선금에 더해 주요 유통사들보다 높은 35퍼센트를 로열티로 주겠다고 했다.

　로메로는 흥미를 느꼈지만 문제가 하나 있었다. "〈피라미드 오브 이집트〉로는 사업을 할 수 없어요. 그건 소프트디스크 소유거든요." 로메로는 스콧의 한숨에서 실망을 읽을 수 있었다. 로메로가 덧붙여 말했다. "이봐요. 피라미드는 집어 치워요! 그건 지금 우리가 만들고 있는 게임에 비하면 쓰레기예요."

　며칠 후, 스콧은 아이디어스 프롬 더 딥으로부터 〈슈퍼 마리오 브라더스 3〉 데모를 담은 소포를 받았다. 게임을 시작한 스콧은 기절할 정도로 놀랐다. 매끄러운 스크롤이며 모든 것이 콘솔 버전과 완전히 똑같았다. 그는 수화기를 들고 카맥과 몇 시간이나 통화했다. '이 녀석은 천재야. 모두를 앞지르고 있어.' 스콧은 생각했다. 카맥과 이야기가 끝날 무렵에는 스콧은 당장 계약할 준비가 되어 있었다. 게이머들은 이 새 기술을 사용해 어포지에서 셰어웨어로 출시할 새 게임을 만들겠다고 했다. 스콧이 말했다. "끝내주는군. 합시다."

이제 게임을 만들어 내야만 했다.

로메로는 처음 스콧과 이야기한 다음에 선금을 보내 진지함을 보여달라고 했다. 스콧은 자기 저축액의 절반인 2,000달러를 수표로 보내 응답했다. 스콧이 답례로 원하는 건 하나였다. 두 달 남은 크리스마스까지 새로운 게임을 보내주는 것.

로메로, 카맥, 에이드리안, 레인, 톰, 제이는 게임을 만들기 위해 게이머스 엣지 사무실에 모여 앉았다. 톰이 마리오와 비슷하지만 다른 콘솔 스타일 게임을 만들어야 한다는 점을 빠르게 포착했다. 콘솔 스타일의 기술을 사용하기 때문이었다. 에너지가 넘치는 톰이, 이 집단의 필수 요건이 되어버린 허세에 가득 차서 자원해 말했다.

"자, 무슨 주제를 원해? 말만 해 봐. 난 뭐든지 할 수 있어. 공상 과학은 어때?"

모두 그 아이디어를 좋아했다. 카맥은 "뭐든 할 수 있다면 천재 어린 아이가 세상을 구하는 그런 걸 만들어 보는 건 어떨까? 으으음." 하고 말했다.

"오예, 좋았어! 그거라면 나한테 대단한 아이디어가 있어." 톰이 말하고는 후다닥 뛰쳐나가 애플II 부서에 있는 자기 사무실에 틀어박혔다. 톰은 머리가 열리고, 라디오 뉴스 아나운서 월터 윈첼Walter Winchell의 목소리처럼 아이디어가 쏟아져 나오는 걸 느낄 수 있었다. 톰은 오랫동안 워너브라더스 만화의 열렬한 팬이었다. [루니 툰]의 애니메이터 척 존스는 그에게 신과 같았다. 그는 또한 배우 댄 애크로이드가 어릴 때 영화 [언터처블Untouchables]을 본 감상을 말하던 장면도 떠올렸다. 여기에 마리오 게임과, 풍미를 위해 겨드랑이에 월계수 잎을 데오도란트로 사용하고 베이컨 수프를 곁들인 콩 냄새를 풍기며 돌아다니는 사람들에 대한 조지 칼린의 코미디도 생각했다.

톰은 세 문단을 타이핑해 출력했다. 그리고 프린터에서 종이를 꺼내어 게이머스 엣지 사무실로 달려가서는 월터 윈첼처럼 그것을 읽었다.

> 8살의 천재 빌리 블레이즈는 뒤뜰에 있는 아지트에서 부지런히 연구해 낡은 수프 깡통, 고무 시멘트, 플라스틱 튜브로 은하계를 오가는 우주선을 만들었다. 가족들이 외출하고 베이비시터가 잠든 사이에, 빌리는 몰래 뒤뜰 작업장으로 가서 형의 미식축구 헬멧을 쓰고 정의의 수호자 커맨더 킨으로 변신한다. 킨은 자신의 우주선 '빈 위드 베이컨 메가로켓'에서 냉정하게 정의를 실현한다.
> 이 에피소드에서 보티콘 6행성으로부터 온 외계인은 8살 천재에 대해 알아내고, 그를 파멸시키려 한다. 킨이 화성의 산악지대를 탐험하는 사이 보티콘 외계인이 킨의 우주선을 탈취해 파괴하고 은하계에 파편을 뿌려버렸다. 킨은 우주선 조각을 모두 회수하고 보티콘의 침략을 물리칠 수 있을까? 부모님이 집에 돌아오기 전에 돌아갈 수 있을 것인가? 채널 고정!

톰이 주위를 둘러보았다. 조용했다. 그리고 갑자기 모두가 웃음을 터뜨렸다. 평소 냉담한 존 카맥까지도 웃었을 뿐 아니라 박수까지 쳤다. 그렇게 〈커맨더 킨〉이 항해를 시작했다. 커맨더 킨이 그들을 어디로 데려갈지는 그들도 알지 못했다.

이제 그들은 더이상 그저 소프트디스크의 직원이 아니었다. 아이디어스 프롬 더 딥의 공동 소유자인 IFD 직원들이라고 자칭했다. 결과적으로 소프트디스크는 더욱 상황이 안 좋아지게 되었다. 하지만 소프트디스크는 그들의 본업이자 해야만 하는 일이었다. 아직까지 진짜로 돈이 들어오지는 않았고 앞으로도 수익을 보장할 수 없었다. 그래서 밤에 레이크 하우스에서 〈커맨더 킨〉을 만드는 한편 낮에는 『게이머스 엣지』에 들어갈 게임 작업을 계속하기로 결정했다.

그들은 소프트디스크의 컴퓨터를 더욱 효율적으로 "빌리게" 되었다. 매일 밤 차를 사무실 앞에 대고 컴퓨터를 실었다. 그리고 다음날 아침 일찍 출근해서 컴퓨터를 다시 제자리에 감쪽같이 돌려놓았다. 여기에 자부심을 느끼기까지 했다. 컴퓨터는 최고 사양이었으나 조금 손볼 곳이 있었다. 제이는 소프트디스크 행정 사무실을 찾아가 새 부품들을 요청하기 시작했다. 알 베코비우스는 이를 알았지만 대수롭지 않게 생각했다. 알은 여전히 게이머스 엣지와 PC 시장을 공략

할 가능성에 열의를 가지고 있었고, 그 덕에 게이머들은 원하는 것을 무엇이든 얻을 수 있었다.

1990년 10월부터 12월까지, 크리스마스 전에 〈커맨더 킨〉을 스콧에게 완성해 주려고 말 그대로 쉬지 않고 일했다. 그리고 킨은 한 편이 아니라, 〈보티콘들의 침략〉이라고 불리는 3부작 게임이었다. 3부작은 책이나 영화에서와 같은 이유로 게임 산업에서도 흔했다. 브랜드 정체성을 세우고 확장하기에 가장 좋은 방법이었다. 크리에이티브 디렉터 역할을 맡은 톰이 그렇게 계획을 세웠다.

이 게임은 마리오가 아니었다. 중년 이탈리아 배관공보다 로켓 연료로 쓰기 위해 아버지에게서 에버클리어 보드카를 훔치는 8살짜리 개구쟁이가 영웅으로 훨씬 더 적합했다. 이것은 마치 게이머인 그들이 자기가 아는 것에 대해 쓰라는 글쓰기의 황금율을 따랐던 것 같았다. 톰은 어린 시절 마치 빌리 블레이즈처럼 그린베이 패커스 헬멧을 쓰고, 빨간 컨버스 운동화를 신고 돌아다니곤 했다. 그리고 어떤 의미에서는 그들 모두가 기술을 조작해 정교한 탈출 수단을 만드는 괴짜 어린이 빌리 블레이즈였다. 킨은 반항아이자 해커로 은하계를 구하고 있었다. 카맥과 로메로 같은 수많은 해커들이 그들 자신을 구하기 위해 기술을 이용했듯이 말이다.

각각의 역할이 처음부터 정해진 것처럼 자연스럽게 결정되었다. 카맥과 로메로는 프로그래머였고, 톰은 스토리와 캐릭터 및 무기 등의 게임 요소들을 설정하고 기획하는 기획 책임자를 맡게 되었다. 카맥과 로메로는 톰에게 창의적인 일을 맡길 수 있어 기뻤다. 프로그래밍을 하기에도 너무 바빴기 때문이다. 카맥은 게임 엔진을 개선하고, 킨이 위아래로 움직이는 것처럼 좌우로도 매끄럽게 움직이도록 부드러운 스크롤을 만들고 있었다. 한편 로메로는 에디터 프로그램을 만들고 있었는데, 캐릭터, 방, 괴물 등 게임 그래픽을 조합하는 이 프로그램은 본질적으로 게임 기획자를 위한 도구였다. 카맥과 로메로는 호흡이 잘 맞았다.

　모두가 그들처럼 손발이 척척 맞는 건 아니었다. 레인은 이제 킨 개발에서 공식적으로 제외되었다. 로메로는 친구로서 레인을 좋아했지만, 그의 열정이 부족하다고 느꼈다. 에이드리안에게도 나름 문제는 있었다. 킨 제작 작업에 도움을 받기 위해 그를 영입하긴 했지만, 에이드리안은 이 프로젝트를 싫어했다. 킨은 너무 아동 지향으로 귀여운 쪽이었다. 톰은 게임 타겟을 "어린이", 또는 "우리처럼 어린 아이의 마음을 가진 사람들"이라고 정했다. 에이드리안은 어린이 분위기를 싫어했다. 더군다나 깜찍한 척 하는 것은 더 싫었다. 최악은 깜찍하게 귀염까지 떠는 아동 지향이었다. 그런데 이제 여기서 피자 조각, 소다수, 캔디 따위를 그리며 밤새 앉아있어야만 했다. 톰이 뚱뚱한 초록색 몸통에 머리 위로 잠망경 같은 눈이 하나 달린 요프라는 작은 캐릭터를 떠올렸다. 심지어 괴물들조차 귀여웠다. 게임에서 캐릭터는 죽으면 그냥 사라지는 게 보통인데, 톰 생각은 달랐다. 톰은 "더 큰 철학적 사상"을 통합하고 싶어 했다. 프로이트의 책 〈문명 속의 불만〉에서 읽은 내용에 기초해 캐릭터를 만들었다. 이드를 나타내는 문지기를 만들었다. 톰은 사람들이나 심지어 외계인도 죽으면 시체가 된다는 것을 어린이들에게 가르치고 싶었다. 그래서 죽은 캐릭터도 게임 속에 그냥 남아 있기를 원했다. 어떤 그래픽이나 피투성이 시체가 아니라, 그냥 죽은 요프들로 말이다. 귀여운 죽은 요프들.

　에이드리안을 괴롭힌 건 귀여운 캐릭터들만이 아니었다. 그걸 만든 사람도 귀여웠다. 톰이 자꾸 신경에 거슬렸다. 톰은 에이드리안에게 게임 속 에일리언이 어떻게 보여야 하는지 알려준다며 목을 길게 빼고 소리를 내면서 집안을 뛰어다녔다. 로메로는 그런 행동을 보면 보통 마구 웃곤 했다. 에이드리안은 로메로와는 헤비 메탈 취미와 지저분한 유머 취향을 공유해서 마음이 잘 맞았다. 하지만 톰은 에이드리안에게는 진심으로 짜증나는 상대였다. 하지만 톰은 그저 성가

셨다. 설상가상으로 톰은 에이드리안과 같은 책상을 함께 사용했다. 톰은 무척 힘이 넘쳐서 다리를 떨곤 했고, 에이드리안이 그림을 그릴 때 무심코 테이블을 쳤다. 하지만 그 집에 남아있는 공간은 존 카맥의 고양이 미치가 사용하는 배변 상자 옆뿐이었기에 에이드리안은 그 자리에서 일할 수밖에 없었다. 톰은 에이드리안의 심정을 전혀 몰랐다. 톰은 에이드리안이 그저 조용하다고 생각했다.

레이크 하우스의 밤은 대개 늦은 시간까지 끊임없이 계속되는 프로그래밍 파티였다. 이기 팝이나 도켄을 틀어놓고 새벽까지 일했다. 때때로 닌텐도로 〈슈퍼 마리오〉를 하며 쉬거나, 〈던전 앤 드래곤〉 게임을 하기도 했다. 카맥이 동료들을 위해 대규모 D&D 세계관을 만들어서 토요일 밤에는 다같이 테이블에 둘러앉아 새벽까지 게임을 하곤 했다. 카맥이 던전 마스터를 맡으면 게임이 깊고 복잡해졌다. 이들의 게임은 금세 카맥이 창조한 D&D 게임 중 가장 길고도 깊이 있는 게임이 되었지만 느슨해질 기미가 전혀 없었다.

어떨 때에는 보트를 타고 호수로 나갔다. 곧 제이가 맡아 놓고 보트를 몰게 되었는데, 제이는 집중력이 탁월해 빠르고 안정적으로 배를 운행했다. 로메로도 몇 번 배를 몰았는데, 그는 너무 신이 난 나머지 급작스레 항로를 이탈해버리곤 했다. 제이는 또 매니저 역할, 혹은 어떤 의미에서는 남학생 기숙사 반장 같은 역할을 편안하게 해냈다. 동료들이 일하는 동안 바비큐장에서 갈비를 굽거나 탄산수를 채워 넣곤 했다. 모두들 스트레스를 많이 받았기에 무엇이든 도움을 받아야 했다.

하지만 동기부여에는 도움이 전혀 필요 없었다. 특히 카맥은 거의 비인간적일 정도로 집중력이 뛰어났다. 한 번은 제이가 카맥의 집중력을 테스트하려고 VCR에 포르노 비디오를 넣고 볼륨을 최대한으로 올렸다. 로메로와 다른 이들은 "으음"과 "하아"를 듣자마자 돌아보고 웃었다. 그러나 카맥은 모니터에 집중한 채였다. 일 분 정도가 지나서야 카맥 역시 점점 커지는 신음 소리를 알아차렸다. 그의 유일한 반응은 "음.."이었다. 그리고 다시 하던 일에 집중했다.

한편 소프트디스크에서는 알 베코비우스 사장 자신이 고용한 스타 게이머들을 의심하기 시작했다. 제이는 컴퓨터 부품을 계속 요청하고 있었다. 그리고 다른 직원들도 점점 더 퉁명스럽고 종잡을 수 없이 행동했다. 알이 의심하기 시작한 건 게이머스 엣지에서 소프트디스크의 새 게임으로 닌자 워리어가 나오는 〈쉐도우 나이트〉 게임 작업에 들어간 직후였다. 알은 이런 횡 스크롤을 PC에서 처음 보았기에 카맥에게 말했다. "이야, 이 기술 특허 내봐."

카맥은 화가 나서 얼굴이 붉어져서는 말했다. "만약 내게 무엇이든 특허 낼 것을 요구하신다면, 퇴사할 겁니다." 알은 카맥이 자신의 재정적 이익을 지키려고 한다고 추측했지만, 사실은 알이 젊고 이상적인 프로그래머의 예민한 부분을 건드린 탓이었다. 그 특허란 것은 카맥을 진짜로 화나게 할 수 있는 몇 안되는 것이었다. 처음 해커 윤리를 읽은 이래로 카맥의 뼈에 각인된 것이었다.

카맥은 모든 과학기술과 문화와 배움과 학문은 이미 존재하는 타인의 업적을 바탕으로 세워진다고 생각했다. 그런데 특허를 낸다는 건 마치, '글세, 이 아이디어는 내 거니까, 너는 이 아이디어를 어떤 식으로든 더 발전시켜서는 안 돼. 왜냐하면 이 아이디어는 나의 소유니까' 라고 말하는 것과 같았고, 이러한 방식은 근본적으로 옳지 않아 보였다. 특허는 카맥의 삶에서 가장 중요한 것, 즉 문제를 해결하기 위해 코드를 쓰는 방식을 위태롭게 하고 있었다. 만약 세상이 타인의 특허를 침해하지 않고서는 문제를 해결할 수 없는 곳이 된다면, 카맥의 삶은 매우 불행해질 터였다.

카맥은 다른 주제에 대해서도 더욱 직설적이고 모욕적으로 변해갔는데, 소프트디스크의 다른 직원들에 대해 특히 더 그랬다. "여긴 끔찍한 프로그래머들이 많아. 다 썩었어." 카맥은 다른 직원들과 멀어져도 전혀 개의치 않는 듯 했다.

알은 게이머스 엣지 사무실에 더 자주 들르기 시작했지만 수상한 행동들이 더 눈에 띌 뿐이었다. 한 번은 알이 사무실로 들어가면서 카맥, 로메로, 톰이 출입구를 등지고 로메로의 컴퓨터 주변에 옹기종기 모여있는 모습을 보았다. 알이 인기척을 내자 재빨리 흩어졌다. 알이 걸어 들어가서 무슨 일이냐고 물었다. "야한 농담 좀 했어요, 알." 로메로가 조심스레 대답했다. 알이 컴퓨터 화면을 보자 수상하게도 아무것도 없었다. 나중에 알은 카맥에게 로메로가 이상하다고 했는데, 그에게는 로메로가 항상 친절한 것이 낯설었기 때문이다. 카맥은 잠깐 생각하고는 언제나 그렇듯 진실을 여과없이 털어놓았다. "로메로는 그냥 친한 척 친근하게 구는 거에요. 가시고 나면 끔찍하게 싫어하거든요."

추수감사절 무렵 그들은 레이크 하우스에서 '죽음의 스케줄'에 빠져 지냈다. 잠이 문제가 아니었다. 샤워도 전혀 하지 않았다. 먹는 것은 그들도 어쩔 수 없이 상기할 수밖에 없었다. 스콧은 킨을 만드는 데 몰두하는 동안 식비로 쓰라고 매달 100달러 수표를 보냈다. 수표는 〈킨〉 게임에 나오는 페퍼로니 피자 조각 아이콘을 연상시켰고 "피자 보너스"라고 써 있었다. 피자는 이드의 연료였다. 카맥이 즐겨 말하듯 피자는 완벽한 발명품이었다. 뜨겁고, 빠르고, 다양한 식재료를 포함하고 있으니까. 제이가 스콧이 보낸 봉투를 열어서 수표를 허공에 흔들면, 다같이 "피자 머니!"라고 외치곤 했다.

스콧은 투자한만큼 수익이 나리라고 확신했기에 전력을 다해 홍보에 착수했다. 스콧 자신의 성공 덕에 이미 전국의 다양한 BBS와 셰어웨어 잡지 담당자들과 강한 유대감을 쌓은 상태였다. 스콧은 그들에게 전화를 돌려, 게임 업계에 혁명을 가져올 게임을 만날 마음의 준비를 하라고 말했다. 머지않아 사람들은 BBS에 접속할 때마다 "어포지에서 곧 출시합니다. 〈커맨더 킨〉"이라는 제목 화면을 보게 되었다. 스콧은 자기 이름의 명성을 게임 홍보에 거는 모험을 하고 있었다. 하지만 제작자 로메로 일당을 포함한 모든 게이머들은 〈킨〉의 성공을 조금도 의심하지 않았다.

톰은 로메로와 탁구를 하듯 아이디어를 주고받으며 기획에 열성을 다했다. 로메로가 두배로 크게 웃으면 자기가 작업하는 방향이 맞다는 확신을 가질 수 있었다. 스콧이 편지를 보내어 게임에 조언을 했다. "〈마리오브라더스〉가 인기 있는 이유 중 하나는 숨겨져 있는 보너스나 비밀 등을 찾아서 게임을 계속할 수 있기 때문이죠. 킨에도 그런 요소가 구현되면 좋겠어요. 그러면 게임에 정말로 보탬이 될 거라고 생각해요."

"어... 그런 거!" 게이머들이 답했다. 그들은 게임에서 비밀 찾기를 무척 좋아했다. 이미 게임 속 숨겨진 비밀 요소들은 프로그래머들 사이에서 작은 문화가 되어 있었다. 그것은 숨겨진 스테이지 레벨이거나, 내부자들 간의 농담, 또는 아예 게임 진행과는 별 상관없는 비밀스런 장난 같은 형태를 갖기도 했다. 이런 것을 이스터에그(부활절 달걀)라고 불렀다. 원조 이스터에그는 1980년에, 옛날 게임기 아타리 2600의 용감한 매니아들이 길찾기형 롤플레잉 게임 〈어드벤처〉에서 숨겨진 방을 찾게 되고, 그 안에서만 나오는 단어, "워렌 로비넷"이 반짝이는 것을 발견한 것이다.[52] 일부 플레이어는 아무 생각 없이 그 이름을 썼다. 다른 이들은 그저 머리만 긁적였다. 로비넷은 〈어드벤처〉 게임을 만든 프로그래머로 기업인수 후에 관심 받고 싶은 불만을 그렇게 표현했다.

톰은 〈커맨더 킨〉을 위한 몇 가지 숨겨진 장난 요소를 생각했다. 에피소드 1에서 플레이어는 얼음 대포 발사체에 몸을 던지거나 하는 몇 가지 행동의 조합으로 숨겨진 비밀 도시를 찾을 수 있었다. 게임

---

52) 출처: 허만 저, "피닉스"의 44페이지에서.

여기 저기에 적이 남겨둔 보티콘의 알파벳으로 추정되는 언어로 쓴
암호를 넣어두었는데, 플레이어가 비밀 장소에 굴러 떨어지면 암호
를 해석할 수 있었다.

그들은 너무나 열정이 넘쳐서 당시로서는 아직 존재하지 않는, 아
직 개발 중인 게임도 미리 선보이기로 했다. 〈커맨더 킨〉 시리즈의 후
속작 뿐 아니라, 카맥이 만든 던전 앤 드래곤 세계관 요소와 캐릭터에
기반한 새로운 게임에 대해서도 썼다. "〈정의의 싸움〉 : 완전히 새롭게
접근한 판타지 게임. 먹을 것조차 없는 약골로 시작하지 않는다. 대
륙에서 가장 강하고, 가장 위험한 인물인 〈퀘이크〉가 되어 게임을 시
작한다. 처음부터 벼락의 망치, 재생의 반지, 차원을 넘어온 유물 등
을 가지고 시작한다. 당신이 만나게 될 사람들은 모두 각자 독특한
성격, 인생, 목적들이 있다. 〈정의의 싸움〉은 아직 존재한 적 없는 가
장 훌륭한 PC게임이 될 것이다."[53]

레이크 하우스는 무한한 가능성에 대한 감각으로 가득 차 있었다.
카맥과 로메로의 유대는 날이 갈수록 강해져 갔다. 마치 수 년 동안
모든 경기를 완승한 테니스 선수 두 사람이 마침내 동등하게 대결할
상대를 만난 느낌이었다. 로메로는 카맥이 더 나은 프로그래머가 되
도록 밀어붙였다. 카맥은 로메로가 더 좋은 기획자가 되도록 밀고 나
갔다. 그리고 동등하게 공유한 건 그들의 열정이었다.

어느 주말 늦은 밤에 카맥은 이를 분명히 느끼게 되었다. 바깥에
천둥번개가 치는 가운데 카맥은 레이크 하우스에서 PC 앞에 앉아 작
업 중이었다. 고양이 미치는 CRT모니터 위에 게으르게 웅크리고 엎
드려 다리를 스크린 위로 늘어뜨리고 있었다. 미치의 체온에 열에 민
감한 카맥의 스크린이 흐려졌다. 카맥은 미치를 부드럽게 밀어냈고,
미치는 하악거리며 총총히 걸어서 가버렸다.

---

53) 1990년 어포지 소프트웨어 프로덕션이 발매한 〈커맨더 킨 : 화성에서의 조난〉 내부의 프
리뷰 화면 텍스트에 쓰인 '정의의 싸움' 안내문.

폭풍이 계속됐고, 강력했다. 크로스 호수가 뒤뜰로 흘러넘쳤다. 마치 호러 영화의 전주곡 같았다. 호수 수면이 너무 높아져 스키 보트가 보트 하우스 꼭대기까지 밀려 올라갔고, 길고 검은 물뱀들이 데크로 미끄러져왔다. 레이크쇼어 드라이브로 통하는 다리는 완전히 물에 쓸려 나갔다. 제이가 낮에 외출했다가 돌아왔더니 집으로 들어가는 길이 사라지고 없었다. 제이의 표현대로 '지랄 맞은' 폭풍우가 호수 바닥에 가라앉아 있던 모든 것들을 표면으로 끌어올리고 있었다. 제이는 돌아가서 길이 나타나기를 기다렸다.

로메로가 한 친구와 함께 도착했을 때에는 제이가 갔을 때보다 다리 상황이 더 나빴다. 물에 잠겨서 차로 건널 방법이 전혀 없었다. 물뱀과 악어들이 다리 위에 둥지를 틀었어도 이상하지 않을 정도였다.

레이크 하우스에 있는 카맥은 혼자 일하기를 체념했다. 그동안 함께 시간을 보내면서 카맥은 로메로가 수년 동안 애플II 게임을 만들면서 얻은 다양한 재능에 감사하게 됐다. 로메로는 프로그래머일 뿐 아니라, 예술가이고, 기획자이자, 사업가였다. 무엇보다 로메로는 재미있었다. 로메로는 그냥 게임을 사랑하는 게 아니었다. 어떤 의미에서는 그는 게임 그 자체였다. 말하고, 이야기하고, 삐빅거리고, 실룩거리는 인간 비디오 게임인 로메로는 무엇에도 실망하지 않았다. 마치 게임 캐릭터처럼 언제나 여분의 인생을 찾아냈다.

바로 그때 카맥의 등 뒤에서 문이 열렸다. 미치가 그의 발 밑으로 달려왔다. 카맥이 뒤를 돌아보자, 크고 두꺼운 안경을 쓴 로메로가 가슴까지 흠뻑 젖은 채 번쩍이는 번개를 뒤로 하고 크게 미소짓고 있었다. 꿈이 아니고 현실이었다. 그 장면은 너무나 인상적이어서 카맥의 얼마 안 되는 감상적인 기억 파일에 저장되었다. 로메로가 폭풍이 몰아치는 강을 건너 일하러 온 그날 밤은 카맥이 나중에 되새기고 싶은 기억이었다.

1990년 12월 14일 오후, 스콧 밀러는 자기 PC에서 키를 입력해 〈커맨더 킨〉의 셰어웨어 에피소드 〈화성에서의 조난Marooned on Mars〉을 BBS에 처음 업로드했다. 플레이어는 30달러에 다른 에피소드 두 개를 구입할 수 있었고, 스콧이 플로피 디스크를 지퍼백에 넣어 배송해 주었다. 킨이 나오기 전 스콧의 총 셰어웨어 판매액은 월 7,000달러 정도였다. 크리스마스 무렵 킨 매출은 3만 달러 가까이 되었다.

스콧이 자기에게 전화를 퍼붓는 수많은 잡지 편집자와 BBS 운영자들에게 말했듯이 이 〈커맨더 킨〉은 '작은 핵폭탄'이었다. 유머, 그래픽, 마리오 스타일의 액션 횡스크롤까지, PC에서 이런 게임은 아무도 본 적이 없었다. "초대박 주의!"[54]라고 한 리뷰어가 알렸다. 또 다른 리뷰어가 선언했다. "어떤 프로그램도 받은 적 없는 엄청난 칭찬을 들을 준비를 해라. 킨은 셰어웨어 게임의 새로운 표준 덩어리이다."[55] 세 번째 리뷰어는 "흥미롭고, 벨벳처럼 부드러운 최첨단 PC 아케이드 액션. 어포지 소프트웨어의 〈커맨더 킨〉보다 나은 것은 없다. 아무 것도 없다." 라고 썼다.[56] 이 게임은 닌텐도와 견줄 수 있는 정도가 아니라, 더 낮다는 결론이었다.

팬들은 격하게 동의했다. 어포지에는 킨 시리즈의 다음 게임에 대한 문의와 칭찬 편지가 쇄도했다. 주요 BBS는 모두 킨의 꼼수, 숨겨진 비밀 요소, 공략 등에 대한 대화로 불타올랐다. 게이머들은 보티콘 알파벳 해독 정보를 달라고 애원했다. 스콧은 눈코 뜰 새 없이 바빠져서, 자기 어머니하고 그의 첫 직원이자 십대 프로그래머인 숀 그린을 고용해 고객 응대를 맡겼다. 십대 프로그래머인 숀이 처음 출근

---

54) 출처: 1991년 언아이덴티티드 셰어웨어 카탈로그 기사. 스콧밀러가 복사본으로 소장, 발행월과 페이지 번호 소실됨.

55) 출처: BBS 콜즈 다이제스트 1991년 기사 중. 스콧 밀러가 복사본으로 소장. 발행월과 페이지 번호 소실됨.

56) 출처: PC매거진 1991년 12월호 69페이지에서 "자극적! - 커맨더 킨: 보티콘의 침략" 기사에서.

한 아침, 목욕가운을 입은 스콧의 어머니가 무선전화기 두 개를 들고 그를 맞이했다. 스콧의 어머니가 전화기 하나를 숀에게 건네자마자, 전화기가 바로 울리기 시작했다.

로메로와 카맥, 그리고 다른 팀원들은 새해 전날 레이크 하우스에서 커다란 파티를 열어 축하했다. 스테레오에서는 프린스의 음악이 흘러나왔다. 그릴에서는 연기가 피어올랐다. 그들은 술에 취해 보트를 타고 호수 위를 돌아다녔다. 평소에 거의 술을 마시지 않는 로메로지만 그 날 밤은 특별했다. 멋진 한 해이면서 힘든 한 해였다. 그 해 로메로는 아내와 아이들을 잃었다. 선택의 순간에 로메로는 가족이 아닌 게임을 선택했다. 가능한 자주 아이들을 만나고 이야기를 나누었지만, 지금 같이 살고 있는 새로운 가족은 게이머들이었다. 그리고 로메로는 그들과 함께 하는 이 밤이 영원하길 바랐다.

로메로와 톰, 제이는 부엌에서 화이트 와인과 샴페인을 마셨다. 로메로는 카맥이 술에 취하지 않은 채 혼자 구석에 서 있는 것을 보았다. 로메로가 술에 취해 웅얼거렸다. "이리와, 카맥! 너도 마셔야지. 애처럼 굴지 말고! 1991년이 오고 있어!"

보통 이런 상황에서 카맥은 벽지 속으로 조용히 사라지고 싶어 했다. 사교나 교제 같은 이런 상황은 카맥에게 전혀 맞지 않았다. 카맥은 차라리 책을 보거나 프로그래밍하는 쪽을 더 좋아했다. 그러나 다른 사람들이 생각하는 것과는 달리 카맥은 비인간적이지 않았다. 자신만의 방식으로 즐거움을 사랑하는 것뿐이었다. 카맥은 직업을 갖고, 게임을 만들고, 자기가 존경하고 감탄해 마지않는 사람들과 협업하는 것에 전율을 느꼈다. 로메로가 조금 구슬리자 카맥이 그들과 함께 샴페인 몇 잔을 마셨다. 그 전까지 카맥이 마시는 걸 볼수 있던 가장 독한 음료는 다이어트 콜라였다.

얼마 후 로메로는 카맥이 부엌 벽에 조용히 기대고 서있는 것을 발견했다. "이봐, 친구." 로메로가 말했다. "어지러워? 카맥, 너 취했어?"

"내 신체에 대한 통제력을 잃어가고 있어. 으으음…" 카맥이 신음소리로 대답했다. 그리고는 비틀거리며 가버렸다. 로메로는 그날 밤새도록 모두에게 그 대답을 로봇처럼 반복하며 계속 써먹었다. 카맥이 풀어진 모습을 보는 것이 좋았다.

2주 후, 제이가 우편함을 확인하러 나갔다가 봉투를 휘두르며 돌아왔다. 어포지에서 첫 번째 로열티가 왔다. 제이가 봉투를 열 때, 다같이 "피자 머니!"라고 외쳤다. 수표 액수는 1만 500달러였다. 개발에 경비가 거의 들지 않았기에, 횡재 급으로 쏠쏠했다. 이런 추세라면 첫 해에 10만 달러 이상을 벌게 될 테니, 소프트디스크에서의 본업을 그만두어도 될만큼 충분한 액수였다.

알 베코비우스는 아직도 그들이 회사 컴퓨터로 몰래 킨 게임을 만든다는 것을 전혀 모르고 있었다. 『게이머스 엣지』는 꽤 선전하고 있었고, 최신 게임인 〈카타콤 2〉와 〈쉐도우 나이트〉는 극찬을 받고 있었다. 매달 『게이머스 엣지』를 받기 위해 소프트디스크에 연간 구독료 69.95달러를 선지불한 가입자가 3,000명이었다. 게이머들은 알이 자신들에게 의지하고 있다는 것을 알고 있었기에 자기들이 모두 떠난다고 하면 그가 어떻게 반응할지 확신할 수 없었다.

카맥과 로메로는 소프트디스크에 신경쓰지 않겠다며 노선을 확실히 했다. 마침내 얻은 행운의 기회였다. 반면에 톰은 떠나는 것을 불안해했다. 소프트디스크에서 소송을 해 〈킨〉을 빼앗아 가거나, 〈킨〉의 성공으로 얻은 결실까지도 잃게 될까봐 걱정했다. 로메로는 톰의 걱정을 비웃었다. "이봐, 알이 널 고소한다 쳐도 뭘 어쩌겠어? 너한테서 얻을 게 아무것도 없잖아. 네가 가진 건 저 망할 의자 하나뿐이라고." 로메로가 거실에 있는 망가진 소파를 가리키며 말했다. "내 말은, 그래서 뭐? 잃을 것도 없는데 뭘 두려워하는 거야?"

제이 또한 염려하며 동료들에게 보스를 조심스럽게 다루자고 충고했다. "그에게 폭탄을 떨어뜨리지 마." 제이가 간청했다.

"걱정 마. 다 잘 될 거야." 로메로가 그의 특징인 낙천성을 띄며 말했다.

그러나 소프트디스크의 한 직원이 게이머스 엣지 팀원들이 몰래 자기들 게임을 만들고 있다고 언급하면서 알의 의혹이 커지기 시작했다. 거짓말을 못하지는 않았지만 하기 힘들어하는 카맥과, 알은 직접 면담을 가졌다. 카맥에게 질문을 하는 건 컴퓨터에 질문을 입력하거나 계산기에 숫자를 더하는 것 같았다. 항상 진실한 답이 출력됐다. "인정합니다. 우리는 당신의 컴퓨터를 사용해 왔습니다. 근무시간 중에 우리 게임을 만들었어요." 카맥이 말했다. 그리고 나서 카맥과 로메로가 통지했다. 소프트디스크를 떠날 것이고, 게임 아트 인턴인 에이드리안 카맥을 데려갈 거라고.

알은 누가 자기 집에 들어와 창문을 깨부수고 텔레비전을 훔쳐가는 걸 보는 느낌이었다. 그러나 알은 흥분하지 않고 침착했다. 즉시 상황을 바꾸려는 시도로 말했다. "이 봐. 우리 다시 잘 해 보자. 동업을 하는 거야! 새로운 회사를 만들자고! 내가 후원을 할게. 자네들은 어떤 게임이든 만들고 싶은 대로 개발하고, 나는 판매를 담당하는 거야. 모든 수익은 5:5로 나누는 거지. 그리고 자네들한테 어떤 법적 조치도 하지 않기로 하지."

알의 제안은 그들을 놀라게 했다. 빅 알이 그들을 고소하고, 재정적인 지원도 하지 않을 거라고 짐작했었다. 이제 또 하나의 새로운 좋은 기회가 생겼다. 그들이 원한 건 직접 사업을 하는 것뿐이었고, 세금과 유통같은 복잡한 일을 감당하는 데에는 아무 관심이 없었다. 알이 그런 부분을 관리해 준다면 거절할 이유가 없었다. 그들은 동의했다.

그러나 알이 소프트디스크 사무실로 돌아가자 반란이 그를 기다리고 있었다. 회사 구성원 전체가 모여서 해명을 요구했다. 직원 중 한 명이 말했다. "카맥과 로메로가 점심시간 후에 돌아와서 그들이 얻어

낸 대단하고 특별한 거래에 대해 자랑했습니다. 무슨 거래입니까? 그 멍청이들이 회사를 속이고 회사 컴퓨터를 사용했는데 이제 와서 새 회사의 절반을 그들에게 준다고요? 걔네들이 왜 상을 받습니까?"

"왜냐면 돈이 될만한 사업이니까! 걔네가 잘하니까! 걔네들이 회사에 돈을 벌어다 줄 거야. 우리가 다 함께 성공하는 거라고." 알이 말했지만 아무도 그 말을 믿지 않았다. 게이머들이 그 사업을 하게 되면 30명 직원 모두가 사표를 내겠다고 말했다. 알은 깊은 한숨을 쉬고는 게이머스 엣지 사무실로 돌아갔다. "자네들이 가서 모두에게 얘기하는 바람에 다 망쳤어. 너희들이 무슨 짓을 했는지 알기는 해?"

카맥이 대답했다. "글쎄요. 우리는 솔직하고 싶었던 것뿐이에요."

알이 말했다. "그래. 하지만 나라면 좀더 배려해서 말했을 거야. 다른 직원들을 다 잃을 수는 없어. 거래는 무효야."

몇 주 동안 협상과 소송 위협이 오고 간 후에, 게이머들은 소프트디스크와 『게이머스 엣지』에 들어갈 게임을 두 달에 하나씩 만드는 계약을 체결했다. 소프트디스크 직원들 뿐 아니라 알에게도 기운 빠지는 일이었다. 알은 게이머스 엣지 직원들이 재능은 있을지 몰라도 제멋대로인데다가 필요하면 속임수도 쓰는 어린애들일 뿐임을 알게 됐다. 무엇보다 그들에겐 죄책감조차 없었다. 그들은 이 일을 그냥 웃어 넘겼다. 소프트디스크에서 일하는 동료들의 감정을 전혀 고려하지 않았다. 알이 카맥이 떠나기 전에 붙잡고 물었다. "자네는 열심히 일하면서 자네를 도와준 사람들에 대해 한 번이라도 생각해 본 적이 있나?"

카맥은 귀 기울여 들었지만, 이해가 되지 않았다. 카맥은 과거의 얼굴, 실현되지 않은 기회의 얼굴, 자신의 길을 막아섰던 옛 권위자들의 얼굴을 보고 있었다. 그는 언제나처럼 지나치게 직설적이었다. 알이 기억하는 카맥의 대답은 이랬다. "신경 안 써요. 이런 형편없는 곳에 있느니 다시 피자나 만들러 가겠습니다."

1991년 2월 1일, 이드 소프트웨어가 탄생했다.

꿈의 창조자들

두 사람이 제국을 세우고 대중문화를 바꿔놓은 이야기

현실보다 더 재미있는

More Fun Than Real Life

●

5장

●

현실보다 더 재미있는

　로메로는 악마를 소환하고 싶었다. 아니, 적어도 소환하는 방법을 알아내려고 했다. 새벽 4시, 레이크 하우스에는 빈 탄산음료 캔이 바닥을 뒹굴고 있었다. 고양이 미치가 카맥의 컴퓨터 모니터 위에서 졸았고, 페퍼로니 냄새가 공기 중에 남아있었다. 팀원들은 오늘도 몇 시간째 거실에 임시로 만든 테이블에 둘러앉아 〈던전 앤 드래곤〉을 하고 있었다. 소프트디스크를 떠나고 나서 D&D 세계에 할애하는 시간이 더 많아졌다. D&D 세계관은 진정한 대체 세계로 진화하고 있었다. 모든 픽션이 그렇듯 그들 자신을 깊이 반영하는 세상이었다. 그냥 게임이 아니라 그들의 꿈과 희망, 상상을 확장하는 특별한 의미가 있었다.

　그들이 창조해낸 던전 앤 드래곤 모험에는 깊이가 있었는데, 던전 마스터인 카맥 덕이 컸다. 대부분의 던전 마스터가 몇 시간 동안 실행할 작은 에피소드를 만들어내는데 반해, 카맥이 만든 세계는 지속적이었다. 플레이어들이 다시 모일 때마다 그 에피소드로 돌아왔다. 지금 그들이 하는 게임은 카맥이 캔자스시티에서 어릴 때부터 써왔던 바로 그 게임이었다. 마치 음악가가 몇 년에 걸쳐 쓴 오페라 같았다. 한밤중에 화장실에 가다가 카맥의 방을 지날 때면, 카맥이 책상

앞에 앉아 노트를 펴고 게임의 세부사항을 구상하는 모습을 볼 수 있었다.

카맥의 D&D 세상은 숲과 마법, 시간 여행 터널과 괴물이 나오는 걸작이었다. 카맥이 캐릭터와 아이템을 정리한 용어집은 50페이지에 달했다. "퀘이크"는 머리 위로 떠다니는 마법의 "헬게이트 큐브"를 사용하는 용사였고, "광기의 성배"는 섭취하면 정신이 나가서 주변의 모든 사람들과 싸우게 만드는 광기의 젤리빈이 들어있는 성배였다. 카맥은 다른 사람들이 탐험할 장소를 만드는 느낌을 무척 좋아했다. 카맥이 던전 마스터로서 세트와 배경을 발명하고 묘사하는 대로 D&D가 플레이되었으며, 이후에 게임이 어떻게 진행될지는 플레이어들에게 달려있었다.

게임 속에서 그들은 파퓰러 디맨드라는 가상의 모험가 그룹을 만들었다. 로메로는 자기 캐릭터에 아만드 해머라는 이름을 붙였는데, 마법을 쓰는 전사였다. 톰은 버디라는 이름의 전사, 제이는 리프라는 도둑 곡예사, 에이드리안은 스톤브레이커라는 덩치 큰 전사였다. 모험을 할 때마다 파퓰러 디맨드는 힘과 명성을 얻었다. 이 그룹은 이드의 살아있는 은유였다. 카맥의 말대로 게임은 어떤 이의 본성을 끌어내는 힘을 가지고 있었다. 그리고 이 운명적인 밤에 로메로는 악마와 거래하려 했다.

카맥은 롤플레잉 게임에서 두 개의 다른 차원을 설정했다. 기존의 파퓰러 디맨드가 거주하던 물질계와, 악마계였다. 그러나 몇 달 동안 물질계를 횡단하고 나자 로메로는 지루해졌다. 그는 더 흥미로운 게임을 위해 위험하고 강력한 데모니크론을 되찾고 싶었다. 데모니크론은 악마를 물질계에 소환하게 해주는 마법서였다. 카맥이 자신의 D&D 규칙서를 참고하여, 데모니크론을 사려깊게 사용하면 그룹에 엄청난 힘을 줄 것이며, 세상의 모든 부를 보장한다고 말했다. 로메로는 데모니크론이 있으면 다이카타나 같은 궁극의 무기를 손에 넣을 수 있을 거라고 생각했다. 하지만, 위험이 있었다. 만약 데모니크론이 악마의 손에 넘어가면 세상은 악으로 뒤덮이게 될 것이다. 카맥은 자기가 만든 게임임에도 그 세계의 한계, 규칙, 과학을 존중했다. 플레이어가 그 세계를 파괴하는 행위를 하면, 그 세계는 사라질 것이다.

로메로와 다른 플레이어들은 선택지를 두고 토의했다. 에이드리안과 톰은 주저했지만 로메로의 흥분과 열정이 다시 한 번 그들을 사로잡았다. 로메로가 말했다. "하자, 질 리가 없어." 그들은 초자연적 괴물의 성에서 데모니크론을 빼앗아 오기로 했다. 카맥이 전투 결과를 결정하기 위해 주사위를 굴렸고, 파퓰러 디맨드가 승리했다. 데모니크론은 그들의 것이 되었다. 그걸로 무엇을 할지는 몰랐다. 당분간은 당면한 다른 문제들이 있었다. 지구계의 시간이 늦었고, 신경 써야 할 다른 게임이 있었다. 이드 소프트웨어가 만들 게임들이었다.

회사 이름이 필요해지자 아이디어스 프롬 더 딥의 머릿글자를 따고, 수요가 많다in demand라는 의미로 '이드'라고 불렀다. 톰이 이드가 가지고 있는 다른 의미인 "쾌락 원리에 의해 작용하는 뇌의 부분"을 지적했지만 신경쓰지 않았다. 1991년 초, 즐거움을 주는 그들의 게임은 실제로 수요가 있었다. 〈커맨더 킨〉은 셰어웨어 순위 1위였고, 염원하던 톱10 안에 진입한 최초이자 유일한 게임으로 부상했다. 첫 번째 〈킨〉시리즈 3부작은 이제 한 달에 15,000달러에서 20,000달러의 수익을 내고 있었다. 이제 더 이상 피자 머니가 아니라 컴퓨터 머니였다. 그들은 그 돈으로 최고급 386PC를 사서 레이크 하우스에 장비를 갖추었다. 카맥이 겨우 20살, 로메로는 23살이었지만 사업을 하고 있었다.

그리고 사업은 성공을 거두고 있으니 로메로, 카맥, 에이드리안은 그 해 2월에 소프트디스크를 즉시 떠나기로 했지만, 그럼에도 불구하고 톰과 제이는 회사에 남기로 했다. 톰의 경우는 임시방편이었다. 언제나 양심적이었던 톰은 소프트디스크를 막막한 상태로 두고 떠나는 게 기분이 좋지 않았고, 후임자를 구할 때까지 기다리는 쪽이 더 마음이 편했다. 제이는 소프트디스크에서 중요한 일인 애플Ⅱ 프로그램 개발을 마무리지어야 한다는 의무감을 느꼈다. 하지만, 그도 당분간은 D&D 게임에 계속 참여하며, 이드 사람들의 친구로 지낼 것이었다.

1991년 봄이 찾아올 무렵 이드는 새로 발견한 자유를 만끽하고 있었다. 소프트디스크에 계약상 의무는 있었지만 편안한 레이크 하우스에서 전적으로 게임 개발에만 몰두할 수 있었다. 카맥은 다음 세대 그래픽 엔진 프로그래밍에 몰두했다. 첫 번째 엔진은 횡스크롤을 가능하게 했으므로 이번에는 더욱 정교하고 몰입적인 효과를 만들어 내고자 했다. 다른 사람들이 가지고 있는 기술을 활용해 소프트디스크에 보낼 첫 번째 프리랜서 게임을 만드는 동안, 카맥은 체계적으로 연구를 했다.

소프트디스크 탈출과 〈킨〉의 성공은 새로운 종류의 게임에 영감을 주었다. 〈로버 구하기Rescue Rover〉는 외계인에게 납치된 반려견 로버를 구하려는 어린 소년에 대한 게임이었다. 소년이 개를 찾아 구하도록 외계인이 쏘는 살인광선을 일련의 거울을 조정해 반사시키는 절묘한 미로 게임이었다. 이것은 이드의 공식으로 떠오르던 유머와 폭력을 결합시켰던 게임인데, 그 두 가지는 과장될수록 좋았다. 〈로버 구하기〉 타이틀 화면에는 외계인의 무기가 둘러싸고 머리를 겨냥하고 있는데도 상황 파악 못하고 꼬리를 흔드는 개가 등장한다.

〈로버 구하기〉가 블랙 유머로 한 걸음 나아갔다면, 3월부터 작업을 시작한 그들의 다음 게임 〈위험한 데이브2 저주받은 집 Dangerous Dave in the Haunted Mansion〉는 무섭고 불길한 영역을 파고 들었다. 로메로는 자기가 가장 사랑하는 캐릭터인 데이브를 좀 더 고전적인 고딕 스타일 속 기괴한 상황에 다시 캐스팅하고 싶었다. 그리고, 〈커맨더 킨〉의 그래픽 엔진을 사용하여 데이브를 더 사실적으로 보일 수 있게 만들었다. 이번 게임에서 데이브는 사냥 모자에 청바지를 입고 샷건을 휘두르며, 슈리브포트 스타일의 흉가에 픽업 트럭을 몰고 오고, 샷건 등의 무기로 집에 있는 좀비와 구울을 제거하게 될 것이었다.

모든 이드 멤버들 중 에이드리안이 특히 그 소름끼치는 죽음과 폭력에 관련된 주제에 특히 열을 올리고 흥미를 느꼈다. 병원에서 일할 때 보았던 상처들의 피와 참혹함을 모두 몰아낼 기회였다. 이드의 동료들에게는 말하지 않았지만, 그는 여전히 커맨더 킨을 싫어했다. 에이드리안은 어린이 대상 게임을 만든다면 당시 인기있던 TV시리즈 [렌과 스팀피Ren and Stimpy]처럼 기괴한 분위기로 묘하게 웃기는 엽기적인 재미를 추구해야 한다고 생각했다. 〈위험한 데이브 2〉에서 에이드리안은 마침내 돌파구를 찾았다. 톰과 로메로가 각자 자기 컴퓨터로 작업하는 동안, 에이드리안은 그들이 모르게 자신이 '죽음의 애니메이션' 이라고 부르는 것을 만들기 시작했다. 게임에서 데이브가 죽었을 때 빠르게 재생되는, 타일 서너개 분량의 연출 장면이었다. 당시 대부분의 게임에서 죽은 캐릭터는 보통은 단순히 사라지지만, 〈커맨더 킨〉에서는 톰이 지시한 대로 천국으로 떠올라 가듯 화면에서 나가는 게 보통이었다. 허나 에이드리안에게는 다른 아이디어가 있었던 것이다.

어느 늦은 밤 로메로는 버튼을 눌러 에이드리안이 만든 애니메이션 연출을 보았다. 데이브가 좀비의 주먹으로 얼굴을 얻어맞자, 안구가 피와 함께 튀어 나왔다. 로메로는 "피다!"라고 외치며 숨이 가쁠 정도로 깔깔거리며 웃었다. "게임에서도 피! 정말 끝내주네!"

물론 폭력에 대한 환상은 길고 오래된 역사를 가지고 있다.[57] 사실 1천 년 전의 독자들도 〈베오울프Beowulf〉의 피범벅 묘사에 매료되

---

57) 그러한 많은 예가 제라드 존스의 저서 "킬링 몬스터 : 어린이들에게 판타지, 슈퍼 히어로, 가짜 폭력이 필요한 이유"에서 나타난다.

어 있었다. ("그 악마는 빠르게 돌격해 잠자는 종사를 움켜쥐고, 그를 갈기갈기 찢어 뼈를 뜯고 피를 마시며 살을 게걸스레 뜯어먹었다.") 아이들은 경찰 도둑 놀이를 하고, 총을 휘두르고 뒤로 날아가며 피가 터져나오는 상상을 한다. 이드 멤버들이 성년이 될 무렵인 1980년대는 [람보], [터미네이터], [리쎌 웨폰] 같은 액션영화가 박스 오피스를 점령했고, 그 직전에는 〈13일의 금요일〉, 〈텍사스 체인 톱 학살〉 같은 공포영화가 대세였다.

게임에서도 폭력은 새로울 것이 없었다. 심지어 최초의 컴퓨터 게임인 〈스페이스워!〉도 파괴를 다뤘다. 하지만 폭력을 표현한 그래픽은 확실히 새로웠다. 과거에는 그래픽으로 폭력을 표현하는 게 항상 제한적이었다. 세부사항을 묘사할 기술이 부족했기 때문이기도 했지만 더 큰 이유는 게임 개발자들이 피했기 때문이었다. 1976년, 〈죽음의 레이스Death Race〉라는 아케이드 게임이 소동을 일으켰다. 게임의 목표는 조잡하게 그려진 깜빡이는 막대 모양들 위로 차를 운전하는 것이었다. 플레이어가 막대를 차로 치면, 비명 소리와 함께 막대가 십자가로 바뀌었다. 게임기에는 해골과 죽음의 신이 그려져 있었다. 당시 대히트작인 〈퐁〉과는 거리가 멀었다. 〈죽음의 레이스〉는 사상 최초로 금지된 비디오 게임이었다.[58]

에이드리안의 섬뜩한 작품은 그냥 지나치기엔 너무 훌륭했다. 로메로의 열정에 힘입어 에이드리안은 좀비가 총에 맞았을 때 튀어 날아가는 피 묻은 살점 같은 섬뜩한 디테일을 점점 더해 나갔다. 그러나 소프트디스크 직원들은 이 피투성이 그래픽을 보고 웃지 않았다. 이드에게 죽음의 애니메이션을 피없이 다시 그려 오라고 우겼다. "어쩌면 언젠가는 우리가 원하는 만큼 피를 넣을 수 있는 날이 오겠지." 에이드리안이 말했다.

다른 동료들이 열심히 일하는 동안 카맥도 3D 작업에 매진했다.

---

58) 출처: 스티븐L. 켄트 저, "첫번째 분기 The First Quarter" 중 73~74페이지에서

기술 엔지니어인 카맥에게 다음에 나아갈 단계는 3D가 확실했다. 3차원 그래픽은 많은 프로그래머들에게 있어서 손에 넣기를 원하는 성배 같은 것이었다. 엄밀히 말하면 게임에서의 3D는 3D영화 같은 느낌으로 실제적 3차원이 아니었고, 게임 그래픽이 현실적인 입체감을 갖고 있다는 정도의 의미였다. 이런 게임들은 1인칭 관점으로 만들어지는 경우가 많았는데, 플레이어가 마치 게임 안에 있는 듯 느끼게 만드는 게 목적이었다.

카맥은 자신도 모르는 사이에 수천 년 전에 시작된 어떤 움직임에 가담한 셈이었다. 인류는 수천 년 동안 현실적이고 몰입적인 양방향 경험을 꿈꿔왔다. 그것을 원초적인 욕망[59]이라 믿는 이들도 있었다. 기원전 15,000년경에 그려진 것으로 추정되는 남프랑스 라스코의 동굴벽화[60]는 동굴에 들어간 사람에게 다른 세상으로 들어가는 듯한 느낌을 주는 최초의 몰입형 환경으로 여겨졌다.

1932년 올더스 헉슬리는 소설 『멋진 신세계』에서 필리feelie라는 미래적인 영화 경험을 묘사했다. 3차원 이미지 뿐 아니라 후각과 촉각 효과를 결합한 필리는 "현혹적이며, 실제 피와 살보다 더 진짜같고 현실보다 더 현실같다"[61]고 썼다. 1950년 레이 브래드버리는 단편 소설 「대초원에 놀러오세요The Veldt」에서 가상 현실 공간에 관한 관점을 최초로 제시하며 비슷한 경험을 상상했다. 어떤 가족에게 상상하는 장면은 무엇이든 벽 위에 투사할 수 있는 특별한 방이 있었는데, 아프리카 초원이 지나치게 현실적으로 보이면서 문제가 발생한다.

곧 이러한 몰입 환경을 실현하기 위한 기술적인 노력이 시작되었

---

59) 출처: 랜달 패커와 켄 조던 공저, "멀티미디어: 바그너에서 가상 현실로"에서.

60) 출처: 앞과 같이, 랜달 패커와 켄 조던 공저, "멀티미디어: 바그너에서 가상 현실로" 내용 중에서.

61) 출처: 올더스 헉슬리 저, "멋진 신세계" 중 113페이지에서.

다. 1955년, 할리우드 영화촬영기사 모턴 하일리그[62]는 "『멋진 신세계』에 나오는 필리를 훨씬 능가할" 미래의 영화를 만들고 있다고 설명했다. 하일리그의 목표는 도시 경관의 풍경, 소리, 냄새를 결합한 센소라마Sensorama라는 새로운 기계를 이용해 당시의 촌스러운 3D 영화보다 더욱 더 몰입적인 환상을 주는 것이었다. 목표하는 것은 "관객에게 물리적으로 그 현장에 있는 듯한 감각을 주는 진짜 현실같은" 상황을 만들고자 한다고 하일리그는 말했다.

설득력있는 몰입이란 멀티미디어로 치장해서 되는 문제가 아니었다. 상호작용이 관건이었는데, 상호작용은 컴퓨터 게임의 필수 요소이자 매력이었다. 상호작용적인 몰입환경은 위스콘신 대학의 컴퓨터 예술가 마이런 크루거가 가장 좋아하는 분야였다. 크루거는 1970년대 내내 대초원 같은 가상 현실 경험을 만들어냈고, 때로는 다른 곳에 있는 관객의 모습을 거대한 풍경 스크린에 투영하는 방식도 사용했다. 크루거는 이렇게 주장한다. "이러한 환경은 인간과 기계 사이의 실시간 상호작용을 바탕으로 하는 새로운 예술 매체를 제안하고 있다... 이런 맥락에서 예술가는 인공 현실의 인과관계 법칙을 완벽하게 통제할 수 있다... 감상자의 반응도 매체이다!"[63] 이러한 프로젝트 중 하나인 '메이즈 MAZE'에서는 관객이 방에 영사된 미로 이미지 속에서 방향을 탐색하여 찾아 나가도록 했다.

1980년대에 들어와 상호작용적 몰입 환경은 가상현실이라는 새로운 이름을 얻게 되었다. 작가 윌리엄 깁슨은 1984년에 이후 장르의 고전이 되는 자신의 소설《뉴로맨서 Neuromancer》에서, 컴퓨터 네트워크들 사이에 존재하는 상호작용적 온라인 공간을 지칭 및 묘사

---

62) 출처: 랜달 패커와 켄 조던의 저서 "멀티미디어: 바그너에서 가상현실로" 중 227페이지에서, 멕시코 언론 에스파시오스의 기사 "El Cin del Futuro"의 내용을 인용한 것.

63) 출처: 랜달 패커와 켄 조던의 저서 "멀티미디어: 바그너에서 가상현실로" 중 115페이지에서, 마이론 크루거 저 "응답 환경"의 423~433페이지 내용을 인용한 것을 참조.

하기 위해서 '사이버스페이스cyberspace'라는 새로운 용어를 처음 만들어 냈다.

1980년대 후반에 미항공우주국NASA 에임스 연구 센터의 엔지니어인 스콧 피셔가, HMD헤드 마운티드 디스플레이와 데이터 글러브를 결합시켜 만든 것이 가상 현실 인터페이스의 원형이 되었다.[64] 이 장치를 사용하면 가상 세계로 들어갈 수 있고, 그 안에서 사용자는 1인칭 삼차원 시점으로 나아가며 물체를 조작할 수 있다.

피셔는 1989년 저술에서 그 최종적 효과를 일종의 전자 인격체라고 적고 있다.[65] "양방향 체감 영상이나 인터랙티브 판타지 응용프로그램들 속에서 전자 인격은 판타지 형상이나 무생물, 또는 다른 형태의 사물이나 인물에 이르기까지 다양하게 나타날 수 있습니다. 결국 통신 네트워크는 원격으로 사용자들 서로의 가상 대리인과 소통하기 위한 가상 환경 서버로 개발, 발전될 수 있습니다. 이렇게 가상 현실의 가능성은 실제 현실에서의 가능성만큼이나 무한해 보이며, 가상 현실은 다른 세계로 가는 문으로 사라질 수 있는 휴먼 인터페이스를 제공할 수 있다."

카맥의 3D 컴퓨터 게임 연구는 좀더 직관적인 수준이었다. 카맥은 [스타 트렉]에 나오는 홀로덱에 홀딱 반한 SF팬이기는 했지만, 그가 집중한 부분은 그런 웅장한 설계의 가상세계보다는 다음 기술 단계로 가기 위한 당면과제를 해결하는 것이었으며, 그쪽에 관심을 쏟았다.

카맥은 애플II에서 와이어 프레임 MTV로고를 만든 이래로 3D그래픽 실험을 계속해왔다. 그 사이 1인칭 3D 시점을 시험한 게임도 몇 개 나왔다. 리처드 개리엇은 1980년 자신의 첫 롤플레잉 게임인

64) 랜달 패커와 켄 조던의 저서 "멀티미디어: 바그너에서 가상현실로" 중 237~251페이지에서, 스콧 피셔가 쓰고 브렌다 로렐이 편집한 "가상 인터페이스 환경:인간-컴퓨터 인터페이스 디자인 기술"의 내용을 인용한 것을 참조.
65) 각주 64와 동일한 "멀티미디어: 바그너에서 가상현실로" 중 246페이지에서 참조.

〈아칼라베스Akalabeth〉에서 1인칭 시점을 사용했다. 2년 뒤 시리어 스 소프트웨어에서 출시한 〈웨이아웃Wayout〉이라는 애플II 게임은 1인칭 시점 미로 게임으로 게이머와 평론가들을 열광시켰다. 그러나 이러한 몰입감을 가장 잘 활용한 것은 플레이어가 다양한 비행기 조 종석에 앉을 수 있는 비행 시뮬레이션이었다. 1990년에는 리처드 개 리엇이 세운 회사인 오리진에서 〈윙 커맨더Wing Commander〉라는 우 주를 테마로 한 전투 비행 시뮬레이터를 출시했다. 이 게임은 이드의 레이크 하우스에서 인기가 있었다.

카맥은 자기가 더 좋은 게임을 만들 수 있다고 생각했다. 카맥 생 각에는 비행 시뮬레이션이 괴로울 정도로 느렸다. 무거운 그래픽 때 문에 옴짝달싹 못하고 게임플레이 내내 플레이어를 느림보로 만들었 다. 카맥이나 다른 친구들은 〈디펜더〉, 〈아스테로이드〉, 〈건틀릿〉 같 은 빠른 액션의 아케이드 게임을 선호했다. 다른 동료들이 〈로버 구 하기〉와 〈위험한 데이브 2〉를 만드는 동안 카맥은 이전까지 해본 적 없던 일을 시도했다. 바로 빠른 3D 액션 게임이었다.

카맥이 발견한 문제점은 당시의 PC 성능이 아직 3D 액션 게임을 감당하지 못한다는 것이었다. 카맥은 그 주제에 대한 책을 찾아서 읽 었지만 해결책은 찾지 못했다. 카맥은 〈킨〉에서 했던 것처럼 딜레마 에 접근했다. 먼저 확실한 정석적 처리 방법을 시도하고, 그것이 실 패하면 틀에서 벗어나 새로운 발상으로 생각해 보았다. 3D 게임이 속도가 느린 원인 중 하나는 컴퓨터가 한 번에 너무 많은 화면을 그 려내야 한다는 데에 있었다. 카맥에게 아이디어가 떠올랐다. 만약 에 말에 눈가리개를 씌워서 한눈을 팔지 못하게 하듯이, 컴퓨터에게 한 번에 몇 개 만의 화면을 그리도록 하면 어떻게 될까? 결국 그는 화 면 속 물체의 표면을 구성하는 많은 다각형을 모두 그리는 대신에, 옆 면의 사다리꼴만 그리도록 프로그램을 설계 했다. 다시 말해, 벽 만 그리고 천장과 바닥은 삭제한 것이다.

컴퓨터가 입체적 화상을 그리는 속도를 최대한 빠르게 하기 위해 카맥은 레이캐스팅raycasting이라고 하는 새로운 기법을 하나 더 고안했다. 전통적인 방식으로 넓은 면을 그리려면 많은 메모리와 파워가 필요한데, 레이캐스팅은 컴퓨터가 플레이어의 시점에 따라 가느다란 세로줄의 그래픽을 그리게 하는 것이었다. 결론적으로 레이캐스팅을 적용하자 속도가 빨라졌다.

카맥의 마지막 도전 과제는 3-D로 구현된 세계에 캐릭터를 배치하는 것이었다. 그의 해결책은 간단하지만 그럴듯한 그래픽 아이콘이나 스프라이트 그래픽을 합쳐 넣는 것이었다. 먼저 나온 〈윙 커맨더〉는 컴퓨터가 플레이어의 위치에 따라서 스프라이트 낱그림의 크기를 계산하여 크거나 작게 조절해 표시하는 방식을 사용했다. 카맥은 자신의 레이캐스팅 기법에다. 앞서 고안한 다각형폴리곤을 선별해 일부만 그리는 기법에, 이렇게 스프라이트 크기를 조절하는 방법을 결합하여, 속도가 빠른 3-D 세계를 표현할 수가 있었다.

카맥이 연구를 마친 것은 다른 게임에서보다 2주가 더 긴, 6주 만이었다. 로메로는 그 기술을 보고 다시 한번 이 기린아에게 감명을 받았다. 그들은 새로운 기술을 가장 잘 이용할 수 있는 게임이 어떤 종류일지 의논했다. 합의 끝에 미래 세계에서 플레이어가 탱크를 몰고, 핵전쟁이란 아마겟돈에서 사람들을 구조하는 게임으로 정해졌다. 1991년 4월에 출시된 〈호버탱크Hovertank〉는 최초의 컴퓨터용 빠른 액션 1인칭 슈팅 게임이었다. 이렇게 이드가 새로운 장르를 개척한 것이다.

〈호버탱크〉는 혁신적이었지만 결국 〈커맨더 킨〉은 아니었다. 〈호버탱크〉는 벽이 크고 단색인 탓에 못나 보였지만, 이드의 더 잔학해진 터치가 더해졌다. 에이드리안은 방사능 돌연변이 야수들이 질척한 피웅덩이로 변하는 모습을 그릴 수 있어 즐거웠다. 그 피웅덩이는 〈킨〉에 나오는 요프처럼 게임 내내 남아있었고, 플레이어가 그 자리로 돌아오면 대학살의 잔재를 다시 보게 되었다.

5월이 되면서 이드 소프트웨어는 지속적으로 게임을 혁신하고 사업을 확장하는 가운데, 특히 이드의 첫 브랜드 〈커맨더 킨〉으로 되돌아갔다. 이드는 소프트디스크에 납품할 게임을 채우기 위해 〈킨 드림스〉라는 새 에피소드를 만들기로 결정했다. 그들은 〈호버탱크〉에서 1인칭 시점의 3-D게임도 실험해 보았지만, 그들은 〈커맨더 킨〉의 수평 스크롤 체계를 유지하면서 체제를 꾸미고 싶었다. 말하자면 전경과 배경이 서로 다른 속도로 스크롤되어 움직이게 해서, 게임 속 풍경을 통해 움직인다는 약동감을 더 강하게 표현하는 것이었다. 이것은 다중 스크롤parallax scrolling이라고 알려진 기법이었다. 이전에는 캐릭터가 움직이지 않는 숲을 달려서 지나쳤다면, 다중 스크롤 게임에서는 캐릭터는 달려서 지나가고 숲은 매우 천천히 움직여서 더 현실적으로 표현할 수 있었다.

카맥은 또다시 PC 기술의 한계에 직면했다. 몇 번 시도한 끝에 설득력있는 방법으로는 다중 스크롤을 만들어낼 길이 없다는 것을 깨달았다. 당시의 컴퓨터는 움직이는 전경과 배경을 둘 다 그리기에는 너무 느렸기 때문에 카맥은 그것들을 편법으로 얼머무리기로 결정했다. 카맥은 캐릭터가 지나갈 때마다 컴퓨터가 이미지를 새로 그리지 않아도 되도록 화면 이미지를 임시 저장하거나 캐시를 교환할 수 있게 프로그래밍했다. 그리고 두 이미지를 함께 저장했다가 불러오면 깊이감이 느껴지게 착시를 만들 수 있다는 것을 알아냈다. 예를 들면 배경에 있는 길의 일부와 나무의 일부를 저장했다가 빠르게 다시 가져오는 것이다. 이렇게 카맥은 그 누구도 하지 못했던 빠른 PC 그래픽을 다시 한 번 가능하게 만들었다. 〈킨 드림스〉는 그 달 말에 완성되었다.

1991년 6월, 이드는 스콧 밀러와 어포지에 제공할 다음 3부작 게임 작업을 시작했다. 〈커맨더 킨〉 시리즈의 새로운 4, 5, 6편은 전작과 같은 방식으로 출시될 예정이었다. 맨 앞부분을 셰어웨어로 업로드해서 사용자가 게임 전체를 구매하도록 유인하는 방법이었다. 이 무렵 어포지는 셰어웨어 게임 시장뿐만이 아니라 셰어웨어 프로그램 시장 전체를 느긋하게 주도하고 있었다. 〈커맨더 킨〉시리즈는 차트 순위 1위였고, 매달 거의 6만 달러 가량을 꾸준하게 벌어들였다. 원래 계획대로 진행한다면 최소한 그만큼은 계속 벌 수 있으리라고 스콧은 장담했다.

톰이 이번 새 〈커맨더 킨〉 3부작 〈굿바이 갤럭시Goodbye, Galaxy〉의 줄거리를 썼다. 이번에는 커맨더 킨이 은하계를 폭파시키려는 음모를 발견했고, 빈 위드 베이컨 메가로켓을 타고 떠나 세계를 구해야 한다. 우선 그는 스턴 건을 쏴서 잠시 움직이지 못하게 된 부모를 돌봐야 한다. 톰은 스턴 건이 게임에 꼭 필요한 새로운 추가요소라고 생각했다. 사실 〈킨〉의 첫 3부작이 발매된 뒤 톰은 죽은 요프 시체가 게임 화면 여기저기에 남아있는 게 마음에 들지 않는다는 학부모의 항의 편지를 많이 받았었다. '왜 그 캐릭터들은 다른 게임들처럼 죽으면 그냥 사라지지 않는 거요?' 톰은 여전히 게임을 하는 아이들에게 자신들이 저지른 폭력의 결과를 보여주고 싶었지만, 굳이 불필요한 논란을 일으키고 싶지는 않았다. 그래서 그는 이번 게임부터는 캐릭터들이 공격을 당하면 그냥 기절하게 만들기로 했다. 그들은 죽지 않고, 머리 위에 별이 빙빙 도는 동안 그냥 움직이지 못하게 될 뿐이었다.

그해 8월, 이드는 〈커맨더 킨 4: 오라클의 비밀 Commander Keen 4: Secret of the Oracle〉의 프로토타입, 즉 베타판 제작 작업을 하고 있었다. 그 무렵 로메로는 캐나다에서 마크 레인이라는 말솜씨 좋은 게이머를 만났다. 마크는 첫 번째 킨 시리즈의 열렬한 팬이었는데 로메로에게 다음 게임을 테스트할 사람이 필요하지 않느냐고 물었다. 로메로는 필요하다고 대답하고 마크에게 〈킨 4〉의 베타 버전을 보냈다.

마지막에 나오는 다음 에피소드 티저 광고는 〈커맨더 킨 5: 아마겟돈 머신 Commander Keen 5 : The Armageddon Machine〉이 다른 어떤 것보다, "실제 인생보다도 더 재미있을 것이다!"라고 장담했다.

마크는 철저한 버그 색출 작업 끝에 상세한 버그 목록을 답변으로 보내서 로메로를 에게 깊은 인상을 남겼다. 마크는 그냥 단순한 게이머가 아니라, 야망을 가진 사업가 지망생이었다. 그는 이드가 자신의 제안을 수락해서 같이 일할 수 있을 거라 확신하고 멀리 슈리브포트까지 날아왔다. 로메로는 〈위험한 데이브 해적판〉의 데모를 본 그 순간부터 사업을 확장시킬 방법을 모색해 왔기에 어쩌면 마크가 그 사업을 관리할 사람의 공백을 채울 수 있겠다고 생각했다. 어쨌든 카맥이 훌륭한 기술을 만들고 있으니, 그 기술을 활용해서 회사의 다른 사람이 가치 있는 사업으로 만들어 낼 수 있지 않을까?

카맥은 그 제안에 뛸듯이 놀라지도, 성급히 응하지도 않았다. 그가 말했듯이 카맥은 큰 회사를 키우는 운영에는 관심이 없었고, 그저 좋아하는 프로그래밍으로 게임을 만들고 싶을 뿐이었다. 그러나, 카맥은 로메로가 없었으면 이드라는 회사가 시작되지 못했을 것임을 알고 있었다. 해서 그는 마크 레인을 6개월 간 임시 사장으로 데려오는 데에 동의했다.

몇 주 뒤, 마크는 폼젠FormGen이라는 회사와 〈커맨더 킨〉의 소매 버전 판매 계약을 체결했다. 그는 이드가 일반 상업 판매 시장에서 돈을 벌 기회라며 열변을 토했다. 어쨌든 그들은 새로 3개의 게임을 만들 예정이었고, 그 중 하나를 가져가서 폼젠을 통해 소매 시장에 출시하기만 하면 되었다. 이드에게는 이렇게 돈을 버는 두 번째 방법을 만드는 것은 괜찮은 생각 같아 보였다. 그들은 새 〈킨〉 시리즈 중 한 편은 셰어웨어 시장에 출시하고, 또 한 편을 소매 시장에도 출시할 수 있게 되었다.

이드와 어포지가 따로 계약을 하지는 않았지만, 그들은 스콧 밀러에게 전화해 이 기회에 대해 말했다. 그들의 관계는 좋았다. 얼마 전에 스콧은 이드 멤버들의 초청으로 게임 개발자 동료들을 데리고 왔었다. 로메로는 다른 게임 개발자들이 이드의 기술을 사용하게 독려하는 세미나를 개최하기로 했다. 로메로는 카맥의 기술이 확실히 매우 인상적이기 때문에 라이선스 사용권을 판매하는 게 타당하다고 생각했다. 다른 사람이 돈을 주고 쓰겠다는데 안 할 이유가 있는가? 주말동안 이드 직원들은 킨 엔진을 사용해 〈팩맨〉을 그 자리에서 PC 버전 〈웍맨Wac-Man〉으로 만드는 방법을 시연했다. 이들은 하룻밤만에 게임을 완성했고, 어포지가 첫 라이선스 사용권을 구매했다.

이드 멤버들이 폼젠과의 거래에 대해 스콧에게 이야기하자 스콧은 크게 실망하며 말했다. "이건 큰 문제야. 3부작이 성공하는 마법 공식을 깨뜨리는 거라고. 셰어웨어 게임을 하나 출시하고, 사람들이 3부작 전체를 살 수 있게 하지 않으면 잘 안 팔릴 거야." 이드는 스콧에게 너무 늦었다고 말했다. 이미 계약서에 사인을 해버렸기 때문이다.

1991년 8월, 이드 소프트웨어와 그 구성원들의 야심은 날로 커져서 새로운 사업, 새로운 게임, 새로운 기술뿐이 아니라 새로운 보금자리로 그들을 이끌었다. 톰과 로메로는 슈리브포트 밖으로 벗어나고 싶어 했다. 레이크 하우스에서의 나날은 즐거웠지만, 그들은 우울한 환경에 지쳐가고 있었다. 로메로는 차를 타고 크로스 레이크 다리를 지날 때마다 식량을 구하기 위해 낚시를 하는 가난한 사람들을 지나치는 게 싫었다. 로메로에게는 다른 동기도 있었다. 여자친구 배스 맥콜이었다.

베스는 소프트디스크 운송 부서에서 일했었다. 뉴올리언스 출신으로 밝고 명랑했고, 로메로의 바보같은 농담에도 잘 웃어 주었다. 그녀는 편하고 재미있었으며, 로메로는 이혼 이후 활력소가 될 가볍고 즐거운 관계가 필요했다. 로메로는 전 부인과는 관계가 틀어졌지만 아이들과는 여전히 친밀한 편이었고, 베스와 함께라면 빈자리가 채워지는 느낌이었다. 무엇보다 베스 역시 슈리브포트를 떠나고 싶어 했다.

톰은 어디로 갈지 생각이 있었다. 계절의 변화도 그립고, 대학 시절의 문화도 그리웠던 톰은 동료들에게 위스콘신으로 이주하자고 간청했다. 로메로가 톰과 함께 대학도시인 매디슨에 가보기로 했다. 그들은 그리로 가야한다는 확신을 가지고 돌아왔다. 또다른 레이크 하우스의 룸메이트인 제이슨 블로코비악도 매디슨에서 학교를 다녔던 터라, 소프트디스크를 떠나 이드에 합류하고 싶다고 했다. 다른 이들은 제이슨에게 의욕이 부족하다고 생각했다. 제이슨은 전에 프로그래밍 해서 번 돈보다 투자로 번 돈이 많다고 얘기한 적이 있었고, 독재자AUTOCRAT라고 쓴 요란한 번호판을 단 밴을 몰고 다녔다. 하지만 카맥은 제이슨이 똑똑하고 재능있는 프로그래머라고 생각해서 기꺼이 함께 가기로 했다.

카맥은 매디슨으로 가는 건 상관없었다. 카맥은 자기가 종종 말하듯 프로그래밍만 할 수 있다면 어디에 있든 상관이 없었다. 에이드리안은 그리 내키지 않아하며 상당히 망설였다. 어쨌든 슈리브포트는 그가 평생 살아온 고향이었다. 에이드리안은 예술적으로는 어두운 세계를 탐험했지만, 현실에서는 안정을 갈망했다. 로메로는 에이드리안에게 최고의 아파트를 약속하며 간청하고 애원했다. 가족과 친구들이 한참 설득하여 에이드리안도 가기로 동의했다. 하지만 실망스럽게도 제이는 이 여행에 이드 멤버들과 함께 하지 않았다. 소프트디스크에 남은 프로젝트를 완수해야 한다는 책임감도 있었고, 스타트업에서 감수해야 하는 위험도 불안하게 느꼈기에 제이는 그냥 남기로 했다.

9월의 어느 따뜻한 아침, 이드 멤버들은 각자 차에 짐을 싣고 마지막으로 레이크 하우스를 떠나왔다. 트렁크에 실린 컴퓨터는 모두 자기 소유였다.

돈의 창조자들

두 사람이 제국을 세우고 대중문화를 바꿔놓은 이야기

초록색이고 화난

Green and Pissed

●

6장

●

초록색이고 화난

이번 만은 현실이 로메로의 호들갑에 부응하지 못했다. 1991년 9월 어느 흐린 날에 매디슨에 있는 아파트에 도착한 이드 멤버들은 거기가 로메로와 톰의 말보다 훨씬 재미없는 곳이라는 걸 알게 되었다. 똑같이 생긴 건물이 늘어선 대규모 아파트 단지였는데 과거 그들의 슈리브포트 집에 비하면 쓰레기였다. 호수도, 잔디도, 보트도 없었다. 건물 사이에는 나무들 대신 무섭게 생긴 남자 둘이 마약을 거래하고 있었다.

이드 사무실은 방 세 개짜리 아파트로 그럭저럭 구색은 갖추고 있었다. 카맥은 별로 상관하지 않았기에 사무실 위층 침실을 쓰기로 했고, 다른 이들은 각자 단지 안에 다른 아파트를 구했다. 에이드리안은 안 그래도 고향을 떠나 고달픈 와중에 아파트마저 멀리 떨어져 있어 더 문제가 커졌다. 다른 사람들은 이드 사무실에 갈 때 주차장을 가로질러 걸어가면 되었지만 에이드리안은 차를 몰고 가야 했다.

그러나 로메로는 기뻤다. 새로운 시작이었고, 새 여자친구와 새 게임이 있었다. 톰도 로메로와 마찬가지였다. 고향인 위스콘신으로 돌아와 기뻤고 대학가 분위기에 기분전환도 되었다. 로메로와 톰에게 유일한 아픈 손가락은 카맥의 친구가 된 제이슨이었다. 제이슨은 사고방식이 완전히 다른 것 같았는데, 그래도 카맥은 제이슨을 내보낼 마음이 없었다.

새로운 상황에 대한 그들의 복잡한 감정에도 불구하고 이드 팀은 두 번째 〈커맨더 킨〉 3부작을 끝내기 위해 전력을 다했다. 수개월 동안 함께 일하면서 이들에게는 집단 인격이 만들어졌다. 로메로와 카맥은 이제 손발이 척척 맞는 완벽한 합을 자랑했다. 로메로가 게임 요소를 만들 때 사용하는 소프트웨어인 편집기와 도구를 만드는 동안, 카맥은 그래픽을 만드는 코드인 새로운 킨 엔진을 개선했다. 아무것도 두 사람을 방해할 수 없었다. 어느 날 밤 로메로의 여자친구 베스가 다른 친구 몇 명을 데리고 아파트로 찾아왔다. 이드 팀은 열심히 일하는 중이었다. 베스는 로메로의 관심을 끌려고 온갖 노력을 했다. 하지만 어떻게 해도 반응을 얻지 못하자 베스가 두 손을 들고 말했다. "왜 이 남자들은 그냥 집에 와서 우리랑 섹스하지 않는 거야?"

"일하고 있으니까 그렇지." 로메로가 말했다. 카맥이 웃었다.

톰도 그들에 못지 않게 무척 헌신적이었다. 프로젝트가 성공한 데에 유난히 들떠서는 창의적인 기획의 새 지평을 열겠다고 분발했다. 톰은 총 쏘는 감자맨, 혀를 날름거리는 독버섯, 그리고 그가 가장 좋아하는 도프피쉬Dopfish로 커맨더 킨의 세계관을 채워 나갔다. 도프피쉬는 눈이 커다랗고, 앞니가 거대한 초록색 물고기였다.

에이드리안은 늘 그렇듯 톰처럼 들떠있지는 않았다. 하지만 톰이 창조한 바보 같은 캐릭터에 생명을 불어넣으려 최선의 노력을 했다. 에이드리안이 제작한 게임 아트는 색채도 풍부하고 정밀해서 당시 시중에 나온 최고의 게임과 견주어도 뒤지지 않았다. 에이드리안은 톰과 킨, 그리고 매디슨 때문에 치솟는 짜증을 해소할 방법도 찾고 있었다. 한 번은 그가 커맨더 킨의 캐릭터 이미지로 장난을 치면서 목을 찢고 눈을 도려낸 그래픽을 만들었다. 에이드리안은 행복하고 명랑한 킨과 칼에 잘리고 토막난 킨을 번갈아 보며 즐겁게 웃었다.

새로운 킨에 대한 작업이 순조롭게 진행되고 돈도 계속 들어오자, 카맥은 가장 애착을 갖던 프로젝트인 3-D 1인칭 슈팅 게임 작업으로 관심을 돌릴 수 있었다. 로메로가 한 이야기가 마지막 단계에 영감을 주었다. 카맥과 로메로는 또다른 측면에서도 협력 체제를 갖추었다. 카맥은 게임그래픽 만드는 데에 천부적인 재능이 있었지만 게임에는 거의 관심이 없었다. 게임을 만들기만 할 뿐, 게임을 하진 않았다. 던전 마스터일 뿐 D&D게임을 하지 않는 것과 마찬가지였다. 그와는 대조적으로 로메로는 업계의 동향에 귀를 기울이며 새로운 게임과 개발자에 대해 끊임없이 전부 파악하고 있었다. 로메로가 텍스처 매핑texture mapping이라는 중요한 새 기법에 대해 처음 알게 된 것도 개발자 중 한 명을 통해서였다.

텍스처 매핑은 컴퓨터 화면 속 그래픽 타일에 세부적인 패턴이나 질감을 적용하는 기법으로, 컴퓨터가 게임에서 배경이 되는 벽을 단색으로 칠하는 대신 벽돌 무늬를 그리게 하는 방식이다. 로메로는 폴 뉴라스에게서 텍스처 매핑에 대해 들었다. 폴은 블루 스카이 프로덕션이라는 회사에서 〈울티마 언더월드〉를 만들고 있었는데, 게임이 완성되면 리처드 개리엇의 회사 오리진을 통해 발표할 예정이었다. 뉴라스는 로메로에게 자기네 회사에서는 3-D로 게임의 세계를 표현할 때 다각형이나 폴리곤에 텍스처 매핑을 적용하고 있다고 말했다. 멋진데, 하고 로메로는 생각했다. 전화를 끊고, 로메로는 의자를 카맥 쪽으로 돌리고 말했다. "폴이 그러는데, 자기네는 게임에 텍스처 매핑을 사용해서 만든대."

"텍스처 매핑?" 카맥이 대답하고는 몇 초간 머릿속으로 그 개념을 생각했다. "나도 할 수 있어."

그런 연유로 나온 결과물이 〈카타콤 3D〉였다. 이 게임에서 초록색 슬라임으로 덮인 회색의 벽돌로 이루어진 벽이 텍스처 매핑 기법을 사용한 것이다. 게임을 플레이하기 위해, 게이머들은 스크린 아래에 그려져 있는 손이 자기 것인 양 느끼며 컴퓨터 안을 향해 파이어볼을 쏘고 미로 속으로 달려 나간다. 그 손을 표현해 넣음으로써 이드 소프트웨어는 교묘하게도 강력한 메시지를 제시했다. 당신은 그저 게임을 하는 게 아니라, 게임 안에 들어간 것이다.

〈카타콤 3D〉는 폴 뉴라스의 〈울티마 언더월드〉보다 6개월 먼저 제작되어 유통되었다. 롤플레잉 모험 게임인 〈울티마 언더월드〉가 리차드 개리엇과의 연줄 덕에 더 많은 관심을 받았지만, 두 게임 모두 3D 게임을 새롭고 더욱 몰입적인 경험으로 발전시켰다. 스콧 밀러는 〈카타콤 3D〉를 보고 딱 한 마디를 했다. "이런 걸 셰어웨어로 만들어야 해."

1991년 추수감사절 무렵, 이드 멤버들의 매디슨 생활은 점점 더 우울해져만 갔다. 어느 날 경찰이 와서 옆집 문을 때려 부수고 마약 판매상을 체포해 갔다. 누군가가 차에서 휘발유를 뽑아 훔쳐갔다. 에이드리안의 상황은 특히 끔찍했는데, 물침대의 마개를 잃어버린 후 대체할 매트리스를 찾지 못해서 몇 달 동안이나 침낭 하나로 맨 바닥에서 자야했다.[66] 카맥도 몇 달 동안 바닥에서 잤지만 그건 단순히 자기가 매트리스가 필요 없다 생각해서 였다. 마침내 로메로가 진저리를 치며 파트너에게 매트리스를 사주었다. 그는 매트리스를 바닥에 두고 카맥에게 말했다. "이봐. 너도 이제 숙면을 취해야 할 때야."

매디슨은 점점 추워지고 있었다. 정말, 정말 추웠다. 하늘에서 눈이 퍼붓듯이 쏟아졌다. 단지 내 주차장 전체가 얼음으로 뒤덮였다. 에이드리안은 매일 오후 잠에서 깨서 아파트 단지 반대편 끝에 있는 이드 소프트웨어 사무실까지 가기 위해 20분씩 차에 앉아 엔진을 예열해야 했다. 어느 날은 모두 함께 피자를 사러 나갔다가 사지 못하고 서둘러 차로 되돌아왔다. 너무 추워서 피자 따위는 내버려 두고

---

66) 출처: 이드 앤솔로지 (이드 소프트웨어 출판, 1996년)

집으로 돌아가기로 한 것이다. 아무도 다시 나가고 싶어 하지 않았다.

그 결과 그들은 아파트 밖으로 거의 나가지 않게 되었다. 이전에도 작은 방에서 끝없이 많은 시간동안 함께 시간을 보내곤 했지만, 슈리브포트에서는 적어도 밖에 나가 호수에서 니보드를 탈 기회라도 있었다. 여기서는 훨씬 더 많은 시간을 던전 앤 드래곤을 하면서 때워야 했다. 급기야 게임을 확장하기 위해 전단지를 그려 마을 여기저기에 붙이기에 이르렀다.

에이드리안은 전단지 맨 위에다가 이드 멤버들을 하나하나 게임 캐릭터로 그렸다. 턱수염에 커다란 도끼를 들고 있는 톰, 거대한 검을 든 로메로, '죽어'라고 써 있는 벨트를 하고 높이 서 있는 에이드리안, 마법사 복장을 하고 규칙서를 든 카맥. 그 옆에는 머리에 물음표가 있는 빈 막대 모양 인물을 그려 넣었다. 그리고 이렇게 썼다. "모집중: 성직자 그리고/또는 도둑.[67] 멋진 게임을 하는 모임. 캐릭터와 사건 중심의 세계관. 최근 사업체를 이전하였기에 새 플레이어를 1-2명 구합니다. 이 게임에서 즐길 수 있는 것: 캐릭터 교류, 좋은 밸런스, 즐거운 일, 피자. 이 게임에서 안 하는 것: 세계 정복."

그러나 한편으로는 아파트 내 주도권을 두고 긴장감이 고조되고 있었다. 에이드리안은 톰과 로메로가 킨 캐릭터를 흉내내며 에일리언 소리를 내며 춤추고 돌아다니는 데에 질려 있었다. 심지어 카맥조차 두 사람의 익살에 싫증을 느끼고 있었다. 더 큰 문제는 제이슨이었는데, 그는 점점 짝이 안맞는 바퀴처럼 무용지물이 되어가고 있다. 하지만 카맥이 여전히 그를 옹호하고 있었다. 그래서 제이슨을 해고하는 대신 소프트디스크 계약에 따라 만들어야 하는 쉽고 빠른 게임을 할당해 단숨에 끝내게 하기로 했다.

제이슨이 소프트디스크쪽 게임을 담당하고 두 번째 〈커맨더 킨〉 3

67) 출처: 톰 홀의 개인 소장품 에서.

부작이 마무리되면서, 이드는 어포지에 제공할 다음 게임 프로젝트에 집중할 수 있었다. 이 무렵에는 위계질서가 확립되었다. 카맥이 기술 리더가 되어 게임을 만들 수 있는 최신 엔진을 고안했다. 톰은 크리에이티브 디렉터로 카맥의 기술에 어울리는 게임을 진두지휘하는 일을 맡았다. 로메로는 이 두 사람 사이에서 중심을 잡고 카맥이 툴 만드는 것을 도우면서 동시에 톰과 머리를 맞대고 창의적인 아이디어를 논의했다. 에이드리안은 이들이 주문하는 대로 미술 작업을 하면서 기회가 될 때마다 자기 나름의 위협적인 이미지를 더했다.

어느 늦은 밤 네 사람이 앉아 새로운 게임에 대해 의논하던 중에 예상치 못하게 역할이 바뀌기 시작했다. 문제는 톰에게서 시작되었다. 톰은 수개월 전 첫 3부작 게임이 엄청난 성공을 해서 잔뜩 들떠 있었고, 자신의 우상인 조지 루카스가 영화 [스타워즈]를 계획한 것처럼 3부작 게임 세 개를 시리즈로 만드는 구상을 오랫동안 해 왔다. 그러나 카맥의 기술은 분명히 방향이 다른 아이디어, 즉 빠른 액션과 1인칭 게임으로 향하고 있었다. 〈킨〉은 액션이 빠르지도 않았고, 1인칭도 아니었다. 〈마리오〉 같은 횡스크롤 어드벤쳐 게임이었다. 적어도 다음 게임은 무언가 다른 것이 필요하다는 합의가 암묵적으로 도출되었다.

톰은 실망했지만, 다시 기운을 내어 새로운 1인칭 게임에 대해 브레인스토밍을 하기 위해 스스로 기어를 올렸다. 톰은 곧바로 떠오른 아이디어를 말했다. "있잖아, 영화 〈괴물The Thing〉에서 외계괴물 때문에 개들이 미쳐 날뛰는 우리에서 그 남자가 도망쳐 나오니까 사람들이 그 안에 뭐가 있냐고 물어본 거 기억나? 그러니까 그 사람이 '모르겠어, 하지만 그건 괴상하고 화가 나있어.'라고 말했잖아. 글쎄, 그게 딱 비디오게임스럽지 않아? 왜냐면 비디오게임 할 때 우리는 괴물이 초록색이고 화가 나 있다는 것 말고는 걔네들을 쏘는 이유를 모르잖아. 그런 게임은 어때? 실험실에서 나온 돌연변이를 추적하는 거라든지?" 톰은 제목 후보들을 동료들에게 큰 소리로 읽어주면서 PC에 빠르게 써내려 가기 시작했다. "지옥에서 온 돌연변이!", "죽어, 돌연변이들아, 죽어라!", "세 개의 악마들!", "텍스처 매핑된 테렌스와 초록색 똥!" 아니면 그는 더 이상 뒷말이 이어지지 않게 "그것은 짜증나는 초록색이었다"로 줄여버렸다.

모두 웃었다. 로메로가 말했다. "좋아, 어떤 게임하는 친구가 컴퓨터 상점을 돌아다니다가 직원한테 물어보는 거야. '음, 실례합니다, 『그것은 짜증나는 초록색이었다』있습니까? 하고 말이지." 톰은 재빨리 자신의 생각을 뒤로 물렸다. 논란을 위한 논란은 원하지 않았기 때문이다.

로메로가 말했다. "글쎄, 난 잘 모르겠어. 그건 정말 진부해. 항상 듣는 거잖아. 그렇고 그런 헛소리가 가득한 돌연변이 실험실 어쩌고 저쩌고 같아. 우리는 뭔가 참신하고 근사한 걸 해야 해. 있지, 〈캐슬 울펜슈타인〉을 3D로 리메이크하면 진짜 끝내주게 멋질 거야."

울펜슈타인! 카맥과 톰의 심금을 즉각 울리는 단어였다. 로메로를 비롯한 모든 열성 애플Ⅱ 게이머들은 1980년대 초반 전설적인 개발자 사일러스 워너가 만든 고전 액션 게임 〈울펜슈타인〉을 하면서 자랐다. 그들은 즉시 로메로의 비전을 이해했다. 〈울펜슈타인〉은 카맥의 기술을 선보이기에 완벽했다. 본질적으로 미로 기반의 슈팅 게임이었기 때문이다. 플레이어는 나치와 싸우면서 보물을 모으고, 모든 미로를 통과한 다음 히틀러를 제거해야 했다. 색색의 장난감 블록을 쌓은 듯이 투박한 저해상도 그래픽에도 불구하고, '울펜 슈타인'은 거대한 가상 세계를 연상시키는 독특한 게임이었다. 과거 원조 〈캐슬 울펜슈타인〉이 나왔을 당시 컴퓨터나 오락실 게임 대다수가 〈퐁〉처럼 고정된 화면이 배경이었다. 그러나 〈울펜슈타인〉에서는 플레이어가 보는 화면 하나하나가 각각 커다란 성에 있는 방 하나를 나타내는 효과가 있었다. 각 방마다 벽이 미로를 이루었다. 플레이어가 달려 미로를 빠져나가면, 화면이 바뀌고 새로운 방을 보여주었다. 화면 스크롤은 없었지만 진짜로 미지의 건물을 탐험하는 느낌이 들었다. 플레이어가 다음 방에 무엇이 기다리는지 전혀 알 수 없다는 점도 매력이었는데, 보통은 독일어로 소리치는 나치 병사가 있었다.

동료들의 호의적인 반응에 힘을 얻은 로메로가 아이디어를 쏟아냈다. 원작 〈캐슬 울펜슈타인〉에서 플레이어 캐릭터는 죽은 적 병사의 몸을 뒤질 수 있었다. "그걸 1인칭 3D로 하면 얼마나 멋지겠어? 적을 해치운 담에, 시체를 끌고 모퉁이를 돌아 주머니를 뒤지는 거야! 푸슝- 푸슝- 푸슝-", 로메로가 효과음 같이 총소리를 흉내내며 말했다. "우리가 이 기회에 완전히 새롭게 만들어 버리는 거야. 뭔가 빠르고, 텍스처 매핑 된 걸로. 우리가 그래픽을 빠르고 멋지게 만들고, 음향도 세련되고 크게 만들고, 그래서 끝내주게 재미있게 만들 수 있으면, 그러면 다 이길 걸. 특히 그 테마로는."

결국 어쨌든 간에 컴퓨터 게임 산업은 아직은 온화했다. 당시의 히트 게임인 〈심시티SimCity〉는 플레이어가 가상 마을을 건설하고 세세하게 관리하는 게임이었다. 또 다른 성공작 〈문명Civilization〉은 역사적으로 유명한 전투를 바탕으로 전개되는, 보드 게임 〈리스크Risk〉와 비슷한 느낌의 머리를 써야 하는 전략 게임이었다. 이 쪽도 피를 흘리는 묘사는 나오지 않았다. 〈울펜슈타인〉은 업계에서 본 적 없는 완전히 새로운 게임이 될 수 있었다. 로메로가 결론지었다. "충격적일거야. 완전히 충격적인 게임."

카맥은 잘 될 거라며 찬성했다. 로메로는 한 번 아이디어를 제시하면 항상 카리스마 있게 설득력을 발휘했다. 그리고 카맥은 로메로의 재능을 더더욱 인정하고 있었다. 로메로는 카맥이 혼자서는 결코 상상하지 못했을 새로운 세계로 카맥의 기술을 이끌었다. 울펜슈타인 원작에 익숙하지 않은 에이드리안은 〈킨〉만 아니면 뭐든지 좋았고, 3D 게임아트에 강한 흥미를 느꼈다. 톰은 비록 〈킨〉을 거절당해 상심했지만, 이 게임을 끝낸 다음에 다시 자기 게임을 할 수 있으리라 짐작했다. 어쨌든 톰은 여전히 이 회사의 게임 기획자였고, 타협적인 성격대로 기꺼이 제작에 합류했다. 이 게임은 카맥의 기술 덕분에 훨씬 더 몰입적이었고, 이드의 짧은 역사상 최초로 로메로가 운전대를 잡았기에 훨씬 더 거칠고 과감했다.

어느 추운 겨울 날[68], 카맥은 신발끈을 매고 외투를 입고 매디슨의 눈 속으로 향했다. 마을은 온통 눈으로 뒤덮였고, 자동차는 서리에 덮여 얼어붙었으며, 나무에는 고드름이 매달려 있었다. 카맥은 차가 없었기 때문에 추위를 견디며 걸어야 했다. MGB는 이미 오래 전에 팔았다. 추운 날씨를 잊고 집중하는 건 카맥에겐 쉬운 일이었다. 필요할 때면 톰과 로메로의 장난을 마음에서 차단했던 거나 마찬가지였다. 해야 할 일이 있었던 것이다.

카맥은 은행에 들어가 11,000달러짜리 자기앞수표를 요청했다. 애플 창업자 중 한 명인 스티브 잡스가 만든 최신 컴퓨터, 넥스트 NeXT를 살 돈이었다[69]. 스텔스 블랙 컬러에 정육면체 큐브 모양인 NeXT는 고객 소프트웨어 개발을 위한 강력한 맞춤형 시스템인 넥스트스텝NeXTSTEP을 탑재하여, 잡스가 이전에 출시했던 컴퓨터를 능가했다. PC와 게임 시장은 폭발적으로 성장하고 있었고, NeXT는 점점 더 박진감 있어지는 게임 플랫폼에 맞게 더 역동적인 게임을 만들 완벽한 도구였다. 젊은 그래픽 프로그래머 중 최고인 카맥을 위한, 최고의 크리스마스 선물이었다.

새해를 맞이하는 새로운 마음가짐은 NeXT 컴퓨터만이 아니었다. 이드에도 새 시대가 오고 있었다. 이드는 결국 제이슨을 해고하고, 카맥, 로메로, 에이드리안, 톰으로 그룹을 축소했다. 그러나 뭔가 다

---

68) 출처: 각주 66처럼, 이드 앤솔로지 내용 중에서.

69) 출처: 폴 프라이버거와 마이클 스웨인 공저, "계곡의 불꽃: 퍼스널 컴퓨터의 탄생"의 372 페이지 내용 중에서.

른 분위기가 있었다. 레이건-부시 시대가 마침내 막을 내리고 새로운 공동체 정신이 떠오르고 있었다. 그 새로움은 처음에는 시애틀에서 시작되었는데, 불량스런 옷을 입은 그런지 록 트리오 너바나가 내놓은 앨범 「네버마인드」가 마이클 잭슨을 밀어내고 팝차트 정상에 올랐다. 곧이어 그런지와 힙합이 더 과감하고 적나라한 관점으로 세상을 지배했다. 이드는 그러한 뮤지션들이 음악계에서 했던 것을 게임을 위해 할 각오를 단단히 했다. 바로 기존체재를 전복시켜 현상을 타도하는 것 말이다. 그 때까지도 게임은 예전의 음악계에서의 팝 같은 것처럼, 〈마리오〉와 〈팩맨〉 같이 온건한 게임들이 주류를 이루고서 지배하고 있었다. 음악과는 달리 소프트웨어 산업은 〈울펜슈타인 3D〉만큼 반항적인 것을 경험해 본 적이 없었다.

〈울펜슈타인 3D〉라는 제목은 많은 브레인스토밍 끝에 탄생했다. 처음에는 뮤즈 소프트웨어의 사일러스 워너가 만든 이름인 울펜슈타인이 아닌 다른 무언가로 제목을 붙여야 한다고 생각했다. 톰은 다들 긴장한 상황에서도 '제4의 제국', '독일의 깊은 곳'이나 '캐슬 해셀호프', '루거 총으로 나를 쏴라' 같은 우스꽝스러운 제목 후보들을 쏟아냈다. 심지어 '돌크투펠(악의 단검)', '게루슐레히트(악취)'처럼 대놓고 독일어로 된 제목도 고려했다. 그러던 중 놀랍고도 다행스럽게도 뮤즈 소프트웨어가 1980년대 중반에 파산했고, 울펜스타인의 상표권이 소멸했다는 걸 알게 되었다. 그리하여 게임 제목이 〈울펜슈타인 3D〉로 확정되었다.

이드가 자신의 아이디어를 실행해서 스콧은 무척 기뻤다. 3D 셰어웨어 게임을 만들어 달라고 몇 달 동안이나 간청했던 터였다. 스콧 역시 〈캐슬 울펜슈타인〉을 알고 있었으며 시끄러운 총, 빠른 액션, 나치 무찌르기와 같은 로메로의 계획에 크게 웃었다. 한편 킨 게임은 여전히 수익을 내고 있었다. 두 번째 3부작은 셰어웨어 마켓에도 출시되었다. 판매량은 원작의 1/3로 실망스러웠으나, 스콧은 게임이 매력이 없어서가 아니라 그가 걱정했던 문제 탓임을 알았다. 폼젠에서 〈킨〉의 소매버전을 출시하는 바람에 남은 에피소드가 3개가 아닌 2개뿐이어서 판매가 감소한 것이다. 그럼에도 불구하고 이드 사람들은 스콧의 스타였고, 스콧은 이드의 기술과 발전 가능성을 진심으로 믿었다. 스콧은 〈울펜슈타인〉에 대해 이드에 10만 달러를 보장했다.

이드는 거기서 멈출 생각이 없었다. 여전히 이드의 임시 사장인 마크 레인은 이드 상품을 2개 더 소매로 출시하기로 폼젠과 계약을 했다. 이드는 신났지만 동시에 걱정도 됐다. 폼젠에서 출시한 첫 번째 게임인 〈커맨더 킨: 외계인에게 먹힌 베이비시터〉가 잘 팔리지 않았기 때문이다. 이드는 그들 생각에는 립톤 홍차의 포장 상자를 만든 회사가 디자인한 끔찍한 포장 디자인 탓도 있다고 비난했다. 그러나 추가로 더 소매 판매에 공급할 새로운 게임에 대한 전망은 유혹적이었다. 또다시 수익성 좋은 시장인 셰어웨어와 일반 소매 판매 양쪽에서 모두 수익을 얻을 것이란 기대가 있었다. 그 누구도, 심지어 오리진과 시에라조차도 이렇게 하지 않았다. 마크와 폼젠은 제2차 세계대전 소재를 건드리는 내용인 것에는 꺼리고 주저했지만, 결국 〈울펜슈타인〉을 소매로 유통시키기로 합의했다. 이드 멤버들은 자기들 멋대로 가는 길에 점점 익숙해지고 있었다.

미치는 새 캣타워가 된 카맥의 큼직한 검은색 NeXT 컴퓨터 꼭대기를 좋아했다. 미치는 모니터 위에서 게으르게 기지개를 펴고 스크린 위로 다리를 늘어뜨렸다. 빈 피자 상자와 다이어트 콜라 상자에 둘러쌓인 채, 로메로, 카맥, 톰, 에이드리안은 컴퓨터 앞에 앉아 〈울펜슈타인 3D〉를 제작했다. 바깥 세상의 고요함은 스크린 위에 펼쳐지는 세상과 극명하게 대조되었다. 그들의 울펜슈타인은 두 가지 원칙을 채택했다. 처음 로메로가 상상했던 대로 잔혹하고, 카맥의 설계대로 빨라야 했다.

카맥은 얼마나 스피드를 높일 수 있는지, 그리고 속도에 따라 몰입감도 높일 수 있음을 알고 있었다. 레이캐스팅과 〈카타콤 3D〉의 텍스처 매핑 기법을 결합하여 얻은 기술 도약 덕분이었다. 〈울펜슈타인〉 작업을 할 때는 기존 코드에서 또다른 기술 도약을 하지는 않았고, 버그를 제거하고, 속도를 최적화하고, 조금 더 부드럽고 멋지게 다듬었을 뿐이었다. 핵심적으로 플레이어가 꼭 봐야하는 부분을 그리는 것에만 그래픽 엔진이 집중하게 하자는 게 중요한 결정 사항이었다. 즉, 천장과 바닥은 제외하고 벽만 우선해 그린다는 뜻이었다. 또한 속도를 높이기 위해 게임 속 캐릭터와 물체는 진짜 3D가 아니라 납작한 이미지인 스프라이트로 처리했다. 현실 세계로 가져오면 마치 두꺼운 종이를 오려 만든 그림처럼 보일 터였다.

로메로는 어렸을 때 창작 만화 『멜빈』을 그리던 순진한 기분으로, 정말로 "나치를 쓸어버리자"라고 외칠 것처럼 신이 나서 게임 안에서 할 수 있는 온갖 종류의 광적인 일을 신나게 상상했다. 과거 애플 II 버전 〈울펜슈타인〉에서 나치 벙커를 습격할 때 충격과 공포가 솟아오르던 서스펜스를 지금 다시 구현하고 싶었다. 당연히 게임에는 나치 친위대와 히틀러가 등장해야 했고, 에이드리안은 역사책을 뒤져 독일 지도자들의 이미지를 스캔해서 게임에 넣었다.

하지만 그걸로도 충분하지 않았다. 로메로가 제안했다. "경비견을 넣는 건 어때? 총으로 쏠 수 있는 개! 빌어먹을 독일 쉐퍼드!" 에이드리안은 마구 웃으면서, 바로 경비견을 스케치하고 개가 '컹' 하고 짖으며 죽는 애니메이션도 그렸다. 로메로가 거듭 말했다. "그리고 피가 있어야 해. 피가 줄줄 흐르게, 기존 게임에서는 한 번도 본 적 없을 정도로 말이야. 그리고 무기는 치명적이고 단순해야 해. 칼, 권총, 어쩌면 개틀링 기관총 같은 걸로." 에이드리안은 로메로가 말하는 대로 스케치했다.

톰은 플레이어가 게임을 하면서 모을 수 있는 물건에 대한 아이디어를 생각했다. 과거에 초기 텍스트 기반 어드벤처 게임의 패러다임까지 거슬러 올라가면, 게이머에게는 두 가지 중요한 임무가 있었다. 바로 수집과 살인이었다. 톰은 플레이어가 보물과 십자가들을 찾아내게 하자는 아이디어를 냈다. 체력 아이템 또한 중요했다. 플레이어는 체력 100퍼센트로 게임을 시작할 것이다. 적의 총에 맞을 때마다 체력이 감소하고, 0퍼센트가 되면 죽는다. 플레이어는 살아남기 위해 소위 체력 아이템을 찾아야 한다. 톰은 그 아이템들이 재미있었으면 했다. "칠면조 요리는 어때?"

"좋아," 로메로가 동의했다. "아니면, 훨씬 좋은 게 있어. 개 사료는 어때?" 게임에 독일 쉐퍼드도 나올 테니 아무려면 어떤가? 톰은 플레이어가 쩝쩝거리며 개밥을 먹는다는 생각에 크게 웃어댔다. 톰이 덧붙였다. "아니면, 이건 어때? 체력이 진짜 낮아지면, 막 10퍼센트밖에 안 남고 그러면, 피투성이 나치 시체로 달려가서 몸통을 빨아먹으면 에너지를 얻는 거야" 로메로가 소리를 흉내 냈다. "후루룩짭짭 우두두둑" 그리고는 턱을 닦으면서 말했다. "사람의 내장 같은 거야. 나치 내장을 먹어치울 수 있어!"

작업은 밤늦게까지 계속되곤 했다. 카맥과 로메로는 양쪽 극단에서 둘의 협업을 완벽하게 구현했다. 카맥이 코드를 수정하는 동안, 로메로는 그래픽을 실험하고 카맥이 고안한 툴을 이용할 새로운 방법을 고민했다. 카맥은 기타를 만들고 로메로가 연주를 해서 악기에 생명력을 불어넣는 식이었다. 그러나 그들의 우정은 일반적이지 않았다. 두 사람은 꿈, 희망, 인생에 대해서는 깊은 대화를 하지 않았다. 늦은 밤, 때때로 그들은 나란히 앉아 〈F제로F-ZERO〉라는 호버크래프트 레이싱 게임을 했다. 그들의 우정은 일에 있었고, 게임에 대한 끝없는 열정에 있었다.

카맥과 로메로는 다른 사람은 가지지 못한 비전을 공유했다. 톰은 마음 속 깊은 곳 본질적인 성향은 〈커맨더 킨〉에 가까워서 여전히 더 좋아했고, 〈울펜슈타인〉에서 보이는 폭력과 사회적 논란, 피와 잔혹성에 대해 걱정했다. 반면 에이드리안은 잔혹한 고어를 좋아했다. 피웅덩이에 누워있는 나치 시체를 그렸지만 〈위험한 데이브 2〉처럼 더고딕 느낌이 나는 으스스한 게임을 다시 하고 싶은 욕망을 품고 있었다.

그러나 카맥과 로메로는 잘 맞았다. 카맥은 자신이 만든 엔진 성능으로 가능한 것들을 자랑하려는 듯이 연출로 보여주려는 로메로의 열정을 즐겼고, 게임에 나오는 시각적인 장신구 같은 미학적 요소 같은 것에는 별로 관심이 없었다. 한편 로메로는 카맥이 하는 일이 정확히 무엇인지 알고 이해했다. 깔끔하고 날렵하며, 단순하며 빠른 게임 엔진을 제작하려는 시도와 노력이었다. 그리고 로메로는 그런 깔끔하고, 단순하며, 빠른 게임을 꿈꾸는 사람이었다. 로메로는 이 방침을 고수하기 위해서 심지어 이미 만들어진 게임 일부를 제거하기 시작했다. 처음에는 〈캐슬 울펜슈타인〉 원작에서처럼 플레이어가 나치 시체를 끌고 가서 수색하도록 프로그램했다. 그러나 결과물이 마음에 들지 않았다.

"음…" 로메로는 톰이 화면을 가로질러 시체를 끌고 가는 모습을 보며 신음소리를 냈다. "그 시체는 도움이 안 돼. 속도만 늦어져. 좋은 생각이긴 하지만, 복도를 달리면서 보이는 대로 쏘아 갈기는데 그딴 걸 질질 끌고 가든 말든 누가 신경 쓰겠어? 저 코드는 빼자. 우리가 쓸어버리는 데 방해되는 건 뭐가 됐든, 다 없애 버려!"

로메로의 잔인하고 거침없는 행보는 그래픽과 게임 플레이에서뿐 아니라, 음향에서도 계속됐다. 이드는 도시 외곽에 사는 게임 음악가인 바비 프린스와 교류가 있었다. 바비는 한 때 어포지 직원이었고, 스콧 밀러가 높이 평가하며 추천해 준 사람이었다. 바비는 킨 시리즈 게임 중에도 일부 참여했는데, 〈울펜슈타인〉에서 이드는 그가 더욱 간절히 필요했다. 무기에서 살인 병기 다운 소리가 나야 했다. 이를 위해 최초로 디지털 사운드를 사용할 예정이었다. 바비는 기관총을 위한 스타카토 리프를 비롯한 여러 가지 제안을 했다.

어느 늦은 오후, 로메로는 음향 효과를 처음으로 시연할 준비를 마쳤다. 게임은 거의 완성되어 가고 있었다. 스콧 밀러가 제안한 대로 카맥은 EGAEnhanced Graphic Adaptor 그래픽의 16색 팔레트에서 새로운 그래픽 어댑터인 VGAVideo Graphic Array : 비디오 그래픽 어레이의 256색으로 갈아탔다. 에이드리안은 확장된 색상 팔레트를 최대로 활용해서 작은 철모와 부츠를 착용한 군인을 그렸다. 군인이 총에 맞으면 고통에 몸을 비틀며 가슴에서 피가 솟구치는 특별한 애니메이션 시퀀스도 만들었다.

로메로가 테스트 버전 게임을 로드했다. 나치가 다가오는 동안 로메로는 기관총 총신을 내려다보았다. 발사 버튼을 누르자 바비가 프로그램한 기관총 사격음이 스피커가 찢어질 듯 폭발했고, 총에 맞은 나치는 뒤로 날아갔다. 로메로도 키보드에서 손을 떼고 펄쩍 뛰어 물러났다. 다음엔 바닥을 구르며 배를 잡고 웃었다. 그가 이전에 〈위험한 데이브 해적판〉을 처음 보았을 때 같은, 하지만 달라진 순간이었다. 로메로가 마침내 웃음을 멈추고 말했다. "그렇지? 이제껏 이런 게임은 없었어." 화면 속에서 작은 나치가 피를 흘리고 있었다.

1992년 2월의 어느 오후, 로베르타 윌리엄스는 소포를 뜯어보았다. 로베르타와 남편 켄은 캘리포니아 북부 꼭대기에 위치한, 가장 거대한 게임 제국 중 하나인 시에라 온라인의 멋진 사무실에 앉아있었다. 시에라 온라인은, 1980년 연간 1억 달러 규모에서 거의 10억 달러로 성장해 있던 당대 컴퓨터 게임 산업 업계의 선두 주자 중 하나였다. 시에라 온라인이 초기에 내놓은 그래픽 롤플레잉 게임이 수많은 게임 타이틀에 길을 터주었는데, 모두 게임 기획자를 유명인으로 만들어 브랜드화하는 고유 철학에 따라 만들어졌다.

그 결과, 시에라는 항상 게임 기획자들에게서 게임 제안서를 받았다. 이날 그 소포의 내용물이 로베르타의 흥미를 끌었다. 존 로메로라는 젊은 프로그래머가 편지를 동봉했다. 그는 로베르타가 어린이용 게임에 관심이 있다는 걸 알고 있다면서, 그와 친구들이 만든 게임을 보내왔다. 셰어웨어 시장에서 꽤 선전하고 있다, 라고 편지에 쓰여 있었다. 그 게임은 〈커맨더 킨: 굿바이 갤럭시〉였다.

로베르타와 켄이 흥미를 가지고 만남을 제안했다. 이드 멤버들은 그 제안에 황공할 정도로 기뻤다. 시에라 게임을 하며 자란 그들이 이제 은신처에 있는 왕과 왕비에게 초대를 받은 것이다. 그리고 타이밍도 이보다 완벽할 수가 없었다. 〈울펜슈타인 3D〉가 거의 완성 단계였던 것이다. 시에라가 그들이 거절할 수 없는 제안을 하면 계약하게 될지도 모른다. 이드는 시에라의 윌리엄스 부부에게 보여주기 위해 짧은 〈울펜슈타인〉 데모를 만들기로 했다.

시에라 사무실에 모습을 드러낸 이드 멤버들은 한 달 만에 아파트 밖에 나온 게 분명한 차림새였다. 로메로는 머리를 기르는 중이었다. 톰의 턱수염은 헝클어져 있었다. 카맥은 구멍난 셔츠를 입고 있었다. 모두 지저분하고 찢어진 청바지를 입고 있었다. 이드는 켄과 로베르타를 만나기 전에 사무실을 둘러볼 기회를 얻었다. 특히 로메로와 톰에게 그것은 게이머 명예의 전당 투어였다. 둘은 CD복제실에서 워렌 슈와더를 소개받았다. 로메로와 톰은 서로 마주 보다가 즉시 무릎 꿇고 절하며 말했다. "영광입니다. 영광입니다." 슈와더는 두 사람이 좋아하는 고전 애플Ⅱ 게임 〈스레숄드Threshold〉를 기획한 사람이었다. 로메로가 미소지었다. "선생님! 스레숄드! 당신이 그 아버지시군요!"

그러나 환상은 곧 걷혀버렸다. 카맥은 곧 프로그래머 한 명과 대화에 빠져들었다. 로메로, 톰, 에이드리안이 지켜보는 가운데 카맥이 그 프로그래머의 작업을 조목조목 지적하며 명백히 시간 낭비라고 도발했다. 카맥이 지적을 마치자 그 시에라 프로그래머는 카맥의 뛰어난 능력에 완전히 기가 죽어 그냥 앉아 있었다. 로메로가 걸어가면서 카맥의 등을 두드리며 말했다. "맙소사, 네가 방금 그 사람들 쓸어

버렸어." 카맥은 가볍게 어깨를 으쓱했다. 로메로는 자랑스러웠다.

윌리엄스 부부는 그다지 깊은 인상을 받지 못했다. 이드 청년들은 무척 재능이 뛰어나지만 철없다 싶을 정도로 무척 순진할 뿐이었다. 켄 윌리엄스가 이 초라한 옷을 입은 오합지졸을 에드나 엘더베리 하우스라는 고급 레스토랑에 데려가자 레스토랑 지배인이 그를 한쪽으로 끌고 갔다. 켄이 이드 사람들은 중요한 손님이라고 한참 설명한 다음에야, 일행은 긴 참나무 원목 테이블과 벽난로 불이 있는 특실로 안내받을 수 있었다.

음식이 들어오고 대화가 물살을 탔다. 켄 윌리엄스는 젊고 재능있는 이들을 발굴하고 육성하는 데 자부심을 느꼈다. 하지만 그에게는 이 청년들은 미성숙하고 경험이 부족한 것이 분명히 느껴졌다. 비즈니스 감각이 전혀 없어보였다. 허나 이드 멤버들이 〈커맨더 킨〉으로 버는 수익을 이야기하자 켄은 멍해졌다. "지금 나한테, 셰어웨어 만으로 한 달에 5만 달러를 번다고 말씀하시는 겁니까?"

청년들이 켄에게 수익을 계산해 주었다. 스콧은 이드에게 주는 로열티를 45%로 인상했다. 사실상 아무런 비용이 들지 않는다고 설명했다. 셰어웨어 모델로 어포지는 매출 1달러 당 95센트의 수익을 유지할 수 있었다.

"우리는 셰어웨어 분야에서 최고 제품을 만들어요." 로메로가 당당하게 말했다. "그래서 우리가 그렇게 많은 돈을 벌고 있는 겁니다. 멋지다고 생각하시면 이걸 한 번 보시죠."

톰이 노트북을 꺼내 테이블에 올려 놓고 켄에게 키를 누르라고 했다. 〈울펜슈타인〉이 화면에 나타났다. 켄은 무표정한 포커페이스로 게임을 플레이했다. 이드 멤버들은 기대감에 안달이 났다. 마침내 켄이 말했다. "아, 깔끔하게 잘 나왔네요." 켄이 프로그램을 닫았다. 마지막 화면에 커맨더 킨의 얼굴과 〈커맨더 킨: 외계인에게 먹힌 베이비시터〉에 나오는 녹색 괴물이 함께 나타났다. 한가운데 큰 글씨로 이렇게 써 있었다. "이드 소프트웨어: 시에라와 한 가족?"

"물음표를 지워도 될까요?" 켄 윌리엄스가 말했다. 그리고 250만 달러를 주겠다고 제안했다.

이드 멤버들은 눈 쌓인 아파트로 돌아와 시에라의 제안에 대해 상의했다. 200만하고도 50만 달러는 4-5명이 나눠 가지기에 큰 돈이었다. 그러나 그들은 서두르지 않았다. 주식 매수 만이 아니라, 선금을 원했다. 그래서 원래 스콧 밀러와 했던 접근법으로 되돌아갔다. 로메로가 제안했다. "이렇게 하는 건 어때? 10만 달러를 선불로 달라고 하자. 만약 관심을 보이면 팔고, 아니면 하지 말자."

그 요청을 받고 윌리엄스는 주저했다. 이드의 작품이 인상 깊긴 했지만, 그렇게 많은 현금을 바로 지불할 준비는 되어 있지 않았다. 협상은 결렬됐다. 이드 멤버들은 켄이 자기들이 하는 일을 이해하지 못한 게 분명하다고 생각했다. 켄은 〈울펜슈타인 3D〉의 잠재력을 이해하지 못했다. 이해했으면 바로 현금을 건넸을 것이다.

실망스러웠다. 돈 때문이 아니라, 자신들의 영웅과 그의 회사에게 거절당했기 때문이었다. 그들은 이 게임이 업계를 뒤바꿔 놓을 것이고, 이런 컴퓨터 게임은 결코 없다는 것을 알고 있었다. 망할 시에라와 패배자 프로그래머들, 하고 로메로가 말했다. 이드는 계속 독립된 회사로 남을 것이다. 그리고 홀로 업계를 지배할 것이다.

시에라 방문에 힘입어 급성장한 이드의 자아는 〈던전 앤 드래곤〉의 판타지 속으로 폭발했다. 또다시 게임이 내면세계를 표현하는 수단이 되었다. 최근 라운드에서 로메로는 그가 부추겨 악마로부터 빼앗은 강력한 어둠의 책인 데모니크론을 자유자재로 가지고 놀았다. 세계를 지배하거나, 세계를 파괴할 수 있는 위험한 행동이었다. 카맥은 로메로의 무모함을 지켜보며 점점 더 괴로워졌다. 자신이 오랜 시간을 들여 고안한 게임이 망가지는 걸 보고 싶지 않았다. 카맥은 필사적인 심정으로 슈리브포트에 있는 제이 윌버에게 전화를 걸어, 매디슨에 와서 다시 D&D를 플레이하고 로메로를 말려달라고 부탁했다. 하지만 제이는 올 수 없었다.

카맥은 최후의 수단으로 로메로의 결심을 시험해 보기로 하고, 자기 파트너가 어디까지 갈 수 있는 지 지켜보기로 마음먹었다. 어느 늦은 밤, 던전 마스터인 카맥이 게임에서 악마를 소환했다. 그는 로메로에게 게임 속 악마가 거래를 제안한다고 말했다. "나에게 『데모니크론』을 주면 가장 큰 소원을 들어주겠다." 로메로가 말했다. "내가 이 책을 준다면, 나는 진짜 말도 못하게 엄청난 걸 요구할 거야." 카맥은 악마가 다이카타나를 줄 거라고 장담했다.

로메로의 눈이 커졌다. 다이카타나는 강력한 검으로 게임 속에서 가장 강한 무기 중 하나였다. 다른 이들은 말렸지만 결국 로메로는 데모니크론을 악마에게 주겠다고 카맥에게 말했다. 결과가 판명나는 데는 오래 걸리지 않았다. 카맥은 게임의 규칙에 따라 주사위를 굴려 악마의 대응 강도를 무작위로 정했다. 악마가 데모니크론을 사용해 더 많은 악마를 소환할 거라고 카맥은 말했다. 카맥이 결과를 선언할 때까지 방대한 규모의 전투가 이어졌다. 그는 단호하게 말했다. "물질계는 악마에게 점령당했다. 그래서 모두 죽었다. 그게 다야. 우리 게임은 끝났어. 흐으음."

아무도 입을 열지 않았다. 다들 믿을 수 없었다. 슈리브포트에서 테이블에 둘러앉아 늦은 밤까지 했던 게임, 매디슨에서 추운 밤을 위로해 주었던 게임, 결국 그 모든 게임과 모험이 끝났다. 슬픔이 방 안을 채웠다. 로메로가 마침내 카맥에게 말했다. "제길. 그거 재미있었는데. 이제 망쳤나? 다시 되돌릴 방법 없어?" 하지만 그도 답을 알고 있었다. 카맥은 자기 자신과 게임에 대해 언제나 진심이었다. "아니, 그건 끝났어." 이렇게 그가 배워야할 한 가지 교훈을 얻었다. 로메로의 욕심과 행동이 너무 지나쳤다는 것이다.

그들이 즐기던 D&D세계는 파괴되었고, 시에라와의 거래는 무산

되었다. 매디슨의 날씨는 점점 추워졌고, 이드 멤버들은 실제로도 비유적으로도 '열'를 올려야 했다. 그들은 〈울펜슈타인〉을 완성하기 위해 도움이 필요했고, 누굴 불러야 하는지도 분명히 알고 있었다. 바로 케빈 클라우드였다.

케빈은 소프트디스크의 편집국장으로, 이드와 소프트디스크 사이에서 비공식적 연락 담당으로 활동했다. 예술적이고, 부지런하며, 매우 체계적으로 일을 잘하는 케빈은 이드 팀을 완벽하게 보필해줄 인물로 보였다. 케빈은 1965년 교사와 전기기술자 사이에서 태어나 슈리브포트에서 만화책을 읽고 오락실 게임을 하며 자랐다. 케빈은 정치학 학위를 목표하면서도 소프트디스크에 컴퓨터 아티스트로 취직해서 일했는데, 결국 그것이 그의 인생을 바꾸었다.

케빈은 과거 '게이머스 엣지' 팀원들과 바로 친해졌고, 소프트디스크 사내에서 분란이 일어나는 동안 그들을 지지한 몇 안 되는 사람이었다. 그는 느린 남부 억양으로 말했고, 카우보이 부츠와 청바지를 좋아해서 즐겨 입었다. 예의 바르고 느긋했지만, 음산하게 웃고, 지저분한 유머를 즐기며, 로메로나 톰처럼 고약하게 격 낮은 행동을 할 수도 있었다. 하지만, 케빈은 그들과는 달리 자제력이 있어서 대부분 도가 지나치지 않도록 자신을 눌러서 다시 일에 집중할 수 있었다. 게이머스 엣지가 회사를 떠난 후 케빈은 대단한 외교술을 발휘해서 소프트디스크에서 문제가 생기지 않게 하면서 이드 직원들에게 최대한의 자유를 주었다.

이드 멤버들은 위스콘신에서 케빈에게 전화를 걸어 케빈이 팀에 합류하기를 바란다고 말했다. 딱 한 가지 조건이 있었다. 매디슨으로 이사를 해야만 했다. 케빈은 주저하지 않았다. 그도 소프트디스크에 질려가고 있었고, 또한 막 결혼을 해서 새로운 삶을 시작할 준비가 되어 있었다. 그래서 그는 짐을 다 챙겨서 아내와 함께 길을 나서 19시간 동안 차를 몰았다. 케빈은 다음날 아침 일찍 도착해서 이드 아파트의 문을 두드렸다. 잠시 후, 카맥이 속옷차림에 헝클어진 머리, 흐린 눈으로 문을 열었다. "나중에 와." 한 마디만 남기고 카맥은 문을 닫아 버렸다. 가방을 잔뜩 든 케빈과 아내를 추위 속에 내버려 둔 채 말이다.

케빈이 아내를 바라보았다. "음, 커피 좀 마시자." 그는 나중에 다시 돌아와서 이드 사람들과 만났다. 결론이 나고 계약이 체결되어 케빈이 팀에 합류했다. 마냥 행복했던 그는 이미 아파트를 구했고 다음 날 아침에 임대 계약서에 서명할 것이라고 했다. 케빈의 말에 다른 이드 멤버들도 자극을 받아, 자신들 역시 이사를 해야 할 때라고 결정했다. 그래서 로메로와 톰은 넓고 새로운 셋방을 찾으러 나갔다. 그날 밤 돌아온 그들은 카맥과 에이드리안에게 멋진 새 아파트 단지를 찾았다고 보고했다. 그러나, 로메로의 한 부분이 완전히 뒤집혀버렸다. "그래. 마을 반대편으로 이사할 수 있어. 근데, 이 망할 눈하고 얼음은 정말 지긋지긋해. 난 여기가 싫어."

"맞아." 에이드리안이 말했다.

로메로가 말했다. "나는 진짜로 여기 더 이상은 살고 싶지 않아. 나는 위스콘신에 사는 게 이렇게 끔찍할 줄 몰랐어. 눈딱감고 산도 있고 나무도 있는 캘리포니아로 가면 멋질 거 같지 않아? 그런 데가 좋아, 알잖아? 사람이 일 년 내내 외출할 수 있고, 옷 하나만 있어도 죽지 않고 살 수 있는 곳. 그러니까 난 그런 데가 좋아. 맞아, 막말로 추위랑 더위랑 싸운다 쳐봐? 나는 더위를 택할 거야! 옷을 껴입을 필요도 없고, 미끄러져 넘어져서 머리통이 깨지거나, 손가락이 꽁꽁 얼어붙을 일도 없다고. 차라리 호숫가에서 망할 탱크탑만 입고 엉덩이에 땀 차는 게 낫다고! 우리는 개발자야. 꼭 한 장소에만 있을 필요가 없어. 우린 아무데나 갈 수 있어." 로메로는 자기가 어디로 가든지 여자친구인 베스가 기꺼이 함께 갈 거라고 생각했기에 한 말이었다.

자정이 지나서까지 그들은 테이블 위에 지도를 펼치고 이사할 수 있는 모든 장소를 논의했다. "자메이카!" 톰이 제안했다. 에이드리안이 말했다. "댈러스는 어때?" 댈러스는 어떤가! 분명 장점이 많은 곳이다. 우선 남부에 있어서 기후가 따뜻하다. 그리고 어포지가 있다. 사실 스콧 밀러는 오랫동안 댈러스를 칭찬하며, 이드 멤버들에게 호수가 얼마나 넓은지 얘기하곤 했다. 그 호수는 슈리브포트에 있는 크로스 호수와 무척 비슷해서 수상스키를 타거나 호숫가에 집을 얻을 수도 있을 거라고 했다. 텍사스는 소득세가 없는 주여서 돈도 더 많이 벌 수 있다고 톰이 덧붙였다. 그리하여 댈러스로 굳어지는 참이었다.

딱 하나 문제가 있었다. 그들이 불러온 케빈 클라우드였다. 그는 아파트 임대 계약서에 사인을 하려는 참이고, 그렇게 되면 이드는 앞으로 적어도 6개월은 더 매디슨에 묶여있어야 했다. 케빈이 사인을 못하게 막아야 했다. 새벽 3시였다. 공황상태가 된 이드 멤버들이 케빈이 머무는 호텔에 수많은 메시지를 남겼다. 케빈은 몇 시간 후에 일어나 메시지를 받았다. "임대 계약 하지 마! 바로 전화 줘. 우리는 바람이야! 우리는 바람이야!"

케빈이 아내에게 말했다. "맙소사. 예산을 확인하고 나를 고용할 수 없다는 걸 깨달은 게 분명해." 하지만 사실을 듣고는 안도했다. 이미 매디슨까지 긴 자동차여행을 해서 왔지만, 케빈은 이드 멤버들과 댈러스로 가기로 했다. 댈러스는 그의 고향에서 더 가까웠다. "우리는 바람이야!" 그들은 이 말을 반복해서 말했다. 마치 즉흥적이고, 빠르고, 규정할 수 없는 자신들을 요약해 말하는 것처럼.

몇 주 후, 그들의 아파트 앞으로 이삿짐 트럭이 후진해 들어왔다. 젊은이들은 운전기사가 트럭 뒤를 열기를 기다렸다. 트럭의 적재함 문이 스르륵 열렸을 때, 그들은 놀라서 입을 다물지 못했다. 마치 환상처럼, 어떤 징조처럼 짐칸 안에 오락실용 〈팩맨〉 게임기가 놓여 있었다. 그들 모두가 어린 시절에 함께 하고 같이 자란 바로 그 게임, 로메로가 세크라멘토 전역에서 하이스코어를 도배했던 바로 그 게임,

슈리브포트에서 〈왁맨〉 데모로 카피했던 바로 그 게임이 여기 있었
다. 로메로는 침을 꿀꺽 삼키고 트럭 운전기사에게 물었다. "저거 아
저씨 오락기예요?"

"이제 내 거라고 봐야겠죠, 아마. 누가 내 트럭에 놓고 갔어요. 이
사 가면서 새 집에 들여 놓기 싫었나 봅니다." 하고 운전기사가 말
했다.

이드 멤버들은 서로 마주 보며 고개를 끄덕였다. "아저씨, 그거 우
리한테 파실래요?" 로메로가 말했다.

운전기사는 긴 머리에 찢어진 바지를 입은 이 젊은이들을 바라보
았다. 오락기는 커녕, 머리 자를 돈도 없어 보였다. 그가 퉁명스럽게
말했다. "그러시던가. 150달러만 주셔."

카맥이 주머니에 손을 넣었다. "좋아요. 그거 트럭에 그냥 두세
요." 카맥이 두툼한 지폐 다발에서 돈을 세어 꺼내며 말했다. 그 게임
은 텍사스로 가게 되었다.

돈의 창조자들

두 사람이 제국을 세우고 대중문화를 바꿔놓은 이야기

운명의 창

Spear of Destiny

●

7장

●

운명의 창

텍사스 주에서는 비디오 게임이 상당히 유해한 매체로 취급되었다. 게임은 아이들을 타락시켜서 우유 급식비를 터무니없는 데에 날리게 만드는 사악한 물건이라는 것이었다. 그리하여 댈러스 남동쪽 작은 위성 도시 메스키트에서는 의식 있는 시민들이 법원에 소송을 제기해 게임을 금지해달라고 했다.[70] 그 사건은 대법원까지 갔으나 결국 받아들여지지는 않았다. 이것이 1982년이었다. 당시 논란이 되었던 건 〈팩맨〉 같은 아케이드에서 인기있는 게임이었다. 메스키트 역사상 첫 번째 게임 회사인 이드 소프트웨어가 1992년 만우절에 마을에 들어올 때 트럭에 같이 타고 도착한 바로 그 게임 말이다.

카맥과 로메로는 다시 따뜻한 지방으로 돌아온 것이 더할 나위 없이 행복했다. 댈러스는 모든 것이 다 컸다. 고속도로가 컸고, 트럭이 컸고, 자동차 대리점도 컸다. 심지어— 사람들도 커서 키 큰 카우보이와 조각상 같은 금발 여인들이 돌아다녔다. 이드가 메스키트에 자리 잡은 건 스콧 밀러가 근처에 있기 때문이었다. 길을 따라 차로 몇 분만 더 올라가면 스콧 밀러의 고향인 갤런드가 나왔고, 거기에 어포

---

70) 출처: Time(타임)지 1982년 1월 18일호, "사람들이 하는 게임들" 기사에서 52페이지 내용 참조.

지가 있었다. 그리고 메스키트에는 우연히도 이드 멤버들 생각에 살기 끝내주는 장소가 있었다. 635번 고속도로 옆에 위치한 라 프라다 아파트 꼭대기 층이었는데, 3미터나 되는 통유리 창으로 맑고 푸른 수영장과 정원이 내려다 보이는 곳이었다. 이드 멤버들이 도착했을 때 비키니를 입은 여자들이 수영장 주위에서 노닥거리고 있었고, 그릴에서는 달콤하고 톡 쏘는 바비큐 냄새가 흘러 올라나왔으며, 그물 위로 수구 공이 날아다녔다. 그곳은 처음부터 자기들 집이었던 것처럼 그들 마음에 쏙 들었다.

스콧은 스타 게이머들이 이웃으로 이사 와서 무척 신이 났다. 스콧과 동업자 조지 브루사드는 이드를 Tex-Mex텍스맥스로 데려가 부리또와 나초로 저녁을 대접했다. 그 다음에는 스피드존이라는 커다란 아케이드 게임장에 가서 카트 레이싱과 게임을 했다. 이드 멤버들은 포뮬러 원 자동차를 본뜬 카트를 타고 서로를 추격하며 트랙을 달렸다. 그리고 스콧과 조지가 모는 진짜 스포츠카에 감탄했다. 어포지는 〈커맨더 킨〉의 지속적인 성공에 확실히 이득을 얻고 있었다. 로메로가 카맥에게 말했다. "이런, 세상에. 우리가 거지같은 차를 타는 동안 저 사람들은 끝내주는 차를 타고 있었어. 우리 똥차를 치워버릴 때가 왔어."

그들이 성공할 만한 이유는 많았다. 스콧은 선금 10만 달러를 보장한 데에 덧붙여서 로열티를 50퍼센트까지 올렸다. 업계에서 전례 없는 파격적인 일이었다. 스콧은 이드를 계속 기분 좋게 하려고 다른 배려도 했다. 이드가 소프트디스크에 대한 의무를 싫어한다는 걸 알고 있었기에, 〈울펜슈타인〉에 집중할 수 있도록 소프트디스크와 계약한 게임을 어포지가 대신 만들겠다고 한 것이다. 소프트디스크는 몰랐지만 그들이 다음에 받게 되는 게임 〈스쿠버 벤처Scuba Venture〉는 이드 소프트웨어가 아닌 어포지에서 만든 것이었다.

스콧은 〈울펜슈타인〉와 관련해 방대한 계획을 세우고 있었다. 그

때까지는 기존 셰어웨어 공식을 따를 생각이었다. 레벨 열 개짜리 에피소드 하나를 무료로 출시하고, 남은 에피소드 두 개는 게이머들에게 돈을 받고 파는 것이었다. 로메로와 톰을 만나 이야기를 나누면서 스콧은 이드가 게임 레벨 하나를 만드는데 하루밖에 안 걸린다는 걸 알게 되었다. 번-쩍! 한 뒤 짤랑하고 돈 소리가 들렸다! 에피소드를 세 편만 만들 게 아니라, 여섯 편으로 해도 되겠다 싶어진, 스콧이 말했다. "30레벨까지 만드는데 15일 밖에 안 걸리는 거잖아. 그러면 처음 3부작을 35달러에 팔거나, 6부작 전부를 50달러에 팔 수도 있어. 아니면, 첫 번째 에피소드를 산 사람한테 나중에 두 번째 에피소드를 20달러에 팔아도 돼. 그러니까 몽땅 만들 이유가 있는 거지!" 조금 검토해본 뒤에 이드도 동의했다.

물론 순탄하기만 하진 않았다. 이드 멤버들은 견해 차이를 보이던 사장 마크 레인과 돌연 결별하게 되었다. "별로였어. 빵! 해고야." 로메로는 선언하듯 말했다.

그러나 마크 레인을 해고했다는 건 이드에서 사업을 관리할 유일한 직원이 떠났다는 뜻이었다. 적어도 공식적인 담당자는 이제 없었다. 물론 비공식적으로는 카맥과 로메로가 몇 년째 사업적인 부분도 담당해왔다. 둘 다 본업은 코드를 짜는 프로그래머였지만 10대 시절부터 사업을 한 셈이다. 카맥은 친구들을 모아 팀을 꾸려 〈레이스〉를 만들었고, 이후에는 스스로 프리랜서 프로그래머로 커리어를 관리해왔다. 로메로는 게임을 수십 개나 만들어 작은 유통업체에 팔아넘기는 1인 회사를 경영하며 성장했다. 그러나 예술가나 프로그래머가 대부분 그렇듯이 두 명의 존도 거래 계약보다는 자기 작업을 하는 편을 즐겼다.

그리고 이드에서 작업에 더 몰입하게 될수록 청구서 지불, 물품 주문, 전화 응대 같은 잡무를 처리하는 게 더 재미없어졌다. 결국 이드에는 회사를 대표할 사람이 필요했다. 게임 개발 모드에서의 카맥과 로메로가 게임 개발에 몰입했을 때에 보여준 것처럼, 반항아적이지만 명석하고 우상파괴적이지만 혁명가적인 느낌을 받을 만한 번번하고 세련된 비즈니스맨이어야 했다. 전국에서 신진 사업가 지망생들이 이드에 눈독을 들였으니, 후보자 숫자는 많았다. 하지만 아무나 뽑을 수는 없었다. 이드는 오랜 친구 제이 윌버를 원했다.

그들은 제이에게 전화로 딜을 했다. 이드의 새로운 대표 경영자로서 회사 수익의 5%를 받고, 기업 경영 측면에서 운영 자율권도 가지게 된다고 말이다. 제이가 할 일은 그 제안을 수락하고, 슈리브포트에서 댈러스까지 몇 시간 동안 운전하는 것뿐이었다. 제이는 그러기로 했다. 소프트디스크에도 싫증이 났고 알 베코비우스 사장에게도 의무를 다했다고 느꼈기 때문이었다. "바베큐하게 숯불 피워 놔, 메스키트로 갈게." 제이가 대답했다.

"춤춰, 씹새야! 쓰러져! 두두두두! 그르르르릉! 빠빠빠빵!" 로메로가 소리쳤다. 나치 친위대가 도처에 있었다. 복도 너머, 히틀러 초상화 아래, 먹어야 하는 아이템 옆으로 달려 나왔다. 로메로도 거기서 버티듯 있었다. "짜식, 거기 딱 있어." 기관총을 들고 복도를 달리며 나치를 쏘아 넘어뜨리고 피범벅이 된 시체를 넘어 다녔다.

자정을 훨씬 넘긴 시간, 라 프라다 아파트의 이드 아지트였다. 로메로는 복층 아파트의 2층 자기 자리에 있었고, 에이드리안이 그 오른쪽에, 톰은 그 뒤에 있었다. 왼편에는 케이블과 조종기 뭉치가 있었다. 당시 사무실에서 가장 사랑받던 1대1 대전격투 게임 〈스트리트 파이터Ⅱ〉가 닌텐도 게임기에 들어 있었다. 아래층 부엌 옆에는 카맥이 자신의 스텔스 블랙 색깔 NeXT 컴퓨터 앞에 앉아있었다. 케빈은 그 오른쪽에, 제이가 그 뒤에 앉았다. 바닥에는 피자 상자들이 쌓여 있었다. 카맥은 빈 다이어트 코크 캔 더미 위에 앉았다. 이드가 이주한 지 고작 며칠 밖에 되지 않은 때였지만, 이드는 자리를 잡았다.

로메로는 〈울펜슈타인〉의 진행에 점점 더 열정을 쏟았다. 그건 분명했다. 로메로가 지르는 소리 크기만 들어도 알 수 있었다. 모두가 느끼기 시작했지만, 게임을 하는 건 로메로에게 작업의 일부가 아니라 그 이상인 인생의 일부였다. 로메로는 〈울펜슈타인〉을 테스트하는데 대부분의 시간을 썼다. 게임을 테스트하지 않을 때는 자기 대신 〈울펜슈타인〉을 테스트하고 있는 게이머들과 BBS에서 소통했다.

로메로가 게임을 멈추며 외쳤다. "이봐, 여기에 뭘 넣어야 할 지 알아? 오줌 싸기! 나치를 쏜 다음에 멈춰서 그 위에 오줌을 쌀 수 있게 하는 거야! 헤헤! 그거 대박 멋지겠지!"

에이드리안과 톰이 곁에서 배꼽을 잡고 웃었다. 톰이 책상 아래로 손을 뻗어 구겨버린 종이 뭉치 중 하나를 로메로에게 던졌다. 로메로도 서너 개를 던지며 화답했다. 한두 개가 아파트를 가로질러 케빈을 때렸고, 케빈은 평소처럼 엄청난 양의 종이 폭탄으로 대응했다. 카맥은 집중하려 노력했다. 종이 던지기 싸움, 나치의 비명, 로메로의 폭력적인 환상들. 메스키트에 도착한 이후 그런 것이 일상이 되어가고 있었다. 카맥은 그 소란에 절대 합류하지 않았고 그걸 기대하는 사람도 없었다. 이때까지 카맥은 고도의 집중력을 발휘해 방해요소를 차단하고 당면한 문제를 해결해왔다. 이 순간 당면한 문제는 울펜슈타인 엔진을 최적화해서 속도를 최대화하고 안정성을 확보하는 것이었다.

종이 던지기 싸움은 견딜 수 있었지만 카맥에게 더 큰 골칫거리는 '밀리는 벽Push walls'이었다. '밀리는 벽'은 본질적으로 게임 속에 있는 비밀 문이었다. 플레이어가 벽을 향해 달려가다가 정확한 지점을 누르면, 벽이 스르륵 열리면서 보물로 가득 찬 비밀의 방을 드러내는 아이디어였다. 톰은 이 특별한 기능을 추가하자며 카맥을 끊임없이 귀찮게 했다. 비밀은 모든 좋은 게임에 꼭 있다고 톰은 이야기했다. 그들이 이전에 만든 게임에도 보티콘 문자라거나, 플레이어가 아무것도 하지 않고 오래 멈춰 있으면 킨이 엉덩이를 까 보이는 장소 같은 비밀이 있었다. 〈울펜슈타인〉에는 그러한 것이 절실히 필요했고,

플레이어가 벽을 밀어서 비밀의 방을 찾는 방법을 만드는 게 자연스러워 보였다.

하지만 카맥은 별로 좋아하지 않았다. "추한 짓"이라고 했다. 불필요한 문제에 대한 우아하지 못한 해결책이라는 뜻이었다. 카맥에게 게임 제작과 코드 작성은 우아함을 연습하는 일이 되어갔다. 원하는 효과를 가장 깔끔한 방법으로 성취하는 결과물을 만든다는 의미에서 말이다. 울펜슈타인 엔진은 단순히 벽을 밀어서 비밀의 방으로 들어가게 설계되지 않았다. 문은 옆으로 미끄러져 열리고 닫히도록 설계되었다. 합리성의 문제였다. 게임을 단순하게 유지할수록 게임 세상이 더욱 빠르게 움직이고, 그 결과 몰입도가 더 높아지게 된다. "안돼, '밀리는 벽' 같은 건 없어." 카맥이 말했다.

톰은 물러서지 않았다. 틈만 나면 그 화제를 꺼내곤 했다. 로메로도 곧 톰의 투쟁에 합류해서 카맥에게 말했다. "새 엔진 때문에 프로그램 작업이 너한테 몰리는 거 알아. 그냥 이거 하나만 하는 건 어때? 밀리는 벽만 넣어주면 만족할게. 여기저기에다 만들 거야." 카맥은 여전히 동의하지 않았다. 팀이 시작한 이래로 처음 겪는 창조적인 의견 차이였다.

낮에는 가끔 휴식하면서 수영장에서 축구를 했다. 한 번은 카맥과 밖에 나갔을 때 로메로가 다시 한 번 부탁했다. "친구, 우리는 밀리는 벽이 필요해! 그냥 복도를 달리기만 할 수는 없어. 비밀스러운 뭔가를 찾는 재미가 필요해. 네가 일을 끝내주게 잘한다는 걸 알아. 그냥 이거 하나만 해주면 나하고 톰은 기획적으로 정말 행복할 거야. 정말 단순한 기획이라고."

"잊어버려." 카맥이 쏘아붙였다.

그 외에도 새로운 갈등이 표면으로 올라왔다. 스콧이 추가 레벨 작업을 요청해서 이드는 하루 16시간, 주 7일을 쏟아 부었다. 케빈과 제이가 부담을 어느 정도는 덜어주었다. 케빈은 포장과 마케팅 기획

뿐이 아니라 에이드리안의 캐릭터 작업도 도울 수 있었다. CEO로서 제이의 중요 역할은 회사의 전략을 짠다기보다는 사무실 총무였다. 제이는 종이, 디스크, 화장지, 피자가 충분히 있는지 확인했다. 각종 고지서도 책임지고 처리했다. 수표책의 잔고를 맞출 줄 아는 유일한 사람이라는 게 제이가 고용된 이유 중 하나였다.

　일은 케빈과 제이가 도와주었지만, 로메로와 톰의 짜증나는 장난은 누구도 무엇도 멈출 수 없었다. 둘은 힘이 넘쳤다. 예전에도 그 둘은 〈킨〉의 캐릭터와 소리를 흉내내며 뛰어다니곤 했다. 그런데 이제는 마이크까지 가지게 되었다. 문자 그대로 진짜 마이크를. 왜냐하면, 프리랜서 사운드 디자이너인 바비 프린스가 이드 아파트 안에 임시로 캠프를 세우고, 미니 사운드 스튜디오를 만들었기 때문이다. 대포 같은 마이크로 총 소리 같은 효과음이 쏟아지자 톰과 로메로는 지나치게 흥분했다. 정신나간 소리를 녹음하느라 밤을 새곤 했다.

　어느 날 밤 톰과 로메로는 이드 사무실의 전화기에 자동 응답 메시지를 녹음하겠다는 아이디어를 냈다. 처음에는 재즈 피아노를 배경음으로 깔고 로메로가 말하는 것으로 시작했다. "이드 소프트웨어는 오늘 당신께 알파벳I와 숫자 5를 통해 전달되었습니다." 라고, 마치 유명한 아동 프로그램 [세서미 스트리트] 엔딩처럼 말했다. [71] 톰은 이상하고 높게 꾸민 고음으로 "딸기 파이 다섯 개!"라고 노래하며 뒤를 이었다. 환호성과 우레 같은 박수소리 뒤에 '삑' 하는 기계음이 이어졌다. 다음에는 기계로 목소리를 굵고 쉰 악마같은 소리로 찌그러트렸다. "이드 소프트웨어는 지금 전화를 받을 수 없어." 악마가 트림을 하고 이어서 말했다. "내가 다 먹어치웠어!" 세 번째는, 톰이 이드 소프트웨어의 잔해 속에 서있다고 말하면서 시작했다. 갑자기 또 악마가 나타나서 말했다. "너는 이드 소프트웨어 관계자냐?" 톰은 그

---

71) 출처: 존 로메로의 개인 소장품 중에서 오디오테이프에 녹음된 내용.

저 자동응답기 메시지를 녹음하는 중이라고 악마에게 말한다. "잘 가라, 이 놈아!" 악마가 소리치고 천둥과 불길, 톰의 비명이 뒤따라 나왔다.

그날 밤, 에이드리안은 둘이 떠드는 소음에 너무 질려서 그냥 밖으로 나가버렸다. 카맥은 그 뒤로도 조금 더 머물러 있었다.

사무실 밖에서도 긴장감이 고조되고 있었다. 어느날 스콧은 폼젠으로부터 전화를 받았다. 이드가 〈울펜슈타인〉 소매 버전도 하기로 했기에 연락을 주고받고 있었다. 폼젠은 이드와 협상하기 어려울 때 스콧에게 종종 호소하곤 했다. 스콧도 나름대로 걱정이 있었는데, 울펜슈타인이 총을 든 〈팩맨〉 같은 미로 게임에 불과하다고 오해받을까 두렵다는 점이었다. 사람들이 진가를 알아볼 수 있을 지 확신할 수 없었다. 그러나 폼젠의 우려는 더욱 컸다.

폼젠의 한 임원이 말했다. "스콧, 꼭 피를 보이면서 2차 세계대전 소재를 끄집어내야 할까요? 정말로 걱정돼요. 너무 사실적이에요. 화내는 사람들이 많을 거예요. 이제까지 이런 게임은 없었어요."

"방법을 찾아보겠습니다." 스콧은 대답하고 이드에 전화했다. "있지, 폼젠은 수위를 좀 낮춰야 한다던데." 수화기 너머로 이드 팀원들이 콧방귀를 뀌는 게 들렸다. 스콧은 이드가 폭력성에 대해 뭔가 선을 긋는 결단을 해야 할 때라고 인정했다. "더 세게 가자고!" 스콧이 말했다. 이드는 진심으로 동의했다.

에이드리안은 온갖 섬뜩한 디테일로 게임을 채웠다. 쇠사슬로 손목이 묶여 매달린 해골들, 철창에 쳐박힌 감옥 안의 시체들, 미로의 벽에 마구 흩뿌려져있는 피와 살점들. 톰이 그려달라고 하던 정물화 느낌의 칠면조 요리나, 부엌 벽에 걸려있는 냄비와 팬 같은 소설 삽화 풍의 게임 아트와는 많이 달라서 기뻤다. 에이드리안은 게임의 현실주의를 경멸하기 시작하면서, 스플래터 펑크와 악마같은 잔혹함을 갈망하고 있었다. 그는 여기에 피를 가능한 최대로 많이 퍼부었다.

톰과 로메로는 다른 방식으로 충격효과를 높였는데, 특히 비명을 이용했다. 둘은 밤늦게까지 자지 않고 "조심아르퉁=Achtung!"이나 "나치 친위대슈츠슈타펠=Schutzstaffel!" 같은 기분 나쁜 독일어 음성을 녹음했다. 죽어가는 나치의 마지막 말로 "엄마무티=Mutti!", 그리고 히틀러가 아내에게 하는 마지막 작별 인사로 "에바, 안녕히에바, 아우프 비더헨=Eva, auf Wiedersehen!"를 녹음했다. 게임을 시작할 때는 나치당 찬가인 호르스트 베셀의 노래Horst Wessel Lied 디지털 버전을 사용했다.

데스 캠Death Cam도 추가했다. 에피소드 '보스'인 마지막 악당을 무찌르고 나면 "다시 한 번 보자!"라는 메시지가 스크린에 나타났다. 그리고는 덩치 큰 악당이 소름끼치는 죽음을 맞이하는 모습을 상세한 애니메이션으로 느리게 보여주었다. 데스 캠은 이드 버전의 스너프 필름이었다. 이드는 "이 게임은 자발적인 PC-13등급입니다: 엄청난 대학살"이라는 내용을 게임 시작 화면에 넣기로 했다. 장난삼아 나온 말이었으나 최초의 자발적인 비디오 게임 등급이었다.

게임이 거의 완성되어 갈 때까지 해결되지 않은 중요한 문제가 있었는데, 바로 밀리는 벽이었다. 로메로와 톰은 마지막으로 한 번 더 시도해 보기로 하고, 카맥에게 밀리는 벽을 추가하자고 다시 부탁했다. 놀랍게도 카맥은 의자를 빙글 돌려 돌아보면서 "이미 다 만들었어."라고 말했다. 결국 카맥은 그가 즐겨하는 표현처럼, 밀리는 벽이 '마땅히 해야 하는 일'이라는 데 동의했다. 숨겨진 요소는 재미있었고 톰과 로메로가 옳았다. 둘은 놀랍고, 기억에 남을 만한 일이라고 생각했다. 카맥은 완고했지만 누군가가 강하고 설득력 있게 요점을 주장하면 기꺼이 승복했다.

톰과 로메로는 신나게 비밀 요소를 추가했다. 플레이어가 벽의 한 부분, 예를 들면 히틀러 현수막으로 달려가서 키보드의 스페이스바를 눌러 벽을 민다. 그러면, 탁! 하고 벽이 삐걱이며 뒤로 밀렸다. 둘은 비밀의 방을 보물과 체력 아이템, 칠면조 만찬과 탄약들로 채웠다. 심지어 완벽한 비밀 레벨도 하나 만들었는데, 직접 1인칭 3D 버전 〈팩맨〉을 참고해 진짜 만든 느낌으로 유령과 모든 걸 다 담았다.

비디오 게임 속 비밀에는 심리학적, 철학적 배경이 있다. 비밀의 방은 플레이어가 견고한 벽이 열리는지 밀어본다는 '틀을 깬 사고방식'에 대한 보상이다. 이 원칙은 부정행위에도 적용된다. 플레이어가 코드를 입력해서 체력 아이템이나 무기를 추가로 얻을 수 있는 치트 코드가 포함된 게임은 많았다. 하지만 지불해야할 대가가 있다. 치트 코드를 쓴 플레이어는 점수를 기록하지 못한다. 게임에서도 실제 삶에서처럼 행동에 따라 결과와 보상이 달라졌다.

1992년 5월 5일 새벽 4시, 〈울펜슈타인 3D〉 셰어웨어 에피소드가 완성되었다. 이드는 자잘한 마지막 손질까지 모두 마무리 지었다. 톰이 배경 설명을 써내려갔다. "당신의 이름은 윌리엄 조셉 'B.J.' 블라즈코비츠, 연합군의 첩보원이자 최후의 문제 해결사입니다… 당신의 임무는 나치 요새에 침투하는 것입니다." 플레이어는 기존 대다수 게임에서 쉬움, 보통, 어려움 중에서 난이도를 고를 수 있다. 비슷하면서도 다르게 〈울펜슈타인〉을 실행하면 "당신은 얼마나 강한가?"라는 질문이 나온다. 그 아래에는 선택지가 4개 있는데, 붉은 눈으로 으르렁거리는 B.J. 얼굴이 가장 어려운 단계"나는 죽음의 화신이다."이고, 아기 모자를 쓰고 공갈 젖꼭지를 물고 있는 B.J 모습이 가장 쉬운 단계"게임해도 돼요, 아빠?"인 4단계 난이도 설정이었다. 플레이어가 게임을 중단할 때 나타나는 문구도 비슷한 분위기로 비웃음을 섞었다. "학살을 계속하려면 N을 선택하시오. 겁쟁이가 되려면 Y를 선택하시오." 또는 "총과 영광을 얻으려면 N을 선택하시오. 직장과 걱정거리로 돌아가려면 Y를 선택하시오." 같은 식이었다.

세부 사항 작업을 마치고, 오류와 버그도 확인이 끝났다. 이드가 온라인 홈처럼 빌려쓰는, 매사추세츠에 있는 BBS 온라인 커뮤니티 '소프트웨어 크리에이션'에 게임을 업로드할 준비가 완료됐다. 이미

〈커맨더 킨〉에 푹 빠져있는 게이머들은 이드 팀의 최신 게임이 도착하기를 애타게 기다렸다. 톰이 말했다. "누가 알아? 게이머들이 이걸 좋아해서, 〈울펜슈타인 3D〉가 〈킨〉보다 두 배쯤 벌게 될지도." 〈킨〉은 당시 셰어웨어 시장 1위였다.

카맥, 에이드리안, 로메로, 제이, 케빈, 스콧은 모뎀으로 소프트웨어 크리에이션 BBS에 연결된 컴퓨터 주위에 모였다. 밖에서 귀뚜라미 우는 소리가 들렸고, 구석에서 〈팩맨〉 오락기가 깜박였다. 버튼을 누르자 울프 3-D라는 데이터 파일이 비트로 쪼개져 전화선을 타고 메스키트 밖으로, 댈러스 밖으로, 텍사스를 통과해, 뉴잉글랜드를 향해 흘러갔다.

"좋아, 이제 잘 시간이야." 모두 동의했다. 무슨 일이 일어날지는 다음날 보기로 했다.

"피자 머니!" 제이가 첫 번째 〈울펜슈타인 3D〉 로열티 수표가 든 봉투를 열며 소리쳤다. 얼마를 벌었는지 그들은 정말로 전혀 몰랐다. 〈커맨더 킨〉이 한 달에 3만 달러를 벌어들이고 있었으니 기껏해야 그 두 배가 되겠거니 했다. 〈울펜슈타인 3D〉, 줄여서 '울프'는 여전히 광고는 없는 채로 BBS과 셰어웨어 잡지의 신작 카탈로그 등 물밑의 비주류, 소위 언더그라운드 루트를 통해 유통되고 있었다. 결국 마케팅이라고 할 만한 건 BBS에 죽돌이와 전문가들이 짧은 소개글을 쓴 정도였다. 하지만 이드는 적어도 손익분기는 곧 넘기리라고 예상했다. 〈울펜슈타인 3D〉를 만드는 데는 이드가 쓴 비용만 고려하면 아파트 임대료와 멤버 각각의 월 급여 750 달러 등 대략 25,000달러가 들었다.

허나 수표에 적힌 금액은 10만 달러였다. 출시 첫 달 판매액만 반영한 것이었다. 〈커맨더 킨〉도 계속 판매되고 있어서 이드는 연매출 수백만 달러를 향해 가고 있었다. 제일 앞 부분 첫 에피소드를 셰어웨어로 출시하면서 게이머들을 즉각 사로잡았고, 게이머들이 간절히 게임을 더 원하게 만들었다. 이러한 일부분 만을 무료로 배포해서 구매를 유도한다는 생각은 상식과 논리에 안 맞아보였다. 하지만 스콧의 계획은 효과가 있었고 성공적으로 구매를 유도했다.

〈울펜슈타인 3D〉은 하위 문화라는 물 밑에서 센세이션 급의 새로운 바람을 일으켰다. 언론이 알아채기도 전에 게이머들은, 카맥과 로메로의 개인적 열정이 합쳐지고 어우러진 상승 효과로 일궈낸 이 게임 속에 구현된 첨단 기술과 섬뜩한 게임 플레이의 조합, 탁월한 몰입도에 대해 온라인에서 쉴 새 없이 떠들어댔다. 기존의 다양한 BBS와 새로 생긴 상업 온라인 서비스인, 프로디지, 컴퓨서브, AOL아메리카 온라인 등의 PC통신망 안에 있는 여러 게임관련 포럼들에는 〈울펜슈타인〉에 대한 이야기가 넘쳐났다. 인터넷 토론 포럼인 유즈넷 Usenet 게시판 등에서도 논쟁에 불이 붙었고, 이드 사무실에는 e메일이 쏟아졌다.

한 팬은 "〈울펜슈타인 3D〉가 여러 BBS 시스템에서 가장 많이 다운로드 되는 프로그램인 건 놀랍지 않습니다. 나는 이 게임을 사랑한다 말할 정도로 좋아해요. 전속력으로 모퉁이를 돌아 경비원 세 명과 총 쏘는 나치 친위대를 날려버리고 나서, 다시 재빨리 몸을 돌려 뒤따라오는 나치를 처치하는 느낌은 형언할 수 없습니다. 매번 문을 열 때 기대도 되고, 문 뒤에 무엇이 기다릴지 궁금하기도 합니다."라고 썼다.[72] 마이크로소프트의 한 직원은 "여기 마이크로소프트에서도 울프 3D가 얼마나 인기가 많은지, 복도를 걸어가면 항상 누군가의 사무실에서 '나의 삶마인 레벤=Mein Leben'이 흘러나옵니다."[73]라고 극찬했다. 그는 또 이드가 마이크로소프트의 새로운 윈도우 운영 체제용 버전으로 〈울펜슈타인〉을 이식해 주기를 간절히 바란다고도 했다.

---

72) 출처: 론 디폴드가 게임 바이트에 쓴 "울펜슈타인 3D 리뷰"에서. (로메로의 개인 소장품 중에 있던 기사 복사본. 실린 날짜 월호와 페이지 번호 누락 상태.)

73) 출처: 존 로메로의 개인 소장품 기록물 중에서.

언론에 이러한 찬사가 보도된 건 여름 즈음이었다. 한 셰어웨어 잡지가 "아케이드 게임이라기보다는 쌍방향 영화에 더 가깝다"[74]라고 칭찬을 쏟아냈고, 또 다른 잡지는 〈울펜슈타인 3D〉가 "셰어웨어의 존재를 홀로 정당화하고 있다"[75]고 썼다. 심지어 게임 전문 잡지인 『컴퓨터 게이밍 월드』는[76] 울펜슈타인의 유행을 언급하며 "플레이어가 위협적 환경에 몰입하게 하는 게 기술적으로 처음 가능해진 게임이며…, 감각 몰입적 가상 미래에 대한 대화형 엔터테인먼트의 잠재력을 엿볼 수 있다"고 썼다. 〈울펜슈타인〉은 당시 주류 언론에서 화두였던 가상현실이라는 용어가 딱 들어맞는 게임이었다. 셰어웨어 잡지가 울펜슈타인에 가상현실게임이라는 별명을 붙였다. 켄터키 주의 한 사업가는 켄터키 주 박람회에서 가상현실 안경에 〈울펜슈타인〉을 연결하여 하루에 500달러를 벌었다[77].

그러나 가상현실 안경까지 없어도 플레이어가 몰입감을 느끼기는 충분했다. 사실, 몰입감이 너무나 현실적이어서 멀미를 호소하는 사람이 많아졌다. 사람들이 게임을 하다가 토한다는 전화가 심지어 어포지 사무실에까지 걸려왔다. 〈울펜슈타인〉을 하다 구토한 이야기는 온라인에서 매력적인 이야깃거리가 됐다. 가설도 넘쳐났다. 어떤 플레이어는 게임 애니메이션이 너무 매끄러워서 두뇌가 실제 공간에서 움직이는 줄로 착각한다고 생각했다.[78] 다른 게이머는 그래픽의 빠

---

74) 출처: 셰어웨어 업데이트 기사 중 "울펜슈타인 리뷰" 내용 중에서. (로메로의 개인 소장품 중에서 복사본. 개제 날짜와 페이지 번호는 누락된 상태.)

75) 출처: 비디오 게임과 컴퓨터 엔터테인먼트 1992년 9월호의 "울펜슈타인 3D" 기사 중 113페이지 분량에서.

76) 출처: 컴퓨터 게이밍 월드 1992년 분량 중 "제3차원의 제3제국" 기사의 50, 52페이지에서.

77) 출처: 커리어 저널 1992년 9월 19일자 2S페이지의 "리얼 로켓을 통해 비디오 게임에 빠져들 수 있다" 기사 내용 중에서.

78) 출처: '울펜슈타인 3D 자주 묻는 질문' = FAQ페이지에서 ftp://ftp.gamers.org/pub/games/wolf3d/docs/Wolfenstein-3D.faq.

른 움직임이 멀미와 관련이 있다고 생각했다. 어떤 이들은 단순히 가속화 과정이 개입하지 않아서 방향감각이 흐트러진다고 느꼈다. 마치 빛의 속도로 0에서 60까지 가는 것 같다는 의미다. 게이머들은 심지어 먹던 도리토스 과자를 토하지 않고 플레이하는 요령을 교환했다.

논란이 된 건 멀미만이 아니었다. 폭력성도 논쟁거리였다. 한 리뷰어가 이렇게 썼다. "이 게임은 케첩을 너무 많이 뿌린 게 분명해요. 적을 쏘면 엄청난 양의 피를 뿜어냅니다. 비디오게임의 폭력에 민감한 사람이라면 반드시 피해야하는 게임입니다."[79] 대부분의 사람들은 일단은 인간인 나치들을 쏘는 데에는 별로 거부감이 없었는데, 정작 개를 쏠 수 있다는 데에는 크게 분노했다. 그럼에도 불구하고 사람들은 이 폭력을 즐겼다. 한 잡지에서 이렇게 썼다. "〈울펜슈타인 3D〉에 사회적 보상 가치는 없을 지도 모른다. 그러나 이 게임은 도저히 멈출 수가 없다."[80]

게임 속 폭력은 견딜 수 있지만, 적은 참아줄 수 없다는 사람들도 있었다. 제이는 유태인단체인 반(反) 명예 훼손 방지 연맹으로부터 편지를 받았다. 게임에 나치와 나치들의 상징인 스와스티카(卍자 문양)이 포함된 데에 항의하는 내용이었다. 훨씬 더 큰 문제는 독일 그 자체였다. 〈울펜슈타인〉은 국제적인 통신망 컴퓨서브를 통해 다른 나라에처럼 독일에도 온라인으로 진출했다. 독일 정부가 해당 게임을 주목하는 데는 오래 걸리지 않았다. 독일은 제2차 세계대전 이후 대중 엔터테인먼트에 나치를 포함하는 것을 금지하고 있었기 때문에 〈울펜슈타인〉도 판매가 금지됐다. 개봉하지 않은 게임 패키지들이 어포지로 되돌아왔다. 스콧은 곧 아무 표식이 없는 패키지로 다시 포장해서 배송해 주문을 처리했다.

---

79) 출처: 토론토 스타 1992년 11월 21일자 J4페이지의 기사 "부활된 게임은 고어에게 무겁다" 내용 중에서.

80) 출처: PC컴퓨팅, 1992년 12월 176페이지 기사에서.

독일에서 판매 금지 처분이 내려졌다는 이야기가 전해지자, 컴퓨서브는 독일 법조인으로부터 입장과 조언을 들을 때까지 〈울펜슈타인〉 서비스를 중단했다. 사이버스페이스에 등장하기 시작한 법적 논쟁의 첫 사례 중 하나여서, 전문가와 법조인의 주목을 받았다. 한 국가에서 업로드 된 게임 만이 아니라 이미지, 책, 영화 등 무언가의 매체가 다른 국가의 법에 저촉된다면 과연 어떻게 해야 하는가? 울펜슈타인 사례에 자극받은 한 변호사는 "사이버스페이스의 나치!"라는 글을 발표했다.[81] 그는 게임이 판매 금지 조치로 철수하는 건 선험적으로 옳지 않다고 생각했다. 사이버스페이스는 그 자체를 '독립 국가'로 간주해야 한다고 주장했다. 그 글에는 마우스 줄이 뱀처럼 또아리를 틀고 "우리 BBS를 짓밟지 마라."는 글귀가 쓰인 깃발 삽화가 들어 있었다.

〈울펜슈타인〉은 창조적인 방식으로도 동기부여를 하여, 게이머들은 '모드MOD'라고 부르는 수정본을 만들기 시작했다. 카맥과 로메로를 비롯해서 사람들은 예전부터 게임을 해킹해왔다. 1983년 출시한 게임인 〈로드 러너〉는 심지어 사용자가 원하는 게임 버전을 만들 수 있게 레벨 편집기 프로그램이 들어있다. 같은 해 사일러스 워너가 만든 원작 〈캐슬 울펜슈타인〉의 팬 3명은 나치 대신 스머프가 있는 패러디 작 〈캐슬 스머펜슈타인〉을 프로그램했다.

이드의 〈울펜슈타인 3D〉처럼 정교한 게임은 해킹이 상당히 어려워서, 누군가 원작인 게임 안의 내용 데이터를 에러 없게 정확하고 효과적으로 다시 고쳐 써야 했다. 그러나 울펜슈타인이 출시되고 얼마 지나지 않아서 이드는 해커가 수정한 버전 하나를 입수해 직접 실행해 보기에 이르렀다. 눈에 띄는 차이점 한두 가지를 제외하고는 울펜슈타인 원작과 거의 똑같아 보였다. 배경 음악이 어린이 TV 프로

---

81) 출처: BBS 콜러스 다이제스트 1992년 8월호 30~34페이지 기사에서.

그램 [바니와 친구들Barney]의 주제곡인 "아이 러브 유, 유 러브 미I love you, You love me"로 대체되어 있었다. 그리고 에피소드 마지막에서 나치 친위대 보스 대신, 웃고 있는 보라색 공룡 바니를 무찔러야 했다.

카맥과 로메로는 마냥 재미있어 했지만, 이드의 다른 멤버들은 그렇게 느끼지 않았다. 사업적인 마인드가 있는 케빈은 사람들이 컨텐츠를 망가뜨린다는 생각에 저작권 문제를 걱정했다. 스콧도 동의했다. 사람들이 자신만의 게임 버전을 만들어 팔려고 들면 어떡하지? 당연히 이드에 소속된 모두의 수익이 줄어들 것이다. 하지만 카맥과 로메로가 개방적이며 자유롭게 열린 해킹을 진심으로 지지하였기에 그 문제 걱정은 잠시 뒤로 미뤄졌다.

이드는 성공에 안주하지 않았다. 달라진 게 있다면 직업윤리가 더욱 강해졌다는 점이었다. 〈울펜슈타인〉 셰어웨어를 업로드 한 직후, 이드는 남아있는 에피소드 다섯 개를 완성하기 위해 본격적인 작업에 착수했다. 압박감은 손에 만져질 듯 뚜렷했다. 수표를 보내온 게이머가 수천 명이고, 이드는 제품을 내 놓아야 했다. 이드는 몇 주 후에야 잠시 일손을 멈추었다. 특별한 행사 때문이었다. 캔자스시티에서 대규모 애플II 축제를 개최했다. 애플II로 성장한 이드 멤버들에게는 완벽한 휴식처였다. 로메로가 제이를 만난 곳도 애플 축제였다. 이제는 자신들의 성취를 과시할 기회이기도 했다. 〈울펜슈타인〉이 깔린 7천 달러짜리 새 랩탑을 트렁크에 싣고, 톰의 토요타에 껴겨 타고 13시간 동안 달려 축제 장소로 향했다.

축제가 열리는 곳은 지역 전문대community college였다. 도시 밖에서 온 손님들은 모두 학교 기숙사에서 묵었다. 이드 멤버들은 체크인을 하자마자 특별 초청 강사로 사일러스 워너의 이름이 쓰여진 표지판을 발견하고는 서로를 바라보며 숨을 삼켰다. "말도 안 돼!" 사일러스는 〈캐슬 울펜슈타인〉 원작을 처음 만든 사람이었다. 그들이 아는 한, 사일러스는 이드가 〈울펜슈타인〉을 리메이크한 사실을 전혀 모르고 있다. 이드 멤버들은 컴퓨터를 들고 강의실에 들어가 사일러스가 도착하기를 초조하게 기다렸다.

사일러스는 무대 위로 킹콩처럼 한가로이 걸어 올라왔다. 컴퓨터 마우스를 단 번에 으스러뜨릴만한 손을 가진 145kg의 거구의 게이머였다. 사일러스는 뮤즈 소프트웨어를 창업한 이야기와 신나는 흥망성쇠를 재미있고 명료하게 이야기했다. 강의가 끝나자 사일러스는 팬들에게 둘러싸였다. 이드 멤버들도 랩탑을 들고 줄을 서서 기다렸다. 드디어 자기 차례가 오자 로메로가 흥분해서 숨도 쉬지 않고 말했다. "사일러스 님, 안녕하세요, 저희는 이드 소프트웨어인데요, 〈캐슬 울펜슈타인〉을 리메이크해서 이제 막 출시했거든요, 저희가 만든 게임을 여기 가져왔으니 한번 보시고, 매뉴얼에 사인도 해주세요."

사일러스는 값비싼 랩탑을 갖고온 개성이 넘쳐 잡다한 오합지졸 같은 프로그래머들을 보며 눈썹을 치켜올렸다. "아, 그래요. 누군가 그런 게 있다고 나한테 전화했던 기억이 납니다." 하고, 그가 느릿하게 말했다. 이드는 열정적으로 랩탑을 켜고 사일러스에게 게임을 보여주었다. 다행스럽게도 사일러스는 게임을 칭찬하고 사인을 해주었다. 이드는 그날 밤 늦게 기숙사로 돌아왔다. 기념할 만한 밤이었다. 모두가 복도에서 게임에 대해 이야기하고, 울펜슈타인을 살펴보며 어울렸다. 심지어 애플II 커뮤니티의 유명인사인 버거 빌Burger Bill도 있었다. 버거 빌은 책상에 햄버거를 하나 두고 며칠 동안 조금씩 먹는다고 알려진 프로그래머였다. 그러나 이드의 랩탑 컴퓨터 주변으로 군중이 몰리면서, 이 동네에서 버거 빌만 유명한 게 아니라는 점이 확실해졌다.

이드가 처음으로 유명세를 통해 인기의 맛을 음미한 것은, 그 다음 달에 진짜 첫 번째 회사 휴가를 가서였다. 남은 〈울펜슈타인〉 에피소드를 모두 완성하고, 각자 5천 달러씩 지출해서 일주일간 디즈니월드에 머물면서 축하하기로 했다. 그들은 스페이스 마운틴 롤러코스터를 몇 번이고 다시 타며 휴가를 보냈다. 어느 날 밤은 디즈니월드 바로 앞 그랜드 플로리디안 호텔의 온수 풀에 모였다. 인생이 아름다웠다. 다들 너무 좋은 나머지 휴가가 끝나면 자신들의 연봉을 45,000달러로 인상하기로 했다. 연봉 45,000달러라니, 당시로서는 상당한 금액으로 느껴졌다. 그들은 〈울펜슈타인〉의 성공을 축하하며 건배했다.

"지금 누가 〈울펜슈타인〉이라고 했습니까?" 풀 장 근처에 있던 한 남자가 묻더니 친구 옆구리를 찔렀다. "우리 그 게임 완전 좋아해요!"

이드 멤버들은 그들을 수상하게 쳐다보았다. 하지만 그들은 진짜 게이머였고 온수 풀로 달려와 울펜슈타인에 대해 열변을 토하기 시작했다. 감동적인 순간이었다. 특히 몇 년 동안 게임 팬으로만 살아온 로메로에게 더욱 그랬다. 지금 그는 여기 테마 파크를 둘러싸는 커다란 야자수 아래 온수 풀에 앉아서, 돈벼락을 맞으며 마치 전설처럼 대우받고 있었다. 로메로는 당황하지 않고 이 성공을 받아들였다.

더 크게 성공할수록 카맥과 로메로의 성격이 더 극명하게 대조되었다. 카맥은 자신의 기술에 더 깊이 빠져들었고, 로메로는 게임 플레이에 더 깊이 빠져들었다. 톰은 〈울펜슈타인 3D〉에 대해 쓴 힌트 매뉴얼에 그 둘의 차이점을 기록했다.[82] 톰은 로메로를 궁극의 플레이어로, 카맥은 궁극의 기술자로 표현하면서 '외과 전문의 존'과 '엔진 존'이라 칭했다.

톰은 이렇게도 썼다. "존 로메로는 이 시점에서 세계 최고의 〈울펜슈타인 3D〉 플레이어이다. 최고 난이도인 '다 덤벼Bring'Em On' 모드에서 로메로가 에피소드 1을 모두 통과한 최고 기록은 5분 20초이다. 다른 데 눈 돌리지 않고 최단거리로 각 엘리베이터를 찾아가는데, 외과의사처럼 정확한 동작으로 적을 처치하고 계속 전진하기에

---

82) 출처: 로메로의 개인 소장품 기록 중에서.

우리는 로메로를 외과의사라고 부른다. 로메로는 자신의 기록에 도전하는 이를 항상 환영한다. 존은 '마우스와 키보드로 플레이해라. 위쪽 화살표와 오른쪽 시프트를 사용해서 계속 달려라. 적이 다가오기를 앉아서 기다리지 말고, 적이 공격을 눈치채기 전에 습격해서 초토화시켜라. 월드 클래스 울펜슈타인 플레이에는 겁쟁이를 위한 자리가 없다.'라고 조언했다."

톰은 카맥의 작업도 설명했다. "엔진 존. 화면에 그래픽을 실제로 뿌리는 역할을 하는 프로그램을 엔진이라고 부른다. 〈울펜슈타인 3D〉에 쓰인 멋진 텍스처 매핑 엔진은 우리의 전속 기술자 슈퍼 천재 존 카맥이 만들었다. 그러나 카맥은 이미 그 기술에 싫증내고 홀로그래픽 세계를 렌더링하는 새 아이디어에 푹 빠졌다."

사실이었다. 카맥은 그의 과거를 극복한 것처럼 이전에 해낸 성취도 넘어섰다. 지금 이 순간 다음 단계는 그가 자신이 만들 가상세계를 더욱 풍성하게 발전시키는 일이었고, 그것은 이미 무르익어 가는 시대적 분위기이기도 했다. 〈울펜슈타인〉이 출시된 1992년 5월, 닐 스티븐슨이라는 작가가 들어가 살 수 있는 사이버스페이스 세상 '메타버스'를 묘사한 책인 〈스노 크래시Snow Crash〉를 출간했다. 그러나 과학 소설이 카맥의 발전에 영감을 주지는 않았다. 카맥을 자극하는 건 그 자신의 과학뿐이었다. 기술발전과 더불어 그의 기량도 발전하고 있었다.

이드가 폼젠에 공급하기 위해 〈울펜슈타인〉 스핀오프 작인 〈울펜슈타인 3D : 운명의 창〉을 개발하는 동안에 카맥이 기술을 실험해 볼 기회가 생겼다. 〈운명의 창〉은 신화 속에 등장하는 창에서 이름을 따왔는데, 그리스도를 죽이는 데 사용되었으며 초자연적인 힘을 가지고 있다고 여겨져 히틀러가 찾아다닌 물건이었다. 게임은 히틀러가 운명의 창을 훔쳐서, B.J.가 이를 되찾기 위해 싸우는 내용이었다. 폼젠은 본래 폭력성에 대해 우려했지만 〈울펜슈타인〉이 성공하면서 더 이상 걱정할 것이 없었기에 이드는 그들의 행로에서 유혈이 낭자하는 폭력적 방향성을 여전히 자유롭게 유지할 수 있었다.

〈운명의 창〉은 원작 울펜슈타인 엔진을 사용해서 만들었기 때문에 나머지 직원들이 게임을 완성하는 동안 카맥은 신기술에 공을 들일 수 있었다. 처음에는 기존 게임의 게임 아트를 사용하여 셀 수 없이 많은 작은 실험을 했다. 로메로와 함께 했던 고속 호버크래프트 게임인 〈F제로F-ZERO〉 같은 레이싱 게임을 만들며 장난치기도 했다. 카맥은 자기 컴퓨터 화면에 각진 푸른색 행렬로 바닥을 덮고서 길을 구성할 이미지들을 깔기 시작했다. 갖고 있던 디지털 이미지가 〈울펜슈타인〉에 썼던 히틀러 대형 현수막뿐이어서, 그 이미지를 연이어 놓아 히틀러의 얼굴로 거미줄처럼 퍼져나가는 거대한 고속도로를 만들었다. 카맥은 움직임의 가속, 속도감, 속도, 감속에 대해 연구하며, 이 세계의 추상적이고 수학적인 이미지에 완전히 빠져들었다.

카맥이 실험한 내용은 곧 레이븐이라는 작은 게임 개발 회사에서 출시할 〈쉐도우캐스터Shadowcaster〉라는 게임의 엔진 사용 계약에 포함되었다. 이드가 위스콘신에 있을 때 레이븐은 그 지역의 유일한 다른 게임회사여서, 이드 멤버들이 그 쪽 사장들과 만난 적이 있다. 브라이언과 스티븐 라펠 형제가 운영했고, 처음에는 아미가Amiga 게임 콘솔용 게임을 만들었다. 로메로는 레이븐의 작업에 깊은 인상을 받아 어포지에 공급할 PC게임을 같이 개발하고 싶어 했지만, 당시에는 레이븐이 PC에는 관심이 없다고 제안을 거절했다. 그러나 그 후로도 계속 연락을 주고받았고, 이제 드디어 레이븐이 일렉트로닉 아츠EA: Electronic Arts와 계약해 PC게임을 만들게 되었다. 이드 쪽에서 먼저 카맥에게 엔진을 만들게 하고 이윤을 나누자고 제안했으며, 모두가 좋다고 동의했고 카맥은 바빠졌다.

사무실의 다른 사람들은 그다지 몰입하지 않았다. 로메로를 제외한 모두는 〈울펜슈타인〉에 질린 것 같았다. 에이드리안은 진짜 같은 나치 이미지를 쏟아내는 데 싫증이 났고, 그와 협력해서 일하는 동료인 케빈과 더욱 자주 어울리기 시작했다. 그러는 동안 톰은 게임의 기획 방향에 대해 점점 더 불만이 커져갔다. 톰은 때때로 로메로를 한쪽으로 불러낸 다음 〈커맨더 킨〉 3부작을 언제 시작할 것인지 묻곤 했다. 로메로는 아직 고려중이라고 말하면서도 속으로는 그 질문에 질려가고 있었다. 톰은 확실히 〈운명의 창〉 작업에 의욕이 없었다. 로메로는 톰에게 동기를 부여하려 최선을 다하면서 돈이 들어오면 멋진 새 혼다 어큐라를 살 생각을 해보라고 말하곤 했다. 다른 때는 더 쉬운 길을 택하곤 했다. 일을 팽개치고 〈스트리트 파이터 2〉게임에서 서로 치고 받는 것이다.

톰이 작업에 싫증을 내고 지루해할수록 둘은 게임을 더 많이 했다. 그리고 톰은 싫증을 낼 때가 훨씬 많았기 때문에 밤이 깊도록 게임이 계속되었다. 카맥은 아래층에서 〈쉐도우캐스터〉에 집중하려 애쓰고 있었다. 카맥은 여기서 곧 결과가 손에 잡힐 듯했고, 바로 그 뭔가 다른 화면이 모니터에서 펼쳐지는 게 보였다. 하지만 방해는 점점 더 심해졌다. 몇 달 동안이나 종이 던지기 싸움과 자동응답 메시지, 다양한 종류의 비명을 차단하고 일했지만 마침내 포기하고 말았다. 카맥이 벌떡 일어나 컴퓨터 코드를 빼기 시작했고, 모두가 하던 일을 멈추고 바라보았다. "내 아파트에서 혼자 하면 일을 더 많이 할 수 있을 거라고 생각해." 카맥이 말했다. 그는 스텔스 블랙 색인 NeXT 컴퓨터를 들고 문 밖으로 걸어 나갔고, 몇 주 동안 돌아오지 않았다.

1992년 9월 18일 〈운명의 창〉이 출시되고 이드의 부와 명성은 더욱 공고해졌다. 다시 한 번 셰어웨어 상에서 최고의 엔터테인먼트 소프트웨어 부문을 수상했다. 언론뿐 아니라 동료들로부터도 계속해서 찬사를 받고 있었다. 컴퓨터 게임 개발자 회의CGDC : Computer Game Developers Conference의 한 마케팅 워크숍에서 일렉트로닉 아츠의 한 임원이 〈울펜슈타인〉이 아무런 마케팅 없이 어떻게 그러한 센세이션을 일으켰는지에 대해 발표했다. 스콧 밀러가 제일 먼저 동의했다. 하지만 사실 주문은 그냥 쏟아져 들어왔다. 당시 통설은 셰어웨어 버전을 다운로드한 사람 중 기껏해야 1~2퍼센트만이 그 게임을 실제로 구매한다는 것이었다. 더군다나 누군가가 게임을 사서 친구에게 그냥 복사해주어도 막을 수단이 전무했다. 이러한 어려움에도 불구하고 매출은 계속해서 날아올랐다. 이드는 매달 총 15만 달러를 벌고 있었다.

그리고 전혀 의외의 곳에서 기회가 왔다. 뜻밖에도 가능성이 낮다 생각했던 닌텐도에서 연락이 온 것이다. 이드가 마리오 PC버전을 판매하려 했을 때는 거절했던 닌텐도가 방침을 바꾸었다. 이드는 〈울펜슈타인〉을 슈퍼 닌텐도Super Nintendo=슈퍼 패미콤의 미주판 용으로 이식하는 데 10만 달러를 받기로 했다. 단, 닌텐도는 한 가지 조건을 내걸었다. 폭력적인 게임의 톤을 낮추어 달라는 조건이었다. 닌텐도 기기는 가족 대상으로 파는 게임 시스템이었기에 온 가족이 할 수 있는 '패밀리' 버전의 〈울펜슈타인〉을 원했다. 이는, 우선 피가 나오지 않아야 한다는 의미였다. 두 번째로 닌텐도는 플레이어가 개를 쏠 수 있다는 사실을 싫어했다. 쥐라던가 다른 동물로 대체하는 방식을 닌텐도가 제안했고, 그게 닌텐도답다는 생각에 이드도 동의했다.

더더욱 아이러니한 것은 종교를 테마로 하는 게임을 만드는 위즈덤트리라는 회사의 제안이었다. 어느 날 위즈덤트리의 한 직원이 제이에게 전화해 노아의 방주 이야기를 바탕으로 한 게임을 만드는 데 〈울펜슈타인〉 엔진 사용 허가를 받을 수 있을지 물었다. 플레이어가 방주를 뛰어다니며 사과와 야채를 던져 동물들을 정렬하는 1인칭 3D게임 버전을 만든다고 했다. 제이는 그 말을 듣고 크게 웃었다. 제이는 닌텐도가 사탄이든 노아든 어떤 종류의 종교적 이미지도 게임에서 허가하지 않는다는 사실을 알고 있었다. 하지만 위즈덤트리는 닌텐도의 유통망을 통하지 않고 독자적으로 슈퍼 닌텐도용 게임을 출시한다는 나름의 독립 게임 제작 계획을 가지고 있었기에, 제이는 위즈덤트리에 기술 사용을 허가했다.

그러나 당분간은 더 신경써야 할 중요한 것이 있었다. 바로 카맥의 기술이었다. 카맥이 〈쉐도우캐스터〉 엔진 작업 결과를 가지고 이드 아파트로 돌아왔을 때, 기술적 개가가 커서 비약적인 발전을 했음을 멤버 모두가 한 눈에 알아볼 수 있었다. 조명 감소diminished lighting효과와 텍스트 매핑한 바닥과 천장texture-mapped floors and ceilings이라는 두 가지 새로운 기술이 눈에 띄었다. 조명 감소 효과란 현실에서와 같이 먼 풍경은 그림자 속으로 서서히 흐려진다는 뜻이다. 〈울펜슈타인〉에서는 모든 방이 밝았고, 빛깔에 변화가 없었다. 하지만 화가라면 누구나 알고 있듯이 그림에 생명을 불어넣어주는 것은 빛이다. 카맥이 빛과 명암을 통해서 게임 속 세상을 더욱 생생하게 구현해냈다.

카맥은 더 몰입감을 크게 하기 위해 벽의 높낮이에 변화를 주고, 바닥과 천장에 텍스쳐를 더해 질감 표현을 하는 방법도 알아냈다. 속도는 〈울펜슈타인〉의 절반 정도였지만, 〈쉐도우캐스터〉는 어드벤쳐 게임이었기에 빠른 속도보다는 안정된 페이스를 가지는 게 적절해 보였다. 카맥이라고 해서 이런 비약적 발전을 쉽게 이룬 것은 아니었다. 바닥을 제대로 묘사하기 위해 바닥을 보는 시점과 시야를 확보하는 방법을 알아내는 데만도 꽤 많은 시간이 걸렸다. 그러나 카맥이 방해를 피하기 위해 혼자 자기 아파트에 틀어박혀 꾸준히 노력한 덕에 큰 성과를 낼 수 있었다. 그는 심지어 바닥에 경사를 만들어서 플레이어가 뛰어올라가고 언덕을 내려오는 느낌을 받을 수 있게 만들었다. 케빈은 20분 동안이나 게임 속 작은 언덕을 오르락내리락 달려보았다. 믿기지 않을 정도로 실로 대단했다. 이드가 이 기술로 다음 게임을 만들 때가 왔음이 확실했다.

〈울펜슈타인〉과 〈운명의 창〉 제작을 마치면서 그들 모두, 특히 톰은 다른 주제로 넘어갈 준비가 되어 있었다. 지난 두 게임은 톰을 무척 지치게 했다. 블록형 미로 게임과 슈팅 게임은 〈커맨더 킨〉시리즈와는 전혀 달랐고, 톰은 자기가 좋아하는 프로젝트로 돌아가 오랫동안 기다린 〈킨〉의 세 번째 3부작을 끝내기를 갈망했다. 기쁘게도 카맥은 그 생각에 동의하는 것 같았다. 심지어 카맥은 3차원에서 요프들이 춤을 추면 얼마나 멋질지 묘사하기도 했다.

그들이 테이블 위에 남겨둔 아이디어는 또 있었다. 바로 외계인이었다. 이드의 모두는 『에이리언2Aliens』라는 SF영화의 열렬한 팬이었고, 게임으로 만들면 좋겠다고 생각했다. 제이가 조사를 좀 해보고는 판권이 이용가능하다는 것을 알아냈다. 제이는 영화사와 거래를 할 수 있다고 생각했지만, 이드는 그렇게 하지 않기로 결정했다. 대형 영화사가 게임에 뭘 넣고 빼라고 지시하는 게 싫었고, 카맥이 내놓은 기술이 타협하기에는 너무나 대단하다고 생각했다. 그래서 다시 아이디어를 내기 위한 브레인스토밍으로 돌아갔다.

톰에게는 실망스럽게도 〈커맨더 킨 3-D〉 논쟁은 오래 가지 않았다. 카맥의 기술은 어린이 게임을 또 만들기에는 너무하다 싶을 정도로 가차 없이 빠르다고 모두가 말했다. 톰은 친구이자 지지자인 로메로를 돌아보았으나, 심지어 로메로도 〈킨〉을 제작하고 싶지 않은 게 확실했다. 로메로의 머릿속에 있는 〈킨〉에 대한 비트가 꺼졌고, 로메로는 더 이상 〈킨〉에 흥미를 느끼지 않게 되었다. 놀라운 일도 아니었다. 어쨌든 〈울펜슈타인〉은 로메로가 제안한 게임이었고, 로메로는 〈킨〉처럼 귀여운 게임보다는 〈울펜슈타인〉같은 고어를 선호했다. 톰은 에이드리안이 〈킨〉을 좋아하지 않는다는 건 이미 알고 있었고, 한때 〈커맨더 킨 3-D〉에 관심을 보였던 카맥조차 〈킨〉과는 한참 거리가 먼 다음 아이디어로 옮겨갔다. 카맥이 생각하는 건 악마였다.

카맥은 오랜 시간을 악마와 함께 해왔다. 가톨릭 학교의 악마들, 과거 이드 멤버들과의 던전 앤 드래곤 게임 플레이 중에서 로메로가 소환했던 악마들, 그리고 그 D&D플레이 속 세상을 파괴한 악마들이 있었다. 이제 또다른 악마를 만들 때가 왔다. 놀라운 신기술도 있는데 악마와 기술이 맞붙어 싸우는 게임은 어떨까, 하고 카맥이 말했다. 지옥에서 온 괴물을 플레이어가 첨단 무기로 물리치는 게임 말이다. 로메로는 카맥의 아이디어가 무척 마음에 들었다. 그것은 분명 지금까지 아무도 만들지 않았던 게임이었다. 케빈과 에이드리안도 자기들이 좋아하는 B급 영화 [이블 데드II] 같은 감성의 병적으로 무섭고 뒤틀린 게임 아트를 만들 가능성에 즐거워하며 찬성했다. 사실 모두가 [이블 데드II]와 [에이리언 2], 호러와 지옥, 피와 과학 사이의 교차점이 되는 화끈한 짬뽕 같은 게임 제작에 동의했다.

이제 그들에게 필요한 건 구체적인 제목뿐이었다. 카맥이 아이디어를 냈다. 톰 크루즈가 자신만만하고 젊은 당구 사기꾼으로 나온 1986년 마틴 스콜세지의 영화 [컬러 오브 머니]에서 따왔다. 그 [컬러 오브 머니]의 한 장면에서 톰 크루즈가 가장 좋아하는 당구채를 블랙 케이스에 넣어 들고 당구장으로 느긋하게 걸어 들어간다. 그 때 "그 안에 뭘 넣어온 거야?" 하고 다른 선수가 묻는다.

톰 크루즈는 악마처럼 미소 짓는데, 자신이 그 선수에게 가혹한 운명적 패배를 선사하게 되리란 걸 알고 있기 때문이다. 카맥은 꼭 이 장면처럼, 또 이드가 전에 소프트디스크를 앞질렀던 것처럼 다음 게임으로 세상을 앞지르게 될지도 모른다고 생각했다.

"이 안에?" 톰 크루즈가 케이스를 활짝 열며 대답한다. "둠Doom."

역주) Doom은 '종말' '파멸적 숙명' '피할 수 없는 비운' 등등의 여러 뉘앙스로 해석 가능하여 익히 알려진 게임 제목 그대로 표시함.

돈의 창조자들

두 사람이 제국을 세우고 대중문화를 바꿔놓은 이야기

악마 소환

Summon the Demons

8장

악마 소환

"그르르르르르르르르러어어어어어어어엉!!!!"

마치 지옥에서 들려오는 비명이었다. 목이 쉰 울부짖음이었고, 물에 빠진 듯한 필사적인 외침이며 누군가 피를 뱉는 듯한 소리였다. 설상가상으로 그 소리는 이드가 스위트 666이라 이름 붙인 새 사무실 바로 옆에서 새어나오고 있었다.

이드는 〈둠〉을 출시하기로 결정하자마자 적당히 어두운 이 작업장에 새 둥지를 틀었다. 타운 이스트 타워라고 하는 검은 유리로 덮인 정육면체 모양 7층 건물이었는데, 카우보이들의 지역이었던 미국 남부 메스키트 교외에서는 이드의 게이머들만큼이나 눈에 띄게 특이한 존재였다. 인접한 린든 B 존슨LBJ 고속도로 양쪽은 그 지역의 주요 소비 상권으로 빅 빌리 배럿의 중고차 매장, 카우보이 장화와 의상을 파는 세플러스 웨스턴 스토어https://www.sheplers.com/, 지역 최대 명소인 메스키트 로데오 거리 등이 있었다. 타운 이스트 타워에는 이드 말고도 평범한 변호사 사무실, 트럭 운전 학원 등이 입주해 있었지만, 주변 상권과 비교하면 마치 우주에서 떨어진 검은 상자처럼 보였다.

그리고 지금 옆집 치과에서 마치 누군가 에일리언을 출산하는 것 같은 소리가 들려왔다. 사실은 응급 절개술을 받는 환자가 내는 소리였고, 치과의사가 직접 수술하고 있었다. 치과에서 들리는 드릴 소리와 환자의 비명은 이드 일상에 흐르는 배경음악이 되었다. 악마와 관련된 게임을 만드는 이들에게는 실로 안성맞춤인 소리였다.

사실, 1992년 가을에 이드가 하는 일은 모두 술술 잘 풀렸다. 〈울펜슈타인〉과 〈운명의 창〉은 컴퓨터 잡지와 셰어웨어 잡지에서 화제가 되었다. 그런 평가를 받은 결과로 개발사인 이드와 배급사인 어포지는 찬사 속에서 셰어웨어 운동의 영웅들로 자리잡게 되었다. 두 회사는 셰어웨어 차트를 점령했는데, 〈커맨더 킨〉게임 2종, 〈울펜스타인 3D〉, 어포지의 오리지널 게임 〈듀크 뉴켐Duke Nukem〉이 상위 4자리를 차지했다. 〈듀크 뉴켐〉은 아놀드 슈워제네거 스타일의 근육질 영웅이 등장하는 전형적인 횡스크롤 슈팅 게임이었다. 언론은 어포지를 가장 주목할 만한 회사 중의 하나라고 선언하면서 "엔터테인먼트 소프트웨어 산업에 혜성처럼 나타난 성공 스토리. 어포지는 큰 회사들에 정면으로 맞설 준비가 되어 있다"[83]라고 이야기했다.

어포지를 향한 대대적인 칭송이란 팡파르에 휘말리지 않는 회사는 이드뿐인 것 같았다. 그간의 친분에도 불구하고 이드는 스콧 밀러가 책임을 다하지 않는다고 여기게 되었는데, 로메로가 〈커맨더 킨〉출시 이래로 친하게 지낸 어포지 직원 숀 그린에게서 들은 정보를 통해 알게 된 사실이었다. 숀은 텍사스 갈런드 출신의 열정적인 프로그래머이자 강경한 게이머였다. 록 뮤직 광팬으로 머리를 길게 기른 숀은 보수적인 마을에서 외톨이로 자랐는데, 그 긴 머리를 자르기를 거부한 탓에 야간 학교에 다녀야 했다. 숀은 어포지에 근무하면서 〈울펜슈타인〉에서 개를 죽이는 것에 대해 항의 전화를 하는 사람에게 "사람도 죽일 수 있는데요."라며 장난을 치곤 했다.

83) 출처: 일렉트로닉 게임즈 1992년 45페이지 기사 "아포지:셰어웨어의 절정" 내용 중에서. (스콧 밀러의 개인 소장품의 복사본. 정확한 날짜 미확인.)

숀은 로메로에게 더욱 심각한 클레임 거리가 될 만한 내용이 있다고 말했다. 어포지가 제대로 이드의 게임을 주문받을 수 없다는 것이었다. 어포지의 멍청한 직원들 상당수가 고무줄 총 놀이나 하며 시간을 보내는 모양이었다. 그들 중 대부분은 스콧이 컴퓨터 상점에 전단지를 붙여 모집한 어린 학생들이었다. 전단지에는 "게임하는 것을 좋아하나요? 시간당 6달러를 받으면서 하루 종일 게임하고 전화 받는 업무를 할 수 있습니까?"라고 쓰여 있었다. 설상가상으로 컴퓨터 네트워크도 없었으며, 주문 내역은 종이에 휘갈겨 쓴 후에 못에 꽂아두게 되어 있었다.

이드에서 가장 비즈니스 마인드를 갖춘 멤버로 대두된 케빈 클라우드가 어포지에 직접 전화를 해봤고 통화가 연결조차 되지 않는다는 걸 알아냈다. 뭔가 바로 조치를 취해야만 했다. 물론 스콧은 이드 멤버들의 친구이며, 일을 시작할 기회를 준 사람이지만 이제는 그가 필요하지 않았다. 직접 유통까지 다 할 수 있는데 왜 매출의 50%를 포기하겠는가? 〈둠〉은 〈울펜슈타인〉 이상으로 성공하지는 못할지라도, 적어도 〈울펜슈타인〉만큼은 성공을 거둘 것이 확실한 야심작이었다. 제이, 톰, 에이드리안, 그리고 소프트디스크를 떠나자고 제안하던 순간부터 항상 사업을 더 키울 방법을 찾고 있던 로메로는 동의했다. 유일하게 반대 의견을 낸 사람은 카맥이었다.

카맥은 로메로와 점점 더 극명한 반대지점에 서면서 사업 운영에 최소한으로 관여하고 싶다는 뜻을 피력했다. 평소에도 자주 말하듯, 카맥에게 중요한 것은 자기 프로그램을 만드는 일과, 생존에 필요한 피자와 다이어트 콜라뿐이었다. 큰 회사를 운영하는 데는 아무런 관심이 없었다. 사업적인 부분에서 멤버 개개인의 책임이 더 많아지면 집중력을 잃게 될 것이다. 그의 진짜 중요한 집중 사안인 멋진 게임을 만들 시간에, 주문을 받고 마케팅을 해야 할 테니까 말이다.

제이는 카맥에게 인생이 더 좋아지는 것뿐이라고 장담했다. "우리가 정말로 독립하게 되는 거야. 누구에게도 의지하지 않는 거지. 우리는 스스로 기회를 만들어야 해. 기회가 찾아오길 기다릴 게 아니라 직접 문을 열고 기회라는 녀석의 멱살을 잡고 끌어당기는 거야." 카맥은 사업에 관여하지 않고 기술 작업에만 집중할 수 있을 것이기에, 최종적으로 카맥도 동의했다. 결국 스콧과는 정리하기로 했다.

스콧은 소식을 덤덤하게 받아들였다. 사실 그는 이드가 곧 떠날 거라고 추측하고 있었다. 오히려 관계가 이만큼 오래 지속된 데에 감사했다. 이드가 만든 게임들은 어포지를 업계 최고의 자리에 올려놓았고, 스콧과 동업자 조지 브루사드가 멋진 스포츠카를 사게 해주었다. 또 어포지에는 이제 이드 말고도 성공하는 게임을 만드는 회사들이 있었다. 스콧은 많은 게임 제작자의 게임을 지속적으로 유통하고 있었는데, 그 중에는 메릴랜드 주에서 에픽 메가게임즈라는 회사를 세워 인기 있는 게임들을 쏟아내던 재능있는 프로그래머 팀 스위니Tim Sweeney도 있었다. 곧 속편이 나올 어포지 원작 게임인 〈듀크 뉴켐〉은 셰어웨어 차트에서 〈울펜슈타인〉을 제치고 1위에 있었다. 스콧은 이드를 잃고 싶지는 않았으나, 이드 없이도 살아남을 자신이 있었다.

본격적인 〈둠〉의 작업 시작 전에 이드를 떠난 건 스콧 밀러만이 아니었다. 카맥의 고양이 미치도 비슷한 운명이었다. 미치는 화장실 모래를 여기저기 튀기던 옛 레이크 하우스 시절부터 지금까지 이드 멤버들에게 눈엣가시였다. 그때부터 미치는 점점 더 사나워졌고, 아파트 안을 제 멋대로 돌아다니며 지나가는 사람들을 공격했다. 마지막 결정타는 카맥이 〈울펜슈타인〉에서 번 돈으로 산 새 가죽 소파에 미치가 온통 오줌을 싸갈긴 일이었다. 카맥이 동료들에게 소식을 전했다.

"미치가 내 인생에 나쁜 영향만 주고 있어. 미치를 동물보호소에 보냈어. 으으음"

"뭐?" 로메로가 물었다. 카맥이 고양이 미치와 하도 딱 붙어 있어서 이드 조직도에도 카맥의 배우자로 등록해놨는데, 이제 그냥 보내버렸다고? 로메로가 말했다. "너 그게 무슨 뜻인지 알아? 사람들이 미치를 안락사시킬 거야! 아무도 미치를 데려가고 싶어하지 않을 테니까. 아니면 미치는 차이나타운에서 고기로 팔릴 거야. 죽을 거라고!"

카맥은 대수롭지 않은 듯 어깨를 으쓱하고는 다시 작업에 열중했다. 고양이나 컴퓨터 프로그램, 사람에게도 똑같은 원칙이 적용됐다. 무언가가 문제가 되면 스스로 떠나게 하거나, 잘라내어 제거했다.

톰은 검은 상자 모양의 타운 이스트 타워에 들어서는 순간부터 마음에 들지 않았다. 레이크 하우스나 이전 아파트에서 창조적인 열기가 들끓던 분위기와 비교해, 새로운 이드 사무실은 고립되고 분리된 느낌이었다. 모두가 자기 사무실을 가질 수 있었다. 다만, 톰을 제외한 모두가 그랬다.

이사온 첫 날, 이드 멤버들은 모두 각자 쓸 공간을 선택했다. 카맥과 로메로는 나란히 이웃한 사무실을 차지했고, 점점 친해지고 있던 에이드리안과 케빈은 한 공간을 함께 쓰기로 결정했다. 톰은 창문이 있는 큰 방의 열린 모퉁이 공간이 마음에 들었다. "여기 사무실로 쓰기 좋겠어. 벽만 좀 세우면 돼." 톰이 말하고 나머지 모두는 동의했다. 그러나 벽이 늦게 설치됐다. 톰이 제이에게 독촉할 때마다 제이는 배송 중이라고 했다. 톰은 짜증이 나서 벽이 있어야 할 자리에 마스킹 테이프를 길게 두 줄 붙이고 창조적인 모퉁이라고 이름을 붙였다.

눈에 보이지 않는 장벽은 그 테이프 만이 아니었다. 이사한 이후 로메로가 거리를 두는 느낌이었다. 톰이 종종 농담하던 대로 로메로의 비트가 (1에서 0으로) 뒤집힌 것 같았다. 톰은 테이프 뒤 자기 책상에 앉아서 로메로가 에이드리안, 케빈과 복도에서 웃는 모습을 지켜보았다. 소통할 수 없다는 느낌이 슬펐다. 일부는 창의성의 차이에서 기인한 분열이라고 톰은 생각했다. 기획과 기술 사이에서 커지는 균열 같았다. 이는 로메로가 〈커맨더 킨〉처럼 캐릭터 중심의 탄탄한 세계가 아닌, 카맥의 그래픽 엔진을 따라갈 수 있는 빠르고 잔인한 게임 〈울펜슈타인〉을 선택한 순간에 시작됐다. 톰은 여전히 이드의 게임 기획자였지만 〈둠〉을 기획하고 싶지 않았다. 그러나 톰은 〈둠〉의 상황이 달라질지 모른다는 희망을 놓지 않았다.

초기 회의에서는 그럴 가능성이 보였다. 검은 베네치안 블라인드 너머로 린든 B 존슨 고속도로가 내려다보이는 회의실에서 이런 토론이 벌어졌다. 모두 검정색 넓은 테이블에 둘러앉아 피자를 먹으며 카맥의 지옥에서 온 악마 아이디어에 대해 브레인스토밍했다. B급 영화 [이블 데드II]의 악마적 공포와 [에이리언2]의 공상과학 서스펜스가 합쳐진 패스트 액션 게임을 만들자는 데 모두 동의했다.

하지만 크리에이티브 디렉터 역할을 계속해왔던 톰은 막연한 큰 줄거리도 없는 1인칭 슈팅 게임을 또 만들지 않겠다고 결심했다. 〈울펜슈타인〉에는 감정도, 사람을 죽여 날려버리는 느낌도 없었다. 죽음에 대한 표현을 더 진실하게 전하기 위해 〈커맨더 킨〉에 요프 시체들을 남겨둘 정도였던 톰은, 〈둠〉에 무언가 영화적이고 더 흥미로운 깊이감을 보완하고 싶었다.

그는 "우주 끄트머리에 있는 어떤 위성에 있는 과학자 이야기를 하는 건 어때? 어떤 공간 이상 징후를 연구하고 있었는데, 그게 찢어져 열리고 외계생명체가 나온 줄 알았지. 그런데 더 연구하다 보니 그게 지옥으로부터 온 신화 속 악마들이라는 걸 깨닫고 충격을 받는 거지. 점점 소름끼치는 상황이 닥치고, 그러다가 예컨대 달 자기극 두 개에 이상 징후가 있다는 걸 발견하는 시점에서 본격적 에피소드가 시작되는 거야. 그래서 우리가 지옥의 일부에 걸어 들어갔다가 지옥을 통과해 살아서 나오면, 지옥이 우리 차원으로 따라 나와서 첫 번째 에피소드에 있던 걸 모두 왜곡시키는 거지." 하고 열심히 설명했다.

처음에는 로메로가 톰의 생각을 어느 정도 지지했지만 카맥의 생각은 달랐다. "게임에서 스토리는 포르노 무비에 있는 스토리 같은 거야. 있어야 하긴 하지만, 그렇게 중요하지 않아." 카맥의 말에, 톰은 이를 갈았다. 게다가 카맥은 이번에는 다른 기술을 적용할 거라고 덧붙였다. 카맥은 레벨과 에피소드로 구성된 게임을 또 만들고 싶지 않았다. 대신 이번에는 서로 붙어있는, 끊어지지 않고 매끄럽게 연결된 세계로 만들겠다고 했다. 말하자면 문을 열고 나가면서 새 레벨을 불러오는 게 아니라, 플레이어가 하나의 거대한 공간 속에서 계속 진행하는 것처럼 느끼게 하겠다는 것이다.

톰은 이런 개념이 싫었다. 지금까지 이드의 성공 공식과 맞지 않았다. 플레이어는 게임의 한 레벨이나 섹션을 완결하고, 다음으로 나아가는 감각을 좋아한다고 믿었다. 그는 로메로를 바라보았다. 그러나 로메로는 이번에도 카맥의 편이었다. 톰은 자기 책상으로 돌아가 주문한 벽이 오기를 기다렸다.

카맥의 비전이 중요하다는 걸 알아차린 사람이 로메로 혼자만은 아니었다. 어느 날 오후 제이와 케빈은 담배를 피우러 밖에 나갔다가 카맥에게 무슨 일이 생길 때를 대비해 회사 차원에서 핵심 인재 보험을 들어 두자는 이야기를 했다. 케빈이 이드 전원을 보험에 가입시키자고 제안하자 제이가 답했다. "다른 사람들은 다 대체가능하지." 카맥은 그 자신의 혁신적 기술로 인해 현실 속에서도 룰 북을 가진 자이자 중심 책임자인 던전 마스터로 남게 되었다.

〈둠〉은 다른 어떤 게임과도 다를 것임이 확실했다. 카맥이 〈쉐도우캐스터〉 엔진에서 실험했던 기법들이 모두 실현되었다. 가장 눈에 띄는 건 조명 감소 효과, 즉 가상공간이 우아하고 부드럽게 흐려지며 검은 그림자로 사라지게 하는 개념이었다. 카맥의 첫 번째 혁신은 그저 빛이 감소하는 조명 조작의 아이디어를 떠올린 것이었다. 그러나 이 기술을 실현하기 위해 어려운 선택을 기꺼이 했다는 점도 똑같이 중요했다. 무언가 포기해야 했다는 뜻이다.

프로그래밍은 제한된 자원을 바탕으로 하는 과학이다. 컴퓨터의 하드웨어와 소프트웨어가 감당할 수 있는 범위 내에서만 프로그램을 짤 수 있다. 1992년 가을, 카맥은 여전히 256개의 색깔만을 사용할 수 있는 VGA로 프로그래밍을 하고 있었다. 이 한정된 자원으로 멀리있어서 보이지 않게 되는 부분의 검은 색까지 거리 단계별로 점점 흐려지는 효과를 달성하는 것이 그의 목표였다.

그의 해결책은 이랬다. 예컨대 팔레트에서 매우 밝은 색부터 어두운 색까지 16가지 음영을 가진 붉은 색을 선택하는 것이었다. 카맥은 플레이어가 있는 방을 기준으로 다양한 음영을 적용하도록 컴퓨터를 프로그램했다. 플레이어가 넓고 열린 공간으로 걸어 들어가면, 컴퓨터는 빠르게 계산을 해서 가장 먼 부분에 가장 어두운 색조를 적용한다. 플레이어가 앞으로 이동하면 컴퓨터는 그 색을 더 밝게 한다. 가까이에 있는 색이 멀리 있는 색보다 항상 더 밝게 나타난다. 이 효과들이 쌓이면 게임 세계가 더 실제 같을 뿐 아니라 더 무시무시하게 보일 터였다.

하지만 그것 만이 전부가 아니었다. 카맥과 로메로 둘 다 이전 게임에서 사용한 타일 기반 구조에서 벗어나고 싶었다. 〈커맨더 킨〉과 〈울펜슈타인〉은 작은 정사각형 타일 그래픽을 하나하나 붙여서 하나의 거대한 벽을 만드는, 마치 벽돌을 쌓는 방식이었다. 두 존, 특히 로메로가 지금 원하는 것은 좀 더 유동적이고 자유로운 형태의 디자인으로 마치 현실 같은 세계를 만드는 것이었다. 실제 세계에서처럼 벽은 높이가 다양하고, 공간은 거대하고 뒤틀려서 낯설게 느껴지게 말이다. 〈울펜슈타인〉에서는 벽이 반드시 90도로 서야만 했지만 〈둠〉에서는 어떤 각도로든 벽을 세울 수 있었다.

카맥은 도전할 준비가 되었다고 느꼈다. 컴퓨터 성능이 점점 좋아졌고, 카맥의 기술도 마찬가지였다. 카맥은 더욱 크고 불규칙한 모양으로 폴리곤을 그리면서 동시에 천장에서 바닥까지 텍스처를 추가하는 실험을 시작했다. 로메로는 카맥이 작업하는 모습을 어깨 너머로 보면서 전에도 여러 번 그랬듯이 무척 감탄했다. 카맥은 감소하는 조명과 임의의 불규칙한 다각형 처리 방식을 설명하면서, 그는 또한 그 외에도 그가 추가할 수 있는 몇 가지도 이야기했다. 해커들이 게임을 더 쉽게 변형할 수 있도록 특별한 권한을 주거나, 플레이어들이 직접 정면 승부로 경쟁할 수 있도록 일종의 네트워크 플레이를 더할 수 있다고 했다.

로메로는 카맥의 기술에 있는 잠재력을 단번에 알아보았다. 카맥이 인정했듯이 카맥 혼자서는 그 끝을 상상할 수 없는 잠재력이었다. 로메로도 프로그래머였기 때문에 자신의 예술적인 비전을 카맥이 코드로 구현할 수 있도록, 카맥이 이해할 수 있는 언어로 번역해 말할 수 있었다. 로메로는 감소 조명 효과를 본 그 순간에 이미 기획할 수 있는 효과를 상상하며 마음속에서 작업을 시작했다. 로메로가 말했다. "빛의 강도를 조정할 수 있다면 그걸 역동적으로, 그러니까 즉흥적으로 게임을 하는 동안 임의로 변화를 만들 수 있어? 아니면 미리 계산을 해야만 만들 수 있어?"

"글쎄, 역동적으로 만들 수 있어." 카맥이 말했다. 로메로가 "멋진데. 그럼 우리 스트로브 등으로 섬광 효과를 만들자! 왜. 그거 알잖아? 방을 가로질러서 뛰어갈 때, 파지직! 파지직! 파지직! 하고 전등이 깜빡거리는 거."

로메로는 자신의 사무실로 달려가서, 그와 톰이 〈둠〉 세상을 창조할 때 사용하는 프로그래밍 템플릿인 지도 편집기를 컴퓨터에서 열었다. 지도 편집기 사용법은 집을 짓는 건축설계과정과 매우 흡사했다. 평면도 청사진 같이 생긴 화면이 나타나는데, 마우스로 클릭해서 선을 끌어내리면 이어진 벽을 그릴 수 있었다. 또 한 번 클릭으로 그 공간 안에서 창조물을 바라보도록 시점을 전환할 수 있었다. 한편 에이드리안과 케빈은 레벨 디자이너가 공간 벽을 장식하는 데 사용할 텍스쳐 이미지로 벽지 같은 그래픽 아트를 제공했다.

로메로는 지도 편집기를 사용해 〈둠〉에 카맥의 혁신적인 기술을 적용하고 싶어 안달이 났다. 카맥이 놀라운 작업을 하고 있다는 것을 로메로는 프로그래머와 게이머 두 관점에서 이해했다. 프로그래머로서는 카맥의 놀라운 능력에 감사했고, 게이머로서는 PC에서나 다른 어떤 플랫폼에서도 그렇게 놀라운 세계를 경험해 본 적이 없었다.

로메로는 벽의 높낮이가 다양하게 변화하고 섬광 등이 번쩍이는 공간들을 돌아다니며 게임을 즐겼다. 로메로는 매번 카맥의 기술을 가장 잘 돋보이게 하는 선택을 했고, 카맥은 더할 나위 없이 행복했다. 감사받으며 동시에 축하받으니 더 바랄 게 없었다. 로메로 역시 신나고 힘이 넘쳤다. 카맥의 기술적 혁신으로 자신도 새로운 세계를 구현하는 경지에 도달할 수 있었기 때문이었다.

반면에 톰은 점점 가라앉아 침체되어 갔다. 첫 번째 회의 이후로 톰은 〈둠〉에 대한 아이디어 제안서를 쓰고 있었다. 캐릭터, 동기, 스토리에 살을 붙인, 게임 산업에서는 기획 문서라고 하는 문서였다. 톰은 플레이어가 저 멀리 달에 있는 군사 기지에서 실행되는 실험에 배치되면서 게임이 시작된다고 썼다. 그러나 실험이 잘못되어 과학자들이 실수로 지옥으로 가는 문을 열었고, 괴수들의 맹습을 받게 된다. 마치 과거 이드 멤버들이 던전 앤 드래곤 게임을 할 때 로메로가 벌였던 사건과 유사했다. 플레이어가 다른 군인들과 카드게임을 하고 있는 데서 본격적 액션이 시작될 것이다. 갑자기 섬광이 번쩍이고 악마들이 와서 플레이어의 가장 친한 친구를 갈기갈기 찢는다. 톰은 플레이어가 끔찍하고 어이없게 죽는 친구를 보며 즉각적인 공포감을 느꼈으면 했다. 톰은 이 운 없이 죽는 〈둠〉 게임 캐릭터의 이름을 버디라고 지었는데, 사실 과거 던전 앤 드래곤에서 자신이 플레이 했던 이름이었다.

그러나 친구들 사이에서 톰의 작업은 전혀 호응을 얻지 못했다. 첫 번째 타격은 카맥이 〈둠〉을 위한 빈틈없는 세계관에는 더 이상 관심이 없다고 무심코 말했을 때였다. 카맥은 〈둠〉이 더욱 전통적인 레벨 디자인으로 돌아가야 한다고 했다. "하지만 순전히 네가 원한 완벽한 세계관 때문에 두 달 동안이나 기획문서를 썼다고!" 톰이 외쳤다. 카맥의 발언은 톰이 작업한 걸 모두 수정해야 한다는 의미였다.

"이 둠 바이블은 우리가 게임을 완성하는 데 도움이 되지 않아." 카맥이 말했다. 이드는 과거에도 별 다른 문서작업을 하지 않았으며, 그런 작업이 필요없는 것은 여전히 마찬가지다. 〈둠〉에는 배경 이야기가 필요하지 않다. 〈둠〉은 그냥 전투와 비행을 하는 게임이다. 플레이어는 그저 게임을 하는 내내 공포감을 느끼기만 하면 되지, 이유는 알 필요가 없다. 카맥은 톰에게 둠 바이블은 버리고 로메로처럼 기술을 이용해 게임 플레이를 하라고 설명했다. "나는 계속해서 새 기술을 연구하고 있어. 그러니까 너는 실험을 해줘. 내가 만든 기술로 무엇을 할 수 있는지 알아봐 줘." 그리고는 톰에게 도서관에 가서 군사 기지에 대한 책을 찾아보면 아이디어를 얻을 수 있을 거라고 제안했다.

로메로도 카맥의 의견에 동의했다. 톰이 쓴 둠 바이블 내용은 무척 마음에 들었지만, 캐릭터 중심의 이야기는 확실히 카맥의 기술이 이끄는 지금의 방향과는 맞지 않았다. 〈둠〉에서는 등장인물들이 둘러앉아 카드 게임을 할 시간이 없을 게 뻔했다. 이 게임은 〈울펜슈타인〉보다 훨씬 더 잔인하고 속도가 빠를 것이기 때문이다.

톰은 그의 스토리를 단번에 포기했다. 그러나 또 다른 '스토리'의 흐름이 이드 안에 자리 잡았다. 이드의 짧은 역사 속에서 카맥의 프로그래밍 이념과 유사한 패턴이 윤곽을 드러내고 있었다. 혁신하고, 최적화하며, 방해되는 것은 무엇이든 일단 제거하는 방식이었다. 〈울펜슈타인〉을 위해 〈킨〉을 희생했고, 속도를 위해 바닥과 천장을 없앴다. 인생에서도 마찬가지였다. 알 베코비우스, 스콧 밀러, 심지어 고양이 미치도 돌연히 '프로그램'에서 삭제되었다. 다음은 누구, 혹은 무엇이 될 지 알 수 없었다.

로메로가 햄버거를 며칠 동안이나 책상 위에 둔다는 소문이 있는 유명한 게이머 버거 빌의 조잡한 캐리커쳐를 흔들면서 부엌으로 들어왔다. 톰, 케빈, 에이드리안이 낄낄거리며 뒤를 따랐다. 로메로는 빌의 사진을 스테이플러로 의자에 고정시키고 나서, 서랍을 열어 스테이크 나이프를 쥐었다. 복수의 시간이었다.

버거 빌은 〈울펜슈타인〉을 슈퍼 닌텐도 용으로 프로그램을 변환, 이식하기로 이드와 계약했었다. 그러나 마감일이 다가오는데도 아무것도 보내오지 않다가, 마감일이 다가오자 마침내 문제가 있음을 자백했다. 다른 게임 회사인 인터플레이에 고용된 상태에서 이드와 계약을 하는 실수를 범한 것이다. 인터플레이와 한 계약에 따르면 고용인이 한 작업물은 모두 회사의 소유였다. 따라서 슈퍼 닌텐도용으로 변환된 〈울펜슈타인〉은 이제 인터플레이의 소유가 되었다.

이드 멤버들은 분노를 참지 못했다. 로메로가 대놓고 말했다. "봤지. 이게 다른 사람한테 의존할 때 얻게 되는 좆같은 상황이야." 톰은 연필을 꺼내 버거 빌이 기름 범벅이 된 입으로 햄버거를 질질 흘리며 먹는 모습을 흉측하게 그렸다. 로메로는 톰의 손에서 그림을 낚아채서 이제 버거 빌이 댓가를 치를 때라고 말했다. 그들은 부엌에서 차례로 그림을 칼로 찌르며 소리 지르고 웃고 서로를 응원했다. 그들은 의자를 공격하기 시작했고 칼로 찌르고, 발로 밟아 엉망으로 부숴버렸다. 며칠 후 버거 빌이 이드 사무실에 왔을 때도 바닥에 여전히 그 잔해가 있었다. 그는 칼날에 자신의 이름이 휘갈겨 써진 칼을 한 번 바라보고는 온순하게 물었다. "음, 이게 뭐야?" 그 뒤, 이드는 그를 해고했고, 카맥이 직접 컨버팅 작업을 했다.

그러한 장난은 이드에서 당연한 것으로 자리 잡았다. 그들은 다들 경쟁적이고 참신하게 서로를 골탕먹이는 의식을 오랫동안 해왔다. 번갈아 가면서 예술적인 방법으로 서로를 놀렸다. 에이드리안은 낯뜨거운 성행위 사진에 로메로를 합성해서 로메로가 컴퓨터를 켜자마자 뜨도록 조작해 놓았다. 〈울펜슈타인〉이 성공 후 톰이 근사하게 증명사진을 찍어 오자 로메로와 에이드리안이 대대적으로 장난을 쳤는데, 긴 소시지, 점토로 만든 고환, 휘핑크림 한 캔을 사용해서 정성을 들였다.

이드는 아파트에 오피스 매니저라는 형태로 도나 잭슨이라는 가사도우미를 두고 있었다. 도나는 부드러운 남부 억양으로 말했고, 크게 부풀린 헤어스타일에 밝은 분홍색 비즈니스 슈트와 그에 어울리는 립스틱을 좋아했다. 도나는 빠르게 회사의 안주인 역할을 맡았다. 누군가 우울해할 때면 정크 푸드와 탄산음료를 더 많이 가져다주며 모두가 잘 먹고 행복하며 건강한지 확인했다. 도나가 이드에 처음 올 때에는 취미로 슈리브포트의 카지노에서 도박을 했었는데, 이제는 이드 게임의 명사수가 되었다. 도나는 아직 20대 초반인 이드 청년들을 "우리 애들"이라고 불렀다. 이드의 애들은 그녀를 미스 도나 또는 이드 엄마라고 불렀다.

그러나 미스 도나는 고용된 엄마였기에 못된 행동을 하고 엄마한테 혼날까 두려워하는 사람은 아무도 없었다. 장난으로 인한 사무실 파괴는 이드의 스포츠가 되었다. 사무실에는 부서진 키보드, 깨진 모니터, 망가진 디스크들이 널려 있었다. 로메로가 케빈에게 다가가 농담으로 "이봐, 케빈, 저 쓰레기통이 너를 슬픈 X자식이라고 불러." 하면, 케빈은 건조하게 "그래?" 라고 대답하고는 쓰레기통을 바닥에 처박았다.

아트 부서의 방은 더욱 음침했다. 〈둠〉은 에이드리안이 항상 만들고 싶어했던 게임이었고, 그가 원하던 대로 악몽같은 환상을 표현할 수 있었다. 에이드리안과 케빈은 다른 동료들과 함께 상상할 수 있는 가장 끔찍한 생물을 상상해냈다. 어깨와 팔에서 금속 송곳이 튀어나오고, 갈색 털이 근육을 뒤덮고 눈이 빨간 빅풋을 닮은 괴물 임프, 피범벅이 된 이빨과 뿔을 갖고 콧김을 내뿜는 핑크색 황소 데몬, 그리

고 몸통이 찢어져 벌어지고 팔 대신 총이 달린 가장 사악한 존재 사
이버 데몬 등이었다.

　새로운 애니메이션 기술 덕분에 괴물들이 이전보다 훨씬 더 실제
처럼 보였다. 〈울펜슈타인〉을 만들 때는 각각의 캐릭터의 걸음걸이
몇 가지와 뛰는 자세를 구현하기 위해 에이드리안이 모든 프레임을
다 그려야 했다. 이번에는 미디어를 혼합해 접근해보기로 했다. 캐릭
터를 클레이로 조형해서 다양한 각도에서 영상을 찍었다. 그 영상을
컴퓨터로 스캔하고, 색을 입히고, 카맥이 만든 퍼지 펌퍼 팔레트 샵
Fuzzy Pumper Pallette Shop[84]이라는 프로그램을 사용해 움직이는 디지
털 캐릭터로 프로그램했다. "모든 효과가 기형적이야. 하지만, 그게 〈
둠〉이지."[85] 케빈이 말했다.

　에이드리안과 케빈은 지나치게 신이 난 나머지 자기 몸을 스캔해
서 게임 속에 삽입하기 시작했다. 어느날 케빈은 소매를 걷어 올리
고 팔을 쭉 뻗어 장난감 무기를 사용하는 모습을 비디오카메라로 찍
었다. 토이저러스에서 산 플라스틱 샷건과 권총, 그리고 [이블 데드
II] 영화에서 주인공이 사용하는 것 같은 전기톱은 톰이 데이트한 여
성에게서 빌렸다. 나중에 그 비디오 영상을 게임 화면의 중간 아래에
배치해서 플레이어가 자기 자신의 팔을 내려다본 모습처럼 활용했
다. 그 팔은 사실 케빈의 팔이다. 이에 자극을 받은 에이드리안은 뱀
가죽 부츠를 스캔해서 게임의 한 레벨에 들어갈 뱀 텍스쳐를 만들었
다. 또 어느날 케빈이 무릎을 다쳐 피를 흘리며 출근하자, 그것도 스
캔해서 벽에 들어갈 텍스쳐로 사용했다. 새롭게 떠오르는 〈둠〉의 낯
선 세계에서는 무엇이든 가능했다.

　새해가 다가올 무렵에는 톰이 언론에 제공할 용도로 보도 자료를

84) 출처: 존 멘도자 저 "공식서적 둠-생존자의 전략과 비밀" 257페이지 내용 중에서. (1994
　년 SYBEX 출판)
85) 출처: 각주 84와 같음.

쓸 수 있을 만큼 게임 제작이 진전되었다. "1993년 1월 1일 텍사스 주 댈러스. PC 프로그래밍의 또다른 기술적 혁명을 예고한다. 이드 소프트웨어의 〈둠〉은 컴퓨터 능력의 한계를 넘어설 것이라고 약속한다. 〈둠〉에서 여러분은 아무런 예고 없이 차원 간 전쟁 한복판에 던져진 네 명의 병사 중 한 명이 된다. 과학 연구 시설에 상주하는 나날은 지루한 문서작업으로 꽉 차 있었으나, 오늘은 좀 다르다. 악마들이 끊임없이 몰려와 눈에 보이는 모두를 죽이거나 사로잡으며 기지 전체로 퍼져간다. 무릎까지 차오른 시체들 속에 서있는 당신의 임무는 명확하다. 적을 퇴치하고 그들이 어디에서 오는지 알아내야한다. 진실을 알게 되면 현실감이 박살날 정도의 엄청난 충격을 받게 될 지도 모른다!"

톰은 텍스처 매핑된 세상, 직각이 아닌 벽, 조명 감소 효과 등 새롭게 발전된 기술을 선전 문구에서 내세웠다. 덤으로 선을 넘듯이, 이드는 아직 구현하지 않은 멀티 플레이어 게임까지 장난삼아 살짝 내비쳤다. "로컬 네트워크로 최대 4명까지, 또는 모뎀이나 시리얼 링크로 2명의 플레이어가 연결해 플레이할 수 있습니다. 우리는 전 세계 산업 생산성 저하의 제일가는 원인이 되리라 자신합니다."

목표가 설정되고 나서 톰, 로메로, 에이드리안, 카맥, 케빈은 〈둠〉의 본격적인 모습과 느낌을 만들기에 이르렀다. 플레이어는 스크린 중앙 하단에 돌출된 샷건의 총신을 내려다보면서 전진한다. 주된 게임 공간인 방은 보통 회색, 검은색, 갈색이고 때때로 로얄 블루의 바닥이 어둡고 불길하게 펼쳐진다. 원래 의도대로 벽은 90도가 아니라 8각형으로 겹겹이 배열되어 있으며, 계단을 통해 다른 방으로 이어진다. 또 카맥은 벽에 창문을 다는 방법도 고안했다. 그래서 플레이어가 방 안에 들어가는 방법을 알지 못하더라도 지금 있는 공간에서 또 다른 방을 볼 수 있었다. 게임 안에는 실제 광원도 있었는데 바닥이나 천장에 긴 형광등이 달렸다. 그러나 곧 이런 현실성에 종지부를 찍는 악마같은 괴물들이 등장한다. 한 구획에서 플레이어는 라커룸을 통과해 전진하다가, 분홍 악마가 물줄기에 떠다니는 걸 발견하게 된다.

봄이 되면서 이드는 레벨 몇 개를 모아 게임의 초기 데모, 혹은 알파 버전으로 만들어 선택된 언론인 몇몇과 테스터, 친구들에게 배포했다. 『컴퓨터 게이밍 월드』는 극찬하는 시사평을 발표했다. "텍사스의 지하수면에 어떤 끔찍한 쓰레기가 스며들었는지는 모른다. 그러나 그게 무엇이든 이 청년들에게 낯선 비전을 불어넣고, 그 비전을 구현할 프로그래밍 마법까지 주었다. 〈둠〉은 이들이 만든 다음 작품의 제목이며 믿을 수 없는 그래픽 기술이 들어간 것이 그들의 게임이다."[86]

이런 열광하는 반응과는 반대로, 두 명의 존은 여전히 톰의 작업 결과물에 만족하지 못했다. 톰은 군사 기지를 찾아보라는 카맥의 조언을 지나치게 마음에 새겼다. 톰이 만든 레벨은 실제 군사 기지처럼 따분했다. 그는 고집스럽게 자기가 만든 둠 바이블 시나리오를 고수하며, 심지어 한 무리의 군인들이 테이블에 둘러 앉아 카드 게임을 하는 방까지 만들었다. 실제 사무실처럼 보이는 방이 많았다. 회색 벽, 갈색 타일이 깔린 바닥, 그리고 심지어 사무실 의자와 파일 캐비넷도 있었다. 로메로는 톰이 카맥을 달래기 위해 게임을 희생시키고 있다고 생각했다. 그래서 로메로는 기획이 어때야 하는지 보여주기로 결심했다. 카맥이 더 빨리 작업해야 하게 되더라도 말이다.

로메로는 자기 사무실로 돌아가 도켄Dokken의 헤비메탈 음악을 틀어놓고 작업에 착수했다. 밤늦도록 몇 시간 동안 지도 편집기로 선을 만들고, 1인칭 시점으로 앞뒤로 방향을 바꾸며 마우스로 지정해서 클릭하고 끌어당겨 드롭했다. 목표는 콘크리트 상자처럼 생긴 군

---

86) 출처: 컴퓨터 게이밍 월드 1993년 6월호 102페이지의 기사 "그들은 이번 일로 지옥에 갈 거야" 내용 중에서.

용병커에서 탈출해 무언가 크고, 광활한, 뒤틀리고 이상한, 추상적인 장소로 가는 것이었다. 며칠 동안 밤늦게까지 일한 끝에 로메로가 원했던 세상이 드러났다. 로메로는 동료들을 모두 자기 사무실로 불러들였다.

로메로의 세상은 회색 천장이 낮게 깔리고 각진 벽이 있는 방에서 시작했다. 오른쪽 앞으로 걸어가자 판자가 붙은 벽이 나타났고 열린 틈으로 바깥 풍경과 하늘이 보였으나 밖으로 나가는 길은 눈에 띄지 않았다. 기다란 조명 두 개가 복도로 통하는 출구에 서 있는데, 그리로 나가면 될 것 같았다. 복도를 따라 걸어 내려가자 열린 공간이 나왔다. 머리 위에는 회색 하늘이 있고 저 멀리 산이 보였지만 움직일 때마다 방으로 되돌아왔고, 돌아올 때마다 벽은 점점 높아졌다. 악마에게 잡혀 좀비가 된 병사들, 즉 과거에 인간이었던 '포머 휴먼Former Human: 전직 인간'이 가슴이 피투성이가 된 채 그림자 속에서 쏟아져 나와 화염을 갈기자 머리 위로 섬광이 번쩍였다. 로메로가 시연을 끝내자 모두가 동의했다. 톰이 만든 진부한 레벨은 버리고 로메로의 레벨을 채택했다. 기획이란 이런 것이다. 그리고 이런 것이 바로 〈둠〉이었다.

이때부터 톰의 태도는 더더욱 나빠졌다. 자기가 했던 모든 작업과, 하고 싶은 모든 일이 버려진 듯한 느낌이었다. 마치 초등학교 6학년 졸업 무렵 같다고 톰은 생각했다. 어떤 친구들은 운동에 빠지고 어떤 친구는 덕후가 되는데, 나는 잘못된 길로 가고 있다고 깨닫는 시기 말이다. 로메로는 농담도, 장난도, 에일리언 소리도 내지 않으며 톰을 무시했다. 나머지 동료들은 톰의 제안을 아무 것도 게임에 채택하지 않아 톰을 외롭게 만들었다. 사무실에 있기가 괴로워서, 톰은 여자친구를 만나 밖에서 보내는 시간이 점점 더 많아졌다.

얼마 지나지 않아 카맥이 로메로를 따로 불러 톰을 해고하자고 했다. 하지만, 로메로는 그게 어떤 의미인지 알고 있었다. 이드에서 원

년 멤버가 떠나거나 해고된 적은 아직 한 번도 없었지만, 그런 상황이 발생한다면 어떻게 할지는 정해 두었다. 회사를 설립한 직후 다같이 둘러 앉아 이야기하면서, 이드 소프트웨어의 운명은 소유주 개개인의 운명을 초월해야 한다는 데에 진심으로 동의했다. 소프트디스크에서 내분이 회사에 어떤 피해를 입히는지 직접 목격했기에, 자기들이 만든 회사는 그런 붕괴와 몰락으로부터 보호하기로 결정했었다.

그때 그들이 맺은 합의 사항은 두 가지였다. 첫째, 누군가에게 회사를 떠나라고 요구하려면 주주 전원이 동의해야만 한다. 당시엔 에이드리안, 로메로, 톰, 카맥이 주요 주주였고 제이와 케빈의 지분은 그보다 적었다. 둘째, 회사를 떠나는 멤버는 지분을 전부 상실하며 이후 회사와 이해관계를 가질 수 없다. 이드는 누군가의 퇴사가 이드의 성공에 피해를 주는 걸 원하지 않았다. 다시 말하자면 톰은 〈울펜슈타인〉이나 〈킨〉은 말할 것도 없고, 〈둠〉으로부터 나오는 수익도 한 푼도 받지 못할 것이다. 그는 자기 혼자서 살게 된다.

로메로는 톰에게 한 번 더 기회를 주자고 카맥을 설득했다. 로메로는 다른 신경 쓸 일이 있었다. 그는 곧 재혼할 예정이었다. 소프트디스크에서 일하던 베스와 깊고 의미있는 관계로 발전했다. 베스는 로메로와 사귀면서도 로메로가 하고 싶은 일을 할 여지를 주었다. 명랑하고 요리를 좋아하며 노는 것을 좋아했다. 베스는 게임에는 별 관심이 없었지만, 최소한 로메로가 자기가 가장 좋아하는 일을 계속하게 해주었다.

1993년 7월 4일까지 로메로는 카리브해 남쪽 아루바 섬에서 신혼여행을 즐겼다. 그리고 어느 때보다 활력이 넘치는 상태로 돌아왔다. 그동안 캘리포니아에 있는 아이들과 자주 연락하고는 있었지만, 가까이에 가족 하나 없이 지낸 세월은 고단했고 전 부인인 켈리와의 관계는 점점 더 껄끄러워지고 있었다. 하지만, 이제는 새 아내와 새로운 시작을 할 참이었다. 〈울펜슈타인〉으로 한 달에 약 10만 달러 수익을 올리고 있었고 둠도 성공시킬 자신이 있었다. 모든 일이 잘 되어가는 와중에 톰이 유일한 문제였다. 이 무렵에는 이드의 모두가 톰에게 질려있었고, 해고하고 싶어 했다. 결국 로메로도 마지못해 승낙했다.

로메로는 오랜 친구인 톰에게 자기가 직접 말하고 싶었다. 그래서 톰을 집으로 초대해 베스가 만든 식사를 대접하기로 했다. 톰은 오랫동안 로메로와 놀지 못했던 터라 무척 기뻐했다. 그날 저녁 두 사람은 식사를 하면서 지난날처럼 영화와 게임에 대해 이야기하며 농담했다. 하지만 로메로는 차마 해고 소식을 직접 전할 수가 없었다. 다음 날 주주 총회가 소집되었다. 톰이 회의실로 들어가자 테이블에 둘러앉은 모두가 바닥만 응시했다. 카맥이 마침내 말했다. "톰. 이렇게는 안 돼. 지금 우리는 너한테 사임을 요구하는 거야."

톰에게는 그 순간이 현실이 아닌 것처럼 느껴졌다. 로메로가 어젯밤에 뭔가 할 말이 있지만 차마 말 못하겠다고 했던 기억이 났다. 톰은 심지어 대답도 하지 못했다. 테이블 위에서 작은 스티커를 발견하고 떼어내서 손가락으로 굴리기 시작했다. 그간 모든 경고 신호에도 불구하고 전혀 알아채지 못했다. 우울하고 부끄러웠다. 게임 때문만은 아닐지도 모른다고 톰은 생각했다. 톰은 언제나 자신의 순탄한 성장과정을 동료들이 싫어한다고 느꼈다. 톰은 비행청소년도 아니었고, 가정이 불우하지도 않았으며, 그저 헌신적인 부모 밑에서 자라서 대학 졸업장도 받았다. 톰은 거의 들리지 않는 목소리로 〈둠〉을 위해 자신이 할 수 있는 일을 이야기하며 스스로를 변호하기 시작했으나, 반응 없는 침묵 만이 돌아왔고 곧 톰의 목소리도 흐려졌다. 동료들은 톰에게 이 상황에 대해 의논하게 방에서 나가달라고 했다.

등 뒤로 문이 닫혔을 때, 톰의 내면에서 무언가가 달라졌다. 어깨를 짓누르던 무게감이 사라졌다. 톰은 오랫 동안 비참한 심정으로 낙담해 기가 죽은 채였고, 소외되는 기분이었기 때문에, 자신이 처한 상황을 인식하고 바꿀 만큼 적극적이지 않았었다. 마치 정장을 입은 남자들이 이 일이 정말로 하고 싶은 일인지 계속해서 물어보던 오래 전에 예전 직장에서의 면접 상황 같았다. 당시 톰은 그 일이 자신이 원하는 게 아니었음을 깨달았다. 그때 그가 원했던 건 게임을 만드는 것이었다. 그리고 5년이 지난 지금에야 톰은 이게 자기가 만들고 싶은 게임이 아니라는 사실을 받아들였다. 톰은 회의실로 돌아가 말했다. "친구들, 진짜 그렇게 해야 할 거 같아." 이드에서 톰의 게임은 끝났다. 다른 친구들의 게임은 이제 막 시작되고 있었다.

톰의 창조자들

두 사람이 제국을 세우고 대중문화를 바꿔놓은 이야기

가장 멋진 게임

The Coolest Game

9장

가장 멋진 게임

존 카맥은 페라리 매장에 서서, 체리 레드 색 페라리328 스포츠카를 경탄의 눈으로 바라보며 생각했다. 저건 얼마나 빠를까? 카맥은 엔지니어로서 성취를 측정하는 효과적인 방법이 속도라고 생각했다. 화면에 그래픽을 얼마나 빨리 렌더링할 수 있는가? 자동차도 마찬가지다. 카맥은 미끈하게 빠진 섹시한 디자인의 페라리 차체에서 엔진을 꿰뚫듯이 들여다보았다. 청바지에 티셔츠를 입은 빼빼 마른 22살짜리가 7만 달러 수표를 쓰고 자동차 열쇠를 받아가자 자동차 판매원은 그저 놀랄 뿐이었다.

얼마 지나지 않아 카맥은 페라리가 충분히 빠르지 않다고 느끼게 되었다. MGB 때처럼 후드를 열고 마음대로 엔진을 조작하고 싶은 기분이었다. 그러나 이건 평범한 차가 아니었다. 페라리였다. 감히 페라리를 가지고 놀듯이 멋대로 만지는 사람은 없었다. 일류 스포츠카 제조업체인 페라리는 본래의 깨끗한 디자인을 건드리는 사람을 매우 멸시했다. 하지만 카맥에게 페라리는 뜯어서 분해해 해킹할 다른 종류의 기계일 뿐이었다.

카맥은 로메로의 도움으로 그 일에 꼭 맞는 사람을 발견했다. 밥노우드였다. 노우드는 13살 때부터 캔자스에서 레이싱을 하고 자동차를 제작해 왔었다. 그는 여러 다양하고 특수한 차들을 다뤄봤고, 무엇보다 페라리로 기네스북 세계 최고 속도 기록에 100차례 넘게 이름을 올렸던 인물이었다. 로메로는 자동차 잡지에서 노우드가 댈러스에서 자동차 가게를 운영하고 있다는 기사를 읽고, 카맥에게 전화해 보라고 제안했다.

늘 그렇듯 카맥은 회의적이고 의심이 많았다. 시내의 다른 자동차 정비공에게 요청하면 모두 어깨를 으쓱하고 "에, 페라리요? 글쎄, 배기 장치를 새로 달 수 있을 거 같아요." 라는 식으로 응수했다. 그건 카맥의 문제에 대한 엉뚱하고 비효율적인 대답, 즉 쓰레기 같은 소리였다. 카맥이 차를 몰고 노우드의 자동차 가게에 가자, 신경질적으로 보이는 주인이 손에 기름을 묻힌 채 걸어 나왔다. 카맥이 신중하게 말했다. "제가 이 328을 샀습니다만, 이게 좀 더 빨라졌으면 합니다." 노우드는 얼굴을 살짝 찌푸리며 사무적으로 대답했다. "터보부터 답시다." 카맥은 새 친구를 찾았다.

노우드는 15,000달러를 받고 카맥의 페라리에 가속 페달을 끝까지 밟으면 작동하는 터보 시스템을 장착했다. 이 배짱 좋은 해킹과 개조에, 카맥은 이 노련한 레이서 출신 기술자에게 바로 친밀감을 느꼈다. 튜닝이 끝나는 날, 카맥은 미주리주에서 열리는 남동생의 졸업식까지 차를 몰고 가서 축하할 계획을 세웠다. 〈커맨더 킨〉과 〈울펜슈타인〉으로 성공한 덕에 어머니와의 관계가 좀 회복되긴 했지만 이런 차를 끌고 가면 어머니는 카맥의 성공을 인정할 수밖에 없을 것이다.

카맥은 더플백을 들고 노우드의 가게에 나타나, 가방을 트렁크에 던져 넣고 시동을 걸었다. 댈러스를 벗어나자 탁 트인 고속도로가 보였다. 카맥이 페달을 지그시 밟았다. 페달을 밟으면서 힘이 축적되는 걸 느낄 수 있었고, 금속을 치는 느낌과 함께 차가 거의 두 배로 가속하여 시속 225km 가까이 도달했다. 좋은 삶에 행복한 인생이었다. 자신의 꿈은 현실이 되었다. 남이 아닌 자신의 일을 스스로 하며, 밤

새도록 프로그래밍하며, 내키는 대로 옷을 입는다. 컴퓨터 없이, 해커 커뮤니티도 없이 보냈던 길고 힘든 세월은 모두 저 뒤 편으로 사라져갔다. 다른 동료들이 생각했던 것과는 반대로 카맥은 분명 감정을 가지고 있었다. 그리고 지금 이 순간, 소들과 옥수수가 그의 곁을 빠르게 스쳐가는 이 순간 그는 믿을 수 없을 만큼 행복했다. 그는 커다란 미소를 지은 채 남은 길을 달렸다.

카맥은 자동차 엔진만 더 빨라지기를 원하는 게 아니었다. 지금 만드는 〈둠〉은 빨랐지만 카맥의 취향만큼 빠르지는 않았다. 〈둠〉은 속도 면에서 상당한 어려움을 겪고 있었다. 다양한 높이의 벽뿐 아니라 텍스처 맵핑된 천장과 바닥도 속도에 걸림돌이었다. 〈울펜슈타인〉을 슈퍼 닌텐도 시스템으로 변환, 이식하던 중에 카맥은 이진 공간 분할법Binary Space Partitioning 또는 줄여서 BSP라고 알려진 프로그래밍 프로세스에 대해 읽은 적이 있다. 이 프로세스 과정은 벨 연구소Bell Labs에 있는 프로그래머들이 3차원 모델을 화면에 렌더링하는하는 것을 돕기 위해 사용하는 것이었다. 아주 간단히 설명하면, 3D 모델에서 작은 다각형을 여러 개를 한 번에 느릿느릿 그리는 대신, 그 모델을 더 큰 섹션이나 데이터 조각으로 쪼개는 것이다. 카맥은 이걸 읽다가 마치 버튼을 클릭한 것처럼, 반짝 불현듯 무언가를 떠올렸다. BSP를 3D이미지 하나가 아니라 가상 세계 전체를 만드는데 사용할 수 있다면 어떨까?

아무도 이러한 시도를 한 적이 없었다. 사실 이전에 이걸 생각한 사람조차 없는 것 같았는데, 당시에는 가상 세계를 창조하는 사업에 종사하는 사람이 많지 않았기 때문이다. BSP를 사용하면, 〈둠〉에서 방 하나의 이미지는 데이터 조각들의 거대한 트리 구조로 쪼개진다. 플레이어가 움직일 때마다 컴퓨터는 큰 방 전체를 커다란 나무처럼 덩어리로 그리는 대신, 플레이어가 직접 마주 보는 부분의 이미지만을 나뭇잎을 그리듯이 그릴 것이다. 이 프로세스를 실행하자 안 그래도 빨랐던 〈둠〉이 더 빨라져 날아다녔다.

그러나 카맥과 로메로, 그리고 나머지 이드 식구들은 〈둠〉을 계속 개발하려면 긴급한 문제 하나를 해결해야 한다는 것을 알고 있었다. 바로 톰 홀의 자리를 대신할 사람을 뽑는 것이었다. 물론 친구로서 톰은 대체할 수 없는 존재였다. 특히 로메로에게는 더욱 그랬다. 그렇게나 자유로운 감성으로 끊임없이 익살을 부리며 웃긴 사람은 다시 없었다. 게다가 이드를 떠난 것이 너무나 고통스러워서 해고 이후 로메로와 톰은 거의 대화를 하지 않았다. 그러나 적어도 톰은 다시 일어서고 있었다. 이드의 성공 가도에서 발생한 또 다른 희생자 스콧 밀러가 톰에게 어포지의 게임 기획자 자리를 제안했다. 톰은 그 달콤하면서도 쓸쓸한 제의를 수락했다. 아마도 이제 톰은 항상 상상했던 게임을 만들 수 있을 것이었다.

한편, 이드에서는 새로운 게임 기획자를 뽑기 위한 이력서를 선별하기 시작했다. 케빈은 샌디 피터슨이라는 유망해 보이는 게이머의 이력서를 받았다. 샌디는 37살로 이드 직원들과 비교했을 때 나이와 경력이 많았고, 게임 업계에서 존경받을 만한 베테랑이었다. 샌디는 1980년대 초반에 촉수 다리를 가진 외계 기생충과 인육을 먹는 좀비가 등장하는 〈크툴루의 부름Call of Cthulhu〉이라는 종이와 연필로 하는 롤플레잉 게임을 만들었다. 〈크툴루의 부름〉은 십만 부 이상 팔리면서 세계적으로 인기 있는 컬트 게임이 되었다. 결국, 샌디는 마이크로프로즈MicroProse에 취직해 컴퓨터 게임을 만들었다. 마이크로프로즈는 실제 역사에 기반한 전략 시리즈 〈문명〉을 만든 전설적인 기획자 시드 마이어가 볼티모어에 설립한 게임회사다.

그러나 로메로는 샌디에 대해 마음에 걸리는 게 하나 있었다. 샌디의 이력서 가장 아래에는 몰몬교도라고 써 있었다. 로메로는 케빈에게 말했다. "친구, 난 여기에서 종교적으로 독실한 사람은 원하지 않아. 우리는 악마와 지옥, 똥이 나오는 게임을 만들고 있다구. 그런 거에 반대할 사람은 필요 없어."

"아냐. 한 번 만나보자. 정말 멋질지도 몰라." 케빈이 말했다.

로메로는 한숨을 쉬었다. "좋아, 친구. 하지만, 그 사람 뽑지는 않을 거야."

며칠 뒤 샌디가 나타났다. 안경을 쓰고 멜빵을 했는데, 머리가 조금 벗겨진 체격이 좋은 남자였다. 고음으로 속사포같이 말하며, 게임에 대해 이야기할 때 더욱 흥분했다. 흥미를 느낀 로메로도 기세를 타고, 샌디를 컴퓨터 앞에 앉히고 샌디가 〈둠〉의 임시 레벨을 어떻게 합치는지 지켜보았다. 샌디는 몇 분 만에 화면에 엉망진창으로 얽힌 선을 그리고 있었다. 로메로가 말했다. "음. 이거, 뭐하고 있는 거죠?"

샌디가 빠르게 말했다. "이건요, 플레이어가 이리로 통과해 오면, 이 벽이 등 뒤에서 열리는 거예요. 그리로 괴물이 나올 거고 그러면 이 방향으로 내려가는 거죠. 이제 불을 다 *끄고*, 이 모든 걸…"

로메로는 쿵! 하고 느낌이 왔고 '좋아, 이 사람 다 파악했네.'라고 생각했다. 샌디를 이드의 게임 기획자로 뽑으면, 로메로는 자기가 좋아하는 여러 가지 일을 할 시간이 생길 것이다. 프로그래밍, 음향 만들기, 레벨 디자인, 사업 거래 감독하기 등 다른 일에도 말이다.

샌디는 채용 제안을 받고, 제이에게 가족을 부양하려면 더 많은 돈이 필요하다고 말했다. 그날 늦게 카맥이 샌디에게 다가와서 말했다. "당신이 작업한 것 정말 좋았어요. 나는 당신의 작업물이 마음에 들고, 내 생각에 우리 회사에 잘 맞을 것 같습니다." 그 다음날 카맥은 복도에서 다시 한 번 샌디를 멈춰 세우고 말했다. "내가 당신의 작업물이 좋다고 했을 때는, 제이에게 연봉을 더 달라고 했다는 걸 알기 전이었어요. 그러니 내가 연봉을 낮추게 하려고 당신에게 그런 칭찬을 했다고 생각하지 말았으면 해요, 으으음." 그리고 나서 카맥은 걸어가 버렸다. 샌디에게는 그 말이 이상하게 느껴졌다. 카맥은 마치 샌디가 높은 연봉을 포기하게 자신이 회유할 수 있다고 생각하는 것 같았다. 샌디는 카맥이 다른 사람이 어떻게 생각하고 느끼는지, 인간 감정에 대해 잘 모른다고 생각했다.

로메로가 샌디의 속도, 디자인 센스, 그리고 게임에 대한 백과사전급 방대한 지식에 감사하게 되는 데는 그리 오래 걸리지 않았다. 샌디는 플레이어가 악마의 폐를 샷건으로 폭파할 때 받아야 하는 보상에 대해 흥미진진하게 얘기했다. "여러 가지 방식으로 반드시 보상을 받아야 해요. 총성이 들리고, 덩치 큰 근육질 남자가 샷건을 장전하고, 나쁜 놈이 뒤로 날아가거나 폭발하는 걸 보는 거에요. 옳은 일을 하면 항상 상을 받아야지요!"

로메로는 그 말에 전적으로 동의하며 괴물에서 엄청난 피가 뿜어져 나오는 것까지 더해보면 어떻겠느냐고 물었다. 그들은 즐겁게 웃었다. 로메로는 종교 문제에 대해 물어보기로 결심했다.

"그런데, 몰몬 교도라고?"

"맞아요." 샌디가 대답했다.

"글쎄. 적어도 애를 잔뜩 낳는 몰몬교인은 아닌 거 같아요." 로메로가 껄껄 웃으며 말했다.

샌디는 타이핑을 멈췄다. "사실 저는 애가 다섯입니다."

"아, 좋아요." 로메로가 말을 더듬었다. "하지만, 열 명이나 그런 건 아니잖아요. 하지만, 다섯 명도 많긴 하죠, 하지만, 음, 적어도 카드 들고 다니는 광신도 몰몬은 아니니까요."

"오, 제 몰몬 카드 여기 있어요." 샌디가 카드를 꺼냈다.

"글쎄, 적어도 그… 가먼트인가 하는 내복이나 그런 거 안 입으시죠, 맞죠?"

샌디는 자기 셔츠를 올려 보였다. "가먼트 여기 입었어요!"

"알았어요, 알았어. 입 다물게요." 로메로가 말했다.

샌디는 말했다. "에이, 걱정하지 마세요. 게임에 나오는 악마들은 아무 상관없어요. 그건 그냥 그림이잖아요." 그가 미소지으며 덧붙였다. "그리고 걔네들은 어쨌든 게임에서 무찔러야 하는 적이니까."

1993년 9월, 이드가 〈둠〉을 다듬고 있는 동안 워싱톤 주 스포캔에 사는 목사의 아들 랜드 스콧과 로빈 스콧 형제가 〈미스트Myst〉를 출시했다. 〈미스트〉는 어드벤처 컴퓨터 게임으로 CD-ROM에 수록되어 팔렸다. 이 게임은 즉각적인 주목을 받아 컴퓨터 게임 차트 1위에 올랐고, 400만 장 이상 판매되었다[87]. 〈미스트〉는 또, 급성장하던 새로운 포맷인 CD-ROM을 대중화시켰다. CD-ROM 드라이브가 장착된 가정용 컴퓨터가 늘어났는데, CD-ROM 드라이브는 플로피 디스크의 수백 배에 달하는 데이터를 저장할 수 있었기에 게임 개발자들에게 필수품이 되었다. 저장 공간이 넉넉한 덕에 더 좋은 음향 효과를 사용할 수 있었고, 심지어 풀 모션 비디오FMV도 지원할 수 있었다. 또 다른 차트 1위 게임인 〈7번째 손님7th Guest〉이라는 호러 퍼즐 어드벤쳐형 CD-ROM게임이 풀모션 비디오 효과를 사용했다.

포토 리얼리스틱 방식으로 만들어진 〈미스트〉는 플레이어가 버려진 신비로운 섬에 있다는 설정이다. 플레이어는 그 섬에서 이상한 방들과 기계들, 그리고 이를 만들어 낸 아트러스라는 발명가의 비밀을 풀어야 했다. 〈미스트〉도 〈둠〉처럼 1인칭 시점에서 전개되었다. 그러나 〈미스트〉에서 플레이어는 뛰지 않았다. 물론, 기어가지도 않았다. 그저 천천히 흘러 움직였다. 플레이어가 앞에 있는 공간이나 아이템을 클릭하면 배경이 부드럽게 흐려지면서 다음 단계의 배경이 나타났다. "영리하게 설계하고 렌더링한 3D 이미지"[88]라며 『와이어드Wired』가 극찬했다. "〈미스트〉의 유령의 집 같은 미로와 퍼즐, 그리고

---

87) 출처: PC데이터, 2000년.

88) 출처: 와이어드 1994년 1월 "초현실적인 퍼즐 파라다이스" 기사 내용 중에서 (※ 와이어드 홈페이지에서 유료 결제로 과거 기사 아카이브 검색 가능 : www.wired.com/wired/archive/2.01/streeted.dll?pg=3.)

음모는 어드벤처 게임에 새로운 기준을 확립할 것이 분명하다."

하지만 이드는 〈미스트〉를 싫어했다. 그 게임에는 이드가 좋아하는 요소가 하나도 없었다. 실시간 상호작용, 속도, 공포, 액션이 하나도 없었다. 〈미스트〉가 셰익스피어라고 치면 〈둠〉은 스티븐 킹이 될 것이었다. 카맥의 엔진이 돌아가기 시작하면서 나머지 사람들은 본격적으로 게임의 마무리 작업에 착수했다. 에이드리안과 케빈은 어둡고 악마적인 게임 아트를 쏟아냈다. 말뚝에 박혀 뒤틀린 사람들(오래전 에이드리안이 병원에서 보았던 장대에 꿰뚫린 농부처럼), 벽에 묶여 있는 피 튀기는 시체들을 그렸다. 죽는 장면의 애니메이션은 그 어느 때보다도 정교했다. 괴물은 두개골이 깨져 열린 채 비틀거리고, 바론 오브 헬Baron of Hell은 바닥에 창자를 쏟으며 앞으로 푹 쓰러졌다.

무기도 자리를 잡았다. 샷건, 권총, 전기톱, 로켓 런쳐. 그리고, BFG라는 애칭을 가진 '빅 퍽킹 건.' 〈울펜슈타인〉에서는 플레이어가 총을 잃어버리면 기본 무기인 칼을 쓸 수 있었다. 〈둠〉에서는 무기를 잃어버리면 맨손으로 싸워야 했다. 이드 개발자들은 케빈의 손을 디지털화해서 사용했다. 케빈이 블루 스크린을 향해 강한 펀치를 날리는 장면을 스캔해서 삽입했다. 살인 무기와 괴물에 어울리는 끝내주는 살인 음향도 필요했다. 이드는 바비 프린스를 다시 투입해 오디오를 녹음했다. 로메로의 지휘에 따라서 바비는 〈둠〉에 테크노 메탈 스타일의 사운드 트랙을 입혔다. 거기에 여러 동물의 신음 소리를 잡탕찌개처럼 뒤섞어서 게임 속 괴물들의 소리로 사용했다.

샌디와 로메로는 준비된 총과 괴물과 잔혹한 장면을 사용해서 대대적인 레벨 제작에 신나게 돌입했다. 로메로는 〈둠〉에서 마음껏 자신을 드러냈다. 로메로는 〈둠〉의 모든 것을 사랑했다. 〈둠〉 게임 속의 속도, 두려움, 서스펜스를 모두 좋아했고, 모두 충족시키려고 노력했다. 로메로가 만든 레벨들은 신중하게 페이스를 유지했다. 레벨 디자이너로서 그는 게임 내 구조물을 설계했을 뿐 아니라, 몬스터,

무기, 보너스 아이템과 물건들을 놓을 장소까지도 선택했다. 마치 공연의 연출가이면서, 유령의 집을 제작하는 창작자의 역할을 동시에 ` 수행하는 것과 같았다.

　로메로는 그 역할을 무척 즐겼다. 그가 만든 어떤 레벨에서 플레이어는 방으로 뛰어 들어가 창문을 통해 밖을 보지만 밖으로 나가는 법은 알 수 없다. 그래서 플레이어는 방을 뛰어다니며 시끄러운 배경음악 속에서 출구를 찾아다니게 된다. 문 하나가 스르륵 열리고 쾅! 임프의 울부짖음이 들릴 것이다. 그 괴물을 격파하고 갈색의 더러운 복도를 달려 내려가면 쿠궁! 또다른 괴물 떼가 있다. 로메로는 타고난 재능으로 전투를 연출해서, 플레이어가 소규모 전투에서 한 번 이기게 한 다음엔 폭풍처럼 적이 모여서 몰려오는 적진 가운데로 몰아넣었다.

　로메로가 원초적이고 잔인하다면 샌디는 영리하고 전략적이었다. 샌디가 만든 어떤 레벨에는 초록색 통이 버려져 있었는데, 총으로 통을 명중하면 폭발했다. 샌디는 완벽한 타이밍에 그 통을 쏘아야만 몬스터를 죽일 수 있도록 만들었다. 샌디의 레벨은 로메로가 만든 레벨들처럼 미학적인 즐거움을 주지는 못했다. 사실 샌디가 만든 레벨이 완전히 엉터리라고 생각하는 이드 직원들도 있었지만, 그게 또 재미있고 교묘하다는 것은 부인할 수 없었다. 샌디가 만든 레벨과 로메로의 레벨들은 서로 장단점을 보완하며 잘 어울렸다.

　1993년 가을, 게이머들이 〈둠〉을 내놓으라고 아우성치며 압박하기 시작됐다. 보안에 신경을 썼는데도 언론사 용으로 만든 〈둠〉 체험판이 인터넷에 유출되고 말았다. 몇몇 열성팬들은 정보를 달라고 이드 사무실로 직접 전화를 하거나 간절한 e메일 편지를 보내기 시작했다. 그러나 주요 언론은 그 문제적 상황을 모르거나, 알더라도 신경쓰지 않는 것 같았다. 한 지역 텔레비전 프로그램이 이드에 대한 프로그램을 만들었는데, 직장에서 게임하는 모습을 찍어갔지만 둠에 대한 프로그램은 아니었다.[89] 제이가 주요 신문사와 잡지사에 전화해 봤지만 별 성과를 얻지 못했다.

제이는 대신 회사의 마케팅과 유통망을 구축하는데 주력했다. 이드의 비즈니스 스타일도 그들의 게임만큼이나 혁신적으로 만들기로 결심한 것이다. 주문을 받는 무료 전화번호를 새로 만들고 배송 업체와 계약을 체결했다. 직접 〈둠〉을 배급하므로 〈울펜슈타인〉 수익의 두 배를 벌게 될 것이었다. 일반적인 소매 방식으로 게임을 배급하면 중간상인에게 피 같은 돈을 나누어 주어야 한다. 컴프USA*CompUSA: 90년대의 미국 소프트웨어 소매업 회사. 현재는 인터넷 통판만 한다.에서 게임이 하나 팔린다고 치면, 소매업체인 컴프USA가 돈을 받아 유통사에 돈을 지불한다. 유통사는 그 돈을 받아서 배급사에 돈을 내고, 배급사는 그 돈을 받아서 다시 게임 개발자에게 돈을 준다. 이드는 셰어웨어 방식으로 유통 비용을 절감했고, 판매액 1달러당 85센트의 수익을 얻었었다. 그리고 〈둠〉의 소매가는 약 40달러로 책정될 예정이었다. 제이는 〈둠〉에 〈울펜슈타인〉처럼 입소문이 필요하다고 생각했다. 닌텐도 같은 거물들은 마케팅과 광고에 수백만 달러를 쓰지만, 이드는 게임 잡지 하나에 〈둠〉의 작은 광고 하나만을 낼 예정이었다. 그리고 목표는 가능한 많은 사람이 〈둠〉 셰어웨어를 손에 넣게 하는 것이었다.

당시 소매상은 셰어웨어 게임 디스크를 팔고 있었고, 게임제작자는 소매상에 높은 로열티를 내라고 강요하고 있었다. 이드는 그때까지 가장 성공한 셰어웨어 게임들을 만들어 왔지만, 이번에는 다른 접근 방식을 취하기로 했다. 〈둠〉 셰어웨어를 소매업자에게 아무런 수수료나 로열티없이 무료로 주고, 그 판매 수익도 소매상이 모두 가지도록 한 것이다. 셰어웨어가 많이 배포되면 배포될수록 이드는 잠재 고객을 더 많이 모을 수 있었다.

---

89) 출처: 나이틀리 비즈니스 리포트 1992년 11월 2일 방송분.

"우리는 이 셰어웨어 데모로 얼마를 버셔도 상관없어요. 어서 가져가세요! 많이 가져가세요!" 제이가 소매상에게 말했다. 소매상 업자들은 귀를 의심했다. 로열티를 낼 필요 없다고 한 게임 업자는 그 동안 아무도 없었다. 그러나 제이는 확고했다. "무료로 〈둠〉을 가져가고 이윤은 가지세요! 우리 목표는 대량 유통입니다. 〈둠〉은 스테로이드 맞은 〈울펜슈타인〉이 될 거예요. 둠이 널리, 멀리 퍼졌으면 좋겠어요. 〈둠〉을 여러분 매장에 잔뜩 쌓아두셨으면 좋겠어요. 사실 광고도 해주시면 좋겠는데, 〈둠〉이 팔리면 여러분도 돈을 벌 수 있으니까요. 로열티 주시는 대신, 그 돈을 〈둠〉을 팔고 있다고 광고하는 데 쓰세요." 그래서 많은 업자들이 제이의 제안에 응했다.

〈울펜슈타인〉과 〈둠〉을 둘러싼 떠들썩한 소문이, 흘러간 옛 시절의 인물을 다시 불러들였다. 알 베코비우스가 연락해 와서, 예전에 이드가 만든 소프트디스크 게임을 다시 출시할 마음이 있는지 물었다. 알은 그들이 떠난 후 회사가 회복하는 데 어려움을 겪고 있다고 했다. 하지만 이드는 알의 제안을 거절했다. 더욱 놀라운 것은 로메로의 새아버지 존 슈네만이 찾아온 것이다. 슈네만은 댈러스로 가는 길에 아웃백 스테이크 하우스에서 로메로와 마주 앉아 저녁식사를 했고, 처음으로 그의 진심을 드러냈다. "너도 알다시피 내가 때때로 곰처럼 사납게 굴었지. 하지만 나는 남자다. 그리고 너한테 유명해지려면 비즈니스 어플리케이션을 만들어야 한다고 말했던 걸 기억해. 글쎄 뭐, 내가 틀렸다는 걸 인정할 만큼 내가 남자답다는 걸 알아주렴. 난 네가 대단하다고 생각해. 그땐 내가 틀렸다는 걸 말해주고 싶었다."

로메로는 사과를 받아들였다. 시간은 흘러가고 있었고, 굳이 원한을 품고 있을 이유가 없었다. 〈둠〉은 완성되기 직전이었다. 최고의 순간은 아직 오지 않았다.

1993년 할로윈에 로메로는 〈둠〉 안에 있었다. 갈색 오물로 얼룩진 회색 벽으로 둘러싸인 작은 방에 서서 피스톨 총신을 내려다보았다. 불길하고 낮은 신디사이저 화음이 울리다가 으스스한 기타현을 뜯는 소리로 바뀌고, 마침내 죽어가는 사람의 신음소리 같은 드럼이 울렸다. 샷건 하나가 바닥에 놓여 있었다. 로메로는 앞으로 달려가 샷건을 쥐고 천장으로 열리는 문을 통해 뛰어나갔다. 으르렁거리는 소리, 끔찍한 콧소리, 트름 소리, 신음소리가 사방에서 들려왔다. 갑자기 불덩어리가 나타났다. 거대하고 붉은 화염이 폭발하여 허공에 난사됐다. 빨리 움직여야만 했다.

로메로는 한 바퀴를 구르며 (전에는 인간이었던) 포머 휴먼의 가슴에 샷건을 발사했고, 포머 휴먼은 피를 뿜으며 뒤로 날아갔다. 불덩어리가 로메로 곁으로 날아들었고 시야를 붉게 물들였다가 사라지면서 숨쉬기 힘들어 헐떡이는 소리가 들렸다. 또다른 폭발에 로메로가 굴렀다. 하지만 아무 것도 보이지 않았다. 다시 한 번 폭발이 있었고 더욱 숨이 가빠졌다. 지직거리는 텔레비전 화면같이 흐릿한 괴물이 앞으로 돌진해왔다. 로메로는 총을 한 번 쏘았으나 아무 소용이 없었다. 그때 드럼통이 보였다. 초록색 오물이 든 두 개의 통. 괴물은 바로 그 통을 향해가고 있었다. 로메로는 완벽한 타이밍에 통을 쏘아 터뜨렸고, 괴물은 부서진 뼛조각이 섞인 피범벅 덩어리가 되었다.

로메로의 사무실에 문이 열렸다. 로메로는 카맥이 걸어 들어오는 것을 어깨 너머로 슬쩍 돌아보고는 게임을 계속 했다. 카맥은 화면에 보이는 게 마음에 들었다. 로메로가 웅장하고 훌륭한 센스가 있다고 생각했다. 로메로가 만든 레벨 디자인은 매우 다채로웠고, 건물의 높낮이도 다양하고, 또한 깊이가 있었다. 로메로는 카맥의 기술이 노래하게 만들었다.

"무슨 일이야?" 하고 로메로가 물었다.

카맥은 〈둠〉의 네트워크 부분을 실행해도 될 만큼 작업을 마쳤다고 말했다. '오, 마침 딱 좋아'라고, 로메로는 생각했다. 네트워킹. 이드가 지난 1월에 언론에다 네트워크에 대해 언급한 적이 있다. 둠에 플레이어들이 한 팀으로 또는 서로 대항해서 경쟁할 수 있는 멀티 플레이어 기능이 있을 것이라고 말이다. 그러나 다른 작업들을 다 마친 후에야 네트워킹을 급히 덧붙이게 되었다.

카맥은 로메로에게 그가 지금 생각하는 소소한 기술적 어려움을 겸손하게 말했다. "그래서 내가 할 일은 IPX를 통해 적절하게 통신하는 법을 알아낼 설치 프로그램을 만드는 거야. 그리고 이어지는 프로그램을 만들려면 일이 좀 많을 지도 모르고…." 카맥이 말하는 동안 로메로는 고개를 끄덕였다. 네트워킹이라니 얼마나 멋진가, 하고 로메로는 생각에 잠겼다. 플레이어끼리 정면 승부하게 만드는 게임들은 나와 있었다. 〈스트리트 파이터 II Steet Fighter 2〉와 새로 나온 〈모탈 컴뱃Mortal Kombat〉처럼, 사람과 사람이 직접 싸우는 게임들은 이미 대 유행이었다. 그리고 멀티플레이어 식민지 개척 게임인 〈M.U.L.E.Multiple Use Labor Element〉이나 초기 [스타 트렉]에서 영감을 얻은 모뎀to모뎀 통신 게임인 〈넷트랙NetTrek〉 같은 오래된 게임도 있었다. 하지만 멀티플레이어로 여럿이 동시 플레이하는 〈둠〉 같은 게임은 아직 없었다. 거기에 1인칭, 빠른 액션, 높은 몰입도에 피가 낭자한 게임이란 말이다. 로메로의 심장이 빠르게 뛰었다.

로메로는 키보드를 빠르게 두드려 프로그램을 실행해, 자기 모니터 스크린에 떠 있는 E1M7(에피소드 1, 맵 7) 레벨 속을 달려갔다. 초록색 플라즈마가 흐르는 바깥 플랫폼을 향해 긴 창문이 열려 있는 복도를 따라 내려갔다. 로메로는 두 플레이어가 서로를 향해 로켓을 쏘고, 서로에게 발사된 그 미사일이 화면을 가로질러 날아가는 모습을 상상했다. '오, 맙소사. 신이여.'라고, 그는 생각했다. 그런 게임은 지금까지 아무도 못 봤을 거야. 물론, 괴물을 쏘는 것도 재미있다. 하지만 이들은 결국 컴퓨터가 조정하는 영혼 없는 피조물들이다. 이제 게이머는 생각하고, 전략을 짜고, 비명을 지르는 자연스러운 인간 존재를 상대로 게임을 할 수 있다. 이제 우리는 서로를 죽일 수 있다!

"우리가 이걸 완성하면, 지구의 좆같은 역사 상 처음 보는, 정말 좆같지만 가장 멋진 게임이 될 거야!" 로메로가 말했다.

카맥은 그보다 더 좋은 표현을 찾을 수 없었다.

2주 뒤, 카맥은 자기 사무실에서 컴퓨터 두 대를 네트워크로 서로 연결했다. 한 대는 카맥의 1인칭 시점을 보여주었고, 다른 컴퓨터는 다른 플레이어의 시점을 보여줬다. 카맥이 때맞춰 키보드의 버튼을 누르자 컴퓨터 속에서 캐릭터가 앞으로 이동했다. 카맥은 작은 데이터 패킷들이 네트워크 라인을 따라 이동하여 사무실을 가로질러 다른 컴퓨터로 흘러 들어가 화면 속 우주 해병대로 바뀌는 것을 상상했다. 그 컴퓨터들은 서로 대화하고 있었다. 그리고, 카맥은 결과를 알고 있었다. 그가 오른쪽 컴퓨터로 시선을 보내자 이제 3인칭으로 나타나는 그의 캐릭터가 화면을 가로질러 달려가는 게 보였다. 카맥은 서로 교감하는 가상 세계를 만들었고, 그 세계는 살아있었다.

로메로가 사무실에 들어왔다가 그대로 뒤집어졌다. "맙소사! 그거 끝장나게 멋있다!" 로메로가 소리를 질렀다. 로메로는 자기 사무실로 다시 달려갔고 카맥은 다시 게임을 시작했다. 이번에는 로메로가 자신의 컴퓨터로 접속했다. 로메로는 카맥이 조종하는 우주 해병대가 복도로 달려가는 것을 바라보았다. 로메로는 그를 따라가며 총을 한 발 쐈다. 빵!- 카맥이 비명과 함께 피를 흩뿌리며 하늘로 날아갔다. "먹고 뒤져라!" 하고, 로메로가 울부짖듯이 소리쳤다.

곧 이드의 모두가 차례로 멀티 플레이어 모드에 들어와 서로를 추격하며 폭탄을 던졌다. 그리고 사무실은 비명으로 가득 찼다. 게임 속의 효과음으로 만들어진 비명 만이 아니라, 진짜 비명, 사람들의 비명으로 말이다. 그것은 투기장이었다. 모두가 그 안에서 경쟁하고, 달리며, 탈출하고, 살해했다. 곧 1대1 경기도 플레이하기 시작했고, 누가 가장 많이 죽였는지 보려고 손으로 점수를 기록했다. 그리고, 로메로는 그것 만이 전부가 아니라는 걸 깨달았다. 한 번에 네 사람이 게임에 참여할 수 있으니, 팀을 이루어 협동하면서 레벨을 통과하면 어떨까? 카맥은 가능하다고 했다. 로메로는 숨을 헐떡여서 말이 제대로 안나올 정도로, 흥분을 억누를 수가 없었다. "말도 안 돼. 네 사람이 협동해서 괴물들을 싹 쓸어버릴 수 있다는 거야? 진짜 말도 안 돼."

로메로는 흥분해서 방 안을 서성였다. 이건 정말 대단했다. 과거 〈위험한 데이브〉를 만든 순간보다도, 이제까지 봤던 어떤 순간보다도 대단했다. 복도를 걸어가자 방마다 고함과 비명소리가 새어 나왔다. 에이드리안은 케빈, 카맥, 제이에 맞서 싸우며 플레이할 때마다 경련을 일으키며 몸을 뒤틀었다. 이게 뭐였지? 로메로는 생각했다. 1대 1경기 같았다. 권투 시합 같은 경기 말이다. 그러나 목적은 단지 상대를 때려눕히거나 하는 겁쟁이 똥자루 같은 게 아니었다. 이건 마치 상대를 말려 죽이는 것 같았다! 죽음에 이르는 경기였다. 로메로가 갑자기 멈춰섰다. "이건 데스 매치야."

1993년 12월 첫 주, 〈둠〉 작업은 진짜로 끝을 향해 달려가고 있었다. 이드 멤버들은 집에 가지 않고 대신 소파, 바닥, 책상 밑, 의자에서 자는 쪽을 택했다. 프로그래밍 보조로 고용된 데이브 테일러는 마룻바닥에서 잠드는 걸로 유명해졌다. 하지만 데이브는 단지 피곤해서만은 아니라고 말했다. 〈둠〉이 어떤 종류의 더 큰 영향, 어떤 생물학적인 영향을 끼쳤다. 더 오래 플레이할수록, 이어지는 복도를 더 빠르게 달릴수록, 데이브는 현기증을 더 많이 느꼈다. 몇 분이 지나면 균형을 잡기 위해 바닥에 몸을 눕혀야만 했고, 때때로 그대로 잠들기도 했다. 그런 일이 너무 자주 생기자, 어느 날은 나머지 사람들이 마스킹 테이프를 가져와서 데이브 몸 윤곽을 따라 테이프를 붙였다.

게임이 완성에 가까워지면서 압박감도 고조되었다. 어떤 게이머들이 사무실로 전화를 걸어 "아직도 안 끝났어?", "빨리 좀 해, 이 새끼

들아!" 같은 메시지를 남기기 시작했다. 이드가 1993년 3분기에 출시한다는 원래 약속을 안 지켰다며 분노를 쏟아내는 이들도 있었다. 어떤 게이머가 온라인 뉴스에 포스팅했다. "너희는 벌써 몇 달 전부터 떠들썩하게 〈둠〉을 광고하기 시작했잖아. 〈둠〉이 얼마나 대단한 게임일지 잔뜩 기대하고 흥분하게 만들었어. 93년 3분기에 출시한다고 많은 사람들에게 말했지. 이제 모두가 기대했던 만큼의 불만과 분노로 이드에 역풍을 일으킬 거야."[90]

어떤 게이머는 이전에 발표된 〈둠〉 스크린샷을 보고 기대 섞인 꿈을 꾼 이야기를 하며 너그러운 내용을 포스팅했다. "나는 화소로 된 (그렇다, 내 꿈은 화소로 되어 있었다.) 악마에게 샷건을 발사하고 있었다. 그때 내 알람이 울렸다. (정확히 말하면 라디오가 켜졌다.) …동네 심리상담소에 예약 잡아야겠다. 그 게임이 실제로 출시되면 내가 어떤 모습일지 상상도 못 하겠다. :)"[91]

또 다른 사람은 "둠의 전야."라는 시를 썼다. "둠의 전야입니다./집안 모든 곳을 지나/나는 나의 멀티 플레이 네트워크를 구축합니다./마우스를 가지고/네트워크는 연결되었습니다./특별히 정성스럽게/둠이라는 희망 속에/머지않아 올 거라는."[92]

한 컴퓨터 잡지의 발행인은 그가 기고한 "크리스마스 전날 밤 부모의 악몽"이라는 칼럼에서 더욱 어둡게 전망했다. "잠자리에 들어 슈가플럼 캔디 꿈을 꿀 무렵, 아이들은 이미 논란의 최신 컴퓨터 게임 〈둠〉을 보았을지도 모릅니다."[93]

12월 10일 금요일, 마침내 〈둠〉이 출시되었다. 30시간 동안 쉬지

---

90) 출처: comp.sys.ibm.pc.games.action에서, 1993년 8월 19일.

91) 출처: 각주 90과 동일한 BBS에서 1992년 11월 2일.

92) 출처: 행크 류카트, comp.sys.ibm.pc.games.action에서 1993년 12월9일.

93) 출처: 더글러스 애들러, 컴퓨터 페이퍼 1993년 12월호의 내용을comp.sys.ibm. pc.games.action.에서 인용.

않고 버그를 테스트한 끝에 이드는 〈둠〉을 인터넷에 업로드할 준비를 마쳤다. 위스콘신 대학 파크사이드 캠퍼스의 컴퓨터 관리자인 데이비드 닷타David Datta는 자기가 관리하는 학교 네트워크의 FTP사이트에 둠 셰어웨어 파일을 업로드하게 해주겠다고 자원했다. 좋은 제안이었다. 당시 위스콘신 대학은 다른 대학들처럼 고속 대역폭을 가지고 있었기에 이용자를 더 많이 수용할 수 있었다. 이드가 정해진 시간에 셰어웨어를 업로드하면 게이머들이 이를 다운로드 받아 전세계로 전송하는 계획이었다. 비용이 많이 드는 유통 방식은 그만둘 때가 되었다. 게이머들이 이드를 위해 스스로 게임을 유통할 것이다. 제이는 그 전날 채팅방에서 〈둠〉이 12월 10일 자정에 출시될 예정이라고 발표했다.

자정이 가까워 올 무렵 이드 멤버들은 제이의 컴퓨터 주변으로 모였다. 사무실에는 〈둠〉을 제작하면서 생긴 잡동사니들이 어지럽게 널려 있었고, 선반에는 에이드리안과 케빈의 클레이 모델이 놓여있었다. 바닥에 부서진 의자와 키보드 더미가 흩어져 있는데다, 꽉 찬 쓰레기통은 구석에 찌그러져 있었다. 테이프로 그린 데이브 테일러의 신체 윤곽에는 먼지 뭉치가 굴러다녔다. 제이가 〈둠〉 파일을 출시할 준비를 했다.

온라인에서는 게이머들이 위스콘신 파일 전송 프로토콜FTP로 모여들어 바글거렸다. 채팅방이나 토론 게시판을 통해 소통할 방법은 없었으나 게이머들은 서로 이야기할 방법을 독창적으로 찾아냈다. FTP 시스템에는 한 사람이 파일을 생성해 이름을 지정하면 다른 이용자들이 보는 파일 목록에 추가되는 기능이 있었다. 어떤 사람이 파일을 만들고 "둠은 언제 WHEN IS DOOM"이라거나 "우리는 기다리고 있다. WE ARE WAITING." 같은 이름을 지정하여 간단히 대화하는 좋은 아이디어를 생각해 낸 것이다. 수백 명 이상이 제이가 둠의 출시에 대해 실마리를 흘리던 인터넷 릴레이 채팅(사람들이 텍스트

형태로 실시간 토론을 할 수 있는 곳)의 특정 채널에서 기다리고 있었다.

마침내 시계가 12시를 가리켰다. 더 이상 기다릴 필요가 없다. 제이가 〈둠〉을 세상에 업로드하려고 버튼을 눌렀다. 사무실의 모두가 환호했지만 제이만은 조용했다. 제이는 이마를 찌푸리고 키보드를 계속 두드렸다. 문제가 생겼다. 위스콘신 대학의 FTP사이트는 125명까지 동시에 접속할 수 있었다. 보아하니 이미 125명의 게이머들이 온라인에서 기다리고 있는 것 같았다. 해서 이드가 접속할 수 없었다.

제이는 데이비드 닷타에게 전화해서 계획을 세웠다. 데이비드가 동시접속 가능한 이용자 수를 늘려주면 제이가 〈둠〉을 업로드하는 것이다. 그리고 제이가 확실히 접속할 수 있도록 데이비드는 제이와 계속 통화하면서 정확한 순간을 말해주기로 했다. 모두가 기다렸다. 데이비드가 전화선 저쪽에서 타이핑하는 소리를 들을 수 있었다. 그리고 나서 데이비드가 목소리를 가다듬었다. 제이의 손가락은 업로드 키 위를 맴돌았다. "오케이. 지금!" 데이비드가 말했다. 그러나 제이는 여전히 접속할 수 없었다.

제이는 게이머들로 가득 찬 채팅 채널에 접속해서 타이핑했다. "주목해주세요. 죄송하지만 여러분을 위스콘신 사이트에서 내보내야만 합니다. 업로드가 안 되고 있거든요. 게임을 올릴 수 있게 사이트에서 나가든가 아니면 게임을 못 올리게 하든가 여러분이 둘 중 하나를 선택하세요." 게이머들은 황급히 사이트에서 나갔다. 제이가 마지막으로 버튼을 눌렀고 연결되었다. 마침내 〈둠〉이 출시되었다.

이드 팀은 기뻤지만 기진맥진해서 다들 몇 달 만에 처음으로 숙면을 취하러 집으로 갔다. 제이 만이 남아 게임 업로드가 끝날 때까지 지켜보았다. 30분 후 〈둠〉 데이터의 마지막 비트가 위스콘신에 도달했다. 그 순간, 1만 명의 게이머가 사이트에 몰려들었다. 접속이 폭주했다. 위스콘신 대학의 컴퓨터 네트워크가 마비되었다. 데이비드 닷타의 컴퓨터는 다운되었다.

데이비드가 제이에게 전화해 더듬으며 말했다. "세상에. 난 이런 건 생전 처음 봐요."

아니, 전 세계 누구도 본 적이 없는 광경이었다.

꿈의 창조자들

두 사람이 제국을 세우고 대중문화를 바꿔놓은 이야기

둠 세대

The Doom Generation

10장

둠 세대

1993년의 다른 부모들처럼 빌 앤더슨도 아홉 살짜리 아들이 크리스마스 선물로 무엇을 원하는 지 정확히 알고 있었다.[94] 바로 〈모탈 컴뱃Mortal Kombat〉. 폭력적인 오락실 격투게임 〈모탈 컴뱃〉의 홈 버전은 650만 이상의 판매고를 올리면서 〈스트리트 파이터 II Street Fighter II〉마저 능가해버린 가장 인기 있는 게임이었다. 앤더슨은 자신의 직장 상사인 조셉 리버만에게 아이가 사달라는 폭력적인 게임에 대해 한탄했다. 코네티컷 출신의 야심만만한 민주당 상원의원이었던 리버만은 비서실장의 말에 열심히 귀를 기울였다. 이야기를 듣고 리버만은 그 게임을 직접 보고 싶었다.

〈모탈 컴뱃〉은 리버만의 상상을 초월했다. 플레이어는 비밀 움직임으로 적의 척추를 찢어 화면을 피바다로 만들었다. 게이머들이 잔인한 쪽을 더 선호하는 것 같다는 점이 리버만을 더욱 괴롭게 했다. 피와 폭력이 난무하는 그래픽이 들어간 세가의 가정용 게임기 '제네시스 GENESIS: 메가드라이브'용 버전의 〈모탈 컴뱃〉이, 피가 나오지 않는 닌텐도의 가정용 게임기 '슈퍼 닌텐도 엔터테인먼트 SNES: 슈퍼패미

---

94) 출처: 스티븐 L. 켄트 저, "첫번째 분기 The First Quarter" 중 373페이지 내용에서.

콤'용 버전보다 3배나 더 많이 팔렸다.[95] 세가 버전의 성공은 닌텐도
에 치명타를 날렸다. 닌텐도는 가족 게임기라는 가치를 지키고자 논
란이 되는 페이탈리티fatality로 불리는 승자의 마무리 살인동작 "데스
무브"를 삭제해 달라고 게임 개발회사인 어클레임에 요청했다. 한편,
세가는 유혈이 낭자한 버전을 선택한 덕에 필수 게임기로 부상했고,
1,500만 대 가까이 팔렸다. 닌텐도가 굳건히 지켜왔던 1위의 지위가
가정용 게임기 업계 역사상 처음으로 흔들렸다.

그리고 그런 게임은 〈모탈 컴뱃〉만이 아니었다. 리버만 상원의원
은 우연히 〈나이트 트랩Night Trap〉을 발견했다. 〈나이트 트랩〉은 세
가의 신형 게임기메가CD용으로 많은 예산을 투입해 만든 게임이었
는데, 가린 듯 만 듯한 옷을 입은 여대생들이 뱀파이어들에게 습격
당하는 실제 액션 장면이 들어있었다. 그 중에는 〈신나는 개구쟁이
Diff'rent Stroke〉라는 TV시트콤에 나왔던 전 아역 스타 다나 플라토도
있었다. 그리고 〈저수지의 개들Reservoir Dogs〉이나 〈터미네이터 2〉
와 같은 폭력 영화가 할리우드를 정복했다. 이제는 더 자극적이고 공
격적인 비디오 게임의 시대 또한 시작되는 것 같았다. 1993년 12월
1일, 리버만 상원의원은 이런 실태를 고발하기 위해 기자회견을 열
었다.

리버만의 옆에는 청소년 사법 소위원회 위원장이자 정부 규제 및
정보 소위원회 의장인 위스콘신 주 민주당 상원의원 허브 콜이 앉았
다. 어린이용 텔레비전 프로그램 캡틴 캥거루의 진행자 밥 키샨도 우
울한 얼굴로 리버만 의원과 함께 자리했다. 콜은, "링컨 로그 집짓기
와 매치박스 미니카의 시대"가 "어른들도 악몽을 꿀 정도로 고통스
러운 비명으로 끝나는 비디오 게임"의 시대로 대체되고 있다고 말
했다. 키샨은 "폭력적인 비디오 게임에 빠진 어린이들이 배우게 되

---

95) 출처: 데이비드 셰프 저 "게임 오버" 중 460페이지 내용에서.

는 것은… 생각이 있는 부모들이라면 전염병처럼 피하게 되는 교훈"
이라면서, "실제로 폭력적인 게임은 전염병이 될 수 있다."고 경고했
다. 키샨은 게임 개발자들에게 사회적 역할을 이해하라고 촉구했다.

리버만 상원의원은 이를 적절한 조치를 요구하는 사태로 받아들
였다. "이러한 폭력적인 비디오 게임을 본 후 저는 개인적으로 그런
게임을 만들어 내는 비디오 게임 산업 종사자들이 무책임하다고 생
각하게 되었습니다. 우리가 그런 게임들을 금지할 수 있기를 바랍니
다."[96]

미국의 정치적, 도덕적 기득권층이 급성장하는 문화로부터 어린
세대들을 보호하려고 든 게 처음은 아니었다. 남북전쟁 직후에는 종
교 지도자들이 통속소설을 "젊은 세대를 파괴하여 악마의 왕국을 앞
당기려는 사탄의 사도"라고 공격했다.[97] 1920년대에는 활동사진이
라고 새로 등장했던 영화가 어린이를 타락시키는 새로운 요인으로
여겨졌고, 이에 따라 이루어진 미디어 효과 연구는 이후 수십 년 동
안 인용되었다. 1950년대 텔레비전은 엘비스 프레슬리 상반신만 보
여줬고, 잡지 『매드MAD』의 발행인 윌리엄 게인즈는 의회에 소환되
었다. 1970년대 〈던전 앤 드래곤〉은 악마와 마법이 등장한다는 이유
로 사탄 숭배라고 불렸는데, 특히 게임을 하던 한 플레이어가 미시건
대학의 공동구 아래로 사라진 사건 이후 심해졌다. 1980대 주다스
프리스트와 오지 오스본과 같은 헤비 메탈 아티스트들은 어린 청취
자들이 자살하도록 부추겼다는 이유로 고소당했다. 1990년대의 비
디오 게임은 위험하고 통제 불가능한 '새로운 록큰롤'이었다.

이러한 정서는 오래 전부터 존재해 왔다. 그 뿌리는 핀볼 게임기를

---

96) 출처: 해당 발언이 J.C.허즈 저 "조이스틱 국가: 어떻게 비디오 게임이 우리의 집을 차지
하고, 우리의 심장을 붙잡고, 우리의 마음을 다시 연결시켰는가"의 189페이지에 인용됨.

97) 출처: 미디어 효과 연구: 제라드 존스의 저서 "킬링 몬스터: 어린이들에게 판타지, 슈퍼
히어로, 가짜 폭력이 필요한 이유"의 134~137 페이지 내용 중에서.

마피아 도박꾼 소굴로 여겼던 30년대까지 거슬러 올라간다. 당시 피오렐로 라과디아 뉴욕 시장이 내린 핀볼 금지령은 1970년대 중반까지 유지됐다.[98] 과거에 아케이드 게임 〈데스 레이스Death Race〉는 플레이어가 보행자처럼 생긴 막대 모양을 차로 치어 버리는 기믹으로 논란이 되어 뉴스의 헤드라인을 장식했다. 오락실과 가정용 게임기가 황금기를 맞이하여 1980년대 초반 60억 달러 규모로 시장이 폭발적 성장세를 보이자 어린이들에게 악영향을 미칠 가능성에 대한 염려도 덩달아 폭발했다[99].

1982년 PTA전국 학부모 교사 연합회는 게임 아케이드를 매도하는 성명을 발표했다. "우리 PTA는 증가하는 비디오 게임장을 염려합니다. 이러한 장소는 자주 드나드는 어린이들에게 해악을 끼칠 수 있고…, 기초 연구에 따르면 이런 게임장은 학교와 근접해 있는 경우가 많습니다. 학교에서 공부를 해야 하는 시간에 학령기 어린이의 접근을 충분히 통제할 수 없는 경우가 많아 보입니다. 감독이 거의 또는 전혀 없는 곳에서는 마약 거래, 약물 남용, 음주, 도박, 폭력 집단 등이 증가하는 것을 볼 수 있습니다."[100]

텍사스주 메스키트, 일리노이주 브래들리, 조지아주 스넬빌 등의 도시에서 아케이드 접근을 제한하거나 금지하기 시작했다. "어린이들이 책값, 점심값, 그리고 얻을 수 있는 25센트짜리 동전을 몽땅 이 기계에 넣는다."[101] 브래들리의 시장은 1982년 "10대 수백명이 근처 도시의 오락실에서 마리화나를 피우는 것을" 본 후에 말했다. 미국의

98) 출처: 스티븐 L. 켄트 저, "첫번째 분기 The First Quarter"의 4페이지 내용 중에서.

99) 출처: Time(타임)지 1982년 1월 18일호, 51페이지 "사람들이 하는 게임들" 내용 중에서.

100) 출처: UPI통신 "비디오 게임: 아이들의 건강에 도움인가 재앙인가?" 1982년 11월 16일자 내용 중에서.

101) 출처: U.S.뉴스 & 월드 레포트 1982년 2월 22일 7페이지 기사 "비디오 게임-즐거움인가 심각한 위협인가?" 내용 중에서.

대법원은 메스키트 사건에서 금지 판결을 뒤집었지만, 말레이시아, 필리핀, 싱가폴, 인도네시아 등의 나라에서는 비디오 게임을 금지했을 뿐 아니라 오락실을 폐쇄해 버렸다[102].

언론은 [U.S. 뉴스 & 월드 리포트U.S. News & World Report]지의 "비디오게임 – 즐거움인가 심각한 위협인가?"[103]나, [칠드런즈 헬스 Children's Health: 어린이의 건강]에서는 "비디오 게임 열병-컴퓨터 세대를 위한 위험 혹은 보상" 같은 헤드라인[104]으로 논란을 더욱 부추겼다. "비디오 게임 열풍적 대유행" 이란 꼭지[105]에서, PBS의 뉴스캐스터인 로버트 맥닐이 말했다. "이것은 젊은이들의 정신을 비뚤어지게 하는가, 아니면 미래를 위해 그들을 교육시키는가?"

과학자, 학자 그리고 다양한 분야의 전문가들이 해답을 찾기 위해 고군분투했다. 미국 소아외과의사인 C. 에버렛 쿠프는 비디오 게임이 "어린 시절의 일탈을 유발한다"며 신랄하게 공격했다.[106] "어린이들은 혼신을 다해 게임에 열중해 재빠르게 적을 무찌른다. 다른 아이가 또다른 아이에게 폭행당하는 걸 보면서도 무심할 수 있는 지경에 이르게 된다."

뉴스위크Newsweek지도 보도했다. "뉴욕 노스 제너럴 조인트 디지즈 병원에서 그러한 환자 2명을 치료하고 있는 니콜라스 포트 박사는 정신적 장애가 있는 청소년은 현실과 대인 접촉을 운석 피하듯 기

---

102) 출처: 팩트 온 파일 월드 뉴스 다이제스트 1982년 12월 31일 기사 "아시아에서 습격당한 비디오 게임" 내용 중에서.
103) U.S.뉴스 & 월드 레포트 1982년 2월 22일 7페이지 기사 "비디오 게임-즐거움인가 심각한 위협인가?" 내용 중에서.
104) 어린이 건강 1983년 9월 24~25페이지 기사 "비디오 게임 열풍-컴퓨터 세대에게 치명적인 보상"
105) 출처: 1982년 12월 29일 맥닐/레허 리포트 중 "팩맨 위험" 방송 중.
106) 출처: 셰프 저 "게임 오버" 189페이지, J.C.허즈 저 "조이스틱 국가" 184페이지.

피한다고 말합니다.[107] 병원 진료 소장인 할 피쉬킨 박사는 반복해서 죽거나 죽이는 주제에 이의를 제기했습니다. '폭력의 공장에 땔감을 더 넣을 필요는 없습니다.' 대중 매체가 전달할지도 모르는 잠재의식 메시지를 걱정하는 이들도 있습니다. '감정을 더 많이 자극하면 할수록 빨리 결과가 나오지 않는 상황을 참지 못하고 관용이 줄어들게 됩니다.' 서던 캘리포니아 대학의 커뮤니케이션 교수인 프레드 윌리엄스의 말입니다."

이런 주장들에도 불구하고 비디오 게임의 해로운 영향에 대해 완전히 입증하지는 못했다. "게임이 사회적 고립, 분노, 반사회적 행동, 강박증을 조장한다는 것을 나타내는 증거는 없습니다."[108] 심리학 저널은 결론지었다. 매사추세츠 대학의 사회학자인 셰리 터클은 비디오 게임이 정서장애가 있거나 발달이 느린 어린이에게 용기를 준다며 칭찬했다. "다른 것을 잘하지 못 하지만 게임은 잘하는 어린이들이 많습니다. 이러한 숙달 경험은 매우 중요합니다."[109] 그러나 비디오 게임 업계가 급성장하고 공격받던 1983년 당시에는 그러한 긍정적인 평가도 함께 공격받았다.

그리고 10년이 지난 1993년 12월 9일 목요일 아침, 리버만 상원위원은 폭력적인 비디오 게임에 대한 첫 연방 청문회에서 다시 논란에 불을 지폈다. 청문회는 새로운 재앙을 규탄하는 전문가 증인의 열띤 진술로 가득 찼다.[110] 『비디오 키즈: 닌텐도 이해하기』라는 책을 저술한 마이애미 대학 교수 유진 프로벤조 박사는 "비디오 게임은 극

---

107) 출처: 뉴스위크 1981년 11월 16일 90페이지의 "비디오 크리처의 침략" 기사 내용 중.
108) 출처: 심리학저널 114호 1983년 159~165페이지의 "높은 전자 비디오 게임 사용자와 낮은 전자 비디오 게임 사용자의 성격 차이" 중의 내용을, 허즈의 저서 "조이스틱 국가" 184페이지에서 인용.
109) 출처: 뉴스위크 1981년 11월 16일 90페이지의 "비디오 크리처의 침략" 기사 내용 중.
110) 출처: 1993년 12월 9일 소년사법소위원회, 재33회 의회 일련번호 J-103-37, 합동청문회 중에서.

도로 폭력적이며, 성차별적이며, 인종차별적이다." 라고 선언했다. 미 교육 협회 회장인 로버트 체이스는 게임이 실제 생활에서 폭력을 조장한다고 말했다. "비디오 게임은 수동적이기보다 능동적으로 하게 되기 때문에 감수성이 예민한 어린이들이 폭력에 둔감해지는 것 이상의 큰 영향을 미칩니다. 비디오게임은 실제로 상상할 수 있는 가장 소름끼치는 방법으로 상대를 죽이는 참가자에게 보상합니다. 최후의 수단이 되어야 하는 폭력을 첫 번째 해결책으로 부추기고 있는 것입니다."

이후, 닌텐도 오브 아메리카Nintendo of America의 하워드 링컨 Howard Lincoln 전무와 세가 오브 아메리카Sega of America의 홍보마케팅 담당 부사장인 윌리엄 화이트William White가 〈모탈 컴뱃〉을 둘러싼 다툼을 무대에 올렸다. 링컨은 닌텐도를 가족 가치를 위해 순교한 옹호자로 묘사했다. 화이트는 단순히 비디오 게임 산업이 성장한 탓에 18세 이상 성인들이 점점 더 게임을 많이 하게 된 것뿐이라고 주장했다. 링컨은 그 생각에 격분했다. "나는 오늘날 비디오 게임 산업이 어린이로부터 어른으로 바뀌었다는 말을 용납할 수 없습니다." 링컨이 패널을 향해 말했다. "결코 그렇지 않습니다."

청문회는 12월 9일 오후 1시 52분에야 많은 토론과 언론의 축포 속에 끝났다. 리버만 상원의원은 비디오 게임 업계가 1년 안에 자발적인 등급 시스템을 만들어야 하며, 그렇지 않으면 정부가 심의위원회를 만들어 직접 개입하겠다고 선언했다. 리버만은 게임 배급사와 개발자들이 어떻게 이행하고 있는지 확인하기 위해 2월에 후속회의를 소집하기로 했다. 게이머를 향한 경고였다. 방식을 바꿀 때가 되었다.

바로 그 다음날, 이드 소프트웨어가 〈둠〉을 출시했다.

텍사스 왁사하치 지하 60미터에 위치한 미국 에너지부 산하 초전도 초충돌기 연구소에서 밥 머스테인이 의자에 앉은 채 뒤로 날아갔다. 머스테인은 공포에 질렸다. 그만 그런 것이 아니었다. 방 반대편에서 동료들 또한 초조한 비명을 질렀다. 매일 점심시간마다 생기는 일이었다. 미국의 가장 야심찬 연구시설에서 입자 물리학을 연구하는 그들이지만 컴퓨터 스크린에서 쏟아내는 불덩어리들만큼 놀라운 것은 여태까지 본 적이 없었다. 그 어떤 것도, 수십억 달러를 들인 양자 충돌 실험에서 쏟아지는 아원자조차도 〈둠〉만큼 인상적이지 않았다.

몇 개 주를 너머 떨어져 있는 인디애나주 포트 웨인의 테일러 대학 컴퓨터 연구실에서는 한 무리의 학생들이 왁자지껄하게 웃고 있었다. 연구실 관리자로 일하던 수학 영재 브라이언 아이젤로는 그날 밤도 연구실 문을 열어 게이머 무리들을 들여보냈다. 전국 대부분의 컴퓨터 연구실처럼 테일러 대학 연구실도 최신 성능의 컴퓨터들을 자랑했다. 그 결과 브라이언과 다른 컴퓨터광들은 잠도, 수업도, 식사도 건너뛰고 PC앞에 앉아 게임을 했다. 프로그래머로서 그들은 그래픽, 속도, 3차원 경관에 경외감을 느꼈다. 평범한 남자들로서는 샷건을 들고 서로를 추격하는 경험도 처음이었다. 브라이언이 시간을 확인하고 탄식했다. "맙소사! 또 아침 7시야!" 이전에는 A 학점만 받던 브라이언은 그 학기에 전과목 F를 받았다.

다시 몇 천 킬로미터 떨어진 곳에서 나인 인치 네일스Nine Inch Nails의 록스타, 트렌트 레즈너Trent Leznor가 군중들이 환호하는 콘서트 무대에서 여유롭게 걸어 내려갔다. 보안 요원들이 그의 곁으로 달려갔다. 비명을 지르는 소녀팬들이 무대 뒤로 밀려 들어왔다. 트렌트는 고개를 끄덕이고 손을 흔들며 인파 속으로 돌아갔다. 트렌트는 이러고 있을 시간이 없었다. 훨씬 중요한 일이 기다리고 있었다. 마약, 맥주, 여자들을 모두 저버리고 컴퓨터가 기다리는 투어버스에 올랐다. 다시 〈둠〉을 할 시간이었다.

이러한 광경은 12월10일 〈둠〉이 위스콘신 대학의 네트워크를 박살 낸 이후 전 세계에서 펼쳐졌다. 광고 캠페인도, 주류 미디어를 통한 사전 홍보도 없었지만 둠은 동시에 폭발하기 시작한 온라인 영토에서 하룻밤 사이에 문화현상이 되었다. 마치 숙명이라는 그 이름처럼 말이다.

글로벌 컴퓨터 네트워크는 1970년대부터 존재했다.[111] 미국 정부 산하의 DARPA국방고등연구기획국가 전 세계의 컴퓨터를 DARPAnet이라는 네트워크로 연결했는데, 이 DARPAnet이 나중에 인터넷이 되었다. 그러나 컴퓨터 네트워크는 이제 막 주류로 스며들기 시작했다. 1989년 유럽의 컴퓨터 연구원 팀 버너스-리Tim Berners-Lee가 인터넷의 정보를 연결하는 월드 와이드 웹World Wide Web:WWW이라는 프로그램을 만들었을 때 진화가 시작되었다. 4년 후인 1993년, 일리노이 대학의 해커 마크 안드레센과 에릭 비나 두 사람이 모자이크 웹 브라우저를 만들어서 출시했다. 모자이크는 웹의 꼴사나운 데이터를 보다 읽기 쉽도록 잡지 같은 그래픽과 텍스트로 구성된 페이지로 변환해주는 무료 '브라우저' 프로그램이었다. 이러한 새로운 사용자 친화적인 온라인 환경과 함께 컴퓨서브CompuServe나 아메리카 온라인 AOL 같은 상업적인 서비스가 대중의 환심을 사는 데에 기여했다. 당연하게도 가장 초기의 선구자 중에는 게이머들도 있었다. 몇 년 동안 소프트웨어 크리에이션 같은 온라인 게시판BBS이나 온라인 토론 그룹에 속했던 이들이었다. 그리고 그들 모두가 〈둠〉을 플레이하고 싶어 하는 것처럼 보였다.

빠른 컴퓨터, 고속 모뎀과 가장 중요하게는 여기에 익숙한 사람들이 있는 학교, 회사, 정부 기관이 게임에 사로잡혔다. 문자 그대로 점령되었다. 〈둠〉이 출시된 첫 주말, 모두가 〈둠〉을 다운로드하고 플레이하는 바람에 컴퓨터 네트워크가 매우 느려졌다. 열정적인 게이머들이 아메리카 온라인에 홍수처럼 넘쳐났다. AOL의 게임 분야 포럼

---

111) 출처: 폴 프라이버거와 마이클 스웨인 공저, "계곡의 불꽃: 퍼스널 컴퓨터의 탄생"의 409~411페이지 내용 중에서.

관리자인 데비 로저스가 말했다. "둠이 출시된 밤 군중들이 한꺼번에 쏟아져 나왔다. 만약 우리가 전화선을 사이에 두고 있는 게 아니었다면 깔려서 다쳤을 것이다."[112]

둠이 출시되고 불과 몇 시간 뒤 카네기멜론 대학의 컴퓨터 시스템 관리자가 온라인 게시판에 포스팅했다. "우리는 오늘 출시된 게임 〈둠〉이 캠퍼스 네트워크를 마비시켰다는 것을 알아냈습니다…. 저희 전산팀은 여러분 모두에게 〈둠〉을 네트워크 모드에서 플레이하지 말아주시기를 부탁드립니다. 네트워크 모드에서 〈둠〉을 사용하면 플레이어의 네트워크에 심각한 기능저하가 일어납니다. 지금은 기말고사 기간이어서 이미 네트워크 사용량이 최대치입니다. 전산팀이 네트워크 모드에서 〈둠〉을 플레이하는 분의 PC연결을 강제로 끊어야 할지도 모릅니다. 다시 한 번 말씀드립니다. 〈둠〉을 네트워크 모드에서 플레이하지 마십시오."[113]

인텔은 시스템이 마비된 것을 발견하고 〈둠〉을 금지시켰다. 텍사스 A&M은 컴퓨터 서버에서 둠을 삭제했다. 〈둠〉이 너무나 큰 문제를 일으켰기에 루이스빌 대학의 컴퓨터실 관리자는 그 문제를 해결할 특별한 소프트웨어를 만들었다. "사람들이 여기서 그 게임을 하려고 엎치락뒤치락 뛰어듭니다. 그래서 우리는 시스템을 탐색해서 둠을 삭제하는 작고 멋진 프로그램을 써요."[114]

초기의 리뷰에도 게이머의 환희가 울려퍼졌다. 『PC위크PC Week』

---

112) 출처: 달라스 모닝 뉴스 1994년 5월 17일 15A 페이지 기사 "A Doom Boom" 내용 중에서.

113) 출처: 휴스턴 크로니클 1993년 12월 15일 비즈니스면 1페이지 기사 "대학교 전산망에 불쑥 나타난 「둠」" 내용 중에서.

114) 출처: 각주 113가 같이 휴스턴 크로니클 1993년 12월 15일 비즈니스면 1페이지 기사 "대학교 전산망에 불쑥 나타난 「둠」" 내용 중에서.

는 〈둠〉을 "3차원의 역작"이라고 불렀다.[115] 『컴퓨트Compute』는 둠
이 컴퓨터 게임의 새로운 시대를 시사한다고 말했다. "한때 시시했던
PC가 지금은 폭발적인 성능을 자랑한다… 사상 처음으로 아케이드
게임이 PC에서 화제가 되었다. 이제 경계는 무너졌다."[116] 〈둠〉의 전
례 없던 고어와 잔혹함에 매혹과 충격이 뒤섞인 감정을 표현하는 이
도 있었다. 영국 런던의 『더 가디언The Guardian』지의 리뷰어가 썼다.
"〈울펜슈타인 3D〉의 후속작은 훨씬 더 훌륭하지만, 훨씬 더 역겹다.
어린이나 폭력에 민감한 사람을 위한 게임은 아니다."[117] 또 이렇게
설명하는 이도 있었다. "이 게임은 무척 강렬하고 정말로 무서워서
어두운 방들로 위험을 헤치고 더 깊이 들어가면 들어갈수록 코가 점
점 더 스크린에 가까워질 것입니다. 그것이 플레이어가 이 어드벤쳐
게임의 또다른 현실에 얼마나 몰입했는지 보여주는 지표라고 생각합
니다."[118] 그 리뷰어는 아내의 부탁에도 게임을 멈출 수가 없었다고
했다. 그는 〈둠〉은 "사이버 아편"이라고 고백했다.

　〈둠〉은 또한 현금을 짜내는 캐시카우였다. 이드는 〈둠〉을 출시한
바로 다음날부터 수익을 냈다. 셰어웨어를 다운로드한 사람 중 대략
1%만이 나머지 게임을 구입했음에도 불구하고, 매일 10만 달러 상
당의 주문이 들어오고 있었다. 이드는 보도자료에서 〈둠〉이 "전 세계
사업 생산성을 떨어뜨리는 일등공신"이 되기를 기대한다고 농담한
적이 있다. 그 예언이 어디에서나 실현되고 있었다. 이드 자신들까지
포함해서 말이다.

---

115) 출처: 커리어 저널 1994년 5월 7일 2S페이지의 기사 "배짱과 고어를 사랑하는 사람들
　　은 이 둠을 만나야 한다"의 내용 중에서.
116) 출처: 컴퓨트 1994년 1월 S1페이지의 기사 "아케이드 게임 소프트 중 최고"의 내용 중
　　에서.
117) 출처: 가디언 지 1994년 1월 13일 17페이지의 기사 "게임들"의 내용 중에서.
118) 출처: 애리조나 리퍼블릭 1994년 3월 6일자 E1페이지의 기사 "둠은 재미를 추구하는
　　PC소유자들을 기다린다"의 내용 중에서.

"잘 자라, 원숭이!" 로메로가 외쳤다. "아래로 뛰었어야지, 멍청아! 바보, 멍텅구리야! 먹고 떨어져!" 숀 그린은 이드 사무실의 자기 컴퓨터 앞에 웅크렸다. 벽을 뚫고 모욕적인 외침이 들려올 때마다 땀에 젖은 손으로 마우스를 씰룩거렸다. 숀은 표면적으로는 둠의 기술 지원을 위해 고용되었지만 얼마 지나지 않아 더 까다로운 직무를 맡게 되었다. 바로 로메로의 스파링 파트너 역할이었다. 옆 사무실을 쓰는 로메로는 정기적으로 〈둠〉 데스매치 도전을 했다. 로메로는 톰 홀이 〈울펜슈타인〉 시절 외과의사라는 별명을 지어 줄 정도로 최고의 게이머였다. 숀은 로메로의 조수이자 게임 친구였던 톰이 하던 역할을 빠르게 습득하고 그 이상을 해냈다. 그리고 지금, 그는 충격 속에서 그 대가를 치르고 있었다.

로메로가 벽을 주먹으로 치며 소리쳤다. "이리와, 원숭이 새끼야! 너네 아빠 누구냐? 가자!" 숀은 시간을 확인했다. 또다시 오후 8시였다. 미친! 그는 생각했다. 데스매치를 하느라 또 하루를 허비했다. 로메로와 하는 게임이 모든 시간을 장악했다. 업무시간, 쉬는 시간, 식사시간, 취침시간까지도. 그리고 이제 로메로는 이 게임을 정신 나간 스포츠로 만들었고 방과 후 스포츠 상대에게 하는 욕설 같은 농담을 퍼부었다. 보통 비디오 게임을 할 때 사람들이 하는 가장 공격적인 행동은 눈을 굴리는 것이었다. 그러나 숀은 〈둠〉에서는 더 많은 뭔가가 필요하다는 것을 깨달았다. 다음 라운드에서 이긴 그는 벽을 주먹으로 치며 소리쳤다. "이거나 먹어, 이 개자식아!" 로메로는 만족스러운 듯 낄낄거렸다. 이것이 〈둠〉을 하는 방법이었다.

로메로만 폭력적으로 흥청거리는 게 아니었다. 사무실 부수기는 일상생활의 일부 그 이상이었다. 키보드는 탁자에 부딪혀 박살났다. 낡은 모니터들은 마룻바닥에 처박혔다. 밀려드는 아메리카 온라인 샘플 디스크와 컴퓨터 사운드카드는 표창처럼 벽에 박히는 처지가 됐다. 심지어 카맥도 어느 날 이 사무실 부수기에 동참했다.

로메로가 실수로 자기 사무실에 갇혔을 때 일어난 일이었다. 문 좀 열어달라는 간청을 들은 카맥은 문고리를 이리저리 돌리다가 멈추고, 가장 확실하고 즉각적인 해결책을 추론했다. "너도 알다시피, 내 사무실에 전투용 도끼가 있어."[119] 카맥은 최근 5,000달러를 주고 '던전 앤 드래곤'에 나오는 면도날처럼 예리한 손도끼를 주문 제작했다. 다른 멤버들이 모여들어 한 목소리로 외쳤다. "전투 도끼! 전투 도끼! 전투 도끼!" 카맥이 문을 부수고 로메로를 구해주었다. 부서진 문짝은 몇 달 동안이나 복도에 방치되었다.

이드는 성공에 도취되어 있었다. 비록 〈둠〉이 〈모탈 컴뱃〉이나 〈미스트〉처럼 주류로 뚫고 들어가지는 못했지만 컴퓨터 세계에서 〈둠〉은 〈울펜슈타인〉과 〈커맨더 킨〉 이래로 가장 인기 있는 게임이었다. 이드는 연간 수백만 달러의 수익을 올리기 시작했고, 셰어웨어 시장의 부인할 수 없는 지배자였다. 그리고 그것도 그저 시작에 불과하다는 것을 곧 알게 됐다. 이드는 론 차이모위츠라는 뉴요커의 도움으로 소매시장을 정복할 예정이었다.

론 차이모위츠는 키가 작고 머리가 벗겨진 40대 남자였는데, 이드 멤버들만큼이나 우여곡절 끝에 컴퓨터 산업에 진출했다. 론은 80년대에 마이애미에서 업계 최초로 히스패닉 음반사를 설립하며 엔터테인먼트 사업에 뛰어들었고 떠오르는 유망주인 "글로리아 에스테판과 마이애미 사운드 머신"이라는 갓 성인이 된 밴드와 계약하면서 크게 성공했다. 훌리오 이글레시아스를 미국에 알리기도 했다. 론은 회사 이름을 굿타임스라고 짓고, 제인 폰다 주연의 29분짜리 저렴한 다이어트 비디오를 만들어 성장하는 가정용 비디오 시장을 공략했다. 그리고 이를 통해 월마트 체인과 큰 거래를 하게 되었다. 월마트 임원들은 론에게 또다른 미개척 시장인 염가 소프트웨어를 개척하라고

---

119) 출처: 일렉트로닉 게임즈 1995년 1월호 39페이지의 기사 "이드 사무실 방문"의 내용 중에서.

재촉했고, 론은 회사를 굿 타임스 인터랙티브, 즉 GT 인터랙티브로 확장했다.

GT 인터랙티브는 우선 피트니스 전문가 리처드 시몬스의 저가 다이어트 음식 서적 "딜-어-밀"의 CD-ROM판과 파비오 화면보호기를 출시했다. 하지만 그것만으로는 월마트 진열대를 채울 수 없었기에 컴퓨터 게임 세상으로 눈을 돌렸다. 처음에는 예전에 출시되어 유통기한이 지난 게임을 재발매하려고 일렉트로닉 아츠EA: Electronic Arts와 브로더번드Broderbund와 같은 유명한 배급사들과 계약을 맺었다. 그러다가 직접 저예산 게임을 출시하는 게 훨씬 수익성이 좋으리라는 것을 깨달았다. 그러려면 일렉트로닉 아츠가 발굴하지 않은 저예산 게임개발자가 필요했다. 론은 셰어웨어 시장에서 그런 개발자들을 찾았다.

론은 셰어웨어 제작자는 마이너 리그 같은 존재라고 생각했다. 소매 제품을 출시할 적당한 팀을 찾기만 하면 됐다. 이드 소프트웨어는 〈울펜슈타인 3D〉로 성공을 거두었고, 이제 〈둠〉이라는 게임으로 더욱 거대한 성공을 거두는 중이었다. 그러나 놀랍게도 〈둠〉에는 소매 대리 회사가 없었다. 론은 두 번째 글로리아 에스테판을 찾아냈다.

이드의 젊은 백만장자들을 만나기 위해 텍사스로 날아간 론은 반바지를 입은 긴 머리의 꼬맹이 무리를 발견하고 놀랐다. 사무실은 부서진 컴퓨터 부품과, 썩은 피자 상자, 찌그러진 탄산수 캔이 쌓여 쓰레기장을 이루고 있었다. 하지만 이러한 겉모습에 진정한 사업 감각이 감춰져 있다는 걸 론은 빠르게 알아차렸다. 론은 이드 멤버들에게 자신의 회사와 월마트 점포 2,200개를 선점하는 독점적 거래에 대해 거창하게 설명했고, 이드는 냉정하게 받아들였다. 이드는 셰어웨어 판매로 중간 상인을 모두 없애면 판매수익을 모두 가질 수 있다는 걸 알고 있었다. 더욱이 소매 발매한 〈울펜슈타인 3D - 운명의 창〉의 성과가 부진했기에 셰어웨어 모델을 버릴 생각이 없었다. 이드는 그들에게 GT 인터랙티브가 왜 필요한지 알고 싶었다.

론은 물러서지 않았다. "이봐, 아마 자네들은 〈둠〉을 셰어웨어로 10만 장 정도는 팔 수 있겠지. 하지만 나한테 〈둠〉의 소매 버전을 주면 - 더 좋은 용어가 없으니 소매버전은 〈둠2〉라고 부르자고. - 50만 장이나 그 이상 팔 수 있다고 확신해." 이드는 흔들리지 않았다. 론은 뉴욕으로 되돌아갔지만 두 번 더 텍사스를 방문해서 사업 제안을 했다. 마침내 이드는 론에게 원하는 조건을 말했다. 소매업에 진출하더라도 다른 평범한 개발자와 같은 대우를 받고 싶지 않았다. 우선 게임 기획에 간섭받고 싶지 않았고, 지적 재산권을 자신들이 소유하고 싶었다. 그리고 GT 인터랙티브가 아닌 이드에서 개발한 게임임을 상품 표지에 눈에 잘 띄게 표시해달라고 했다. 론은 〈둠2〉에 마케팅 예산으로 200만 달러를 집행하기로 했다. 200만 달러는 이드가 그동안 모든 게임을 개발하는 데 쓴 예산을 합한 것보다 훨씬 많은 액수였다. 둠은 성공했지만 여전히 컴퓨터 업계의 음지에 머물러 있었다. 이드는 자신들을 주류로 데려가 줄 〈둠 2〉 제작에 즉시 착수했다.

이드에게 있어 〈둠2〉는 〈커맨더 킨〉과 〈울펜슈타인 3D〉에서처럼 셰어웨어 출시에 기반한 소매 상품을 내놓는 고유 공식에 들어맞았다. 카맥의 새로운 그래픽 엔진을 최대한 활용할 수 있는 최선의 방법이었다. 〈둠2〉는 오리지널 둠 엔진에 새로운 레벨을 단순히 더하기만 하면 된다. 게임 아티스트들과 레벨 디자이너들이 속편을 만드는 동안 카맥은 다음 단계의 훌륭한 그래픽 엔진을 자유롭게 연구할 수 있었다.

〈둠〉과 〈둠2〉의 계약으로 현금이 밀려들어왔고 이드 멤버들은 돈을 쓰는데 주저하지 않았다. 다들 인정이 많았다.[120] 에이드리안은 어머니에게 원래 살던 지역보다 더 안전한 지역에 새 집을 사주었다.

---

120) 출처: 컴퓨터 플레이어 1994년 10월호 28페이지의 기사 "둠의 날 오후: 이드의 지구 위 지옥"의 내용 중에서.

로메로는 단골 멕시코 레스토랑 매니저에게 자기가 몰던 포드 쿠가를 주었고, 조부모님을 라스베가스로 휴가 보내드렸다. 카맥은 쇼니 미션 이스트 초등학교에 있는 예전 컴퓨터 선생님에게 3,200달러어치 컴퓨터 장비를 구입해 주었다. "학생들이 그저 책에 나오는 것만 말고 다른 분야를 탐색할 수 있는 장비를 사주고 싶습니다."[121] 카맥은 또 옛 고등학교 친구가 감옥에서 나올 수 있도록 10만 달러의 보석금을 따로 떼어두었다.

하지만 이드 멤버들은 주로 차를 사는 데 돈을 썼다. 케빈은 쉐보레 콜벳을 샀다. 에이드리안은 늘 갖고 싶었던 폰티악 트랜스암 스포츠카를 샀다. 데이브 테일러는 혼다의 어큐라 NSX를 샀다. (돈을 조금씩 모아 사무실에 둘 새 가죽 소파도 샀는데, 데이브가 이제는 유명해진 '둠 멀미' 증상을 다시 보이면 쓰러져있기 좋으라고 둔 것이었다.) 카맥과 로메로는 페라리를 쇼핑하며 자축했다.

카맥과 로메로는 전시장에서 9만 달러짜리 반짝이는 새 테스타로사를 보며 경탄했다. 카맥은 자동차를 게임을 다루듯 다뤘고 이미 가지고 있는 차에 어느 정도 질려 있었다. 카맥은 테스타로사를 정말 가지고 싶었다. 로메로가 말했다. "세상에. 젠장! 저게 진짜 자동차야. 죽여주는 머슬카가 바로 저기 있어. 친구, 네가 저 차를 사다니 믿을 수가 없어." 카맥은 이미 가지고 있던 328과 어울리는 빨간 색 차를 현금으로 구매했다. 로메로는 플라이 옐로의 테스타로사를 샀다. 두 사람은 자신들의 페라리를 이드 주차장에 나란히 주차했다. 일하면서도 궁극의 자동차를 감상할 수 있는 완벽한 장소에 말이다.

그러나 카맥의 페라리는 그 주차장에 오래 머물지 않았다. 며칠 지나지 않아 카맥은 새 차를 노우드 오토 크래프트로 몰고 가서 개조하기 시작했다. 카맥은 이미 400마력으로 달리는 차를 적어도 두 배는

---

121) 출처: 캔자스시티 스타 1994년 4월 21일자 C4페이지의 기사 "졸업생은 컴퓨터 장비로 학교에 보답한다"의 내용 중에서.

더 강하게 만들고 싶어 했다. 카맥의 자동차 멘토가 된 밥 노우드는 마스터플랜을 가지고 있었다. 차의 마력을 두 배가 아니라 세 배로 증가시키는 트윈 터보 시스템을 장착하는 것이었다. 마력을 높이기 위해 컴퓨터 제어 장치를 설치해 아산화질소를 분사하게 했다. 로메로는 페라리의 순수한 미학적 아름다움에 충분히 매료되었으나, 카맥에게 페라리는 즐거운 드라이브 수단이기보다 기호에 따라 개조할 새로운 엔지니어링 소재였다. 이드는 개조를 좋아하는 게이머가 카맥만이 아니라는 걸 곧 알게 되었다.

어느날 사무실에서 로메로가 카맥에게 말했다. "이봐! 네가 꼭 봐야 하는 게 있어." 그는 자기 컴퓨터에서 〈둠〉을, 아니 적어도 〈둠〉으로 추정되는 것을 실행시켰다. 하지만 〈둠〉의 음악대신 영화 [스타 워즈] 테마송의 트럼펫 연주가 흘러나오기 시작했다. 이미 익숙한 〈둠〉의 시작하는 방이 아니라, 작은 은회색 방이 화면을 가득 채웠다. 로메로가 스페이스바를 누르자 문이 스르륵 열렸다. "우주선을 멈춰!" 게임 안에서 한 목소리가 명령했다. 카맥은 로메로가 삐비빅거리는 드로이드, 흰색 스톰트루퍼, 레이저 총, 다크 베이더의 우렁찬 고함을 지나쳐 복도를 달려 내려가는 모습을 지켜보았다. 어떤 해커가 〈둠〉을 [스타 워즈] 버전으로 완전히 개조했다. '멋지다, 이건 대단한 일이 될 거야. 우리가 결국 옳은 일을 한 거야.' 카맥은 생각했다.

카맥이 생각한 옳은 일이란 의욕있는 플레이어가 스타둠 같은 수정본 'MOD(모드)'를 더 쉽게 만들어낼 수 있는 방식으로 오리지널 둠 게임을 프로그래밍한 것이다. 플레이어가 〈울펜슈타인 3D〉로 창작해 낸 초기의 수정 게임을 보고 탄생한 아이디어였다. 그 작은 현상이 카맥을 놀라게 하고 사로잡았다. 카맥 스스로도 오랫동안 〈울티마〉 같은 게임을 해킹했지만, 〈울펜슈타인〉 수정 게임은 달랐다. 단지 캐릭터의 체력을 높일 수 있는 코드를 찾는 게 아니었기 때문이다. 대신 최종 보스를 바니로 바꾸는 등 〈울펜슈타인〉의 캐릭터를 완전히 바꿔 놓았다.

카맥과 로메로는 이러한 움직임에 끌리고 감명받으면서도 수정 게임 MOD의 파괴적인 방식에 대해서는 걱정했다. 플레이어들이 〈울펜슈타인〉 원본 코드를 지우고 그 자리에 자신의 이미지를 대체 했다. 나치를 한 번 바니로 바꾸면, 나치를 다시 돌려놓을 방법이 없었다. 카맥은 〈둠〉을 만들면서 플레이어가 소리와 그래픽을 비파괴적인 방식으로 대체할 수 있도록 데이터를 정리했다. 그는 미디어 데이터를 메인 시스템과 분리해서 서브 시스템으로 만들었다. 서브 시스템의 명칭은 톰 홀이 제안한 약자로 WADWhere's All the Data?: 데이터 다 어디 있어?였다. 게임이 부팅될 때마다 프로그램이 WAD파일을 찾아 소리와 이미지를 로드했다. 이렇게 하면 원본 콘텐츠를 손상시키지 않고도 메인 프로그램이 다른 WAD를 사용하게 할 수 있었다. 카맥은 또 둠 레벨 편집기와 유틸리티 프로그램의 소스 코드를 업로드해서 해커들이 적절한 도구로 게임을 새롭게 창조할 수 있도록 했다.

이는 게임뿐 아니라 모든 매체에서 급진적인 아이디어였다. 마치 너바나의 음악 CD를 듣는 사람들에게 커트 코베인의 목소리에 자기 목소리를 더빙할 수 있는 툴을 제공하거나, 영화 록키Rocky의 비디오를 보는 사람들이 필라델피아의 풍경을 다 골라내 고대 로마 풍경으로 대체할 수 있게 하는 것과 같은 일이었다. 과거에 일부 레벨 편집 프로그램이 출시된 적은 있지만, 회사의 소유주는 물론이거니와 어떤 프로그래머도 자기가 저작권을 가진 프로그램을 동작하게 하는 핵심을 공개한 적은 없었다. 카맥의 그래픽 엔진에는 접근할 수 없었지만, 카맥이 게이머들에게 제공한 것은 단순히 열쇠를 주는 그 이상이었다. 자애로울 뿐 아니라 이념적인 행동이었다. 사람들에게 힘을 실어줌으로서 결국 기업 지배를 느슨하게 하는 좌파적 제스처였다. 카맥은 더 이상 캔자스시티의 자기 방에서 컴퓨터를 꿈꾸는 소년이 아니었다. 23살의 카맥은 수백만 달러 회사의 주주이며 원하는 것은 무엇이든 할 수 있었다. 그는 해커 윤리를 대규모로 실천할 수 있었다.

대중적인 지배방식은 아니었다. 이드에서 유일하게 해커 마인드를 가진 프로그래머인 로메로를 제외하고는, 회사 모두가 카맥의 관대함에 크게 실망했다. 특히 비교적 보수적이고 사업가적 마인드를 가진 제이와 케빈이 그랬다. 케빈이 말했다. "이건 미친 아이디어야. 새 컨텐츠를 만들라고 자기 툴을 던져주는 사람이 어디 있어! 그리고 법률적인 문제를 걱정하지 않으면 안 돼. 누군가 우리 컨텐츠를 가져다가 자기 상품과 조합해서 출시하면 어쩔 거야? 만약 어떤 사람이 인터넷에서 개발된 컨텐츠를 다 가져다가 팔고 갑자기 우리가 만든 상품과 경쟁하는 사태가 생기면?"

카맥은 눈을 굴렸다. '전혀 이해하지 못하는군. 프로그래머가 아니라서 해커의 즐거움을 이해하지 못하는 거야. 진짜 게이머도 아니야. 게이밍 커뮤니티에도 들어가지 않았나 봐.' 카맥이 생각했다. 고맙게도 로메로가 큰 소리로 그를 변호했다. "이봐, 친구들! 우리가 그렇게 큰돈을 잃지는 않을 거야. 지금 이 순간에도 엄청난 돈을 벌어들이고 있는데 그게 무슨 대수라고. 뭐하러 걱정해?"

심지어 둠이 공식적으로 출시되기 전에도 많은 사람들이 〈둠〉의 수정 가능성에 관심을 보였다. 어떤 그룹은 무척 열정적이어서 유출된 〈둠〉의 알파 버전을 해킹했다. 공식 출시를 앞두고 카맥은 〈울펜슈타인〉 수정판을 만든 사람들에게 〈둠〉의 새로운 기능에 대해 e메일을 보냈다. 카맥도 이 게이머들이 어디까지 갈지 예상하지 못했다. 〈둠〉이 출시된 지 고작 몇 주 만에 해커들이 조잡한 레벨이나 지도 편집 프로그램을 공개하기 시작했다. 플레이어가 게임에 있는 기존 방을 변형할 수 있게 해주는 툴이었다. 다시 말해 벽을 조정하고, 바닥을 이동하거나 그 밖의 다른 사소한 조정이 가능했다. 1994년 1월 26일, 해커들은 더욱 본격적이 되었다. 뉴질랜드 캔터베리 대학의 브랜든 와이버Brendon Wyber라는 한 학생이 '둠 에디터 유틸리티

DEU'라고 불리는 무료 프로그램을 업로드 했다. 와이버는 국제 게이머 온라인 연합의 도움을 받아 프로그램을 만들었는데, 게이머 연합은 힘든 해킹 작업을 통해 〈둠〉의 코드를 깰 방법을 발견했다. 카맥은 소스 코드는 제공했지만 실제로 〈둠〉을 해체할 방법에 대해선 아무 실마리도 주지 않았다. DEU는 모든 것을 분해하고 레벨을 기초부터 다시 만드는 방법을 설명했다. 곧 라파엘 퀴넷이라는 벨기에 학생이 와이버와 협력하여 더 읽기 쉬운 DEU 버전을 출시했고, 그것이 1994년 2월 16일 인터넷을 강타했다. "모든 레벨에서 거의 모든 것을 할 수 있어요! 괴물과 파워업을 움직이거나, 더하거나, 없앨 수 있고, 벽의 색깔과 위치를 변경하고, 새로운 엘리베이터, 문, 산성 용액이 가득 찬 웅덩이를 만들고, 천장을 부수고, 또는 심지어 아무런 사전 지식이 없어도 새 레벨을 만들 수 있습니다."

DEU는 분수령이었다. 이제 마음만 먹으면 누구나 게임의 레벨 하나를 만들 수 있게 되었다. 프로그래머나 게임 아티스트일 필요가 없었다. 원하면 그냥 다 수정할 수 있었다. 또는 자신만의 음향, 이미지, 아이디어를 사용해 장식할 수 있었다. 둠 바니, 둠 심슨, 둠 쇼핑몰, 둠 서브웨이도 가능했다. 그렉 루이스Greg Lewis라는 미시건 대학의 학생은 둠 코드의 지하세계를 깊이 연구해서 DeHackEd라는 프로그램을 만들었다. 역시 무료로 배포된 이 프로그램은 사용자가 그래픽, 음향, 레벨 정보를 담은 WAD뿐 아니라 게임의 핵심인 실행파일을 변형할 수 있게 하는 상상도 못한 일을 하게 했다. 실행파일은 게임이 플레이되는 방식에 대한 기술적인 모든 정보를 담고 있었다. 괴물의 행동방식, 무기가 발사되는 방식, 텍스트 표시 방식 같은 것들 말이다.

"DeHackEd는 〈둠〉의 작동 방식을 큰 폭으로 재구성할 수 있습니다." 루이스가 프로그램을 설명하는 파일에 썼다. "불덩이를 보이지 않게 하고, 미사일 데미지를 2,000포인트로 만들고, 악마들이 떠다니게 해 보세요! 탄약 표를 고쳐서 고전하는 해병에게 탄약을 더 많이 주세요. 프레임 테이블을 편집해서 새로운 아이템과 훨씬 빠른 슈팅 무기를 만들어 보세요. 변동사항을 패치 파일에 담아서 친구들한테 전송할 수 있습니다. 플라즈마 광산과 진짜 빠른 소형 로켓으로 새로운 타입의 데스매치를 만들 수도 있습니다. WAD 개발자들은 괴물 타입도 레벨에 적합하게 분배되도록 수정할 수 있습니다. 새로운 가능성이 대단히 많습니다!"

〈둠〉 해커 도구는 이미 가장 몰입적인 게임에 더욱 몰입시키는 수단이 되었다. 〈둠〉은 패스트 액션 3D 월드로 플레이어를 몰입시켰다. 서로를 사냥할 수 있는 데스매치 경기장으로 몰입시킨 것이다. 둠 수정 툴은 프로그래머를 창작자로서 몰입시켰다. 〈둠〉이라는 놀라운 세계를 취해 각자의 신성한 욕망에 따라 조각하는 존재인 창작자 말이다. 〈둠〉은 이들을 작은 신으로 만들었다. 둠 해커들은 AOL, 컴퓨서브, 인터넷 토론회에서 서로의 레벨을 무료로 교환하기 시작했다. 데스매치 때문에 학교에서 낙제하던 게이머들은 훨씬 더 중독적인 해킹에 사로잡혔다. 그들은 밤새도록, 하루 종일, 심지어 벌거벗고 해킹했다. 테일러 대학 컴퓨터 연구실에서 정기적으로 열리는 '스키니 해킹 파티'에서 게이머들은 옷을 벗었다. 이제 〈둠〉은 그저 게임이 아니었다. 그것은 이미 문화였다.

그리고 그것은 이드 내 회의론자들을 더욱 더 불쾌하게 만드는 문화였다. 회사 내부에서 많은 논쟁을 벌인 끝에, 제이는 잠재적인 둠 해커들에게 알리는 법률적인 요소를 온라인에 게시할 수 있었다. "이드 소프트웨어는 어떤 사용료나 저작권도 요구하지 않습니다. 여러분이 작업한 결과물을 유료로 배포한다면 해당 유틸리티는 절대로 〈둠〉 셰어웨어 버전과 함께 작동해서는 안 됩니다. 여러분이 작업한 유틸리티가 이드 소프트웨어의 제품이 아님을 반드시 표시해야 하며, 이드 소프트웨어는 여러분이 만든 제품에 지원을 제공할 수도 없고, 제공하지도 않을 것입니다. 여러분이 만든 제품으로 둠의 데이터가 변경된 이후에는 둠에 대해서도 지원을 제공할 수 없습니다. 저희 법률팀의 의견에 따라 여러분이 만든 유틸리티에 특정한 법률 문서를 포함하셔야 할 수 있습니다. 최종 문서에는 위의 내용 중 일부가 없을 수도 있고, 더 많이 포함될 수도 있습니다. 그건 그때 내 마음가짐에 따라 달라질 것입니다. :) …어쩔 수 없이 이런 포스팅을 하게 되어 유감입니다. 하지만, 다른 통제 방법이 없습니다."

그러나 이드 소프트웨어를 통제하는 것이 훨씬 더 어렵다는 사실이 곧 밝혀졌다.

1994년 봄, 이드는 새로운 자동 응답 메시지를 녹음했다. "우리 제품으로 돈을 버는 훌륭한 아이디어에 대해 의논하고 싶으면, 5번을 누르세요."

〈둠〉 현상이 커짐에 따라 대기업들도 관심을 가지기 시작했다. 영화 [고스트버스터즈Ghostbusters]와 [괴짜들의 병영일지Stripes] 감독인 이반 라이트만과 유니버설 영화사가 〈둠〉 영화 판권을 사갔다. 조지 루카스의 루카스아츠를 비롯한 다른 회사들은 〈둠〉과 유사한 게임을 개발하기 시작했다. 업계 최강자인 마이크로소프트마저 관심을 보였다. 마이크로소프트는 곧 출시할 '윈도우'라는 운영체제의 과감하고 새로운 멀티미디어 기능을 과시하는데 〈둠〉이 완벽한 프로그램이라고 보았다.

마이크로소프트는 윈도우의 잠재력을 과시하려고 카맥이 〈둠〉의 짧은 데모를 변환하도록 부추겼다. MS는 컴퓨터 게임 개발자 회의에서 윈도우 플랫폼의 성능을 홍보하는 데 〈둠〉을 이용했다. "마이크로소프트는 윈도우에서 최고 수준의 멀티미디어 기능을 제공하기 위해 최선을 다하고 있습니다."[122] 마이크로소프트의 개인 운영 체제 부서

---

122) 출처: 비즈니스 와이어 1994년 4월26일자 기사 "마이크로소프트, 윈도의 재미에 대해 진지하게 생각하다"의 내용 중에서.

의 책임자인 브래드 체이스가 말했다. 그는 게임이 "멀티미디어 어플리케이션 중에서 가장 크고 중요한 카테고리"라고 말했다.

그러나 곧 마이크로소프트나 IBM같은 회사를 구식으로 보이게 만드는 이드의 방식에 많은 이들이 경탄하기 시작했다. 이드는 셰어웨어 현상을 받아들여 그것을 중독의 레시피로 변형시켰다. 〈둠〉은 너무나 강력해서 사람들은 충분한 양을 섭취해야만 했다. 어떤 이들은 이를 소프트웨어가 아닌 "헤로인웨어"라고 명명했다.[123] 『포브스 Porbes』지는 "지하에서 얻은 이익"이라는 제목으로 이드가 어떻게 마이크로소프트 같은 회사를 구식으로 만들었는지를 과장하여 실었다. "개인 소유인 이드 소프트웨어는 금융 정보를 공개하지 않았다. 하지만 이 회사의 이익률을 생각해보면 마이크로소프트는 이류 시멘트 회사처럼 보인다."[124] 포브스 필자는 이드의 예상 매출 천만 달러로 계산하면 수익은 마이크로소프트에 필적한다고 계산했다. "막대한 양의 정보를 빠르게 교환하는 정보고속도로가 완성되면, 이러한 사업에는 어떤 일이 생길까? …아무것도 필요 없다. 판매인력, 보관 비용, 닌텐도나 세가에 지불할 로열티, 마케팅 비용, 광고비용, 임원용 주차공간 모두 필요 없다. 이것은 단지 게임만을 위한 것이 아니라, 단지 소프트웨어를 위한 것이 아니라, 전자 상거래를 통해 팔리고 배달이 가능한 수많은 제품과 서비스에 있어 새롭고 흥미로운 사업 모델이다."

주류언론도 가세했다. 뉴욕 타임즈[125], USA 투데이[126]에 이어서 영

---

123) 출처: 샌프란시스코 크로니클 1994년 10월 8일자 E1페이지의 기사 "히트 게임 속편은 둠이란 주문을 다시 읊는다"의 내용 중에서.

124) 출처: 포브스 1994년 5월 9일자 176페이지의 기사 "지하에서 얻은 이익"의 내용 중에서.

125) 뉴욕 타임즈 1994년 5월 15일 스타일면 8페이지에 "둠(운명)에 빠지다"라는 기사가 실렸다.

126) USA투데이 1994년 5월 25일 3D페이지에 "3D게임에 새로운 차원을 가져오는 「둠」"이란 기사가 실렸다.

화 산업의 대표 잡지인 버라이어티Variety지가 둠의 문화적 혁신과 사업에 대한 기사를 실었다[127]. 기자들은 이 현상에 배후에 누가 있는지 보기 위해 댈러스에 와서 20만 달러짜리 개조 페라리와 긴 머리 게이머들이 있는 이 독특한 세계를 한껏 즐겼다. 지금, 이드는 단지 킬러 게임을 만든 회사가 아니었다. 새로운 어떤 것, 보이지 않는 어떤 것에 대한 전조였다. 당시에는 심지어 인터넷처럼 널리 알려지지도 않은 기묘하고 형태 없는 무언가를 위해 전통적이고 분별있는 사업 방식에 저항하는 부유하고, 젊고, 창조적인 사람들이었다. 제이가 댈러스 모닝 뉴스에서 자랑했다. "모두가 정보고속도로의 힘에 대해 이야기하고 있습니다. 우리가 살아있는 증거입니다."[128] 제이는 업계에 록스타가 필요하다는 것을 깨달았다. 이드가 바로 그 록스타였다.

다른 유명 록스타처럼 이드에도 논쟁의 여지가 있었다. 중국은 폭력을 이유로 〈둠〉 금지를 고려하고 있었다.[129] 실제로 브라질은 나중에 둠을 법으로 금지했다.[130] 〈둠2〉를 출시하는 주요 소매점이 될 월마트조차 내용 때문에 주저하기 시작했다. 그런데 〈둠〉이 폭력적인 게임의 다음 타자로 낙인 찍히려던 바로 그 때, 안전장치가 당겨졌다.

1993년 12월에 리버만 상원의원이 게임 폭력에 대한 연방 청문회를 열었던 이후, 게임 업계는 정부의 개입 위협을 축소하기 위한 대응책을 찾아 숨가쁘게 달렸다. 1994년 봄에 또 한 번 청문회가 열렸고, 그 결과물로 IDSAInteractive Digital Software Association: 인터랙티브 디지털 소프트웨어 어소시에이션가 탄생했다. 이 단체는 자율 규제를 목적으

127) 일간 버라이어티 1994년 7월5일자 7페이지에 "그것은 헐리우드에 종말의 날(둠스데이)였다"라는 기사가 실렸다.
128) 댈러스 모닝 뉴스 1994년 5월 17일자 15A 페이지의 기사 "둠의 붐: 소프트웨어 회사가 정보 초고속도로를 통해 몬스터 히트를 만듭니다"의 내용 중에서.
129) 출처: 사우스 차이나 모닝 포스트 1994년 3월 22일자1페이지 기사 중 "좋은, 강력한 지침이 필요하다. '피 튀기는 게임'은 우려의 원인을 제공한다." 라는 내용.
130) 출처: 로이터 1999년 12월 21일 기사 "브라질에서 금지된 듀크 뉴켐" 참조.

로 주요 게임 배급사가 모두 참여한 산업 협회였다. 1994년 가을에 IDSA는 엔터테인먼트 소프트웨어 등급 위원회라는 자발적인 시스템을 만들었다. 이 시스템은 영화 산업에서 그러는 것처럼 등급을 부여했는데, T는 십대Teen을 의미했고 M은 성인Mature을 뜻했다. 그리고 〈둠2〉가 그 M마크를 처음으로 단 게임이 되었다.

이드는 아무 탈 없이 탈출했을 뿐 아니라 나쁜 소년의 이미지까지 개선되었다. 청문회는 모순적이게도 새롭고, 더 악하고, 더욱 폭력적인 비디오 게임 시대를 예고했고, 게이머들은 더 많은 것을 원했다. 세가의 〈나이트 트랩Night Trap〉은 전국에서 품절되었다. 등급제가 시행되면서 배급사는 더 신랄한 콘텐츠를 더 자유롭게 출시했다. 심지어 닌텐도도 여기에 합류해서, 고어와 모든 것을 포함한 〈모탈 컴뱃 2〉 버전을 출시할 계획을 세웠다.[131] 그러나 이드 같은 위치에 있는 개발사는 없었다. 언론과 팬들이 다가오자 회사의 얼굴이 필요해졌다. 벽에 사진을 붙여 놓고 숭배할 사람 말이다. 이드 안에서 경쟁은 없었다. 밴드의 리드 싱어가 등장할 차례가 되었을 때, 존 로메로는 완벽할 뿐 아니라 그 역할을 하고 싶어하는 유일한 사람이었다.

"영광입니다. 영광입니다. 영광입니다" 게이머들이 로메로의 발 앞에 절하며 다 함께 외쳤다. 텍사스 주 오스틴의 찌는 듯이 더운 오후였다. 로메로와 숀 그린은 텍사스 대학교 밖 번화가 커피숍 위층에 자리잡은 55 제곱미터 크기의 가게인 오스틴 버추얼 게이밍 안에 서 있었다.[132] 텍사스대 동물학과 학생들과 그 지역 첨단기술회사에 직원 등 둠 중독자 5명이 현금을 모아 몇 주 전에 이 장소를 열었다. 그들은 이드의 악마적인 창조물에 중독된 게 자기들만은 아니라고 생

---

131) 출처: 스티븐 L. 켄트 저, "첫번째 분기 The First Quarter" 중 382~384페이지 내용 중에서.

132) 출처: 오스틴 아메리칸 스테이츠맨 1994년 4월 2일 F1페이지의 기사 "오스틴 버추얼 게이밍: 버추얼 중독"의 내용 중에서.

각했다. 그래서 27인치 모니터와 개인용 컴퓨터를 몇 대 연결해서 시간당 8달러를 받고 게이머들이 데스매치를 하게 했다. 이 날의 행사는 그 게임방의 첫 번째 공식 〈둠〉 토너먼트였다. 그리고 그 게임을 만든 사람 중 한 명인 로메로가 여기에 게임을 하러 나타나서, 게임을 하러 붉게 점멸하는 모니터 주위로 모여든 수십 명의 게이머들을 기쁘게 했다!

게이머 중에는 로메로의 사진을 본 사람조차 거의 없었다. 하지만 앞에는 군국주의적인 둠 로고가 그려지고 뒷면에는 굵고 하얀 글씨로 Wrote It이걸 만들었다라고 쓴 검은 티셔츠를 입은 남자를 보고는 누구나 그게 로메로라고 생각했다. 그 셔츠는 로메로의 아이디어였다. 이드가 홍보용 티셔츠를 잔뜩 찍어낸 후에, 로메로는 이드 멤버들을 위해 Wrote It이걸 만들었다라는 문구를 더하자고 제안했다. 심지어 어머니에게는 등판에 "My Son Wrote It내 아들이 이걸 만들었다"라고 쓴 둠 셔츠를 보냈다. (카맥은 자기가 가장 좋아하는 티셔츠를 그냥 입었다. 이마에 피투성이 총알구멍이 있는 노란 스마일이 그려진 티셔츠였다.)

로메로는 그 "Wrote It" 티셔츠를 어디를 가나 입고 다녔다. 사무실에서도, 마을에서도, 게임 컨벤션에서도 말이다. 그 셔츠에는 모세의 기적 같은 효과가 있었다. 게이머들은 그 셔츠를 입은 로메로를 발견하면 유명인사인가 하고 다시 돌아보았다. 그 사이 로메로는 군중 속으로 사라졌다. 땀에 젖은 손바닥과 떨리는 손으로 모험을 감행하는 용감한 게이머도 있었다. 그런 일이 처음 일어난 것은 컴프USACompUSA 매장 앞에서였다. 한 점원이 졸졸 따라와 노란 테스타로사에 오르는 로메로에게 사인을 해달라고 했다. 그러한 상황은 로메로가 "Wrote It" 셔츠를 입었을 때 특히 자주 발생했다. 게이머들은 사인을 요청하기 시작했을 뿐 아니라, 문자 그대로 무릎을 꿇고 새터데이 나이트 라이브SNL의 등장인물인 웨인과 가스가 록의 황제에게 바쳤던 후렴구인 "영광입니다!"를 외치기 시작했다. 이드의 다

른 사람들은 그걸 믿을 수가 없었다. 사실, 당혹스러웠다. '우리는 메탈리카가 아니야. 우리는 게이머야.'

하지만 회사에 대한 수수께끼스러운 의문점이 커져가고 이드에 대한 궁금증이 점점 확산되면서, 팬과 언론들은 이드가 대체 어떤 회사이고 일하는 것은 누구인지 정보를 더 알고 싶어 했다. 이에 응해서 이드는 게이머가 메시지 요청을 보내거나, 기술적인 은어로 이드의 컴퓨터를 '찌르면' 볼 수 있는 뉴스 파일을 만들었다. 처음에는 정기적으로 기술적인 주제의 게시물을 업데이트하기 시작했다. 그러나 곧 라이프스타일 뉴스로 확대되어 시시콜콜한 정보를 제공하게 되었는데, 심지어 카맥과 로메로가 모는 페라리 상태까지 담겨 있었다.

팬들은 이드에 경외감을 쌓기 시작했고 실제 생활에까지 스며들었다. 무언가 새로운 일이었다. 제이가 묘사한대로 "너드 숭배"였다. 그리고 로메로만큼 숭배받는 일을 즐기는 사람은 없었다. 로메로는 티셔츠를 찍어낸 데 더해서 외모도 가꾸기 시작했다. 검은 머리를 길렀고 콘텍트 렌즈를 착용할 때가 많아졌다. 그러나 로메로는 자신에게 고개 숙이는 게이머들을 얕잡아 보지 않았다. 친구나 동료로 보았다. 로메로는 팬들이 고개 숙인 모습을 바라보며 생각했다. '여기 나만큼이나 게임을 사랑하는 사람들이 있구나.' 〈둠〉이 전세계로 빠르게 퍼져 나가면서 로메로는 팬들만큼이나 그 게임에 중독되어 있었다. 로메로와 숀은 이제 밤늦게까지 회사에 남아 정기적으로 데스매치를 했다. 로메로는 〈둠〉을 플레이하지 않을 때에는 〈둠〉에 대한 이야기를 했다. 최신 모드, 데스매치 토너먼트, 기술적인 상황 등을 토론하는 급성장하는 〈둠〉 채팅방과 메시지 보드, 뉴스 그룹의 단골로 참석했다. 바깥 세상에게 로메로는 이드 그 자체였다.

이는 로메로의 행동 때문만은 아니고 다른 사람들 때문이기도 했다. 다른 이드 멤버들은 팬과 언론의 구애에 아무 관심이 없었다. 제이가 이드의 '사업 담당' 비즈니스 맨으로 자기 몫을 했지만, 그저 평범했다. 언론이 〈둠〉의 창조자들 중 한 명, 즉 만든 사람들 중 한 사람을 띄우려 할 때 딱 들어맞는 인물이 로메로였다. 그리고 카맥, 에이드리안과 다른 모두가 기꺼이 인정하듯, 로메로는 웃기고, 호감을 주며, 에너지가 넘치기에 그 일을 잘했다. 〈위험한 데이브 해적판〉데모를 본 그 순간부터 로메로는 이드의 가장 영향력있는 치어리더였다. 로메로가 회사를 과장해서 띄우는 광고를 하면, 그건 단지 소유주로서의 어필하는 광고가 아니라, 이드의 가장 열성적인 팬이 하는 과대 광고였다.

선전하는 언어는 자만이라 부를 만큼 자신감 넘치며, 대립이라 느낄 만큼 고취시키는 데스매치의 언어였다. 이드는 세상을 지배했고 로메로는 모든 사람에게 이드가 얼마나 위대하고, 얼마나 더 위대해질 수 있는지를 빠르게 인식시켰다. 로메로가 온라인에 게시물을 올렸다. "우리의 계획은 전세계가 넥스트스텝NeXTSTEP을 개발환경으로 사용하게 하는 겁니다. 모든 사람이 인터넷으로 연결되고, 테스타로사 TR512를 소유하게 하는 겁니다." 로메로는 새롭게 부상하는 인기 있는 운영체제를 맹비난했다. "DOS는 제길. DOS 확장자는 개발자의 지옥을 만들었어. 윈도우는 빌어먹을."

1994년 여름 로메로가 〈둠〉 데스매치를 하러 오스틴에 나타났을 때 로메로는 게임의 신神다운 열기를 내뿜고 있었다. 팬들이 인사하는 동안 한 기자가 달려들어 왜 이 토너먼트에 참석했는지 물었다. 로메로는 가슴을 내밀며 말했다. "다 이겨버리려고 왔지!" [133] 로메로와 숀은 다른 사람이 게임을 하는 동안 자리를 찾았다. 키보드를 누르는 소리를 제외하고는 고요했다. 그러나 이드에서 온 두 사람이 플레이를 시작하자 모든 것이 달라졌다.

로메로가 상대에서 샷건 몇 발을 퍼부으며 소리쳤다. "이거나 먹

---

133) 출처: 오스틴 아메리칸 스테이츠맨 1994년 5월 8일 B1페이지 기사 "선수들은 둠 토너먼트에서 가상의 킥을 얻는다"의 내용 중에서.

어라, 개새끼야!" 다른 컴퓨터에서 한 남자가 겁을 먹고 고개를 들었다. 숀은 그 표정을 알고 있었다. 정제되지 않은 그런 대화를 한 번도 들어본 적이 없는 표정이었다. 마치 숀 자신이 로메로가 게임을 하다 처음 그를 모욕하는 걸 들었을 때처럼 말이다. 하지만 숀은 이제 프로였고 곧바로 게임에 참여했다. "이거나 먹고 뒈져, 원숭이야!" 그는 BFG를 몇 발 발사한 후 외쳤다. 게이머들은 겁을 먹고 움츠렸으나 곧 배우게 될 것이다.

로메로는 페라리를 타고 댈러스로 돌아오는 긴 여정을 음미했다. 26살 로메로에게 인생은 좋았다. 친아버지와 새아버지에게 얻어맞았지만 다시 일어섰고, 그 모든 시간이 지난 후 마침내 현재에 이르렀다. 이제 그는 정말로 에이스 프로그래머이며, 미래의 부자였다. 부모님과 관계를 회복했고, 부모님은 이제 로메로가 아케이드에서 보낸 지난날에 대해 새로운 시각을 가지게 되었다. 그는 새 아내 베스와 여전히 캘리포니아에 있는 아들 마이클과 스티븐을 사랑했다. 아이들은 그를 자랑스럽게 아버지라고 불렀다. 로메로는 수 년 전에 상상했던 바로 그런 사람이 되어 있었다.

어느날 밤 사무실에서 로메로는 성공한 느낌을 나누기로 했다. 카맥의 사무실로 가서 언제나처럼 다이어트 콜라를 마시며 PC앞에 앉아있는 파트너를 찾았다. 〈둠〉을 출시한 이래로 카맥은 부차적인 프로젝트에 심취해 있었다. 게임기인 아타리 재규어Atari Jaguar와 세가의 새로운 게임기를 포함한 다른 게임 플랫폼에서 〈둠〉을 사용하기 위한 프로그램 변환 또는 포팅이었다. 이드는 게임기용 변환 작업으로 돈을 많이 벌었다. 아타리에서만 25만 달러를 벌었다. 하지만 카맥을 유혹하는 것은 현금이 아니었다. 참호 속으로 들어갈 기회였다.

카맥이 정말로 좋아하는 일은 소매를 걷어 올리고 자신의 지능을 시험하는 일이었다. 카맥은 밀려드는 재산과 명성에 적어도 어느 정도는 감사했다. 최근 집에 갔을 때는 캔자스시티 유명 앵커인 아버지에게 자기도 아버지만큼 유명해질 거라고 말했다. 카맥도 로메로처럼 부모님과 화해했다. 이제 부모님은 카맥의 직업을 존중하고 지원했다. 어머니는 여가시간에 〈커맨더 킨〉을 플레이했다. 카맥은 심지어 자주 들르던 중국 음식점 주인의 딸과 데이트도 몇 번 했다. 그러나 그는 여전히 대부분의 낮과 밤을 이드에서 보냈다. 로우레벨 프로그래밍 실력을 연마하는 것만큼 카맥을 즐겁게 하는 건 없었다. 다음번 대형 게임 엔진을 만들 때 그 기술이 필요했다.

하지만 카맥은 알아차리기 시작했다. 자기는 여기 있는 반면에, 로메로는 가버렸다. 데스매치, 인터뷰, 팬들과 온라인으로 소통하기. 무언가 변하고 있고 사라지고 있었다. 카맥은 일이 어려워지기 시작했다고 생각했다. 〈둠 2〉는 예정보다 늦어지고 있었다. 로메로는 회사의 록스타로 활동했으나, 그가 만들기로 약속했던 레벨은 완성이 되지 않았다. 사실 회사는 이제 다른 레벨 디자이너들에게 의지하고 있었다. 샌디 피터슨과 새로운 직원 아메리칸 맥기American McGee가 레벨 대부분을 완성했다. 〈둠 2〉의 32개 레벨 중 단 6개만 로메로가 만들고 있다는 걸 카맥은 알아차렸다.

로메로는 자기가 만드는 레벨이 시간이 더 오래 걸리는 것뿐이라고 설명했다. 그러나 카맥은 다른 것을 의심했다. 로메로는 집중력을 잃고 있었다. 인터뷰와 데스매치 외에도, 로메로는 위스콘신에서 알게 된 회사인 레이븐Raven에서 출시 예정인 게임의 총괄 제작자로 활동하고 있었다. 로메로는 〈둠〉의 가치를 최대한 활용할 아이디어를 가지고 카맥에게 접근했다. "우리 기술을 활용해서 게임을 하나 더 만들자. 이걸로 돈을 좀 벌 수 있으니까 거기서 뭔가를 더 꺼내보자. 엔진을 사용하게 해주고 대단할 게임을 만들어 우리가 배급하기에 레이븐은 완벽하게 좋은 회사야." 카맥은 동의했으나 열정은 없었다. '얼마나 더 많이 벌어야 하는 거지?'

하지만 로메로에게 그건 회사를 키우기 위한 일일 뿐 아니라, 재미였다. 로메로는 게임을 하는 것을 좋아했다. 게임을 하기 위해 살았다. 그리고 〈둠〉보다 재미있는 게임은 없다. 레이븐과 거래하면 플레이할 게임이 더 많이 생길 것이다. 그날 밤 카맥의 사무실에서 로메로는 자신의 새로운 라이프 코드를 간결하게 설명했다. 이드의 성취를 즐길 때가 왔다. 비상근무는 없다. 더 이상 충혈된 밤은 없다. "더 이상 죽음의 스케줄은 없어." 로메로가 행복하게 말했다.

카맥은 침묵했다. 모니터에서 커서가 깜빡이고 있었다. 과거의 로메로는 그래픽 엔진을 실험하고 버그를 테스트하며 해가 뜰 때까지 카맥 곁을 지켰다. 오늘 밤 카맥은 'Wrote It'이 쓰여진 셔츠를 입은 남자가 문 밖으로 걸어 나가는 걸 지켜보았다.

몸의 창조자들

두 사람이 제국을 세우고 대중문화를 바꿔놓은 이야기

퀘이크

Quakes

11장

퀘이크

　누구에게나 이루지 못한 꿈이 있다. 어쩌면 돈이 너무 많이 들거나 시간이 오래 걸리는 꿈일지도 모른다. 비행기를 조종하거나, 경주용 자동차를 운전하는 것처럼. 아니면 현실과 동떨어진 꿈일 수도 있다. 우주 전쟁에서 외계인과 싸우거나 뱀파이어를 습격하는 것처럼. 어쩌면 불법일지도 모른다. 교외를 질주하거나 소드오프 샷건으로 적을 사냥하는 것처럼. 그럼에도 불구하고 꿈은 존재하며 매일 우리 마음에 생기를 불어넣는다. 이것이 최신 기술로 사람들이 이러한 환상 속을 탐험하게 해주는 수십 억 달러 규모의 산업이 존재하는 이유, 바로 비디오 게임이 존재하는 이유다.

　물론 비디오 게임이 우리를 정말로 꿈속에서 살게 해주지는 않는다. 게임은 개발자가 시뮬레이션한 꿈 속에 게이머를 살게 해준다. 활동은 컴퓨터, 텔레비전이나 휴대용 장치 속에서 디지털로 이루어지며, 플레이어는 눈과 귀와 손끝으로 경험을 하게 된다. 하지만 레이싱카를 타고 데이토나 스피드웨이 트랙을 질주하거나 은하 군사기지를 습격하면서 플레이어는 정말 그 장소에 있는 것처럼 느끼고, 순간적으로 자신의 뼈와 살, 사내 정치, 쌓여 있는 청구서를 초월하게 된다. 게임은 플레이어가 탈출하고, 배우고, 재충전할 수 있게 해

준다. 게임은 필수불가결하다.

이런 믿음은 고대 그리스에서부터 존재해 왔다. 플라톤이 "모든 남녀는 가장 고귀한 게임을 해야 하며, 현실에 있을 때와는 다른 마음을 가져야 한다."라고 말했을 때부터 말이다.[134] 1950년대 인류학자 요한 하위징아는 이렇게 썼다. "놀이는 의미 있는 기능이다. 삶의 즉각적인 요구를 추월하며 행동에 의미를 부여한다. 모든 놀이는 의미를 갖는다."[135] 그는 인간 종에 다른 이름을 제시했다. '호모 루덴스', 유희의 인간. 1960년대 마셜 맥클루언은 이렇게 썼다. "게임이 없는 사회는 로봇 같은 사람들이 좀비처럼 무감각해진 사회이다."[136] 게임은 인기 있는 예술이며, 어떤 문화의 주요 동력이나 움직임에 대한 집단적이고 사회적인 반응이다. 게임은 그 게임을 하는 사람들에 대해 많은 것을 보여준다. 게임은 디즈니랜드나 유토피아적 비전 같은 일종의 인공 낙원이어서 우리가 일상생활의 의미를 해석하고 완성하게 해준다.

1994년까지 〈스타 트렉〉에 나오는 홀로덱이 가장 유토피아적 비전을 가진 게임이었다. 스타트랙의 가상 세계 시뮬레이터에 대한 꿈이 SF소설에서 현실로 다가오고 있었다. 작가 닐 스티븐슨Neal Stephenson은 1992년 출간한 공상과학 소설 『스노 크래시Snow Crash』에서 메타버스라는 공간을 상상했다. 메타버스는 윌리엄 깁슨William Gibson이 1984년작 소설 『뉴로맨서Neuromancer』에서 묘사한 '사이버 스페이스Cyberspace'와 비슷한 대체 현실이다. 그리고 인류를 이러한 영역으로 연결시켜줄 인터넷이 보급되기 시작했다. 아케이드

---

134) 출처: 요한 하위징아가 "호모 루덴스: 문화속 놀이 요소 연구"에서 18~19페이지 내용 안에 인용한, 플라톤의 옛날 문구.

135) 출처: 각주 134와 같은 책의 1페이지의 내용 참조.

136) 출처: 마셜 맥클루언 저 "미디어 이해하기: 인간의 확장" 중에서 208~211페이지의 내용 참조.

는 가상현실 게임으로 떠들썩했다. 단돈 5달러만 내면 크고 투박한 헤드셋이 달린 꼴사나운 기계가 플레이어를 다각형으로 이루어진 1인칭 세상에 빠져들게 했다. 새로운 세대의 프로그래머들은 일과 인생을 홀로덱을 실현하는 데에 바쳤다. 존 카맥이 말한 대로 "이것을 창조하는 건 우리에게 내려진 윤리적 명령이었다." 카맥은 〈퀘이크〉로 이 세상에 공헌할 터였다.

이드에서는 항상 카맥이 다른 멤버들에게 다음 게임 엔진의 성능을 설명하면서 게임 개발을 시작했다. 카맥이 〈퀘이크〉 기술에 대한 비전을 처음 설명했을 때 로메로는 거의 흥분으로 활활 타오를 지경이었다. 이드는 〈퀘이크〉에 대해 몇 년 동안 이야기만 해왔다. 〈퀘이크〉의 아이디어는 예전에 같이 하던 '던전 앤 드래곤' 게임에서 나왔다. 〈퀘이크〉는 카맥이 만들어낸 캐릭터로 건물을 파괴할 수 있는 강력한 망치를 가졌고, 머리 위에는 초자연적인 마법 물체인 헬게이트 큐브가 떠 있었다. 이드가 〈퀘이크〉 게임 작업을 처음 시작한 것은 초창기 〈커맨더 킨〉 시절이었다. 하지만 아이디어를 구현해내기에는 그 당시 기술이 아직 충분하지 않았기에 포기했었다. 카맥이 '이제 때가 왔다.'고 말했다. 가장 설득력있고 몰입적인 3D 경험을 만들 기술이 준비되었다. 인터넷을 통해 함께 경쟁하는 플레이어 그룹을 지원하는, 최초의 패스트 액션 1인칭 게임을 만들 준비 말이다. 〈퀘이크〉는 이드 최고로 야심찬 게임일 뿐 아니라 전세계 최고의 게임이 될 수 있었다.

로메로는 아이디어를 마구 쏟아냈다. "완전한 3D 엔진! 미친, 우리는 숲 같은 것도 만들 수 있어...우리가 〈킨〉에서 얘기했던 그 무기 있잖아, 썬더볼트의 망치! 그게 〈퀘이크〉에서 주무기가 될 거야. 그리고 헬게이트 큐브라는 그거, 차원 이동 무기도 가지게 될 거야. 이 큐브가 우리 머리 주위를 공전하면서 알아서 작동하는 거지! 큐브가 인격을 가지고, 그니까 자체 프로그래밍 되어 가지고 독립된 개체 같은 느낌을 주는 거야. 공격을 잘하면 큐브가 같이 공격해주고! 우리가 적을 막 후려쳐서 피해를 입히면 큐브가 일정 범위 안에 있는 고통을 빨아먹는 거지. 그래서 피해를 많이 주면 줄수록 큐브가 더 기분이 좋아져서 우리를 도와주기 시작하는 거야. 곤란할 때 치유를 해주거나 다른 곳으로 순간이동 시켜준다거나. 안 싸우고 오랫동안 있으면 플레이어한테 피해를 주거나, 아예 사라졌다가 나중에 다시 돌아올 수도 있고."

로메로는 무척 흥분해서 이 소식을 이드 팬들에게 알리지 않을 수 없었다. "다음 게임은 〈둠〉을 지옥으로 날려 보낼 겁니다. 〈둠〉은 우리가 다음에 내놓을 게임 〈퀘이크: 정의를 위한 싸움!〉에 비하면 완전 썩어빠졌다고요. 〈퀘이크〉는 〈둠〉이 〈울펜슈타인 3D〉를 뛰어넘은 것보다 더 큰 폭으로 둠을 추월할 겁니다. (그러니까, 둠=똥.)" 로메로는 키보드를 두드려 인터넷에 메시지를 올렸다.

하지만 〈둠2〉도 아직 개발 단계에 머물러 있는 상태에서 〈퀘이크〉에 대해 언급하는 게 다른 이드 멤버에게는 시기상조로 느껴졌다. 에이드리안이 케빈과 제이에게 한탄했다. "로메로가 밖에 나가서 우리가 뭐하는 지 떠벌리고 다녀. 어차피 계획이야 다 바뀔 테지만, 그렇다고 우리 계획을 사람들한테 죄다 말할 필요는 없잖아. 로메로는 그냥 관심 받고 싶은 거야. 그래서 그런 짓을 하는 거지."

제이는 〈둠〉이 약속한 일정을 못 지켰을 때 게이머들한테 엄청난 비난을 받은 적이 있었기에, 에이드리안의 말을 진지하게 듣고 로메로에게 말했다. "이 시점에서 아직 구상단계인 건 말하지 말자. 혹시라도 완성하지 못하면 반발이 있을 테니까." 로메로는 이에 동의했지만, 곧 제 멋에 취해 또다시 무너지고 말았다. 로메로는 잡지 『컴퓨터 플레이어Computer Player』에 또 말했다. "〈퀘이크〉는 평범한 게임이 아닙니다. 하나의 사회운동이 될 겁니다." 누구든 로메로를 말려

야 했다.[137]

1994년 8월 어느 늦은 밤, 로메로는 컴퓨터에 앉아 〈둠2〉의 엔딩 사운드를 수정하고 있었다. 게임은 거의 완성되었고 로메로는 '아이콘 오브 신icon of sin: 죄악의 상징'이라 불리는 둠의 최종 보스에 들어갈 음향 효과를 만지고 있었다. 흉측한 짐승의 머리 모양 상징물을 쏘아 눈 사이에 명중해야 게임에서 이길 수 있었는데, 머리에 뚫린 구멍에서는 다른 몬스터를 소환하는 큐브가 튀어나왔다.

로메로는 테스트 모드에서 게임을 하고 있었다. 테스트 모드에서는 벽을 통과해서 사실상 플레이어가 게임에서 보는 이미지 뒤로 갈 수 있었다. 로메로는 아이콘 오브 신 뒤에 있는 벽을 통과하자마자 그대로 얼어붙었다. 방금 본 게 내 얼굴인가? 그는 너무 오래 일했나 보다고 대수롭지 않게 여기며 작업을 계속했다. 그런데 다시 괴물 뒤로 달려갔을 때 또 자기 얼굴을 본 것 같았다. 이거 '너무 이상한데'라고 생각하며 천천히 뒤로 돌아갔다. 충격적이었다. 모가지가 댕강 잘린 자기 얼굴이 막대기에 꽂힌 채 피를 흘리며 고통스럽게 꿈틀거리고 있었다. "제길, 말도 안 돼!"

로메로는 다시 돌아 나와 아이콘 오브 신을 향해 한 방 쏘고 로켓의 궤적을 따라갔다. 로켓은 괴물을 지나 뒷벽을 뚫고 비밀의 방으로 향했고, 고통에 몸부림치는 로메로의 머리를 날려버렸다. 로메로는 농담을 이해했다. 플레이어는 괴물을 쏘아서 게임에서 이기고 있다고 생각하겠지만, 실제로는 로메로를 쏘고 있는 것이었다. 로메로가 죄악의 상징이었다.

다음날 아침, 로메로가 이스터 에그를 발견했고 자신의 에그도 하나 남겨뒀다는 소문이 사무실에 돌았다. 에이드리안과 케빈은 게임의 마지막 장면을 켜고 최종 보스를 향해 로켓을 쏘기 시작했다. 비

---

137) 출처 : 컴퓨터 플레이어 1994년 10월호 28페이지의 기사 "둠의 날 오후: 이드의 지구 위 지옥"의 내용 중에서.

밀의 방에서 주다스 프리스트 노래를 거꾸로 튼 듯 악마 같은 소리가 흘러나왔다. 무슨 말인지 그냥은 알아들을 수 없었으나 거꾸로 돌리면 아주 명확하게 들렸다. 우렁차게 고함치는 목소리였다. "게임에서 이기려면 나를 죽여야 한다. 존 로메로." 로켓이 한 발 더 터지고 아이콘 오브 신은 죽었다.

1994년 10월 10일, 〈둠 2〉가 라임라이트를 강타했다. 라임라이트는 뉴욕에 있는 교회를 개조한 고딕 풍 나이트 클럽으로 〈둠 2〉를 위한 언론 파티 "둠스데이Doomsday"가 열린 장소였다. GT인터랙티브는 이드 소프트웨어를 주류 산업으로 진입시키려고 TSI 커뮤니케이션즈라는 강력한 홍보대행사를 고용했다. TSI 커뮤니케이션즈는 총 200만 달러의 마케팅 예산 중 상당 부분을 사용해 라임라이트 고딕 클럽을 악마와 고어가 난무하는 지옥 같은 저택으로 바꾸었다. 정문에 있는 홀로그램 기계는 게임에 나오는 짐승을 영상으로 비췄다. 〈둠2〉의 테크노 록 사운드트랙이 홀을 가득 채웠다. 교회 중앙에 세워진 거대한 데스매치 경기장은 이 행사를 위해 날아온 둠 플레이어들의 흥분으로 가득했다.

『월스트리트 저널The Wall Street Journal』부터 『빌리지 보이스The Village Voice』에 이르기까지 모든 신문사에서 나온 기자들이 군중 속에 섞여 경외심과 혼란을 함께 느꼈다. 마침 모자이크 브라우저 개발자들이 새 웹 브라우저인 넷스케이프 네비게이터Netscape Navigator를 출시하면서 컴퓨터 문화와 인터넷에 대한 관심이 높아지고 있었다. 많은 사람들이 시장 밖에서 성공한 둠에 대해 들어 보기는 했지만 그 낯선 신세계를 직접 본 적은 없었다. 심지어 TSI에서 이벤트를 총괄하는 홍보담당자인 오드리 만Audrey Mann도 깜짝 놀랐다. TSI는 첨단 기술 업계에서 가장 성공한 두 회사인 IBM과 소니를 오랫동안 홍보해 왔지만 이드 소프트웨어 홍보만큼 독특한 도전은 처음이었다. 〈둠 2〉 출시와 함께 홍보 업계에는 데스 매치Deathmatch, 깃발 뺏기

frag, 모드MOD 같은 완전히 새로운 용어가 등장했다. TSI는 '엉덩이를 차버려' 같은 문구가 보도 자료에 사용하기 적절할까를 논의했고, "'사지를 절단하다'를 다르게 표현할 방법이 몇 개나 있을까?"라며 농담했다. 그러나 라임라이트에서 게이머들의 반응을 보고는 자신들이 고객을 과소평가했음을 깨달았다. "우리는 그게 이야깃거리가 되리라고 생각하지 못했어요. 그저 게임을 출시한다고만 생각했었죠." 오드리가 말했다.

그날 밤 확실해졌다. 〈둠 2〉는 그저 평범한 게임이 아니라 하나의 문화 운동이었다. 예전에 제이가 회사를 홍보할 때 무시했던 기자들이 이제는 이드의 누구라도 구석으로 몰아넣고 둘러쌌다. 반대하는 사람들 또한 억지로 끼어들었다. [내츄럴 본 킬러Natural Born Killers]나 [펄프 픽션Pulp Fiction]같은 폭력영화가 관심을 끌면서 〈둠〉 역시 미국 젊은이를 위협하는 존재로 인식되었다. 제이가 사람들에게 연설하는 중에 한 남자가 군중 속에서 소리 질렀다. "그런 폭력적인 게임을 애들 하라고 만들다니 부끄러운 줄 알아!" 모두가 조용해졌고, 답변을 바라며 제이를 바라보았다.

제이가 침착하게 말했다. "선생님. 저도 두 아이의 아버지입니다. 아이들한테 유해한 일은 결코 하지 않습니다. 어떻게 보면 저희는 스리 스투지스The Three Stooges 같은 보드빌 개그팀을 총이 있는 인터랙티브 미디어에서 만드는 겁니다. 처음부터 끝까지 한번 훑어보신다면 해롭기보다는 익살스러울 겁니다." 하지만 그 시위자는 의견을 굽히지 않고 폭력이니 악마니 소리쳤고, 결국 단상에 선 제이 옆에 앉아있던 숀 그린이 벌떡 일어나 마이크를 잡고 일갈했다. "아저씨, 입 닥치쇼!" 사람들은 웃었다. 모두가 이드 편인 것 같았다.

〈둠 2〉는 최초 출시에서 60만 장이 소매점으로 팔려 나갔고 사상 최고로 많이 팔린 게임이 될 것이 확실해졌다. 한 분기를 대비한 재고가 1달 만에 동이 났다. 둠스데이 이벤트 후에 주류 언론이 〈둠 2〉

에 대해 앞다투어 떠들기 시작했다. 소위 둠 컬트를 놓쳤던 누군가는 뒤늦게 합류했고, 유행에 민감했던 이들은 선구자적 지위를 자랑했다.

각 분야의 기자들이 게임의 몰입성, 마케팅 계획, 폭력, 위대한 미국의 성공 스토리를 사랑스럽다는 듯 이야기했다. "가상현실에 근접했다." 『시카고 선 타임즈』가 격찬했다. "가상 대혼란과 실제 수익"은 『뉴욕 타임즈』의 헤드라인이었다.[138] 『이코노미스트』는 "둠모노믹스"라는 제목으로 유혈이 낭자한 컴퓨터 게임이 어떻게 제작자를 무명에서 부자로 만들었는지를 탐구하는 보고서를 실었는데, "미래의 정보 경제와 밀접한 관련이 있다는 교훈"을 얻는 내용이었다.[139] 『더 레드헤링』은 이드가 "벤처 캐피탈과 개인 투자자들이 현금을 투자하고 싶다며 보낸 편지를 잔뜩 쌓아 놨다"[140] 라며 경탄했다. 그러나 이드는 굳건하게 독립을 유지하며 수익을 내고 있었다.

물론 〈둠〉이 인생이 된 수백만 명의 플레이어들은 이 모든 이야기에 불덩어리 두 개를 날릴 수도 있었다. 그들은 〈둠〉이 팔리는 진짜 이유가 데스매치라는 걸 알고 있었다. 그리고 데스매치를 접수하려는 사람이 있었으니, '드왕고 밥'이었다.

'드왕고 밥'으로 알려진 34살의 밥 헌틀리는 외모도 행동도 우드스톡 진행자 웨이비 그레이비의 텍사스 버전 같았다. 그는 휴스턴 전역의 주유소를 대상으로 인터랙티브 키오스크를 만들면서 첨단 산업 업계에 뛰어들었으나 몇 년 후 사업이 기울기 시작했다. 드왕고는 무언가 다른 것을 찾던 중에 〈둠〉에서 그것을 발견했다.

1994년 초, 드왕고의 직원들은 아내에게 일이 밀렸다고 거짓말을 하고 새벽 2시까지 사무실에 남아 〈둠〉 게임을 했다. 밥의 동업자인

138) 출처: 뉴욕 타임즈 1994년 9월 3일자 섹션1 35페이지 부분의 기사 내용에서.
139) 출처: 이코노미스트 1996년 5월 25일자 기사 "둠모노믹스"의 12~14페이지 내용 중에서.
140) 출처: 더 레드헤링 1994년 12월 81페이지 기사 "파워 파이낸스 또는 부트 스트랩?"의 기사 내용 중에서.

키 킴브렐은 〈둠〉 중독의 축복받은 희생자였다. 밥은 어느 날 밤 키를 불러서 말했다. "컴퓨터에서 〈둠〉 다 지워. 안 그러면 넌 해고야." 키는 차마 〈둠〉을 지우지는 못하고 밥이 찾지 못하도록 파일명만 바꾸어서 계속 게임을 했다. 밥은 진실을 알고 무언가 깨달았다. 직원들이 이 게임에 이토록 열정적이라면 그 게임에 뭔가 특별한 것이 있을지도 몰라. 밥은 자리에 앉아 〈둠〉을 한 판 했고, 인생이 완전히 바뀌었다.

밥은 스릴의 원천이 로컬 컴퓨터 네트워크를 통해 실제 사람들과 직접 대결하는 데스매치임을 알아차렸다. 온라인으로 약간의 조사를 해보자 그렇게 생각하는 사람이 많다는 것을 알 수 있었다. 〈둠〉 데스매치가 인생을 점령하고 있었다. 팬들은 회사 네트워크를 몰래 사용해 주말 내내 게임을 했고, 아이들을 지하실에서 내쫓고 자신만의 격투장에 접속했으며, 화장실도 안 가고 버티던 어떤 플레이어는 (장시간 대결하는 내내 초코 컵케이크를 먹은 탓에) 한밤중에 폭발하듯이 바지에 똥을 쌌다.

'얼마나 멋진 일인가.' 밥과 키가 골똘히 생각하며 중얼거렸다. 만약 어떤 게이머가 멀리 있는 임의의 사람을 상대로 게임을 할 수 있다면 말이다! 다른 집, 다른 방, 또는 다른 주에 있는 사람일 수도 있다. 〈둠〉을 이웃 농구장에서 친구들과 모여서 하는 농구 경기의 가상현실 버전으로 만들어주는 컴퓨터 허브나 서버가 있다면 어떨까? 전세계 어디에 있는 사람이든 함께 게임을 할 수 있다는 것만 제외하면 이웃 친구들과 모여서 하는 농구 경기와 다름없을 것이다. 문제는 〈둠〉이 그런 방식으로 작동하지 않는다는 것이었다. 〈둠〉은 모뎀 간 플레이만 지원했다. 게임을 하기 위해서는 한 게이머가 다른 게이머의 컴퓨터에 모뎀을 사용해 전화를 걸어야 한다는 의미였다. 키가 밥을 바라보며 의연하게 말했다. "있지, 전화선을 통해서도 플레이할 수 있을 거야."

"좋아." 돈 냄새를 맡은 밥이 말했다. "6주 줄게. 네가 만들어내면 내가 이드 소프트웨어와 연결해줄게." 밥은 허세를 부리고 있었다. 그는 이드에 대해 전혀 몰랐다. 그저 이드가 텍사스에 있으니까 쉽게 협조를 얻을 수 있으리라 생각했다. 하지만 이드는 호락호락하지 않았다. 밥도 다른 많은 사람들처럼 이드와 전화통화를 할 수 없었다. 5주 후, 키가 자전거를 타고 집에서 달려와 밥에게 소식을 전했다. 키가 숨을 헐떡이며 말했다. "다 됐어! 10분만 줘."

밥은 다른 방에서 키가 키보드를 두드리는 동안 자기 컴퓨터에 앉아있었다. 10분 후에 밥은 신호를 받고 키가 만든 프로그램에 접속했다. 모든 난이도의 멀티플레이어 액션을 정리해놓은 작고 간단한 인터페이스가 보였다. 이 프로그램을 사용하면 누구나 게임이 진행되는 컴퓨터 시스템에 전화를 걸어 접속할 수 있었다. 플레이어들이 한 자리에 모일 필요가 없었다. 번호를 돌리고 대화방에 들어가서 함께 〈둠〉을 플레이할 다른 세 명을 클릭하기만 하면 된다. 키가 미소지으며 말했다. "좋아. 이제 이드에 연락해야만 해."

밥은 눈을 내리깔고 말했다. "이드가 말이 없어. 미쳐버릴 거 같아. 걔네는 심지어 전화도 안 받아." 그는 팩스, 편지, e메일을 더 보내 시도했지만 아무 효과가 없었다.

희망을 잃어갈 즈음 밥은 뉴욕 라임라이트에서 〈둠2〉 언론 행사가 곧 열린다는 대한 기사를 우연히 보게 되었다. 그는 이드의 홍보대행사 TSI에 전화했다. "우리는 이드에 제안할 어마어마한 사업 계획서가 있습니다. 그저 행사에 참가할 수만 있으면 됩니다." 전화를 받은 사람은 전 세계 사람들이 죄다 그 행사에 오고 싶어 한다고 말했다. 그러니 잊어라. 그러나 밥은 끈질기게 그 남자를 어르고 달랬고, 마침내 넘어왔다. "알았어요. 휴스턴에서 여기까지 비행기 타고 날아오면 뭐라도 해볼게요." 밥은 전화를 끊고 키를 돌아보며 말했다. "뉴욕으로 가자."

키와 밥은 마일리지로 비행기표를 구입하고 뉴저지에 있는 홀리데이 인에 방을 하나 예약했다. 최근 사업이 신통치 않아 무척 쪼들리던 두 사람은 '드왕고DWANGO= Dial Up Wide Area Network Games Operation: 광역 전화 게임 운영'라고 이름 붙인 〈둠〉을 위한 새로운 서비스에 모든 것을 걸었다. 밥과 키는 행사 시작 몇 시간 전에 라임라이트 클럽으로 가서 TSI 직원을 만났는데, 그는 두 사람에게 티셔츠 두 장을 건네며 서둘러 말했다. "좋아요. 이거 입어요."

밥과 키는 작은 검정 티셔츠에 몸을 끼워 넣었다. 티셔츠의 앞에는 군국주의적인 둠 로고가 박혀있고 등에는 "게임 참가자"라고 적혀 있었다. 두 사람이 클럽에 들어갈 수 있는 유일한 방법은 〈둠〉 데스매치 게임 참가자로 위장하는 것뿐이라고 홍보담당자가 말했다. 밥과 키가 주위를 둘러보자 자기들 나이의 절반 밖에 안 먹어 보이는 비쩍 마른 청년 수십 명이 똑같은 티셔츠를 입고 뒤에 서 있었다. 밥은 침을 꿀꺽 삼켰다. 물론 두 사람 다 〈둠〉을 플레이해봤지만 열혈 게이머들에 비할 수준은 아니었다. 그런데 이제 전국 언론이 지켜보는 무대 위에서 이 챔피언들에 맞서 〈둠〉을 해야 하는 것인가? 두 사람은 홍보 담당자에게 고맙다고 인사하고는 몰래 빠져나와 길 건너편에 있는 바에 가서 배를 채웠다.

밥과 키가 다시 돌아오자 TSI 직원은 비명을 지르고 있었다. "순서 놓쳤어요! 서둘러요. 들어가세요!" 밥이 먼저 전투에 참여했다. 불과 몇 분 만에 나가 떨어졌다. 키도 금방 졌다. 게임이 끝나고 둘은 이드를 찾으러 나서서 결국 제이 윌버를 찾아냈다. 제이는 꽉 끼는 참가자 티셔츠를 입고 맥주에 푹 절은 중년의 남자들을 바라보다가 귀찮은 듯 떨쳐냈다. "시간도 없고, 흥미도 없어요. 저리 가세요." 그는 군중 속으로 사라졌다.

맥이 빠져 출구로 향하던 중 키가 로메로를 발견했다. 길고 검은 머리에 〈둠〉 'Wrote It' 티셔츠를 입은 그는 틀림없는 로메로였다.

그들은 초조하게 다음 쉬는 시간을 기다려서 로메로에게 다가갔다. 키가 간절하게 말했다. "우리가 이 소프트웨어를 만들었습니다. 모뎀으로 서버에 전화를 걸 수 있고, 모뎀을 통해 다른 사람들과 플레이할 수 있어요. 이게 우리가 가지고 있는 유일한 디스크입니다! 목숨 걸고 지켜주세요!"

파티가 끝나고 로메로는 제이에게 디스크에 대해 말했다. 드왕고 아이디어 자체는 획기적인 게 아니었다. 이드도 생각은 했지만 만들 시간이 없었을 뿐이었다. 〈퀘이크〉는 인터넷을 통해 플레이가 가능할 것이었기 때문에 여러 명이 함께 온라인에서 게임하는 기능 만드는 건 보류했었다. 제이는 어쨌든 알지도 못하는 멍청이들한테 그 일을 시키고 싶지 않았다. AOL이나 타임워너 같은 회사의 제안이 아니라면 말이다. 로메로가 말했다. "음… 아마 한 5분이면 이 디스크를 파악할 수 있을 거야."

텍사스로 돌아온 로메로는 그 디스크를 하드 드라이브에 넣고 휴스턴으로 전화를 걸었다. 쉬이이익 하는 모뎀 연결음이 나더니 키가 보낸 메시지가 화면에 나타났다. "이리 와, 게임하자." 그리고 로메로는 바로 그들과 〈둠2〉 데스매치 즉석 게임이 시작되었음을 알아챘다. 키는 휴스턴에, 로메로는 댈러스에 있는데 말이다. 로메로는 수화기를 들었다. "이거 존나 멋진데요! 왜냐면 나는 밤늦게까지 깨어 있는 걸 좋아하고, 내가 하고 싶을 때마다 사람들하고 게임하고 싶거든요. 그렇다고 새벽 3시에 친구를 깨우면서 '야, 대가리 뽀개줄까? 응?' 할 수는 없잖아요. 모양빠지게. 나는 24시간, 주 7일 내내 하고 싶거든요. 언제나 아무 때던. 바로 이거예요! 전화 걸어서 그냥 플레이하면 되는 거!"

하지만 카맥과 다른 주주들은 시큰둥했다. 카맥은 로메로가 또 산만해질 조짐을 보인다고 염려했다. 인터뷰나 레이븐, 데스매치 게임처럼 로메로가 당장 급한 일인 게임 제작에 집중하지 못하게 만드는 요인이라고 말이다. 로메로는 온라인 플레이를 더 확장해서 〈둠〉 커뮤니티를 더 많이 구축하면 분명 회사가 성장하는 데 도움이 될 거라 주장했다.

제이가 드왕고 수익의 20퍼센트를 받는 거래를 성사시켰고, 그때부터 로메로는 매일 밤 그 프로젝트에 매달렸다. 드왕고는 로메로가 감독한 레이븐의 게임 〈헤러틱Heretic〉 셰어웨어와 함께 출시할 계획이었다. 1994년 12월 23일, 로메로는 밥과 키에게 전화를 걸어 "이거 업로드하려고 하는데요, 감당할 수 있겠어요? 왜냐면 이게 성공하면 접속이 완전 폭주할 거거든요." 로메로가 옳았다.

드왕고 소식은 급증하던 〈둠〉의 팬들 사이에 즉시 퍼졌다. 1995년 1월에는 한 달에 8.95달러를 지불하면서 밥과 키의 휴스턴 서버에 접속하는 사람이 1만 명에 달했다. 멀리 이탈리아와 호주에서도 전화를 걸었다. 이런 추세라면 드왕고는 단 한 대의 서버로 100만 달러 매출을 돌파할 판이었다. 서버를 확장해야 했지만 확장하기도 그리 어렵지 않았다. 드왕고 컴퓨터 서버는 기본적으로 컴퓨터 한 대에 모뎀 수십 개를 달아 전화선에 연결한 거였다. 필요한 기계를 구입한 다음, 전국에서 집이나 사무실에 그 서버를 두고 관리할 사람들과 계약을 체결하기만 하면 되었다.

밥, 키, 그리고 에이드리안 카맥의 어린 시절 친구이자 칵테일바 매니저였던 마이크 윌슨은 전국을 즐겁게 돌아다니며 드왕고 프랜차이즈를 세웠다. 솔직히 군침 도는 제안이었다. 드왕고에 35,000달러를 내고 서버를 설치하면 그 후에는 프랜차이즈 가맹자가 현금을 긁어모을 수 있었다. "보증된 돈벌이 기계였다."고 마이크는 말했다.

변호사, 프로그래머, 음악가 등 모든 계층의 사람들이 가맹 계약을 했다. 에이드리안 카맥도 그 중하나였다. 드왕고 사람들은 뉴욕에 개인 아파트를 사고, 시애틀에 아파트를, 산호세에는 창고를 두었다. 넉 달 만에 서버를 22개 설치했다. 매일 가장 가까운 홈디포로 달려가 선반과 케이블을 사서 차에 싣고, 부리나케 달려가 새 기계를 설치하고 35,000달러를 챙겨 문을 나섰다. 그것도 현금으로. 그들이 어느 날 밤 한 스트립 클럽에서 만 달러를 탕진했는데, 데스매치를 팔아 큰 돈을 벌었다 하자 스트리퍼들이 흥미로워했다. 무슨 마약인지는 모르지만 강력한 마약이 틀림없다고 생각하면서.

데스매치의 열기와 언론의 주목 덕에 〈둠 2〉는 소매시장에 침투했을 뿐 아니라 시장을 파괴해버렸다. 〈둠2〉는 빠르게 차트를 석권했고 론 차이모위츠와 GT인터랙티브는 크게 기뻐했다. 출시 몇 달 뒤 로메로와 제이가 첫 번째 저작권 수익 수표를 입금하러 지역 은행의 드라이브 스루 창구로 갔다. 창구 직원은 수표를 받아들고 거의 기절할 뻔했다. 500만 달러였다. 그 정도 금액이면 두 사람이 페라리에 타고 앉아 있을 게 아니라 적어도 은행 안에 들어왔어야 했다고 은행 직원은 생각했다.

로메로가 오스틴 버추얼 게이밍에서 열린 다음 〈둠〉 토너먼트에 참여했을 때, 큰 소리로 욕설을 퍼부으며 벽을 주먹으로 치는 사람은 로메로만이 아니었다. 데스매치는 이제 삶의 방식이 되었다. 오스틴 버추얼 게이밍은 서로에게 "입 닥쳐!", "나가 뒈져라, 원숭이 대가리야!"라고 외치는 사람들로 넘실거렸다. 부서진 키보드들과 뜯겨나간 마우스 줄이 바닥을 뒹굴었다. 한쪽 벽이 주먹에 맞아 철근까지 뚫렸다. 데스매치에서 져서 성난 게이머가 주먹으로 두드린 흔적이었다. 그리고 로메로는 처음으로 자신이 만든 게임에서 패배했다.

마지막 패배도 아니었다. 드왕고와 〈둠 2〉의 성공에 힘입어 로메로는 회사 동료인 숀 그린과 전보다 더 자주 데스매치를 했다. 1995년 여름의 어느 날, 카맥은 더 이상 참을 수 없었다. 로메로의 시간낭비와 비명소리, 욕지거리, 벽치는 소리, 부서진 키보드가 문을 향해 날아드는 그 모든 것에 넌더리가 났다. 그래서 카맥은 로메로 몰래 복수할 계획을 꾸몄다.

다음 날 숀은 로메로의 사무실을 찾아가 자신감 넘치는 눈빛으로 게임을 제안했다. 로메로가 말했다. "맙소사, 친구, 내가 어제 너 완전히 깔아뭉갰잖아. 어디 해 봐, 딱 들어가 있어, 난 언제든 준비되어 있다구!" 모두가 모여들었다. 로메로는 닥터페퍼를 따고 플레이를 시작했다. 온라인에서 숀을 추격하고 레벨을 뛰어다녔지만 소용이 없었다. 숀에게 완패당하고 있었다. 로메로가 숀을 뒤쫓을 때마다 숀이 뒤돌아서 로메로의 얼굴에 샷건을 날렸다. 로메로가 소리쳤다. "미친, 제기랄! 이 빌어먹을 마우스 대체 어떻게 된 거야?" 로메로가 마우스를 테이블에 내동댕이치다가 닥터페퍼를 엎질렀다. "이런 제길!"

모두가 웃기 시작했다. "뭐야?" 로메로가 자기 다리에 흐른 닥터페퍼를 닦아내며 물었다. 설정이었어, 그들은 말했다. 카맥이 숀의 컴퓨터에다가 특별한 명령어를 타이핑하면 평균 속도보다 10배 빠르게 움직이는 옵션을 프로그램해 둔 것이다. 로메로가 주위를 돌아보니 카맥이 복도에 서 있었다. 거의 웃지 않는 카맥이지만, 그 순간에는 눈에 띄게 즐거워 보였다.

데스매치가 스트레스, 직장, 가족, 그리고 단조롭고 힘든 일상으로부터의 해방이라면, 카맥에게는 필요도 없고 그래서 이해할 수도 없는 해방이었다. 사실 카맥은 다른 사람들이 기분전환용 오락거리에서 느끼는 매력을 전혀 알지 못했다. 봄방학을 바닷가에서 술에 취해 보내는 모습을 텔레비전에서 보기는 했지만 이해가 되지 않았다. 일하는 게 즐겁지 않은 사람이 많아 보일 뿐이었다.

카맥은 자기가 좋아하는 프로그래밍을 매우 잘 알고 있었고, 가능한 많은 시간을 프로그래밍하는 데 쓰기 위해 조직적으로 인생을 배열했다. 〈둠〉 작업을 시작하면서 카맥은 좀 더 금욕적이고 독립적인 작업 스케줄을 맞추기 위해 신체 시계를 조정하기로 했다. 로메로의 외침, 기자들의 전화, 일상적인 방해로부터 자유로워지기 위해서 말이다. 카맥은 자신을 몰아붙여 매일 밤 한 시간 늦게 자고 다음날 한 시간 늦게 기상했다. 1995년 초에 그는 이상적인 스케줄에 도달했다. 오후 4시에 출근해서 새벽 4시에 퇴근하는 것이다. 〈퀘이크〉를 위해 집중력을 모두 끌어모을 필요가 있었다.

〈퀘이크〉가 예상보다 훨씬 더 큰 도전이 되리란 사실을 카맥은 곧 깨달았다. 그의 목표는 인터넷 플레이를 할 수 있는 임의의 3D 세상을 창조하는 것이었다. 카맥은 이전에도 그랬던 것처럼 연구자료를 최대한 많이 모아 읽으면서 프로젝트를 시작했다. 책과 논문을 사는 데 수천 달러를 썼지만 순전히 학문적인 내용뿐이었다. 실시간 상호작용이 가능한 패스트액션 3D 게임 세상을 창조할 수 있는 컴퓨터 프로그램 같은 건 없었다. 그러한 경험을 창조하려면 카맥의 모든 기술뿐만이 아니라, 모뎀 PC가 끌어모을 수 있는 힘을 최후의 한 방울까지 끌어 써야 했다. 엎친 데 덮친 격으로 한 게임이 탄생하는 이렇게 중요한 순간에 처음으로 그의 동료 로메로를 찾을 수 없었다.

진작부터 시작된 일이었다고 카맥은 생각했다. 소프트디스크에서 처음 만났을 때에는 로메로가 자신보다 더 뛰어난 프로그래머라고 여겼지만 곧 그가 로메로를 앞질렀다. 그 무렵에 로메로는 기꺼이 다른 역할을 맡았다. 로메로와 톰 홀이 게임 레벨을 만드는 데 사용하는 부가적인 툴을 만들고, 기획을 개념화하고, 이드가 세상을 지배할 계획을 짰다. 〈둠〉을 만들면서 로메로는 카맥에게 이상적인 협력자가 되었다. 로메로는 곁에 앉아 새로운 기술을 능숙하게 실험할 수 있는 특별한 사람이었다. 〈퀘이크〉작업을 하면서 카맥은 엔진을 사용할 줄 아는 프로그래머와 초기 작업물을 실험해 줄 수 누군가를 원한다는 걸 깨달았다. 로메로가 한 때 두 가지 역할을 모두 맡았었다. 카맥이 보기에는 〈둠〉의 성공으로 방해 요소들이 생겨 로메로는 이제 둘 중 어느 역할도 맡지 않게 되었다.

그러나 카맥은 그 자리를 채워줄 다른 사람들을 찾아냈다. 프로그래밍에서는 베테랑 프로그래머인 마이클 에이브래시Micheal Abrash가 최고의 적임자였다. 에이브래시는 컴퓨터용 파워그래픽 프로그래밍에 대한 책을 썼는데, 카맥과 로메로가 초기 게임 그래픽을 프로그램하는 법을 배울 때 그 책을 보았다. 그때부터 에이브래시는 프로그래밍 세상에서 아이콘과 같은 존재가 되었다. 최근 몇 년간은 마이크로소프트의 그래픽 프로그래밍을 이끌었고, 윈도우 NT운영 체제를 만들었다. 하지만 에이브래시는 그래픽을 사랑하는 모든 이들이 그렇듯 그래픽 결과물을 보기에 제일 좋은 장소는 게임이란 것을 알았다. 〈둠〉처럼 에이브래시에게 깊은 인상을 남긴 게임은 없었다.

카맥이 어머니를 만나러 시애틀에 갔다가 에이브래시와 함께 점심식사를 하며 〈퀘이크〉와 관련한 자신의 계획을 이야기했다. 에이브래시가 듣기에 카맥은 지속적인 온라인 세상과 3D 그래픽을 통해 사이버스페이스를 키우는 일에 도전하고 있었다. 온라인 세상은 플레이어가 함께 살기를 기다리며, 24시간 내내 살아 숨 쉬는 가상 세상이다. 에이브래시의 피가 들끓었다. 대부분의 그래픽 프로그래머들처럼 에이브래시도 가상세계에 대한 이론을 제시하곤 했다. 『스노 크래시』에서 메타버스에 대한 묘사를 읽고, 적어도 이론적으로는 그 가상세계를 약 80% 정도는 만들 수 있다고 생각했다. 그리고 그것을 실현할 기술과 자신감을 가진 24살 먹은 청년과 마주 앉아 있음이 분명했다. 에이브래시가 프로젝트가 끝날 때마다 그렇게 좋은 프로젝트를 다시 할 수 있을지 항상 궁금하다고 말하자, 카맥은 미간을 찌푸리며 말했다. "나는 그게 궁금한 적은 없어요. 으으음"

카맥이 이드로 와서 일해 달라고 했을 때, 에이브래시는 여전히 생각을 좀 해보겠다고 말했다. 가족이 터전을 옮겨야 한다는 뜻이었기 때문이었다. 그런데 며칠 후 사장인 빌 게이츠가 에이브래시에게 e메일을 보냈다. 이드에 이직 제안을 받았다는 소문을 들었다며 이야기를 나누고 싶다고 했다. 에이브래시는 깜짝 놀랐다. 게이츠와의 면

담은 교황과 알현하는 거나 다름없었다. 게이츠는 이미 이드를 알고 있었는데, 곧 출시할 윈도우용 버전으로 게임을 제작하려고 프로그래머들이 이야기하는 중이었기 때문이다. 하지만 이드는 그저 텍사스에 있는 작은 회사일 뿐이라고 게이츠가 에이브래시에게 말했다. 마이크로소프트에 충분한 기회가 있다면서, 그래픽 분야에서 추진할 계획인 흥미로운 연구로 에이브래시를 회유했다. 게이츠는 또한 IBM으로 이직했던 마이크로소프트 직원이 고작 8달 만에 되돌아온 일도 언급하며 말을 맺었다. "이드로 내려가면 자네는 만족하지 못할 거야."

에이브래시는 빌 게이츠가 아닌 카맥을 선택했다. 이드의 가능성은 무궁무진하다고 생각했고 3D세상을 연결하는 가상 세계의 발전을 맨 앞줄에 앉아서 보고 참여하고 싶었다. 더욱이 카맥의 초청에 숨겨진 의미에 마음이 움직였다. 카맥은 외로워보였다고 에이브래시는 생각했다. 마치 자기 아이디어의 미학을 알아주는 사람이 아무도 없는 것처럼.

카맥은 곧 더 많은 직원을 채용했다. 특히 꿈을 실행에 옮기고 싶어 하는 야심찬 레벨 디자이너를 찾아냈다. 아메리칸 맥기는 게임이 아니라 카맥이 애정하는 자동차로 카맥과 친해졌다. 카맥은 어느 날 아파트 단지에서 자동차를 고치는 아메리칸을 만났다. 뼈만 남은 체격에 골초이고, 기름때 묻은 안경을 쓰고 턱수염을 엉망으로 길렀으며, 힘이 넘치는 자동차 정비공이었던 그는 마치 카레이서가 게이트를 건너 뛰어 앞으로 달려 나갔다가 뒤로 밀려왔다가 다시 치고 나가는 것처럼 빠르게 말했다.

아메리칸은 혈통이 특이했다. 겨우 21세였는데 친구들에게 '아메리칸의 성장'이라는 아이러니컬한 제목으로 자서전을 쓰고 싶다고 농담하곤 했다. 댈러스에서 태어났는데 아버지가 누구인지 전혀 몰랐고, 페인트공으로 일하는 별난 어머니 밑에서 자랐다. 외동아들인 그는 별나지 않으면서도 매우 창조적이었다. 학교에서 상상 속의 친구들과 발랄하게 이야기를 했고, 길을 가다 멈춰 서서 허공에다 문을 그리고는 그 문을 통해 상상 속 세계로 걸어 들어가기도 했다. 수학과 과학에 재능이 있었고 컴퓨터 프로그램에 일찍부터 관심을 가져서 결국 컴퓨터 사이언스 영재 학급에 들어가게 됐다.

여러 새아버지들과 혼란 속에 지내던 끝에 아메리칸의 어머니는 마침내 한 남자에게 정착했는데, 아메리칸이 보기에 새아버지는 여자였다. 아메리칸이 16살이던 어느 날 학교에서 돌아와 보니 모든 어린이의 악몽이라는 빈 집이 그를 기다렸다. 남아있는 것은 그의 침대, 책, 옷가지 그리고 코모도어 64 컴퓨터뿐이었다. 어머니는 집을 팔아서 비행기 표 두 장과 남자친구의 성전환 수술비용을 마련했다. 아메리칸은 컴퓨터를 챙겼다. 혼자 살아야 남아야 했기에 생활비를 벌기 위해 고등학교를 중퇴하고 온갖 종류의 직업을 전전하다가 마침내 폭스바겐 수리점에 정착했다. 카맥으로서는 컴퓨터와 자동차 모두에서 흥미를 나눌 상대를 찾은 셈이었다. 〈둠〉의 출시 직후 카맥이 아메리칸에게 이드에서 기술 지원 업무를 하는 게 어떠냐고 물었고, 아메리칸은 기뻐서 펄쩍 뛰었다.

이드 사무실은 손에 잡힐 듯 어마어마하다고 아메리칸은 생각했다. 반항적인 젊은 동료들이 타고 있는 파도의 기세를 느낄 수 있었다. 로메로는 특별히 인상적이었다. 그의 작품은 정말로 마법 같았다. 로메로는 마치 건축가, 엔지니어, 조명 전문가, 게임 디자이너, 예술가가 한 사람의 몸에 들어 있는 것 같은 사람이었다. 로메로는 플레이어를 놀라게 하고 게임을 흘러가게 하는 감각을 타고 났다. 그리고 그는 그냥 멋졌다. 큰 집에 살고, 멋진 차를 운전하고, 항상 농담을 하며, 카맥과는 다르게 실제로 명성과 재산을 즐기고 있었다. 아메리칸과 로메로도 금세 친구가 되었다. 아메리칸은 퇴근하고 싶지가 않았다. 〈둠 2〉 작업을 하면서 로메로와 카맥은 아메리칸을 레벨 디자이너로 승진시키는 데 동의했다. 아메리칸은 카맥의 무자비한 작업 일정과 로메로의 무자비한 유머 감각을 모방함으로써 호의에 보답했다. 결국 그는 이드 최고의 신동이 되었다. 레벨 디자이너로서 엔터테인먼트에 대한 자연스러운 감정뿐만이 아니라 수준 높은 미적 감각도 가지고 있었다. 아메리칸은 크러셔라고 이름붙인 〈둠 2〉의 레벨 하나에서 방 한가운데 사이버 데몬을 배치했다. 플레이어가 접근하면 천장에서 거대한 덩어리가 망치처럼 바닥에 내리 꽂혔다. 로메로는 그게 무척 흥미롭다고 생각했다. 카맥도 아메리칸의 긴 근무시간에 똑같이 감명받았다. 〈둠 2〉가 끝날 무렵 아메리칸은 로메로보다 더 많은 레벨을 완성했다.

〈퀘이크〉 개발을 시작할 무렵 아메리칸은 이드의 잘나가는 젊은 디자이너일 뿐 아니라 카맥의 가장 친한 친구였다. 로메로가 여러 가지 프로젝트로 자리를 비웠기에 밤늦도록 카맥과 테스트하는 사람은 아메리칸이었다. 카맥은 아메리칸에게 로메로에 대한 속마음을 털어놓기 시작했다. 로메로를 어떻게 해야 할지 모르겠다고 했다. 로메로의 게임 프로그래밍에 대한 열정은 게임을 플레이하고 싶은 열정에 밀린 것 같아 보였다.

아메리칸은 로메로를 이해했지만 카맥을 달래고 싶었기에 이렇게 말했다. "네, 내 생각에도 로메로가 게으름을 피우는 것 같아요." 카맥은 아메리칸의 말을 들으면서 기분이 바뀌었다. 아메리칸은 자기가 누구라고 생각하는가? 그는 로메로가 아니다. 카맥은 모든 결점에도 불구하고 여전히 로메로가 회사 최고의 레벨 디자이너라고 생각했다. 〈둠〉과 〈둠 2〉에서 로메로가 만든 레벨은 최고였다. 〈퀘이크〉에서도 로메로가 최고의 레벨을 만들지 못할 이유가 없다. "로메로는 정말로 강한 마무리 주자야. 직접 보기 전까지는 이해 못할 걸." 카맥이 말했다.

로메로는 카맥이 어떤 사람인지 알고 있었다. 프로젝트를 시작할 때면 카맥은 연구 모드로 돌입했고, 엔진이 완성될 때까지는 자기가 할 일이 테스트 말고는 딱히 없다는 것도 알았다. 아메리칸이 카맥과 함께 밤늦게까지 남아 테스트하는 역할을 맡은 것도 알았지만 별 생각이 없었다. 아메리칸이 자기보다 낫겠거니 했을 뿐이었다.

로메로는 〈둠〉이 계속해서 파생시키고 있는 용감한 신세계를 실험하느라 무척 바빴다. 드왕고와 데스매치는 급성장하고 있었다. 로메로의 게임 〈헤러틱〉이 너무 잘 되어서 이미 속편인 〈헥센Hexen〉을 감독하고 있었다. 로메로의 머릿속에는 큰 비전이 있었다. 〈둠〉 엔진을 기반으로 레이븐에서 3부작 게임을 출시하는 것이었다. 마지막 프로젝트인 〈헤카툼Hecatomb〉을 포함해서 말이다. 로메로는 또 로그 엔터테인먼트라는 지역 개발자 모임이 만든 〈스트라이프Strife〉라는 둠 주도의 게임도 감독하기 시작했다.

이 게임들은 로메로가 원하는 이드의 마스터플랜에 멋지게 들어맞았다. 카맥의 엔진에서 모든 사업과 시장성을 마지막 한 방울까지 짜내는 계획이었다. 카맥의 기술은 점점 더 복잡해졌고, 그 결과 새 기술을 만들어 내는 데 점점 더 시간이 걸렸다. 그 시간을 다른 프로젝트를 추진하는 데 쓰는 게 좋지 않을까? 이드가 그저 평범한 회사일 필요는 없다. 이드는 게임 제국이 될 수 있었다. 카맥은 회의적이었지만 로메로는 〈헤러틱〉의 성공이 자신의 비전을 증명했다고 느꼈다. 〈둠 2〉 현상이 커질수록 회사를 키우는 확실한 방법은 〈둠〉 제품을 더 많이 출시하는 것이었다. 예를 들자면 〈둠〉 MOD 수정판을 이용해 돈을 버는 것 말이다.

모든 가정, 사무실이나 학교에는 컴퓨터로 일하는 사람이 존재한다. 이제 그 사람들이 〈둠〉 수정판 MOD를 만들고 있었다. 〈둠 2〉 이후로 수천 명의 게이머들이 이드 제품을 수정하기 시작했고, 수정판 MOD를 온라인에 무료로 공개했다. 둠 팬들은 전적으로 인터넷을 통해 소통하며 게임 수정판 MOD를 제작했고, 직접 만나거나

전화를 하는 경우도 거의 없었다. 직무 설명, 책임, 팀 TNTTeam TNT
와 팀 이노센트 크루Team Innocent Crew처럼 이름까지 있는 완벽한 가
상 회사였다.

결과적으로 MOD 수정판들은 세련되게 성장했다. 가장 인기있는
MOD 중에는 영화 [에이리언]처럼 바꾼 소위 〈둠 2〉 완전 개조판이
있었다. 얼음땡이나 언덕의 왕과 같은 학교 운동장 게임에 기반한 데
스매치 수정판도 있었다. 사람들은 사무실, 집, 학교를 복제했다. 영
국의 한 한생은 트리니티 컬리지를 배경으로 한 진짜 사진 버전을 만
들었다. 또 단순히 스쿨 둠이라는 제목으로 공개된 MOD 수정판도
있었다. 소개글에는 이렇게 써 있었다. "학교는 지옥이야. 아무도 네
가 왜 컴퓨터에서 시간을 보내는 지 이해하지 못해...너는 무시당하
고 있어...너는 자살에 대해 생각하지만, 그게 네가 원하는 게 아니라
는 걸 알아차리지. 너는 너 자신이 아니라 다른 사람을 괴롭혀야 해!
다 죽여 버려! 학교 건물을 불태워서 마치 거기 존재하지 않았던 것
처럼 지도에서 사라지게 할 거야. 네가 옳은지 그른지 누가 상관하겠
어! 이건 너의 운명이야. 이건 너의 지옥이야. 이게 너의 스쿨둠!"

이런 MOD, 수정판은 모두 좋은 장난거리로 받아들여졌다. 결국
이건 게임에 불과했다. 하지만 게임이 실생활에 적용할 수 있는 프로
그램이라고 느끼기 시작한 사람들이 있었다. 1995년 버지니아 콴티
코에서 미 해병대 모델링 및 시뮬레이션 관리부서MCMSO의 프로젝
트 장교 스콧 바넷이 마린 둠이라는 이름의 MOD을 만들었다.[141] 바
넷은 진짜 같은 군인, 가시철조망과 해병대 로고를 넣어 수정판을 완
성했는데, 바넷의 상관들도 실제 해병대원들이 팀워크를 훈련하기에
이 둠 수정판 MOD들이 완벽하다고 인정했다. 바넷은 이드에 연락
했고, 이드는 게임을 군사 훈련에 사용한다는 건 농담이라고 생각하

---

141) 출처: 와이어드 1997년 4월 114~118페이지의 기사 "둠이 전쟁에 돌입하다" 내용 중
    에서.

면서도 축복의 말을 건넸다. 그런데 진짜 계약이 되었다. 마린 둠은 인터넷 전역에서 돈을 벌어들였고 해병대에서 수 년 동안 사용했다.

이드는 미네소타에 있는 배급사 위저드 워크스Wizard Works가 출시한 〈D!존〉을 발견하고는 직접 판에 뛰어들기로 했다. 〈D!존〉은 사용자가 만든 둠 수정판 900개를 담은 모음집이었고, 이드 소유는 분명 아니었다. 〈D!존〉 CD롬은 놀랍게도 〈둠2〉 판매를 능가하고 PC게임 판매 차트에서 1위를 하며 수백만 달러를 벌어들였다.[142] 이드 사무실에는 실망감이 번졌다. 케빈 클라우드 같은 이들이 걱정했던 바로 그 일이었다. 로메로는 이에 대응하여 여러 수정판 제작자들과 계약하고 〈마스터 레벨 포 둠 2 The Master Levels for Doom II〉라는 이드 승인 컬렉션을 출시하는 한편, 잘 알려진 팀 프로젝트 수정판들을 〈파이널 둠 Final Doom〉으로 내놓았다. 이드는 또 셰어웨어 상품 〈얼티밋 둠 Ultimate Doom〉의 소매버전도 출시했다.

다른 프로젝트들이 성장하는 동안 모두의 마음속에 한 가지 의문이 남아있었다. 〈퀘이크〉는 어떻게 된 거지? 그 대대적인 광고에 사로잡힌 이들이 많았다. 아메리칸 맥기, 데이브 테일러, 제이 윌버는 온라인상에서 〈퀘이크〉에 대해 이야기해왔다. 한 부지런한 팬이 이드 멤버들이 한 코멘트를 모두 수집해서 『퀘이커 토크』라는 온라인 신문에 올리기 시작했다. 로메로는 세상이 어떤 모양으로 형성될지 보여주는 초기 사진을 인터넷 상에 올리고 설명하는 글을 썼다. "분홍/보라 하늘이 보이는 화면 안에서 귓가에 바람이 속삭이는 걸 상상할 수 있습니다… 이것이 스크린에서 움직이는 모습을 꼭 봐야 합니다 :)"

그러나 1995년도 중반이 넘어가도록 이드에서는 거의 진전이 없었고. 그나마도 무질서하게 진행되고 있었다. 카맥과 에이브래시가

---

142) 출처: 엔터테인먼트 위클리 1995년 6월 9일자 "최고의 소프트웨어"

엔진 작업을 하면서 로메로는 점점 더 많은 시간을 다른 프로젝트에 소비했고, 다른 사람들은 방치되었다. 에이드리안 카맥은 최근 결혼하여 행복을 찾은 이후로 직장의 안정성 결여에 점점 초조해지고 있었다. 에이드리안의 친한 친구가 된 동료 아티스트 케빈은 에이드리안과 함께 〈퀘이크〉의 시간 여행 부분을 위해 고딕, 중세 뿐 아니라 아즈텍 디자인에 기반한 텍스쳐를 쏟아내기 시작했다. 케빈은 또한 전에 해 본 적이 없었던 3D로 캐릭터를 만드는 법을 배우는 데 시간을 사용하기 시작했다. 에이드리안은 게임 기술이 증가하는데 불만을 느끼고 케빈에게 캐릭터 작업을 넘겼는데, 케빈도 어려운 작업이 쌓여가자 지쳐가기 시작했다.

더 나중에 입사한 사람들도 나름의 좌절감을 느꼈다. 아메리칸과 다른 직원들은 〈퀘이크〉가 좌초하기 시작했다고 생각했다. 프로젝트 리더인 로메로는 직원들을 이끄는 것보다 자기 인생을 이끄는 것에 더욱 관심이 있어 보였다. 〈퀘이크〉용 기획 문서를 만들어 내라고 하자 로메로는 마지못해 두 페이지짜리 스케치를 내놓았다. 나머지 사람은 게으른 자세라고 생각했지만, 로메로는 즉각 독립성이 이드의 작업 방식이라고 설명했다. 이드는 기획 문서를 만들어 본 적이 없고 아무것도 문서화하지 않았다. 문서화를 시도한 사람은 옛 동료인 톰 홀뿐인데, 톰은 그 때문에 해고됐다.

이드 식구들은 로메로와 카맥 둘 모두에게 분개했다. 로메로는 록의 신이 되느라 떠났다. 카맥은 기술의 신이 되느라 떠났다. 그리고 나머지 모두는 힘든 상황 속에 남겨졌다. 무언가 변화가 필요했다.

몇 달이 흘렀는데 카맥의 엔진은 완성과는 거리가 멀었다. 〈울펜슈타인〉 엔진은 완성하는 데 고작 몇 달이 걸렸다. 〈둠〉은 6개월이 걸렸다. 퀘이크 엔진은 이미 반 년째 개발하고 있는데도 끝이 보이지 않았다. 약속한 출시일인 1995년 크리스마스는 잊어버리기로 했다. 그때부터 사람들이 언제 출시되는지 물어보면 이드의 대답은 "다 되면!"이었다.

몸의 창조자들

두 사람이 제국을 세우고 대중문화를 바꿔놓은 이야기

심판의 날
Judgment Day

12장

심판의 날

알렉스 세인트 존이 빌 게이츠로부터 〈둠〉에 관한 e메일을 받은 것은 마이크로소프트에 있는 자신의 자리에 앉아있을 때였다. e메일 의 내용은 〈둠〉 쉐어웨어가 1,000만 부 설치되었는데, 이는 마이크 로소프트의 새 운영 체계인 윈도우95보다 더 많다는 것이었다. 마이 크로소프트는 "오늘은 어디로 가시겠습니까?"라고 묻는 광고로 전국 을 뒤덮으며 1995년 8월 윈도우 95 출시를 홍보하는 데 수백만 달 러를 썼다. 게이츠는 메스키트에 있는 이 작은 회사, 마이클 에이브 래시를 유혹한 그 회사가 어떻게 게임으로 자신들보다 더 좋은 결과 를 냈는지 궁금했다.

빌 게이츠는 마이크로소프트 그래픽 부서의 수석 전략가인 알렉스 에게 e메일을 보내 이드 소프트웨어를 당장 사들여야 한다고 생각하 는지 물었다. 재치있고 잘 웃는 빨간 머리의 덩치 큰 남자, 알렉스는 웃을 수밖에 없었다. 1995년 무렵에는 마치 모든 사람이 이드를 원 하는 것 같았다.

〈둠〉의 모조품이 진열대에 넘쳐났고 판매 차트의 1위를 차지했다. 루카스아츠가 만든 스타워즈 주제의 1인칭 슈팅 게임인 〈스타워즈: 다크 포스Dark Forces〉, 인터플레이에서 만든 자유로운 비행 슈팅 게임 〈디센트Descent〉, 번지라는 작은 회사에서 출시한 매킨토시 게임 〈마라톤Marathon〉, 심지어 이드에서 항상 더 의미있는 게임을 만들고 싶어했던 톰 홀도 스콧 밀러의 회사 어포지에서 〈라이즈 오브 더 트라이어드Rise of the Triad〉라는 슈팅게임을 만들기 위해 모여 있었다. 〈둠〉은 이제 문화 용어 사전에 올랐다. 〈둠〉은 [ER]이나 [프렌즈] 같은 텔레비전 드라마나 예능 쇼에도 나왔고, 데미 무어 출연의 영화에도 나왔다. 책 시리즈로 소설화되었고 할리우드는 〈둠〉 영화를 만드는 중이었다. 해병대는 〈둠〉 트레이닝 MOD를 만들고 있었다. 심지어 '착한 아이들의 왕국'으로 오랫동안 비디오 게임 폭력에 저항해 왔던 일본의 닌텐도조차도, 새 가정용 비디오 게임기 플랫폼인 닌텐도 64용으로 〈둠〉을 이식 작업하는 중이었다. 그러나 이 모든 와중에도 이드는 완전히 독립적이라는 수수께끼 같은 평판을 쌓아 왔다. 알렉스는 게이츠에게 답장을 썼다. "나는 이드를 매수할 수 있을 거라고 생각하지 않습니다. 하지만 둠은 확실히 우리에게 가치가 있습니다."

알렉스는 1992년 〈울펜슈타인3-D〉가 마이크로소프트 캠퍼스(*마이크로소프트는 본사 구내를 캠퍼스라고 부른다)를 강타한 이후 이드의 게임에 중독되어 있었다. 회사에서 〈둠〉이 워낙 유행해서 알렉스는 종교적인 현상 같다고 생각했다. 마이크로소프트 직원들은 그 게임을 숭배했는데 중독성 때문만이 아니라 부러워할 만한 기술적 위업 때문이었다. 당시 업계에는 멀티미디어라는 용어가 판을 치고 있었고, 〈둠〉처럼 아주 인상적인 컴퓨터용 멀티미디어 디스플레이를 본 적이 없었다. 마이크로소프트가 새로운 운영체제 윈도우 95로 새로운 멀티미디어 시대를 지배하려는 전쟁에 참여했으므로, 지금이 바로 〈둠〉을 전투에 끌어들일 때라고 알렉스는 생각했다.

그러나 게임은 빌 게이츠가 생각하는 멀티미디어와는 거리가 멀었다. 게이츠가 생각하는 멀티미디어는 비디오였다. 애플이 '퀵타임'이란 비디오 플레이 소프트웨어로 입지를 굳히고 있었기에, 게이츠는 마이크로소프트가 유사한 프로그램으로 대응하기를 원했다. 알렉스는 이 지시에 동의하지 않고 미래의 진정한 멀티미디어 어플리케이션은 게임이라고 주장했다. 또다른 경쟁자인 인텔도 자체 솔루션을 모색하고 있었기에 마이크로소프트가 기반을 유지하려면 윈도우 95가 업계 최고의 게임 플랫폼이라는 것을 증명해야 했다.

이전에 게이츠가 윈도우용 게임을 시도했을 때에는 쓴 맛만 보았다. 마이크로소프트는 1994년 크리스마스에 디즈니의 애니메이션 [라이온 킹]을 바탕으로 만든 게임을 컴팩Compaq 사의 컴퓨터 백만 대와 함께 출하했는데, 컴팩이 마지막 순간에 하드웨어를 변경하는 바람에 백만 개의 게임이 백만 개의 시스템 충돌을 일으켰다. 화려한 멀티미디어의 총합인 게임을 다양한 기계에서 안정적이고 효과적으로 플레이할 수 있는 기술적 해결책이 없어서 발생한 문제라고 알렉스는 짐작했다. 그 결과 게임 개발자들은 DOS를 선호하고 윈도우를 기피했다. DOS는 마이크로소프트가 퇴출시키려 하는 오래된 운영체제였고, 대중들이 윈도우 95로 업그레이드하도록 설득하려면, 마이크로소프트는 게임 개발자들과 한 배를 타야 했다.

그래서 알렉스와 그의 팀은 1995년 초, 컴퓨터 하드웨어가 어떻게 바뀌든 상관없이 게임이 윈도우에서 확실히 실행되게 할 기술을 개발했다. 바로 다이렉트XDirectX였다. 다이렉트X를 이용하면 〈라이온 킹〉 같은 사태를 걱정하지 않고 게임을 만들 수 있었으며, 결과적으로 게임개발자들이 윈도우를 사용하게 할 수 있었다. 게임 개발자들이 대체로 무척 회의적인 집단인 것을 아는 알렉스는, 이들이 새로운 기술을 사용하도록 설득하는 최선의 방법은 〈둠〉이 윈도우의 다이렉트X에서 실행되는 모습을 보여주는 것이라고 생각했다.

알렉스는 이드가 〈둠〉 윈도우 버전을 프로그래밍하는 일에 전혀 관심이 없다는 것을 금세 알아차렸다. 이드는 이미 애플과 IBM을 거절했다. 카맥이 게임을 다른 하드웨어에 맞춰 프로그램을 변환하여 이식하는 작업에 시간을 보내고 싶어 하지 않았기 때문이다. 그리고 〈둠〉은 이미 DOS에서 잘 작동하고 많은 사람이 플레이하고 있었다. 그러니 뭐하러 귀찮은 짓을 하겠는가? 더욱이 오랫동안 공익을 위한 소스코드 제공을 공개적으로 지지해왔던 카맥은, 마이크로소프트가 취하는 소유권 전매 정책을 거의 수치스럽게 생각하며 거부했다. 알렉스는 카맥에게 이드는 손가락 하나 까딱할 필요가 없다고 장담했다. 마이크로소프트가 알아서 〈둠〉을 변환할 것이라고 하자, 카맥도 동의했다.

〈윈둠〉이라 명명된 윈도우 버전은 1995년 실리콘 밸리에서 열린 게임 개발자 회의Game Developers Conference에서 소개되었다. 마이크로소프트는 비용을 아끼지 않고 그레이트 아메리카 테마 파크를 빌려 제품을 공개했다. 공연장 조명이 점점 어두워지면서 게이머인 관객들이 한 목소리로 외치기 시작했다. "DOS! DOS! DOS!" 마이크로소프트의 기존 게임 환경에 대한 확고한 지지 표시였다. 그러나 커다란 화면에 〈윈둠〉이 플레이되기 시작하자 숙연한 침묵이 군중 위로 내려앉았다. 윈도우와 다이렉트X의 시대가 시작되었다.

그 다음 가장 어마어마한 단계가 다가왔다. 윈도우를 게임플랫폼으로 대중에게 판매하는 단계였다. 〈둠〉의 성공에도 불구하고 대부분의 게이머들은 여전히 컴퓨터를 DOS로 게임을 하려면 성가시고 난해한 명령어를 입력해야 하고 이상한 버그가 잔뜩 있는 괴상한 물건으로 여겼다. 알렉스는 지금이 마이크로소프트가 행동으로 보여주든지 입을 닥치든지 해야 할 결정적 순간이라는 것을 알았다. 〈윈둠〉 데모에 힘입어 알렉스는 다이렉트X를 이용해 윈도우95용 게임을 만들 회사를 몇 군데 확보할 수 있었다. 그들은 1995년 크리스마스를 겨냥해 큰 화제를 만들어야 했다. 〈둠〉처럼 악마가 나오는 게임을 소개하기에 할로윈 미디어 행사보다 좋은 자리는 없었다. 게임 언론부터 주류 언론까지 수백 명의 기자들이 가득한 더없이 성대한 파티가 될 것이었다. 멀티미디어 시대에 마이크로소프트가 어떤 존재인지를 알릴 기회였다. 이벤트의 이름도 꼭 들어맞게 '심판의 날'로 정했다.

알렉스는 딱 적절한 시기에 이드에게 전화해 파티에 대해 알렸다. 이드는 마침 파티 남의 정석인 새 직원 마이크 윌슨을 영입한 참이었다. 슈리브포트 출신으로 에이드리안 카맥의 어린 시절 친구인 마이크 윌슨은 24살이었고 '드왕고 밥' 업무를 막 정리한 참이었다. 인터넷이 확산되면서 드왕고의 흥행은 종지부를 찍었다. 무료 온라인을 사용할 수 있게 되어서 돈을 내고 게임을 할 이유가 없었다. 그러나 마이크에게 인생은 끝나지 않는 파티였다. 금발을 길게 기르고 서퍼다운 여유로움을 가진 그는 칵테일 바 매니저부터 동네 웨스턴 스타일 상점에서 예수 지갑을 판매하는 일까지 뭐든지 해본 자유로운 영혼이었다. 그 자신이 대단한 게이머는 아니었지만 게임이 새로운 로큰롤이며 이드 사람들이 새로운 록스타임은 바로 알수 있었다.

마이크는 '심판의 날' 아이디어가 무척 마음에 들었다. 알렉스는 마이크로소프트의 카페테리아를 널찍한 유령 저택으로 개조할 예정이었다. 액티비전, 루카스아츠, 이드를 포함해 가장 큰 게임 개발 회사 30곳 이상을 초대해 각자의 공간을 꾸미도록 했다. 이드가 보여줄 악마적인 재미를 상상하며 마이크의 눈이 커졌다. 이 쇼에서 최초로 개최되는 거대한 데스매치 토너먼트에 세계 최고의 〈둠〉 게이머들을 초대하자! 계획이 세워졌다. 마이크가 기자 회견에서 말했다. "이게 정식 계획입니다. 우리는 마이크로소프트를 지옥으로 가는 고속도로로 끌어내릴 겁니다."

알렉스는 마이크의 악마적 분위기를 별 어려움이 없이 받아들였다. 알렉스는 다이렉트X를 보급하려는 자신의 노력을 마이크로소프트가 여전히 '비밀 실험'으로 취급한다고 느꼈다. 한 번은 의심 많은 상사가 알렉스에게 전화를 걸어 "자넬 해고하면 안 되는 이유를 말해

보게." 라고 했을 정도였다. '심판의 날'은 모든 대답을 보여줄 자리였다. 하지만 성공하려면 게임뿐 만이 아니라 빌 게이츠도 공개해야했다.

할로윈 행사에 CEO를 특별 출연시켜 달라는 알렉스의 요청은 놀랄 것도 없이 거절되었다. 게이츠는 다른 할 일이 있어요, 라는 답변만 돌아왔다. 그러나 알렉스는 집요했고 대중용 비디오 연설이라도 녹화하자고 빌 게이츠의 홍보 담당 직원을 설득했다. 촬영하는 날 마이크로소프트 비디오 스튜디오에서 게이츠와 알렉스가 만났다. 게이츠의 홍보 담당자들이 불안해하며 촬영 과정에 간섭하기 시작했다. 알렉스의 실망을 알아차린 게이츠가 그들을 제지했다.

"그래서 이 비디오에서 내가 뭘 해야 하는 거지?" 게이츠가 물었다. 알렉스는 깊이 심호흡했다. 그리고는 게이츠에게 샷건을 건네주었다.

마이크로소프트에 할로윈이 하루 일찍 왔다. 1995년 10월 30일이었다. 파티는 흥으로 가득 찼다.[143] 밖에는 대관람차가 회전했고 서커스 텐트에서 맥주와 바비큐를 서빙했다. 3층 높이의 인조 화산에서 붉은 빛이 부글거렸다. 그날 밤 축제의 호스트인 제이 레노가 마이크를 잡고 군중을 즐겁게 했다. 그러나 본편은 지하에서 벌어지고 있었다. 유령의 집으로 바뀐 차고에서 마이크 윌슨이 준비한 데스매치 대회가 이미 시작되었다.

비행기를 타고 날아온 엘리트 게이머 20명이 게임을 비추는 거대한 스크린 아래에서 경쟁하고 있었다. 결승에 오른 마지막 두 명이 경기를 하면서 PC앞에서 씰룩거렸다. 결승 진출자는 '트레시'라는 닉네임의 조용한 아시아계 미국인과, '멀록'이라는 닉네임을 쓰는 플로리다 비치의 한량이었다. 군중은 그들을 둘러싸고 응원하며 야유

---

143) 출처: UPI 인터내셔널 1995년 10월 30일 "마이크로소프트, 할로윈 파티에서 게임을 보여주다" 기사의 내용 중에서.

했다. 트레시가 승리했고 팬들과 기자들에게 둘러싸였다. 제이 윌버는 이 믿을 수 없는 광경을 보며 혼잣말했다. "맙소사. 이건 스포츠야."

사탄으로 분장한 알렉스 세인트 존은 붉은 조명과 안개를 뚫고 마이크 윌슨을 뒤쫓느라 바빴다. 알렉스는 코너에서 마이크를 발견했다. 마이크는 예수로 분장한 게이머와 교황으로 분장한 게이머 사이에 앉아 맥주를 들이키고 있었다. 마이크 부부는 영화 [내추럴 본 킬러]에 나오는 피범벅을 한 악역으로 분장하고 있었다. 알렉스는 마이크 부부에게 이드의 설치물을 봤고 무척 재미있었지만 마이크로소프트의 홍보담당자들은 별로 기뻐하지 않는다고 말했다. 언론은, 그리고 마이크로소프트 경영진은 어떤 반응을 보일 것인가?

언론과 경영진이 저택을 가로지르기 시작했을 때만 해도 저택 안은 순수해 보였다. 액티비전은 〈피트폴Pitfall Harry〉라는 액션 어드벤처 게임을 홍보하고 있었고 작은 정글을 꾸며 지나가는 사람들이 인공 덩굴에서 그네를 탈 수 있게 해 놓았다. 또 다른 방에는 좀비라는 회사가 허공으로 파란색 번개를 쏘는 금속구를 설치해놓았다. 하지만 이드의 설치물은 좀 심했다. 버자이너(여성 성기) 모형이 2.5미터 높이로 솟아 있었다.

이드가 동원한 스카톨로지 록 밴드 그와Gwar는 특유의 성적 연출을 끝까지 밀어붙였다. 버자이너에는 딜도 수십 개가 치아 모양으로 줄지어 붙어있고 꼭대기에는 목이 잘린 O.J.심슨의 흉상이 걸려있었다. 방문객이 질 입구로 들어가면 그와 멤버 두 명이 털과 생고기를 입고 그늘에서 튀어나와 고무 페니스로 공격하는 척했다. 마이크로소프트 경영진은 얼어붙었다. 그러나 다행스럽게도 곧 웃음을 터뜨렸다.

모두가 그 농담을 받아들인 건 아니었다. 무대에서는 마이크의 친구들인 '소사이어티 오브 댐드Socierty of the Damned: 저주받은 이들의 사회'라는 밴드가 인더스트리얼 록의 불협화음을 꽥꽥거리고 있었는데,

"공포의 신들"이라는 거친 음악이 시작되자 마이크로소프트 홍보직원들이 더 이상 참지 못했다. 경호원 두 명이 무대로 달려와 밴드 멤버에게 무대를 정리하라고 요구했다. 그 소동을 본 알렉스는 입고 있는 사탄 복장처럼 시뻘개진 얼굴로 다가가 소리쳤다. "이 사람들은 이드 소프트웨어의 손님입니다. 그 이드 소프트웨어라고요! 〈둠〉을 만든 데요. 이드의 친구는 모두 마이크로소프트의 친구입니다." 그러나 경호원은 그 말을 듣지 않고 음향시스템 코드를 빼 버렸다.

조명이 꺼지고 무대 위로 비디오 스크린이 내려왔다. 가장 중요한 이벤트가 열릴 시간이었다. 둠의 익숙한 복도 바닥이 화면에 비치자 관객들은 환호했다. 그러나 악마를 추격하는 것은 둠의 군인이 아니었다. 그것은… 바로 빌 게이츠였다. 마이크로소프트의 리더가 게임 안에 들어가 긴 블랙 트렌치코트 옷자락을 휘날리며 샷건을 휘두르며 용감하게 달리고 있었다. 게이츠는 달리기를 멈추고 게임 플랫폼으로서 윈도우 95의 놀라운 성능을 소개하기 시작했다. 윈도우 95는 〈둠〉 같은 최첨단 멀티미디어 경험을 제공할 수 있는 플랫폼이라고 말이다. 그런데 빌 게이츠가 말을 시작하고 얼마 지나지 않아 게임 속 괴물 임프가 뛰어나오더니 사인해달라고 했다. 게이츠는 샷건을 들어 그 괴물을 피투성이로 날려버리는 것으로 응답했다. "내가 말할 때 방해하지 마." 라며 게이츠는 연설을 마쳤다. 화면이 피로 검게 물들었다가 익숙한 마이크로소프트의 로고와 "오늘 누구를 처형하고 싶습니까?"라는 문구로 바뀌면서 영상이 끝났다.

'끝장이다, 난 짤릴 거야.'하고 알렉스는 생각했다. 그러나 비디오를 수거하러 갔더니 테이프가 이미 사라져 있었기에 해고는 아님을 알 수 있었다. 마이크로소프트가 테이프를 가져간 것이다.

소문이 빠르게 퍼져 나갔다.
제목: 로메로 사망

〈뉴스 그룹에서 로메로가 교통사고 당했다고 들었는데?〉

괜찮은거야?

가능한 일이야? 존 로메로, 28살의 에이스 프로그래머, 젊은 부자, 게임계의 외과 의사. 죽었다고? 온라인상의 헛소문에 따르면 로메로의 노란 페라리는 댈러스 하이웨이에서 마지막 드라이브를 하던 중 경로를 이탈했다. 이드 스포츠카에 첫 번째 비극은 아니었다. 불과 몇 주 전 50만 달러짜리 커스텀 둠 포르쉐 레이스카가 주차장에서 의문의 도난을 당했다. 카맥이 밥 노우드에게 의뢰해 새빨간 후드 위에 [둠] 로고를 새긴 포르쉐였다. 아마도 로메로는 어떤 저주에 걸린 것 같았다.

사실 로메로는 건강하게 살아있었고 직접 의뢰하여 지은 집을 살펴보고 막 돌아온 참이었다. 830제곱미터(약 250평) 넓이에 130만 달러짜리 튜더 스타일 저택은 두 개의 석회암 괴물 석상이 정문을 지켰고 6개의 차고와 비디오 게임 오락실이 있었다. 지금 그는 666호의 자기 책상에 앉아 주차장에 자기 차가 멀쩡히 서 있는 걸 보고 있었다. 로메로가 죽었다는 루머는, 자칭 게임의 신에게 비틀즈의 "폴이 죽었다." 전설과 마찬가지로 잘 어울리는 대관식이었다. 그러나 로메로는 자신이 무능하여 비명횡사할 거라는 암시에 이의를 제기하고 싶어 온라인에 답을 썼다. "아니야. 나 안 죽었어. 나는 차도, 나 자신도 파괴하지 않아."

사무실의 모든 사람들이 이 말에 동의하는 건 아니었다. 1995년 11월, 〈퀘이크〉는 완성 근처에도 가지 못했으며, 회사의 파벌들은 더욱 소리 높여 로메로를 비난하고 있었다. 카맥은 여전히 엔진을 만드는데 몰두했고 나머지 사람들은 뭘 해야 하는지 갈피를 잡지 못했다. 게임 아티스트인 케빈과 에이드리안은 정확한 계획없이 판타지 텍스쳐를 쏟아내는데 지쳐 있었다. 레벨 디자이너인 아메리칸과 샌디는 초보적인 게임 섹션을 만지작거리며 지루해했다. 판타지 게임의 기본 개념과 큰 망치 무기 외에는 진전이 없었다. 로메로에게 방향을 지시해달라고 하면 원론적인 이야기만 쏟아내면서 알아서 하라고 내버려 두었다. 무슨 프로젝트 책임자가 그따위인가?

로메로 생각에는 〈퀘이크〉 작업은 잘 진행되고 있었다. 카맥은 차기 킬러 게임이 될 프로그램을 준비하느라 바빴다. 그에게 회사의 핵심인 엔진 존을 다그칠 이유는 전혀 없었다. 회사의 나머지 사람들은 그저 인내심을 갖고 멋지게 게임을 기획할 준비만 하면 된다. 생산적인 방법을 찾는 게 최선이었다. 로메로는 자기 생각에 회사에 직접적인 이익이 되는 부가적인 프로젝트에 참여하며 그 시간을 보내기로 했다.

그러나 로메로는 게임 작업을 하지 않는다고, 충분히 일하고 있지 않다는 동료들의 비난을 느낄 수 있었다. 그들은 로메로가 회사에서 떨어져 나가 비트가 꺼진 걸 보았고, 이드 전속 록스타가 비록 사고는 내지 않았지만 헛바퀴만 돌리고 있다는 걸 알아챘다. 하지만 로메로는 동료의 태도에 화가 났다. 오후 7시에 퇴근하는 게 뭐가 문제인가? 그에게는 아내가 있고 가정을 꾸리는 중이었다. 그는 인생을 가꾸고 있었다. 그리고 그럴 만한 자격도 있었다. 마침내 일할 직원도 몇 명 더 확보했으니 그는 좀 편해져야 마땅했다. 만약 회사가 어려웠다면 불만도 이해가 갔을 테지만 이드는 그의 여러 프로젝트 덕분에 여러 방면에서 잘 돌아가고 있었다. 만약 그가 이 모든 프로젝트를 감독하지 않는다면 누가 하겠는가?

그러나 로메로는 다른 멤버들의 이해를 구하거나 공감대를 찾지 않았다. 어느 날 밤, 샌디 피터슨은 참을 만큼 참았다고 생각했다. 샌디는 카맥의 사무실로 뛰어들어가 문을 닫았다. "나는 존이 정말 좋은 기획자라고 생각합니다. 그런데 그가 최근에 〈퀘이크〉를 제대로 준비하고 있는 것 같지 않아요. 게임을 체계적으로 조직하는 큰 회사에 다녀본 경험이 있어서 아는데, 로메로는 일을 안 해요. 프로젝트

매니저도 아니고요, 프로젝트를 관리하는 방법 자체를 모릅니다. 로
메로가 일하는 방식을 바꾸지 않으면 게임을 완성할 수 없어요."

카맥은 머릿속으로 응답 버튼을 누르고 기계적으로 대답했다. "로
메로는 꼭 필요한 순간에는 악마처럼 일해. 그리고 게임은 나올 거
야." 그리고는 의자를 돌려 다시 일에 집중했다. 잘 가라는 말도, 대
화를 마무리하는 말도, 아무것도 없었다. 이럴 줄 알았다고 샌디는
생각했다.

카맥은 오랫동안 이런 식으로 행동해 왔다. 다른 사람과 대화를 시
작하고, 얘기를 나누고, 결론을 짓는 전통적인 예의를 전혀 고려하지
않았다. 그러나 이 무렵에는 그런 태도가 점점 더 나빠지고 있었다.
어느날 오후 마이클 에이브러시가 카맥에게 자기 딸이 열심히 노력
한 끝에 마침내 좋은 학교에 입학했다고 말했다. 마이클에게는 큰 의
미가 있는 일이었다. 그러나 카맥의 대답은 "으으음" 뿐이었고 다시
의자를 돌려 책상으로 돌아갔다.

카맥은 자신이 우주 멀리 표류하고 있다는 것을 느낄 수 있었다.
평범한 사람들과 대화할 수 있는 능력으로부터 점점 더 멀어지고 있
었다. 주변에 있는 어떤 것들과도 섞일 수 없었다. 사내 정치, 행복한
시간, MTV. 그의 세상은 〈퀘이크〉였다. 그의 하루는 〈퀘이크〉였다.
밤도, 인생도. 카맥은 야간 스케줄에 완전히 빠져들어 일주일에 80
시간은 거뜬히 일하고 있었다. 사람들은 그가 걸어와서 냉장고에서
다이어트 코크를 꺼내 사무실로 직행하는 모습을 보았다. 그 외에는
피자 배달부가 정기적으로 문을 두드리는 것을 볼 수 있을 뿐이었다.

그러나 최선의 노력에도 불구하고 카맥은 생전 처음으로 아무것
도 딱 맞아 떨어지지 않는 느낌이었다. 〈퀘이크〉는 근본적으로 모든
것을 처음부터 다시 만들어야 했다. 둠에서 〈퀘이크〉의 3D 세상으
로 확장할 수 있는 것은 거의 없었다. 둠은 어느 정도 복잡한 네트워
크 모드에서 4명의 플레이어가 데스매치를 하도록 지원했지만, 〈퀘

이크〉는 인터넷에서 16명을 수월하게 지원해야 했다. 〈둠〉은 제한적인 3차원 관점을 가지고 있었지만 〈퀘이크〉는 플레이어가 어느 방향에서 보더라도 설득력있는 가상세계를 볼 수 있도록 전면적인 몰입감을 제공할 것이었다. 가장 좌절스러운 부분은 엔진이 완전한 시각적 세상, 또는 전문 용어로 PVSPotentially Visible Set를 구현할 수 없다는 것이었다. 그 결과 〈퀘이크〉세상에 구멍이 가득했다. 카맥은 게임 속 복도를 달려가다가 갑자기 끔찍한 파란 공백으로 복도가 끝나는 것을 발견했다. 파란 공백은 바닥에도, 벽에도, 천장에도 있었다. 그의 가상 세계는 스위스 치즈였다.

이 딜레마에 사로잡혀 카맥의 사고방식은 더욱 추상적이 되기 시작했다. 마음 속에 기하학적 형태가 가득 차서 조직하고, 조립하고, 분리하려 하면 그의 명령에 따라 떠다니고 빙빙 돌았다. 카맥은 그 나이 또래의 다른 많은 남자들처럼 봄방학에 만날 비키니 입은 소녀에 대한 꿈을 꾸지 않았다. 그는 우주 속에 있는 두 다각형의 관계에 대해 꿈꾸었다. 새벽 4시에 집에 들어가도 그 환상은 그를 떠나지 않았다. 어느 날 밤에는 침대에 걸터앉아 자기 팔에 코드가 흘러내려가면서 팔을 어떻게 움직이고, 잡고, 놓을지를 지시하는 모습을 보았다. '이건 실제 세상이 작동하는 방식이 아니야, 나는 이상한 꿈을 꾸고 있는 게 틀림없어.' 그는 식은땀을 흘리며 깨어났다. 심지어 꿈에서도 탈출구는 없었다.

카맥은 압박감은 커녕, 중압감을 느끼는 경우도 거의 없었으나 〈퀘이크〉가 그를 망가뜨리기 시작했고 그는 팀원들을 몰아치기에 이르렀다. 어느날 제이가 그들의 게임 기술로 소프트웨어 특허를 받는 문제를 이야기해보자고 제안하자 카맥이 소리쳤다. "너희가 만약 소프트웨어 특허를 신청하면, 나는 퇴사할 거야. 그게 다야. 이 안건은 다시는 꺼내지 마." 모든 것이 그의 신경을 건드렸다. 사업의 산만함, 감정의 정치학, 적어도 그가 보기에는 게으른 다른 직원들. "항상 일찍 퇴근하네요." 카맥이 어느 날 오후 샌디가 문을 나서는 걸 보며 말했다. 샌디는 놀랐다. 그는 적어도 하루에 11시간은 일하고 있었다. 샌디의 하루는 아침 9시에 시작되는 반면에 카맥은 오후 4시까지는 사무실에 오지도 않았다. "나는 일찍 퇴근하지 않아요. 내가 출근했을 때 당신이 여기 없는 겁니다." 샌디가 말했다.

카맥은 인정하지 않았다. 그는 징계성 e메일을 마구 발송하기 시작했다. 우선 사무실에서 데스매치하는 것을 금지했다. 그리고 등급을 발표했다. 모든 직원은 성과에 따라 등급을 받을 것이다. 샌디는 D를 받았고, 로메로는 C를 받았다. 카맥은 그걸로 끝내지 않았다. 어느날 밤 그는 자기 책상을 사무실 밖으로 끌어내서 모든 사람을 감시하기 좋은 복도로 자리를 옮겼다. 직원들은 일자리에 위협을 느꼈고, 점점 더 늦게까지 회사에 남아있었으며, 카맥의 가차없는 페이스에 맞추려 애썼다.

일터의 즐거움은 모두 사라졌다. 긴장감이 너무 팽팽해서 사람들은 카맥에 대해 불평하기 시작했다. 로메로만 자존심이 강한 게 아니었다. 카맥은 자신의 세계에 틀어박혀 나오기를 거부하고 있었고 곧 상황은 돌이킬 수 없는 지경에 이르러서, 가장 유혹적인 방해조차도 소용이 없었다. 어느날 오후 카맥은 사무실에 앉아 복도를 돌아다니며 피자 주문한 사람을 찾는 소리를 들었다. 로메로가 대답했다. "아니오, 난 피자 안 시켰어요." 그녀는 다시 물었다. "피자 주문하셨어요?" 또 다른 사람이 말했다. "어, 아니요." 카맥은 자기 사무실 문이 열리는 소리를 들었다. "피자 주문하셨어요?" 여자가 물었다. 그는 의자를 돌려 젊고 매력적인, 상의를 입지 않은 여자가 피자박스를 들고 있는 것을 보았다. 마이크 윌슨이 분위기를 개선해보려는 시도로 보낸 스트리퍼였다. 카맥은 단호하게 말했다. "아니요. 나는 피자 안 시켰어요." 그리고 나서 그는 다시 일을 했다. 스트리퍼가 말했다. "뭐야, 여러분 정말 끔찍하게 지루하네요!" 그리고 그녀는 가버렸다.

카맥이 원하는 건 혼자서 조용히 일하는 것뿐이었다. 아니면 어딘가로 표류해서 은둔자처럼 남겨지면 더 좋으리라. 그를 이해하는 사람은 로메로가 유일했다. 어느 날 밤 로메로가 그를 끌어냈다. "친구, 너는 너 자신에게 너무 가혹해. 너는 슈퍼맨이 될 수 없어."

어떤 면에서는 로메로가 합리적이라고 카맥도 생각했다. 예전 같은 죽음의 일정으로 직원들을 몰아붙이지 않고도 열심히 일할 수 있었다. 그러나 로메로의 태도는 더 깊고, 더 많은 의미를 암시했다. 수년 동안 이어졌던 밤샘작업과 협업 끝에 로메로는 코드의 참호에서 빠져나가 명성을 향해 가고 있었다. 카맥이 로메로를 필요로 할 때, 함께 일하고 테스트하고 예시를 들어 이끌어 줄 사람이 필요할 때 로메로는 어디에 있었는가? 로메로는 저택을 짓고 유명인이 되느라 떠났다!

카맥은 자기가 해야 할 일이 무엇인지 알았다. 로메로가 느슨해졌다는 걸 증명해야 했다. 그는 그럴 방법을 알고 있었다. 카맥은 로메로가 PC에서 일할 때마다 시간을 기록하는 프로그램을 만들었는데, 결과에 따르면 그의 파트너는 별로 일을 하고 있지 않았다. 카맥이 그 데이터를 로메로에게 제시하자 로메로는 폭발했다. "너 나를 해고하려고 그런 거지!" 로메로가 화난 목소리로 말했다.

카맥은 생각했다. "맞아!"

그동안은 짐작만 했지만 이제 카맥은 로메로가 일을 하지 않을 뿐 아니라 회사에 독이 되고 있다는 과학적인 증거를 얻었다. 증거를 손에 쥐고 결론에 도달하자 카맥은 아무런 미련도 느끼지 않았다. 로메로는 경고를 받아야 한다. 행동을 바로잡기 위한 공식적인 경고. 로메로는 언론에 너무 많이 말하고 있었고, 팬들에게도 너무 많은 것을 말하고 있었다. 사무실에서 데스매치를 너무 많이 했으며, 이제는 회사의 나머지 사람들이 고통받고 있었다. 카맥은 에이드리안과 케빈에게 다가가 말했다. "우리는 로메로가 해고당할 예정이라는 걸 기록에 남겨야 해."

그들은 카맥이 느닷없이 뭔가 하는 버릇이 있다는 걸 알고는 있었지만, 이 말에는 당황했다. 에이드리안이 말했다. "아니, 아니, 아니. 나는 그러고 싶지 않아. 로메로는 내 친구이고, 동업자야. 그는 돌아올 거야."

그러나 카맥은 계속 우겼고 언제나 그렇듯이 케빈과 에이드리안은 카맥이 원하는 대로 했다. 엔진 존이 핵심인물이라는 데는 의심의 여지가 없었다. 에이드리안과 케빈 뿐 아니라 회사의 모두가 그랬다. 마이크 윌슨이 말했듯 "카맥이 자기 공을 들고 집에 가버리면 게임 끝이야." 1995년 11월 회의가 소집됐다. 주주들은 검은 베네치안 블라인드 뒤에 놓인 검은 회의 테이블 주위에 엄숙하게 모였다. 카맥이 언제나처럼 상석에 앉았다 "너는 아직도 네 일을 하지 않고 있어. 너 이거 다 하지 않으면 해고될 거야." 카맥이 로메로에게 말했다.

로메로는 분개했다. "나도 다른 사람들만큼 일하고 있어. 여기 내내 있었다고."

카맥이 캐빈과 에이드리안을 바라보며 도움을 청했지만 에이드리안은 그저 바닥만 보고 있었다. 케빈은 로메로를 변호했다. "글쎄. 존은 출근해서 맡은 일을 하고 있어." 카맥은 깜짝 놀랐다. 케빈과 에이드리안이 자신의 의견을 옹호할 거라고 생각했기 때문이다. 결론적으로 카맥 혼자 로메로를 해고할 수 없다는 건 모두가 알고 있었다. 그들의 표가 필요했다. 일단 로메로의 보너스를 삭감하기로 했다. 함께 게임을 만들어야 한다는 의미로 로메로에게 평소보다 적은 보너스를 주기로 한 것이다. 로메로는 어쨌든 당장 현금이 필요하지는 않으니 게임을 완성하고 그들이 틀렸다는 것을 증명해야겠다고 생각했다.

그러나 추수감사절까지도 아무것도 달라지지 않았다. 게임은 여전히 궤도에서 이탈한 상태였다. 카맥은 또다시 회의를 소집했고 이번에는 전직원이 참여했다. "게임 기획 컨셉이 하나도 없어." 카맥이 말했고, 게임이 영영 완성되지 못하리라는 것에는 모두가 동의했다. 하나로 통합된 계획이 없었다. 아메리칸 맥기가 마침내 로메로의 야심찬 아이디어를 버리자는 불가피한 제안을 했다. 육탄전을 벌이는 전투게임 대신 좀 더 단순한 게임을 만들자는 것이었다. "내 생각에는 그게 낫겠어요. 로켓 런처나 그 비슷한 게 있는 게임을 만든다면 말입니다."

"좋아. 〈둠 3〉를 만들자. 그리고 그 다음 게임을 좀 더 혁신적인 걸로 하자고." 샌디가 말했다.

로메로는 당황했다. 처음에는 보너스 삭감, 그리고 이건 뭐지? 이 녀석들 대체 누구야? 저들이 뭘 안다고? 그들은 새 게임을 시작해서 완성하는 작업을 해본 적이 없었다. 그들은 이드를 이해하지 못했다. 로메로가 말했다. "이드 게임은 예전부터 다 이런 과정을 거쳤어. 카맥이 혁명적인 엔진을 만들 거야. 그리고 나면 우리가 그 위에 혁명적인 게임 기획을 올리는 거지. 먼저 엔진 작업이 끝나야 해, 그리고 나면 우리는 그 누구도 본 적이 없었던 진짜 멋진 게임을 만들 수 있어. 〈퀘이크〉는 〈둠〉보다 나을 거야. 〈둠〉을 이 새 엔진에 박기만 해도 끝내줄 테니까. 그치만 그걸 넘어서야지, 원래 생각했던 아무도 해본적 없는 멋진 게임 아이디어를 이 새 엔진에 더하는 거야, 그래서 〈둠〉이 나왔을 때만큼 대단한 무언가를 만들어내야 해."

하지만 공은 굴러가고 있었다. 아메리칸 같은 새 직원은 로메로의 판타지 기획에 적극적으로 반대 주장을 폈다. 그들은 일할 거리가 없었기 때문에 창조적일 수 없다고 느꼈다. 두 가지 선택지가 있었다. 그냥 카맥의 기술을 고수하며 적당한 시간 안에 가볍고 훌륭한 게임을 만들 거나, 아니면 로메로의 기획을 따라 시간과 예산을 낭비하며 오직 신만이 아는 어딘가로 가거나. 그들은 〈둠3〉을 만드는 게 옳다고 느끼고 있었다.

처음에는 에이드리안과 케빈이 로메로의 편을 드는 것 같았다. "빌어먹을 헛소리. 우리는 지금까지 엄청나게 많은 작업을 했어." 에이드리안이 말했다. 그들은 거의 1년 동안 중세 판타지용으로 맞춘 게임아트를 쏟아냈다. 미래 해병이 나오는 게임을 위한 게 아니었다. 그 모든 일을 끝내고 드디어 재미있는 부분에 막 다다른 참이었다. 벽에 피를 바르고 구체적인 공간을 만드는 일. 에이드리안이 성내며 말했다. "여러분 중 일부가 아무것도 안 했다고 해서 프로젝트를 취소할 이유는 없어. 게임을 바꾸면 게임 아트를 만드는 데 또 1년이 걸릴 거야. 그렇게 쉽게 바꿀 수 있는 일이 아니야."

다른 이들은 별로 신경쓰지 않는 것 같아 보였다. 로메로의 야심찬 기획에 반대하는 논쟁이 지속되는 동안, 로메로는 믿을 수 없다는 듯 카맥을 바라보았다. 맙소사, 카맥이 그들에게 동의한다는 것을 알아챘다. 혁명적인 게임 기획을 하지 않겠다는 아이디어에 카맥이 동의하고 있다는 사실에 로메로는 폭발했다. "이 회사에서 우리는 이미 기술의 노예야. 그리고 적어도 우리는 〈둠〉을 만들었을 때처럼, 최고의 게임을 새로 만들어서 그 기술에 더할 수 있어. 지금 얘네들은 또 〈둠〉을 가지고 때우려고만 하잖아. 좀 더 프로그램할 시간만 들인다면 우리는 여전히 멋진 게임을 만들 수 있다고."

카맥은 양쪽 주장을 모두 이해했다. 그러나 로메로의 주장에는 주장을 뒷받침할 근거가 하나도 없다는 중요한 오점이 있었다. 지금 〈퀘이크〉의 유일하게 실행 가능한 레벨은 아메리칸이 하이테크 둠 스타일로 만든 것이었다. 만약 로메로가 멋진 판타지 세상을 창조했더라면 이야기가 달라졌을 것이다. 하지만 카맥이 보기에 로메로는 실제로 아무 것도 하지 않았다. 슈리브포트의 레이크하우스에서 시작된 〈퀘이크〉는 그들의 오래된 야심찬 아이디어다. 하지만 지금 이 〈퀘이크〉는 확실히 잘못되었다.

카맥이 말했다. "너는 뭔가 실수를 했을 때 뒤로 물러설 줄 알아야 해. 네가 전혀 틀리지 않은 척하면서 다른 사람들 괴롭히면, 심지어 그게 옳은 게 아니라는 위험 신호가 많은데도, 글쎄, 그건 일을 망칠 뿐이야. 너는 항상 뭔가를 재평가하고 싶어 해, 그래, 좋은 생각이라고 봐, 그렇지만 잘 되고 있는 거 같지가 않아. 이 일이 더 잘 될 것 같은 다른 방법이 있으니, 그냥 그렇게 하자."

이것이 로메로가 정말로 충격을 받은 순간이었다. 우리는 더 이상 한 마음이 아니다. 의견이 달라. 그는 카맥이 "진정합시다, 여러분. 끝내주는 게임이 될 겁니다." 라고 말하는 것을 믿을 수 없었다. 카맥이 로메로가 더 이상 프로그래머가 아니라고 생각하는 만큼, 로메로도 카맥이 더 이상 게이머가 아니라고 생각했다. 카맥이 직원들의 말에 귀를 기울이고 있다는 사실은 그가 정말로 걱정하고 있으며 크고 야심찬 게임에 대한 믿음이 더 이상 없다는 것을, 로메로에 대한 믿음이 더 이상 없다는 것을 보여주었다.

몇 시간의 논쟁 끝에 로메로가 항복했다. "좋아. 게임 전체를 둠 스타일 무기로 다시 기획할게. 우린 잘 해낼 거야." 그러나 그는 속으로는 완전히 다른 말을 하고 있었다. 그가 오래 전 소프트디스크에서 카맥에게 했던 말들이 메아리치고 있었다. 그들의 운명, 그들의 미래를 보았던 그 날에 했던 말이. '여기까지구나. 나는 떠나야겠다.'

퀘이크가 방향을 바꾸고 출시일을 1996년으로 미루었음에도, 1995년 12월 이드의 배급사인 GT 인터랙티브는 어마어마한 돈을 벌어들이고 있었다. 〈둠 2〉의 미국 판매는 마침내 8,000만 달러를 넘어섰다.[144] 해외판매도 순조로워서 유럽에서 2,000만 달러 매출이 있었는데 그 중 30%는 그 게임 판매를 금지했던 독일에서 팔려 나갔다. 한편 이드의 예전 게임들도 계속해서 팔리고 있었고 파생 게임들도 마찬가지였다. 근본적으로 둠 셰어웨어의 소매 버전이라 할 수 있

144) 출처: PC데이타, 2000년.

는 〈얼티밋 둠〉은 미국에서 2,000만 달러를 벌어들였다. 레이븐의 게임 〈헥센Hexen〉과 〈헤러틱Heretic〉도 잘 되어서 거의 2,000만 달러를 벌어들였다.

성공에 고무된 GT 인터랙티브는 다른 게임 개발자들과도 계약을 맺기 시작했다. 수익성 좋은 〈모탈 컴뱃〉 시리즈를 만든 미드웨이 Midway, 오락실 거물 윌리엄 엔터테인먼트Williams Entertainment, 저가 게임 유통사인 위저드 워크스Wizard Works 등이 GT 인터랙티브와 계약했다. 〈둠〉의 성공 덕에 GT 인터랙티브의 컴퓨터 게임 매출은 불과 2년 만에 1,000만 달러에서 3억 4,000만 달러로 급성장했다. GT 인터랙티브는 1995년 12월 상장했는데, 그 해 벤처캐피탈이 가장 많이 후원한 IPO기업 공개였고 심지어 인터넷 브라우저 회사 넷스케이프를 앞질렀다. 크레인스 뉴욕 비즈니스는 "GT 인터랙티브가 어디선가 나타나 수많은 경쟁자를 정복하기 시작했다. 그리고 전국에서 세 번째로 큰 인터랙티브 엔터테인먼트 회사가 되었다."고 보도했다.[145] 당시 회사 가치는 6억 3,800만 달러였다.

그렇게 성공했어도 이드는 GT 인터랙티브를 절대 높이 평가하지 않았다. 그 해에 GT 인터랙티브가 이드를 1억 달러에 사겠다고 제안했고 이드는 거절했다. 이드의 주주들은 배급사가 형편없는 회사라고 생각했고, 자신들이 옳다고 생각하지 않는 사람들에게 이드를 팔고 싶지 않았다. 게다가 그들은 너무 지쳐 있어서 어떤 사업적 결정을 합리적으로 할 수가 없었다. 돈은 문제가 아니었다. 1995년 이드의 수입은 1,560만 달러로 두 배가 되었고, 수입은 확실히 계속 증가하고 있었다. 간접비는 여전히 낮았고 주주들은 각자 수백만 달러씩을 벌고 있었다. 이드는 또한 GT 인터랙티브가 〈둠 2〉의 성공에 지나치게 많은 공로를 주장하고 있다고 생각했다. 또, GT 인터랙티브

---

145) 출처: 크레인즈 뉴욕 비즈니스 1996년 7월 1일자 뉴스면 4페이지 기사 "새로운 세일즈 스마트를 갖춘 GT마스터 소프트웨어 유니버스"의 내용 중에서.

가 가치 없는 다른 많은 회사에 돈을 뿌리는 것을 좋아하지 않았다. 점점 자신만만해지는 이드의 영업 담당인 비즈니스 가이, 마이크 윌슨의 주장에 따라, 그들은 GT 인터랙티브를 무너뜨리는데 〈퀘이크〉를 사용하기로 결정했다.

무기는 셰어웨어였다. 허나, 1995년 말 대부분의 배급사들은 셰어웨어는 과거의 방식이고, 자잘하고 귀여운 소프트웨어 배포 수단에 지나지 않으며 비디오 게임 산업이 점점 커지면서 적절하지 않아졌다고 생각했다. 그래서 이드가 〈퀘이크〉에 대한 셰어웨어 판권을 갖겠다고 협상할 때 GT 인터랙티브의 론 차이모위츠는 이를 대수롭지 않게 여겼다. 후회하게 될 결정이었다. 마이크는 셰어웨어 계획으로 돈을 벌 새로운 방법에 대해 이드 직원들에게 설명했다. 〈퀘이크〉셰어웨어를 인터넷에 그냥 무료로 배포하는 대신, 셰어웨어와 암호화된 전체 게임 버전 두 가지를 모두 담은 CD롬을 팔 수 있다. 사람들은 셰어웨어를 9.95달러에 구입한 다음, 이드에 바로 전화해서 50달러를 내고 완전한 게임을 푸는 코드를 받을 수 있게 한다. 결과적으로 이드는 〈퀘이크〉소매 유통권 없이도 GT 인터랙티브를 간단하게 배제시킬 수 있다.

카맥은 의구심을 갖고 유보적인 태도를 보였지만, 회사의 나머지 주주들이 자가 배급이라는 훨씬 급진적인 실험을 열망했기에 거래가 성사되었다. 론 차이모위츠는 신문에서 이드의 계획을 보고 생각했다. '윌슨. 그 멍청한 놈! 전문적인 매너로 거래할 줄 모르는 애송이!' 당시 어느 누구도 상상하지 못했던 방식이었지만 이드는 그럴 권한이 있었다. GT 인터랙티브가 그들을 멈출 방법은 전혀 없었다.

1996년 내내, 이드는 GT 인터랙티브뿐만 아니라 자신들과도 전쟁을 치렀다. 카맥의 기술에 대한 로메로의 기획을 포기하기로 한 결정이 엄청난 중압감을 만들어냈다. 〈둠〉 스타일의 슈팅 게임을 제작하느라 끊임없는 비상근무 상태였다. 카맥은 혼자서 배를 조종하는 것 같은 기분이었고 이제 불을 지필 때라고 생각했다. 카맥은 몇 주 동안 다른 사람들을 감시하기 위해 복도에 나가서 일하다가 벽을 다 뜯어내자고 제안했다.

표면적으로는 회사가 오랫동안 작업 공간을 두 배로 늘리려고 해 왔기에 그렇게 하기로 했다. 옆 사무실을 구입해서 즉시 공사를 시 작할 수 있었다. 카맥은 리모델링하는 기간을 모두를 고립된 사무실 에서 나오게 하여 하나의 큰 공동 작업 공간에 모이게 할 수 있는 기 회로 보았다. 직원들은 마지못해 새로운 방식에 동의했다. 그 공간을 워 룸, 전쟁상황실이라 불렀다.

그들은 이 워 룸이 얼마나 엉망이 될지 전혀 몰랐다. 며칠 후, 그들 을 둘러싼 벽이 무너지기 시작하고 그 공간은 석고먼지로 뒤덮였다. 그들은 책상을 창문가에 줄지어 놓고, 컴퓨터를 쌓아놓고, 팔꿈치로 옆사람을 치지 않고서는 물컵을 잡기 힘들만큼 빠듯한 공간을 두고 나란히 붙어 앉았다. 카맥과 로메로는 나란히 앉았다. 컴퓨터를 네트 워크에 연결하기 위해서 케이블이 천장을 통과해야 했으며 전선을 기계에 연결하기 위해 음향 타일을 부숴야 했다. 그늘이 드리우고, 조명은 어둡고, 긴 회색 케이블이 천장에서부터 책상까지 이어지고, 모두가 컴퓨터의 어두운 전선 거미줄 속에 앉아있는 것처럼 보였다. 눈에 띄지 않고 갈 수 있는 곳은 어디에도 없었다.

개인공간의 프라이버시가 사라지자 긴장감이 고조되기 시작했다. 그들은 주 7일을 하루에 18시간씩 일했다. 음악은 헤드폰으로 들어 야 했다. 언제든 손님이 오면 귀에 헤드폰을 끼고 조용히 타이핑하는 사람들로 가득 찬 방을 지나게 되었다. 로메로는 일본에서 수입한 비 디오 게임 사운드 트랙 연주곡을 좋아했다. 그는 씁쓸하게 헤드폰을 꺼냈다. 예전의 이드가 아니라고 로메로는 생각했다. "같이 끝내주는 게임을 만들면서 재미있게 지내자."라고 하던 이드가 아니었다. 이것 은 "닥치고 일이나 해"라고 하는 이드였다.

인사고과로 인해 경쟁이 치열해졌다. 로메로가 약해지면서 야심만만한 기획자 아메리칸 맥기가 패권을 열망했다. 그러나 지금 그에겐 경쟁자가 있었다. 팀 윌리츠였다. 팀은 〈둠〉 MOD 커뮤니티에서 선출된 첫 번째 직원이라는 점에서 특별했다. 팀은 미네소타 대학에 다닐 때 〈둠〉을 발견했다. 당시 그는 23살로 부모님과 함께 살면서 전공인 컴퓨터 공학을 열심히 공부하고 있었다. 아버지는 배관공이고 어머니는 방사선 기술자였다. 경쟁적인 가정이어서 팀은 대학에서 그래픽 디자인을 전공하는 여자 형제와 자주 다퉜다. 키가 작고 대머리인 데다 가끔 신경성 말더듬이 증상을 보이는 그는 최선을 다해 기대이상의 성과를 내며 ROTC에 등록했을 뿐 아니라 학교의 마스코트인 골디 고퍼Goldy Gopher 인형 옷을 입고 축구 경기와 이벤트에서 자원봉사를 하고 있었다.

어느 한가한 날, 팀은 많은 아이들에게 화제이던 〈둠〉이라는 게임을 다운받았다. 전에도 게임은 해 본적이 있었지만 다른 세계로 들어가는 감각을 느껴본 적은 없었다. 그러나 여기, 〈둠〉에서는 그의 액션이 세상에 영향을 미치고 있었다. 문을 움직이고 버튼을 눌렀다. 들어간 장소의 규모와 낯설고 새로운 우주의 풍경에 놀랐다. 팀은 BBS 게시판 서비스에 떠돌아다니는 해커가 만든 둠 레벨 편집 프로그램을 가지고 실험을 시작했고, 레벨 몇 개를 만들어서 업로드하면서 인지도를 얻기 시작했다. 그리고 그는 머지않아 엄청난 제안을 받았다. 이드로부터의 e메일이었다.

아메리칸은 〈스트라이프〉라는 게임 작업을 위해 팀을 고용했다. 그러나 〈퀘이크〉 업무가 많아지기 시작하면서 팀은 〈퀘이크〉 제작 지원에 영입되었다. 팀은 즉시 자신을 로메로에 맞추었고, 레벨 제작 기술을 최대한 많이 배우기 시작했다. 워 룸에서 팀은 로메로의 옆에 앉았고, 기술만 뛰어난 것이 아니라 무척 효율적이며 최단 시간에 레벨 하나를 완성할 수 있음을 증명했다. 곧 로메로는 팀의 성과물을 따라잡기 위해 경쟁하게 되었다. 카맥은 팀의 작품을 즉시 인정했다. 여전히 카맥은 아메리칸을 가까운 친구로 생각했지만 아메리칸은 홀로 남겨진 느낌이 들었다. 오랫동안 로메로의 록스타 생활 방식에 매료되었던 아메리칸은 자신의 인생을 살기 시작했다. 이드가 〈둠〉의 열렬한 팬인 인더스트리얼 록밴드 '나인 인치 네일즈Nine Inch Nails'의 트렌트 레즈너Trent Reznor와 〈퀘이크〉용 음악과 사운드 트랙을 제공받는 계약을 체결한 후에 일어난 일이었다. 아메리칸은 프로젝트를 감독하면서 옷차림을 바꾸기 시작해서 턱수염을 밀고, 머리를 손질하고, 검은 옷을 입었다. 그는 점점 더 카맥과 단절감을 느꼈는데, 카맥은 아메리칸에게〈퀘이크〉음악을 담당하라고 승인해놓고선 이제는 게임 레벨을 만드는 시간이 줄었다고 꾸짖는 것 같았다. 아메리칸에게 이것은 종말의 시작이었다. 심지어 이드에서 가장 친하게 지내던 데이브 테일러도 게임 회사를 차리기 위해 이드를 떠났다. 아메리칸은 이보다 외로울 수 없었다. 이드의 원더 보이였던 그의 시절은 끝났다.

누가 아메리칸과 로메로를 대신했는지는 곧 밝혀졌다. 카맥이 어느 날 갑자기 셰어웨어로 출시할 오프닝 레벨을 팀이 만든 레벨로 하게 되었다고 발표했다. 플레이어가 처음 맛보는 〈퀘이크〉가 되는 탐나는 영광이었다. 모두는 믿을 수 없어 침묵했다. 로메로에게는 모욕이었다. 모두가 그 영광은 당연히 로메로의 것이라 여기고 있었다. 하지만 그에게 반발이 계속 오고 있었다. 〈퀘이크〉의 방향을 바꾸기로 했던 그 회의 이후로 로메로는 자신이 점점 더 프로젝트에서 멀어짐을 느꼈다.

"뭐? 기획 책임자는 나야!" 로메로가 말했다.

"내가 결정해. 팀의 레벨이 더 잘 짜여져 있어." 카맥이 대답했다. 로메로는 언제나 그렇든 재빨리 나쁜 기분을 털어내고 팀을 응원했다. 모든 사람들이 걱정하는 가운데, 카맥이 다음 세대에게 성스러운 횃불을 넘겼다.

1월의 어느 늦은 밤이었다. 로메로는 전화기를 들어 전 동업자 톰 홀의 번호를 눌렀다. 두 사람은 아무 어려움 없이 몇 달 전의 우정을 다시 되찾았다. 로메로는 톰이 어포지에서 행복하지 않다는 걸 알고 있었다. 톰은 자신만의 창의적인 아이디어를 실행할 수 없다고 느끼면서 이드에서 가지고 있던 것과 똑같은 문제를 맞닥뜨렸다. 어포지는 3D 렐름3D Realms이라는 이름으로 이드 소프트웨어보다 한 발 앞선 게임을 만들기 시작했다. 처음으로 출시한 게임인 〈듀크 뉴캠 3D〉가 그랬다. 현실적인 현대 세계를 배경으로 한 이드 게임의 만화책 버전 같았는데, 플레이어는 버려진 포르노 극장과 스트립 클럽을 누비며 총을 쏘았다. 심지어 스트리퍼도 있었다. 카맥은 그 게임의 엔진이 '풍선껌으로 고정되어 있는 것 같다'면서 싫어했지만, 게임은 잘만 팔렸고 "퀘이크 킬러"라는 별명이 붙었다. 그러나 톰은 3D렐름이 새로 시작하는 다른 프로젝트인 〈프레이〉에 꼼짝없이 묶여 있었다. 로메로가 아주 적절한 시기에 전화를 했다.

로메로가 말했다. "형, 형이 이드에서 겪었던 일이 나한테도 일어났어." 그는 카맥에게 새롭고 창의적인 것을 하도록 설득했으나 카맥이 그저 모든 일을 안전하게만 하고 싶어하며 예전의 〈둠〉 게임을 다시 반복하고 싶어한다고 설명했다. 로메로는 심지어 회사를 둘로 나누자는 제안도 했다. 카맥이 이끄는 기술 분야와 그가 이끄는 기획 분야로 말이다. 그러나 그 제안은 받아들여 지지 않았다. "나는 〈퀘이크〉가 완성되면 떠날 거야. 새 회사를 시작하는 거 어떻게 생각해? 우리가 원하는 기획은 뭐든지 다 하는 회사를 만들자. 우리 손으로 그런 회사를 만드는 거지. 기술은 우리 기획과 협업해야 하고. 다른 방법을 찾는 게 아니라. 게임 기획이 곧 법인 회사에 대해 어떻게 생각해?"

"그건, 꿈이지." 톰이 말했다.

[idsoftware.com]
로그인 네임: johnc
실명: John Carmack
Directory: /raid/nardo/johnc
Shell: /bin/csh
로그인 한 적 없음.
계획:
이것이 나의 하루 업무입니다.
뭔가를 성취했을 때, 나는 그 날에 *라인을 쓰겠습니다.
그날 언급된 버그나 누락된 기능 중에 수정하지 않았으면 기록을 남기겠습니다. 수정하기 전에 여러 차례 기록되는 것도 있을 겁니다.
때때로 이전 기록으로 돌아가서 검토하고 수정된 것에 +로 표시합니다.

존 카맥

= feb 18 ===================================
*페이지 넘기기
*콘솔 확장
*수영 속도 더 빠르게
*디렉션 프로토콜 손상
*갑옷 컬러 플래시
*찔려 죽기
*수류탄 수정
*익명 모델 밝게 하기
*네일 건 랙
*게임 종료시 전용 서버 나가기
+점수판
+풀 사이즈 옵션
+중앙정렬 키 보이기
+vid 모드 15 크랩
+스페이스바로 탄창 박스 교환
+프로그램 에러 후 "다시 시작" 허용
+혈흔 되살리기?
+로켓에 탄약값 -1개
+캐릭터 밝기 높이기

워 룸에서의 생활이 계속되면서 카맥은 게이머들에게 이드가 정말 〈퀘이크〉작업을 하고 있다는 걸 알리는 역할을 스스로 맡았다. 그래서 일일 업무 일지 .plan 파일을 매일 인터넷에 업로드 하기로 했다. .plan 파일은 프로그래머들이 서로 자기가 한 일을 알릴 때 종종 사용되었지만 대중과 소통하는 수단으로는 이용된 적이 없었다. 그러나 이드 팬들은 몇 달, 몇 년 동안 로메로의 근거 없는 과장에 고통을 받아왔기에, 카맥은 이제 확실한 데이터 몇 가지는 보여줄 때가 되었다고 느꼈다.

몇 주간의 밤샘 끝에, 카맥과 프로그래밍 파트너 마이클 에이브래시는 마침내 〈퀘이크〉의 이상한 파란 공백 문제를 해결했다. 세상이 하나로 합쳐지고 있었다. 카맥은 게임 속 방 한 구석을 내려다보고 가상세계를 그저 걸어다니고 느끼면서 몇 분씩 시간을 보내곤 했다. 그 세계는 견고했고, 정말로 거기에 있었다. 1996년 2월 24일, 〈퀘이크〉 작업은 다양한 컴퓨터에서 어떻게 작동하는지 확인할 테스트용 데스매치 레벨을 업로드 할 수 있을 정도로 진행되었다. 게이머들은 이드의 새 창작물을 맛보기 위해 몇 달 동안이나 온라인에서 떠들썩했다. 사실 기대와 추측이 너무 많아서 웹사이트는 〈퀘이크〉 뉴스를 알리는 데 특별히 노력을 기울였다.

그러나 테스트 이후 리뷰는 찬사 일색은 아니었다. 플레이어는 온라인 데스매치 가능성을 열망했지만 게임이 어둡고, 느리며, 〈둠〉의 패스트액션과는 전혀 다르다고 불평했다. 근거 없는 비평은 아니었다. 〈둠〉에서의 특징은 〈퀘이크〉의 세심한 3D 렌더링 엔진을 수용하기 위해 어쩔 수 없이 희생되었다. 그러나 게이머들은 이해해 주지 않았다. "테스트 버전으로서는 나쁘지 않았지만, 개선해야 할 조악한 부분이 많습니다. 이 게임이 진정으로 시장을 정복하기 위해서는 아직 *많은* 보완이 필요합니다." 한 플레이어가 온라인에 게시했다.

반응에 낙담한 이드 팀은 이질적인 작업물을 하나로 엮는 힘든 작업에 착수했다. 게임 개발이 시작된 이후 16개월 넘게, 레벨 디자이너와 아티스트들이 각자의 세계에 고립되어 있었다는 걸 보여주는 결과였다. 로메로의 레벨은 중세처럼 보였고, 아메리칸의 레벨은 미래지향적이었으며, 샌디의 레벨은 낯선 고딕 퍼즐이었다. 좀비가 엉덩이의 살점을 뜯어서 플레이어에게 던지는 것 같은 이드의 트레이드 마크인 '다크한 유머'가 많기는 했지만 전체적으로 통일성이 시급히 필요했다.

별 수 없이 내팽겨쳐놨던 〈퀘이크〉 매뉴얼에서 스토리를 찾아보았다. "당신은 새벽 4시에 걸려온 전화를 받았다. 5시 30분, 비밀 시설에 도착하자 사령관이 간결하게 설명한다. '이건 슬립게이트 장치와 관련된 일이다. 이것이 완성되면 사람과 화물을 한 장소에서 다른 장소로 즉시 이동시킬 수 있다. 적의 암호명은 퀘이크이며, 슬립게이트를 통해 죽음의 군대를 우리 기지에 보내 살인, 절도, 납치를 하고 있다. 그들이 어디서 왔는지 우리는 전혀 모른다. 우리 정예 과학자들은 퀘이크가 지구가 아닌 다른 차원에서 왔다고 생각하며, 퀘이크가 진짜 군대를 보낼 준비를 하고 있다고 말한다, 그게 뭐든 간에."

도대체 그래서 뭐? 이드 직원들은 모두 그렇게 느꼈다. 그러나 운송수단이 있었기에 게임 곳곳에 슬립게이트를 삽입하고 다녔다. 슬립게이트는 작은 갈색 정전기 문으로 플레이어를 낯선 다른 세계로 끌고 간다. 〈퀘이크〉를 완성하기 전 마지막 몇 달 동안은 흐릿한 침묵과 치열한 밤샘 작업이 계속되었다. 키보드가 벽을 치는 소리만 가끔 끼어들 뿐이었다. 직원들은 컴퓨터 부속품을 칼처럼 마른 벽에 던지는 걸로 불만을 해소했고 사무실은 고물 더미가 되었다. 좋은 언론 기사에도 기분이 좋아지지 않았다. 이드가 최고의 영예인 커버스토리를 하게 되어 『와이어드Wired』가 사무실로 찾아왔다. 그러나 이드의 주주들은 정말 무관심했고 사진 촬영 시간에 3시간이나 늦게 나타났다. 잡지 표지에는 "이드의 에고들"이라는 헤드라인과 함께 카맥이 로메로와 에이드리안의 앞에서 낯선 색깔의 라이트를 바라보고 있는 모습이 실렸다.[146] 기사는 〈퀘이크〉를 "역사상 가장 기대되는 컴퓨터 게임"으로 소개했다.

---

146) 출처: 와이어드 1996년 8월 "이드의 에고들" 기사 중 122~127페이지 내용 중에서.

6월이 되자, 마침내 끝없는 낮과 밤이 지나고 게임이 완성되었다. 그러나 셰어웨어를 인터넷에 업로드하는 행사는 과거 〈울펜슈타인 3D〉나 〈둠〉의 전성기와는 전혀 달랐다. 1996년 6월 22일 토요일에 로메로가 게임을 올리러 출근했고 그는 혼자였다. 그는 복도를 걸으며 이드가 수상한 모든 상들, 프레디 크루거 마스크, 둠의 플라스틱 샷건을 지나쳤다. 결국 여기까지 왔다. 카맥이 없다. 에이드리안도 없다. 케빈도 없다.

로메로는 이드 팬이 많이 있는 게이머들의 채팅방으로 가서 팬들에게서 쉴 곳을 찾았다. 그는 〈둠〉의 열렬한 팬으로 친구가 된 마크 플래처에게 전화했다. 로메로는 그날 밤 게임을 진정으로 이해하며, 이 순간을 감사할 수 있는 누군가가 함께 있어주기를 원했다. 오후 5시, 그는 키보드 버튼을 눌러 〈퀘이크〉를 세상에 내보냈다. 이드의 동료들 중 누구도 그와 함께 여기에 있지 않다는 것이 이상하다고 생각했지만 결국엔 이해했다. 그들은 더 이상 게임을 즐기지 않으며 심지어 게임을 하지도 않는다. 그들은 망가진 것이다.

"좋아. 우리 이제 더 이상 미룰 수 없어." 카맥이 말했다. 〈퀘이크〉를 출시한 지 얼마 되지 않아 '티아'라는 멕시코 레스토랑에서 에이드리안과 케빈과 함께 점심을 먹고 있었다. 로메로의 시간은 끝났다. 그는 분명 자기 몫의 일을 하지 않고 있었다. 보내줄 때가 된 것이다.

그 생각에 에이드리안은 진짜로 몸과 마음이 아팠다. 이게 우리가 로메로에 대해 하는 이야기라니. 그러나 선택의 기로에 서있다는 것을 알았다. 로메로가 떠나거나 카맥이 회사를 끝내거나. 타협안은 없었다. 케빈은 동의했다. 누군가를 보내는 것은 어려웠다. 특히 로메로는 이드의 설립자 중 한 명이었고, 그들의 성공에 정말 많이 기여한 사람이었다. 그러나 대안이 없었다.

카맥과 로메로 사이의 틈은 메울 수 없이 넓었다. 그들 둘 다 게임이 무엇을 의미하는지, 게임이 어떻게 만들어져야 하는지에 대한 각자의 견해를 가지고 있었다. 카맥은 로메로가 프로그래머로서의 감각을 완전히 상실했다고 생각했고, 로메로는 카맥이 더이상 게이머가 아니라고 생각했다. 카맥은 작은 회사에 머무르기를 바란 반면에, 로메로는 회사를 크게 성장시키기를 바랐다. 한때 이드를 만들었던 두 개의 비전이 이제 회사를 돌이킬 수 없이 분리시키고 있었다. 그리고 에이드리안과 케빈이 로메로의 목표에 동의하는 경우가 많다고 해도, 최종적으로 존 카맥과 존 로메로 중 어떤 존을 따를 지 선택해야만 했다.

로메로는 그들에게 알리지 않은 채 자신만의 계획을 세우고 있었다. 그날 아침 출근길에 GT 인터랙티브의 론 차이모위츠에게 전화해서 그와 톰 홀이 시작하려는 회사와 체결 가능한 배급 계약을 논의했다. 그냥 평범한 게임 회사가 아니라고 로메로는 말했다. 기술에 제약받지 않는 큰 회사이고, '기획이 곧 법'이 될 것이라고 말이다.

그 다음날 이드에서 로메로는 회의실로 소환됐다. 카맥, 에이드리안, 케빈이 테이블에 둘러앉아 있었다. 에이드리안은 바닥을 보고 있었다. 케빈은 침묵했다. 카맥이 마침내 말했다. "너도 알다시피 우리는 여전히 일이 돌아가는 모양새가 맘에 들지 않아." 카맥이 서류 한 장을 집어 로메로에게 건넸다. "이건 너의 사직서야. 사인해도 돼."

로메로는 그간의 모든 경고와, 자신의 계획에도 불구하고 충격을 받았다. "잠깐만." 그가 말했다. "너 1년 전에 내가 일을 하지 않는다고 했었지? 지난 7개월 동안 나는 죽도록 일했어. 〈퀘이크〉를 만들기 위해 죽도록 일했다고!"

카맥이 말했다. "아니. 너는 네가 맡은 일을 하고 있지 않아. 너는 너에게 주어진 책임에 부응하지 못하고 있어. 너는 프로젝트에 해를 끼치고 있고 회사에 해를 끼치고 있어. 네가 회사에 나쁜 영향을 주고 있다고. 너는 지난 몇 년 동안 회사에 나쁜 영향을 끼쳤어. 더 잘해야 했는데 그러지 않았어. 이제 너는 떠나야 해. 여기에 사직서가 있고, 끝이야! 너 지금 그만두는 거야!"

에이드리안은 카펫을 더욱 깊이 바라보며 여기에 있고 싶지 않다고 생각했다. 여기에 있고 싶지 않다, 여기에 있고 싶지 않다. 카맥과 로메로 각자가 어느 정도 그럴 만한 이유가 있지만 해결책이 없다는 것을 에이드리안은 알고 있었다.

그때 모든 것이 멈췄다. 로메로가 침묵했다. 그의 깊은 곳에서 비트 플립이 시작됐다. 그의 인생에서 여러 번 그랬던 것처럼 말이다. 그는 이런 일로 무너지지 않을 것이다. 이제까지 어떤 것도 그를 무너뜨리게 내버려두지 않았던 것처럼. 그의 아버지, 새아버지, 깨진 가정, 그리고 이제 망가진 그의 회사도. 나는 어쨌든 톰과 함께 회사를 시작할 계획을 세우고 있었어. 그는 자신에게 상기시켰다. 지금이 가야할 때야. 싸움에 져서 물러나는 것이 아니라 새로운 삶을 시작하려 하고 있었다. 로메로는 사직서에 서명해서 카맥에게 건네고는 밖으로 향했다.

로메로가 문에 다다랐을 즈음, 카맥은 로메로가 퇴사를 스스로 계획한 일이라 납득했다고 생각했다. 오래동안 창의성을 억눌러왔으나 이제 더 크고 좋은 것을 향해 떠나는 거라고 말이다. 문까지 가는 12미터 공간에서, 로메로가 역사를 다시 설계했다고 그는 생각했다. 카맥은 로메로가 가는 모습이 슬프거나 안타깝지 않았다. 안도감을 가지고 로메로가 떠나는 모습을 지켜보았다.

이틀 후, 로메로는 이드에서 처음이자 마지막 .plan 파일을 게시했다. 전세계가 읽을 수 있도록 온라인에 이렇게 썼다. "저는 이번 딱 한 번만 이 .plan에 글을 올립니다. 저는 이드 소프트웨어를 떠나서 다른 목표를 가진 새로운 게임 회사를 시작하기로 결정했습니다. 이드의 어떤 직원도 데리고 가지 않을 겁니다."

그 다음날 카맥은 그의 .plan 파일을 게시했다. "로메로는 이제 이드를 떠났습니다. 앞으로 우리 프로젝트에 대한 거창한 언급은 더 이상 없을 것입니다. 내가 생각하는 것, 내가 성취하고 싶은 것에 대해서는 말할 수 있습니다. 하지만 내가 약속할 수 있는 것은 최선을 다하겠다는 것뿐입니다."

오래된 데스매치는 끝났다. 새로운 게임이 시작되었다.

꿈의 창조자들

두 사람이 제국을 세우고 대중문화를 바꿔놓은 이야기

데스매치
Deathmatch

13장

데스매치

어두운 방에 핏빛 붉은 그림자가 고동치고 있었다.[147] 스티비 '킬크릭' 케이스는 컴퓨터에 앉아 마치 전구 소켓에 발가락을 찔러 넣었다 뺐다하듯 몸을 꿈틀거렸다. "뜨어!" 그녀가 기합을 넣으며 화면 속 그녀의 군인을 정전기로 꽉찬 텔레포트 게이트로 뛰어들게 했다. 그러나 갑자기 나타난 회오리 속에서 조각조각 흩어져버렸다. 스티비는 이런 식의 죽음을 "텔레-프래그드"(*주: 게임 속의 특수한 조건으로 telefraged상태가 된 레일건 공격으로 상대를 명중시키면 발사한 사람이 맞춘 상대 위치로 텔레포트가 된다. 이렇게 두 개체가 한 좌표에 겹쳐져서 둘이 함께 처치되는 상황을 텔레프래그라 한다) 되었다고 일컬었다.

1997년 1월, 언더그라운드 온라인 게임 모임의 비공식 슈퍼볼이 시작되기 몇 분 전이었다. 이 캔자스 대학 간이 숙소 전체를 뒤흔들고 있는 다른 수십 명의 학생들처럼, 짧은 갈색 단발머리의 씩씩한 스무 살 스티비는 그녀의 팀 임펄스 나인Impluse 9과 미시간에서 8시간동안 운전해서 달려온 라이벌 팀 루스리스 배스터드Ruthless Bastards의 경기를 위해 이틀 밤을 새고 연습했다. 급속도로 성장하는

---

147) 이 경기에 대한 이야기는 나(저자)의 다른 기사 "블러드 스포츠"에서 다룬 적이 있다. 출처: 스핀 1997년 6월호 104~107페이지 내용에서.

국제적 하위문화인 클랜 전戰의 일부로 열리는 대회였다. 클랜은 〈퀘이크〉를 즐겨 하며 퀘이크 안에서 사는 게이머들이 조직한 그룹이다. 다른 수십만 명의 〈퀘이크〉 중독자들처럼 보통 인터넷을 통해 전쟁을 하지만, 오늘 여기 회오리바람이 부는 흐린 날에 캔자스 로렌스에 전국 최고 고수들이 모여 살을 맞대고 순위를 정할 것이었다.

어떤 점에서 그러한 열정은 게임 자체의 아름다운 악몽이 되었다. 게임 개발 중 이드가 겪은 내부 문제에도 불구하고 〈퀘이크〉는 혁신적인 그래픽과 실감나는 경험으로 좋은 평가를 받았다. USA 투데이는 〈퀘이크〉에 별 4개 만점에 4개를 주며, "살벌하게 멋지다."고 일컬었다[148]. 컴퓨터 게이밍 월드의 한 평론가는 10점 만점에 10점을 주며, "몰입감을 넘어 전투현장에 있는 것처럼 느끼게 만드는 대단히 뛰어난 프로그래밍의 위업"[149]이라고 말했다. 엔터테인먼트 위클리는 "퀘이크는 감옥 갈 걱정 없이 즐길 수 있는 최고의 대학살을 일으킵니다. 심심했던 전국의 직장인들이 〈퀘이크〉를 사랑하는 것은 놀랄 일이 아닙니다."[150] 심지어 배우 로빈 윌리엄스도 데이비드 레터맨 쇼에서 〈퀘이크〉를 칭찬했다.

게이머들은 뒤틀린 3D 미로 속에서 괴물을 사냥하는 싱글 플레이도 좋아했지만 데스매치를 정말로 즐거워했다. 〈퀘이크〉는 인터넷을 통한 멀티플레이어 팀 경기를 위해 특별히 설계된 최초의 게임으로 서바이벌 게임 같은 경기로 최대 16명이 서로 죽거나 죽이는 치열한 전투를 벌인다. "총으로 하는 축구", 리고르모르티스 박사라는 플레이어가 붙인 이름이었다. 인터넷 대결도 가능했지만, 서로의 집으로

---

148) 출처: USA투데이 1996년 6월 27일 5D페이지에서 「퀘이크」: 살벌하게 멋지다".

149) 출처: 컴퓨터 게이밍 월드 1996년 10월 기사 "진도10: 이드 소프트웨어 퀘이크 액션 게임 소프트웨어 리뷰" 기사 중 174페이지 내용 중에서.

150) 출처: '엔터테인먼트 위클리' 1996년 12월 27일 기사 "멀티미디어: 1996년 최고와 최악"의 내용 중에서.

컴퓨터를 가져가서 근거리 통신망LAN으로 연결해서 직접 싸울 수 있었다. 이것이 소위 랜 파티로, 〈둠〉과 함께 격식없이 시작되었고 온라인 게임 세상을 위한 오프라인 친목의 장이 되었다.

퀘이크가 출시된 지 며칠 만에 채팅 채널과 뉴스그룹에 있던 팬들이 클랜을 결성하기 시작했다. 브랙퍼스트 클럽, 리볼팅 콕스, 임펄스 9, 루스리스 배스터드 같은 이름으로 말이다. 8월까지 각각 20명의 플레이어가 있는 클랜이 대략 20개 결성되었다. 두 달 후에는 거의 1,000개가 되었다. 자신들을 클랜 위도우라고 부르는 여성들이 웹페이지 지원 그룹을 시작했다. 이것이 사이버스포츠의 여명이라 불리는 시작점이었다.

거물들이 자본을 대는 데는 그리 오래 걸리지 않았다. "전자 게임은 마음속에 일어나는 극한의 시합입니다."[151]라고 뉴욕, 시카고, 시드니에 가상현실 오락실 체인을 가지고 있는 기업가가 말했다. "그러니 경기장으로 사이버 운동선수들을 불러모아 이것을 관중 스포츠로 끌어올립시다. 커다란 스크린, 전 세계에서 네트워크로 연결된 〈퀘이크〉시합, 맥주, 상금, 그리고 필요한 것을 모두 다 불러 모읍시다." 스타 플레이어가 손가락에 나이키 로고를 새기고 대결할 거라는 그의 예견은 틀리지 않았다. 다크 레퀴엠이라는 한 클랜은 조이스틱 제작자로부터 웹페이지 광고를 받았다. 심판의 날 토너먼트 우승자인 트레시Thresh는 마이크로소프트로부터 후원을 받았다. 체육 수업에서 항상 꼴찌였던 어린이들이 다음 세대의 마이클 조던이 될 수 있었다. 루스리스 배스터드의 공동리더인 푹_foOk이 이런 마이클 조던의 모습이었다.

스물일곱 살로 작은 턱수염을 기른 푹은 루스리스 배스터드를 클랜링 리그 우승으로 이끌었다. 그 이전에는 임펄스9 외에는 누구도

---

151) 출처: '스핀' 1997년 7월 106페이지 기사 내용 중에서.

이루지 못한 일이었다. 〈퀘이크〉 등장 이래 푹은 미시간 주 이스트 랜싱에 있는 부모님 집 지하실에 묻혀 저녁을 보냈다. 창문 없는 컴퓨터 게임 관제센터에는 조이스틱과 키보드, 대형 스피커가 쌓여 있었고, NBA 비디오 게임 카트리지가 흩어져 있었다. 유일한 예술품은 벽에 걸려있는 예수의 검은 벨벳 초상화였는데, 푹은 그 초상화의 코가 〈퀘이크〉에 나오는 무기 중 하나인 이중 총신 샷건의 끝을 닮아서 재미있다고 생각했다.

여러 비디오 게임의 이미지들은 〈스페이스 인베이더〉 이래로 푹의 의식 안으로 타올랐다. 그는 "첫 만남에 마음이 녹아내렸다." 라고 말했다. 당시 그는 그냥 클린트 리처드였다. 아타리 2600게임기와 과학 소설의 판타지 세계로 탈출하는 경쟁적인 신세대였다. [스타워즈]를 수십 번 보고 나서 그는 인생의 목표를 정했다. "다른 행성으로 날아가서 에일리언과 전투하는 것." 대부분의 아이들과 달리 그는 포기하지 않았다. 샴푸웁Shampoop이라는 디스코 펑크 밴드에서 잠시 활동하면서 록스타 판타지에 도전해 본 후에 어린 시절의 꿈을 이룰 더욱 자극적인 환경을 발견했다. 바로 〈퀘이크〉였다.

푹(남의 시선을 의식하는 해커 타이프 스크립의 풍자)이라는 의미의 핸들네임 ID를 사용하면서 케이블 설치 일을 하며 빼낸 초고속 모뎀 하나를 사용하여, 가장 친한 친구가 된 〈둠〉 중독자 팀과 루스리스 배스터드를 공동 설립했다. 푹은 게임이 아니었으면 자신보다 어리고 더 괴짜인 클랜 멤버들과 잘 어울리지 못했을 거라며, 그들과 깊은 우정을 나누었다고 했다. 그날 밤 그가 마지막으로 시간을 확인했을 때 이미 6시간동안이나 게임에 빠져 있었다.

동료애는 좋았지만 대부분의 플레이어처럼 푹도 "형제들"에게 직접 말을 걸거나 전화를 하는 일은 드물었다. 대신 퀘이커의 라커룸이나 다름없는 인터넷 클랜 채널에서 익명으로 말하는 쪽을 선호했다. 낮이든 밤이든 로그인해 허접한 대화를 하며 즉석에서 상대를 골라 게임을 할 수 있었다. "인터넷이 나의 진짜 세상입니다. 직장에서 나는 분별력 있게 행동하긴 하지만 열정은 없습니다. 일상적인 일이 무척 지루하기 때문이에요. 내 직업이나 흥미롭지 않은 사람을 만나는 일들이 말입니다. 집에 오면 친구들과 게임을 시작하고 놀기 시작합니다. 그때가 신납니다."

푹은 온라인에서는 재치와 기술로 유명해졌지만 다른 곳에서는 인정받지 못하는 부조리를 쉽게 인정했다. "주류세계에서는 그걸 하찮은 게임으로 봅니다. 가끔은 시간을 낭비하고 있다는 생각도 들지만 나는 이게 내가 5분 동안 록스타가 될 수 있는 기회라고 생각해요. 누구나 기억되고 싶어 하잖아요? 나는 비디오 게임을 무척 잘하고, 그러니까 아마 이게 내가 기억될 수 있는 방법일 겁니다. 어떤 미래의 올림픽 같은 데에서요. 역도 팀 바로 옆에 서 있을 겁니다. 이마가 툭 튀어나오고 특이하게 생긴 한 무리가요." 푹이 농담했다.

큰 꿈을 가진 이드 팬은 푹 만이 아니었다. 임펄스 4의 중요 경쟁자 중 한 명인 전설적인 게임 걸 스티비 케이스도 이제 막 〈퀘이크〉를 통해 자신의 삶을 변화시키고 있었다. 스티비는 사춘기 소년 게이머라는 고정관념을 깨는 젊은 여자 세대의 리더들 중 한 명이었다. 스티비는 사회복지사와 학교 교사의 딸로 태어나 캔자스 올라테의 작은 마을에서 자랐는데 항상 경쟁심이 강했다. 일찌감치 스포츠를 시작했고 지역 T볼 팀에 최초이자 유일한 여성 선수가 되었다. 스티비에게 정기적으로 얻어맞는 남자아이들의 아버지에게는 적지 않은 골칫거리였다. 고등학교에 간 스티비는 올해의 운동선수로 뽑혔고 그 인기에 힘입어 학교 총학생회장이 되었다. 뛰어난 학생으로 백악관에 가 클린턴 대통령을 만나기도 했다. 스티비는 정치가가 되고 싶었다.

캔자스 대학에 입학한 뒤 스티비는 로스쿨에 조기 진학하려고 마음먹고 최선을 다했다. 전과목에서 A학점을 받았으며 학생회를 운영하고 멘사Mensa 회원이 되었다. 그러다가 〈퀘이크〉에 사로잡혔다. 당시 스티비는 톰 '엔트로피' 키즈미Tom 'Entropy' Kizmey라는 남자와 만나고 있었는데, 톰은 〈퀘이크〉에 사로잡혀 헤어 나오지 못하고 있었다. 하지만 남자친구의 게임 중독에 절망하는 다른 여자들과 달리 스티비는 그와 경쟁하고 싶어 했다. 〈퀘이크〉는 여성에게 바람직하지 않다고 여기는 요소가 모두 모여 있었다. 시끄럽고, 폭력적이고, 공격적이다. 또한 창조적이었다. 〈퀘이크〉는 〈둠〉보다 훨씬 확장성이 있었고 훨씬 더 정교한 수정판이 등장했다. 스티비는 그 모두를 원했다. 얼마 지나지 않아 스티비는 남자친구의 클랜인 '임펄스 나인'에서 톱이 되었고 라이벌인 루스리스 배스터드와 최후의 결전에서 맞붙게 되었다.

그날 스크린에서 카운트다운이 시작되자, 스티비는 헤드폰을 쓰고 힘차게 마우스를 클릭하기 시작했다. "괜찮아, 자기?" 남자친구가 스티비 곁의 컴퓨터에서 준비하면서 물었다. 스크린에 비친 그의 모습은 뇌수종에 걸린 에밀리오 에스테베즈처럼 보였다. 스티비는 그에게 엄지를 들어 보이며 말했다. "난 괜찮아, 자기." 복도 아래 루스리스 배스터드의 방에서 푹은 마지막 담배를 빨고 키보드로 손을 뻗었다. "좋아, 형제들. 이기자."

그러나 결국 스티비의 임펄스9이 푹의 루스리스 배스터드를 격파하고 모두가 인정하는 챔피언이 되었다. PC에서 물러나 뒤로 기대며 스티비는 헤드폰을 벗고 손으로 머리카락을 쓸어 넘겼다. 승리는 기분 좋았다. 스티비는 강하고, 최고였고, 전 세계 게이머들과 연결되어 있었으며, 그 중 가장 나쁜 놈인 그의 영웅 존 로메로와 연결되어 있었다. '나는 변호사가 아니야. 정치가도 아니야. 나는 게이머야. 그리고 나는 댈러스로 갈 거야.' 스티비가 결심했다.

1997년에 접어들면서 〈퀘이크〉 데스매치에 점령당하지 않은 장소는 텍사스의 작은 회사, 이드 소프트웨어가 유일해 보였다. 이드에서는 이제 아무도 소리 지르며 욕하거나 키보드를 바닥에 때려 부수지 않았다. 사무실 리모델링이 끝나고 워 룸은 작은 개인 사무실로 나뉘었다. 포켓볼 대는 팔았고 축구게임 테이블은 다른 곳으로 보냈다. 존경할 만하지는 않았지만, 존경스러울 정도로 모든 것이 조용했다. 모두가 이유를 알고 있었다. 존 로메로- 에이스 프로그래머, 현재의 젊은 부자, 데스 매치의 외과의사-가 떠나버렸다.

아메리칸 맥기는 로메로가 떠난 빈 의자를 본 순간부터 로메로의 부재를 느꼈다. 문제는 있었어도 로메로는 언제나 주주들과 고용인 사이를 이어주었다. 그리고 이제는 그 역할을 흉내 내는 사람조차 없었다. 카맥은 존 로메로만이 아니라 더 큰 것을 잃었다는 사실을 깨닫지 못하고 있다고 아메리칸은 생각했다. 카맥은 비디오 게임 회사의 영혼을 놓친 것이다. 바로 '재미'라는 즐거움 말이다.

우울함을 느끼는 이는 아메리칸만이 아니었다. 〈퀘이크〉 셰어웨어의 소매 판매 실험은 참담한 재앙급 결과 임이 판명되었다. 이론적으로는 이드가 게이머에게 셰어웨어를 직접 판매해서 소매업자를 차단하고, 800번호로 전화를 걸어 주문을 하는 게이머에게 디스크 안에 잠겨 있는 나머지 게임을 할 수 있는 비밀 번호를 주려 했다. 하지만 게이머들은 돈을 쓰지 않고 곧장 셰어웨어를 해킹해서 전체 버전을 공짜로 풀어버렸다. 설상가상으로 모든 유통과 주문 처리 과정이 통제가 되지 않았다. 이드는 고육지책으로 셰어웨어 소매 판매를 막으려 했으나 때가 너무 늦어버렸다. 창고에 CD가 거의 15만 장이나 쌓여 있었다.

이드에서 사업적 측면을 담당하는 마이크 윌슨은 배급사인 GT 인터랙티브에 그 짐을 떠넘겼다. GT 인터랙티브에게 재고를 처리하라고 했을 뿐 아니라 〈퀘이크〉 풀 버전을 소매 출시하기 전에 이드의 로열티를 올리라고 강요했다. GT 인터랙티브의 론 차이모위츠가 보기에는 어린애들이 뻔뻔하기가 이루 말할 수 없을 정도였다. 이드는 심지어 셰어웨어로 판매 수익을 최대한 긁어모을 때까지 소매 출시를 미루었다. 론은 수익성이 좋은 연말 대목이 지나고서야 〈퀘이크〉를 손에 넣을 수 있었고 그 무렵에는 셰어웨어 소매 판매의 대실패가 후유증을 남겼다. 25만 부가 출하되었으니 판매 성적은 좋았지만 〈둠2〉 같은 현상은 아니었다. 이드는 GT 인터랙티브와 거래를 끊기로 했다. 론은 실망했지만 어차피 GT 인터랙티브는 이드 없이도 잘 돌아갔기 때문에 그 역시 귀찮은 애들을 떼어버려 속이 시원했다.

마이크와 사업적 마인드를 공유하는 제이 윌버는 또 다른 계획을 가지고 있었다. 다음 게임인 〈퀘이크〉의 속편 〈퀘이크 2〉를 시작으로 이드를 배급 제국으로 만드는 계획이었다. 제이가 주주들에게 말했다. "우리에게 GT 인터랙티브는 필요없어. 액티비전도 필요없지. 우리가 다 할 수 있으니까. 수익을 우리가 다 가질 수 있는데 그러려면 조직이 필요해. 제대로 하려면 사람을 더 뽑아야 해. 그러면 이드 게임을 모든 곳에 다 유통할 수 있지. 완전히 우리 제품만 취급하는 완전히 독립된 회사가 될 거야."

케빈과 에이드리안은 이 아이디어에 흥미를 느꼈으나 결정은 카맥에게 달려있다는 걸 알았다. 이제 그들은 대주주였지만 진짜 책임자가 누구인지에는 의심의 여지가 없었다. 카맥의 기술은 오랫동안 이드의 핵심이었고, 이제 로메로가 빠지자 그의 길을 막을 자가 없었다. 지금 카맥이 가장 원치 않는 일이 회사를 키우고 제국으로 확장하면서 회사가 망가지는 것이었다. 회사를 키우는 건 로메로의 소망이었지, 카맥의 소망이 아니었다. 카맥은 한 때 어머니의 보수적인 재무 철학에 맞서 싸웠으면서도 지금은 상당히 보수적인 사업가가 되었다. 카맥은 자기가 이드에 있는 한 규모를 키우지 않을 거고 다음 게임은 액티비전 같은 새로운 배급사에 맡기겠다고 에이드리안과 케빈에게 말했다.

로메로가 떠난 후 카맥은 전보다 행복했다. 작업하고 있는 시리즈에 대한 거창하기만 한 말은 더이상 없었다. 밤을 새는 데스매치도 없었다. 더이상 해악은 없었다. 다른 직원들이 기존 그래픽 엔진으로 〈퀘이크 2〉 작업을 시작하자 카맥은 마감이나 압박 없이 순수하게 배움에 자기 몰두하며 자유롭게 실험할 수 있다.

카맥의 첫 번째 프로젝트는 시장 규모가 성장하여 숫자가 급증하게 된 3D 컴퓨터 그래픽용 하드웨어 연구였다. 과거에는 오락실 기계만 3D 그래픽을 개선하거나 속도를 높이기 위해 특별히 디자인되었다. 그러나 〈둠〉과 〈퀘이크〉 같이 강력한 사양을 요구하는 묵직한 컴퓨터 게임이 생겨나면서, 마침내 가정용 컴퓨터에 3D 가속을 모색하는 스타트업들이 나타났고, 강력한 그래픽 처리 칩을 넣은 특수 카드를 기존 PC에 장착하는 방식으로 구현했다. 3dfx라는 그래픽 칩 제조업체가 오픈GLOpenGL이라는 프로그래밍 언어로 〈퀘이크〉를 변환해달라고 카맥을 설득했는데, 그렇게 하면 이 회사가 첫 출시하는 부두Voodoo 3D 가속 그래픽 카드에서 구동할 수 있었다. 카맥은 주말 동안 변환 작업을 완료해서 웹에 OpenGL버전을 무료로 공개했다.

하드코어 게이머들은 열광했다. 게임이 최소 20%는 더 빠르고 매끄러워졌다. 3D 가속을 한 번 써 보면 결코 되돌아 갈 수 없었다. 컴퓨터를 업그레이드하는 데 기꺼이 수백 달러를 지불하게 되었다. 이런 업그레이드가 의례적인 대세가 되면서 다른 게임 프로그래머들도 카맥을 따라 3dfx 카드용으로 프로그래밍 했고, 더 많은 카드 제조업체가 게임 업계에 뛰어들었다. 새로운 첨단 기술 산업이 시작된 것이다. 그 성공은 카맥이 좋아하는 또 다른 프로젝트인 〈퀘이크월드Quakeworld〉에 힘을 실어주었는데, 〈퀘이크월드〉는 카맥이 〈퀘이크〉의 멀티플레이어 성능을 향상시키기 위해 만들어 배포한 무료 프로그램이었다. OpenGL이 그래픽을 향상시키고 〈퀘이크〉월드가 네트워크를 개선하면서 〈퀘이크〉는 더할 나위 없이 훌륭해졌다.

그러나 카맥의 노고는 〈퀘이크〉개발 과정에서 생긴 갈등으로부터 이드를 지키지 못했다. 머지않아 이드는 직원을 많이 잃게 되었는데, 제이 윌버가 시작이었다. 4살 아들이 "다른 아빠들은 다 야구 게임에 오는 데, 왜 아빠는 한 번도 안 와?"라고 묻자 제이는 사표를 냈다. 프로그래머 마이클 에이브래시도 곧 뒤따랐는데, 안정된 조직과 후광이 있는 마이크로소프트로 되돌아갔다. 〈퀘이크〉 기획으로 충돌한 후 경영진과 사이가 틀어졌던 레벨 디자이너 샌디 피터슨은 해고되었다. 마케팅 전문가 마이크 윌슨과 기술 지원 및 데스매치 담당인 숀 그린은 로메로의 회사로 이직하겠다고 통보했다.

카맥과 로메로의 분열로 이미 휘청거리고 있던 게임 커뮤니티는 온갖 추측으로 불타올랐고, 카맥이 예외적으로 긴 사적 e메일 인터뷰를 보내고 나서야 진정되었다. 카맥은 이렇게 썼다. "이드의 직원 이탈에 대해 여러 해석이 있을 테지만, 우리 개발팀은 항상 그랬던 것처럼 지금도 강합니다. 로메로는 충분히 열심히 일하지 않았기 때문에 이드에서 방출된 것입니다. 저는 프로그래머 세 명, 게임 아티스트 세 명, 레벨 디자이너 세 명만 있으면 세계 최고의 게임을 창조할 수 있다고 믿습니다. 우리는 주로 개발자들이어서 배급 사업은 축소할 예정입니다. 이게 항상 로메로와 충돌하는 지점이었습니다. 로메로는 제국을 원했고, 저는 그저 좋은 프로그램을 만들고 싶었습니다. 모두가 이제 행복합니다."[152]

로메로는 텍사스 커머스 빌딩의 금빛 번쩍이는 엘리베이터에 타고 최상층의 버튼을 눌렀다. 은행, 변호사, 석유계 거물들이 입주한 댈러스 도심 한복판에 있는 55층 건물이었다. 지금 29살의 게이머가 그 꼭대기를 향해 올라가고 있었다. 로메로의 부동산 중개인이 밤늦은 시간에 갑자기 그를 이곳으로 불러냈다. 매물로 나온 이 놀라운 펜트하우스를 꼭 봐야 한다면서. 로메로는 회의적이었다. 창업한다

---

152) 출처: 1997년 1월 8일 크리스 스펜서와의 e메일 인터뷰. onenet.quake 뉴스그룹에 게재됨.

고 이드를 떠난 후 수십 곳을 보았지만, 모두 별로였다. 그리고 모든
게 위태로웠다.

로메로는 기본적으로 처음부터 시작해야 했다. 이드에 있는 파트
너들로부터 비밀리에 수백만 달러의 바이아웃을 받기는 했으나(타임
지는 로메로의 순 자산을 천만 달러로 추정했다.), 이드 제품과 로열티에 대한 모
든 권리를 포기하는 조건이었다.[153] 즉, 〈둠〉이나 〈퀘이크〉에서 한
푼도 받지 못하는 것이다. 더욱이 로메로에게는 사명이 있었다. 카맥
의 족쇄로 몇 년간 억압된 끝에, 마침내 게임, 게임 회사, 궁극적으로
는 삶에 대한 자신의 비전을 자유롭게 추구할 수 있게 되었다. 거대
한 비전일 뿐 아니라, 이드 소프트웨어가 아닌 모든 것이었다.

로메로는 한탄했다. "이드는 수백만 달러의 수익을 올렸지만 우리
한테는 벽밖에 없었어. 모두 카맥의 아이디어였지. '벽에는 아무것도
필요 없어. 컴퓨터와 의자만 있으면 돼.' 라는 거. '좋아, 우리 돈 많
으니까 끝내주는 사무실을 만드는 게 어때?' 하지 않고 말이지." 로메
로의 새 사무실은 그저 일하기 재미있는 곳만이 아닐 것이다. 게이머
가 게임으로 제국을 이루었고, 그 제국은 더 많은 게임을 만드는 최
고의 장소가 될 거라는 걸 언론, 가족, 친구들에게 보여줄 수 있는 곳
이 될 것이다.

마침내 엘리베이터의 문이 열리고 펜트하우스가 나타나자 로메
로는 마치 달 위에 서있는 기분이었다. 2,100제곱미터(약 635평) 복
층 구조의 꼭대기 층은 별들 사이로 흘러가는 것만 같았다. 아무 것
도 없는 공간이었지만 거대한 창문을 통해 도시의 풍경이 보이고, 끝
이 없어 보이는 18미터 높이의 둥근 유리 천장에 둘러싸여 있었다.
로메로가 어디를 둘러봐도 만화경 속 같은 반짝이는 빛만 보였다. 아

---

153) 출처: 타임 디지털 1998년 10월 5일자 기사 "타임 디지털 특집 사이버 엘리트: Top
   50 사이버 엘리트"의 내용 중에서. http://www.time.com/ time/digital/cybere-
   lite/36.html

래에서는 도시의 불빛이 올라오고 위로는 높은 밤하늘이 있었다. 발가벗은 상태로 디자인되기를 기다리는 공간이었다. 로메로는 베개가 가득 찬 방, 슬롯머신이 있는 라스베이거스 방, 실컷 물건을 깨부술 수 있는 방을 상상했다.

중개인은 문제가 있다고 했다. 공간이 너무 넓고 창문이 많은데다 태양에 가까워서 냉난방이 극도로 어렵다는 것이었다. 임대료도 비쌌다. 1제곱미터당 15달러, 즉 대략 한 달에 35만 달러였다. 그리고 페인 웨버 증권사나 텍사스 커머스 은행, 페트롤리움 클럽 같은 세입자가 들어오기에는 어울리지 않는 공간이어서 아직 공실이었다. 더 이상 볼 것도 없습니다, 하고 로메로가 눈을 반짝이며 말했다. "여기 멋지네요. 이런 곳은 없어요. 여기로 하겠습니다. 이런 게 바로 게임 회사입니다." 로메로는 드림 디자인Dream Design이라고 이름을 붙였다.

로메로는 오랜 친구이자 조수인 톰 홀과 함께 열정적인 배급사에 드림 디자인을 홍보했다. 기술도 카맥도 로메로를 지배할 수 없었다. 사실 로메로는 이드에게서 간단히 퀘이크 엔진 사용허가를 받았고 그 엔진으로 게임을 만들 예정이었다. 한 번에 서로 다른 장르의 게임 세 개를 만들도록 게임 기획자를 세 명 구할 생각이었다. 그리고 기획자가 각자 일을 빨리 끝내도록 많은 인력을 배정할 생각이었다. 이 회사는 단지 게임회사가 아니라 엔터테인먼트 회사가 될 것이며, 그들이 만들어 내는 게임들은 모두 크고 분명하게 철학을 드러낼 것이다. "기획이 법이다." 라고. 로메로가 말했다. "우리가 기획하는 게 바로 게임이 될 겁니다. 이 회사에서는 우리가 기획한 걸 기술이 감당 못한다거나 프로그래머가 못한다고 했다는 이유로 수정하지 않을 겁니다. 기획을 하면 그대로 만드는 게 프로그래머의 일입니다. 그게 법이고, 그게 좆같은 기획이죠."

로메로가 배급사에 내거는 조건은 무모했다. 게임당 300만 달러와 로열티 40%, 거기에 다른 플랫폼용으로 변환할 권리뿐 아니라 모든 지적 재산권을 소유하고 싶어했다. 배급사들이 주저했지만 로메로는 물러서지는 않았다. 지금은 자존심 강한 게임개발사의 시대였다. 전략 게임 〈문명〉의 전설적인 디자이너 시드 마이어는 파이락시스Firaxis라는 회사를 소유했다. 베스트셀러 〈심 시티〉를 만든 윌 라이트에게는 맥시스MAXIS라는 회사가 있었다. 리처드 개리엇은 오리진Origin을 가지고 있었고, 크리스 로버츠라는 전 오리진 직원은 디지털 앤빌Digital Anvil이라는 회사를 창업했다. 〈울펜슈타인〉, 〈둠〉, 〈퀘이크〉가 성공한 이후 로메로는 그저 유명하기만 한 게 아니라 흥행 보증 수표였다. 배급사는 로메로와 톰을 비행기 일등석에 태워 데려오고 하룻밤에 천 달러짜리 스위트룸에서 지내게 하면서 리무진으로 도시 최고의 레스토랑에 모시고 다녔다. 두 사람은 자유와 가능성에 들떴고 샴페인으로 이드에 대한 마음의 앙금을 씻어냈다.

로메로는 슈팅 게임을, 톰은 롤플레잉 어드벤처 게임을 계획하고 있었기 때문에 드림 디자인은 균형을 맞출 디자이너 한 명이 더 필요했다. 토드 포터였다. 토드는 댈러스에서 세븐스 레벨7th Level이라는 게임개발회사를 이끌고 있었다. 로메로는 옛 소프트디스크 친구를 통해 토드를 만났다. 토드는 활기차고 낙관적이었으며 애플Ⅱ에 익숙한 베테랑으로 가장 중요하게는 진짜 게임을 사랑했다. 토드는 서른여섯 살로, 한 때는 성직자가 되려했었다. 그러나 설교에서 영적인 부분 못지않게 사업적인 부분도 중요하다는 사실에 매우 경악하고는, 큰 교회에서 좋은 자리를 잡아야 한다는 중압감이 싫어서 신학교를 중퇴하고 그 돈으로 컴퓨터를 샀다.

부모님이 이혼하면서 토드는 가족을 부양해야 했다. 아이오와로 이사해 경제학을 공부했고, '전도사 소년'이라는 예명을 쓰며 스트립 댄서로 잠시 활동하기도 했다. 모아두었던 돈으로 프로그래밍 기술을 연마해서 결국 오스틴에 있는 리처드 개리엇의 오리진에 취직했다. 얼마 지나지 않아 오리진을 퇴사하고 제리 오플래허티Jerry

O'Flaherty라는 게임 아티스트와 함께 댈러스에서 회사를 차렸다. 그러나 힘든 시기를 겪으며 세븐스 레벨을 매각해야 했고 자기 회사에 대한 꿈은 무너졌다고 느꼈다. 로메로가 나타날 때까지는 말이다. 토드는 로메로에게 자신은 팀을 완성하는 사업 감각이 있다고 말했다. 로메로는 토드에게 정말 사업 감각이 있다고 생각했다. 게다가 토드는 제리를 데려올 수 있었는데, 제리는 아트 부서를 맡을 수 있었다. 게이머 네 명은 맥도날드에서 점심을 먹으면서 힘을 합치기로 뜻을 모았다. 그들은 상의한 내용을 냅킨에 메모했다.

이제 필요한 건 회사 이름뿐이었다. 드림 디자인은 부족하다고 로메로는 생각했다. 무언가 좀 더 독창적이고, 짧고, 강력하고, 간결하면서도 효과적인, 과학적이고, 지적인 것을 원했다. 톰이 이온Ion을 제안했다. 그 말을 들은 한 친구가 농담을 했다. "경쟁자는 조심하는 게 좋겠네. 아니면 '이온 폭풍'에 휘말리게 될 테니까." 그렇게 회사 이름이 이온 스톰Ion Storm으로 정해졌다.

크리스마스 이브에 이온 스톰은 에이도스 인터랙티브와 배급 계약을 마무리 지었다. 에이도스는 남아프리카의 풍부한 금광에 기반을 둔 영국회사였는데, 인디아나 존스의 섹시한 변주로 여성 사격수 캐릭터를 등장시킨 〈툼 레이더Tomb Raider〉라는 게임으로 당시 큰 인기를 얻었다. 에이도스는 브랜드 개발에 기대를 걸고 있었고, 로메로는 이미 가장 큰 브랜드 중 하나였다. 그들은 이온의 거의 모든 조건에 동의했다. 게임마다 300만 달러를 지급하고, 콘솔 유통 권리에 대해 추가로 400만 달러를 지불하기로 했다. 에이도스는 이온이 나중에 출시할 게임 3개에 대한 선택권을 원했기 때문에, 게임이 총 6개가 될 수도 있는 계약이었다. 이를 모두 합치면 이온 스톰의 평가 가치는 1억 달러에 달했다.

돈이 들어오자 로메로, 톰, 토드는 각자 꿈꾸던 게임에 대한 계획을 세웠다. 톰은 아이디어를 꿰어맞춰서 〈아나크로녹스 Anachronox〉

라는 이름의 은하계를 누비는 코믹 어드벤처 게임을 구상했다. 토드는 〈도플갱어Doppelganger〉라는 시체 탈취 전략 게임 계획을 발표했다. 그리고 로메로는 궁극의 게임을 구상했는데, 오래 전 친구들과 하던 던전 앤 드래곤 게임에서 카맥이 그를 애태우게 했던 신비로운 검 이름을 따온 방대한 1인칭 슈팅 게임이었다. 로메로가 동업자들의 꿈과 카맥이 만든 게임세상을 걸면서까지 얻고자 했던 무기였다. 로메로는 그 검 '다이카타나'를 얻기 위해 악마와 거래했고, 그때는 그 거래가 게임 세상에 종말을 가져왔다. 허나 이제는 그가 세상을 지배할 것이다.

다이카타나에서 플레이어는 미야모토 히로가 된다. 히로는 25세기 일본 교토에 사는 생화학과 학생인데 사악한 과학자 미시마 카게로부터 세상을 구해야 한다. 미시마 카게는 히로의 조상이 발명한 마법의 검인 〈다이카타나〉(일본어로 큰 검이라는 뜻)를 훔쳤다. 미시마 카케는 검의 시간 여행 능력을 이용하여 에이즈와 같은 질병의 치료제를 장악하는 등, 자신의 그릇된 목적을 위해 역사를 바꾸고 있다. 허나 히로에게 위협을 느낀 미시마 카케는 쿄토, 고대 그리스, 노르웨이의 암흑기, 지구 멸망 이후의 샌프란시스코로 시간 여행을 하며 난폭한 추격전을 벌인다. 극적인 재미를 더하기 위해 히로는 흑인 만화 캐릭터 '샤프트'와 비슷한 느낌의 조력자인 슈퍼플라이 존슨, 그리고 아름답고 똑똑한 여주인공 미키코와 팀을 이룬다.

다이카타나는 로메로의 원대한 야심을 상징했다. 이 거창한 세계을 이루는 폴리곤은 모두 맨 처음부터 프로그래밍되어 캐릭터 및 액션과 매끄럽게 상호작용해야 한다. 인공지능 캐릭터의 복잡한 뉘앙스에 더해, 독특한 레벨이 100개 이상이고, 몬스터가 본질적으로 네 개의 지역에 골고루 있어야 했다. 대강 보아도 〈다이카타나〉는 〈퀘이크〉의 4배 규모였다. 로메로는 이 게임을 수년 동안 혼자서 만들어 왔다. 〈존 로메로의 다이카타나〉라는 공식명칭처럼 로메로는 혼자이 게임을 완성하고 싶었지만 그건 불가능한 일이었다.

로메로는 최고의 게임회사를 최고의 게이머로 채워나갔다. 마이크 윌슨은 이드에서는 할 수 없었던 온갖 이상한 마케팅 계획을 실행하고 싶어했다. 이드에서부터 로메로의 오랜 데스매치 파트너인 숀 그린은 코딩 작업을 도울 준비가 되어있었다. 로메로가 인터넷에 소식을 올리자 〈둠〉과 〈퀘이크〉의 열렬한 팬들이 보낸 이력서와 게임 수정판으로 이온 스톰의 e메일 서버가 마비될 지경이었다. 로메로는 직접 마음에 드는 사람을 골랐다. 신선한 캐릭터나 괴물, 레벨로 그를 놀라게 할 수 있는 사람이 꿈의 회사의 일원이 되었다. 로메로도 어쨌든 한때는 그들과 같았다. 게임을 만들고, 게임을 하기 위해 버거를 굽고, 학교와 잠과 친구들을 멀리했다. 그러니 이 젊은 친구들이 모두 아무 경력이 없다 해도 문제가 되지 않는다. 열정이 있고, 최선을 다해 일할 수 있다면 자격은 충분했다.

1997년 초반, 로메로의 게임 속에서 몇 년 동안 살고 숨쉬던 게임 중독자들은 이온 스톰의 임시 사무실에서 일하면서 그들의 멘토와 데스매치를 하려고 멀리서부터 자동차를 끌고 모여들었다. 대학에서 누드 둠 해킹 파티를 열어 악명을 떨친 브라이언 아이젤로는 중세 단편 소설 형식으로 쓴 지원 에세이를 보내서 취직했다. 윌 로콘토는 이온 스톰의 사운드 디자이너가 되기 위해 인더스트리얼 밴드 인포메이션 소사이어티의 공연을 포기했다. 〈둠〉 커뮤니티에서 인기있던 레벨 제작자 스베레 크베르모는 로메로의 수석 레벨 디자이너가 되기 위해 고국 노르웨이를 떠났다. 어려운 희생을 했다고도 생각하지 않았다. "우리는 모두 로메로라는 경이로운 사람에게 완전히 반했습니다." 스베레가 말했다.

스티비 케이스보다 로메로에게 깊이 반한 사람은 없었다. 스티비는 캔자스 대학의 〈퀘이크〉 팬으로 현장에서 가장 날카로운 사격을 하는 플레이어로 유명했 있었다. 로메로의 팬으로 댈러스를 찾아간 스티비는 로메로와 데스매치를 벌일 수 있었다. 아슬아슬하게 로메로에게 졌기에 재도전했고, 다음 대결에서는 로메로가 패배했다. 속죄하는 의미로 로메로는 웹상에 스티비의 공적을 기리는 성지를 만들어주었고 나중에는 일자리도 제안했다.

로메로에게 매료된 건 스티비를 비롯한 게이머들만은 아니었다. 언론도 이온 스톰의 비전을 크게 반겼다. 임시사무실을 방문한 사람들은 누구나 진짜 게임 회사의 정신을 맛볼 수 있었다. 데스매치가 허락되었을 뿐 아니라 축하를 받았다. 로메로와 다른 수십 명이 언제나 〈퀘이크〉로 서로를 사냥하면서 외설적인 말을 외치고 있었다. 뉴욕에 있는 이드의 전 홍보회사와 함께 일하면서, 마이크는 사무실이 완성되면 "게임계의 윌리 웡카 초콜릿 공장"이 될 것이며, 사무실에는 영화관, 거대한 게임룸, 데스매치용 컴퓨터가 있는 특별히 디자인된 공간이 만들어질 거라는 말로 언론을 기쁘게 했다.[154] 타임지는 로메로를 전국 50대 사이버 엘리트 중 하나로 선정했다[155]. 포춘지는 이온 스톰이 멋진 게임 회사 25곳 중 하나라고 축복했다[156].

에이도스는 샴페인과 리무진을 동원해 이온 스톰 대표들을 프레스 투어에 나서게 했고, 마이크는 까불거리며 "변명은 없다."고 별명을 붙였다. 이 투어로 인해 게임 기획자들은 '입 닥치고 성과를 보여줘야 하는' 위치가 되었기 때문이다. 마이크는 대표 네 명을 비틀즈에 빗대어 게임계의 F4로 묘사해서 이들을 끝없이 기쁘게 했다. 토드는 심지어 애비로드를 건너는 사진을 찍자고 제안했다. 그러나 막후에서는 누가 진짜 회사의 주인인지 모두가 알고 있었다. 바로 존 로메

---

154) 출처: 댈러스 비즈니스 저널 1997년 7월 25일 1페이지 "게임 디자이너들이 펜트하우스를 차지하고, '둠'의 프로그래머들이 텍사스 커머스 타워에서 문화 충돌을 만듭니다." 기사 내용 중에서.

155) 출처: 타임 디지털 1998년 10월 5일자 기사 "사이버 엘리트: Top 50 사이버 엘리트"의 내용 중에서.

156) 출처: '포춘' 1997년 7월7일 84페이지 기사 "멋진 회사들"의 내용 중에서

로였다.

이온 스톰은 스스로를 '이드'라는 손댈 수 없는 압제자와 대조되는 자유와 꿈의 공간으로 정의했다. 두 회사에 대한 것이 아니라 두 개의 비전에 대한 이야기였다. 디자인 대 기술, 예술 대 과학, 디오니소스 대 아폴로. "이드는 기술 지향적인 회사입니다. 우리는 예술적 감성을 마음껏 채우는 데 주안점을 둡니다. 이드에서는 3D엔진이 완성되었을 때 게임적인 측면을 연구할 시간이 충분하지 않았습니다. 우리는 그것이 균형 잡힌 접근이라고 생각하지 않습니다."[157] 마이크 윌슨이 말했다.

로메로도 와이어드 뉴스와의 인터뷰에서 이에 동의했다. "내가 떠난 후 이드의 분위기는 어둡고 우울해졌습니다… 회사를 확장할 계획도 더 이상 없고, 중요한 쟁점에 카맥에게 반대의견을 말할 수 있는 사람이 하나도 없어요. 나는 창의성에 한계가 없는 모든 종류의 게임을 만들고 싶습니다. 그 일을 해내기 위해 필요한 가능한 많은 자원을, 즉 훌륭한 인재를 원합니다. 그게 제가 이드를 떠난 이유입니다."[158] 로메로는 타임지 런던판에 이온 스톰이 2년 안에 이드를 제치고 업계 최고가 될 거라고 말했다. "그렇게 될 겁니다. 멋진 일이죠."[159]

카맥은 이드의 검은 정육면체 사무실 건물 주차장에 주차를 하다가 충돌하는 소리를 들었다. 그의 체리색 페라리 F40을 픽업트럭이 들이받는 끔찍한 소리였다. 그가 미처 대응하기도 전에 트럭은 주차

---

157) 출처: '데일리 텔레그래프' 1997년 4월 29일, 15페이지 기사 "커넥티드: 호텔 창문 밖으로 TV를 버리고 롤스로이스를 수영장으로 몰아넣을 수 있는 일종의 재정적 보안을 달성할 수 있는 또 다른 방법이 있습니다."의 내용 중에서.

158) 출처: 와이어드 뉴스 1997년 1월 18일 기사 "이드의 두뇌유출 : 무드는 '어둠과 우울'."의 내용 중에서. http://www.wired.com/news/culture/0,1284,1539,00.html

159) 출처: 타임즈 1997년 4월 16일자 특집 코너 "둠(운명)의 상인이 이온의 남자로 다시 태어나다"의 기사 내용 중에서.

장을 빠져나가 혼잡한 도로 속으로 사라졌다. 카맥은 무참하게 망가진 차체를 확인하고는 사무실로 올라가 .plan 파일에 분통을 터뜨렸다. "말로는 내 감정을 다 표현할 수가 없습니다. 빨간 페인트와 탄소섬유가 묻은 갈색 픽업트럭을 가진 키 큰 백인 남자를 댈러스 지역에서 보시는 분은 그 나쁜 놈을 고발하세요!"

답글을 단 사람 중에는 로메로도 있었다. "F40이 사고를 당하다니. 업보야."

로메로가 카맥을 저격한 건 이번이 처음이 아니었다. 거의 매일 누군가가 로메로가 언론에 말한 새로운 분노거리를 들고 사무실로 들어왔다. 로메로가 계속해서 이드를 뜬구름 잡는 기술 회사라고 조롱하는 건 정말 나쁜 일이었다. 더 나쁜 건 로메로가 이드의 성공을 자기 혼자만의 공로인 것처럼 조장하고 있다는 사실이었다. 심지어 로메로의 공식 보도자료에도 그가 "이드의 게임 프로그래밍, 기획, 프로젝트 관리를 책임"져왔다고 널리 알리고 있었다. 기자들은 열정적이지만 게으르게 반복되는 말을 받아 적었다. 로메로를 "이드의 뒤에 있던 창조적 재능"[160], 그리고 "블록버스터인 〈둠〉과 〈퀘이크〉 제작 책임자"[161]라고 말이다.

그런 논평이 이드에서 화제가 되었다. 언론이 현실을 호도하는 일이 종종 있다는 건 그들도 알고 있었지만, 로메로도 그런 오해를 바로잡기 위한 적극적인 노력을 하지 않는 게 분명해 보였다. 로메로와 이온 스톰을 욕하는 게 금세 유행했다. 아메리칸은 로메로가 이드를 설립했다는 주장을 조롱하는 게시글을 .plan 파일에 올렸다. 에이드리안과 케빈은 로메로의 사업을 망칠 방법에 대해 투덜거렸다. 그러나 이 전쟁에 가장 적극적으로 가담한 사람은 카맥의 새 친구 폴 스

---

160) 출처: 각주 159와 동일한 타임즈 특집 코너 기사 내용 중에서.
161) 출처: 각주 157과 동일한 데일리 텔레그래프 기사 "커넥티드" 내용 중에서.

티드였다.

폴은 컴퓨터 게임 중독자와는 정반대되는 사람이었다. 근육질에 타투를 새긴 거친 남자로, 아버지에게 버림받고 동부 연안을 떠도는 단기체류자로 어린 시절을 보냈다. 폴은 일찍부터 컴퓨터에 관심을 가졌으나 다른 목표를 위해 포기했다. "만들고 싶은 프로그램을 쫓으며 밤을 새거나 여자들을 쫓아다니며 밤을 새거나 하나를 선택해야 하지. 나한테는 여자가 훨씬 좋았어." 폴은 재능이 있었지만 변덕스럽고 대립을 일삼는 성격으로 성장했고, 결국 교실에서 싸움을 벌여 군사학교에서 퇴학당했다. 다시 컴퓨터를 시작한 폴은 오리진에 게임 아티스트로 입사했다. 이드에서 입사 제안을 받았을 때 그는 이드에서 일하는 게 꿈이었다고 생각했다. 자신이 전쟁터로 걸어 들어가고 있는 줄은 전혀 몰랐다.

폴은 존 로메로에 대해서 잘 알지 못했다. 이드의 전 주주인 로메로가 회사를 나가고서도 여전히 친구이고 싶은 것처럼 스위트룸 666호에 깜짝 방문하곤 한다는 정도만 알았다. 로메로가 방문하면 직원들이 화를 냈는데, 특히 케빈과 에이드리안이 분노했다. 그들은 로메로가 언론에 이드를 맹비난해놓고 아닌 척하는 데에 분개했다. "왜 저 개자식은 맨날 여기 오는 거야?" 폴은 그들이 불평하는 것을 들었다. 마침내 폴이 목소리를 높였다. "미친 로메로와 걔네 회사! 그 회사에 찾아가서 어쩌고 있나 보자고!"

그 다음날 폴, 에이드리안, 케빈은 댈러스 시내에 있는 이온 스톰의 임시 사무실에 방문했다. 로메로는 놀랐지만 그래도 회사를 구경시켜 주었다. 폴은 로메로의 아티스트 한 명이 구식 프로그램을 사용해 애니메이션을 만든다는 걸 알아차렸다. 그래서 그는 이드로 돌아와 이온 스톰의 발전 방향에 대해 공공 .plan 파일에 질문했다. 그 지적은 .plan 전쟁에 불을 붙였다. 이드와 이온 직원들은 매일 서로를 험담하기 시작했다. 로메로도 결국 참여했고 폴에게 게임 상자 뒷면에 〈다이카타나〉 추천사를 써주지 않겠냐고 묻는 뻔뻔한 e메일을 보냈다. 폴은 에이드리안에게 e메일을 보여주고 보복할 것을 제안했다. 에이드리안은 폴이 빌미를 제공해 준 데 기뻐하며 응원해주었다. 폴은 로메로에게 e메일을 썼다. "이봐, 나 건드리지 않는 게 좋을 거야. 네 거지같은 긴 머리를 잡고 엉덩이를 걷어차서 네가 그렇게 그리워하는 〈둠〉 시절로 돌려보내 줄 테니까."

이 때까지만 해도 카맥은 냉담한 상태였다. 그러나 경쟁적인 분노가 사무실 안에 쌓여가면서 심지어 그조차도 그 열기에 휩쓸리는 걸 느꼈다. 그리고 그는 "감정 처리 실험"이라고 묘사하며 싸움에 나서는 기분이 어떤 것인지 느껴보기로 결심했다. 그는 첫 공개 공격의 장소를 상당히 골라 『타임』으로 정했다. 로메로를 소개하는 두 페이지짜리 인터뷰에서 카맥은 기록을 바로잡았다. 전 동업자인 로메로가 빈번하게 주장하는 것과는 반대로 로메로는 사표를 낸 게 아니라 해고당했다고 말이다. "부유하고 유명해진 후에 로메로는 일에 손도 대지 않았어요. 그는 해고당했습니다."[162] 카맥은 부와 명예에 대한 로메로의 야망과 "나는 갖고 싶은 페라리가 너무 많을 뿐이야."라던 말을 조롱했다. 그리고 로메로가 크리스마스까지 〈다이카타나〉를 완성하겠다는 약속을 지킬 가능성이 전혀 없다고 덧붙였다.

로메로도 같은 기사에서 응수했다. "이드는 너무 제한적이고 너무 작으며 사고도 편협합니다." 이 말은 이드와 이온의 데스매치를 더 격화시켰다. 비디오 게임 산업의 대규모 연례 컨벤션인 일렉트로닉 엔터테인먼트 엑스포가 다가오면서 두 회사는 더 공개적으로 다투기 시작했다. 이 엑스포에 참가하는 회사들은 각자 자사의 가장 훌륭한 최신 게임을 시연했다. 이드는 〈퀘이크 2〉가 존 로메로의 〈다이카타나〉를 능가하는 정도가 아니라 깨부술 거라는 자신감을 보였다.

---

162) 출처: '타임' 1997년 6월 23일 기사 "둠과 퀘이크를 넘어서: 게임 디자이너 존 로메로가 만지는 모든 것은 고어로 돌아간다. 그리고 금에게도"의 내용 중에서.

1996년 9월에 〈퀘이크 2〉작업이 시작된 이래, 그것은 이제까지 이드가 만든 어떤 게임보다도 짜임새 있고 기술적으로도 발전한 형태로 만들어지고 있었다. 1961년 제2차 세계대전 영화인 『나바론의 요새The Guns of Navarone』에서 아이디어를 따왔는데, 이 영화에서 주인공들은 외딴 섬의 산속 요새에 있는 거대한 적의 대포를 제거하는 임무를 수행한다. 이드는 이것이 게임에 군국주의적 환경뿐 아니라 서사와 목적을 부여할 수 있는 완벽한 주제라고 생각했다. 사실 이드 게임에는 서사와 목적이 있었던 적이 한 번도 없었다. 〈퀘이크 2〉에서 플레이어는 악의 행성 스트로고스에서 전투를 벌이는 해군 역을 맡는다. 이곳에서는 외계종족 스트로그의 돌연변이가 인간의 팔다리와 살점을 비축해 치명적인 사이보그 종족을 만들었다. 게이머의 목표는 스트로그가 인류를 정복하기 전에 그들을 제거하는 것이다. 이 임무를 위해 플레이어는 에일리언 종족을 보호하는 무기인 '빅 건'을 제거해야 한다.

기술이 〈퀘이크2〉의 세상에 생명을 불어넣을 것이다. 카맥은 새 엔진이 〈퀘이크〉만큼 놀라운 기술적 도약을 하지는 못했다고 생각했지만 여전히 어마어마했다. 무엇보다 〈퀘이크 2〉는 소프트웨어 또는 하드웨어 가속을 지원한다는 점이 중요했다. 3dfx의 그래픽 가속 카드를 장착한 사람이라면 이례적일 정도로 우수하고 특별한 효과를 얻을 수 있었다. 유색광, 더 매끄러운 표면, 더욱 부드럽고 영화 같은 느낌 말이다.

이드의 주주 중 가장 사교적이고 체계적인 케빈 클라우드의 리더십 아래에, 이드 군단은 자신만의 군사 작전을 펼쳤다. 데스매치의 날은 모두 지나가고 조용하고 치열한 가운데 긴 시간이 흘렀다. 과거 슈리브포트 늪지대 그룹 출신의 〈둠〉 무리였던 톰, 로메로, 제이, 마이크는 카맥의 보수적인 비전을 충족하는 체제로 대체되었다. 회계 법인 아서 앤더슨의 세무 컨설턴트 출신인 토드 홀랜셰드가 새 CEO

가 되었고, 새 수석 디자이너인 팀 윌리츠가 이드의 새 체제에 참여했다.

카맥은 평소의 그답지 않게 감정을 표출했다. "이드에서 일이 얼마나 잘 진행되고 있는지 전달할 수 있을 지 모르겠습니다." 1997년 6월 16일, E3라고도 불리는 일렉트로닉 엔터테인먼트 엑스포에 참석하기 직전에 카맥이 자신의 .plan 파일에 포스팅한 내용이다. "밖에서 보기에는 아마도 상황이 조금 이상해 보이겠지만 우리의 작품이 모든 것을 말해줄 겁니다. 나는 최근 일이 얼마나 멋지게 진행되고 있는지 생각하기만 해도 저절로 미소를 짓게 됩니다. (물론 그냥 수면 부족 때문일지도 모릅니다…) 여기 우리는 정말 말도 안 되게 우수한 팀을 가지고 있습니다. 일정에 맞게 일을 진행하고 있습니다.(뻥 아님!) 훌륭한 제품을 만들고 있습니다. 모두 지켜봐 주세요!"

1997년 애틀랜타에서 열린 E3 컨벤션은 비디오 게임을 위한 행사일 뿐 아니라 그 자체가 비디오 게임이었다. 메인 플로어 안으로 들어가면 기계의 심장부에 들어온 듯했다. 번쩍이는 불빛, 시끄럽게 울리는 록음악, 스케이트보드를 타는 사람들, 비디오 게임의 여자 캐릭터처럼 차려입은 배우, 모델, 스트리퍼인 행사 도우미들이 어디에나 게이머들의 흥을 돋우었다. 그날 최고의 도우미는 〈툼 레이더〉의 주인공 라라 크로프트였다. 선물용 장난감을 비닐봉지에 담아 든 입장객들이 줄을 섰고 라라들은 행사장에서 일했다. 그러나 그들은 쇼의 진짜 스타들에 비하면 아무것도 아니었다. 긴 머리의 사내가 복도를 따라 걸어가자 게이머들이 뒤를 따라다니며 절을 했다.

"영광입니다, 영광입니다, 영광입니다," 하고 게이머들은 존 로메로에게 달콤하게 칭송하였다. 그가 최근 자신을 게임의 신이라고 칭한 것처럼 말이다. 그가 자신을 신으로 일컫는 글을 자기.plan 파일에 농담조로 올렸지만, 다들 그걸 완전히 농담으로 받아들인 것도 아니었다. 언론과 팬이 관심을 갖는 한 로메로는 대스타였으며 세상 어디에나 있었다. 컴퓨터 게이밍 월드, 월스트리트 저널, 포춘지 컬러 커버에 당당하게 등장했으며, 한 조이스틱 광고에서 로메로는 왕관을 쓰고 붉은 망토를 입고 "왕실 공인"이라는 문구와 함께 나왔다. "쎈 형들과 해골을 부수고 싶다면 네가 선택해야 할 무기는 팬더XL이다."라는 로메로의 말이 인용되었다. 로메로의 홍보사진은 튜더 저택에 두려고 산 9천 달러짜리 중세 의자에 앉아 있는 모습이었다.

로메로는 그 어느 때보다도 왕족처럼 보였다. 몸에 딱 맞는 디자이너 셔츠와 보석을 착용하고 머리를 허리까지 길러서 늘어뜨렸다. 로메로의 긴 머리는 매우 유명해져서 한 온라인 인터뷰에서 그의 머리카락 손질 10단계를 공개하기도 했다. "나는 항상 머리카락을 내 얼굴 앞으로 홱 젖힙니다. 그리고 바닥을 보면서 브러시와 헤어드라이어를 사용해 천천히 완전히 말립니다. 말리는 동안 머리를 아래쪽으로 빗으면 머리카락이 펴지고, 완전히 말린 후에 머리가 뻗치거나 말리지 않게 됩니다."[163]

E3의 만화경 같은 쇼를 지나면서 로메로는 그를 둘러싼 게임들처럼 밝게 웃으며 이야기했다. 그러나 그가 멋이나 부리려고 거기 온 것은 아니었다. 참석자 모두가 확실히 알고 있듯이 그는 〈다이카타나〉 데모를 보여주기 위해 온 것이었다. 1997년 3월 제작을 시작한 날부터 로메로는 1997년 12월 출시를 약속해왔다. 지금까지 거의 절반은 완성되어 있어야 한다는 뜻이다. 〈다이카타나〉를 완성하기 위해 정말로 큰 팀을 구성했기에 로메로는 일정대로 진행될 것을 확신했다. 예를 들면 이드에는 아티스트가 2명인데 비해 그는 아티스트 8명을 투입했다. 카맥이 공개적으로 회의적인 태도를 보였지만 게이머와 언론은 크게 웅성거렸다. 그들이 불쾌해하는 데는 이유가 있었다. 마이크 윌슨의 로큰롤 쇼맨십과 로메로의 과장된 자신감,

163) 출처: 플래닛퀘이크 1999년 6월 9일 "친애하는 로메로!"에서. http://www.plan-etquake.com/features/mynx/dearromero.shtm

에이도스의 수백만 달러 투자 사이에서 이온 스톰은 〈다이카타나〉를 띄우기 위해 모든 수단을 동원했다. 그리고 어떤 특정한 광고가 나왔을 때 많은 사람이 이온이 갈 데까지 갔다고 생각했다.

그 해 초에 마이크 윌슨의 제안으로 로메로는 데스매치에서 사용하는 폭언을 광고에 쓰기로 했다. 로메로가 처음 사용하기 시작한, 건방진 허세를 부리는 말이었다. 그러나 그 단어 조합 표현이 실제로 인쇄된 것을 보았을 때, 로메로는 약간 주저했다. "이거, 진짜 괜찮을까?"

"물론. 겁쟁이처럼 굴지 마." 마이크가 말했다.

로메로도 동의했다. 8월에 주요 게임 출판물에 광고가 게재되었는데, 빨간 바탕에 검은 색 글씨로 이런 내용만 적혀 있었다. "로메로가 너를 그의 창녀로 만들거야." 그 아래에 "먹고 뒈져라!"라는 광고문이 있었는데, 이는 최근 마이크가 상표로 등록한 것이었다. 그 광고는 의도했던 효과와 더불어 부작용도 낳았다. 게이머들은 그냥 기분 나쁜 정도가 아니라 잔뜩 성이 났다. 로메로는 자기가 뭐라도 되는 줄 아나? 유명해지더니 돌았나? 그러나 게이머들은 기꺼이 로메로에게 기회를 주려 했다. 그의 게임이 정말로 약속대로 그렇게 멋있을지, 지구상에서 가장 멋진 게임이 될 지 두고 보자고 말이다. 이드의 에고이자, 〈울펜슈타인〉, 〈둠〉, 〈퀘이크〉의 외과의사가 만드는 게임이다. 그들은 로메로를 믿고 싶었다. E3는 게이머들이 로메로에게 준 첫 번째 기회였다.

〈다이카타나〉데모는 에이도스 부스의 한가운데에 있었고, 무척 기대를 모으는 〈툼 레이더〉 속편과 함께 홍보가 진행되었다. 〈다이카타나〉의 노르웨이 레벨 데모는 이 행사를 위해 특별히 만든 것이었다. 게이머들이 데모를 보기 위해 스크린 주위에 모여들었다. 〈둠〉과 〈퀘이크〉의 어두운 미로는 사라졌다. 대신 야외 풍경 속에 눈덮인 작은 노르웨이 오두막이 있고, 고대 그리스 신전이 언뜻 보였다. 게이머들은 칭찬했지만 열광하지는 않았다. 로메로가 이드의 부스를 보고 그 이유를 알게됐다. 그는 사람들을 뚫고 〈퀘이크 2〉데모를 보러 갔다.

놀라서 입이 떡 벌어진 로메로의 얼굴에 노란 불빛이 비쳤다. 유색광 효과! 로메로는 보면서도 믿을 수 없었다. 배경은 던전 같은 군사 레벨이었으나, 게이머가 총을 발사하면 총알이 노랗게 빛나며 벽을 향해 날아갔다. 미묘했지만 그 역동적인 유생광을 보았을 때, 로메로는 마치 소프트디스크에서 처음으로 〈위험한 데이브〉 해적판을 봤을 때로 돌아간 것만 같았다. "정말 대단하다." 그가 중얼거렸다. 카맥이 또 다시 해냈다.

로메로는 〈퀘이크 2〉가 컴퓨터에서 본 최고의 게임이라고 생각했다. 게임을 특별히 프로그램해서 하드웨어 가속 기능의 장점을 취해 카맥은 정말로 아름다운 것을 만들어 냈다. 유색광은 그 세상에 장엄하게 생명을 불어넣었다. 로메로는 이것이 한 단계 더 나아간 기술이라는 것도 카맥의 게임은 그의 경쟁상대라는 것도 알았다. 맙소사. 그의 게임과 이드의 게임의 차이점은 마치 종이 한 장과 컬러 TV 세트 같다고 로메로는 생각했다. 〈다이카타나〉가 이것에 대항하는 건 불가능해 보였다. 이렇게 대단한 게임에 맞서는 건 말이 안 된다.

로메로가 이드와 체결한 라이센스 계약에 따르면 로메로는 이드의 다음 엔진을 사용할 수 있다. 그렇지만 그 기술 도약이 이토록 대단할 거라고는 기대하지 못했다. 이제 〈다이카타나〉에 해 둔 모든 작업을 버리고 퀘이크 2 엔진으로 다시 작업하는 수밖에 없다. 하지만 문제가 있었다. 이드와의 계약서에는 이드의 게임이 출시되기 전에는 로메로가 새 엔진을 사용할 수 없다고 구체적으로 명시되어 있었다. 즉, 크리스마스 이후까지는 〈퀘이크 2〉엔진을 입수할 수 없다는 뜻이었다. 로메로는 가지고 있는 기술로 〈다이카타나〉를 완성하고 나서, 약 한 달 정도(이 기간은 그의 어림짐작이었다)의 시간을 들여 퀘이크 2

엔진으로 다시 변환해야 한다.

카맥의 기술은 또 다시 로메로가 계획을 바꾸게 만들었다.

쇼 후반에 게이머들은 또 다른 중요 행사로 발을 옮겼다. 바로 이드가 후원하는 레드 어나일레이션Red Annihilation 데스매치 토너먼트였다. 행사장 중앙에는 커다란 상품이 놓여 있었는데, 바로 카맥의 체리색 페라리 328이었다. "저는 〈울펜슈타인3D〉 성공 후에 첫 페라리를 샀습니다." 카맥이 언론에 말했다.[164] "〈둠〉과 〈퀘이크〉로 페라리 세 대가 더 생겼습니다. 페라리 네 대는 너무 많아요. 하나를 팔거나 창고에 두는 대신에 저에게 처음 페라리를 사 준 여러분에게 돌려주려고 합니다. 〈퀘이크〉 데스매치 우승자는 정말로 멋진 왕관을 쓰게 되겠죠."

2천 명 이상의 게이머들이 E3에 참전할 16명에 들기 위해 온라인에서 경쟁했다. 모두가 결승전을 위해 모였고 결승전은 캔자스 대학 임펄스 나인 클랜 멤버인 명사수 톰 '엔트로피' 키즈미와, 과거 첫 공식 데스매치 행사였던 마이크로소프트 '심판의 날' 우승자인 데니스 '트레시' 퐁의 경기였다. 둘은 무대 위 카맥의 자동차 앞에 앉았다. 차에는 IDTEK1라고 쓴 번호판이 달려 있었다. 관중의 응원 속에 전투가 시작됐고 대형 스크린으로 경기가 중계되었다. 트레시는 승리의 순간 자신의 모니터에 비친 페라리를 보았다. '트레시'가 마지막 하나를 처치하고 13대 1로 이기면서 경기를 끝냈다.

카맥이 무대 위로 올라와 트레시에게 페라리 열쇠를 주며 물었다. "차를 집까지 어떻게 가져갈 계획입니까?" 트레시가 말했다. "모르겠습니다. 운송해야 될 것 같아요." 카맥은 30분 후 다시 돌아와서 트레시에게 운송비로 현금 5천 달러를 건넸다. 군중이 모두 떠나고 나서, 로메로는 이드의 누구라도 만나려고 주변을 둘러보았다. 경쟁상

164) 출처: 비즈니스 와이어 1997년 3월7일 기사 "인터그래프, 이드 소프트웨어, 렌디션 및 클랜링이 퀘이크 토너먼트 후원를 후원합니다." 내용 중에서.

대라고 해서 친구가 될 수 없다는 의미는 아니니까 말이다. 그는 카맥과 다른 몇 명이 어떤 컴퓨터 주위에 모여 있는 것을 발견했다. 행사에 대해 이야기를 나누다가 그들끼리 데스매치를 하자는 제안이 나왔다. 로메로가 모두를 해치웠고, 마지막으로 카맥과 그만 남았다.

두 명의 존은 컴퓨터 앞에 앉아 경기를 시작했다. 몇 년 사이에 그 게임이 그토록 다른 의미를 지니게 되었다니 재미있는 일이었다. 슈리브포트에서 두 사람은 〈슈퍼 마리오〉를 했다. 세상은 가능성으로 가득 차 있었고 이드는 그저 깊은 곳에 있는 아이디어an idea from the deep였다. 위스콘신에서는 추위를 잊기 위해 호버크래프트 레이싱 게임인 〈F제로〉를 플레이하며, 언젠가 부자가 되면 구입할 레이싱카를 꿈꾸었다. 이후 〈둠〉의 첫 번째 데스매치를 했고 그 게임은 두 존에게 부와 명예를 가져다주었다. 그리고 지금 그들은 처음으로 〈퀘이크〉로 대결하고 있다. 그들을 결국 둘로 갈라놓은 바로 그 게임이었다. 〈퀘이크〉를 개발하는 긴 시간 동안 두 사람은 한 번도 같이 게임을 하지 않았다.

시작 신호가 떨어지고 두 존이 서로에게 로켓 런처를 발사했다. 시작한 지 얼마 지나지 않아 '외과의사' 존 로메로는 '엔진' 존 카맥을 발라버렸다. 경기는 끝났다. 허나 다음은 더욱 힘든 경기가 될 것이다. 〈퀘이크2〉와 〈다이카타나〉가 운명적으로 만나는 대결. 그리고 이 세계에서는 경쟁과 놀라움을 피할 수 없다.

돈의 창조자들

두 사람이 제국을 세우고 대중문화를 바꿔놓은 이야기

실리콘 알라모 요새

Silicon Alamo

14장

실리콘 알라모 요새

(참고)[165]

제이크는 메스키트에 있는 호니 토드 칸티나의 바에 서서 빅 퍼킹 건 칵테일을 또 만들고 있었다. 럼플 민츠와 미도리에 블루 큐라소를 약간 섞은 BFG는 그가 〈둠〉에서 가장 좋아하는 무기를 기념해서 만들어낸 칵테일이었다. 칸티나 바가 이드 사무실 길 건너에 있다는 걸 생각하면 이 정도는 해야 했다. 이 독한 초록색 칵테일은 비디오 게임 황금기의 새로운 수도 댈러스의 비공식적인 축배였다.

1997년 여름 게이머에게 댈러스는 1990년대 뮤지션에게 시애틀 같은 곳이었으며, 이드는 게임 계의 너바나였다. 두 존이 트럭 뒤에 〈팩맨〉 오락기를 싣고 댈러스에 온 지 5년 만에 게임 개발자 커뮤니티는 세 배 이상 증가했다. 성장세는 오스틴까지 뻗어나가서, 리처드 개리엇의 오리진 주위로 많은 게임 회사들이 생겨났다. 타임Time지는 텍사스 게이머들을 "뉴 카우보이"라 불렀다[166]. 와이어드Wired는 그

---

165) 참고: 이 장의 내용 중 일부는 『Dallas Observer』에 이온 스톰에 대해 썼던 기사 「Stormy Weather」(1999년 1월 14-28, pp. 34-46)에서 따온 것이지만, 원래 기사에 있던 내부 e메일 자료는 포함시키지 않기로 했습니다.

166) 출처: '타임' 1998년 7월 13일 기사 "미국의 비밀 자본가들로부터 인사드립니다."의 내용 중에서. www.time.com/time/magazine/archives

들을 "둠 베이비스"라고 불렀다[167]. 보스톤 글로브The Boston Globe는 텍사스 주를 비디오 게임 르네상스의 "새로운 할리우드"라 칭했다 [168].

더 적절한 이름은 실리콘 알라모 요새였을 것이다. 이런 대유행의 핵심에는 1인칭 슈팅 게임이 있었기 때문이다. 〈둠〉, 〈퀘이크〉, 스콧 밀러의 히트작 〈듀크 뉴켐3D〉 등 슈팅 게임이 수백만 달러의 시장을 형성하며 비디오 게임 차트를 점령했다. 이것은 이드가 소프트디스크에서 꾸었던 PC를 게임 플랫폼으로 만드는 꿈을 이루게 해주었다. 양방향 엔터테인먼트 소프트웨어는 1996년에 37억 달러 매출을 냈는데 이중 거의 절반인 17억 달러가 PC게임에서 나왔다.[169] USA 투데이는 "PC 게임 붐에 힘 입어 게임 산업이 다시 회복했다."라고 보도했다[170].

이드와 이온이 얻은 부와 명성을 보며 기대감에 부푼 새 회사들이 댈러스 주변에 자리 잡았다. 각각 이드와 3D 렐름에서 갈라져 나온 두 회사 로그와 리추얼은 〈퀘이크〉의 애드온 레벨로 추가해서 사용하는 미션 팩을 전문으로 만들었다. 이드의 샌디 피터슨이 참여하여 힘을 더한 앙상블 스튜디오는 역대 최고의 전략 게임 중 하나인 〈에이지 오브 엠파이어Age of Empires〉를 탄생시켰다. 전 어포지 직원들과 마이크로소프트에서 혁신적인 〈플라이트 시뮬레이터〉 엔진을 만든 개발자가 설립한 터미널 리얼리티는 다양한 멀티플랫폼 게임 제품을 만드는데 기여했다. 사이버 스포츠 프로 리그는 라이브 데스매

---

167) 출처: '와이어드' 1998년 3월 기사 "운명의 군단들(Legions of Doom)" 중 157페이지 내용에서.

168) 출처: 보스턴 글로브 1997년 11월 23일 N5페이지의 기사 "뉴 헐리우드가 텍사스에 있는 이유"의 내용 중에서.

169) 출처: 'USA투데이' 1997년 6월 19일 4D페이지의 기사 "게임 제작자들은 성장하는 식욕을 재미로 먹인다"의 내용 중에서.

170) 출처: 각주169와 동일한 USA투데이 기사 내용 중에서.

치 행사를 미식축구리그 NFL처럼 바꾸려고 노력 중이었다.

이드는 기술 사용권을 제공함으로써 게임 커뮤니티 발전에 크게 이바지했다. 이온 스톰 외에도 다른 회사들이 거의 25만 달러와 로열티를 지불하고 퀘이크 엔진을 사용하고 있었다. 이드가 경쟁사에게서 이익을 얻고 있었지만 경쟁은 더 치열해졌다. 게임 언론들은 곧 이드를 정상에서 쓰러뜨릴 〈퀘이크〉 킬러가 부상하리라 추측했다. 〈듀크 뉴켐 3D〉는 이미 많은 찬사를 받았다. 시애틀에 본사를 둔 전 마이크로소프트 직원이 세운 밸브는 퀘이크 엔진 사용허가를 받아 〈하프라이프Half-Life〉를 만들었는데, E3에서 좋은 반응을 얻었다. 에픽사가 만든 슈팅 게임 〈언리얼Unreal〉도 시험판에서 괜찮은 평을 들었다. 에픽은 스콧 밀러가 몇 년 전에 발굴한 노스캐롤라이나의 회사였다. 그리고 물론 〈다이카타나〉가 있었다. 이드의 〈퀘이크 2〉와 이 모든 게임이 다음해 언젠가 실리콘 알라모 요새에서 벌일 마지막 결전은 상당히 치열한 전투가 될 전망이었다. 물론 회사 내 전쟁에서 먼저 살아남는 게임만이 참여할 수 있었다.

경주가 시작됐다. 카맥은 페라리 F4를 타고 레이스 직선코스를 불을 뿜듯 내달렸고, 포르쉐 911이 그 뒤를 추격하며 바짝 따라붙었다. 텍사스 주 에니스의 밝고 화창한 날이었다. 카맥은 사내 레이스 경주를 위해 이 시골 레이스 트랙을 빌렸다. 게임이 성공하면서 직원 모두가 구입한 값비싼 스포츠카의 성능을 자랑할 재미있는 기회였다. 최근에 방문한 트랙은 여기만이 아니었다. 경주로가 꼭 필요했던 카맥은 메스키트 시장에게 전화해서 직선 레이스를 하는 동안만 지역 공항을 폐쇄해줄 수 있는지 물었고 시장은 기쁘게 승락했다. 어쨌든 카맥은 방탄조끼 등 수만 달러 상당의 장비를 지역 경찰에 기증했고 게임을 즐기는 경찰들은 그 조끼에 〈둠〉 패치를 붙이기도 했으니, 그런 대우를 받을 만한 자격이 있었다.

대결이 스포츠카 경주에서만 있던 건 아니었다. 〈퀘이크 2〉가 E3

에서 가장 사랑받은 슈팅 게임이었음에도 불구하고 이드는 내부적으로 심한 긴장 상태였다. 카맥은 경쟁적인 감정 처리 실험이 자신의 성향과 맞지 않는다는 생각으로 그만두었지만, 나머지 사람들은 이온과의 싸움을 멈추지 않았다. 이드의 엔진을 사용한 다른 회사의 슈팅 게임은 매일같이 조롱당했다. 〈하프 라이프〉의 데모가 처음 나왔을 때 이런 건 무조건 실패할 거라고 모두들 확신했다.

이드는 마치 〈퀘이크 2〉처럼 군국주의적이고 경직된 분위기로 변해갔다. 가장 재미있는 사람인 로메로, 마이크, 제이, 숀이 떠날 때 재미와 유머도 말 그대로 이드 밖으로 모두 빨려 나가버린 것 같았다. 로메로를 상대로 시작되었던 현실 경쟁이 이제 내부에서 퍼지고 있었다. 아메리칸과 다른 직원들은 카맥을 비난했다. 사무실에 혼자 조용히 고립되어 있는 것 같으면서 공격적으로 갈등을 일으키고 있다고 말이다.

직원들 사이에 불신이 조장된 원인 중 하나는 경쟁적인 보너스 체계였다. 매 분기마다 주주들은 회의를 해서 각 직원에게 줄 보너스 액수를 정했다. 그들이 결정한 대로 보너스를 나누었는데, 한 분기에 10만 달러를 받은 사람이 다음 분기에는 2만 달러를 받기도 했다. 주주들도 독단적이고 불완전한 방식임은 인정하면서도 보너스 액수를 추정할 다른 방법이 없었다. 그 결과 직원들은 보너스를 더 받으려면 다른 직원들보다 뭐든지 한 발 앞서 해야 한다는 걸 깨닫게 되었다. 직장에서의 데스매치였다.

로메로가 빠진 후 경쟁이 점점 더 가혹해졌다. 〈퀘이크〉를 제작하던 시기에는 아메리칸이 최고의 직원이었으나 그 시대는 지나갔다. 카맥은 냉담해졌고 아메리칸은 카맥과 더 이상 친구라고 생각할 수 없었다. 카맥은 아메리칸을 로메로 같은 자아의 희생양으로 보았다. 재능은 있지만 추진력과 집중력을 잃어버렸다고 말이다. 그 결과 아메리칸의 오랜 적수였던 팀 윌리츠가 카맥의 총애를 받으며 걷잡을 수 없는 내부 다툼이 시작되었다.

날이 갈수록 카맥은 자기 노트북을 들고 낯선 지역의 호텔 방으로 사라지고 싶어 했다. 그가 원하는 건 코드를 짜는 일뿐이었고, 그게 그가 가장 원하는 일이었다. 카맥은 이드의 문제들이 회사를 작게 유지해서 팀의 유대감을 강화하면 피할 수 있는 문제라고 생각했다. 카맥이 자신의 온라인 .plan 파일에 게시했다. "어떤 프로젝트든 수행하기에 적당한 팀의 규모가 있습니다. 인원을 늘리면 오히려 일에 방해가 됩니다. 문제를 조각내게 되고 의사소통이라는 간접비가 발생하며 엔트로피가 증가해 효율성이 떨어지는 것입니다. 인원 추가는 품질을 향상시키기보다 떨어뜨리는 경우가 더 많습니다. 나는 이드에 최적화된 프로그래밍 팀은 규모가 매우 작아야 한다고 생각합니다."

로메로가 떠난 후 카맥의 삶은 단순하고 효율적이며 군더더기가 없었다. 마치 그가 짠 우아한 코드처럼 말이다. 그가 회사를 이끄는 방법이자 게임을 만드는 방식이었다. 카맥은 일의 진행을 끝도 없이 지연시키는 내부적인 압력이나 원대한 포부를 원치 않았다. 그저 약속한 결과를 내놓는 삶을 고수했고 1997년 9월 그것을 해냈다.

"맙소사. 〈퀘이크 2〉는 내가 해본 컴퓨터 게임 중에 최고야. 너 요즘 〈퀘이크 2〉보다 나은 게임 해 본 적 있어? 그런 게임은 없겠지만." 칭찬을 쏟아내는 후기들 중 로메로가 쓴 것도 많았다. 그는 게임이 출시된 후 이틀이 지난 12월 11일 자신의 .plan 파일에 리뷰를 게시했다. 로메로는 24시간 동안 쉬지 않고 게임을 끝까지 단숨에 해치웠다. 그가 흥분한 데는 이유가 있었다.

로메로는 퀘이크 2 엔진에 사용 허가를 받았기에 유색광 효과를 포함한 〈퀘이크 2〉의 모든 트릭을 〈다이카타나〉에도 적용할 수 있다고 확신했다. 이제까지 만들었던 것 중 가장 야심찬 슈팅게임을 현존하는 최고의 엔진으로 만들 수 있었다. 마침내 최고의 합작품이 될 것이다. 로메로가 이드에서 결코 성취한 적이 없었던 기술과 기획의 결합이 실현된다. 금상첨화인 점은 카맥도, 그 누구도 방해할 사람이 없다는 것이었다.

　적어도 로메로는 그렇게 생각했다. 이온 스톰의 규모는 점점 커지고 있었고 직원들은 불만으로 투덜거렸다. 불만은 4월에 이온이 '창녀 광고'를 냈을 때부터 시작됐다. 그 '망할 광고'에 대한 반발이 심한 가운데, 1997년 6월 이온이 E3에 공개한 〈다이카타나〉의 데모는 내부에서 보기에도 초라했다. 로메로는 자신이 생각하는 게임에 대해 직원들에게 말해주기보다 게임을 하고 언론의 환심을 사는 데 더 관심 있어 보였다. 그 결과 〈다이카타나〉는 완성에서 계속 점점 더 멀어지고 있었다.

　로메로와 달리 대부분의 직원들은 〈퀘이크 2〉 기술에 맞추어 〈다이카타나〉를 수정하는 아이디어를 좋아하지 않았다. 사실 무척 싫어했다. 로메로는 400페이지에 달하는 〈다이카타나〉기획 문서의 기본 사항만 구현해도 얼마나 많은 작업이 필요한지 전혀 모르는 것 같았다. 몬스터가 64종류였다! 시간 여행 배경도 4개나! 규모가 〈퀘이크〉의 4배였다! 기술 전환의 압박이 없어도 새로운 마감일인 1998년 3월에 맞추기 어려웠다. 이제 이를 어떻게 처리해야 할 것인가?

　이온 직원뿐 아니라 다른 이들도 E3 후에 〈다이카타나〉에 의혹의 눈초리를 보냈다. 에이도스는 이온 스톰의 주력 상품이 크리스마스 시즌을 놓칠 거라는 사실을 달가워하지 않았다. 그러나 이러한 의심에도 불구하고 에이도스의 경영진은 최대한 로메로를 믿고서 그에게 기회를 주었다. 로메로는 직원들에게 했던 것처럼 〈다이카타나〉의 출시는 고작 몇 달 미뤄진 것뿐이라며 에이도스 경영진에게 장담했다. "인력 충원이 답입니다."라고 그가 말했다. 이온에는 이미 80명의 직원이 있었는데 인력은 계속 충원되었다. 이렇게 많은 사람들이 일하고 있으니 게임은 완성될 수밖에 없다. 이드에서 고작 13명이 했던 일이다! 에이도스는 그의 말을 믿는 수밖에 다른 도리가 없었다. 로메로가 에이도스의 개입 없이 게임 개발을 주도하고 있었으니까. 그들로서는 몇 달만 지나면 게임이 출시되어 대히트를 치리라고 믿을 수밖에 없었다. 그리고 게임의 성공을 위해 무엇이든 기꺼이 할 생각이었다.

필요한 건 돈이었다. 일 년도 채 되지 않아 에이도스에게 받은 계약금 1,300만 달러가 바닥나기 시작했다. 1,300만 달러는 게임 3개 모두에 자금을 댈 예산이었다. 80명의 직원은 80명분의 월급과 일인당 두 대의 컴퓨터, 즉 21인치 모니터의 최첨단 컴퓨터 160대를 의미했다. 사무실 수리비용은 이제 200만 달러에 육박하고 있었다. 총체적 난국이었다. 조치를 취해야만 했다. 이온의 마케팅 천재 마이크 윌슨이 계획을 세웠다.

마이크는 이드에서부터 자신만의 배급사를 꿈꿔왔다. 이온에 합류할 때에도 로메로와 다른 두 소유주에게 이 꿈을 확실히 밝혔다. 그들은 심지어 이 계획에 이온 스트라이크라 이름까지 붙였다. 에이도스에 대한 법적 의무가 종료되면 창업할 자체 배급사의 이름이었다. 마이크는 로메로가 자신에게 알리지 않고 에이도스에게 게임 3개를 더 선택할 수 있는 권리를 주었다는 걸 믿을 수 없었다. 그는 에이도스와 게임 3개만 계약했다고 알고 있었기 때문이다. 처음 세 게임에 대해서는 에이도스로부터 1,300만 달러를 받는다는 의미였다. 그리고 그 다음 세 게임에 대한 아이디어를 발표하면 그 게임에 자금을 댈지 말지 에이도스가 결정할 수 있었다. 에이도스의 선택권을 빨리 해결하면 할수록, 그들은 더 빨리 돈을 벌고 이온 스트라이크를 세울 수 있다. 속도전으로 총알같이 달려야 할 시간이었다.

자금 마련을 위한 첫 번째 시도로 이온은 토드 포터가 세븐스 레벨에서 시작했던 〈도미니언〉을 인수했다. 토드의 전 회사 세븐스 레벨에서 만들던 〈도미니언〉은 개발이 지지부진한 상태였는데, 토드는 이온에 완벽하게 어울리는 게임이라며 주주들을 설득했다. 180만 달러만 있으면 살 수 있었고 6주 정도 추가 작업을 하면 출시할 수 있다고 했다. 그리고 나서 원래 계획했던 게임인 〈도플갱어〉를 완성할 것이다. 그들은 계약을 체결했다. 그러나 그것은 시작에 불과했다.

1997년 9월, 로메로는 워렌 스펙터라는 프로그래머가 구직을 하고 있다는 소문을 듣는다. 워렌은 41살로 업계에서 좋은 평가를 받는 베테랑이었다. 뉴욕의 치과의사와 독서지도사의 아들로 태어나서 지적이며 학문적인 분위기에서 성장한 워렌은 1970년대 후반 오스틴에 있는 텍사스 대학에서 라디오, 텔레비전, 영화 분야의 박사학위를 준비하던 중 오스틴 캠퍼스에서 급성장하던 과학 작가와 게이머 커뮤니티에 빠져들었고, 결국 리처드 개리엇의 회사인 오리진에 취직했다. 워렌에게 게임은 단순한 기분 전환용 오락거리가 아니라 인공 현실이나 다름없었다.

"인류 역사상 우리를 말 그대로 다른 세계에 데려다 줄 수 있는 미디어는 존재한 적이 없었다. 우리는 이 세상에 갇혀 있다."고 워렌은 주장했다. 그러나 스토리와 기술이 잘 균형 잡힌 좋은 게임이 여기에 근접했다. "게임은 보통 사람을 다른 세상으로 여행하게 해주는 유일한 매체다. 내가 제1차 세계대전 때의 복엽 비행기를 조종할 일은 결코 없을 것이며, 우주 정거장에 가 볼 수도, 대단한 스파이가 될 수도 없을 것이다. 그러나 게임에서는 그렇게 할 수 있다."

워렌의 생각으론 머리를 쓸 필요 없는 1인칭 슈팅게임으로 이드가 유명해지면서 워렌은 문자 그대로의 1인칭 게임 작업에 더욱 몰두했다. 그의 표현을 빌자면 '몰입 시뮬레이션'이었다. 〈울티마 언더월드〉, 〈씨프 Thief〉, 〈시스템 쇼크 System Shock〉 같은 게임들은 총쏘기보다 지능과 요령이 더 필요한 게임이었다. 로메로는 워렌이 이온 스톰에 딱 맞는 인재라고 생각했다. 워렌은 이후 이온 오스틴 지사가 되는 자체 개발팀을 맡으며 이온에 합류했다. 그리고 자신이 꿈꾸던 게임 아이디어 작업에 착수했다. 가장 현실적이고 몰입감 있는 시뮬레이션이 될 SF 대테러 게임으로, 제목은 〈데이어스 엑스Deus EX〉였다. 그러나 로메로의 홍보 대행사가 워렌을 이용하려 하자 워렌은 확실히 선을 그었다. "나는 '먹고 뒈져라' 같은 말은 절대 안 합니다. 누구도 내 창녀로 만들고 싶지 않습니다. 우리는 회사의 교양 있는 일원이 될 테니 그렇게 아십시오."

마이크 윌슨은 자기가 어떻게 보일지에 대해서는 별로 신경쓰지 않았다. 9월 영국에서 열린 비디오 게임 산업 무역 박람회에서 마이크는 에이도스 임원들을 회의에 소집하고 이온 스톰의 다음 게임 세 개에 대한 구상안을 발표했다. "자, 다음 게임들 여기 있으니 계약하든지 말든지 하세요." 마이크는 과거에도 배급사를 협박하듯 쥐어짠 경력이 있다. GT 인터랙티브와 소매업자들을 근본적으로 배제한 〈퀘이크〉 셰어웨어 계약이 특히 그랬다. 에이도스의 임원들은 마이크가 제시한 계획을 논의조차 하지 않았다. 대체 자기가 뭐라고 생각하는 걸까? 첫 게임 세 개도 아직 출시를 못하고 있으면서 다음 게임에 대해 이야기하고 싶다고? 거래가 가능할 리 없었다.

토드 포터는 그 회의 후에 에이도스 CEO가 전화해서 마이크를 목 졸라 죽여버리겠다 했다고 다른 주주들에게 말했다. 에이도스와의 계약을 빨리 해치우자는 아이디어에 오랫동안 반대했던 토드는 로메로와 톰에게 불평했지만 소용이 없었다. 토드는 그들이 게임에만 열중해서 회사를 돌보지 못한다고 생각하고 직접 회사를 돌보기로 결심했다. 막상 알아보니 회사 상황은 좋지 않았다. 마이크와 최고 운영 책임자COO인 밥 라이트는 변변한 계획 없이 장부도 제대로 적지 않으면서 현금을 마구 쓰고 있었다.

그러나 토드가 마이크를 조여가는 동안 마이크도 토드에게 비슷하게 대응했다. 태평하고 놀기 좋아하는 마이크는 금세 이온 스톰의 어린 게이머들에게 멘토 같은 인물이 되었고, 그들은 쌓여가는 실망감을 마이크에게 털어놓았다. 토드가 이끄는 도미니언 팀은 골칫거리이고, 제리의 아트팀도 마찬가지라고 했다. 문화충돌이 일어나고 있었다. 로메로의 팀은 둠 커뮤니티 출신의 젊은 게이머들로 구성되었지만 토드와 제리의 팀은 그들보다 나이도 많고 차이점도 많았다. 토드는 박사학위 소지자도 몇 명 채용했지만 로메로의 팀에는 대학을 졸업한 사람도 몇 명 없었다. 설상가상으로 토드 팀 직원들은 오늘날 이온 스톰을 가능하게 한 게임인 〈둠〉에 대해서도 몰랐다. 로메로의 팀원들은 토드의 팀이 심지어 〈둠〉이 뭔지도 모른다는 사실에 충격을 받았다. 누군가 〈둠〉 게임을 하고 있었는데 토드 팀의 한 명이 화면을 보고도 무슨 게임인지 몰랐던 것이다.

매일 이런 불만을 듣다보니 마이크는 뭔가 해야겠다고 결심했다. 10월에 마이크는 로메로와 톰에게 한 잔 하자고 데려가서 직원들이 차마 말하지 못하는 것을 말했다. 모두가 토드를 싫어한다고 말이다. 토드가 장담했음에도 불구하고 〈도미니언〉은 6주 이상 시간이 걸리고 있는데다 그리 멋진 게임 같지도 않았다. 토드는 이 회사에 맞지 않는다. 심지어 그는 정장을 입고 회사에 온다. 그들은 토드를 해고하기로 했다.

그러나 다음 주에 엘리베이터에서 토드에게 그 소식을 전하려던 로메로는 한 발짝 뒤로 물러섰다. "이봐, 난 못 하겠어. 나는 우리가 토드에게 기회를 준 것 같지 않아. 그저 직원들이 싫어한다는 이유로 해고하려는 거잖아. 토드와 대화를 해야 해. 최후 통첩 같은 건 그만두고 도움을 줘야 한다고." 마이크는 충격을 받았다. 로메로가 또 말을 바꾸고 있었다. 그러나 마이크는 로메로의 태도변화가 무슨 의미인지 미처 깨닫지 못했다. 다음 달에 마이크가 회의에 불려갔다. 토드를 비롯한 주주들은 참을 만큼 참았다. 에이도스는 매일 회사로 전화해 도저히 마이크와 일 못하겠다고 했고, 몇 가지 문제도 발견되었다. 마이크 윌슨은 주주들 몰래 회사 돈을 빌려 BMW를 새로 샀다. 게다가 마이크가 원하는 직접 배급 사업은 논점에서 너무 벗어나 있었다. 이온 스톰은 게임을 유통할 필요가 없다고 로메로가 말했다.
우리는 게임을 만들기만 하면 돼. 마이크가 배급사를 정말 하고 싶으
면 이온 스톰에서 나가야 했다. 마이크는 이온스톰을 떠났다.

마이크가 사라지자 로메로는 당면한 과제를 끝내도록 집중해서 팀
을 이끌 수 있었다. 1998년 2월 즈음 기다리던 〈퀘이크 2〉 코드를
받았다. 〈다이카타나〉를 수준 높게 완성시켜줄 엔진이었다. 그러나
파일을 열고 코드를 한번 훑어보자마자 로메로는 얼어붙었다. 맙소
사. 대체 카맥은 뭘 한 거지?

"아스피린 있어?" 카맥이 친구에게 물었다. 라스베가스의 카지노
로 걸어 들어가는 중이었다.

"머리 아파?"

"아니. 곧 그럴 거 같아서."

1998년 2월 8일이었다. 카맥은 자기 두뇌를 시험할 참이었다. 블
랙잭 카드 게임에서 카드를 세면서 말이다. 새로운 놀이 거리였다.
카맥은 .plan 파일에 이렇게 적었다. "통계와 확률에 합리적인 근거
를 두고, 행운, 운명, 업보, 신에 대한 믿음이 없는 나에게 흥미를 주
는 유일한 카지노 게임은 블랙잭이다. 블랙잭을 제대로 하는 것은 개
인적인 단련에 대한 시험이다. 하는 방법과 카드 세는 법을 알기 위
해서는 약간의 규칙을 익혀야 한다. 그러나 어려운 부분은 본능에 굴
복하지 않고 계속해서 로봇 같이 행동해야 한다는 점이다. 여행 전에
기술을 연마하기 위해 카맥은 평상시 하던 방식대로 공부했다. 책을
몇 권 읽고 컴퓨터 프로그램을 만들었다. 이번에는 블랙잭에서 돌린
카드의 통계를 시뮬레이션 하는 프로그램이었다.

연구는 성공으로 판명되어 카맥은 2만 달러를 땄고, 해커 윤리를
지지하는 단체인 자유 소프트웨어 재단Free Software Foundation : FSF
에 기부했다. 카맥은 여행에서 돌아온 후 온라인에 썼다. "나는 블랙
잭으로 생활비를 벌려고 하는 게 아니니까 카지노에서 쫓겨날 가능

성은 별로 신경 쓰지 않는다." 그의 예감은 머지않아 적중했다. 다음 번 카지노에 갔을 때 검은 정장을 입은 남자 세 명이 그를 둘러싸고는 "블랙잭 말고 다른 게임을 플레이해주시면 감사하겠습니다."라고 말했다.

테이블에 있던 다른 이들은 믿을 수 없다는 듯 카맥을 바라보았다. "왜 저 사람들이 당신한테 이러는 거예요?" 한 여자가 물었다.

"내가 카드를 세고 있다고 생각하는 겁니다." 카맥이 말했다.

"당신이 그 모든 다른 카드를 기억할 수 있다고 생각한다고요?"

"네. 그런 겁니다."

"음, 무슨 일 하시는데요?"

"컴퓨터 프로그래머입니다." 카맥이 안내에 따라 출구로 향하면서 대답했다.

1998년 2월, 카맥이 탈출을 시도해 숨었던 곳은 카지노만이 아니었다. 호젓한 은둔 생활에 대한 욕구가 다시 발현되면서 어떤 날은 플로리다 어딘가에 있는 작고 이름 없는 호텔방에 틀어박혔다. 〈퀘이크 2〉는 호평 받으며 잘 팔리고 있었지만 사무실의 긴장감이 감당할 수 없을 만큼 커지고 말았다. 불만 많은 직원들 사이에서 다툼, 욕설, 투덜거림 등 현실판 데스매치가 벌어지고 있었다. 상황은 점점 나빠져서 게임에까지 영향을 미쳤다. 팀 윌리츠가 만든 비밀 레벨 하나에 이드 전직원의 초상화가 벽에 걸려있었다. 각각의 초상화를 누르면 팀이 생각하는 그 사람의 성격을 반영한 애니메이션이 작동했는데 카맥의 초상화는 누구라도 접근하면 흔적도 없이 바닥으로 사라졌다.

이제 카맥은 실제로 사라져서 일주일씩 먼 곳에 있는 호텔에 은둔했다. 피자 박스는 바닥에 쌓아놨고 전화는 울리지 않았다. 문도 열지 않았다. 목이 너무 마를 때 다이어트 코크를 사러 밖으로 나가는 외에는 방해요소가 없었다. 카맥은 심지어 이럴 때를 위해 특별한 노트북도 샀다. PCI 확장 슬롯이 있는 돌치 휴대용 펜티엄 2시스템으로 에반스 앤드 서더랜드 오픈GL 가속기를 장착할 공간이 충분했다. 카맥이 표면적으로는 트리니티 엔진을 연구하겠다는 이유를 대고 이곳에 왔다. 트리니티 엔진은 다른 팀이 〈퀘이크 2〉 미션 팩을 만드는 동안 카맥이 개발할 다음 단계 그래픽 시스템이다. 그러나 그 다음 주 카맥은 .plan 파일에 담아 온라인에 게시해야 할 만한 굉장한 일과 함께 메스키트로 돌아갔다.

이름 : 존 카맥
설명 : 프로그래머
프로젝트 : 〈퀘이크 2〉
마지막 업데이트: 02/1998 03:06:55 (중부 표준시)

오케이, 업데이트가 너무 늦었네요.

연구 여행은 좋았습니다.
일주일동안 다이어트 코크를 사러 갈 때를 빼고는 내내 호텔에 있었어요
제멋대로 시간을 보낸 탓인지 사무실의 작은 방해요소들이 전보다 더 괴롭습니다.
회사가 바쁘지 않은 기간에는 규칙적으로 일주일 정도 연구여행을 다녀오게 될 것 같습니다.
한 분기에 한 번이 좋을 것 같습니다.

트리니티 작업에 대해서는 구체적으로 이야기할 단계는 아닙니다.
퀘이크는 최종 아키텍처가 자리 잡기 전에 잘못 시작한 것(광선 나무, 포탈 등)이 많이 있었고, 그래서 저는 지금 내가 하는 작업이 최종 제품에는 사용되지 않을 수도 있다는 것을 알고 있습니다. 그래서 누군가에게 약속으로 받아들여질 만한 것은 전혀 언급하고 싶지 않습니다.

하지만 저는 모든 가능성이 무척 즐겁습니다.

최종 제품만 바라보며 노력하면서 그 과정은 단지 최종 제품을 위해 어쩔 수 없이 감수해야 하는 것으로 여기는 게임 개발자들이 많습니다. 저는 그것도

존중하지만, 저의 동기는 조금 다릅니다.

저에게는 훌륭한 제품을 출고하는 것도 자랑스러운 일이지만, 그 성취 과정은 더욱 기억에 남습니다. 나는 예전 제품 출시에 대해서 아무것도 기억하지 못하지만, 〈킨〉에서 스크롤링을 더 부드럽게 하기 위해 CRTP 랩어라운드 기법을 사용했던 것은 중요한 통찰로 기억합니다. (사실 애플II 어셈블리 언어에서 병렬 배열 구조의 장점을 이해하던 때까지 거슬러 갑니다.) 지식은 지식 위에 세워집니다.
나는 당시 학습 경험이 얼마나 풍부했는지에 따라 인생을 구분하며 돌아봅니다.

학창 시절 애플II컴퓨터를 사용하며 기본 기술을 익혔지만, 자료가 부족해서 더 많이, 더 빨리 배울 수가 없었습니다. 요즘 프로그래머들은 훨씬 더 상황이 좋지요. 저렴한 중고 PC, 리눅스CD, 인터넷 계정을 비롯해서 어떤 수준의 프로그래밍 기술을 공부하더라도 여러분에게 필요한 툴과 자원이 다 있습니다.

소프트디스크에서 보낸 첫 6개월은 PC에서 작업하면서 놀라운 학습 경험의 시기였습니다. 나는 나보다 경험이 많은 프로그래머들(로메로와 레인 로스)과 처음으로 함께 했고, 많은 책들과 자료를 보면서 오로지 프로그래밍에만 몰두할 수 있었습니다. 정말 좋은 시절이었습니다.

그후 2년은 〈둠〉과 제가 만든 다양한 비디오 게임 콘솔 작업으로 절정을 이룬 시기로, 그래픽, 네트워킹, 유닉스, 컴파일러 제작, 교차 개발, 리스크 아키텍처 등 몇몇 분야에서 기술과 지식을 꾸준히 쌓아올렸습니다.
〈퀘이크〉 개발 첫 해는 멋졌습니다. 나는 새로운 것들을 정말 많이 시도했고, 마이클 에이브래시가 저의 동료가 되었습니다. 제가 〈둠〉을 만들 때 기존 3D에 대해 거의 아는 게 없었다는 걸, 제대로 공부한 프로그래머들이 안다면 아마 놀라겠지요. 세상에, 벽 폴리곤을 제대로 자르지도 못했습니다. (그래서 모든 극좌표의 문제들이 쏟아져 나왔죠.) 〈퀘이크〉는 새로운 혁신을 찾기만 할 게 아니라 기존 것들을 제대로 배우도록 나를 몰아붙였습니다.

〈퀘이크〉 개발의 마지막 6개월은 거의 그 망할 것을 끝내기 위한 고통스러운 몸부림이었습니다. 결국 다 잘 되었지만 그 시절을 되돌아보는 게 기쁘지는 않습니다.

〈퀘이크 2〉의 개발 주기는 저에게 적당한 학습 경험 (GL퀘이크, 퀘이크 월드, 라디오시티, 오픈GL툴 프로그래밍, 윈32, 기타 등등)이 되었고, 단호하게 밀고 나가기 전에 여러 가지를 면밀히 살피는 시간을 가질 수 있었습니다.

다가오는 트리니티 개발 기간은 〈퀘이크〉때만큼이나 보람있는 시간이 될 것 같습니다. 저는 어떤 주제에 대해 깊은 이해에 도달했으며, 완전히 새로운 몇 가지 분야(그래픽이 아닌)에 흥미를 가지고 있습니다. 이 분야들은 내가 하고 있는 모든 것들과 융합될 것입니다.
결국 이번에도 끝내주는 게임이 나올 겁니다. :)

좋은 분위기는 오래가지 않았다. 이온 스톰의 로메로처럼, 카맥도

작은 팀과 편안한 관계가 있던 좋은 시절은 가버렸다는 걸 알아챘다. 업무 진행이 불가능할 정도의 나쁜 분위기가 손에 잡힐 듯 분명했다. 팀, 아메리칸과 다른 레벨 디자이너들 사이의 긴장감은 비등점에 도달했다. 에이드리안과 케빈은 폴 스티드와 사이가 무척 나빴다. 카맥은 그들이 함께 미션팩 작업을 할 수 없을 정도로 서로 싫어한다는 것을 알아차렸다. 카맥이 생각한 해결책은 회사의 나쁜 분위기를 고려해 다음 게임을 만드는 것이었다. 〈퀘이크 3〉은 트리니티 엔진을 사용하는 데스매치 만을 위한 게임이 될 것이며 맵 디자이너들이 각자 완전히 따로 작업해도 된다.

카맥의 아이디어는 효과가 없었다. 에이드리안은 또 해군과 샷건 게임이냐며 크게 화를 냈다. 에이드리안은 몇 년 동안이나 똑같은 게임을 만든다고 느꼈고 다른 것을 하고 싶었다. 아메리칸도 마찬가지였다. 폴도 동의하면서 더 풍부한 스토리, 더 많은 등장인물, 더 새로운 게임을 만들자고 여론을 모았다. 폴은 게임 스토리를 상세하게 담고 있는 기획 문서 초안을 길게 작성했다. 카맥은 그런 이야기는 중요하지 않다면서 제안을 검토하지도 않았다. 회사의 가장 오래된 직원인 케빈조차도 카맥에게 이 게임을 만들고 싶다면 다른 프로젝트 매니저를 찾아보라며 실망을 표시했다. 이드에는 그 어느 때보다도 카맥의 영향력이 커져서 〈퀘이크3〉은 카맥의 게임이 될 터이다.

아메리칸에게 이것은 결말의 시작이었다. 그는 주주회의에 불려가 성과를 내지 못했다는 이유로 해고되었다. 카맥은 아메리칸이 회사를 위해 열심히 했으나 이제 로메로의 전철을 밟고 있다고 생각했다. 아메리칸이 해고 사유를 묻자 결국 아무도 그를 좋아하지 않기 때문이라는 답이 돌아왔다. 맨날 이 모양이지, 아메리칸은 생각했다. 로메로가 이드를 떠난 후 회사가 어떻게 변했는지를 보여주는 단적인 예였다. 더 이상 균형은 없었다.

로메로에 대해 새롭게 공감한 건 아메리칸 만이 아니었다. 심지어 로메로와 함께 일해 본 적도 없는 폴 스티드조차 로메로를 해고한 것은 끔찍한 실수였다고 생각하게 된다. "로메로는 혼란이고 카맥은 질서다. 그들은 함께 완벽한 조합이었다. 하지만 그들을 따로 떼어놓으면, 무엇이 남는가?"

텍사스 커머스 빌딩 펜트하우스의 에메랄드 빛 엘리베이터 문이 스르륵 열렸다. 1998년 2월, 로메로는 마침내 완성된 자신의 윌리 윙카 팩토리를 보며 걸음을 옮겼다. 상상했던 모든 것이 거기 있었다. 고전 오락기들이 있는 게임룸, 테이블 축구대, 포켓볼 당구대. 반짝이는 21인치 모니터가 놓인 데스매치 전용석은 고급 떡갈나무로 칸막이를 만들었다. 텔레비전 12대가 합쳐진 스크린에는 MTV를 틀어놨다. 주름진 금속 칸막이가 이어진 미로는 게임 속 레벨 같았다. 주방에는 캔디와 정크푸드가 넘쳐났고, 구름에 맞닿은 창문들이 2,100제곱미터 면적을 높게 둘러쌌다. 로메로는 이 모두를 바라보며 딱 한 가지 생각을 했다. 젠장, 좆같이 멋진 게임을 만들어야겠군.

비용을 충당하기 위해서라도 대단한 게임을 만들어야 한다는 것을 로메로도 알았지만, 예상보다도 어마어마하게 많은 비용이 들었다. 사무실 리노베이션에 250만 달러 이상이 들었다. 6주면 완성되리라 여겼던 〈도미니언〉이 300만 달러 이상을 먹어치웠다. 처음 받은 1,300만 달러는 바닥나서 에이도스가 매달 현금으로 운영비를 보내주고 있었다. 사무실 임대료와 100명에 가까운 직원들 월급, 그리고 다른 비용들로 한 달에 120만 달러 가까이 들었다.

그리고 다른 문제도 있었다. 큰 문제였다. 카맥의 퀘이크 2 코드를 열어보니 로메로가 기대했던 것과 완전히 다른 엔진이었다. 카맥의 새 엔진으로 변환하기 쉬운 방법으로 〈다이카타나〉를 개발하도록 프로그래머들에게 지시해 두었었는데, 카맥은 기대했던 방향과 전혀 다른 완전히 새로운 코드 구조로 로메로를 놀라게 했다. 로메로의 작업을 지연시키려고 속인 게 아닌 건 분명했다. 카맥 특유의 직관에 따른 도약을 이룬 것이다. 다시 한 번 로메로의 웅장한 기획을 하찮아 보이게 하는 도약이었다.

"시간이 좀 걸리겠어요. 코드가 복잡하네요." 로메로가 에이도스와 그의 직원들에게 말했다. 약속한 마감기한인 1998년 3월까지 〈다이카타나〉를 완성하는 것은 불가능했다. 로메로는 몇 달 안에는 끝낼 수 있으리라 여겼지만 다른 직원들은 확신하지 못했다. 그들은 로메로에게 이드의 기술과 경쟁하려는 생각은 말고 오리지날 퀘이크 엔진으로 만든 게임을 출시하자고 여론을 몰아갔다. 로메로의 수석 프로그래머가 말했다. "우리는 카맥을 따라잡을 수 없어. 시도할 필요도 없다고."[171] 그러나 로메로는 흔들리지 않았고 야심만 더 커졌다.

그 달 말 로메로는 게임 언론에 이온 스톰이 〈다이카타나 2〉의 작업을 시작할 것이라고 말했다. 동업자 토드 포터와 제리 오플래허티는 나름의 계획에 착수했다. 만화책 업계에서 일한 경력이 있는 아트팀 직원을 동원해 회사에 만화책 부서를 만드는 것이었다. 주주들은 직원을 고용해서 각 게임에 대한 만화책을 출판하여 기본적으로 무상 홍보에 활용하는 계획을 승인했다. 하지만 에이도스는 그 계획을 듣는 즉시 중단시켰다. "너희는 게임을 만들어야지. 우리가 왜 너희 만화책 만드는 비용까지 내야 하니?"

심지어 유리천장도 문제가 되었는데, 특히 빛이 끔찍했다. 게이머란 뱀파이어 다음으로 빛을 싫어하는 족속이다. 컴퓨터 스크린이 햇빛에 반사되어 화면이 보이지 않는 것 보다 끔찍한 일은 없었다. 그런 상황에서는 아무도 제대로 일을 할 수가 없었다. 즉시 건축가에게 요청해 창문을 가릴 멋들어진 가림판을 설치했으나 게이머의 까다로운 취향에 부합할 만큼 어둡지가 않았다. 그래서 그들은 무리지어 가정 인테리어 용품 회사인 홈 디포Home Depot 매장으로 가서 모종

---

171) 출처: 게임스팟 2000년 5월 기사 "무릎 꿇은 꿈: 다이카타나 이야기" 내용 중에서.
http://www.gamespot.com/ features/btg-daikatana/index.html

의 임무를 마치고 돌아왔다. 게이머들은 스테이플 건을 꺼내 들고 검은 펠트 조각을 사무실 모든 자리 위에 고정했다. 그냥 그늘이 아니라 암흑 속에서 일했다. 각자 자리로 들어가기 위해서는 마치 사진사가 미니어처 암실에 들어가는 느낌으로 휘장을 걷어야 했다. 멋지면서도 역설적인 광경이었다. 게이머의 천국인 유리 돔 안으로 걸어가면서 보이는 게 줄지어 있는 동굴뿐인 것이다.

1998년 봄, 회사 분위기는 점점 나빠졌다. 펠트 천막 속에 들어가 하루 12시간, 일주일에 6일씩 끝나지 않는 비상근무를 하는데도 〈다이카타나〉는 끝날 기미도 보이지 않았다. 많은 직원들이 프로젝트가 통제 불능 상태라고 느꼈다. 어떤 직원은 레벨을 잔뜩 만들었으나 게임에 사용할 수 없게 되었다. 한 게임 아티스트는 게임에서 사용할 화살표 모양의 그래픽 아이콘을 만들었는데 적당한 사이즈보다 1,000배나 컸다. 〈다이카타나〉 팀 내에서 파벌이 나뉘기 시작했다. 로메로의 가장 열렬한 팬인 윌 로콘토, 스베레 크베르모와 다른 대여섯 명도 점점 더 조용해져서, 벌집을 쑤셔놓은 듯한 내분에 참여하지 않고 자기들끼리 지냈다. 폭력적으로 변해가는 사람들도 있었다. 어떤 직원은 혼자 책상에 앉아 비명을 질렀고, 로메로는 그를 해고했다.

그러나 더욱 우려되는 점은 토드 포터와 제리 오플래허티가 회사를 멋대로 주무르고 있다는 사실이었다. 직원들은 그 두 사람이 회사를 파산시키고 있다고 느꼈다. 토드는 〈다이카타나〉 회의에 점점 더 자주 나타나서 게임을 어떻게 고칠지 의미 없는 제안을 했다. 한편 〈도미니언〉은 난장판이었고, 불행히도 이온 스톰의 첫 번째 출시작이 되기에 초라할 정도였다. 직원들은 곧 대응을 시작했다.

5월 13일, 로메로 팀의 스베레, 윌과 다른 여섯 명이 이온의 최고 운영 책임자인 밥 라이트에게 점심 식사를 하자고 제안했다. 밥 라이트는 마이크 윌슨과 가깝게 일했기에 젊은 직원들은 밥을 동지로 여기고 있었다. 그들은 로메로에게 최후통첩을 하겠다고 말했다. 토드와 제리가 사표를 내든지, 그들이 나가든지 선택하라고 말이다. 밥은 불만 사항은 서면으로 제출하라고 충고했다.

그 자리에서 있었던 말이 톰 홀에게 새어 나갔다. 직원들이 만약 회사를 그만두거나 해고되면 나가서 회사를 세울 수 있게 밥이 재정적으로 도움을 주겠다는 내용이었다. 톰은 로메로에게 전화를 했는데 타이밍이 좋지 않았다. 로메로는 첫째 딸 릴리아를 막 출산한 아내 베스와 함께 있었다. 로메로는 가정에서 해야 할 역할이 있었다. 전 부인인 켈리에게도 두 아들 스티븐, 마이클과 함께 텍사스로 이사하도록 설득하는 중이었다. 그러면 아들들과 더 자주 만날 수 있을 테고 머지않아 아이들 곁에서 함께 게임을 하면서 지낼 수 있게 될 것이다. 딸의 탄생은 축하받아 마땅했으나 또 다른 운명이 그에게 닥쳐오고 있었다.

로메로는 밥의 간섭에 대해 듣고 소리쳤다. "무슨 헛소리야? 됐어. 밥은 내 팀을 모욕했어. 그는 해고야." 밥은 바로 다음 주에 해고되었다. 그러나 문제는 계속 생기며 진정될 기미가 보이지 않았다. 이온은 5월 마지막 주에 열린 E3에서 다시 한 번 실망스러운 쇼를 하게 된다. 최근 출시된 〈언리얼〉과 곧 나올 〈하프라이프〉 같은 경쟁사의 슈팅 게임과 이드가 곧 출시할 〈퀘이크 3〉이 가장 많은 관심을 얻었다. 그 다음 주에 이온 스톰에서 〈도미니온〉이 출시되었으나 완전히 실패했다. 유사한 판타지 기반의 전략 게임인 〈스타크래프트〉가 불과 몇 달 전에 극찬 속에 출시된 참이어서 이온 스톰이 출시한 토드의 게임 〈도미니언〉은 진부해 보일 뿐이었다. 〈도미니언〉이 망했을 뿐 아니라 로메로가 만든 꿈의 회사가 망해가고 있다는 게임 커뮤니티의 의심을 확인시켜준 셈이었다. 로메로가 만든 게임을 하며 자란 사람들은 커뮤니티에서 성난 반응을 보였다.

이블 아바타Evil Avatre, 슈가섁Shugashcak, 블루스 뉴스Blue's News, 데일리 레이더Daily Radar 같은 게임 사이트들에서 플레이어들이 이온 스톰에 대한 험담을 미친 듯이 늘어놓았다. "말만 많고 게임이 없다." 대부분의 게시물이 그렇게 말하고 있었다. "내가 다이카타나를 사지 않으려는 이유"라는 게시물들도 있었다. 긴 머리의 로메로를 풍자하는 온라인 만화도 있었다. "안녕… 〈다이카타나〉가 대단하다는 이야기를 해주러 왔어. 너희도 내가 게임을 잘 만든다는 거 알고 있잖아. 〈둠〉처럼! 너희 둠 기억하니? 그거 내가 만들었어! 그리고, 〈퀘이크〉, 알지? 그것도 내가 만든 거야! 디자인은 법이야!" 만화에서 로메로는 사실 로메로는 공짜 핫도그를 얻으려고 핫도그 장사치에게 자신을 소개하고 있었는데, 마지막 장면에서 핫도그 장사치가 대꾸했다. "잘했어, 존. 게임 없이는 소시지도 없어."[172]

로메로가 죽었다는 루머도 다시 한 번 떠돌았다. 이번에는 이마에 총상을 입고 시체 안치소에 있는 로메로의 사진이 먼저 인터넷에 떠돌았다. 게이머들은 로메로가 〈퀘이크〉 게임을 하다가 카맥에게 져서 자살했다고 농담했다. 그러나 한 온라인 게임 잡지가 '이온 스톰의 소식통'이란 기사로 로메로의 사망을 확인했다는 내용을 발표했다가 나중에 철회하자 게이머들은 분통을 터트렸다.[173] '망할 광고'의 충격도 아직 가시지 않았는데 이온 스톰이 또다른 홍보 작전을 벌였다고 의심하며 분노했다. 그 사진은 사실 곧 나올 월간 텍사스의 이온 스톰 기사에서 유출된 사진이었다.

가장 큰 타격이 온 것은 9월 30일 비치X라는 필명을 가진 사람이 게이밍 인사이드라는 사이트에 에이도스가 이온 스톰을 매수할 계획이라는 속보를 게시했을 때였다. 이온 스톰의 주주들은 몇 달째 에이도스와 일종의 금융구제안을 모색하며 대화하던 중이었다. 이미 5월

---

172) 출처: 페니 아케이드(웹사이트) 1998년 11월 25일 기고. "존 로메로-아티스트" http://www.penny-arcade.com/view.php3?date=199811-25.

173) 출처: 아드레날린 볼트(웹사이트) 1998년 8월28일 기사. "존 로메로 30살에 세상을 떠나다" www.avault.com

에 이온이 선금 1,500만 달러를 포기하는 대신 에이도스가 이온 스톰 지분 19%를 1,250만 달러에 사들이면서 시작된 이야기였다. 이에 따라 이온의 로열티 수입도 40%에서 25%로 낮아지게 되었다. 심지어 밥 라이트는 이온 주주들이 에이도스와의 거래에서 얻을 이익에서 제외시키기 위해 자기를 해고했다는 혐의로 회사를 고소하려 했다.

몇 달이 지났지만 여전히 협상 중인 상태였다. 비치X가 어떻게 알았는지는 아무도 추측하지 못했다. 그 다음 몇 주 동안 비치X가 이온 스톰에서 일어난 각양각색의 해고와 e메일에 대해 떠들어 댔을 때 이온 스톰의 웹사이트 운영자는 주주들에게 말했다. "이미 퇴사한 사람이 재직 중인 직원보다 더 많은 사실을 알고 있거나, 아니면 우리 회사에 타이타닉도 드나들 수 있을 만큼 큰 구멍이 뚫려있거나 한 게 틀림없어요."[174]

정보 유출을 자백하는 사람은 아무도 없었다. 그래서 로메로는 문제의 사이트에 정보를 보내는 사람을 알아내려 직원들의 e메일 활동을 추적하려 했지만 성공하지 못한 채 피해만 키웠다. 회사에 불신과 의혹이 만연한 것이다. 직원들은 이온 스톰의 재정적인 미래에 대해 큰 소리로 불평하기 시작했다. 처음부터 어떤 종류의 로열티 수익이나 보너스, 또는 지분이 삭감되리라 짐작했다. 헛소문이 점점 퍼져갈수록 낙담도 커져갔다. 로메로는 어느날 드왕고DWANGO의 공동 창업자이자 현재 그의 수석 프로그래머인 키 킴브렐이 게임만 너무 많이 하고 자기 일을 끝내지 못한다며 대놓고 나무랐다. 정말이지 역설적인 일이었다.

"야, 너 뭐하는 거야? 너 일을 안 하잖아. 우리 이 게임 완성해야 돼. 심각한 상황이라고. 너도 알잖아." 로메로가 말했다. 키는 로메로

---

174) 출처: 댈러스 옵저버 1999년 1월14일 45페이지 기사 "폭풍의 날씨" 중에서.

에게 자기도 사업에 대해 걱정하고 있다고 말했다. 이온 스톰 재정 상황에 대한 스프레드시트를 보았으며, 에이도스가 회사를 폐업시킬 거라는 소문도 들었다고 말이다. 로메로는 폭발했다. "소문! 소문! 소문! 소문! 소문! 망할놈의 소문! 너는 사업이 뭔지 몰라. 끼어들려고 하지도 마. 너는 에이도스와 한 거래도 모르고, 아무것도 몰라. 넌 그냥 그 핑계로 일은 안하고 다른 사람들까지 망치고 있는 거라고." 그러나 키는 물러서지 않았고 로메로는 그 자리에서 그를 해고했다.

상황은 더욱 나빠졌다. 직원들이 문으로 걸어 나가서 다시 돌아오지 않았다. 에이도스와의 계약은 체결되기 직전에 깨졌는데 사내 혼란과 게임 개발 지연도 중요한 이유였다. 〈도미니언〉이 실패하고 회사의 존속이 위험해지자 토드는 〈도플갱어〉 작업을 포기하고 자신의 새 직책인 CEO역할에 몰두했다. 토드는 로메로가 지나치게 현실을 회피한다고 생각해서 회계 법인에 의뢰해 이온 스톰의 엄청난 자산 손실 상황을 알아보려 했다. 주위 사람들이 자신의 공격적인 방식을 피하는 걸 알면서도 토드는 〈다이카타나〉 팀을 제 궤도에 돌려놓아야 한다는 의무감을 느꼈다. 소용없었다. 로메로는 게임 규모를 축소하자는 제안을 거부했고 토드가 목소리를 높여 비난할수록 직원들은 적대적으로 변해갈 뿐이었다. 한 번은 펜트하우스 사무실 근처 건물에 불이 나 무너지는 걸 구경하는 직원들에게 토드가 "불구경이나 하라고 월급 주는 거 아니야!" 라며 소리 질렀고 직원들은 분노했다.

그해 가을 이온 스톰도 큰 불 속으로 걸어 들어갔다. 11월 18일 저녁 로메로는 스티비 케이스를 비롯해 신뢰하는 직원들 몇몇과 함께 P. F. 창 레스토랑에 저녁을 먹으러 갔다. 스티비는 취직한 이후 내내 로메로에게 충성을 다했고 점점 나빠지는 상황 속에서도 위로와 객관적인 시각을 주고 있었다. 스티비가 말했다. "내일 〈다이카타나〉 팀 전체가 떠날 거라는 소문을 들었어요." 로메로는 여전히 받아들이지 못했다. "떠난다면 가만두지 않겠어."

바로 다음날 로메로와 톰은 회의실로 불려갔다. 〈다이카타나〉 팀이 그들을 기다리고 있었다. 윌 로콘토가 대표로 말했다. "우리는 이런 조건에서는 계속 일할 수 없습니다. 이 게임이 결코 완성될 수 없을 거라고 생각합니다. 그래서 우리는 나갈 거고 우리만의 회사를 시작할 겁니다."

로메로는 파티션 사이의 미로를 가로질러 자기 책상으로 돌아와 앉았다. 그리고 유리탑 위로 해가 진 뒤에도 오랫동안 그 자리에 앉아 생각했다. 모든 일이 엉망진창이야! 내가 왜 이런 사람들을 고용했을까? 이렇게 크게 하면 안 되는 거였어. 사람도 너무 많고, 돈도 너무 많았어. 나하고 톰하고 작은 팀 하나랑 평범한 목표를 세웠어야 했는데. 우리가 사업가가 되기 전처럼 그렇게 했어야 했어. 우리는 그저 게이머일 뿐이야.

둠의 창조자들

두 사람이 제국을 세우고 대중문화를 바꿔놓은 이야기

둠으로부터

Straight out of Doom

15장

둠으로부터

랩두머RebDoomer는 크게 독특한 게이머는 아니었다. 일인칭 슈팅 게임을 좋아했고 특히 〈둠〉과 〈퀘이크〉를 좋아했다. 밤늦게까지 자지 않고 인터넷으로 데스 매치를 했다. MOD라 불리는 아마추어 수정판을 만들고, 하키 링크를 배경으로 한 경기장이나 권투 링에서 백병전을 하는 수정판을 온라인에서 친구들과 교환했다.[175] "거기 두머들 모두 잘 지내? 래브가 여기 새로운 둠 2 WAD를 가져왔어. 이거 만드는 데 되게 오래 걸리거든, 그러니까 칭찬 잔뜩 보내줘!"[176]

랩두머는 오프라인에서는 연대감을 찾지 못했다. 거친 남학생들과의 충돌, 놀림, 따돌림을 당하는 느낌 등이 겹쳐 학교에서 무척 어려움을 겪고 있었다. 그는 점점 커져가는 분노를 일기에 쓰면서 복수하고 싶은 욕망을 터뜨리기 시작했다. 그러던 어느 날 지하실에 비디오 카메라를 설치하고 잭 다니엘 병과 소드 오프 샷건을 들고 안락의자에 앉았다. 그리고 카메라를 들여다보면서 자기가 다니는 고등학교에서 총기 난사를 하겠다는 계획을 설명했다. "〈둠〉처럼 운명의 날이 될 거라고, 빌어먹을. 탕, 탕, 탕, 탕. 하. 저 망할 샷건은 〈둠〉에 나온

---

175) 나(저자)는 에릭 해리스의 MOD를 다운 받아 플레이했던 적이 있습니다.
176) 에릭 해리스가 온라인에 U.A.C.Labs 모드를 포스팅할 때 적은 텍스트.

거야!"[177]

1999년 4월 20일 아침, 에릭 "랩두머RebDoomer" 해리스와 그의 가장 친한 친구 딜런 "보드카VoDka" 클리볼드는 폭탄과 샷건을 몸에 두르고 콜로라도 주 리틀톤에 있는 자신들의 학교인 콜럼바인 고등 학교로 향했다. 그리고는 광란의 총격을 벌여 그들 자신을 포함해 15 명이 사망했다. 텔레비전에 생방송으로 중계된 이 사건은 미국 전역 을 충격에 빠뜨렸다. 부모, 교사, 정치인, 어린이 모두 극도로 무분별 한 이 행동을 이해하기를 원했다. 비난할 무언가가 필요했다.

1999년 4월 21일 오후 5시 15분, 블루스 뉴스라는 게임 뉴스 사 이트의 편집자인 스티브 헤슬립이 메시지를 업로드했다. "몇몇 독자 들이 총격 사건의 용의자들과 관련된 증거물 봉투에서 〈둠〉 로고가 붙은 물건을 봤다는 소식을 전해왔다…. 아직까지 이 사건과 물건들 사이에 어떤 관계가 있는지는 밝혀지지 않았다."[178] 살인자의 〈둠〉 책, 〈둠〉 게임, 등등의 〈둠〉 판타지가 드러나면서 그것들이 연관되었 다는 인상이 곧 만들어졌다.

그 비극이 있은 지 몇 주가 지나자 〈둠〉은 폭력적인 미디어가 실제 폭력에 미치는 영향에 대한 상징이 되었다. 사이먼 와이젠탈 센터는 에릭 해리스가 실제 살인 전에 예행 연습하려고 둠을 수정했다고 시 사하는 보고서를 발표했다.[179] 다른 언론도 마찬가지로 증거도 없이 해리스가 콜럼바인 고등학교를 배경으로 한 수정판을 만들었다며 구 체적으로 보도하기 시작했다. 『워싱턴 포스트』는 〈둠〉의 데스 매치

177) 타임 1999년 12월 20일 40~51페이지 기사 "컬럼바인 테이프"의 내용 중에서.
178) 출처: 블루스 뉴스 1999년 4월 21일 "학교의 종말(둠)" 내용 중에서. 인터넷 어카이브: www.bluesnews.com
179) 출처: 덴버 포스트 1999년 5월 4일 A10페이지 기사 "둠 레벨 '예행연습', 랍비가 제안 했다"의 내용 중에서.

를 어둡고 위험한 장소로 묘사했다[180]. 『뉴스웨이』는 둠을 플레이하는 것은 어린이의 영혼에 구멍을 내는 일이라고 썼다[181]. 전직 특공대원인 데이비드 그로스맨은 게임을 '살인 시뮬레이터'로 보는 견해를 내놓아 언론의 스타가 되었다[182]. 심지어 빌 클린턴 대통령도 목소리를 냈다. 클린턴은 라디오 연설에서 그로스맨을 인용하여 "리틀턴에서 많은 생명을 앗아간 두 남자가 망상에 사로잡혀 하던 바로 그 게임 〈둠〉이 우리 어린이들이 모의 폭력에 더 적극적으로 참여하게 만들고 있다."고 말했다[183].

폭력적인 게임과 이와 관련된 대중문화가 다시 한 번 공격을 받았다. 검은 옷, 헤비 메탈, 공포 영화 같은 것들 말이다. 덴버 시장은 공연 기획자에게 마릴린 맨슨 밴드의 콘서트를 취소해달라고 요청했는데 해리스와 클리볼드가 이 밴드를 가장 좋아했다는 근거없는 소문 때문이었다[184]. 학교에서는 트렌치코트를 금지했고[185], 디즈니월드와 디즈니랜드는 오락실에 있던 폭력적인 게임을 치워 버렸다[186]. 그러나 6년 전 미국에서 처음으로 폭력적인 게임에 대한 조사에 착수했던 조셉 리버만 상원의원만큼 단단히 준비하고 나선 사람은 없었다.

---

180) 출처: 워싱턴 포스트 뉴스 서비스 1999년 4월 22일 기사 "사회적 부적응자들이 폭력의 판타지 세계를 건설했다"의 내용 중에서.

181) 출처: 뉴스데이 1999년 4월 22일 A57페이지의 기사 "문화적 폭력의 씨를 뿌리고 죽음을 거두다"의 내용 중에서.

182) 출처: '60분' 1999년 4월 25일 "누가 책임을 져야 합니까?"의 내용 중에서.

183) 출처: 로스엔젤리스 타임스 1999년 4월 25일자 A12페이지 기사 "클린턴은 세 개의 비디오 게임에서 폭력적인 영향을 보다"에서 인용.

184) 출처: 뉴욕 타임즈 1999년 4월 25일자 주간 리뷰면 1페이지 "문제의 징후를 찾는 문제" 기사 내용 중에서.

185) 출처: 데일리 레코드 1999년 4월 23일 8페이지 "죽음을 위한 드레스 리허설" 기사 내용 중에서.

186) 출처: 로스엔젤레스 타임즈 1999년 5월 14일 1A페이지 "디즈니랜드가 비디오 게임을 무장해제하다" 기사 내용 중에서.

    그는 4월 28일 성명서에서 이 재앙에 대한 새로운 조사를 공식적으로 요구했다.[187] "그러한 회의를 통해 이 나라의 최고 문화 생산자들을 설득하고자 합니다. 가상 세계의 군비 경쟁을 멈추고, 폭력을 낭만화하거나 극단적 폭력을 건전하게 표현하며 우리 어린이들에게 살인이 멋지다고 가르치는 지나치게 폭력적인 비디오 게임과 영화 CD의 출시를 중단하도록 말입니다. 바로 〈둠〉과 같은 그런 게임, 어떤 학교 총기 난사범이 무기와 복장을 모방한 그런 게임 말입니다."

    대부분은 그런 게임을 해본 적조차 없는 언론과 정치인이 아무런 합리적 대응책도 없이 각자 결론을 도출했다. 컬럼리스트 엘렌 굿맨은 이렇게 질문했다. "군대에서 감정 둔감화를 위한 가상훈련에 사용하는 비디오 게임을, 보통 아이들이 갖고 노는 것을 받아들일 사람이 몇 명이나 될까요?"라고 말이다[188]. 그녀는 군대에서 〈둠〉을 감정적 둔감화 같은 데에 쓰지 않고, 오히려 팀워크 형성을 위해 사용했다는 걸 모르거나, 알아도 신경쓰지 않는 것 같았다.

    [굿모닝 아메리카]는 해리스와 클리볼드의 친구 한 명을 불러내어 〈둠〉이라는 게임의 세계로 시청자들을 이끌었다. 기자가 읊조렸다. "에릭 해리스의 컴퓨터에서 우리가 알아야 할 것이 더 있습니다. 그가 만든 비밀의 방에 들어갈 때 자세히 보세요."[189] 천장에 시체들이 걸린 이미지가 있었는데 기자는 그게 해리스가 만든 것인 양 말했다. 사실 그 이미지들은 원래 〈둠〉에 있는 B급 영화 풍의 효과였다. 기자는 "이건 마치 누군가의 악몽 속으로 들어가 걷는 것 같습니다."라고 말하고 나서, 친구에게 물었다. "얘야, 이건 조금 이상한데. 그 친구가 정말로 이런 피와 사격과 폭력을 좋아했다고 생각하니?" 친구가

187) 출처: 1999년 4월 28일 미디어 폭력에 관한 백악관 정상회담을 요구하는 조셉 리버만 상원의원의 성명.

188) 출처: 볼티모어 선 1999년 5월 23일 3D페이지 "전쟁이 낳은 폭력" 기사 내용 중에서.

189) 출처: '굿모닝 아메리카' 1999년 5월 24일 "해리스와 클리볼드" 내용 중에서.

대답했다. "전혀요." 그는 그냥 게이머였을 뿐이었다.

그리고 그것들은 그냥 단지 게임일 뿐이었다. 게임은 판타지이다. 실제로 〈둠〉과 〈퀘이크〉를 플레이 하는 사람들 사이에서는 명백한 이 사실을, 다른 이들은 전혀 이해하지 못하는 것 같았다. 비디오 게임에서는 아무도 진짜 다치지 않는다. 그러나 사람들은 예전부터 폭력적인 놀이나 희곡이 나오면 굳이 환상과 현실을 연결시켜온 역사가 있었다. 작가 제라드 존스가 『킬링 몬스터: 어린이들에게 판타지, 슈퍼 히어로, 가짜 폭력이 필요한 이유』에 쓴 것처럼 말이다.

존스가 지적했듯, 1963년 한 영향력 있는 연구에서 풍선 광대 인형을 때리는 영화를 본 아이가 나중에 그 영화를 보지 않은 아이들보다 광대 장난감을 더 공격적으로 때린다는 것을 알아내고 이로써 폭력적인 미디어에 노출되는 것이 실제 폭력의 원인이 된다는 결론을 도출했다[190]. 하지만 현실에서는 어린이들이 그저 풍선 인형을 치는 것뿐이지 동네 서커스로 달려가 진짜 어릿광대를 때리지는 않는다. 존스는 폭력적인 미디어를 탓하기보다는 인간 발달에서 판타지 폭력 놀이의 역할을 어른들이 이해할 필요가 있다고 주장했다. "불가능하거나, 너무 위험하거나, 금지된 것을 안전하고 통제된 맥락 안에서 탐구하는 것은 현실의 한계를 받아들이는 중요한 도구입니다. 분노를 가지고 노는 것은 분노를 줄일 수 있는 소중한 방법입니다. 상상 속에서 악하고 파괴적인 존재가 되어보는 것은 우리가 좋은 사람이 되기 위해 야생적 본능을 포기하는 데 필수적인 보상입니다."

1980년대 이후 연구자들은 비디오 게임의 긍정적인 효과를 발견

---

190) 출처: 제라드 존스 저 "킬링 몬스터: 어린이들에게 판타지, 슈퍼 히어로, 가짜 폭력이 필요한 이유" 37~38페이지 내용 중에서.

해왔다[191]. 『미국 소아 정신의학저널』의 한 보고서는 게임은 공격성을 자극하지 않을 뿐 아니라 공격성을 해소한다고 발표했다. 영국의 한 학술 연구는 게이머들이 게임을 하지 않는 사람들보다 "하는 일에 더 잘 집중할 수 있으며 대체적인 신체 조절능력도 더 우수하다는 것을 알아냈다[192]. 종합하면 최상위 운동선수들과 상당히 유사했다. 컴퓨터에서 배운 기술이 현실에도 적용되는 것처럼 보인다." 핀란드에서 연구자들은 컴퓨터 게임을 어린이 난독증 치료에 사용했다[193].

그리고 공격성과 폭력적인 미디어의 관계를 규명하려는 모든 시도에도 불구하고 결론은 나지 않았다. "영화 속, 비디오 게임 속, 노래 가사 속의 폭력성은 모두 우리를 불안하게 만듭니다."[194] 로스앤젤레스에 있는 캘리포니아 주립대학의 미디어 심리학 연구소 설립자인 스튜어트 피쇼프 박사는 1999년 말 미국 심리학 협회의 연설에서 이렇게 말했다. "그러나 두 현상이 모두 우리를 불안하게 하며 우연히 동시에 발생했다고 해서, 미디어의 폭력과 실제 폭력이 인과적으로 연결되는 건 아닙니다. 콜럼바인 대학살과 같은 사건을 아주 조금이라도 예측한 연구는 단 한 건도 없습니다."

어쨌든 살인자는 어디에서든 범행 동기를 얻을 수 있다는 게 증명됐다. 비틀즈의 '화이트 앨범'이나 마틴 스콜세지의 영화 『택시 드라이버』, 또는 『호밀밭의 파수꾼』 같은 소설에서도 말이다. 성경이 폭

---

191) 출처: 미국 소아 정신의학저널 1988년 "남성 청소년 비디오 게임 사용에 있어서 성격, 정신병리학 적 발달 문제"에서329~333페이지의 수록 내용. 이 내용은 허즈 저 "조이스틱 국가" 내용 중에도 인용됨.

192) 출처: 선데이 타임즈 2001년 7월 22일 "사이버 게임은 아이들을 더 밝게 만듭니다" 내용 중에서. http://www.sunday-times.co.uk.

193) 출처: BBC뉴스 온라인 2001년 8월20일 기사 "컴퓨터 게임은 난독증 환자들을 돕습니다"의 내용 중에서. http://news.bbc.co.uk/hi/english/messages/tech/news-id_1496000/1496709.stm

194) 출처: 스튜어트 피쇼프 저 "미디어-폭력 연결을 위한 심리학의 키호테틱 탐구"의 내용 중에서. 제라드 존스의 저서 "킬링 몬스터"에도 인용되어있다.

력적인 행동에 영향을 준 사례는 또 얼마나 많은가? 그러나 콜럼바인 사건 이후 게임을 옹호할 배짱이나 지식을 가진 사람은 없었다. 『롤링스톤』과 기술 커뮤니티 슬래시닷의 저널리스트 존 카츠는 게이머와 괴짜들에 대한 미디어의 고정관념을 공격하는 에세이를 몇 편 게재했다. 그는 『샌프란시스코 크로니클』에 말했다. "이건 정말 정상이 아니며 너무 웃길 지경이다. 진짜 문제는 십대들이 무슨 수로 기관총과 폭탄을 손에 넣었을까이지, 웹사이트나 비디오 게임에 대한 게 아니다."[195] 다른 이들은 기껏해야 에둘러서 게임을 옹호했을 뿐이지만 존 카츠는 달랐다. 『타임』지에도 이렇게 썼다. "폭력은 미국에서 항상 큰 문제였다. 그리고 엔터테인먼트 상품에서 폭력을 규제하는 법률은 헌법에 위배된다. 그러나 비디오 게임 산업은 팔리는 것만 만든다. 우리가 아이들이나 우리 자신을 위해 폭력물을 사는 한 그런 게임은 계속 나올 것이다."[196]

그러나 정치인들은 국민들이 스스로 그 문제를 결정하게 기다릴 생각이 없었다. 캔자스 출신 공화당원인 샘 브라운백은 상원에서 말했다. "비디오 게임 〈퀘이크〉는 〈둠〉을 만든 바로 그 회사, 이드 소프트웨어에서 출시했으며 한 명의 총잡이가 다양한 괴물과 맞서 싸우는 내용입니다. 적을 죽일 때마다 점수를 얻습니다. 게임 안에서 전진하며 나아갈수록 사용하는 무기는 더욱 강력하고 잔인해지죠. 플레이어는 샷건을 기관총과 교환하고 나중에는 전기톱으로 적을 공격합니다. 더 기술이 좋은 플레이어는 더 잔혹한 무기를 얻게 되고요. 피가 낭자한 학살을 보상으로 받는 것입니다."[197]

---

195) 출처: 샌프란시스코 크로니클 1999년 5월 5일 B1페이지 "비디오 게임과 아동 폭력에 대해 부당하게 비난받는 네트" 기사의 내용 중에서.

196) 출처: '타임' 1999년 5월 24일 65페이지의 "파멸로 가득 찬 방" 기사 내용 중에서.

197) 출처: '인사이트 온 더 뉴스' 1999년 6월 28일 14페이지의 "비디오 게임의 폭력적인 세계" 기사 내용 중에서.

1999년 6월, 백악관도 본격적으로 나섰다. 빌 클린턴 대통령은 우울한 얼굴로 게임 잡지를 들고 장미 정원에서 이루어진 기자회견에 나섰다. 잡지에는 '옆집 고양이를 쏘는 것보다 재미있다.'는 게임 홍보문구가 적혀 있었다[198]. "우리는 일명 1인칭 슈팅 게임 광고의 강력한 영향력을 다시 생각해봐야 합니다. 최근 한 게임 광고는 '총기를 든 냉정한 살인자인 너 자신을 만나보라'며 플레이어를 게임으로 끌어들였습니다."

그 연설과 함께 클린턴은 게임 및 기타 엔터테인먼트 업체가 어린이들에게 폭력적 상품을 광고하는 행위가 불법인지 연방차원에서 수사하도록 지시했다. 게임이 어른에 의해, 어른을 위해 제작된다는 업계의 주장은 진실성을 인정받지 못했다. "애초에 게임이 어른을 위해 만들어졌다고 정면으로 주장하기는 어렵다." 3일 후 리버만 상원 의원과 존 매케인 상원 의원이 해결책을 발표했다. 21세기 미디어 책임법이라고 하는 영화, 음악, 비디오 게임에 제도화된 등급 시스템을 확립하는 강력한 법안이었다. 법안이 통과되면 미성년자에게 폭력적인 게임을 판매한 소매상은 1만 달러의 벌금을 내야 했다. 게임 업계의 그 누구도 등급제에 반대하지 않았다. 이미 자발적인 엔터테인먼트 소프트웨어 등급 위원회가 있었기 때문이다. 하지만, 당연하게도 표준화와 정부 개입에는 반발했다. 연방정부가 전하는 메시지는 크고 분명했다. 폭력적인 게임에 대해 다시 생각해라. 그렇지 않으면 다른 조치를 취하겠다.

스위트룸 666, 새벽 1시 34분. 콜럼바인 총격사건 후 며칠이 지났다. 카맥은 캄캄한 밤 검은 창문 뒤에 있는 자기 책상에 앉아 있었다. 컴퓨터 화면에는 커서가 깜빡이며 응답을 기다리고 있었다. 카맥은 어떤 말을 해야 할지 신중하게 생각했다. 자기 말에 다들 지나치

---

198) 출처: 가넷 뉴스 서비스 1999년 6월 2일 "아이들이 폭력을 사나요? 클린턴, 마케팅 관행 조사 지시" 기사 내용 중에서.

게 매달린다는 걸 알고 있기에, 그는 .plan 파일을 써서 업데이트하는 일이 점점 더 버겁게 느껴졌다. 마침내 카맥이 타이핑했다. "여러분 중에는 이 문제에 화가 나서 마음이 복잡한 분도 계실 겁니다."

카맥은 이드의 다음 게임인 〈퀘이크 3 아레나〉첫 테스트 버전을 윈도우가 아닌 맥킨토시용으로 출시하려는 계획에 대한 게임 커뮤니티의 반응을 이야기하고 있었다. 게임계에서 무척 큰 논란을 일으킨 일이었다. 카맥은 계획에 집중해 매킨토시 시스템의 장점과 단점을 설명했지만, 또 다른 논란은 피할 수 없었다. 게시글을 업데이트한 카맥은 책상에서 일어나 다이어트 코크와 간식을 사러 나갔다. 회사 로비에 있는 경찰관들을 지나며 카맥이 말했다. "저기, 간식 좀 사다 드릴까요?"

이 경찰관들은 콜럼바인 사건이 이드에 끼친 충격을 확실하게 보여주고 있었다. 사무실로 항의 전화와 항의 편지들이 쇄도하기 시작하자마자 이드는 경비원을 고용했다. 이드의 엄마이자 접객담당자인 미스 도나는 분노에 휩싸인 항의 전화를 받았다. 그들은 이드에게 대체 무슨 짓을 한 거냐고 따졌다. 곧 기자들이 바깥에 진을 치기 시작했고, 장발의 남자들이 스포츠카에서 내려 검은 큐브 모양 사무실 건물로 들어갈 때마다 붙들고 뭐라도 얻어내려다 소득없이 돌아서곤 했다. 증오에 찬 시위자 한 명이 밖에서 고함을 친 사건이 있은 후에 몇몇 신입 직원이 늦은 시간에는 경비를 세워 달라고 부탁했다. 카맥과 다른 주주들은 경비에는 동의했으나 과잉반응이라고 느꼈다. "아, 맨날 있는 일이야."

사실 그건 콜럼바인 총기사고 8일 전에도 있었던 일이다. 1997년 켄터키주 파두카에서 발생한 학교 총기 난사 사건으로 사망한 세 학생의 부모가 1999년 4월 12일에 이드 소프트웨어를 포함한 엔터테인먼트 회사들을 상대로 1억 3,000만 달러의 소송을 제기했다[199]. 그들은 게임업계가 만들어낸 폭력적인 미디어가 〈둠〉과 〈퀘이크〉 팬 이었던 마이크 카닐을 자극해 14살의 살인자로 만들었다고 했다. 그 리고 물론, 그보다 훨씬 전에도 비슷한 일이 있었다. 1992년 〈울펜 슈타인〉 논란과 1993년 〈모탈 컴뱃〉 청문회가 있었고 〈둠〉 금지법 이 뒤따랐다. 1970년대 〈데스레이스〉 오락실 폭동이나 80년대 〈던 전 앤 드래곤〉에 대한 과잉반응은 말할 것도 없다.

그들이 게임을 하는 한 폄하하는 사람, 소송하는 사람과 선정주의 를 피할 수 없었다. 하지만 파두카와 콜럼바인의 좌우 연타 펀치만큼 강력한 것은 없었다. 파두카 소송 때문에 이드의 변호인단은 주주와 직원들에게 침묵을 지키도록 강력히 권고했다. 직원들은 권고에 따랐 으나 카맥은 자기 생각을 세상에 말할 수 없다는 데 좌절감을 느꼈다. 결과적으로 게임 제작자의 의견은 전혀 반영되지 않은 채 언론은 폭 풍처럼 들끓고 또 들끓었다. 그러나 카맥이 하고 싶은 말은 분명했다. "두 사건이 연쇄적으로 발생했다고 해서 필연적으로 무언가 더 심 각한 일이 발생할 것이라거나, 그러한 경향이 증가하고 있다는 의미 가 아닙니다. 그저 확률의 문제입니다. 다른 모든 일과 마찬가지로 이 사건들도 수학적으로 해석할 수 있습니다. 만약 무작위로 발생하 는 어떤 사건이 있으면 일정시간 후에는 결국 그런 사건이 여러 개 연달아 발생하게 됩니다." 카맥은 게임과 살인 사이에 모종의 연관성 이 갑자기 드러날까 걱정하지 않았다. 불안해하는 사람들은 그저 불 안해하는 사람들일 뿐이다.

이드의 게임은 진짜 살인에 대한 게 아니라 단지 어린 시절에 하던 놀이의 연장선에 있을 뿐임을 카맥은 알고 있었다. "데스 매치는 팀 구분이 있는 술래잡기다. 〈둠〉은 술래잡기 놀이에 좋은 특수 효과를

---

199) 출처: '뉴욕 타임즈' 1999년 5월 23일 섹션6 36페이지의 "조준선에 오른 게임보이" 기 사 내용 중에서.

더한 것이다. 우리는 우리에게 재미있을 것 같은 게임을 만든다. 우리가 좋아했던 〈디펜더〉나 〈로보트론Robotron〉 같은 게임은 모두 달리면서 무언가를 부수고 날리는 게 전부였다. 잔인한 그래픽은 이미 도전적이고 상호작용적인 게임을 더욱 본능적으로 만든 것뿐이다. 사람들은 그래픽을 보며 놀라고 땀 흘리며 긴장한다. 우리가 게임을 하며 '괜찮네, 이거 재밌다.'라고 한다면 그건 괜찮은 게임이다. 하지만 우리가 정의하는 '좋은 게임'은 매력적이고 흥미로운 게임이다."

이러한 폭력적인 게임을 어린이들에게 판매하려 시장에 내 놓았는가? "물론 십대들은 우리 게임을 좋아한다. 우리 게임이 18세 이상만 소비자로 겨냥했다고 말하는 것은 터무니없다." 하지만, 카맥은 이드가 딱히 아무도 겨냥하지 않았다는 점을 사람들이 이해하지 못 한다고 생각했다. 소프트디스크 시절을 돌아보면 그들은 다른 사람을 위해서가 아니라 자기 자신을 위해서 게임을 만들었다. 그 자신이 플레이하고 싶은 게임을 만들었다. 그래서 결과적으로 아무도 만든 적 없는 게임을 만들었고, 그 게임이 운명적으로 다른 수백만 명을 사로잡았다. 카맥은 자리로 돌아와 이드의 가장 유쾌한 슈팅 게임이 될 〈퀘이크 3 아레나〉 작업을 다시 시작했다. 그런데 콜럼바인 사건 이후에도 사람들이 카맥이나 로메로의 게임을 다시 하고 싶어 할까? 시장이 그들의 게임을 허락할까?

이야기 화제가 〈둠〉으로 바뀌자 존 슈네만은 볼링공을 더 세게 잡았다. 이제 60대가 된 로메로의 새아버지는 은퇴 후 볼링장에 더 자주 오고 있었다. 보통은 볼링을 하며 즐거운 시간을 보내곤 했다지만 오늘은 아니었다. 전국에 있는 수백만 사람들처럼 슈네만 옆에 있는 사람들도 콜럼바인 고등학교의 끔찍한 사건에 대해 이야기하고 있었다. '요즘 애들은 〈둠〉 같은 폭력적인 비디오 게임 때문에 타락한다.' 그들의 대화를 들으며 슈네만은 심장이 다시 쿵쾅거렸다. 슈네만은 이야기하던 사람들에게 다가가 공을 옆에다 굴리며 말했다. "원하시면 밖에 나가 한 판 붙읍시다." 슈네만은 아들 존의 게임에 대해 어떤 쓰레기 같은 말도 듣고 싶지 않았다.

그만 그런 것이 아니었다. 로메로 자신도 출시한 지 6년이 지난 게임 〈둠〉에 대해 사람들이 쉴 새 없이 비난하는 걸 믿을 수 없었다. 정치인들이 얼마나 무식한지를 보여주는 얘기일 뿐이었다. 늙은이들이 늘상 하는 오래된 헛소리일 뿐이었다. 그리고 로메로는 그 비난이 지겨웠다. '걔들이 문제가 있었던 거야, 내 게임 탓하지 마' 라고 생각했다. 게임을 비난하지 마. 그 멍청한 부모들을 비난하라고.

로메로는 자신의 경험을 통해 부모가 어떻게 자식을 망치는가에 대해 확고한 견해를 가지고 있었다. 그리고 지금, 서른 한 살에 세 아이의 아버지가 된 그는 자기가 만든 게임 속 폭력의 출처와 폭력적인 게임이 가지는 효과에 대해 더욱 자각하게 되었다. 로메로는 어린 시절 겪었던 끔찍한 육체적 정서적 폭력을 감당하기 위해 게임을 만들었고 자신이 만든 게임 속 폭력을 좋아했다. 자기가 어렸을 때 그린 『멜빈』 만화책 속 폭력을 좋아했던 것처럼 말이다. 그가 만든 게임 속 폭력이 적어도 그에게는 영향을 끼쳤다는 데에는 의심의 여지가 없었다. 허나, 로메로는 소리를 지르고 욕하며 키보드를 부수었지만 현실과 환상을 혼동하지 않았다. 심지어 실제로는 총을 어떻게 쏘는지조차 알지 못했다.

하지만 게임 속 폭력이 영향을 미칠 수 있기 때문에 로메로는 부모의 책임이 더 크다고 생각했고, 그런 이유로 대부분의 동료들처럼 게임 등급제를 지지했다. 결국 책임은 게임제작자나 정치인에게 있지 않다. 자녀가 〈둠〉 같은 게임을 할 만큼 충분히 성숙한지는 부모가 결정해야 한다. 로메로는 아들 스티븐, 마이클과 함께 앉아 자기가 만든 세계를 탐험할 날을 오랫동안 즐거운 마음으로 기다려왔다. 아이들이 8살이 되었을 때에야 로메로는 함께 게임을 하기로 했다.

그러나 콜럼바인 사건 이후 로메로는 이러한 의견을 드러내지 않았다. 이드처럼 소송을 당하지는 않았지만, 어쨌든 말할 이유가 없었다. 기자에게 말하면 대화 내용을 가져다가 원하는 대로 왜곡해서 자기들 이야기에 끼워 맞출 것이고, 결국 나쁘게 보일 수밖에 없다. 로메로는 언론의 혹평을 증오했다. 콜럼바인 이전에도 이미 지나치게 많이 비난받았다.

〈다이카타나〉 팀 8명이 이온 스톰을 퇴사하자 언론과 게임 커뮤니티에서 쓰레기 같은 뒷얘기가 터져 나왔다. 이온 에이트로 알려진 그들이 이온 스톰의 에메랄드빛 문을 걸어 나간 건 1998년 11월이었다. 핵심 멤버들이 나가자마자 이온 에이트가 새 회사 써드 로를 설립했다는 뉴스가 나왔다. 써드 로는 개더링 오브 디벨로퍼스와 록밴드 키스Kiss를 바탕으로 한 일인칭 슈팅 게임을 만들기로 계약했다. 개더링 오브 디벨로퍼스는 마이크 윌슨이 이온 스톰을 떠나 설립한 독립적 성향의 배급사였다. 로메로는 뺨을 두 대 맞은 셈이었다. 마이크는 등을 찌르고 믿었던 팀은 그를 불에 태웠다. 마치 로메로와 동료들이 알 베코비우스를 차버렸던 소프트디스크의 반란과도 같았다. 이번에는 망한 사장이 로메로일 뿐이었다.

언제나 그렇듯 로메로는 마냥 우울해하고 있지 않았다. 이번에는 빠른 회복을 도와주는 특별한 이도 있었으니, 바로 스티비 케이스였다. 회사가 암흑 속을 걷는 내내 스티비는 길을 안내하는 등불이 되어주었다. 로메로와 스티비는 공통점이 많았다. 비디오 게임의 환상 속에서 휴식처를 찾은 사회 부적응 어린이 두 명. 그리고 로메로처럼 스티비도 완전히 다른 사람으로 거듭났다. 이온 스톰의 창의적인 분위기에 영향을 받아 단발머리 시골 소녀 이미지를 완전히 바꿔버렸다. 육식을 중단하고 체육관에 다니며 20kg을 빼고 머리카락을 염색했으며, 운동복 대신 배꼽티를 입고 헐렁한 청바지는 버리고 호피무늬 레깅스를 입었다. 월급을 모아 가슴 확대 시술도 받으면서 1년 사이에 전형적인 말괄량이에서 『플레이보이』 모델이 되었다. 『플레이

보이』는 스티비와 인터뷰를 하며 포즈을 취하게 했다. 이온 에이트가 떠난 후 스티비는 로메로의 수석 디자이너가 되었다.

스티비는 또, 로메로의 여자친구가 되었다. 이온 스톰을 정상궤도에 올리느라 무척 바쁜 시기에 로메로는 아내 배스와 별거했다. 딸 릴리아를 낳은 지 얼마되지 않아서였다. 로메로는 또다시 결혼 생활에 불만이 커져갔고, 부자이며 게임의 신이 되어야겠다는 압박감에 시달렸다. 팬, 친구, 가족 모두에게 다 해낼 수 있다고 큰소리치며 여러 해를 보내고서 로메로는 마침내 회사와 가족 두 가지를 다 감당할 수는 없다는 것을 깨달았다. 전 아내 켈리 역시 실망스럽게도 두 아들을 데리고 캘리포니아로 돌아가면서 이 점을 확실히 지적했었다. 결국 로메로는 진실에 굴복했다. 그는 게임과 결혼한 것이다. 스티비는 생애 처음으로 게임에 대한 열정을 공유하는 여인이었다. 세 명이 하는 연애나 다름없었다.

개인적인 삶이 변하면서 로메로는 팀을 재건하고, 옛 친구 몇을 고용하고, 톰 홀의 팀에서 도움을 얻는 데에 힘을 쏟았다. 〈다이카타나〉는 점검이 좀 필요하긴 해도 완성이 가까운 상태였다. 1999년 1월 개발팀은 퀘이크 2 엔진 변환 작업이 완료되었다고 발표했다. 업무 체계화를 위해 로메로가 고용한 프로듀서가 언론에 자랑스레 말했다. "〈다이카타나〉는 무슨 일이 있어도 1999년 2월 15일에 완성됩니다."[200]

적어도 개발팀은 그렇게 바랐다. 그런데 며칠 뒤 언론으로부터 최악의 타격을 받았다. "이온 스톰에 폭풍우 치는 날"이라는 신랄한 특집 기사가 무료 주간지 댈러스 옵저버에 실렸다. 7,000단어에 달하는 기사는 '기획자의 비전이 법'이었던 장소가 어떻게 프리마돈나와 개인 숭배 집단이라는 독성 혼합물로 바뀌게 되었는지 신랄하게 묘

---

200) 출처: PC게임즈 1999년 2월. "무릎 꿇은 꿈: 다이카타나 이야기"의 인용 포함.

사했다.[201] 더욱 충격적인 점은 그 기사가 내부 e메일에 기반했다는 사실이었다. 사내 e메일이 전 세계가 볼 수 있게 기사화되고 온라인에 뿌려졌다.

그 결과는 회사 안팎 모두에게 엄청난 충격을 주었다. 마이크 윌슨이 BMW를 사려고 회삿돈을 횡령한 사건부터 로메로가 에이도스에 추가 게임 옵션을 빨리 해치우려 했던 것까지 이온 스톰의 내부 사정이 갑자기 몽땅 세상에 공개되었다. 인터넷 사이트는 〈둠〉 셰어웨어를 교환하던 때만큼이나 빠르게 기사를 교환했고 사람들은 게이머를 자신의 개로 만들겠다던 데스매치 전문 '외과의사'가 마침내 대가를 치르게 된 자초지종을 즐겁게 떠들었다. 로메로는 정보가 어떻게 새어 나갔는지를 알아내기 위해 발작적으로 노력했다. 게임 가십 사이트 접속을 차단했고, 비록 성공하지는 못했지만 취재원을 밝히기 위해 댈러스 옵저버를 고소했다. 로메로가 알아낸 것은 동업자인 토드 포터가 실수로 자기 e메일 파일을 회사 네트워크에 게시했었고 이온 스톰 직원이면 누구라도 그 e메일 파일을 복사할 수 있었다는 것뿐이었다.

몇 달 후 콜럼바인 사건이 터질 즈음 로메로는 처참하기 이를 데 없는 상황이었다. 그의 회사는 웃음거리였고, 게임은 또 한 번 지연되어 끝이 보이지 않았다. 1999년 2월 출시하기로 했던 약속마저 다시 한번 지연되어 넘어갔다. 이드 소프트웨어가 퀘이크 3 엔진을 상당히 진척시키는 바람에 로메로는 결국 다시 기술에 묶여 버릴 위험에 처했다. 3월에 〈다이카타나〉 데스매치 데모가 발표되었을 때 게이머들은 구식이라는 반응이었다.

큰 회사의 꿈은 결국 너무 컸고, 너무 제멋대로였고, 너무 높고, 너무 야심찼다고 드러나는 것 같았다. 카맥이 로메로를 질책했던 허풍,

201) 출처: 댈러스 옵저버 1999년 1월 14일~28일까지 38페이지 기사 "이온 스톰에 폭풍우 치는 날"의 내용 중에서.

집중력 부족, 큰 팀이 가지는 위험성 등 모든 것이 상처가 되어 돌아왔다. 심지어 로메로의 배급사인 에이도스도 동의했다. 그때까지 에이도스는 이온 스톰에 약 3,000만 달러를 퍼부었고 그 대가로 로메로는 방식을 완전히 바꿔야만 했다. 에이도스의 회장 롭 다이어가 말한 대로 "입닥치고 게임이나 만들어"야만 했다[202].

이드 소프트웨어는 1999년 5월 로스엔젤레스에서 열린 E3 컨벤션에서 다시 한 번 주목을 받았지만 이번에는 좋지 않은 이유 때문이었다. E3가 콜럼바인 총격 사건과 파두카 소송 후 불과 한 달 만에 열렸기에 비디오 게임 폭력에 대한 선정적 언론 보도의 먹잇감이 되었다. 기자들은 모든 회사와 인터뷰하고 싶어했지만 〈둠〉과 〈퀘이크〉를 제작한 이드가 그 중 1순위였다.

취재가 쉽지는 않았다. 아무도 그 사건에 대해 말을 꺼내고 싶어하지 않는 것처럼 보였다. 1993년 리버만 상원의원의 게임 폭력에 관한 청문회에 대한 대응으로 만들어진 조직인 인터랙티브 디지털 소프트웨어 협회IDSA의 회장 더그 로웬스텐이 개회사에서 기조연설을 했다. 그는 성인 등급을 받을 만큼 폭력적인 게임은 출시되는 5,000종의 게임 가운데 단 7퍼센트뿐이라는 것을 강조했다. 그럼에도 불구하고 게임 산업은 실제로 계속 성장하고 있다고 그는 덧붙였다. 게임은 어린이용 만이 아니다. IDSA는 비디오 게임을 하는 사람 중 54퍼센트가 18세 이상이며, 이 가운데 25퍼센트가 36세 이상이라고 보고했다. 컴퓨터 게이머는 연령이 훨씬 높아서 18세 이상이 70퍼센트, 그리고 그 중 40퍼센트가 36세 이상이었다. 더불어 미국 게이머들은 그 해에만 거의 70억 달러를 소비했는데, 이는 미국인이 한 해 동안 영화 티켓을 사는 데 쓴 돈 보다 많은 액수이다. "게임의 폭력성에만 초점을 맞추면 무엇이 인터렉티브 엔터테인먼트를 세상에서 가

202) 출처: 게임스팟 2000년 5월 기사 "무릎 꿇은 꿈: 다이카타나 이야기"의 내용 중에서.

장 빠르게 성장하는 엔터테인먼트 사업으로 만드는가라는 훨씬 큰 부분을 놓치게 된다는 점을 말씀드리고 싶습니다."[203]

기자들은 이드 부스로 달려가 콜럼바인에 대한 코멘트를 요청하는 것으로 답했다. 물론 아무 소용이 없었다. 이드의 게이머에게 답변을 강요하는 기자를 홍보 담당자들이 가로막았다. 기자들에게 배급사인 액티비전과 인터뷰하도록 안내했으나 그쪽도 인터뷰를 거절하기는 마찬가지였다. 다른 게이머들도 몸을 사렸다. 위스콘신에서 온 이드의 오랜 친구 레이븐은 자기들이 만든 폭력적인 슈팅 게임 〈솔저 오브 포춘Soldier of Fortune〉을 비밀리에 선보였다. 그해 가장 열렬한 기대를 모았던 슈팅 게임 〈킹핀Kingpin〉도 마찬가지였다. 그러나 폭력성 논란은 이드에게 닥친 어려움 중 그나마 가장 나은 편이었다. 그들이 시연해야 하는 게임 〈퀘이크 3 아레나〉에 많은 문제가 있었다.

문제는 전년도에 카맥이 이 게임에 기획은 데스매치 뿐이라고 발표한 데서 시작되었다. 스토리가 전부인 슈팅 게임 〈하프 라이프〉의 성공에 비춰보면 난투극 중심인 기획은 이단처럼 들렸다. 게임 업계의 실정에 어두운 게 아니라면 말이다. 이드의 차기작이 필연적으로 최고 사양에 맞추어진 게임이 되리라는 생각에 발끈하는 이들도 있었다. 플레이어에게 최신 사양 컴퓨터를 권장하는 정도가 아니라 3D 그래픽 카드를 설치해야만 호환 가능한 게임을 만들어서 최신 컴퓨터를 사도록 요구하고 있었다.

팬들만이 아니었다. 〈퀘이크 2〉를 둘러싸고 사무실에서 갈등이 있고 나서, 〈퀘이크 3〉를 완성하려는 직원들의 사기는 어느 때보다도 낮았다. 카맥이 견뎌야 했던 로메로와의 옛 전투가 나머지 직원들과 다시 시작되었다. 〈하프라이프〉의 영향으로 직원들은 모두 더 야심찬 기획을 원했다. 그러나 어떤 아이디어를 내어도 카맥은 거부했다.

---

203) 출처: 인터랙티브 디지털 소프트웨어 협회.

에이드리안이 보기에는 상황이 더 악화되고 있었다. 슈리브포트의 레이크 하우스에서부터 지금까지 모든 시간이 이드가 카맥의 회사가 되었다는 증거였다. 에이드리안은 좌절을 느꼈고 무엇이든 새로운 일을 하고 싶었다. 게임 커뮤니티에서도 비판이 들끓었다. 이드는 스토리와 기획에 대한 숙고 없이 같은 게임을 계속해서 재탕하고 있다는 비판이었다. 그러나 에이드리안은 지레 체념하고 하던 일을 계속했다. 그래서 뭘 어쩌겠어. 존 카맥을 해고할 수는 없잖아?

프로젝트 작업이 시작되자 분열은 더욱 심해졌다. 회사 직원들이 각자 독립적으로 게임제작에 전념하게 하려던 카맥의 의도는 지나치게 고립적인 쪽으로 흘러갔다. 카맥이 퀘이크 3 엔진 초기버전을 만드는 동안 맵 제작자들과 게임 아티스트들은 무엇을 추구해야 할지 아무런 지시도 받지 못한 채 표류하는 느낌이었다. 그들은 각자의 컴퓨터 앞에 외로이 앉아 자기만의 작은 세상을 만들었는데 다른 사람들이 만든 세상과 연결되지도 상호 보완되지도 않는 세계였다.

카맥은 점점 더 짜증이 났다. 자기가 지금 여태 본 적 없는 가장 강력한 그래픽 엔진을 만들고 있는데 회사 직원들 중 누구도 그 좋은 기회를 잘 이용하려 들지 않았다. 아무도 기술을, 기획을, 카맥을 독려하지 않았다. 로메로와 신나는 실험을 하던 날들이 그립다고 직접 말한 적은 없지만 카맥이 무언가를 잃어버렸음은 분명했다. 이드 소프트웨어 팀에서 스스로 동기를 부여하는 마법이 사라졌다.

1999년 2월, 직원들은 더 이상 견딜 수 없었다. 카맥은 확실히 매일매일 게임 개발 과정을 관리하는 데에는 아무 관심이 없었다. 그들은 프로듀서를 원했고 그래서 카맥은 그레임 디바인을 불렀다. 그레임은 게임 역사에 남을 영재였다. 16살에 영국에 있는 고등학교에서 퇴학당했는데 아타리 게임 프로그래밍에 너무 많은 시간을 소비했기 때문이었다. 이후 미국으로 이사해서 트릴로바이트의 공동 창업자가 되었고, 이 회사는 1990년대 초반 가장 기술적으로 진보한 베스트셀러 CD롬게임 〈7번째 손님〉을 만들었다. 그레임과 카맥은 최신 코딩에 대해 메일을 종종 주고받으며 프로그래머로 관계를 발전시켜왔다. 카맥은 〈퀘이크 3〉에 도움을 줄 사람으로 최근 회사가 도산한 그레임을 떠올렸다. 그레임은 이드에 합류하게 되어 무척 기뻐했으나 막상 회사상황을 보고는 놀라고 말았다.

그레임은 14명에게 프로젝트 방향에 대한 생각을 물었다가 14개의 서로 다른 대답을 얻었다. 첫 출근 전날, 신입사원 세 명이 그레임을 메스키트 스타벅스에서 커피를 마시자며 불러내서 그가 일하게 될 잔혹한 장소에 대한 마음의 준비를 하라고 했다. "주주들은 당신에게 권한이 있다고 말할 거예요. 하지만 아무 권한도 갖지 못할 거예요. 당신의 결정이 괜찮다고 말해놓고도, 당신이 결정한 일을 중단시킬 겁니다." 그들은 그레임에게 무엇을 주의해야 하는 지 경고했다. 심리전, 정치, 사람들 사이의 불신. 그레임은 흔들리지 않고 그들을 안심시켰다. "다 잘 될 거야. 걱정 마. 상황이 바뀔 거야."

아무 것도 바뀌지 않았다. 그레임은 이드의 에고가 생각보다 강하다는 것을 알았다. 사람들은 방향 없이 일한다고 느끼면서도, 그와 동시에 정작 아무도 지시를 원하지 않았다. 설상가상으로 게임의 핵심적인 요소인 봇bot이 빠져 있다는 점이 상황을 더 나쁘게 만들었다. 봇은 컴퓨터에 의해 통제되는 캐릭터인데, 좋은 봇은 액션과 조화를 이루며 플레이어와 상호작용할 뿐 아니라 로봇 엑스트라처럼 장면에 살을 붙인다. 〈퀘이크 3〉는 데스매치뿐인 게임이기 때문에 혼자 플레이할 경우를 대비한 봇이 필수적이었다. 봇은 인간처럼 행동해야 했기에 꽤나 복잡했다.

카맥은 이 봇을 만드는 작업을 사내 다른 프로그래머에게 맡기로 결정했다. 처음 있는 일이었는데 결국 잘 되지 않았다. 그는 이번에도 모든 사람이 자기처럼 스스로 동기부여가 되며 유능하다고 착각했지만, 결과는 그게 아니었다. 그레임이 작업을 통제하려고 고군

분투하는 사이 그 봇들이 전혀 효과가 없음이 밝혀졌다. 봇이 전혀 인간처럼 행동하지 않았고 봇처럼 행동했기에 직원들은 극도로 당황하기 시작했다. 1999년 3월 당시에는 그들이 두려워할 만한 외부적 이유가 있었다.

산호세에서 열린 게임 개발자 회의에서 이드 직원들은 〈언리얼 토너먼트Unreal Tournament〉를 처음으로 보았다. 1998년에 슈팅 게임 〈언리얼〉을 만든 에픽에서 만든 새 게임이었다. 에픽은 어느새 어마어마한 경쟁상대가 되어있었다. 에픽의 수석 프로그래머인 팀 스위니는 숭배의 대상이었다. 에픽은 심지어 전 이드 직원 2명을 고용했는데, 제이 윌버와 〈울펜슈타인〉 시절 임시 회장이었던 마크 레인이었다. 두 사람은 에픽에서 사업 관리를 담당했다. 〈언리얼〉은 〈하프라이프〉처럼 슈팅 게임에 더 영화적인 느낌을 가져와 놀라운 인기를 얻었다. 그러나 차기작 〈언리얼 토너먼트〉는 이드를 더욱 놀라게 했다. 그것은 〈퀘이크 3〉처럼 데스매치만 지원하는 멀티플레이어 게임이었다.

에픽이 이드의 아이디어를 훔친 게 분명하다고 생각하는 이들도 있었다. 이드 직원들은 카맥이 언제나처럼 그의 .plan 파일에 회사의 나아갈 방향을 공개하는 것에 분개했다. 그러나 에픽은 카맥이 공개하기 오래 전부터 계획한 게임이라면서 아무 것도 훔치지 않았다고 부인했다. 그럼에도 반감과 경쟁은 여전했다. 콜럼바인 사태가 주는 압박감은 차치하고라도 〈퀘이크 3〉는 너무 정리가 안되서 정신을 차릴 수가 없었다.

게임은 E3에서 호평을 받았지만 이드는 다시 무너지기 시작했다. 존경받는 젊은 직원 둘- 레벨 디자이너인 브랜든 제임스와 프로그래머인 브라이언 후크가 좌절하여 회사를 떠났다. 에이드리안은 〈둠〉이 한창 성공했을 때 결혼한 아내와 헤어졌다. 언제나 융화적이던 주주 케빈은 뭔가 조치를 취해야 한다는 것을 알아챘다. 케빈은 카맥에게 혼자 만의 사무실에서 나와서 그와 에이드리안과 함께 공간을 공유하자고 했다. 원활한 커뮤니케이션을 위한 제안이었다. 그러나 그런 움직임은 다른 직원들에게 겁을 줄 뿐이었다. 직원들로서는 회사 주주들이 비밀리에 무엇을 하고 있는지 궁금할 수밖에 없었다. 사실, 아무 일도 없었다. 세 사람은 대화 대신 침묵 속에 일했다. 그 방에서 나는 소리라고는 에이드리안과 케빈이 카맥이 없을 때 트는 음악 소리뿐이었다.

프로젝트가 막바지에 이를 무렵 그레임은 프로듀서가 아닌 개발자가 되어 프로그래밍을 하고 있었다. 봇은 네덜란드에 있는 유명한 MOD 제작자에게 외주를 주었고 그는 멋지게 생명을 불어넣었다. 레벨은 합리적인 시퀀스에 따라 배열되었다. 1999년 11월, 게임은 완성 직전이었고 일부 직원은 출시를 위한 순회 홍보에 나섰다. 그러나 즐거움은 무척 짧았다. 경쟁사인 에픽이 다시 한 번 한발 앞섰다. 〈언리얼 토너먼트〉가 〈퀘이크 3〉보다 한 주 앞선 12월 초에 발매됐다.

아직 의문은 남았다. 플레이어는 카맥이나 에픽의 플롯 없고 데스매치 뿐인 온라인 게임 세계를 선택할 것인가, 아니면 스토리가 나머지를 살릴 수 있다는 것을 증명하고 싶은 게임 기획자 로메로의 편에 설 것인가? 로메로는 자신의 과격한 야망 때문에 사지에 몰려서도 〈다이카타나〉가 모두 해결해 주리라 믿고 있었다. 로메로는 『포브스』에 실린 〈퀘이크 3〉의 비즈니스 시사평에서 이 문제에 대해 언급했다. "온라인 게임은 여전히 시장의 극히 일부다. 그리고 웹에서 플레이하는 사람들은 게임을 무료로 다운로드 받을 사이트를 찾을 가능성이 가장 높은 사람들이다."[204] 『포브스』는 두 존의 대결에서 누가 최후의 승자가 될 것인지에 대해 나름의 의견을 내놓았는데, 결론은 이랬다. "거창하지 않은 이드의 전략이 더 나을 것으로 전망된다."

---

204) 포브스 1999년 10월 18일 158페이지 "내가 말하는 동안 쏘지 마" 기사의 내용 중에서.

"아아아아아아아악!"[205] 숀 그린은 컴퓨터 키보드를 바닥에 내리치며 비명을 질렀다. 한밤중 이온 스톰의 웅장한 사무실이었다. 숀의 자리는 발 아래에 펼쳐진 도시만큼이나 어두웠다. 로메로의 오랜 친구 숀 그린은 검은 티셔츠를 입고 영화 [2001 스페이스 오디세이]의 초반에 나오는 유인원처럼 웅크린 채 바닥에 키보드를 세게 후려쳤다. 비쩍 마른 프로그래머 하나가 파티션 위로 목을 길게 빼고 지켜보다가 무심하게 자기 일로 되돌아갔다.

숀은 미소를 지으며 다시 머리를 빗어 올리고 망가진 키보드를 복도로 던지며 말했다. "스트레스 해소에 이만한 게 없지." 숀은 다른 〈다이카타나〉 팀처럼 한참 비상근무 중이었다. 몇 년 전 로메로가 죽음의 스케줄은 끝났다고 카맥 앞에서 선언했던 게 무색하게도 주말마저 팀의 집중 업무 시간에 포함되어 있었다. 직원들은 이제 휴게실에서 팔꿈치로 서로를 밀치며 누울 공간을 찾고 있었다. 브라이언 "다람쥐" 아이젤로는 최근 90일 중 85일 동안 퇴근하지 않았다. 어떤 이들은 검은 천을 덮은 자기 파티션 아래로 기어 들어가 M&M's 초콜릿 상자를 펼쳐놓고 피자박스를 베개 삼아 둥지를 틀고 잠을 청했다. 스티비 케이스는 신장염으로 아파서 집에 틀어박혀 있었다. 로메로는 심지어 회사에서 가장 인기 있는 오락기에 "다이카타나가 완성될 때까지 철권 3 금지!"라는 안내문을 테이프로 붙였다.

숀은 몇 주 만에 처음으로 휴가를 내고 자신의 데스메탈 밴드 '라스트 챕터'와 함께 긴장을 풀러 버려진 낙태시술소로 향했다. 하루 종일 컴퓨터 화면에 줄줄이 적힌 코드만 바라보며 마운틴듀 반 상자를 흡입한 후, 그는 항상 열을 식힐 새로운 방법과 카페인을 찾아다

---

205) 이 부분과 이온 스톰 사내의 다른 장면들은, 나(저자)의 2부작 기사 "Heart of Darkness", "How Do Game Developers Hack It?"에서 따온 것이다. 출처: 살롱 2000년 3월7일자 기사 내용 중에서.
http://www.salon.com/tech/ feature/2000/03/07/romero/index.html
http://www.salon.com/tech/ feature/2000/03/08/ion_two/index.html.

넸다. 그와 로메로는 사무실에 야구 방망이를 든 실물 크기의 도자기 인형을 만들어 놓으면 어떨까 농담했다. 농담의 웃기는 부분은 도자기 인형이 자신을 파괴할 무기를 들고 있다는 점이다.

1999년 가을의 이온 스톰이 딱 그런 상황이었다. 로메로의 배는 항로를 벗어났을 뿐 아니라 선원들이 배에서 내리려고 끊임없이 뛰어내리고 서로를 미는 와중에 거친 바다에서 좌초했다. 이온 에이트의 퇴사, 댈러스 옵저버의 기사, 콜럼바인 논란으로 휘청거렸던 이온 스톰은 그 해 E3 컨벤션 결과에 또 다시 타격을 입었다. 컨벤션에 참석한다는 압박감은 어마어마했다. 다가오는 12월에 출시하기로 한 게임이 있어서 더욱 그랬다. 행사 전에 토드는 로메로와 맞섰다. "이봐, 에이도스가 꽤 걱정하고 있어서 신경을 좀 써줘야 해. 난 일이 정해진 대로 잘 진행되고 있는지 확인을 해야겠어." 토드가 게임을 준비해서 E3에 보내기로 했다.

로메로와 스티비는 게임계의 로큰롤 스타 같은 모습으로 1999년 5월 E3에 등장했다. 로메로는 검은 가죽 바지, 검은 망사 셔츠, 긴 실버 체인을 걸쳤다. 스티비는 금발로 염색한 머리를 딱 붙는 베이비 블루 티셔츠와 검은 바지 위로 늘어뜨렸다. 언론의 혹평에도 불구하고 그들은 여느 때처럼 욕정에 찬 남자들과 사인을 받으려는 〈둠〉 광신도들에게 둘러싸였다. 그러나 〈다이카타나〉데모 게임을 본 팬들은 눈살을 찌푸렸다. 프로그램에 있는 버그 때문에 화면이 전체적으로 버벅거렸다. 댈러스로 돌아간 로메로는 상주하며 회사를 감시하는 에이도스의 대리인 존 캐버노의 사무실로 뛰어 들어가 말했다. "나 때려 칠래요. 토드가 여기 계속 있으면, 내가 나갈 겁니다. 나 개랑 도저히 일 못해요. 토드가 일을 다 망치고 있다고요." 캐버노는 로메로에게 에이도스의 사주인 찰스 콘웰에게 회의를 요청하겠다며 말했다. "당신은 그냥 고개만 끄덕이면 됩니다."

6월, 이온 스톰의 공동주주인 로메로, 톰 홀, 토드 포터, 제리 오플래허티가 로스엔젤레스로 날아갔다. 3,000만 달러의 빚을 갚기 위해 회사 주식의 대부분을 매수하는 건에 대해 에이도스와 이야기한다는 게 표면적인 이유였다. 토드와 제리는 그게 아니라는 것을 빠르게 알아챘다. 로메로가 폭발했다. "난 헛소리에 질렸어요. 토드가 떠나든 내가 떠나든 할 겁니다."

캐버노는 놀라는 척을 했다. "그건 말도 안 됩니다, 존. 당신이 이온 스톰입니다. 그런 결정은 있을 수 없어요."

제리는 이게 뭐하는 짓인지 알았다. 바로 주도권 쟁탈. 로메로는 자신의 게임을 완전히 주도하고 싶어했다. 불행하게도 제리는 해결책을 제시하려 했다. "토드가 네 프로젝트 작업을 하는 게 싫으면 토드에게 다른 프로젝트를 주는 건 어때? 이의 있는 분?"

로메로가 말했다. "있지, 여기서 일하는 게 이제 재미가 없어. 나는 우리가 제휴를 하던, 뭘하던 간에 다른 방향으로 가야 한다고 생각해."

제리가 다른 해결책을 제시하기 전에 토드가 조용히 동의했다. "이봐. 네 말이 맞아, 존. 나한테도 재미가 없어. 제리도 분명 재미없을 거야." 제리도 수긍했다. 그들은 떠나기로 했다. 이온 스톰의 주주 네 명이 카메라 플래시 속으로 걸어 나갔다. 하지만 이번 카메라 플래시는 그들을 위한 게 아니었다. 배우 헤더 그레이엄과 롭 로가 화보 촬영을 위해 와 있었다.

결론적으로 토드와 제리는 망해가던 회사를 건전하게 매각할 기회를 얻어 기뻤다. 로메로와 톰은 새 기회를 얻어 안도했다. 게임이 아마도 회사를 구원할 것이다. 어쨌거나 그들은 처음의 비전을 여전히 믿고 있었다. 기획이, 그리고 게임이 법이 될 수 있다고. 로메로가 말했듯 기술을 고려하지 않은 기획과 관리 방법을 모르는 기획자들을 계산에 넣지 않은 게 문제였다.

그해 10월, 에이도스는 4,480만 달러의 손해를 보고한 뒤 이온 스톰 지분 51퍼센트를 인수한다고 발표했다. 로메로는 가을 내내 게임에 매달렸다. 인터뷰 요청은 거절했다. 〈철권 3〉의 코드는 여전히 뽑혀 있었다. 몬스터, 레벨, 음향, 게임아트는 거의 완성 단계였으나 어마어마한 작업이 남아있었다. 남아있는 버그 500개를 약속한 출시일인 1999년 12월 17일 출시까지 모두 제거하는 일이었다. 로메로가 반대했음에도 불구하고 에이도스는 그 날짜에 출시 파티를 계획할 만큼 자신감이 넘쳤다.

출시 파티는 열렸으나 〈다이카타나〉는 완성되지 않았다. 2000년 4월 21일에서야 로메로는 〈다이카타나〉를 출시될 준비가 되었다고 느꼈다. 그 다음날 그는 컴퓨터에 앉아 인터넷에 메시지를 작성했다. "하나님, 마침내 완성했습니다. 게임을 만드는 1년 반이 무척 길었습니다… 와, 나는 여러분 모두가 게임을 친절하고 객관전인 시선으로 보기를 바랍니다. 대대적인 광고에 대한 비판이 아닌 게임 자체의 가치와 우리가 성취하기 위해 노력한 것, 즉 정말 재미있는 싱글 플레이어 경험을 봐주길 바랍니다." 로메로는 이전 회사 와의 불가피한 비교를 막아보려 했다. "우리는 〈퀘이크 3〉와 대결하려고 〈다이카타나〉를 개발한 게 아닙니다." 그러나 최종 평가는 그의 손을 떠났다.

몸의 창조자들

두 사람이 제국을 세우고 대중문화를 바꿔놓은 이야기

영원히 지속되는 세계

Persistent Worlds

●

16장

●

영원히 지속되는 세계

2000년 말, 카맥에게 새 게임 출시 말고도 축하할 일이 있었다. 결혼을 했다. 존 카맥이 결혼을 했다는 말이다. 카맥은 몇 년 전 어떤 젊은 여성 사업가로부터 e메일을 받았다. 안나 강이라는 캘리포니아에 사는 〈퀘이크〉 팬이었는데 여성 〈퀘이크〉 토너먼트를 개최하고 싶어 했다. 카맥은 좋은 생각이라고 말하면서도 기껏해야 25명 정도나 모을 수 있을 거라고 생각했다. 하지만 안나는 1,500명을 모았다. 카맥은 자신이 틀렸다는 것을 증명하는 사람을 존경했다. '안나 강이 누구지?'

캐서린 안나 강은 존경받는 것을 일생의 숙제로 여기는 의지가 강한 여성이었다. 로스앤젤레스에서 자란 아시아계 미국인이어서 바나나라고 불렸다.[206] 바나나는 속은 하얗고 겉은 노랗다는 의미로 아시아계 미국인 여성을 비방하는 의미였다. 그러나 그런 모욕은 안나의 믿음을 흔들지 못했다. 안나는 여성이 남성에게 굴복할 필요가 없으며, 다른 인종과 결혼하는 것은 죄가 될 수 없고, 그리고 총체적으로 자본주의는 악하지 않으며 사회주의는 이상적이지 않다고 믿었다.

---

206) 출처: 게임 도메인 2000년 11월 9일 기사 "안나 강과의 인터뷰" 내용 중에서. http://www.domainofgames. com/?display=interviews&id=annakang&page=index.html

안나의 롤모델 중 하나는 작가 아인 랜드Ayn Rand였는데, 그의 소설 『파운틴헤드』의 캐릭터인 게일 와이낸드처럼 강한 사람이 되고 싶었다. 안나는 〈퀘이크〉를 할 때처럼 격렬한 감정을 느낀 적이 없었다.

성공적으로 토너먼트를 주최한 이후 안나는 카맥과 계속 e메일을 주고받았다. 카맥은 흥미로울 정도로 이타적이었는데 자기가 만든 코드와 지식을 나누어 주는 방식이 그랬다. 안나는 때때로 그를 〈스타 트렉〉에 나오는 감정을 절제하는 캐릭터 스팍이라고 놀렸지만 사실 카맥이 깊고 관대한 영혼을 가졌다고 믿었다. 아인 랜드, 철학, 그리고 게임에 대해 긴 시간동안 이야기를 나누면서 카맥도 안나에게서 깊은 인상을 받았다. 안나는 카맥의 도전의식을 북돋웠고 카맥은 그것이 좋았다.

두 사람은 장거리 연애를 시작했다. 카맥은 결국 직원들의 동의 하에 사업 개발 부서에 자리를 만들어 안나에게 취직을 제안했고, 안나는 댈러스로 이사 올 명분을 얻게 되었다. 이드에서 오래 근무하지는 않았지만 카맥과의 관계는 지속됐다. 그들은 하와이로 가서 친한 친구들과 가족 앞에서 작은 결혼식을 올렸다. 카맥 인생에서 몇 안 되는 휴가 중 하나였다. 그리고 그는 다른 때처럼 노트북을 가져갔다. 할 일이 있었다.

카맥이 생각하기에 〈퀘이크 3〉는 지금 하려는 것에 비교하면 고리타분하기 짝이 없었다. 그의 다른 게임들도 마찬가지였다. 온라인 게임은 성공적이었으며 가장 야심찬 그 세계는 영원히 지속되었고 플레이어는 24시간 내내 언제든지 인터넷을 통해 그 세계에 접속해 탐험할 수 있었다. 흥행작 〈에버퀘스트EverQuest〉나, 리처드 개리엇의 초기 히트작 울티마 시리즈를 기반으로 한 〈울티마 온라인Ultima Online〉 같은 중세 테마 게임은 수백만 장이 팔렸고, 전 세계에서 한 번에 수천 명의 사람들이 접속할 수 있는 "대규모 다중 사용자 온라인 롤플레잉Massively Multiplayer Online Role-Playing Game: MMORPG"이라는 장르를 구축했다. 플레이어는 디지털 세상에서 살았다. 탐험하고, 전투하고, 게임 캐릭터를 구축하며 일주일에 수십 시간을 게임 속에서 보냈다. 〈에버퀘스트〉는 '마약퀘스트Evercrack'이라는 별명까지 얻었다. 어떤 이들은 심지어 사람들이 탐내는 게임 속 무기나 액세서리 등 가상의 물건을 이베이eBay 같은 경매사이트에 올려 판매해서 진짜 돈을 벌기도 했다.

이러한 현상은 카맥에게 해커 윤리의 대중 영합적인 꿈을 상기시키는 이념을 충족시켜 주었다. "게임은 우리가 가상의 자원을 가질 수 있게 해줍니다. 이런 디지털 자원은 우리가 무에서 부를 창출하고 자유롭게 부를 복제하게 해줍니다… 대부분의 물리적 물질과 달리 디지털 물질은 정말로 부의 복제가 가능합니다. 세상이 더 풍요로워질 수 있습니다."

신혼여행 후 댈러스로 돌아오자마자 카맥은 팀원에게 자신의 새로운 방향을 공개하기로 했다. "우리가 주력해야 하는 일은 디지털 세상에 일반화된 인프라를 구축하고, 게임을 그 한 요소로 만드는 것입니다. 일반화된 인프라에서는 사람들이 항상 생각하고 바라는 3D 웹 환경을 풍부하게 가질 수 있어요. 이제 할 수 있습니다." 이것은 카맥의 일과 엔지니어링 정점이자 올더스 헉슬리에서 윌리엄 깁슨에 이르는 과학 소설가들의 꿈이었다. 홀로덱, 사이버 스페이스, 메타버스 등의 많은 이름으로 불려왔지만 그런 세상을 원시적으로라도 진짜 실현할 수 있는 기술이 준비가 되지 않았었다. 그런데 이제 그 때가 왔다, 라고 카맥이 결론지었다.

카맥은 회의실을 둘러보며 대답을 기다렸지만 멍한 시선만이 돌아왔다. 에이드리안이 말했다. "그렇지만 우리는 게임회사잖아. 우리는 게임을 만들어야지." 카맥이 한숨을 쉬었다. 그의 능력과 특권에도 불구하고 혼자서는 못한다는 사실을 알고 있었다. 그의 기술을 사용해 새로운 세상에 생명을 불어넣으려면 실험가가 필요했다. 그의 기

술에 놀라 말도 잇지 못하고 카맥의 비전을 실현하기 위해 모든 것을
헌신할 수 있는 누군가가 필요했다. 이것이 이 지구 상에 있었던 것
들 중 가장 끝장나게 멋지다는 걸 이해할 누군가가 필요했다. 그에게
는 로메로가 필요했다. 회의는 끝났다.

이드의 다음 작업은 무엇인가라는 질문은 해결되지 않았다. 누구
도 메타버스를 만들고 싶어하지 않았지만 무언가 다른 것을 하고 싶
다는 분위기가 회사 내에 고조되고 있었다. 그레임 디바인은 〈퀘스트
Quest〉라는 게임을 제안했다. 1인칭 슈팅 게임과는 전혀 다른 다중
사용자 롤플레잉 게임이었다. 에이드리안과 케빈은 완전히 다른 종
류의 게임에 대한 가능성에 흥분했다. 다들 그랬다. 게임 커뮤니티는
이드가 잘 하는 것만 너무 반복한다는 비난을 하고 있었고 그런 비난
을 중단시킬 기회 같았다. 그레임의 선언처럼 "로켓 런처는 이제 그
만!"이었다. 모두가 동의했다. 이드의 다음 게임은 〈퀘스트〉였다.

그러나 얼마 지나지 않아 카맥이 〈퀘스트〉를 싫어하게 됐다. 〈퀘
스트〉는 마치 3년 묵은 불쾌한 공기처럼 어두컴컴했다. 그에게는 몇
년간 계속 해서 떠오르는 다른 아이디어가 있었는데, 바로 새로운 〈
둠〉이었다. 그 아이디어가 썩 마음에 드는 건 아니었지만 싫지도 않
았다. 그레이 매터라는 회사가 이드의 관리 하에 〈울펜슈타인3D〉를
기반으로 한 새로운 PC게임 〈리턴 투 캐슬 울펜슈타인〉을 제작 중
이었는데 게이머들 사이에서 기대가 높았다. 〈둠 3〉라면 카맥이 구
상하던 빛과 그림자의 세계를 역동적으로 활용할 수 있는 차세대 그
래픽 엔진에 대한 아이디어도 자유롭게 넣을 수 있었다. 팀 윌리츠와
폴 스티드처럼 오리지날 〈둠〉의 영향으로 게임 사업에 뛰어든 2세
대 이드 직원들은 〈둠〉 새 시리즈를 제작할 기회에 열광했다. 카맥은
〈퀘이크〉의 오디오 작업을 했던 나인 인치 네일즈의 트렌트 레즈너
에게도 〈둠〉 3의 음향 작업에 관심이 있는지 물었다. 트렌트는 좋다
고 했다. 그러나 다른 직원들은 그리 반기지 않았다.

특히 캐빈, 그레임, 에이드리안이 그 아이디어를 싫어했다. "그건 마치 오래된 밴드가 첫 번째 앨범을 다시 만드는 거나 다름없어. 지금은 그때보다 잘 할 수 있다는 이유로 말이야." 에이드리안이 말했다. "그게 무슨 의미가 있어? 시간 낭비 말고 뭔가 새로운 걸 만들어야지! 이미 만들었던 걸 또 만드느라 2년을 바치지 말고, 우리가 창조한 이 장르를 더 발전시키자."

때를 기다리는 동안 팀 아레나라는 〈퀘이크 3〉 미션 팩 작업을 하기로 했다. 〈언리얼 토너먼트〉의 성공과 이드 게임에 팀플레이가 충분하지 않다는 비판에 대응한 조치였다. 그러나 직원들이 회사가 가려는 방향을 궁금해하면서 미션팩 작업이 잘 진척되지 않았다. 카맥이 생각하기에는 〈퀘스트〉의 전망이 무척 암울해, 카맥은 결국 자기 뜻대로 할 계획을 세웠다.

어느 날 밤 카맥은 폴의 사무실로 가서 말했다. "트렌트 레즈너가 〈둠〉의 음향 작업을 하고 싶어해."

"〈둠〉? 우리는 〈둠〉이 아니라 〈퀘스트〉 작업을 하고 있어." 폴이 말했다.

"글쎄, 나는 둠을 하고 싶다고 결정했어. 같이 하는 거지?

"좋아!" 폴이 말했다. 팀도 동의했다.

다음날 카맥은 케빈과 에이드리안의 사무실로 가서 말했다. "나는 〈둠〉을 하고 싶어. 폴은 〈둠〉을 원해. 팀도 〈둠〉을 원하고. 〈둠〉을 하지 않으면 나 그만둘래." 그리고 그는 돌아서서 문 밖으로 나갔다.

케빈과 에이드리안은 믿을 수 없었다. 그러나 뭘 어쩌겠는가? 카맥을 해고해? 카맥이라는 기린아 없는 이드는 무엇일까? 그들은 회사를 두 팀으로 나누는 가능성이나 그냥 완전히 항복하는 방법을 논의했다. 카맥은 전에도 그만두겠다고 으름장을 놓은 적이 있다. 그리고 에이드리안은 그 때가 정말로 왔는지도 모른다고 느꼈다. 어쩌면 카맥과의 관계는 끝났는지도 모른다고 말이다. 나중에 새 프로젝트를 시작한 다음에 에이드리안은 카맥에게 가서 그냥 회사를 떠나지 않은 이유를 물어봤다. 그를 붙잡은 게 무엇이냐고. 카맥은 말했다. "아무 것도." 결정은 내려졌다. 카맥은 다음날 컴퓨터에 앉아 자신의 계획을 세상에 공개했다.

"허머 어때요?" 허머 어때요? 허머 어때요?" 또 그 질문이다. 2001년 여름, 테메라라리아 레스토랑 앤 클럽에서 기름진 얼굴에 짧은 머리를 한 십대 소년이 멕시코 요리 접시를 들고 묻는 말이었다. 그 레스토랑은 텍사스 레이크 타와코니에서 가장 멋진 멕시코 식당이라고 자처했는데 댈러스에서 동쪽으로 30마일 떨어진 작은 마을에 있는 유일한 멕시코 식당이었다. 로메로와 스티비 케이스는 몇 달 전 시골로 탈출한 후 이 식당의 단골이 되었다. 이제 그들은 록스타 같은 외모보다는, 몇 대나 되는 값비싼 스포츠카로 마을에서 유명했다. 〈다이카타나〉의 지옥 이후, 그건 반가운 변화였다.

〈다이카타나〉는 미국 전역에서 단 41,000장밖에 팔리지 않았고 [207], 평론적으로도 상업적으로도 결과가 처참했다. 호의적인 평가는 몇 개뿐이고, 팬들과 언론 모두 〈다이카타나〉를 갈갈이 찢어버렸다. 『엔터테인먼트 위클리』는 케빈 코스트너가 주연한 악명 높은 영화의 장대한 실패에 비유해 "[워터월드]적 규모의 재앙" 이라고 불렀다[208]. 『PC 게이머』는 "〈다이카타나〉는 한 시대 팬덤의 종말을 시사할 뿐이다."라고 했다[209]. 『컴퓨터 게이밍 월드』는 더 간결했다. 제목부터가 "응, 그거 구려." 였다[210].

207) 출처: 2002년 NPD 그룹 자료.
208) 출처: 엔터테인먼트 위클리 2000년 6월 13일 기사 "칼질된 사건" 내용 중에서. 당시에는 www.ew.com 에서 온라인 검색 가능.
209) 출처: PC게이머 2000년 8월 9일 기사 "다이카나타 리뷰" 내용 중에서. http://www.pcgamer.com/reviews/archives/ review_2000-08-09am.html
210) 출처: 컴퓨터 게이밍 월드 2000년 11월 기사 "응, 그거 구려." 내용 중에서. http://www.zdnet.com/products/stories/reviews/ 0,4161,2667023,00.html

로메로는 누구든 실제로 〈다이카타나〉를 하면 즐거울 수 밖에 없다고 생각했다. 그러나 대부분의 사람들은 게임을 하는 데 애를 먹었다. 모기떼와 질척거리는 로봇같은 개구리가 몰려드는 오프닝 레벨은 플레이어를 짜증나게 했다. 해충을 지나가지도 않고 게임을 꺼버리는 사람이 많았다. 인터뷰에서 게임이 재미있다고 처음으로 말한 사람은 로메로였다. 개발하는 건 대단히 힘들었지만 말이다. 로메로는 〈다이카타나〉가 라이센스 계약과 해외 판매를 통해 손익분기에는 도달했다고 주장했다. 게다가 워렌 스펙터의 〈데이어스 엑스〉는 몇몇 배급사에서 올해의 게임으로 뽑히며 이온 스톰의 큰 성공작이 되었다. 로메로는 〈다이카타나〉의 매출과는 상관없이 〈데이어스 엑스〉가 다양한 지적재산권을 가진 게임왕국이라는 그의 비전을 증명했다고 생각했다.

그러나 이번만은 로메로의 열정도 일어날 일을 막지 못했다. 〈다이카타나〉 출시 이후 로메로는 후속 게임의 프로토타입 아이디어를 구상하기 시작했지만, 팀의 다수가 좌절하여 떠났기 때문에 곧 톰 홀이 〈아나크로녹스〉를 완성하도록 도와야 했다. 톰의 공상과학 롤플레잉 게임 〈아나크로녹스〉는 〈다이카타나〉처럼 정말로 방대해졌다. 정체불명의 에일리언 침략자를 무찔러야 하는 빈털털이 우주 탐정의 자취를 뒤따르는 이야기로, 수백 종의 생명체, 맞춤형 무기, 수많은 게임 속 게임들을 배치했다. 2001년 초 〈아나크로녹스〉도 거의 완성되었다.

게임만 끝나가는 게 아니었다. 어느 날 〈아나크로녹스〉가 완성되면 에이도스가 이온 스톰 직원을 몇 명 해고할 거라는 소문이 퍼졌다. 로메로는 호기심에 해고 대상자 리스트를 보러 CFO의 사무실로 갔다. 그는 종이 한 장을 집어 들었다. 댈러스 사무실에 근무하는 모든 이의 이름이 있었다. 톰과 로메로의 이름도 거기에 있었다. 그러나 오스틴에 있는 워렌 스펙터의 팀은 잔류했다. 로메로는 고속도로가 뒤로 보이는 자기 자리로 돌아가 앉아서 스티비에게 전화했다. "다 끝났어. 다 끝났다고." 로메로는 깊이 생각하는 성격이 아니었지만 이번만은 감정의 소요를 느꼈다. 그의 비전, 드림 디자인은 바라던 대로 전개되지 않았으며 엉망진창이 되었다. 심지어… 슬펐다. 그러나 그 슬픔은 언제나 그렇듯이 오래 머물지 않았다. 로메로는 톰에게 전화했다. 마치 예전에 로메로가 이드에서 한 시대가 끝나고 다음 시대를 시작할 때 톰에게 전화했을 때 같은 기분이었다.

머지않아 로메로, 톰, 스티비는 새 회사를 시작할 계획을 세우고 게임 아이디어를 구상했다. 힘든 삶을 이겨내고, 집안일을 하고, 가족과 잘 지내는 〈커맨더 킨〉과 비슷한 10살 정도의 소년에 대한 것일 수도 있고, 서부 개척시대의 총잡이일 수도 있고, 마돈나에 대한 게임일 수도 있었다. 또한 구체적으로 포켓 PC, 휴대전화와 같은 모바일 플랫폼 용 게임 제작에 대해서도 이야기했다. 모바일 시장은 2006년까지 60억 달러 규모로 성장할 것으로 예상되었다.[211] 로메로는 〈퀘이크〉 프랜차이즈에 기반한 새로운 게임 아이디어가 떠올랐다. 어느날 오후 로메로는 이를 이드와 상의하려고 메스키트까지 긴 자동차 여행을 했다.

이드는 이제 더 이상 악명 높은 검은 큐브 건물에 있지 않았다. 더 넓은 공간이 필요해서 지난해에 사무실을 이전했다. 새로운 사무실은 이전 사무실보다 훨씬 꾸밈없이 단순했다. 후터스와 올리브 가든 건너편에 있는 평범한 사무실 건물이었다. 로메로는 때때로 시내에서 카맥을 만났지만, 사업 아이디어, 창조적인 아이디어, 게임에 대한 아이디어를 가지고 카맥을 찾아온 건 5년 전 〈퀘이크〉 이후로 처음이었다. 로메로가 사무실로 들어갔을 때 카맥은 컴퓨터 앞에서 새 둠 엔진을 최적화하고 있었다. 사무실은 더 크고, 더 깨끗했지만, 변

---

211) 출처: 데이터모니터 2002년 자료.

함없이 미니멀리스트 카맥다웠다. 카맥은 한쪽 구석에 놓인 큰 모니터 앞에 앉아있었다. 블라인드 사이로 밖에 세워둔 페라리를 감시할 수 있는 자리였다.

"안녕." 로메로가 말했다.

"안녕." 카맥이 말했다.

로메로는 방문한 이유를 말하며 간단히 설명했다. "내가 〈퀘이크〉 이름을 라이센싱해서 게임을 개발하는 것에 대해 어떻게 생각해? 〈퀘이크〉 시리즈에 기반하지만 끊임없이 지속되는 세계가 될 거야."

카맥은 고개를 끄덕였다. "좋아. 왜 안 되겠어." 카맥은 이미 원래의 팀을 다시 모을 방법을 곰곰히 생각한 적이 있었다. 로메로, 톰, 에이드리안, 그리고 카맥 본인이 다시 모여 휴대용 게임기인 닌텐도 겜보이용 〈커맨더 킨〉을 만들면 어떨까 하고. 카맥과 로메로가 같은 회사에 다니지는 않겠지만, 그게 꼭 따로 일해야 한다는 뜻은 아니었다.

로메로는 떠나서 그의 길을 가고 있었다. 다음 단계, 새로운 비전으로 비트 플립을 했다. 모든 것이 집 한 채에서 시작되었다. 로메로는 초창기 이드와 같은 회사를 원했다. 친밀하게 함께 사는 공동체 같은 모습을 원했고, 그러려면 슈리브포트의 레이크하우스 같은 적합한 환경이 필요했다. 스티비가 온라인에서 광고하는 집을 보았는데 예산에 맞을 것 같았다. 둘은 허머 SUV 차량에 올라타고 이드를 지나, 록월을 지나, 낯선 시골길을 따라 달렸다. 교역소와 버려진 스쿨버스가 보였고, 들판 한복판에는 버스 크기의 녹슨 비행접시 같은 게 있었다. 비행접시에 대해 묻자 동네 사람들은 몇 년 전 홀연히 나타났다고 농담하면서 지금은 누군가가 핫도그 가판대로 개조하려는 중이라고 했다.

그 집은 멋졌다. 6미터 높이의 분수대가 있는 연못 뒤로 울퉁불퉁한 길을 내려가면 통나무집, 수영장, 폭포, 야외 온수풀, 공작새 농장이 있었다. 완벽하다. 그들은 그 집을 샀다. 로메로는 비디오 게임 제목을 따서 공작새의 이름을 퐁, 푸얀, 피닉스라고 다시 지었다. 그리고 그 집을 최고의 어린이 낙원으로 탈바꿈시켰다. 우유 상자 가득 들어있는 게임들, 여러 가지 색 m&m's 초콜릿이 담긴 크리스탈 그릇, 스피커에서 터져 나오는 비디오 게임 음악. 그가 어린시절 꿈꾸던 그런 집이었다. 이제 그는 아버지가 결코 할 수 없었던 일을 할 수 있었다. 아이들이 놀러오면 함께 앉아서 게임을 했다. 심지어 친아버지 알폰소 안토니오 로메로와도 게임을 했다. 친아버지가 생활이 어려워지자 로메로는 마을에서 멀지 않은 곳에 집을 한 채 사주었다.

멕시칸 레스토랑에서 차를 타고 돌아오는 길에 로메로와 스티비는 그 집의 마지막 손질을 어떻게 할지 의논했다. 어쩌면 나무 간판에 "죽음의 오두막집"과 "유령 저택"이라고 써서 자갈길 위에 세울 수도 있다. 아니면 숲으로 안내하는 석조 화살이 더 좋겠다. 그 화살에는 "우리가 모르거나 신뢰하지 않는 사람을 위해."라고 쓰는 거다. 진입로 위에 "캐슬 울펜슈타인"이라고 쓴 석조 아치를 세우는 생각도 했다.

하지만 이 모든 것은 그저 야심찬 기획일 뿐이고, 그들이 세우는 새 회사 몽키스톤 게임즈는 전혀 야심차지 않을 것이었다. 이번에는 뭔가 작고, 개인적이며, 재미있는 회사가 될 것이다. 집에 도착할 때 로메로가 말했다. "그저 좋은 친구들이 될 거야. 게임을 만드는 좋은 친구들."

카맥에게는 게임을 만들 날이 결국 며칠 남지 않아 보였다. 케빈, 에이드리안과 회의에서 심하게 논쟁한 다음날, 카맥은 .plan 파일에 소식을 업로드 했다. "이렇게 빨리 발표할 계획은 없었지만 지금 말씀드리겠습니다. 우리는 새 〈둠〉 게임 작업을 하고 있습니다. 싱글 플레이어 경험에 초점을 맞추면서 모든 측면에서 새로운 기술을 사용하고 있습니다. 당분간은 그 이상은 말할 수 없습니다. 그러니 인터뷰를 강요하지 마세요. 게임이 실제로 완성되면 이야기하겠습니다. 오해의 소지가 있는 말을 방지하기 위해서입니다. 예상보다 순조롭게 결정되었지만, 어제 다 끝났습니다. 케빈과 에이드리안이 나의 반대에도 불구하고 보복으로 폴 스티드를 해고했습니다."

〈둠 3〉 제작 소식이 발표된 지 얼마 지나지 않아 실리콘 알라모 요새의 소문이 퍼지기 시작했다. 이것이 카맥의 마지막 게임이 될 것이다. 증거는 점점 더 많아졌다. 주주들 사이의 긴장감, 그리고 더 중요하게는 카맥의 새로운 취미인 로켓 우주선 제작이었다. 진짜 로켓 우주선 말이다.

〈퀘이크 3〉를 개발하던 어느 때 카맥은 로켓 공학을 재발견했다. 한 인터뷰어가 그에게 어린 시절에 대해 물어서 카맥은 로켓, 폭탄, 소년원, 그리고 지금 그가 보기에는 "도덕관념이 없는 어린 얼간이"[212] 였던 자신에 대한 이야기를 했다. 그 인터뷰 후에 카맥은 한가하게 인터넷을 서핑하며 모형 로켓 공학계 동향을 알아보았다. 그러다가 우주로 타고 갈 수 있는 거대한 고성능 로켓을 만들려는 해커, 엔지니어, 튀김 요리사들의 더 경쟁적이고 정교해지는 세상을 둘러보게 되었다. 카맥은 강한 호기심을 느꼈다.

카맥은 모형 로켓을 몇 개 주문했고, 자기 마당 한 쪽 끝에서 발사했다. 더 인상적인 장비에 이르기까지 여러 주 동안 계속해서 출력을 높였다. 카맥은 아마추어 로켓 공학에 대한 책을 더 많이 읽기 시작했다. NASA가 운송 회사에 불과하다고 느끼는 사람들이나, 1,000만 달러의 X프라이즈를 놓고 3명을 태운 우주선을 지구 밖으로 쏘아 올리는 일에 경쟁하는 사람들에 대해서 읽었다. 그러나 그가 진짜 매력을 느낀 건 엔지니어링이었다.

타이밍은 완벽했다. 〈둠 3〉을 혁신할 기회가 있었지만 카맥은 그의 말대로 "현존하는 그래픽 지식의 정점"을 느꼈다. 〈퀘이크〉에서 임의적인 3D로 기술 도약을 이루고 나자, 최적화를 넘어설 여지가

---

212) 출처: 슬래시닷컴 웹사이트 1999년 10월 15일 "존 카맥과의 인터뷰" 내용 중에서. www.slashdot.org

별로 없었다. 마치 소프트디스크에 와서 로메로를 발견한 때와 같았다. 로메로는 그보다 더 많이 알고, 그가 더 많이 배울 수 있도록 도울 수 있는 사람이었다. 지금 카맥은 로켓 세상에서 비슷한 기회를 보았다. 로켓은 시장이나 규칙 또는 규정의 제재를 받는 그저 임의적인 물건이 아니었다. 목적지가 자연법칙에 따라 정해져 있었다. 이제 그는 컴퓨터가 아니라 중력에 맞섰다.

카맥은 수천 달러 상당의 로켓 과학 연구서들을 사서 연구에 돌입했다. 지역 아마추어 로켓 공학 웹사이트에 유인 우주선 제작에 관심이 있는 회원 모집 광고를 게재했다. 그는 유인 우주선을 수직 드래그스터직선코스 경주용 자동차라고 불렀다. 조용한 엔지니어 몇 명이 모인 이 그룹은 스스로 아마딜로 에어로스페이스라는 이름을 지었다. 밥 노우드는 자진해서 그의 페라리 숍을 작업 공간으로 제공했다. 머지않아 그들은 거기서 매주 만나게 되었다.

〈둠 3〉 작업을 하는 동안, 카맥은 점점 더 많은 시간을 로켓에 푹 빠져 보내기 시작했다. 그의 집은 로켓 부품들로 뒤덮였고 페라리 트렁크에도 모터가 넘쳐났다. 뒤뜰에서 로켓 우주선을 만들었던 이드의 예전 게임 캐릭터 빌리 블레이즈의 현신 같았다. 한때 카맥은 컴퓨터 앞에 웅크리고 앉아 일주일에 100시간을 보냈던 프로그래머였으나, 이제 자기 시간의 거의 절반을 기름과 납땜용 인두를 들고 보내고 있었다. 그는 버려진 주차장에서 자신의 고성능 로켓을 시험 발사했는데 로켓에는 자기만한 사람이 탈 수 있는 일인용 좌석을 장착했다. 때로는 다른 수백 명의 진지한 열정적인 사람들과 함께 자신의 커다란 우주선을 발사할 수 있는 이벤트를 기다리기도 했다. 가끔은 어린 시절 놀던 때처럼 작은 모형 로켓을 몇 개 들고 들판으로 향했다.

2001년 11월의 어느 흐린 오후, 카맥은 형광 오렌지색 모형 로켓을 차에 싣고 메스키트를 벗어나 빌딩이 사라지고 소들이 풀을 뜯는 넓은 목초지가 나올 때까지 동쪽으로 향했다. 그는 사무엘 필드에 차를 세웠다. 아마추어 로켓과 무선 조정 비행기가 사용하는 작은 갈색 부지였다. 파란 간이 화장실 근처에 피크닉 테이블이 몇 개 놓여있었고 미국 국기가 녹슨 기둥 위에서 펄럭였다. 녹색 쓰레기통에는 쓰레기가 넘쳤다. 꼭 〈둠〉에 나오는 드럼통 같았다. "실내에서 시뮬레이션만 해도 된다는 사람들도 있어. 하지만, 나는 밖으로 나와서 바람을 상대하는 게 중요하다고 생각해." 카맥이 말했다.

카맥은 구름을 향한 긴 막대를 바닥에 세우고 검은색과 붉은 색 뼈대로 발사대를 설치했다. 로켓을 설치하고 바람을 가늠했다. 전에 여기서 발사했을 때 한 번은 우주선이 강풍에 보이지 않을 때까지 날아가 버렸다. 그 후로 그는 해결책을 연구했다. 무선 모뎀과 노트북으로 제어하는 GPS도둑질이 해결책이었다. 사전적 정의를 따르면 그것도 일종의 해킹이었다. 문제를 해결하기 위해 그가 개발하는 창조적인 엔지니어링의 한 부분이니까. 지금 그는 로켓이 땅에 떨어지면 조난 신호를 울리는 구식 무선 송신기를 사용하고 있었다.

카맥은 첫번째 로켓을 금속 기둥에 고정해 설치하고 바람에 맞게 조정하고는 녹슨 작은 가위로 와이어의 끝을 잘랐다. 카맥이 뒤로 물러서서 작은 플라스틱 버튼을 눌렀고 스우우우쉬- 로켓은 연기 자국과 함께 공중으로 솟아올랐다. 로켓은 약 300미터 상공에 이르렀다가 호를 그리며 내려왔고, 작은 공간이 갑자기 열리며 투명한 플라스틱 튜브가 헬리콥터 날개가 되었다. 카맥은 그것을 주우러 들판을 가로 질러 뛰어갔다.

"좋아. 이제 이거 해보자." 그는 오렌지 로켓의 맨 아래 부분을 비틀어 열었다. 그가 직접 만든 로켓이었다. 메인튜브에서 시작해, 로켓의 꼬리 날개의 크기를 조정하고, 적절한 에폭시를 고정하고, 몸체를 형광 오렌지색으로 칠했다. 지난번에 만든 로켓보다 16배나 강력한 G80엔진을 장착했다. 카맥은 로켓 앞머리를 열어 보라색과 하얀색의 낙하산과 오디오 송신기를 밀어 넣고, 1미터짜리 나무 막대로 눌렀다.

이런 로켓 모터는 어린이용이라고 카맥은 말했다. 반면에 고출력 로켓에는 높은 등급의 과산화수소가 필요했는데, 그건 구하기 어려운 물질이었다. 로켓연구가들은 그 위험 물질을 수용할 공간이 있는지 감독관에게 확인을 받아야 얻을 수 있었는데, 또한 한 통에 1,200달러였다. 카맥과 그의 로켓 그룹은 이런 귀찮은 상황을 처리하는 대신 비밀리에 로켓 연료를 만들기 시작했다. 70% 등급의 과산화수소를 사서 90%까지 증류하는 것이다. 위험한 양조작업이어서 까딱 실수하면 가까이에 있는 유리를 산산조각 내거나 폭발을 일으킬 수도 있었다. 카맥은 곧 그 계획에 반대했다.

"뒤로 물러서세요." 오렌지 로켓이 준비되자 카맥이 말했다. 그는 전선을 펴서 하단에 붙이고 버튼을 눌렀다. 이번에는 발사할 때 콰과과 쾅하는 소리가 들리고 빛과 연기가 솟았다. 그러나 로켓이 너무 낮았다. 나무 위로 날아가고 있었다. "저런. 찾을 수 있길." 카맥은 숲으로 달려갔다. 부서진 프로펠러가 떨어져 있고 플라스틱 부품 조각이 마치 로봇 내장기관의 막처럼 나무에 걸려있었다. 카맥은 가만히 멈춰서 무선 송신기의 새된 소리를 들었다. 로켓은 부서지지 않았다.

차가운 바람이 불었지만 카맥은 집에 가려 하지 않았다. 그는 이제 막 재미를 느끼기 시작했다. 말을 많이 하고 미소지었다. 실험을 더 할 준비가 되어 있었다. 조금 더 강력한 새 엔진을 시험할 때였다. 이 크기의 로켓에 일반적으로 필요한 것보다 두 배 강력한 엔진이었다. 그는 조금 전에 사용한 엔진을 비틀어 빼내서 버리고 새 엔진을 향해 손을 뻗었다. 발사대를 조정하고 구름을 똑바로 겨누었다.

카맥은 미래에 남겨줄 유산과 같은 거만한 표현을 거부했지만 거듭 물으니 한 가지 생각을 말해주었다. "정보화 시대에 장벽은 없습니다."로 시작해서 그는 계속 말했다. "그 장벽은 스스로 자초한 것입니다. 만약 당신이 무언가 거대한 새로운 것을 개발하고 싶으면 수백만 달러의 자본은 필요하지 않습니다. 충분한 피자와 냉장고에 넣어둔 다이어트 콜라, 작업을 할 저렴한 PC, 그리고 그것을 헤쳐 나갈 헌신만 있으면 됩니다. 우리는 바닥에서 잤고, 물살을 헤치며 강을 걸어서 건넜습니다."

그는 경고 없이 발사 버튼을 눌렀고, 폭발과 함께 검은 연기가 뿜어져 나왔다. 한가로이 풀을 뜯는 소들 위로 로켓이 높이 솟구쳐올랐다.

꿈의 창조자들

두 사람이 제국을 세우고 대중문화를 바꿔놓은 이야기

에필로그

두 존이 만난 후 십 년이 지나서야 게임 산업이 세상에 자리 잡았다. 미국 내 비디오 게임 판매는 108억 달러를 넘어서면서 다시 한 번 영화 박스 오피스 수입을 넘어섰다.[213] 휴대폰 게임 시장이 수십억 달러 규모로 부상하면서 게임 매출은 음악 시장도 넘어섰다.[214]

게이머들 또한 계속 성장하고 있다. 여드름 소년은 커녕, 게이머의 평균나이는 28세이다. 게이머의 다양성은 게임 테마도 다양하게 했다. 야구에서 브릿지 카드게임, 고대 로마부터 미래의 일본, 미키마우스에서 데이빗 보위에 이른다. 전체 미국인의 약 60퍼센트가 게임을 하는데, 여성 6,200만 명과 미국 대통령(매일 컴퓨터 솔리테어 게임을 한다고 인정했다.)을 포함해 1억 4,500만 명이다[215]. 일본, 독일, 대한민국과 같은 나라에서는 게임이 이미 전국민적인 취미이다.

게임이 주류로 자리 잡으면서 1인칭 슈팅 게임에 대한 논란도 진정되기 시작했다. 리버만 상원의원은 부모에게 성인 콘텐츠에 대해

---

213) 출처: 2002년 NPD 그룹 자료. 비디오 게임 콘솔 하드웨어 및 소프트웨어와 PC 소프트웨어를 반영한 매출 통계이다.

214) 미국 영화 협회에 따르면, 2001년에 전미 박스 오피스 수입은 84억 달러이고, 미국 음반 산업협회는 2001년 음반 판매를 137억 달러로 기록했다.

215) 출처: NPD그룹 및 인터랙티브 디지털 소프트웨어 협회의 통계 자료.

알리려는 게임 회사의 노력을 높이 평가했다. 정치인들은 폭력적인 게임을 법제화하려고 노력한 반면, 법원은 콜럼바인과 파두카의 10대 총기난사범이 〈둠〉의 영향을 받았고 주장하는 수백만 달러짜리 소송을 기각하면서 일종의 메시지를 보냈다. "이것은 비극적인 상황이었다. 그러나 이러한 비극을 간단히 이성적으로 설명하기란 불가능하다. 그런데 법원이 이성적인 설명이 가능한 척해서는 안 된다."[216] 미국 지방 판사가 선언했다.

시간은 또 한 시대의 종말을 가져왔다. 특히 실리콘 알라모에 있는 여러 게임 회사에 그랬다. 한때 6개 이상의 게임회사가 있던 댈러스에서는 로메로의 이온 스톰과 마이크 윌슨의 개더링 오브 디벨로퍼스를 포함해 가장 의욕 넘치던 스타트업들이 문을 닫았다. 반항적인 아웃사이더들이 독립적으로 수십억 달러 규모의 사업을 지배할 수 있었던 황금기는 지나간 것 같았다. 그러나 그 정신은 남아있다. 심지어 가장 큰 회사들도 이드의 혁신을 모방한다. 온라인 플레이, 무료 데모 제공, 게임 수정판 제작 권장과 같은 정책을 따라하면서 바이럴 마케팅이라고 불렀다. 그리고 휴대폰 같은 새로운 플랫폼이 부상하면서 진흙 속에 숨어있는 새 시대의 위대한 게이머들은 떠오르기를 기다리고 있을 것이다. 세상은 언제나 위대한 다음 게임을 할 준비가 되어 있다.

예전의 대인기작을 다시 논의하기로 한 이드의 결정은 뒤섞인 결과를 내놓았다. 이드가 개발한 〈퀘이크 3〉 팀 아레나 미션팩은 〈언리얼 토너먼트〉의 성공에 대응하려는 뒤늦은 시도로 비춰지며 비평적으로도 상업적으로도 실망스러웠다. 이드가 직접 개발하지는 않고 유통만 한 〈커맨더 킨〉의 게임보이 어드밴스 버전도 비슷한 반응을 얻었다. 그러나 〈리턴 투 울펜슈타인〉은 칠면조 만찬 빼고는 전작과

---

216) 출처: AP통신 200년 4월 7일 기사 "켄터키에서 살해된 학생들의 부모들이 소송에서 지다" 내용 중에서.

유사점이 거의 없었는데도 비평적으로도 상업적으로도 모두 대성공이었다.

이 시기에 존 카맥은 전설적인 지위로 상승했다. MIT의 테크놀로지 리뷰 잡지가 "비디오 게임이 컴퓨터의 진화를 주도한다"[217]라고 말한 것처럼 카맥이 그래픽 프로그래밍에서 이룬 혁신이 그 이유 중 하나였다. 그리고 계속해서 소스 코드를 온라인에 제공하는 것을 포함해 그의 자선활동은 누구도 따라잡을 수 없었다. 산호세에서 열린 연간 게임 개발자 회의에서 카맥은 29세에 게임산업의 오스카상인 인터랙티브 예술과학 협회 명예의 전당에 이름을 올린 세 번째이자 가장 어린 사람이 되었다. 빌 게이츠는 축하 연설을 비디오테이프에 녹화해 보내왔다. 그는 자기가 존보다 더 매끄럽고 빈틈없는 코드를 짤 수 있다고 농담했다. 빌 게이츠의 연설 후에 카맥은 무대로 올라가 동료들의 열렬한 기립박수를 받았다. 업계의 첫 수상자인 닌텐도의 미야모토 시게루와 필적할 만한 일이었다. 미야모토는 카맥이 소프트디스크에서 그 운명적인 밤에 PC로 따라서 구현했던 바로 그 게임 〈마리오 브라더스〉를 만든 사람이다.

많은 게이머들이 카맥이 〈둠 3〉 이후 게임 업계에서 은퇴할지 궁금해했다. 카맥 본인도 확신하지 못했다. 그는 게임과 엔진 라이센스 판매로 돈은 충분하고 남을 정도로 벌었다고 느꼈고, 사실 기부도 자주 하고 있었다. 더욱이 수 년 동안 색상학을 포함한 그래픽 과학에 몰입한 후 카맥은 거의 선불교 수준의 이해를 달성했다. 그는 샤워를 하면서 벽에 비친 긴 빛줄기를 보며 생각했다. '저건 수도꼭지에 반사된 전등의 불빛이 분산된 정반사성의 상이야.' 이런 관점으로 보게 된 덕에 자연계에서 멀어지기보다 자연계를 더욱 깊이 인식하게 되었다. "나는 이런 것들이 매혹적이고 기적적이라고 생각합니다. 세상

---

217) 출처: 테크놀로지 리뷰 2002년 3월호 표지에서.

이 작동하는 방식을 인식하기 위해 그랜드 캐년에 갈 필요가 없습니다. 나는 내 욕실에서 반사되는 빛에서도 세상의 작동 방식을 볼 수 있습니다."

카맥은 새로운 학습 자료인 로켓에 더욱 깊이 몰두했다. 매주 토요일이면 페라리 마법사 밥 노우드를 비롯한 로켓연구가 팀을 만나서 그가 '수직 착륙 과산화수소 로켓 교통수단'이라고 부르는 것에 대해 연구했다. 카맥은 루나 랜더를 손수 만들었는데, 안에는 그와 그의 아내 안나를 위한 좌석이 있는 우아한 우주선이었다. 다음은 아마도 X프라이즈의 상금 1,000만 달러에 도전하는 것이다. 그 상금을 받으려면 3명을 궤도로 쏘아올려 다시 돌아오게 하는 것을 14일 안에 2번 반복해야 해한다. 카맥을 아는 사람은 그가 X프라이즈에 도전할 만하다고 생각했다.

그 사이 존 로메로는 가정에 더 집중하면서 행복했다. 로메로는 스티비 케이스와 함께 댈러스 시골에 있는 넓은 집에 살면서 그의 뿌리인 디자인과 게임프로그래밍으로 되돌아가기로 했다. 전통적인 유통계약을 몇 번 간단히 시도한 후에, 로메로, 스티비, 톰 홀은 미지의 게임 영역을 위해 야심찬 컴퓨터 게임의 노선을 포기하기로 했다. 톰의 〈아나크로녹스〉는 좋은 평가를 받았음에도 불구하고 휴대용 컴퓨터, 휴대폰 그리고 다른 휴대용 기기용 게임으로 눈을 돌렸다. 게임의 새로운 영역을 받아들인 최초의 유명 개발자로서 로메로는 한때 PC 게임에서 그랬던 것처럼 모바일 게임의 치어리더가 되었다.

작은 팀이 짧은 개발 주기의 작은 게임을 만든다는 그들의 독창적인 비전에 충실하게 몽키스톤은 몇 달 만에 첫 게임 〈하이퍼 스페이스 딜리버리 보이Hyperspace Delivery Boy〉를 완성했다. 톰과 로메로는 로메로의 시골집에서 다른 개발자 셋과 함께 밤늦게까지 일하면서 게임 전체를 기획하고 프로그램했다. 예전처럼 말이다. 게임에서 플레이어는 은하간 택배회사 직원인 가이 캐링턴이 되어서 "우주에서 가장 중요한 소포들을 배달"하게 된다. 한 평론가는 〈하이퍼스페이스 딜리버리 보이〉가 구매할만한 가치가 있는 몇 안 되는 포켓PC 게임 중 하나라고 말했다[218]. 이드에게서 라이센스를 구입한 덕분에 다음 게임은 〈커맨더 킨〉의 새로운 버전일지도 모른다. 톰은 자신이 창조한 캐릭터 빌리 블레이즈를 다시 집으로 데려올수 있어서 기뻤다.

로메로에게 있어 몽키스톤에서의 즐거움은 단지 새로운 시작만이 아니었다. 과거로부터의 단절이기도 했다. 34번째 생일 직후 그는 톰을 따라 1991년부터 기른 유명한 머리를 잘랐다. 그리고 새 회사만큼이나 쉽게 관리할 수 있는 짧은 머리카락만 남겼다. 로메로는 그 길고 검은 머리카락을 버리지 않고 포장해서 병들고 가난한 어린이를 위해 부분 가발을 공급하는 비영리 단체인 록스 오브 러브에 기부했다. 그의 트레이드 마크인 긴 머리만 사라진 것이 아니었다. 이제 그는 시골의 흙투성이 도로와 트럭에 둘러싸여 살고 있고, 한때 소중한 소유물이었던 〈둠〉의 수익으로 산 페라리가 쓸모없다는 걸 발견했다.

그는 앞뜰에서 다양한 각도로 애정을 담아 페라리를 촬영하고 인기있는 온라인 경매 사이트 이베이eBay에 "짐승같은 럭셔리"라는 제목으로 사진을 업로드했다. 경매 시작 가격은 65,000달러였다. 터보 시스템부터 맞춤 엔진에 이르기까지 100,000달러 이상의 부품을 장착해 개조한 것을 고려하면 충분히 그만한 가치가 있다고 설명했다. "이 차에서 나오는 소리는 완벽하게 놀랍고 파괴적입니다. 길에 나가서 좀 밟아보면, 인디 경주용 자동차 같은 소리가 날 겁니다. 그냥 웃기만 하면 됩니다. 정말 멋집니다. 이것은 당신이 볼 수 있는 가장 멋진 페라리 테스타로사입니다." 그 차는 82,500달러에 팔렸고 그 차

---

218) 출처: 포켓게이머 2002년 1월 8일 "하이퍼스페이스 배달 소년" 기사 중에서. http://www.pocketgamer.org/reviews/action/hdb/

를 산 사람도 로메로의 의견에 동의했다.

또 다른 페라리는 로메로와 카맥을 다시 모이게 했다. 메스키트에서 열린 〈퀘이크 3〉 토너먼트 경기장 밖에서 일어난 일이었다. 예전에 두 존은 이 곳에서 서로를 볼 때마다 무시했다. 하지만 이번에는 달랐다. 그들은 게임을 했고 점수가 정해졌다. 그리고 한 친구는 도움이 필요했다. 카맥이 주차장에서 시동을 거는 데 애를 먹고 있었다. 우르릉거리는 소리에 고개를 들어 보니 노란 허머의 헤드라이트가 보였다. 로메로가 차에서 내렸고 그의 손에는 점퍼 케이블이 들려 있었다. 해야 할 일이 있었다.

후기

둠의 창조자들이 출간된 후 1년 동안, 독자들이 가장 많이 묻는 질문은 "지금 존들은 무엇을 하고 있나요?" 이다. 답은 게임을 만들고 있다는 것이다. 그러나 게이머들이 기대하는 것과는 완전히 다른 게임이다.

현재, 카맥은 여전히 〈둠 3〉 작업 중이다. 대략 10년 만에 나오는 새로운 둠이 될 것이다. 이드의 "다 되면"이라는 모토에 딱 들어맞는 셈이다. 2003년 5월 E3 컨벤션에는 출시하지 못했지만, 만약 팬들에게 행운이 있다면 아마도 2004년 E3까지는 출시될 것이다. 음울하고 피투성이인 〈둠 3〉의 데모를 본 사람들은 카맥의 그래픽을 또한 번 산업의 다음 진화적 도약이라고 이미 예고하고 있다. 내가 와이어드에 게임기사를 쓰기 위해 댈러스에 있는 동안 카맥은 비디오 게임이 우리가 좋아하는 〈토이 스토리〉와 〈슈렉〉 같은 영화 수준의 리얼리티에 빠르게 접근하고 있다고 말했다. 카맥은 일단 그 수준에 도달하면, "핵심 프로그래머들이 내내 엔진을 만들 이유가 없습니다. 재미로 하겠죠." 라고 말했다.

카맥은 자기 자신을 가리켜 말한 것이 분명했다. 전에 암시한 적도 있지만, 〈둠 3〉가 그의 마지막 게임이 되지 못할 것이다. 그는 여전히 우주로 발사할 승용 우주선을 만드는 데 일주일에 수십 시간을 보내고 있긴 하지만 직장을 그만두지는 않기로 결정했다. 〈둠 3〉 개발 중 휴식 기간 동안 카맥은 다음 그래픽 엔진은 무엇이 될 것인가에 대해 고민하기 시작했다. 그리고 1996년 이후 처음으로 이드는 카맥의 기술을 또 다른 〈둠〉이나 〈퀘이크〉 외의 무언가인 새로운 프랜차이즈를 만드는데 사용하게 될 것이다. 아직 그 방향에 대해 잘 알지는 못하지만 한 가지는 확실하다고 카맥이 말했다. "그것은 일종의 일인칭 슈팅 게임이 될 것이다."

카맥이 이번에는 가정을 가까이하기로 선택한 반면, 로메로는 아무것도 하지 않았다. 〈하이퍼스페이스 딜리버리 보이〉를 출시한 이후 로메로의 회사 몽키스톤 게임스는 모바일 기기와 개인용 컴퓨터용 게임을 계속해서 개발하고 배급했다. 로메로는 〈콩고 큐브 Congo Cube〉와 협업했다. 콩고 큐브는 원숭이 고고학자가 희귀한 우상들을 찾아다니는 테트리스 스타일의 게임이다. 이온 스톰에서의 비전에 충실하게 로메로는 다른 기획자의 게임도 배급했는데, 그중 하나는 플레이어가 가상 야구팀을 관리하는 것이었다.

그러나 2003년이 흘러가면서 그 게임들은 생활비조차 벌지 못했다. 상황이 더 복잡해져서 스티비와 로메로는 헤어졌고, 그는 숲 속 큰 집에 홀로 남겨졌다. 10월에 로메로와 톰 홀은 다른 회사에 취직해 샌디에고로 이사간다고 발표했다. 〈모탈 컴뱃〉, 〈스파이 헌터〉 등 인정받는 게임을 만든 미드웨이Midway였다. 톰은 크리에이티브 디렉터로 취직했고 로메로는 〈건틀릿〉 새 버전의 프로젝트 리더가 될 것이다. 〈건틀릿〉은 소프트디스크 시절 카맥의 게임 〈카타콤〉에 영향을 준 클래식 오락실 게임이다. 몽키스톤이 도산하지 않도록 노력하겠지만 본업은 미드웨이에 있게 될 것이다.

로메로에게 미드웨이는 큰 사업을 운영하는 귀찮은 상황 없이 더 큰 게임을 만들 수 있는 환영할 만한 기회였다. "내가 회사를 소유했는지 아닌지 여부는 중요한 게 아니에요. 내가 즐길 수 있는 한." 로메로가 기분 좋은 이유는 또 있었다. 다시 사랑에 빠졌다. 스티비가 집을 떠난 지 몇 달 후 로메로는 라루카 플레스카라는 이름의 루마니아 부쿠레슈티에 있는 예쁜 19살 게이머와 e메일을 주고받았던 것을 기억해 냈다. 슈팅게임에 대한 열정과 귀여운 이모티콘에 그는 깊고 빠르게 빠져들었다. 부쿠레슈티에서 그녀를 만난 후 로메로가 청혼했고, 두 사람은 2004년 1월 그녀의 고향에서 결혼했다. 라루카는 비자를 받는 대로 미국으로 와 그와 함께 할 것이었다.

로메로와 카맥의 행보가 갈라졌지만, 두 존은 35세에 이미 사업계 원로로서의 역할에 자리잡아가고 있었다. 로메로는 캘리포니아로 향하기 전 톰 홀과 함께 댈러스에 있는 남부 감리교 대학에 비디오 게임 개발을 위한 18개월 자격증 프로그램인 기드홀을 설립하는 것을 도왔다. 카맥은 2003년 여름 기드홀의 개관식에서 첫 번째 연설을 했다. 늘 그렇듯, 그는 무엇보다도 노력의 중요성을 강조했다. "그것은 정말로 직업 윤리로 요약됩니다. 만약 똑같이 재능 있는 두 사람이 있는데, 한 명이 다른 사람보다 2배 더 열심히 일한다면 그 사람은 다른 사람에게서 도망칠 것입니다." 그는 이름은 말하지 않았다.

그런 제도주의에도 불구하고, 게임 학교뿐만이 아니라 게임 업계를 진지하게 받아들이지 못하는 사람이 여전히 많다. 기드홀 프로그램을 시작한 지 얼마 지나지 않아 투나잇 쇼의 호스트 제이 레노가 쇼 오프닝에서 이렇게 말했다. "남부 감리교 대학에서 전문학교를 개설했습니다. 학생들이 비디오 게임을 전공하는 곳인데요… 마침내, 정치학보다 훨씬 쓸모없는 학위가 탄생했네요."

만약 다음 세대 댈러스 게이머들이 카맥이나 로메로 같다면 마지막에 웃는 이는 분명 그들일 것이다.

2004년 2월

작가의 말

30대인 많은 사람들처럼, 나는 두 명의 존과 같은 초기 게이머 문화 속에서 성장했습니다. 내가 가장 좋아하는 생일 선물은 우리 동네 오락실, 위저드에서 사용할 수 있는 토큰으로 가득 찬 종이 가방이었습니다. 위저드는 바로 그 장소였습니다. 카지노처럼 어둡고 창문이 없고, 모든 최신 게임들이 벽을 따라 줄지어 빛을 내며 삐삐 울리는 곳. 나는 잔디를 깎고 받는 용돈의 상당부분을 거기에 쏟아 부었습니다. 나는 오락실 게임 크레이지 클라이머Crazy Climber에서 하이스코어를 가지고 있었습니다. 그리고, 분스 팜 애플 와인 한 병과 도전적인 밤을 보내고, 나는 오메가 레이스Omega Race라는 게임기 위에 의기양양하게 토했습니다. 나는 그저 어린이였지만, 분명 자유를 느꼈습니다.

비디오 게임과 함께 환상, 통제, 그리고 반란에 대한 또 다른 탐험의 시대가 왔습니다. 한번은 친구들과 내가 연막탄을 실개울에 던졌는데, 불과 2 미터의 불길이 하늘에 드리우는 걸 볼 수 있었습니다. 나는 내 인생에서 그렇게 빨리 뛰어본 적이 없었습니다. 우리는 던전 앤 드래곤 게임을 했습니다. 우리는 작은 모형 로켓에 도마뱀들을 태워 교외 저 높이 쏘아 올렸습니다. 나의 첫번째 해킹 시도는 '척 E. 치즈Chuck E. Cheese'에서였습니다. 척 E. 치즈는 아타리의 놀런 부슈널이 창업한 피자 가게 오락실 체인점입니다. 1980년대 초반이었고, 치즈 오락실은 그저 고물같은 컴퓨터 몇 대를 들여놓았을 뿐이었습니다. 우리는 토큰 하나를 써서 어떤 종류의 메시지든 타이핑할 수 있었고, 그 컴퓨터가 로봇같은 목소리로 그 메시지를 말했습니다. 물론 우리는 즉시 욕설을 타이핑하려 했는데, 그러나 그 기계는 욕설을 허용하지 않도록 프로그램되어 있었습니다. 그래서 우리는 욕설 대신 "오락실 주인 개객끼"라고 타이핑했고, 그 메시지가 반복되도록 그 키에 테이프를 붙였습니다.

내가 처음 〈둠〉에 대해 들었을 때, 나는 20대였고 뉴욕에 있는 한 BBS회사에서 일하고 있었습니다. 직장에서 업무가 끝난 어느날 저녁에, 한 친구가 둠을 켰고, 나는 신나서 한판을 했습니다. 몇 시간 후에, 우리는 어둠 속을 더듬으며 직장 건물을 빠져나와야 했습니다. 이것이 바로 게임이었습니다. 몇 년 후, 1996년, 나는 이드 소프트웨어의 최신 게임이었던 〈퀘이크〉의 서브 컬처에 대한 기사를 쓰고 싶어서 편집자를 설득했습니다. 그 다음 나는 캔자스 대학의 플롭하우스에서 두 개의 톱 클랜인 임펄스 9과 루스리스 배스터드의 경기를 보며 넋을 잃었습니다. 그들은 마라톤 식의 데스 매치를 위해 모여있었습니다. 이 사람들은 대체 현실을 창조하고, 그 안에 살고, 개선하기 위해 모든 것을 희생하고 있었습니다. 이것은 게임이 아니었습니다. 이것은 하나의 세상이었습니다. 상대적으로 (그리고 매혹적으로) 허가증이 필요없는 세계. 그리고 캐릭터와 이야기와 꿈과 라이벌로 가득차있는, 그 세계가 나를 두 명의 존에게 이끌었습니다.

나는 6년 동안 게이머들의 삶과 산업을 조사하며 연대순으로 기록했습니다. 나는 이 수십억 달러의 사업과 문화가 많은 사람들에게 제대로 알려지지 않고 미스터리로 남아있다는 것이 놀라우면서도 불만스러웠습니다. 그 미스터리는 내가 가는 모든 곳에서 혼란과 잘못된 인식을 야기했습니다. 나에게 존 카맥과 존 로메로의 이야기는 고전적인 미국의 모험 이야기입니다. 이 이야기는 새로운 대중매체인 게임의 탄생과 흥미롭고 재능있는 두 명의 젊은이가 성숙해 가는 과정을 담고 있습니다. 이 책을 통해, 게이머들이 그들이 받아야 마땅한 존경과 이해를 받게 되길 바랍니다. 독자들이 이 책을 즐겁게 읽기를 바랍니다.

감사의 말

제가 브루클린에서 전화와 e메일로, 나라를 여행하면서, 댈러스에 살며 인터뷰했던 모든 분들에게 BFTBig Fucking Thanks를 전합니다. 여러분의 회상이 과거에 생명을 불어넣었습니다.

특히 두 명의 존에게 깊은 감사를 보냅니다. 그들이 내 질문에게 대답하며 어떻게 느꼈을지는 모르지만, 여러 날 동안 늦은 밤동안 도 그들은 무척 친절했습니다. 존 카맥은 그의 기억과 추억뿐 아니라 그의 코드를 나누는 데 있어서도 후했습니다. 그는 로켓을 발사하는 데 나를 데려갔고, 태어나서 처음으로 터보 페라리를 경험하게 해줬 습니다. 태워줘서 고마워요. 존 로메로는 언제나 그의 모든 것에 관한 방대한 기록 보관소를 기꺼이 열어 주었습니다. 게임, 예술, 만화책, 버거킹 영수증, 기타 등등등등 그와 스티비는 그들의 목장을 내가 직접 파도록 해주었습니다. 고마워요.

수년 동안 이 이야기가 재미있다고 생각하며 내게 맡겨준 모든 잡지의 편집자들에게 감사합니다.

무적의 동료 여러분께 영광의 인사를 드립니다. 나의 에이전트인 크리에이티브 컬쳐 주식회사의 매리 앤 네이플스, 나의 편집자들인 조나단 카프와 티모시 파렐, 존의 어시스턴트, 제이크 그린버그, 나의 제작 편집자인 벤자민 드라이어, 그리고 랜덤 하우스 여러분들 감사합니다.

그동안 도움과 영감을 주었던 나의 가족과 친구들에게 감사합니다.

역자 후기

<둠의 창조자들>은 메타버스의 포문을 연 게임을 만든 남자들의 이야기이다. 다양한 사회경제적 배경을 가진 20대초반의 청년들이 게임이라는 공통 분모 하에 모여 이드ID, 아이디어스 프롬 더 딥라는 회사를 세우고, 차근차근 노력해 결국 <둠>이라는 하나의 문화현상을 만들어 내는 과정은 흡사 무협지를 보는 듯했다.

이드의 청년들은 처음에는 컴퓨터 살 돈도 없어, 당시 근무하던 회사의 컴퓨터를 금요일 밤마다 몰래 들고 나와 주말동안 게임을 만들고, 월요일 새벽에 컴퓨터를 제 자리에 돌려놓는다. 그렇게 만든 게임이 작은 성공을 거두며 회사를 설립해 본격적으로 게임을 만들다가, 최초의 1인칭 슈팅게임인 <둠>을 출시하는데, 이 게임은 세계를 뒤흔드는 수준의 신드롬을 일으키고 다양한 문화현상을 파생시킨다.

작가는 둠을 함께 만든 청년들에 대해 유년시절부터 깊이 있게 취재하고, 주변인물들을 심도 있게 인터뷰해서 이드가 한 시대를 풍미한 둠이라는 게임을 만든 배경과 과정에 대해 다양한 각도에서 실감나게 묘사한다. 이드의 핵심은 단연 존 카맥과 존 로메로였다. 존 카맥과 존 로메로는 서로 상반된 성격과 재능을 가졌기에 협력하여 최고의 게임을 만들 수 있었고, 두 사람은 20대 초반에 세상의 각광을 받으며 인생의 정점에 서게된다. 그러나 카맥과 로메로는 그 다른 점

때문에 결국엔 운명적으로 갈라설 수밖에 없는데, 이 서사 또한 숨죽이고 읽게 된다.

존과 카맥이 어렸을 때, 컴퓨터가 세상에 처음 등장하고 새시대가 시작되었다. 두 사람의 부모는 새로운 시대를 감지하지 못했으며, 아들을 이해하기까지 오랜 시간을 낭비했다.

80년대에 존과 카맥이 부모와 깊은 갈등을 겪고 극복하는 과정은 오늘 날 우리 모습과 소름끼치게 닮아있다.

내가 그랬든 게임에 전혀 관심이 없는 사람이라도 영웅담 읽듯이 즐길 수 있으며, 특히 요즘처럼 급변하는 시대에 아이를 키우는 부모라면 한 번쯤 정독해 볼 만한 이야기이다.

참고 문헌 목록

이 책들이 나의 조사에 도움을 주었습니다.

ab Hugh, Dafydd, and Brad Linaweaver. Doom: Hell on Earth. New York: Penguin, 1995.

Campbell-Kelly, Martin, and William Aspray. Computer: A History of the Information Machine. New York: Basic Books, 1996.

Dear, William. Dungeon Master: The Disappearance of James Dallas Egbert III. Boston: Houghton Mifflin, 1984.

Dungeon Master Guide: Advanced Dungeons and Dragons. Renton, Wash.: TSR, 1995.

Freiberger, Paul, and Michael Swaine. Fire in the Valley: The Making of the Personal Computer. New York: McGraw-Hill, 2000.

Gibson, William. Neuromancer. New York: Berkeley, 1984.

Grossman, Dave, and Gloria DeGaetano. Stop Teaching Our Kids to Kill: A Call to Action Against TV, Movie, and Video Game Violence. New York: Crown, 1995.

Hafner, Katie, and Matthew Lyon. Where Wizards Stay Up Late: The Origins of the Internet. New York: Simon and Schuster, 1996.

Herman, Leonard. Phoenix: The Rise and Fall of VideoGames. Union, Nev.: Rolenta Press, 1997.

Herz, J. C. Joystick Nation: How Video Games Ate Our Quarters, Won Our Hearts, and Rewired Our Minds.

New York: Little, Brown, 1995.

Huizinga, Johan. Homo Ludens: A Study of the Play Element in Culture. Boston: Beacon, 1955.

Huxley, Aldous. Brave New World. New York: Harper and Row, 1946.

Id anthology. id Software, 1996. (Specifically, the story about id that accompanied this boxed set of games.)

Jones, Gerard. Killing Monsters: Why Children Need Fantasy, Super Heroes, and Make-Believe Violence. New York: Basic Books, 2002.

Kent, Steven L. The First Quarter. Bothell, Wash.: BWD Press, 2000.

Kidder, Tracy. The Soul of a New Machine. Boston: Little, Brown, 1981.

Leukart, Hank. The Doom Hacker's Guide. New York: MIS Press, 1995.

Levy, Steven. Hackers: Heroes of the Computer Revolution. New York: Bantam Doubleday Dell, 1984.

———. Insanely Great: The Life and Times of the Macintosh, the Computer That Changed Everything. New York: Penguin, 2000.

McLuhan, Marshall. Understand Media: The Extensions of Man. New York: McGraw-Hill, 1964.

Mendoza, John. The Official Doom Survivor's Strategies and Secrets. Alameda, Calif.: SYBEX, 1994.

Packer, Randall, and Ken Jordan. Multimedia: From Wagner

to Virtual Reality. New York: W. W. Norton, 2001.

Player Handbook: Advanced Dungeons and Dragons. Renton, Wash.: TSR, 1995.

Poole, Steven. Trigger Happy: Video Games and the Entertainment Revolution. New York: Arcade, 2000.

Quake Authorized Strategy Guide. Indianapolis: Brady, 1995.

Rheingold, Howard. The Virtual Community: Homesteading on the Electronic Frontier. New York: HarperCollins, 1993.

Rucker, Rudy, R. U. Sirius, and Queen Mu. Mondo 2000: User's Guide to the New Edge. New York: HarperCollins, 1992.

Salzman, Marc. Game Design: Secrets of the Sages. Indianapolis: Brady, 1999.

Sheff, David. Game Over: Press Start to Continue. Wilton, Conn.: GamePress, 1999.

Stephenson, Neal. Snow Crash. New York: Bantam Spectra, 1993.

Turkle, Sherry. Life on Screen: Identity in the Age of the Internet. New York: Touchstone, 1995.

White, Michael. Acid Tongues and Tranquil Dreams: Tales of Bitter Rivalry That Fueled the Advancement of Science and Technology. New York: HarperCollins, 2001.

주석

직접 경험하지 않은 이야기를 하는 데 있어 가장 어려운 점이 바로 이 부분입니다. 게임 컨벤션, 캔자스 대학의 데스매치, 카맥의 로켓 발사 등 내가 직접 목격한 약 6개의 장면을 제외하면, 이 책의 대부분은 다른 이들의 기억에 의존했습니다.

두 명의 존의 이야기를 재창조하기 위해, 나는 6년 동안 수백 건의 인터뷰를 진행하면서 각 사람과 여러 번에 걸쳐 인터뷰를 했습니다. 2000년 가을, 조사를 위해 댈러스로 이사한 뒤에는 댈러스의 여러 사무실과 바베큐 장, 술집에서 책을 쓰는 남자로 알려졌습니다. 존 로메로와 존 카맥은 직접 많은 시간을 들여 나의 사소한 질문에 답해 주었습니다. 그들이 어떻게 느꼈고, 무엇을 생각했고, 뭐라고 말했고, 들었고, 보았고, 플레이 했는지에 대한 질문들이었습니다. 두 존과 다른 이들이 기억해내지 못한 부분은 내가 웹사이트, 뉴스 회사, e메일, 채팅 기록, 잡지 등에서 조사했습니다. (이 기사들 중 몇 개는 인용했지만, 나는 게이머들의 관점에서 사건을 기록하는 것 또한 중요하다고 생각했습니다.) 나는 또한 집에서, 온라인에서, 또 몇 개의 토너먼트에 참가해서 엄청난 양의 게임을 했습니다. (그래요, 항상 제가 졌어요.)

테이프에 녹음된 인터뷰를 모두 받아쓰는데 6개월이 걸렸습니다. 나는 이 자료들에서 시작해서 가능한 정확하고 충실하게 사건을 재창조할 수 있는 대화, 서술과 묘사를 조합했습니다. 상황에 맞게 각각의 사람들의 관점에서 이야기를 들려주어 독자들에게 다양한 시각을 제공하고자 했습니다.

내가 인터뷰했던 분들을 특별한 순서 없이 적어보았습니다. 존 카맥John Carmack, 존 로메로John Romero, 톰 홀Tom Hall, 에이드리안 카맥Adrian Carmack, 알 베코비우스Al Vekovius, 알렉스 세인트 존스Alex St. Johns, 아메리칸 맥기American McGee, 앙헬 무뇨스Angel Munoz, 배렛 알렉산더Barrett Alexander, 로버트 코틱Robert Kotick, 브랜든 제임스 Brandon James, 크리스찬 앤커Christian Ankow, 데이비드 그로스맨David Grossman, 데이비드 닷타David Datta, 게이브 뉴웰Gabe Newell, 그램 디 바인Graeme Devine, 잉가 카맥Inga Carmack, 스탠 카맥Stan Carmack, 장 폴 반 바베른Jan Paul van Waveren, 제이 윌버Jay Wilbur, 제리 오플라허 티Jerry O'Flaherty, 에릭 스미스Eric Smith, 짐 도세Jim Dose, 케네스 스 콧Kenneth Scott, 케빈 클라우드Kevin Cloud, 레인 로스Lane Roathe, 래 리 골드버그Larry Goldberg, 래리 헤링Larry Herring, 마이클 에이브래시 Michael Abrash, 마이크 브레슬린Mike Breslin, 마이크 윌슨Mike Wilson, 폴 스티드Paul Steed, 로버트 애킨스Robert Atkins, 롭 다이어Rob Dyer, 로버트 더피Robert Duffy, 존 슈네만John Schuneman, 지니 슈네만Ginny Schuneman, 론 체이모위츠Ron Chaimowitz, 샌디 피터슨Sandy Petersen, 스콧 밀러Scott Miller, 션 마틴Sean Martin, 숀 그린Shawn Green, 브라이 언 아이젤로Brian Eiserloh, 스티브 "블루" 히슬립Steve "Blue" Heaslip, 스 티비 케이스Stevie Case, 스베레 크베르모Sverre Kvernmo, 데니스 "쓰레 시" 퐁Dennis "Thresh" Fong, 트렌트 레즈너Trent Reznor, 팀 스위니Tim Sweeney, 마크 레인Mark Rein, 팀 윌리츠Tim Willits, 토드 홀렌스헤드 Todd Hollenshead, 토드 포터Todd Porter, 톰 머스테인Tom Mustaine, 워렌 스펙터Warren Spector, 윌리엄 하킨스William Haskins, "드왕고" 밥 헌틀 리"DWANGO" Bob Huntley, 해리 밀러Harry Miller, 오드리 만Audrey Mann, 로리 메조프Lori Mezoff, 안드레아 슈나이더Andrea Schneider, 클리프 블 레진스키Cliff Bleszinski, 매크 펌Matt Firme, 롭 스미스Rob Smith, 리차 드 "레벨로드" 그레이Richard "Levelord" Gray, 캐서린 안나 강Katherine Anna Kang, 도나 잭슨Donna Jackson, 폴 자키Paul Jaquays, 윌 라이트 Will Wright, 시드 마이어Sid Meier, 더그 로웬슈텐Doug Lowenstein, 세니 카 메나드Seneca Menard, 노엘 슈테판Noel Stephens, 루크 "위슬" 화이 트사이드Luke "Weasl" Whiteside, 바비 파브로크Bobby Pavlock, 머그 마

이어Doug Myres, 마크 독터만Mark Dochtermann, 스티브 메인스Steve Maines, 브라이언 라펠Brian Raffel, 스티븐 라펠Steven Raffel, 주스트 슈어Joost Schuur, 윌 로콘토Will Loconto, 제프 하트만Jeff Hartman, 스탠 누에보Stan Nuevo, 차드 바론Chad Barron, 켈리 호너Kelly Hoerner, 로버트 웨스트모어랜드Robert Westmoreland, 팸 월포드Pam Wolford, 데이브 테일러Dave Taylor, 드류 마캄Drew Markham, 행크 루카트Hank Leukart, 짐 퍼킨스Jim Perkins, 로만 리바릭Roman Ribaric, 아서 포버Arthur Pober, 밥 노우드Bob Norwood, 크리스 로버트Chris Roberts, 릭 베르너Rick Brenner, 지니 립킨Gene Lipkin, 빈스 데시데리오Vince Desiderio, 맥스 쉐퍼Max Schaefer, 데이비드 브레빅David Brevik, 게리 가이객스Gary Gygax, 클린트 "푹" 리차드Clint "_fo0k" Richards, 톰 "엔트로피" 키즈미Tom "Entropy" Kizmey, 래리 뮬러Larry Muller, 프란스 P 데브리스Frans P. de Vries, 댄 해몬드Dan Hammond, 알렉스 퀸타나Alex Quintana, 빌리 브라우닝Billy Browning, 제이 프랑크Jay Franke . . .혹 빠트린 분이 있다면 죄송합니다.

이 책의 내용 일부는 스핀, 살롱, 롤링스톤, 와이어드 뉴스, 피드, 스펙트럼, POV, 파퓰러 사이언스 등에 실렸던 저자 본인의 기사에서 가져왔습니다.
이 책의 각주 주석은 본문에 언급된 내용을 보충하거나 출처를 정리한 자료들입니다. 일부는 이드 게이머들이 보관하고 있던, 이제는 존재하지 않는 잡지의 복사본에서 인용했습니다. 그 때문에 정확한 페이지나 날짜가 없는 것도 있습니다.